해외견문록 下

오이환 지음

지은이 오이환

1949년 부산에서 출생하여, 서울대학교 철학과를 졸업하였다. 동 대학원 및 타이완대학 대학원 철학과에서 수학한 후, 교토대학에서 문학석사 및 문학박사 학위를 수여받았다. 1982년 이후 경상대학교 철학과에 재직해 왔으며, 1997년에 사단법인 남명학연구원의 제1회 학술대상을 수상하였고, 제17대 한국동양철학회장을 역임하였다. 주요 저서로는『남명학파연구』2책,『남명학의 새 연구』2책,『남명학의 현장』5책,『동아시아의 사상』, 편저로『남명집 4종』및『한국의 사상가 10인―남명 조식―』, 교감으로『역주 고대일록』3책, 역서로는『중국철학사』(가노 나오키 저) 및『남명집』,『남명문집』등이 있다.

해외견문록 下

© 오이환, 2014

1판 1쇄 인쇄: 2014년 03월 10일
1판 1쇄 발행: 2014년 03월 20일

지은이_오이환
펴낸이_홍정표
펴낸곳_글로벌콘텐츠
　　　　등　록_제25100-2008-24호

공급처_(주)글로벌콘텐츠출판그룹
　　　　이　사_양정섭
　　　　디자인_김미미
　　　　편　집_노경민 최민지 김현열
　　　　기획·마케팅_이용기
　　　　경영지원_안선영
　　　　주　소_서울특별시 강동구 천중로 196 정일빌딩 401호
　　　　전　화_02-488-3280
　　　　팩　스_02-488-3281
　　　　홈페이지_http://www.gcbook.co.kr
　　　　이메일_edit@gcbook.co.kr

값 28,000원
ISBN 979-11-85650-08-1 04800
　　　979-11-85650-06-7 04800(세트)

하

해외견문록

오이환 지음

글로벌콘텐츠

머리말

　이는 나의 일기 중 해외여행과 관련한 부분들을 발췌 편집한 것이다. 나는 일기를 쓰기 시작하기 전 비교적 젊은 시기에 이미 4년 반 정도의 기간을 대만과 일본에서 유학하였고, 유학 이후로도 해외를 나든 적이 전혀 없었던 것은 아니다. 유학 생활의 기록으로서는 1999년에 「주말 나들이」라는 제목으로 『오늘의 동양사상』 제2호에 발표한 것이 있다. 그러나 유람의 현장에서 적은 기록이 남아 있는 것은 이것뿐이다.

　이를 작성할 당시에는 반드시 후일 출판될 것을 예상했던 것은 아니었다. 그러므로 사적인 성격의 내용이 상당히 들어 있다. 이 글의 일부를 읽어본 이 중에는 자신의 소감을 적은 부분이 적다는 의견을 말씀해 주신 분이 있었다. 그것은 아마도 이것이 매일 매일의 일기일 따름이어서, 작성 당시에 시간적 제약이 있었을 뿐 아니라 소감까지 구체적으로 적어나가다가는 분량이 너무 늘어날 것을 우려한 까닭도 있다. 그러나 나로서는 가능한 한 자신의 관점에 따라 보고 들은 내용을 적은 것이라고 생각한다. 그랜드 캐니언이나 요세미티 등의 장소에 대한 기록이 비교적 소략한 것도 그것이 세계적으로 이미 너무 잘 알려져 있어 여행안내서가 아닌 이상 새삼스레 적을 만한 내용이 별로 없다고 판단한 까닭이 아닐까 싶다.

　내가 한 해외여행 중에는 학문적인 용무나 가족 관계에서 나온 것 등 관광의 목적이 아닌 것도 제법 있었지만, 그러한 부분이 반드시 여행기의 흥미를 감소시킬 것이라고 생각지는 않으므로 배제하지 않았다. 나는 반평생을 교직에 몸담아 왔으므로 방학이 있어서 다른 직업보다는 비교적 여행을 할 수 있는 시간적 여유가 있었다. 그래서 여행이 자유화된 이후 꽤 오래 전부터 매년 여름과 겨울의 방학 때마다 한 차례씩 그저 바람 쐬기 위한 목적으로 정기적으로 해외여행을 떠나 왔고, 아마 앞으로도 그럴 것이다.

오늘날은 대체로 가는 곳마다에서 한국인들을 많이 만날 수 있으며, 개중에는 이른바 마니아라고 할 수 있는 사람도 많다. 아마도 해외여행 객의 절반 정도는 마니아의 부류에 드는 사람이 아닐까 싶다. 나는 선택 이 가능한 한 기왕에 가보지 않은 곳으로 향해 왔으므로, 앞으로는 갈수 록 마니아들을 더 많이 만나게 될 것 같다. 그래서 세상에는 해외여행의 경험이 풍부한 사람들이 매우 많은 줄을 알기 때문에 새삼 이런 책을 출간한다는 것이 겸연쩍은 점도 있다. 그러나 나로서는 자신의 페이스 와 취향에 따라 선택한 여행을 계속할 따름이며, 그것으로 족하다고 생 각한다.

2013년 5월 24일
오이환

목차

2005년

시카고에서 보낸 1년
C. 미국 및 캐나다 동부
D. 인디아나·켄터키
E. 남미 일주

 C. 미국 및 캐나다 동부

10월

15 (토) 맑음

오후 두 시 반에 집을 나서, 누나 및 아내와 함께 오헤어 공항으로 향하였다. 그들이 나를 유나이티드 항공사 승객 출입구 앞에다 내려주고서 돌아간 후 혼자서 탑승 수속을 하여 오후 4시 비행기로 뉴욕으로 향했다. 내 좌석이 창문가에 위치해 있는지라 머리에 헤드폰을 끼고서 기내 라디오 방송을 들으며 눈은 계속 차창 밖을 내려다보았다. 우리가 탄 비행기는 미시건 호, 미시건 주, 이리 호를 지나 계속 동쪽으로 향했다. 뉴욕 시간은 시카고보다 한 시간이 빠른데, 동쪽으로 갈수록 시시각각으로 바깥 육지의 광경이 어두워져 가는 모습이 지구가 둥글다는 것을 실감케 했다. 햇빛이 남아 있을 동안에는 동쪽으로 가도 계속 대평원이 이어지고 있었다.

뉴욕의 퀸즈에 있는 라구아디아 공항에는 현지 시간으로 오후 7시 15

분에 도착할 예정이었으나, 예정보다 좀 일찍 착륙하였다. 공항 구내의 짐 찾는 곳에서 내 이름을 적은 종이를 든 정장 차림의 남자를 만났다. 알고 보니 그는 이번의 우리 7박 8일 미국 및 캐나다 동부 지역 여행을 총괄하게 된 맨해튼의 삼이관광여행사 소속이 아니라, 여행사에서 위촉한 콜택시 운전사였다.

혼자서 그가 모는 승용차를 타고서 맨해튼으로 들어와 코리아타운인 첼시 지구 32번가의 한인 소유라고 하는 스탠포드 호텔 앞에서 내렸다. 그 호텔 로비에서 조금 기다리고 있으면 여행사 직원이 나와 안내할 것이라고 했는데, 한 시간을 기다려도 아무도 나타나지 않을 뿐 아니라 아무런 연락도 없었다. 내가 여행을 많이 해 본 편이지만, 이런 황당한 경험은 처음이다. 24시간 이용할 수 있는 삼이관광 측의 비상시 연락처로 휴대폰을 이용해 모두 세 차례 전화해 보았지만, 곧 가이드가 전화 연락할 것이라는 대답만 들었다. 밤 8시 반이 넘도록 저녁식사도 못하고서 기다리다가 드디어 현지 가이드인 젊은 남자가 나타났을 때, 마침내 참지 못하고서 이게 도대체 뭐 하는 짓이냐고 호통을 치고 말았다. 알고 보니 그는 존 에프 케네디 공항에서 LA로부터 오는 이호식 내외를 기다리고 있었는데, 그가 든 종이에 적힌 이름은 이효숙이며 또한 그는 오는 손님이 부자간인 줄로 알고 있었으므로 서로 지척에서 바라보고 있으면서도 시간만 보내고서 확인하지 못하여 마침내 허탕치고서 돌아오는 바람에 그렇게 늦어진 것이라고 한다.

LA에서 그쪽 공항으로 나보다 좀 먼저 착륙한 다른 두 사람의 부부를 태운 가이드의 봉고차에 동승하여 오늘 우리가 숙박하게 될 홀리데이 인 새들브룩 호텔이 있는 뉴저지로 향하였다. 뉴저지 주의 코리아타운이라고 하는 팔리세이즈 파크의 브로드 에브뉴에 있는 설렁탕전문점 감나무골이라는 식당 부근에 우리를 내려다 주고서 맨해튼의 가이드는 돌아갔고, 우리 세 손님은 현지의 다른 가이드에게로 인계되었다. 그 식당에서 설렁탕으로 늦은 저녁식사를 든 후, 다시 남쪽으로 반시간 정도 더 이동하여 뉴저지 주 에디슨이라는 도시의 우드브리지 에브뉴에 있는 홀리데이 인에 들었다. 나는 314호실을 혼자 쓰게 되었다. 각지에서 오는 손님들은 몇 군데의 호텔에 분산 수용되는 모양이었다. 샤워를 마치고서 자정이 가까워 오는 시간에 취침하였다.

16 (일) 맑음
여행 이틀째.

아침에 1층 로비의 곁에 붙은 어제 가이드가 가리켜 준 식당으로 가 보았더니, 그곳은 유료이며 무료 식당은 다른 쪽에 있다는 것이었다. 그 쪽으로 가 보았더니 복도 중간쯤에 조그만 방이 하나 있는데, 간단한 조식을 마련해 둔 곳이었으나 이미 중국인들이 모두 차지하고 있어 빈 곳을 찾기 어려울 뿐 아니라 음식이나 그것을 먹을 도구도 거의 바닥이 난 상태였다. 이 역시 황당한 느낌을 금하기 어려웠지만, 중국인들 틈에 끼어들어 그럭저럭 조반을 해결할 수밖에 없었다. 나중에 알고 보니 간밤에 나와 같은 봉고차를 타고서 이리로 온 부부는 결국 포기하고 구내의 유료 식당에서 돈을 내고 조반을 들었다고 한다.

9시 30분 무렵에 호텔 앞에 대기하고 있는 대형 버스를 타고서 오늘의 목적지인 워싱턴을 향해 출발하였다. 버스 안은 이미 승객들로 거의 차 있었다. 노란풍선여행사를 통해 한국에서 바로 온 사람이 8명 정도 있고, 나머지는 대체로 미국 각지에서 온 사람들인 모양이었다. 일정도 제각각이어서, 개중에는 엊그제 도착하여 이미 뉴욕을 구경한 사람도 있고, 내일 합류할 손님들도 10명 정도 있으며, 캐나다의 토론토에서 우리와 작별하여 일찍 일정을 마치고 돌아갈 손님들도 있다고 한다. 우리 일행의 가이드는 어제 나로부터 호통을 들은 사람인데, 제임스 임이라고 자신의 이름을 소개하였다. 한국에서 대학을 마치고 미국에 이민 온지 이미 20년 정도 되었는데, 아직 독신이라고 했다. 가이드 일을 한 지 오래된 모양이라, 이 방면의 지식이 전문가 수준이었다.

우리 일행은 95번 고속도로를 따라 계속 남쪽으로 내려갔다. 미국 동부지역에서는 고속도로를 '턴파이크' 또는 '파이크'라고 부르는데, 이는 서부 개척시절 펜실베이니아 주로부터 유래한 것으로서, 역마차가 서부를 향해 새로 건설된 도로를 지나갈 때 곳곳에서 통행세를 받고서 차단기를 올려주던 데서 비롯한 명칭이라고 한다. 미국의 고속도로는 남북으로 난 것은 홀수, 동서로 난 것은 짝수의 번호가 붙어 있는데, 오늘 우리가 가는 이 95번 도로는 미국의 가장 동쪽을 종단하는 것으로서 동북쪽 끝의 메인 주로부터 동남쪽 끝의 플로리다 주까지 연결되는 것이다. 나는 예전에 처음 미국에 왔을 때, 뉴저지 주 뉴워크의 숙소에서부터 보스턴까지 이 길을 따라 북상한 적이 있었는데, 오늘은 다시 뉴저지 주에서 워싱턴까지 반대편으로 내려가게 된 것이다.

뉴저지 주가 끝나는 지점에서 펜실베이니아 주 및 델라웨어 주와의 경계를 이루는 델라웨어 강을 건너 멀리 펜실베이니아 주 최대의 도시인 필라델피아를 바라보며 델라웨어 주 최대의 도시인 윌밍턴으로 들어갔다. 강을 건너기 전에는 나일론의 발명으로 유명한 뒤퐁社의 화학공장을 지나갔다. 이 강 일대의 평원은 독립전쟁 당시 조지 워싱턴의 군대가 영국군과 격전을 치른 전적지라고 한다. 우리는 미국의 50개 주 중에서 가장 작은 것 중의 하나인 델라웨어 주를 곧 가로질러 메릴랜드 주로 들어갔다. 미국의 첫 수도는 뉴욕의 맨해튼으로서 초대 대통령이 된 조지 워싱턴은 뉴욕에서 취임하였는데, 두 번에 걸친 그의 임기 중에 수도는 펜실베이니아의 필라델피아로 옮겨졌다가 얼마 후 남부 세력의 불만을 무마하기 위해 더 남쪽으로 옮겨져 남부와 북부의 중간지점인 현재의 워싱턴 DC로 결정되었던 것이다. 워싱턴 DC는 포토맥 강을 경계로 삼아 메릴랜드 주와 버지니아 주에 각각 일부씩 걸쳐져 있으며, 버지니아 주 최대의 도시 리치먼드는 남북전쟁 당시 남부연방의 수도로 되었던 곳이다. 우리는 메릴랜드 주의 중심 도시인 볼티모어에서 궁전이라는 이름의 한국음식점에 들러 점심을 들었다. 각자가 원하는 메뉴를 선택할 수 있었으므로 나는 자장면을 택했다. 볼티모어는 미국 최고의 의대가 있는 존스홉킨스대학이 위치한 곳이다.

워싱턴에 도착한 이후 우리는 먼저 국회의사당을 방문하였다. 예전에 처음 왔을 때는 의사당 안의 회의실에까지 들어가 볼 수 있었는데, 9.11 사태 이후로는 일반인의 출입을 금하고 있었다. 우리는 의사당 뒤쪽의 미국 대통령이 취임식을 하는 장소 부근에 내려 기념사진을 촬영하였다. 의사당에서 마주 바라보이는 위치에 오벨리스크 모양의 워싱턴 기념탑이 있고, 그 중간에는 직사각형 모양의 긴 인공호수를 중심으로 한 큰 광장이 이루어져 있어 각종 정치성 대형 집회가 이 일대에서 이루어지곤 한다. 때마침 어제까지 여기서 무슨 집회가 있었던 모양이라 바람에 온갖 쓰레기들이 날려 지저분하고도 어수선한 분위기였다. 워싱턴 기념탑은 대리석을 쌓아 이루어졌고, 속은 비어 있어 위로 올라갈 수 있게 되었는데, 그 대리석들이 아래쪽 1/3 정도는 다소 탁한 색깔이고 위쪽 2/3는 밝은 흰색임이 눈에 띈다. 이 탑은 남북전쟁 무렵에 세워진 것인데, 전쟁 전과 전쟁 후에 각각 대리석을 채취해 온 지방이 다르기 때문이라고 한다.

우리는 여러 관청 건물들을 스쳐가며, 국회의사당 앞의 호수를 둘러싸고 있는 스미소니언 박물관 중의 하나인 자연사박물관에 들렀다. 지상 3층 지하 1층으로 된 원형 건물 중 1·2층이 전시실이었다. 2층의 유명한 인도산 희망 다이아몬드를 위시하여, 각종 고생물의 뼈와 지구 및 우주로부터 온 암석이나 광물 등을 전시한 곳이었다.

다음으로는 백악관 앞에 들렀다. 예전에 왔을 때도 있었던 스페인 출신의 여자 한 명이 지금도 백악관을 정면으로 바라보는 위치의 광장에다 비닐 텐트를 치고서 1인 평화 시위를 하고 있었다. 그녀의 텐트 주위에는 각종 언어와 문자로 평화와 반핵을 주장하는 내용들이 적혀 있는데, 그 텐트 정면에 태극무늬가 놓여있고, 우리 일행을 의식해서인지 '한국은 곧 통일이 됩니다.'라고 한글로 적은 문구를 내 보이기도 했다.

우리는 그밖에도 제퍼슨 기념관, 한국전기념비(Korean War Veterans Memorial) 및 그 옆의 링컨기념관을 방문했다. 제퍼슨 기념관과 한국전기념비는 전에 왔을 때 보지 못했던 것이었다. 제퍼슨 기념관 앞에는 포토맥 강물을 끌어들여 만든 둥글고 넓은 인공 호수가 있는데, 그 주위로는 일본이 우호의 뜻으로 吉野 등지로부터 옮겨 보낸 벚나무가 숲을 이루고 있어 봄이면 벚꽃 또한 워싱턴 관광의 명물 중 하나가 된다고 한다.

한국전 기념비는 1995년 7월 27일에 한국전 정전 협정 42주년을 기념하여 제막되었는데, 부지는 미국 측이 비용은 한국 측이 제공하였다고 한다. 그러나 내가 그 입구의 안내소에서 구한 리플릿에는 제막식 때 당시의 클린턴 미국 대통령과 김영삼 한국 대통령이 참석한 사실만이 적혀 있었다. 비교적 넓은 부지에 참전 용사의 어두운 모습들을 조각상으로 만들어 진열하였고, 그 한쪽의 돌로 된 벽에는 돌을 쪼아 만든 유엔군의 군상이 새겨져 있으며, 링컨기념관을 향해 난 돌길에는 유엔군으로서 참전한 나라 이름들과 사상자의 숫자 등이 새겨져 있었다.

링컨기념관으로 올라가는 계단에서는 마틴 루터 킹 목사가 '나는 꿈을 가지고 있습니다.'라는 유명한 연설을 한 장소에 그 문구가 새겨져 있고, 주위에는 흑인들이 모여 그 새겨진 문구를 카메라나 비디오에 수록하고 있었다. 링컨의 동상을 둘러싸고 있는 그리스 식 돌기둥은 링컨이 대통령에 재임하던 당시 미연방을 이룬 주의 숫자만큼으로 이루어져 있으며, 그 이후에 편입된 주들의 이름은 기념관의 천정에 새겨졌고, 이 기념관이 지어진 이후에 주로 편입된 알래스카와 하와이의 이름은 정면의 계단에 새겨져 있다.

워싱턴 관광을 마친 다음, 우리는 포토맥 강 위에 걸쳐진 알링턴 다리를 건너 버지니아 주 경내로 들어섰다. 다리를 건너 바로 맞은편이 알링턴 국립묘지였고, 거기서 조금 더 가니 지난번 9.11 때 뉴욕의 쌍둥이 무역센터 빌딩과 더불어 피해를 입은 미국 국방성 건물을 지나치게 되었다.

우리는 버지니아 주 폴즈 처치의 콜롬비아 파이크에 있는 한성옥이라는 꽤 큰 한식점에 들러 불고기 백반으로 저녁식사를 들었다. 이 일대는 각국 외교관들이 많이 거주하는 곳이라 노태우 대통령이 미국을 방문했을 때 그 부인이 주최하는 만찬회가 이 식당에서 열리기도 했었다고 한다. 식사를 마친 후 그 부근 상가에 있는 슈퍼마켓에 들렀는데, 나는 버드와이저 캔 맥주 큰 것 한 통을 집어 나와서 $30 이하의 구매자가 이용하는 자가 계산대 앞에서 두 차례 지불을 시도했지만, 모니터에 나온 글자와 음성 메시지가 무슨 뜻인지를 이해할 수 없어서 결국 구입을 포기하고 말았다.

우리 일행은 저녁식사를 든 곳에서 차로 15분쯤 걸리는 거리에 있는 버지니아 주 비엔나라는 곳의 스프링힐에 있는 컴포트 인에 들었다. 컴포트 인 역시 전국 각지에 걸쳐 있는 연쇄점 식의 숙소인데, 입구의 로비가 따로 없이 계단이나 엘리베이터를 통해 각자가 바로 자기 방으로 출입하게 되어 있는 것으로서 서부식이라고 한다. 나는 어제에 이어 3층의 독방을 사용하게 되었다. 혼자 온 손님은 나 외에 여자 한 명이 더 있으나, 남녀가 한 방을 쓸 수는 없으므로 부득이 각자 독방 요금을 내고서 여행을 계속할 수밖에 없게 되었다. 숙소에서 처음으로 시카고에 두고 온 아내와 통화를 하였다. 아내는 ESL 수강 관계로 더 이상 결석을 하기 어려워 함께 오지 못했다.

17 (월) 맑음

숙소와는 별채로 되어 있는 식당에서 어제처럼 콘티넨털 뷔페로 간단한 조식을 들고서 아침 7시 반에 출발하였다. 오늘은 하루 종일 차로 이동하여 캐나다의 나이아가라까지 가야 하기 때문이다. 우리 버스의 정원은 55명인데, 오늘은 더 인원이 늘어 운전사 옆의 조수석에 앉은 가이드를 제외하고서도 빈 좌석이 하나도 남지 않았다.

워싱턴 DC 서남쪽 교외의 비엔나로부터 66번 주간고속도로를 타고서 버지니아 주의 서쪽으로 나아가다가 55번 州道로 빠져나왔다. 그 지역에는 애팔래치아 산맥 최고의 능선이 남북으로 이어져 세난도아 국립공원으로 지정되어져 있다. 그 능선을 잇는 스카이라인 드라이브가 시작되는 북쪽 지점인 프런트 로열 시를 지나서부터는 340번 연방도로로 바뀌어 스카이라인 드라이브와 세난도아 강 사이로 난 2차선 도로를 따라 남쪽으로 내려갔다. 루레이 마을에 있는 루레이 동굴(Luray Caverns)을 보기 위해서였다. 이 세난도아 국립공원 일대에는 석회암 동굴이 여러 개 있는데, 그 중에서도 루레이 동굴은 미국 동부 지역에서 가장 크고 인기 있는 것이다. 나는 국내외에서 석회암 동굴을 적지 않게 본 셈이지만, 이 동굴은 특히 아름다웠다. 동굴 속의 한 광장은 종종 결혼식을 올리기도 하는 장소라고 한다. 한쪽 구석에 오르간이 놓여 있고, 그 건반을 누르면 여기저기의 종유석에 연결된 장치가 돌을 때려 파이프오르간과 같은 다양하고도 신비로운 음을 내도록 되어 있었다. 동굴을 나와서는 그 입구 부근의 자동차박물관에 들어가 1725년 이래 미국 운송수단 발전의 역사를 보여주는 140개의 각종 구식 차량들을 둘러보았다. 세난도아는 어린 시절에 나왔던 영화의 제목으로서 아직도 내 기억에 새롭다. 국립공원 서남쪽의 스톤튼 시는 우드로 윌슨 대통령의 출생지이기도 하다.

루레이 동굴을 떠나서는 왔던 길로 다시 올라가 프런트 로열 시를 지나서 66번 및 81번 주간고속도로를 따라 북쪽으로 나아가다가 윈체스터 시에서 522번 연방도로를 따라 애팔래치아 산맥의 주맥을 넘은 다음, 웨스트버지니아 주의 모건 카운티를 지나 포토맥 강의 상류를 건너 잠시 메릴랜드 주를 경유하고서 펜실베이니아 주로 들어갔다. 버지니아 주는 영국이 아메리카 대륙에 건설한 최초의 식민지로서, 당시의 영국 여왕 엘리자베스 1세가 독신이었던 관계로 버지니아라는 명칭을 붙이게 되었다. 이후 영국의 식민지는 대체로 애팔래치아 산맥의 동쪽에 한정되어 있었는데, 미국이 독립하고서 제3대 대통령 토머스 제퍼슨 때 나폴레옹이 통치하던 프랑스로부터 애팔래치아 산맥 서쪽의 대평원 지역에서 남쪽의 루이지애나에 이르는 광대한 영토를 구입하여 국토를 크게 넓혀 서부 진출의 신기원을 이루게 된 것이다. 애팔레치아 산맥은 한 줄기의 산이 아니라 드넓은 지역에 걸쳐 산줄기가 퍼져 있어 펜실베이니아 주의 대부분이 그것에 해당한다고 할 수 있다. 따라서 산들은 대체로 험준하기보다는 완만한 구릉 모양을 이루고 있다.

펜실베이니아 주의 70번 주간고속도로가 시작되는 지점에서 잠시 주차하는 동안 그곳 안내소에 들러 이 주에 관한 지도와 책자를 입수하였다. 거기서부터 북상하여 오후 1시 반쯤에 알투나 시에 이르러 웨스트 플랭크 로드의 구르메 뷔페라는 식당에 들러 늦은 점심을 들었다. 알투나에서부터도 최단 거리를 취해 서북쪽으로 나아가 219번 연방도로를 만나고서부터는 계속 산길을 달리는 2차선 도로인 그 길을 따라 북상하여 뉴욕 주 서북쪽 나이아가라의 미국 측 관문인 버팔로 시에까지 이르렀다. 펜실베이니아 주의 서반부를 남북으로 종단한 셈이다. 펜실베이니아는 영국 국왕이 윌리엄 펜 공작에게 하사한 땅이므로 이러한 이름이 된 것인데, 윌리엄 펜은 초기 퀘이커 역사에 큰 자취를 남긴 인물이다. 나는 대학 시절에 新稻戶稻造가 쓴 그의 전기를 한국어로 번역해 볼 생각을 한 적이 있었고, 그가 살던 이 땅에도 와보고 싶었다. 펜실베이니아 주는 대부분 산으로 이루어져 있으므로 한국과 유사한 정취를 느낄 수 있었다. 온종일 차를 타고 산속의 숲길을 달렸으므로 올해 가을 단풍은 실컷 구경한 셈이다.

뉴욕 주의 서쪽 끝을 종단할 무렵에는 이미 어두워지기 시작하여 버팔로 시에 다가갈 때는 밤이 되어 차창 밖으로 보름달이 크게 떠 있었다. 이 지방의 지형도 펜실베이니아 정도는 아니지만 산과 구릉이 적지 않았다. 우리는 뉴욕 주로 들어와 알레가니 인디언 보호구역에서 한동안 주차하였다. 그 구역 안에서는 담배 값이 특별히 싼 모양이라 기념품 상점 안이 온통 각종 담배로 가득 차 있었다. 시거를 사서 피워보고 싶은 욕구도 있었으나, 미국에 온 이후 담배를 거의 완전히 끊고 있으므로 참기로 마음먹었다. 가이드가 차 안에서 미리 손님들 여권 내용을 체크하여 캐나다 입국 가능 여부를 확인하였다. 우리는 온타리오 호와 이리 호를 잇는 나이아가라 강을 건너서 캐나다 측 나이아가라 폴즈 시로 들어갔다. 강 속에서는 여의도의 세 배 정도 되는 그랜드 아일랜드라는 섬을 가로질러 갔다. 나이아가라 폭포는 온타리오 호와 이리 호의 물 높이의 차로 말미암은 것이라고 한다. 나이아가라 폭포가 미국과 캐나다 두 나라에 각각 하나씩 있듯이 그 이름이 의미하는 나이아가라 폴즈 시도 이 강을 경계로 하여 두 나라에 각각 하나씩 마주보고 있다. 그러나 미국 측은 별로 특이한 점이 없는 데 비해 캐나다 측의 나이아가라 폴즈 시는 불야성을 이루고 있었다. 그것은 캐나다 나이아가라가 상대적으로 관광 가치가 높은 데서 말미암은 것이다.

나는 미국 측 나이아가라 폴즈 시의 레인보우 불리바드에 위치한 숙소인 쿠엘리티 호텔 앞에서 일행 다섯 명과 함께 하차하였다. 나머지 일행은 옵션 비용을 내고서 캐나다 지역으로 폭포의 야경을 구경하러 갔지만, 나를 포함하여 먼저 내린 사람들은 이미 여기에 와 본 적이 있었기 때문에 별로 새로울 것이 없는 야경보다는 호텔에서 쉬는 쪽을 택한 것이다. 308호실에 들어, 가이드가 현지의 식당에다 주문해 둔 도시락이 배달되어져 왔으므로 그것을 들고서 샤워를 마친 후 9시 반쯤에 취침하였다. 취침 전 아내로부터 전화가 걸려 왔다. 뉴욕 주로 들어와서 내가 아내에게 전화를 걸었었지만, 그 때는 아내가 수업 중이라 전화를 받을 수 없었다고 한다.

18 (화) 대체로 흐리고 때때로 비
북미 동부지역 일주 여행 4일째.

아침에 1층의 식당에서 조식을 마치고는 아직 시간적 여유가 있는 줄로 알고서 방 안에 한가롭게 앉아 있다가, 8시 반 무렵 출발시간이 지나 다른 손님들이 기다리고 있다는 가이드의 전화연락을 받고서 황급히 짐을 챙겨 내려갔다. 캐나다의 이 지역도 미국 동부와 마찬가지로 시카고와는 한 시간의 시차가 있는데, 나는 휴대폰에 자동적으로 나타나는 현지 시각을 믿고서 손목시계의 바늘은 시카고 시간대로 두었는데, 그것이 착각의 원인이 된지도 모르겠다. 오늘 출발 시각은 오전 8시였던 것이다. 승차하고 보니 나보다 더 늦게 호텔을 나오는 사람도 없지 않았다.

먼저 캐나다 측 나이아가라 폭포와 미국 측 것의 중간 지점에 위치한 미국령 염소 섬으로 이동하였다. 어제의 일행 중 일부는 이미 빠졌고 오늘 여기서부터 새로 합류하는 사람도 있어 오늘의 손님 수는 52명이었다. 나는 어제 가이드가 차 안에서 여권을 검사한 것으로써 이미 캐나다 입국 절차가 끝났으며, 우리가 간밤에 잔 호텔은 캐나다 측 나이아가라 폴즈 시에 있는 것으로 생각하고 있었다. 그런데 차가 이동하기 시작한 이후 다른 승객으로부터 캐나다 입국을 위해 여권을 준비해야 한다는 말을 듣고서 또 한 번 당황하였다. J-1 비자 소지자가 출입국 때 제시하게 되어 있는 DS-2019 서류가 나의 트렁크 속에 넣어져 버스의 짐칸에 들어가 있기 때문이었다. 버스가 염소 섬 정류장에 닿자말자 기사에게 부탁하여 짐칸 문을 열어 트렁크를 끌어내 그 속에서 서류를 꺼낸 다음 트렁크는 원래의 위치에 도로 넣고서 서류를 여권과 함께 챙겼다. 그러는 동안 타고 온 버스는 떠나버렸다.

부슬비가 내리는 가운데 서둘러 일행의 뒤를 따라가고자 했지만, 어디로 갔는지 이미 행방이 묘연하고 버스에 남아 대기하고자 해도 버스의 종적도 잡을 수 없었다. 여러 해 만에 두 번째로 온지라 염소 섬의 위치가 어떻게 되는 것인지 기억하고 있을 리도 없었다. 일행과 떨어져 혼자 남아 난감한 처지가 된 나는 다시 합류할 방법을 알지 못하는지라 근처에 있는 파출소로 들어가 도움을 요청하였다. 경찰관들이 찾아준다고 말하면서 꾸물거리고 있는 동안 우리가 타고 왔던 버스가 다시 원래 하차했던 위치로 되돌아왔고, 얼마 후 일행도 그리로 돌아왔으므로 한시름을 놓았다.

캐나다 입국 절차는 아주 간단하였다. 줄을 지어 검문소 안으로 들어가면 관리가 기계적으로 여권의 빈칸에다 도장을 찍어줄 따름이었다. 어제 야경을 구경했던 사람들은 이미 푸른색 스탬프 도장을 찍어 받은지라 그 부분을 펴서 보여주기만 하면 되었다. 캐나다 측 폭포 옆에서 하차하여 잠시 기념사진을 촬영한 다음, 옵션으로 '안개의 처녀' 호를 탑승하여 폭포 밑으로 들어가는 사람들을 따라갔다가 그들이 개찰구를 다 통과한 다음 옵션에 참가하지 않는 사람들만 남았다. 나는 화장실에 다녀왔다가 캐나다 측 나이아가라 폭포를 그 옆에서 다시 자세히 바라보기 위해 그리로 향하던 도중 가이드가 모이라던 시각에 무리일 것 같아 되돌아왔다. 그러나 그로부터 반시간도 더 지나서야 옵션에 참가했던 일행이 돌아왔으므로, 나의 염려는 기우였던 것이다.

가이드 등이 모여 있는 카페의 의자에 앉아 캐나다 몬트리올 시에 살고 있는 고종사촌 정순 누님에게 전화를 걸었다. 내가 시카고에서 받은 이번 여행의 일정표 두 장에는 모두 오늘 밤 몬트리올에서 숙박한다고 되어 있으므로 호텔에 든 후 누님 내외와 연락하여 오랜만에 이국땅에서 다시 한 번 만나보기로 약속해둔 터이지만, 뉴욕에 도착하여 가이드로부터 받은 일정표에는 오늘의 숙소가 오타와로 되어 있고, 내일 몬트리올을 거쳐 퀘벡에서 다시 일박하는 것으로 되어 있으므로, 서로 만날 수 있는 시간적 여유가 없기 때문이다.

나이아가라를 떠난 우리 일행은 다음 목적지인 토론토로 향하였다. 이미 여러 해 전 내가 한국 교수들의 대학 방문단에 합류하여 처음으로 북미 여행을 왔을 때, 시카고로부터 캐나다에 입국하여 토론토에서 1박한 다음, 다음날은 캐나다 측 나이아가라 폴즈 시에서 또 1박을 하였기 때문에 토론토까지도 이미 둘러본 바 있었다. 우리는 캐나다 경제의 중심지인 토론토에서도 그 중심가 일대만을 둘러보았다. 토론토의 상징인 CN 타워, 지붕이 개폐식으로 되어 있는 운동경기장인 스카이돔, 신·구 시청, 온타리오 주 청사, 왕립 온타리오 박물관, 토론토대학 등을 둘러본 다음, 토론토대학 부근에 있는 코리아타운의 끝 부분 크리스티 스트리트에서 물레방아라는 상호의 조선족 출신 여성이 경영하는 한국음식점에 들러 나는 순대국을 선택하여 점심으로 들었다.

오늘 들른 온타리오 주와 내일 가볼 퀘벡 주에 캐나다 전체 인구의 60% 정도가 거주하고 있다. 원래 캐나다의 경제 중심지는 퀘벡 주의 몬트리올이었으나, 퀘벡 주 분리 독립의 움직임이 강해지자 그러한 정세에 불안을 느낀 사업가들이 대거 토론토로 이주해 옴으로 말미암아 오늘날과 같은 토론토 시의 성장이 이루어지게 되었다고 한다. 토론토의 도심에 있는 고층건물들은 대부분 은행이나 보험 등 금융업과 관련된 것인데, 그것은 캐나다의 사회주의에 준하는 정치 형태와 관련이 있다. 복지 재정이 부족한 캐나다 정부는 국민의 세금을 모아서 보험회사 같은 데다 맡겨 그 업무를 대행케 하고 있는 것이다. 전반적으로 사회보장제도가 잘 갖추어져 있는 반면 그것을 뒷받침하기 위해 고율의 세금을 거두어들이므로 산업이 발달하지 못하고 실업률이 높다. 그러므로 1차 산업을 제외하고서는 이렇다 할 주요 산업이 없어 정치 경제 문화 등 모든 면에서 미국에 의존하고 있는 실정이다. 캐나다 국내에는 미국의 각종 자동차 공장들이 들어와 있고, 심지어 보잉사의 비행기 생산 공장도 들어와 있지만, 그것들은 어디까지나 미국 기업인 것이다. 캐나다의 평균 국민소득은 2만 불 정도라고 한다.

캐나다는 소련의 붕괴 이후 남북한을 합친 한반도의 45배에 달하는 세계 최대의 영토를 가지고 있고, 미국은 한반도의 43배에 달하는 영토를 지녔다. 그러나 캐나다의 국토는 2/3가 동토로서 불모지이며, 미국 인구가 2억9천만 정도인데 비해 캐나다의 인구는 3천5백만 정도에 지나지 않는다. 게다가 이 나라 정치 경제의 중심지인 온타리오 주와 퀘벡 주가 영어권과 불어권으로 선명하게 구분되어 있는데서 보는 바와 같이 언어적 민족적인 통합도 이루지 못하여 정치적으로도 불안정한 상태에 있다. 한국이 최초의 금메달을 획득한 몬트리올 하계올림픽은 연방 정부의 지원을 거의 받지 못하고서 몬트리올 시가 독자적으로 치른 것이라고 한다.

점심을 든 다음, LA와 뉴욕에 이어 북미주에서 세 번째로 크다는 토론토의 차이나타운을 통과하여 다음 목적지인 千섬(The 1,000 Islands)으로 향했다. 캐나다의 주 동맥이라고 할 수 있는 온타리오 호 북부 연안을 따라 이어진 6차선 401호 고속도로를 따라 동쪽으로 계속 나아갔다. 호수의 北岸이라고는 하지만 천섬에 도착할 무렵까지 차 안에서 온타리오 호가 바라보이지는 않고, 차도 주변에는 대체로 붉게 물든 단풍 숲이 이어졌다. 오늘 날씨는 아침에 맑았다가 염소섬에서 부슬비가 내리더니 다시 개었고, 토론토에 도착할 무렵부터 다시 흐렸다가 천섬으로 향하는 도중에 비가 내리기 시작했다. 그러나 우리가 이곳에 도착할 무렵에는 다시 비가 그쳤고, 유람선을 타고서 관광을 마칠 무렵에는 다시 개어서 아름다운 석양의 모습을 바라볼 수가 있었다.

온타리오 주의 동쪽에 있으며 캐나다가 영국으로부터 독립한 이후 두 번째로 수도가 된 적이 있는 킹스턴 시에서 얼마 떨어지지 않은 위치에 천섬이 있다. 천섬이라고 이름이 붙은 이곳은 센트 로렌스 강이 온타리오

호를 만나는 어귀로서, 실제로는 1,800개에 가까운 섬들이 밀집해 있는 곳이다. 그 중 일부는 강을 경계로 국경을 접한 미국의 뉴욕 주에 속해 있다. 이 조그맣고 수많은 섬들은 19세기 이래로 미국 부호들의 여름 별장지로서 각광을 받아 왔으므로, 오늘날 저택이나 집이 들어서 있지 않은 섬은 찾아보기 어렵게 되어 있다. 개중에는 억만장자의 성도 있고 두 섬을 잇는 불과 몇 미터의 조그만 다리가 국경을 이루고 있는 데도 있다. 세계 어디를 가도 한국 관광객이 범람하고 있는 오늘날의 상황이지만, 오늘 우리가 천섬을 유람하는 동안 한국인 이외의 다른 나라 관광객은 거의 찾아볼 수가 없었다.

천섬을 떠나 캐나다의 수도 오타와로 향하는 도중의 차 안에서 가이드가 옵션 및 가이드 팁 등을 거두었다. 나는 7일간의 독방 사용료 $210에다 마지막 뉴욕에서 다른 가이드가 맡는 하루를 제외한 가이드 팁 $70, 옵션 비용 $110을 합하여 총 $390을 청구 받았으나, 수중에 그만한 돈이 없어 우선 $300만 지불하고서 나머지는 미국에 도착한 후 ATM 단말기로 현금을 인출하여 지불하기로 했다. 시카고에서 새로 $300을 인출하였으므로 그것으로 충분할 것이라고 예상했었으나, 여행을 떠나기 전에 이미 쓴 부분이 있는데다 일정 내내 독방을 사용하게 되어 오히려 모자라게 된 것이다. 가이드인 제임스 임 씨는 처음 자기를 독신이라고 소개하였으나, 오늘에 와서야 내년 대학에 입학할 나이의 아들을 둔 가장임을 밝혔고, 나 외에 혼자 온 사람이 여자 한 명밖에 없으므로 부득이 독방을 사용해야 한다던 그의 말도 사실이 아님을 오늘 비로소 알았다. 왜냐 하면 오늘 차 속에서 내 옆 자리에 앉은 한국의 서예가 東泉 金晟會 씨는 워싱턴에서부터 합류하였는데, 이번 여행에서 만난 다른 남자와 계속 한 방을 나누어 써오고 있으며, 저녁 식사 때 같은 테이블에 앉은 여성 한 명도 혼자 왔는데, 지난 며칠간은 다른 여성과 같은 방을 사용하다가 그녀가 토론토에서 귀가한 오늘부터는 독방을 사용하게 되었다고 말했기 때문이다.

이번 여행에서는 또한 주요 관광 포인트가 대부분 옵션으로 되어 있어 옵션이 유난히 많다. 셋째 날의 투레이 동굴($40)과 나이아가라 야경

($30), 넷째 날인 오늘의 'Maid of Mist' 호 승선 및 8일째 뉴욕에서의 엠파이어스테이트 빌딩 전망대와 자유의 여신상($60), 7일째 뉴포트 맨션($30) 관광 등이 모두 옵션으로 되어 총 옵션 비용이 $160이다. 게다가 가이드 팁도 하루 $10로서, 받을 쪽이 일방적으로 정하여 여행이 끝나지도 않은 도중에 미리 거두므로 사실상 이미 팁의 성격을 떠난 요금인 것이다. 개중에 나이아가라 및 뉴욕 시내의 입장료 $60은 원래 내가 팩스로 받은 일정표에는 옵션으로 되어 있지 않았었는데, 참가비를 완납하고 난 후 비행기 표와 함께 우편으로 받은 새 일정표에 추가되어져 있었다.

여행사 측이 배부한 일정표에 적힌 바에 의하면, 이번 여행 상품의 가격은 내가 시카고에서 뉴욕까지 왕복하는 비행기 값이나 7일 간의 독방 사용에 따른 추가 요금 $210을 제외하고서 성인 1인당 $750으로 되어 있다. 여기다 옵션 비용 $160과 8일간의 가이드 팁 $80을 보태면 실제의 가격은 $990인 셈이다. 이러한 영악한 요금 징수 방법에 대해 우리 가이드인 제임스 임(그가 실수로 흘린 한국 이름은 임창빈이다)은 한국의 여행사들끼리 과도한 경쟁을 하여 가격을 터무니없이 내려 손님을 끌려고 하기 때문에 생긴 편법이라고 설명하였다.

우리는 어제처럼 밤중에 오타와에 도착하여, 차로 시내를 통과해 리도 스트리트에 있는 비원이라는 한식당에서 늦은 저녁식사를 들었다. 그 바로 옆에 한국인 관광객을 상대로 하는 기념품점이 있어 식사 후에 들어갔다가 캐나다 명물이라고 하는 호도 알맹이를 한 봉지 샀다. 그런 다음 가티노 구역의 로리에 가에 있는 베스트 웨스틴 카르티에라는 숙소에 들어, 나는 123호실을 배정받았다. 방안 공기가 다소 추위를 느끼게 하나 에어컨의 난방 장치를 켜면 소음 때문에 잠들기 어렵고, 그것을 꺼도 차창 밖의 환풍기에서 나는 모양인 소음이 내내 수면을 방해하였다.

19 (수) 비

숙소 1층에 있는 알렉산드리아라는 이름의 식당에서 콘티넨탈 조식을 든 다음 8시 30분에 출발하여 오늘의 여행을 시작하였다.

비가 내리는 가운데 먼저 캐나다의 수도 오타와 시내를 버스로 둘러보았다. 국회의사당과 그 양측에 있는 수상 공관 및 상원의원 청사 등을 바라보았고, 리도 운하 및 오타와 시의 끄트머리 오타와 강에 면한 넓은 녹지 공간 속에 있는 총독 관저인 리도 홀에도 가보았다. 캐나다의 명목상 최고 통치자인 총독 전임자는 홍콩 출신의 아시아계 여성이며, 현 총독은 흑인 여성인데, 그녀들의 남편은 모두 백인 남성이다. 현재의 수도인 인구 75만 정도의 오타와 시는 온타리오 주와 퀘벡 주의 접경에 위치하면서도 강을 경계로 하여 온타리오 주에 속해 있다. 이 역시 영국계와 프랑스계 국민의 대립을 무마시키려는 고충에서 나온 것이다.

캐나다에 백인이 진출한 것은 군사 요새인 퀘벡의 건설을 필두로 한 프랑스가 먼저였다. 그 후 프랑스인은 몬트리올 건설을 거쳐 모피 무역을 중심으로 하는 상업 활동을 통해 미국의 대평원 지역으로도 진출하여 카리브 해에 면한 오늘날의 루이지애나 주에까지 이르렀다. 루이지애나란 당시 프랑스의 절대군주인 루이 14세의 이름을 딴 것이다. 이러한 광대한 신대륙의 식민지를 영유하면서도 독립 당시 영국 식민지였던 미국의 백인 주민은 백만 명 정도였으나 신대륙에 이주한 프랑스인은 끝내 10만 명에도 못 미치는 수준이었다고 한다. 그러므로 프랑스와 영국은 캐나다 지역의 영유권을 둘러싸고서 대립하여 양측이 모두 인디언까지를 끌어들인 이른바 프렌치 인디언 전쟁을 치른 결과 영국 측이 승리하여 온타리오 지방을 차지하게 된 것이다. 그 이후 캐나다 지역에 대한 영국의 우위는 더욱 강화되어져 갔으나, 유럽의 본국과 해외 식민지에서 역사적으로 대립을 계속해 온 두 나라 계열 주민 간의 민족적 앙금은 오늘날까지도 해결되지 않고 있는 상태이다. 퀘벡 주에서는 1990년대에 두 차례에 걸쳐 주민투표를 실시하여 캐나다 연방으로부터의 분리 독립을 시도하였으나 근소한 표차로 이루어지지 않았던 것이며, 현재도 퀘벡 분리 독립당이 캐나다의 정당으로서 엄연히 존재하고 있다.

오타와를 떠나 퀘벡 주에 들어가 이 주 최대의 도시 몬트리올로 향하였다. 어제 낮에 토론토에서 천섬 쪽으로 가는 도중에 경유한 401호 고속도로는 편도 3차선 왕복 6차선이었으나, 오타와와 몬트리올, 몬트리올과 퀘벡을 잇는 40호 주간고속도로는 편도 2차선 왕복 4차선이었다. 그러나 왕복 차선의 사이에 그 차선 모두를 합한 정도로 넓은 풀밭이나 더러는 숲을 만들어 두어 차량의 대형충돌사고를 예방하고 있었다. 캐나다의 어디를 가도 도시를 떠난 이후로는 계속 단풍에 물든 숲이 도로의 양측에 이어지고 있다.

몬트리올에 도착하여서는 먼저 교외 지역의 산중턱에 자리 잡은 북미 최대의 천주교 성지인 성 요셉성당(SAINT JOSEPH'S ORATORY)을 방문하였다. 이 성당은 聖십가가회 소속의 앙드레 신부(1845~1937)에 의해 1904년에 시작되었다. 그는 본명이 알프레드 베세트로서 몬트리올 서남쪽 생 그레고아르 디버비유라는 곳에서 12인의 자녀 중 여덟 번째로 태어났다. 어려서 부모를 잃고, 가난하고 병약한 가운데 별로 교육도 못 받은 고아로서 자라나, 직업을 찾아 이웃 마을들과 뉴잉글랜드의 방직공장 등지로 전전하다가 1876년에 캐나다로 돌아왔고, 그 3년 후에 聖십자가회에 들어가 거기서 앙드레 신부라는 새 이름을 받았다.

그는 마리아의 남편이며 예수에게는 세속의 아버지에 해당하는 목수 성 요셉에게 기도하여 30세 무렵부터 특이한 능력을 받아 다리나 하체가 부자유한 사람들을 치유하는 기적을 행함으로서 세상에 알려지기 시작하였다. 1904년에 그는 친구의 도움으로 지금도 성당 구내에 남아 있는 성 요셉을 기념하는 조그만 예배당을 지었고, 그 몇 년 후부터 죽을 때까지에 걸쳐 그 2층의 초라한 방에 거처하여 매우 간소한 생활을 하였으며, 사람들의 무리가 그를 찾아오기 시작하였다. 이리하여 그 조그만 예배당이 오늘날의 거대한 성당으로 발전하게 된 것이다. 그는 91세의 나이로 죽은 다음 천주교의 관습에 따라 내장을 드러낸 후 이 성당 건물 안에 시신이 안치되었고, 보통 사람보다 두 배나 크다고 하는 그의 심장은 무덤 근처에 따로 보관되어 참배객들이 볼 수 있게 되어 있다. 성당 구내의 여기저기에는 여기서 치유되어 자기 발로 걸어서 돌아갔다는 사람들이 남겨둔 목발들이 많이 진열되어져 있었다. 1982년에는 교황 요한 바오로

2세가 이 성당을 방문하여 친히 그를 축복하는 미사를 집전하였으며, 매년 2백만이 넘는 사람들이 이곳을 방문하고 있는 모양이다.

우리는 성 요셉 성당을 나온 후 구시가를 거쳐 신시가로 들어갔다. 북미에서 두 번째 가는 천주교 성지라고 하는 몬트리올 시내의 노트르담 성당도 방문하였다. 그러나 거기서는 기도하러 온 신도 이외의 방문객에게는 $4의 입장료를 징수하고 있었으므로, 나를 포함한 우리 일행 대부분은 문 밖에서 성당 내부를 조금 기웃거려 보았을 따름이다. 생 앙토안느 거리에 있는 중국식 뷔페식당 김 푸(金富)에서 점심을 든 후 시청에 가 보았다. 그 밖에 올림픽 스타디움 등도 둘러볼 예정이었으나 비가 와 내려 보지 못하고서 지나는 길에 습기 낀 차창 밖으로 바라보았을 따름이다. 캐나다에서는 영어와 불어를 공용어로 삼아 병기토록 하고 있으나, 퀘벡 주 내에서는 영어를 찾아보기 어려웠다.

다시 한참동안 40호 주간고속도로를 달려 몬트리올과 퀘벡의 중간지점에 있는 트로와 리비에르라는 도시에 이르러 오후 5시 반쯤에 로얄 불리바드에 있는 오늘의 숙소 로이 호텔에 들었다. 트로와 리비이르란 세 강이라는 뜻인데, 지도상으로 보면 이 도시는 센트 로렌스 강과 그 지류인 생 모리스 강이 만나는 어귀에 위치해 있으니, 또 하나의 강 이름은 무엇인지 알 수 없다. 나는 280호실을 배정받았다. 한 시간쯤 휴식을 취한 다음 6시 30분에 데 포르쥬 거리에 있는 중국식 뷔페식당 팔레 로얄(皇宮)로 가서 개구리 뒷다리 튀김 등으로 저녁식사를 들었다.

20 (목) 맑음
여행 6일째.

오전 8시에 출발하기로 예정되어 있었으나 8시 반에 되어도 운전수가 나타나지 않았다. 역시 뒤늦게 나타난 가이드가 호텔 안으로 다시 들어가서 그를 데리고 나온 후에야 비로소 떠날 수가 있었다. 히스패닉으로 보이는 비교적 젊은 나이의 그 기사는 가이드의 설명에 의하면 간밤에 TV를 보다가 그만 늦잠을 자게 된 것이라 한다. 퀘벡 주에서는 밤 10시가 넘으면 일반 TV 채널에서도 성인물을 방영한다. 가이드의 그러한 설명을 듣고서 엊그제 밤에 잠도 오지 않고 하여 나도 몇 차례 TV의 채널을 돌려보았었는데, 어떤 채널에서는 포르노라고 할 수 있는 정도는 아니지만 농도 짙은 정사 신이나 남자의 성기가 노출된 장면, 여자의 자위하는 장면을 담은 영화가 방영되고 있었다.

우리는 캐나다 여행의 하이라이트라고 하는 퀘벡 시로 향했다. 신시가지를 거쳐 구시가로 들어갔다. 서양의 유서 깊은 도시에는 대체로 구시가와 신시가가 있는데, 성벽으로 둘러싸인 구시가는 유네스코의 세계문화유산에 지정되어져 있다고 한다. 프랑스의 정취를 짙게 풍기는 고풍스런 건물들이 거기에 늘어서 있다. 서로 비슷해 보이는 석조건물들이지만 제각기 다른 모양을 갖추고 있다. 구시가의 시청과 그 앞 도로 맞은편에 있는 군부대를 버스를 타고 천천히 지나가면서 바라보았다. 부대에는 캐나다 국기가 걸려 있으나 시청 앞에는 퀘벡 시의 市旗만이 걸려 있다. 그것은 푸른 바탕을 하얀 십자가로 사등분하고서 그 나눠진 푸른 바탕 하나하나에 프랑스 왕실의 상징인 백합문양을 넣어두고 있었다. 그 건물 한쪽 편에는 프랑스 국기도 걸려 있다고 가이드가 설명했다.

구시가는 성벽 안쪽의 높은 지대와 바깥쪽 센트 로렌스 강가의 낮은 지대로 구분되어져 있었다. 성 안에는 신분 높은 사람들이 살고 낮은 지대에는 평민들이 살았다고 한다. 높은 쪽과 낮은 쪽에 각각 따로 노트르담 성당이 있었다. 우리는 지금은 호텔로 쓰고 있는 언덕 위에 높게 솟은 성(Fairmont Le Chateau Fronternac) 앞의 광장에 내려 그 주변의 여러 동상들과 성 아래 강가의 평민 구역을 두루 둘러본 후 얼마간의 자유 시간을 가졌다. 나는 자유 시간에 팔레 르와이얄이라고 부르는 부두까지 나아갔다가 걸어서 성채 앞 광장으로 돌아왔다. 팔레 르와이얄에는 대형 유람선이 정박해 있었다.

퀘벡 시는 대서양으로부터 센트 로렌스만을 거쳐서 그 하구가 급격히 좁아지는 센트 로렌스 강의 초입에 위치해 있다. 하구의 앞에는 오를레앙 섬이 있어 물길을 두 갈래로 나누고 있다. 퀘벡 구시가는 하구의 언덕 위에 성벽을 쌓고서 대포를 설치하여 센트 로렌스 강을 통해 내륙으로 출입하려는 선박을 한눈에 바라보면서 견제할 수 있는 천연의 요새에 위치해 있는 것이다. 그러나 프렌치 인디언 전쟁 때 영국군은 이 성 뒤편의 보급로를 차단함으로써 비교적 단시일 내에 농성하고 있던 프랑스 측으로부터 항복을 받아내었다고 한다.

2005년 10월 20일, 퀘벡 구시가

우리는 퀘벡 시를 떠난 후 센트 로렌스 강에 걸친 큰 다리를 건너서 건너편의 강변을 따라 난 20번 고속도로를 통해 몬트리올 방향으로 향했다. 도중에 남쪽으로 방향을 바꾸어 내려가는 55번 고속도로가 시작되는 지점인 뒤몽비유 시에서 생 요셉 거리에 있는 중국 뷔페식당에 들러 점심을 들었다. 2차선인 55번 고속도로를 따라 계속 내려와 미국 국경 근처의 면세점에 들었을 때, 나는 휴대하기에 간편한 크기의 캐나다에서 출판된 북미 도로지도(『Interstate Atlas Routier: North America』, Williamson, UniversalMAP, 1998)를 한 권 샀다.

캐나다의 퀘벡 주를 지나 미국 버몬트 주로 들어가자 지금까지의 55번 고속도로는 미국에서 91번 주간고속도로로 바뀌었다. 국경에서는 경찰 복장을 한 미국 관리가 우리의 버스 안으로 들어와서 간단하게 신분증 검사를 한 후 통과시켰다. 우리는 91번 도로를 따라 산이 많은 버몬트 주의 동북부를 종단하여 내려와 세인트 존즈베리 부근에서 93번 주간고속도로로 접어든 후 뉴햄프셔 주의 경내로 들어왔다. 뉴햄프셔 역시 산이 많은 주였다. 우리가 화이트 마운틴 國定산림을 통과할 때는 이 주의 최고 지점인 해발 6,288 피트의 워싱턴 산이 있는 트윈 마운틴의 산마루 부근에 눈 덮인 모습을 바라볼 수 있었다.

국정산림을 통과한지 한참 후 여행안내소가 있는 휴게소에 들렀을 때, 그곳을 지키는 노인의 말로는 우리가 지나온 이 길은 미국에서도 경관 좋은 도로 중의 하나로 꼽힌다고 했다. 미국 사람들은 가을철에 단풍 구경을 하러 일부러 이리로 놀러오는 모양이지만, 캐나다에 비해 상대적으로 기후가 온난할 터인 미국 측이 오히려 더 일찍 단풍의 절정기를 넘겨 있었다. 그러나 산과 숲과 호수와 개울과 강물이 이어져 과연 경관은 좋았다. 이번 여행 중 특히 캐나다 측의 단풍이 좋았지만, 가는 곳마다에서 붉거나 노랗게 잎이 물든 활엽수들을 바라볼 수 있어 가히 단풍 여행이라 할만하다.

휴게소를 지나서부터는 어두워지기 시작하여, 이 주의 중심지인 유서 깊은 콩코드 시는 주의해 차창 밖을 지켜보고 있었으나 내가 알지도 못하는 사이에 지나쳐 버렸다. 헨리 데이비드 소로우가 『월든, 숲속의 생활』을 쓰고, 랄프 왈도 에머슨이 거주하던 곳이라 젊은 시절부터 꼭 한 번 와보고 싶었던 터였다. 매사추세츠 주의 중심지 보스턴에 도착하여 매사추세츠 에브뉴에 있는 아리랑 하우스라는 이름의 한식점에 들러 오랜만에 한식 뷔페로 저녁식사를 들었다. 식당으로 오고 가면서 크리스천 사이언스 본부 건물 건너편에 있는 보스턴 심포니 홀 앞을 지나쳤다. 마침 공연이 있는 모양이었다.

아리랑 하우스 옆의 스낵 점 유리창에 ATM이라고 씌어져 있었으므로, 그 식당 안으로 들어가 포스터 은행의 직불 카드로 $400을 인출하고자 했다. 그러나 그 기계로는 한번에 $100까지만 인출할 수 있고, 게다가 1회당 사용 수수료가 $2이니, 내 돈을 찾아 쓰면서 고리대의 이자를 무는 꼴이었다. 가이드에게 물었더니, 은행으로 가서 ATM을 이용해야만 비교적 합리적인 수수료를 물고서 원하는 만큼의 돈을 찾을 수가 있다는 것이었다. 그러면서 그는 아직 지불하지 못한 나의 비용 $90과 더불어 어제 저녁식사 때의 팁 $1을 더 요구하였다. 어제 밤 개구리 다리 튀김이 있는 뷔페식당에 들렀을 때 가이드 임 씨는 이 식당의 음식 값이 1인당 $15인가 된다고 설명하였고, 여태까지 매번 식사 때마다 테이블에 놓으라고 하던 팁 $1씩을 이 식당에서는 놓지 말라고 하면서 그 돈은 차후에 자기가 거두겠노라고 말한 바 있었다. 그의 말로는 식당 측과의 계약에 의해 여행사 측이 팁을 포함한 가격을 이미 치렀으므로, 그 팁에 해당하는 비용을 손님으로부터 추가로 받는다는 것이었다. 기가 막히는 말이지만, 그는 미국에서는 이것이 조금도 이상하지 않은 상식이라고 했다. 그러나 $90 외에 아직 그 돈을 주지는 않았다.

오늘밤의 숙소는 보스턴 시에서 우리가 왔던 길로 다시 돌아가 북부 교외 지역의 웨이크필드 시 오듀본 로드에 있는 세라톤 콜로니얼 호텔이었다. 나는 204호실을 배정받았다. 이 호텔 로비에도 ATM 단말기가 설치되어져 있으므로 거기서 $300 정도의 돈을 더 찾고자 했지만, 이 기계의 1회 사용에 드는 수수료는 거의 $4에 가까웠으므로 그만두었다.

간밤에는 누나로부터 호텔로 전화가 걸려와 창환이가 집으로 돌아와 있으므로 내가 토요일에 귀환할 때 차를 가지고서 공항으로 마중 나갈 수 있음을 알려주었다. 오늘은 보스턴에 거의 다 와갈 무렵 차 안에서 내가 아내에게 안부 전화를 걸었다. 아내는 ESL 수업을 함께 수강하는 학생들과 더불어 시카고 시내로 할로윈 축제 준비의 구경을 나가 있었다.

21 (금) 맑음

보스턴의 케임브리지 시로 들어가 MIT와 하버드대학을 둘러보았다. 여러 해 전에도 와 보았던 대학들이지만, 과거에는 캠퍼스 구내를 둘러본 데서 그쳤던 데 비해 이번에는 건물 안으로까지 들어가서 살펴본 것이 차이점이라고 할 수 있다. MIT에서는 본관에 해당하는 석조 건물 안으로 들어가 거북선을 포함한 각종 선박들이 진열된 곳 등을 둘러보았고, 하버드에서는 하버드 야드로 들어가 세계 최초의 컴퓨터가 진열된 복도 등을 둘러보았다. 처음 왔을 때는 하버드대학 및 이웃한 레드클리프 여대의 구내를 거의 다 둘러볼 수 있었지만, 이번에는 시간이 부족하여 혼자서 옌징 인스티튜트(燕京學社)로 가 그 도서관의 장서를 구경하고 싶었으나 그 방향으로 걸어가던 도중에 돌아올 수밖에 없었다.

보스턴을 떠나 93번 주간고속도로를 타고서 매사추세츠 주를 벗어나, 미국의 50개 주 가운데서 가장 작다는 로드아일랜드 주까지 내려와 그 최남단의 뉴포트 섬에 있는 호화 별장지대로 갔다. 먼저 이 섬 미들타운의 이스트 메인 로드에 위치한 뷔페식 중국 식당(Batik Garden Imperial Buffet)에 들러 점심을 들었다. 대서양에 면한 한적한 해변 길인 오션 드라이브를 따라 차 속에서 별장 지대를 두루 둘러본 다음, 되돌아와 그 별장들 가운데서 거의 최초로 지어진 것이며, 입장료를 받고서 외부인에게 공개하고 있는 '대리석의 집(Marble House)' 앞 주차장에 내려 그 건물 내부를 둘러보았다. 영어를 이해할 수 있는 사람은 각각의 장소에 대한 음성 설명이 차례로 나오는 헤드폰을 받아 꼈고, 그렇지 못한 사람들은 가이드를 따라가며 한국어로 설명을 들었다. 나는 헤드폰을 꼈지만, 그 설명이 꽤 자세하여 우리 일행과 떨어져 버렸으므로 보조를 맞추기 위해 도중부터 걸음을 빨리 했으므로 설명은 듣는 둥 마는 둥 했다. 이는 19세기에 미국 부호 밴더빌트 씨가 그 부인의 생일 선물로서 순 대리석으로 지은 건물인데, 내부는 귀족 취향을 반영한 프랑스식 조각이나 가구, 회화가 대부분이었다. 그 부호는 후일 여성의 정치적 권리 신장을 위한 사회운동가였던 부인으로부터 이혼을 당하고, 이 집의 소유자인 부인은 밴더빌트의 가까운 친구와 재혼하였다고 한다.

마블 하우스를 떠난 뒤, 138번 주도를 따라서 긴 다리를 건너 서쪽으로 계속 나아가 95번 주간고속도로를 만난 다음, 그 길을 따라서 뉴욕까지 남하하였다. 95번 도로는 예전에 내가 보스턴까지 북상할 때 탔던 바로 그 길이다. 미국의 고속도로도 캐나다처럼 양측 노선의 가운데에 넓은 녹지공간을 조성해 둔 곳이 적지 않았다.

도로 가 숲의 단풍을 구경하며 미국 내에서 가장 부유한 주라는 코네티컷으로 들어왔다. 뉴 헤이븐 시에 이르러 예일대학의 광대한 캠퍼스를 차창 밖으로 바라보았다. 뉴 헤이븐을 지나서부터는 미국 최대의 도시인 뉴욕에서 멀지 않은지라 대서양에 면한 고속도로를 따라 항구도시들이 계속 이어졌다. 어두워진 후에 뉴욕 주의 경내로 들어갔다. 나는 차를 타고서 오는 도중 두 번에 걸쳐 시카고에 두고 온 아내와 통화하였다. 아내는 오늘 ESL을 쉬는 날인지라 낮에는 누나 및 창환이와 더불어 식물원 구경을 가 있다가 전화를 받았고, 두 번째는 창환이와 더불어 월마트에 나가 쇼핑 중이었다.

뉴욕 시는 보로우(The Boroughs)라고 불리는 다섯 개의 區로 이루어져 있는데, 그것들 중 브롱크스를 제외한 나머지 넷은 맨해튼, 퀸즈, 브루클린, 스테이튼 아일랜드로서, 퀸즈와 브루클린은 같은 롱아일랜드 섬에 들어 있고, 나머지 두 개는 별개의 섬으로 되어 있다. 따라서 이 섬들은 모두 여러 개의 철교와 터널로써 연결되어져 있다. 우리는 육지에 연결된 가장 북부의 브롱크스로부터 뉴욕 시에 들어갔고, 다음으로는 퀸즈의 매우 긴 코리아타운 거리를 따라서 죽 나아갔다가, 이어서 맨해튼으로 들어갔다. 뉴욕의 야경을 두루 구경한 셈이다. 그런 다음, 허드슨 강을 관통하는 링컨 터널을 따라 뉴저지 주에 속한 웨스트 뉴욕 지구로 들어갔다. 밤 8시 무렵에 뉴저지 주 페어뷰의 브로드 에브뉴에 있는 '빛고을 명가'라는 한식점에 들러 늦은 저녁식사를 들었다. 이 식당에서 내가 $13에 소주 한 병을 사서 같은 자리에 앉은 남자들과 나눠 마셨다. 매사추세츠 주의 경내를 지나오다가 휴게소에 들렀을 때 그곳 스낵점 안에서 아메리카 은행의 ATM 기계가 눈에 띄었는데, 그것으로 $2의 수수료를 치르고서 나의 포스트 은행 당좌구좌로부터 $400을 인출할 수 있었으므로 비로소 금전적 여유를 가지게 되었던 것이다.

뉴욕 시내에서 교통 정체에 걸린 데다 식당에서 또 한참을 지체했기 때문에, 오늘 밤의 숙소인 뉴저지 주 새들브룩의 캐니 플레이스에 위치한 홀리데이 인에 다다랐을 때는 이미 밤 10시를 넘겨 있었다. 나는 612호실을 배정받았다.

22 (토) 비

7박 8일에 걸친 여행의 마지막 날이다.

아침 8시 30분에 새로 온 버스 한 대로 숙소를 출발하였다. 이번 여행 중 동행하는 승객은 계속 바뀌었는데, 오늘 아침에도 일부는 가이드 임 씨가 운전하는 차로 따로 떠나 돌아갔고, 우리가 탄 버스에는 더 젊은 가이드가 탔는데, 오늘부터 새로 승차하는 손님들도 있었다. 내 옆에는 뉴욕 1일 관광에 참가한 어린 아들을 동반한 젊은 여인이 앉았다. 나는 예전에 이미 패키지 투어를 통해 뉴욕 전체를 대충 훑어본 바 있었기 때문에, 두 번째로 온 오늘은 나 혼자서 자유 시간을 가지며 맨해튼 북부의 할렘 지구와 거기에 있는 콜롬비아대학, 그리고 센트럴파크와 거기에 면한 메트로폴리탄 미술관 및 구겐하임 미술관, 메트로폴리탄 심포니 홀및 줄리아드 음대 등을 시간이 허락하는 정도까지 둘러보고 싶었다. 그러나 혼자서 잘 알지도 못하는 곳을 찾아다니기보다는 정해진 패키지 코스에 따라 다니며 뉴욕 전체를 다시 한 번 둘러보는 편이 낫겠다고 마음을 고쳐먹고서, 가이드 임 씨에게 자유의 여신상 및 엠파이어스테이트 빌딩 옵션 비용 $40을 추가로 지불하고서 그런 뜻을 전했다. 자그만 돈 때문에 일을 번거롭게 만들고 싶지 않아, 캐나다 트로아 리비에르에서의 석식 팁 $1도 어제 이미 그에게 건네준 바 있었다.

우리는 다시 링컨 터널을 경유하여 뉴욕의 중심인 맨해튼으로 들어갔다. 링컨 터널은 강 밑바닥의 지하 암반을 뚫어서 만든 것이 아니라 튜브 식 공법으로 만들어 땅바닥 위에 얹혀 있는 것이라 한다. 처음에는 하나의 터널이었으나, 그 후 교통량이 증가함에 따라 좌우로 각각 하나씩의 터널을 더 만들어 지금은 세 개가 나란히 이어져 있다. 우리는 먼저 맨해튼 중부의 32번가에 있는 코리아타운으로 들어갔다가, 긴 고구마 또는 버스처럼 생긴 맨해튼 섬을 남북으로 비스듬히 종단하는 브로드웨이를 따라 남부 지구로 내려갔다. 그리니치빌리지에서는 「마지막 잎새」의 작가 오헨리가 살던 곳을 지나갔고, 한국이 낳은 세계적인 전위예술가 백남준 씨가 거주하고 있는 예술가의 거리 소호를 거쳐, 미국 최대의 규모라는 차이나타운도 지났다. 부슬비가 내리는 가운데 월스트리트에서 차를 내려, 걸어서 조지 워싱턴이 초대 대통령 취임식을 올린 장소에 세워진 워싱턴의 동상 및 그 바로 맞은편에 위치한 세계 금융의 중심 뉴욕증권거래소 건물을 둘러보았다.

맨해튼의 남부 지역을 다운타운이라고 하는데, 그것은 오늘날의 영어가 의미하는 중심가라는 뜻이 아니다. 원래 뉴욕은 이 맨해튼의 남부 지역만을 의미하는 말이었다. 처음에는 네덜란드인이 인디언으로부터 거의 공짜나 다름없는 가격으로 이 일대를 매입하여 뉴 암스테르담을 건설하였는데, 그 이후로도 인디언과의 분쟁이 끊임없이 벌어졌기 때문에 방어 상의 목적에서 주위를 나무로 된 담으로 둘러쌌으니, 월 스트리트라는 이름은 그러한 역사적 사실에서 유래한 것이다. 영국인이 이 지역을 입수하면서 뉴 암스테르담을 뉴 요크로 개명했던 것이므로, 다운타운 일대는 뉴욕의 발상지이며 미국 최초의 수도가 두어졌던 곳이기도 하다. 이곳은 원래 항구도시로서 발전해 나갔는데, 그 후 규모가 계속 커져 맨해튼 섬 전체는 물론이고 점차로 그 인근의 섬 지역으로까지 도시가 확대되어 나가 오늘날의 뉴욕 시를 이루게 된 것이다.

오늘날 뉴욕 혹은 미국 사람들은 이곳을 세계의 수도라고 말하고 있다. 미국이 현대의 로마제국에 해당한다면, 미국 경제의 중심인 이곳은 그 미국의 심장이라고 할 수 있다. 2000년도의 센서스에 의하면 미국 인구는 2억9천만 명 정도라고 한다. 그 중 백인은 대충 잡아 9천만 정도에 불과하고, 1억은 멕시코를 비롯한 중남미 지역으로부터 넘어와 대부분 불법체류하고 있는 히스패닉이며, 흑인과 아시아계 인종이 나머지 1억에 해당한다고 한다. 통계상으로 잡혀 있는 한국인은 현재 270만 정도인데,

불법체류자까지 포함하면 실제로는 얼마인지 알 방법이 없다. 그들은 미국의 구석구석에까지 스며들어 거주하고 있는 터이니, 이미 한국인 해외 이민자의 최다수는 미국에 있는 것이다. 미국 사회의 저변을 지탱하고 있는 저임노동자는 거의 다 히스패닉이거나 흑인이다. 아시아계도 대체로 중하위 계층을 이루고 있다. 히스패닉의 대다수는 지금도 불법체류자의 신분이지만, 미국 사회는 그러한 사실을 묵인하는 형태로 수용하면서 그들의 값싼 노동력을 이용하고 있는 것이다. 그러고 보면 노예 노동으로 산업을 뒷받침하고 있었던 백인 위주의 미국 사회가 지금도 형태는 바뀌었지만 기본적인 틀은 유지되고 있다고 하겠다.

우리는 오전 11시에 사우드 스트리트 부두에서 유람선을 타고서 맨해튼 남쪽에 위치한 조그만 섬에 있는 '자유의 여신' 상을 구경할 예정이었다. 그러나 배는 이미 만선이 되어 떠나고 다음 배는 한 시간 후인 정오에 있다는 것이었다. 그래서 부득이 11시 50분까지 자유 시간을 가지게 되었다. 나는 혼자서 고가도로가 있는 이스트 강가의 사우드 스트리트를 따라 걸어서 섬 최남단의 스테이튼 아일랜드 페리 터미널까지 갔다가, 거기서 블록 사이의 건물 공간을 통해 이스트 강변의 모습을 수시로 바라볼 수 있는 워터 스트리트를 따라 북상하여 유람선 선착장으로 되돌아왔다. 이곳 사우드 스트리트 부두에서는 자유의 여신상을 바다 위에서 바라볼 수만 있는 유람선이 떠나고, 배터리 공원 가에 위치한 스테이튼 아일랜드 페리 터미널에서는 자유의 여신상 및 과거 미국의 이민국이 있었던 엘리스 아일랜드로 가는 연락선이 출입하고 있다. 그러고 보면 예전에 왔을 때는 자유의 여신상 머리 부분까지 올라가 보았고, 엘리스 아일랜드에서 잠시 하선했던 바도 있었으므로, 당시에 배를 탔던 곳은 페리 터미널이 아니었던가 싶다.

12시에 유람선에 올라 자유의 여신상까지 갔다가 돌아온 후, 9.11 테러에 의해 완전히 파괴되어 현재 재건 공사가 시작 단계에 있는 세계무역센터의 폐허 현장을 차안에서 바라보았다. 그런 다음 웨스트 32번가 코리아타운에 있는 원조라는 한국음식점으로 이동하였다. 나는 얼큰한 육개장을 선택하여 들었다.

점심을 든 후, 걸어서 그 바로 근처의 33번가에 있는 엠파이어스테이트 빌딩으로 이동하였다. 엠파이어스테이트란 뉴욕 주의 별칭이며, 이 건물은 GM 자동차 회사의 본관으로서 철조 공법에 의해 1년 만에 건설되었다. 당시는 대공황 시기라 8시간씩 하루 3교대 방식으로 단시일 내에 건축하여 세계를 놀라게 하였으나, 날림공사는 물론 아니었다. 모두 102층인데, 이는 메이플라워호를 타고서 플리머스 항에 상륙한 최초의 청교도가 102명이었던 것을 상징한다. 내가 어릴 때는 학교에서 세계 최고의 건물은 엠파이어스테이트 빌딩이라고 배웠지만, 지금은 세계에서 7번째로 높다고 한다. 9.11 이전에는 세계무역센터의 쌍둥이 빌딩이 뉴욕에서 이것보다 더 높은 건물이었다. 86층 전망대에 올라가 보았지만 밖은 비가 내리는 데다 찬바람이 강하게 불어 제대로 구경을 할 수 없었다. 그러나 예전에 올라와 이미 둘러본 바 있었기 때문에 미련은 없었다.

엠파이어스테이트 빌딩의 다음 순서는 맨해튼의 북부 지역으로서, 유엔본부를 거쳐 성 패트릭 대성당과 콜롬비아대학 및 센트럴파크 등을 둘러볼 차례였다. 그러나 나의 비행기 출발 시간은 오후 7시 45분이라 아직 네 시간 남짓 여유가 있어 오늘의 일정을 충분히 커버할 수 있음에도 불구하고, 유엔본부 앞에서 나를 공항으로 싣고 갈 여행사의 차가 대기하고 있다는 것이므로, 별 수 없이 유엔본부 앞에 내리자말자 그 차로 옮겨 타서 뉴저지의 뉴워크 공항으로 향하였다.

공항에서는 체크인 수속을 한 후 탑승구 앞에 이르러 남는 시간동안 오늘의 일기를 입력하였다. 그러나 도중에 배터리가 다 소모되어 전원이 꺼지는 바람에 이미 입력해 둔 부분을 꽤 날려버리고서 중단할 수밖에 없었다. 우리가 타고 갈 비행기가 연착하여 오후 8시 20분이 지나서야 탑승할 수가 있었다. 시카고의 오헤어공항에는 창환이가 누나의 링컨 승용차를 몰고서 마중 나와 주었다. 집에 돌아와 아내가 마련해 준 미역국으로 늦은 저녁식사를 조금 든 후 자정 무렵에 취침하였다.

이번 여행에서는 짧다면 짧은 기간에 실로 장거리를 달렸다. 돌아다닌

곳은 미국의 수도로서 특별행정구역인 워싱턴 DC를 제외하고서도, 미국의 50개 주 가운데서는 뉴욕·뉴저지·델라웨어·메릴랜드·버지니아·웨스트버지니아·펜실베이니아·버몬트·뉴햄프셔·매사추세츠·롱아일랜드·코네티컷의 12개이고, 캐나다의 10개 주 가운데서는 온타리오와 퀘벡의 2개이다.

23 (일) 대체로 비

누나 및 아내와 더불어 창환이가 운전하는 링컨 승용차에 동승하여 위스콘신 주 밀워키 시에서 서북쪽으로 30마일 정도 떨어진 거리의 167번 고속도로 부근에 위치한 가톨릭 성지 홀리 힐(Holy Hill, National Shrine of Mary, Help of Christians)로 단풍 여행을 떠났다. 이곳은 몬트리올의 성 요셉 성당처럼 앉은뱅이가 일어서는 기적이 여러 번 일어났던 곳이라고 한다. 날씨는 변덕스러워 맑았다 흐려졌다가 비가 오기를 반복하였다. 지금쯤 이 일대는 단풍이 절정으로서, 광대한 숲에 둘러싸인 언덕 위에 위치한 성당의 주위는 울긋불긋하게 물든 나뭇잎으로 실로 장관을 연출하고 있었다. 우리는 11시 미사에 참가하였는데, 처음에는 방을 잘못 찾아 우크라이나 언어로 미사를 드리는 곳에 들어갔다가 그곳을 나와 영어 미사를 드리는 더 큰 방으로 옮겨갔다.

미사를 마치고서 돌아오는 길에 나의 제의에 따라 아마도 위스콘신 주 안에서 최대의 도시일 근처의 밀워키 시(인구 598,895명)를 구경하러 갔다. 이 도시는 세계적으로 지명도가 높은 밀러 맥주의 본산지이며, 위스콘신 주는 또한 브랜디와 치즈의 생산으로도 명성이 있다고 들은 바 있으므로, 이 고장 특산인 그런 물건들을 사고 적당한 식당에 들러 점심도 들 예정이었다. 미시건 호수에 면한 밀워키 시내를 두루 드라이브하였으나 점심을 들 만한 마음에 드는 식당을 찾지는 못하였고, 시행착오를 거듭하다 마침내 밀러맥주공장으로 찾아가 보았지만 방문객에게 싼 가격으로 제품을 파는 비지터 센터는 때마침 일요일이라 문을 닫고 있었다. 고속도로를 따라 시카고로 돌아오는 길에 적당한 식당에 들를 예정이었지만, 아내가 화장실에 갈 일이 급하다고 하여 도중에 주차한 위스콘신 주 라신의 어느 스낵에서 간단하게 점심을 때웠다.

일리노이 주에 들어와서는 지난번에 창환이와 둘이서 들렀던 먼들라인 신학교에 다시 한 번 들렀다. 지금은 이곳도 단풍이 절정을 이루고 있었다. 이 대학 도서관 신관에 들어갔다 나와서는 호수와 숲과 건축물들을 배경으로 여러 장의 사진을 찍고서 돌아왔다. 먼들라인 신학교도 근래에 미국의 가톨릭 신학교들이 종종 그러한 것처럼 성직자들의 성 문제와 관련된 비행과 신학생 지원자 감소 등의 문제를 겪고 있는 모양이다.

2005년 10월 23일, 먼들라인 신학교

24 (월) 흐림

새벽에 아내를 메다이나 역까지 바래다 준 후, 그 길로 차를 돌려 블루밍데일 시의 쉬크 로드에 있는 인디언 레이크스 리조트로 향했다. 그곳은 다목적 리조트 겸 호텔인데, 18홀 골프장 두 개가 한 곳에 붙어 있다. 그 골프장의 카운터에서 요금을 물어보았더니, 황혼 시간대의 풀 카트 요금은 $24로서 블루밍데일 골프 클럽보다 $10이 더 비쌌다. 블루밍데일 골프 클럽은 시가 인수하여 운영하는 것이고, 이곳 인디언 레이크스도 퍼블릭이기는 마찬가지이지만 개인 소유라고 한다. 그러나 이미 낙엽이 땅에 많이 쌓이는 계절인데다 시간과 비용의 소모가 많아 더 이상 골프의 예약을 하지는 않았다.

갔던 김에 맥스를 데리고서 새벽의 인디언 레이크스 골프장 안을 산책하면서 두루 둘러보았다. 엊그제 뉴욕에서 자유의 여신상 가는 유람선을 기다리느라고 그 일대를 한 시간 정도 산책하다가 선착장으로 돌아갈 때 길가에 시가 카페라는 간판을 붙여둔 곳이 하나 눈에 띄었다. 시가를 피우며 담소를 나누는 장소인 모양이었다. 나는 거기에 들러 $10 가까운 비싼 값을 치르고서 'Avo Uvezian'이라는 상표의 짤막한 시가 한 대를 사서 조금 피우다가 배에 타야 할 시간이 되어 꺼 버렸다. 그 때 쓰던 시가와 성냥을 오늘 아침 호주머니에 넣어 가지고 나갔다가 골프장 안을 산책하면서 피워보았다. 피울 때는 별로 느끼지 못했었는데, 집에 돌아와 조반을 들고서 책상 앞에 앉았더니, 몇 달 만에 피운 담배라 그런지 온몸에 힘이 빠지고 진땀이 나 도저히 앉아 있을 수가 없었다. 그래서 침실로 가 누워서 글을 읽었는데, 그 담배의 영향이 하루 종일 갔다. 결국 오늘 피우다 남은 것은 쓰레기통에 넣고 말았다.

25 (화) 맑음

아내를 바래다 준 후, 맥스를 데리고서 버시 우드의 남쪽 숲으로 가 두 시간 정도 산책하고서 돌아왔다. 숲속 길에서 노루처럼 보이는 뿔 없는 짐승의 무리 다섯 마리를 만났다. 아내와 누나의 권유에 따라 내일부터는 창환이도 일찍 일어나게 하여 새벽 산책에 데려나가기로 했다.

밤에 메이저 리그 야구 월드 시리즈의 시카고 화이트삭스 대 휴스턴 애스트로즈의 3차전을 시청하였다. 미국의 프로 야구는 마이너 리그와 메이저 리그로 구분되고, 메이저 리그는 다시 아메리칸 리그와 내셔널 리그로 구분되는데, 이번 월드 시리즈는 메이저 리그의 챔피언인 시카고 화이트삭스와 내셔널 리그의 챔피언인 휴스턴 애스트로즈 간의 세계 챔피언

자리를 다투는 대결이다. 일곱 번의 시합 가운데서 먼저 네 번을 이기는 쪽이 최종 챔피언이 되는데, 오늘의 시합은 월드 시리즈 역사상 최장 시간의 경기가 되었다. 오후 7시 30분부터 게임이 시작되어 다음날 오전 1시 25분 무렵까지 14회에 걸친 연장전을 벌인 끝에 시카고 팀이 7대 5로 이겼다. 화이트삭스는 이번 애스트로즈와의 시합에서 세 번 연속으로 이겼기 때문에 월드 시리즈 우승이 거의 확정적이다. 만약 그 위업이 달성된다면 이 팀은 1917년 이래 처음으로 월드 시리즈의 챔피언 자리에 오르게되는 셈이다. 뉴욕·LA·시카고와 같은 미국을 대표하는 대도시는 내셔널 리그 팀과 아메리칸 리그 팀의 야구단 각각 하나씩을 육성하고 있다. 내셔널 리그 팀인 시카고 캅스는 화이트삭스보다도 더 전에 월드 시리즈에 한 번 우승하였고, 그 이후로는 1940년대 중반에 한 번 월드 시리즈에 나간 적이 있을 따름이다. 그래서 '캅스(cubs:새끼 곰)'를 '커스(curse:저주)'라고 부르기도 한다. 이즈음 시카고 지역에 연고가 있는 사람들은 다시 찾아올 역사적인 승리의 순간을 고대하며 손에 땀을 쥐면서 TV를 지켜보고 있고, 신문들은 연일 대대적으로 지면을 할애하고 있다.

26 (수) 맑음

아내를 바래다 준 후, 창환이 및 맥스와 더불어 미첨 로드를 따라 히긴스 로드까지 갔고, 그 길을 따라서 서북쪽으로 계속 나아가 쿡 카운티의 팰러타인 서쪽에 면한 사우드 배링턴 시에 있는 크랩트리(crabtree:야생사과나무) 네이처 센터로 갔다. 아침 여덟 시 이후부터 출입이 가능하다고 게시되어져 있었으므로, 그 일대의 부촌을 한 바퀴 산책한 후 다시 가서 비로소 입장할 수가 있었다. 너무 넓어서 한 번의 아침 산책으로 커버하기에는 벅차므로, 일단 대충의 분위기를 확인한 후 다음에 다시 와서 천천히 둘러보리라 마음먹고서 로젤 로드를 따라 돌아왔다.

밤에 월드 시리즈 4차전을 시청하였다. 밤 11시를 넘겨서 시카고 화이트삭스가 휴스턴 애스트로즈에게 1 대 0으로 이겼다. 텍사스 출신인 조지 부시 전 대통령 부처도 애스트로즈의 홈그라운드에 나와 이 경기를 지켜보고 있었다. 시카고로서는 실로 88년 만에 비원을 달성한 것이다. 화이트삭스는 블루칼라가 많은 시카고 시의 남부 지역 시민이 후원하는 팀이고 시카고 캅스는 화이트칼라가 주류인 북부 시민의 팀이라고 한다.

27 (목) 맑음

아내를 바래다 준 후 창환이·맥스와 더불어 듀페이지 카운티의 서북쪽 끄트머리에 있는 가장 큰 삼림보호구역인 프래츠 웨인 숲으로 갔다. 바틀 랫과 웨인 지구에 걸쳐 있는데, 숲이 넓어 승마장이나 개를 풀어두는 곳, 모형 비행기 띄우는 곳 등도 있으나 산책로는 그다지 길지 않았다. 숲으 로 들어가는 도중의 도로에서 사슴을 한 마리 보았다. 숲 안에 호수가 여러 개 있는데, 새벽의 물안개가 피어오르는 모습이 신비적이었다. 야트 막한 단층 목조 건물 안에서 벽의 틈새를 통하여 망원경으로 새들의 동향 을 관찰할 수 있는 시설도 갖추어져 있었다.

점심 때 창환이의 대부인 강성문 씨가 창환이와 나를 집 근처의 일식 집 아바시리로 초청해 주었다. 식사를 마친 후 샴버그에 있는 강 씨의 인조 치아 제작업소인 하이 포인트로 가서 대화를 나누며 함께 커피를 들었다. 거기를 나온 후에는 창환이가 운전하여 강 씨가 조만간에 점포를 이전하기 위해 사 두었다는 다른 장소의 새 건물에도 가 보았다. 강성문 씨는 경남 칠원 태생으로서, 마산에서 1년 정도 초등학교를 다니다가 큰 형의 인도에 따라 서울로 이주하였고, 28세의 젊은 나이로 미국으로 이 민해 와서 치과의사의 주문에 따른 이빨 제조업으로 성공을 거둔 사람이 다. 돌아가신 자형과는 같은 성당의 교우로서 呼兄呼弟하며 특히 각별한 사이였다고 한다.

강성문 씨의 업소인 하이 포인트에 가 있는 동안, 창환이가 대화중에 켄터키 주에 있는 트라피스트 수도회 소속이었던 토마스 머튼에 대한 말을 꺼내더니, 그 사무실에 있는 컴퓨터를 통해 그 수도회의 홈페이지에 접속하여 무언가 한동안 검색하고서는 내일 그곳으로 가 보고자 한다는 것이었다. 나도 평소 그 수도원에 대해 가끔씩 듣고 있었던 터라 같이 가자고 하였고, 집으로 돌아와 창환이가 알려준 홈페이지 주소로 들어가 그 수도원 및 토머스 머튼에 대해 알아보았다. 그러나 함께 가서 하루 이상 걸리는 여행을 하자면 그렇게 즉흥적인 기분에 맡겨 떠나서는 안 될듯하여, 좀 더 자세히 알아보고 예약도 하자고 일러두었다.

28 (금) 맑음

새벽 여섯시 반쯤에 집을 출발하여 오늘부터 이틀간 UIC에서 열리는 국제학술회의에 참가하는 아내를 메다이나 역까지 바래다 준 후, 맥시를 데리고서 버시 우드의 남쪽 숲으로 가서 아직 걷지 못한 마지막 남은 코스를 산책하였다. 아내의 출발 시간은 점점 빨라져 이제는 깜깜한 밤중에 떠나게 되었으므로, 창환이는 그 시간에 일어나지 못하여 함께 가지 못했다.

알링톤 하이츠 로드에 면한 주차장에다 차를 세운 후, 북쪽으로 자전거 도로를 따라 걸어 올라가 히긴스 로드를 넘어가는 구름다리 부근에서 왼편의 자동차 도로로 건너간 후, 그 자동차도로가 끝나는 지점의 버시 레이크까지 걸어가서는 다시 숲속의 오솔길을 걸어 그 길이 끝나는 지점까지 갔다가 돌아왔다. 새벽의 물안개가 피어오르는 광대한 호수를 바라보는 즐거움을 가졌다. 호수까지 가고 오는 도중에 조그만 뿔이 달린 사슴을 여섯 마리나 만났다.

『미국사 개론』을 두 번째로 마저 훑어보았다. 이 책은 학교 교재용인 듯한데, 46배판의 크기에다 도판·부록·색인을 제외한 본문만으로 976페이지에 달하는 분량이다. 그 내용을 개관하면서, 특히 내 관심을 끄는 부분들만 골라서 읽어보았다.

 D. 인디아나·켄터키

30 (일) 맑음

아침에 창환이 및 맥스와 더불어 서클 공원과 작은누나의 세 자녀들이 모두 다닌 두자르딘 초등학교 옆을 거쳐 웨스트 레이크 공원의 한쪽을 지나 인디언 레이크 골프 클럽의 골프장 한쪽 끝이 아미트레일 로드에 거의 접근한 지점까지 걸어갔다가 돌아왔다. 내일이 미국에서는 큰 축일로 치는 할로윈이라 집집마다 그 장식들을 해 두고 있었다. 누나 집의 출입문 앞에도 플라스틱으로 만든 사람 머리 모양의 할로윈 호박을 놓아두고 있다. 『월드 북 백과사전』을 통해 할로윈의 유래에 대해 좀 알아보았다.

누나가 직장에서 야근을 마치고 돌아오기를 기다려, 오전 8시 무렵에 누나의 링컨 승용차를 타고 집을 나서서 켄터키 주의 트라피스트 수도원으로 가는 1박 2일의 여행을 출발했다. 아내에게는 며칠 전에 다음 주 금요일쯤 함께 출발하자고 말해 둔 바는 있었으나, 일정이 바뀐 점에 대해서는 아무런 설명도 하지 않았다.

블루밍데일에서 레이크 로드를 따라 가다가 290번 주간고속도로에 올라 시카고 시내까지 다다른 다음, 90번 주간고속도로를 따라 계속 동쪽으로 나아가 인디아나 주로 들어갔다. 시카고의 동쪽 교외인 인디아나 주 게리 부근에서 65번 주간고속도로로 접어들어 인디아나 주를 종단하여 계속 남쪽으로 내려갔다. 도중에 웨스트 라파예트 시에 있는 퍼듀대학교에 들러 차를 탄 채 그 캠퍼스를 두루 둘러보았다. 창환이는 레이크 파크 고등학교를 졸업한 후 이 대학에서 한 학기를 마치고서 1학년 2학기 때 일리노이대학교 어바나·샴페인 교로 전학했다. 그 이유는 일리노이대학 쪽이 학비가 상대적으로 쌌기 때문이라고 한다. 그 무렵에는 법학을 공부할 생각이었던 모양이다.

내가 근무하는 경상대학교와 생명과학 분야에서 공동학위협정을 맺고 있는 퍼듀대학교를 떠난 후, 65번 도로를 따라 계속 남쪽으로 내려가다가 화이츠타운이라는 곳의 고속도로 가에 있는 론타라는 식당에서 양식 뷔페로 점심을 들었다. 인디아나 주 최대의 도시인 인디아나폴리스를 거쳐 65번 도로를 따라 계속 내려가 두 주의 경계로 되어 있는 한강처럼 넓은 오하이오 강을 건너서 켄터키 주 최대의 도시인 루이빌에 이르렀다.

켄터키 주에서도 65번 도로를 따라 한동안 더 남쪽으로 내려가다가 엘리자베드타운으로 빠지는 61번 주도를 타서 미국의 제16대 대통령 에이브라함 링컨의 고향인 라루 카운티의 호젠빌(Hodgenville)에 이르렀다. 아침에 누나가 차에 기름을 가득 채워주었으나 켄터키 주에 이르러 승용차 탱크에 휘발유를 새로 채워야 했다. 링컨은 그 당시로는 프런티어(변경)였던 이곳에서 농민의 아들로 태어나 2년 반을 살았다. 학창 시절에 링컨은 집안이 가난하여 통나무집에서 태어났고, 학교 교육도 제대로 받지 못했다고 배운 기억이 있으나, 당시에는 이 일대가 삼림으로 가득한 변경지대였기 때문에 대부분의 개척민들 생활이 그러했고, 제대로 된 교육시설이 거의 없었을 뿐 아니라 멀기도 하여 그런 것이지, 링컨의 집안이 특별히 가난했던 것은 아니라고 어제 읽은 백과사전에 설명되어져 있었다. 링컨은 한평생 남보다 특별히 가난하게 살았던 적은 없었다는 것이다.

2005년 10월 30일, 링컨 출생지

이곳에는 링컨의 집이 있었던 장소로 추정되는 언덕 위에 워싱턴의 링컨기념관을 연상케 하는 그리스 식 석조건축물을 만들고 그 안에다 그가 태어나 살았던 것과 유사한 형태의 통나무집을 복원해 두었다. 그 집은 한국 시골의 초가집 정도로 규모가 작고 벽의 통나무들 사이 틈새는 진흙으로 막아둔 형태였다. 비록 당시의 전형적인 농가 형태로 복원된 것이기는 하지만, 관리인이 플래시를 이용한 촬영은 금한다 하므로 플래시를 터뜨리지 않고서 몇 장의 기념사진을 찍어두었다. 링컨 고택이 있는 언덕에서 내려온 위치의 평지 한쪽 모서리에는 당시 에이브라함의 아버지 토마스 링컨의 농장 경계를 표시했던 참나무 고목의 그루터기가 약간 남아 있었다. 그리고 그 일대에는 울타리 안쪽에 통나무집 형태로 만든 여관 건물이 몇 채 늘어서 있고 인포메이션 센터도 있었으나, 이미 시간이 늦어 폐관된 후였다.

우리는 국가사적지로 지정되어져 있는 링컨 생가를 떠나 31E 지방도를 따라서 북쪽으로 올라가 링컨기념관이 있는 하워즈타운 마을을 지나 몇 마일 더 간 지점의 놉 크리크(Knob Creek)라는 곳의 링컨 유년시절 집에 이르렀다. 역시 통나무로 지은 조촐한 가옥으로서 복원된 것이었고, 그 옆에는 관리사무소 같은 제법 큰 건물이 있었다. 집 뒤편으로는 동물이 넘을 수 없도록 길고 야트막하게 만든 나무 울타리 너머에 '작고 둥근 언덕(knob)들'에 둘러싸인 꽤 넓은 풀밭이 있는데, 둥글게 뭉친 건초더미가 여기저기 널려 있었다. 아마도 링컨 집의 농장 터라 하여 보존하고 있는 모양이다. 통나무집은 한국 시골의 초가집 한 채 정도 규모라 아마도 안에는 트인 방 하나 정도 밖에 없지 않을까 싶었다. 켄터키에는 유난히 양조장이 많은데, 개중에 놉 크리크라는 이 마을 이름을 딴 상표의 버번위스키도 있다.

링컨은 이 집에서 두 살 위 누나인 사라와 더불어 2마일쯤 떨어진 거리에 있는 학교에 다니며 읽고 쓰기 및 산수를 배웠고, 여기서 태어난 남동생과 더불어 양친 슬하의 삼남매 가정에서 자랐다. 링컨의 생애를 통틀어 정식 학교를 다닌 시기는 1년도 채 못 되었다고 한다. 링컨의 남동생

토마스는 어린 나이에 죽었고, 누나도 스무 살이 못 되어 죽었으니, 그런 대로 수명을 누린 사람은 56세(1809~1865)까지 살았던 에이브라함뿐인 것이다.

그의 가족은 놉 크리크 마을에서 5년 정도 살다가 토지 소유권 문제 때문에 그 때까지 살던 켄터키 주의 라루(Larue) 카운티로부터 1816년에 오하이오 강을 넘어서 인디아나 주 남부의 스펜서 카운티로 이주하였으며, 거기서 1818년에 링컨의 생모 낸시는 독풀을 뜯어먹은 소의 우유를 마신 탓에 사망하였다. 링컨의 아버지는 1819년 12월 2일에 전 남편과의 사이에서 난 세 자녀를 거느린 사라 부시 존슨이라는 이름의 켄터키 과부와 재혼하였는데, 그 계모가 링컨의 인격적 성장에 매우 큰 영향을 미친 것으로 알려져 있다. 에이브라함의 21세 때인 1830년에 링컨 일가는 다시 일리노이 주로 이주하였다. 그로부터 1·2년 후인 1831년부터 1837년까지의 약 6년 동안 에이브라함은 부모로부터 떨어져 스프링필드 서북쪽 20마일 지점의 뉴 세일렘(New Salem)이라는 곳에서 자립하였고, 이후 1837년 4월 15일에 다시 오늘날 일리노이 주의 주도로 되어 있는 스프링필드로 이주하여 1860년 대통령에 당선되어 백악관으로 옮겨갈 때까지 거기에 살았던 것이다. 링컨이 변호사 및 정치가로서 출세가도를 달렸던 스프링필드에는 지금도 그의 가족이 살던 집과 링컨의 무덤이 보존되어 있다. 그래서 오늘날 일리노이 주의 승용차 번호판에는 'Land of Lincoln'이라는 글자가 찍혀져 있고, 링컨의 상반신 초상도 함께 보이는 경우가 많다.

켄터키 주로 들어와서 우리는 도로가에서 'My Old Kentucky Home, Stephen Foster-The Musical'이라고 적힌 갈색 바탕의 사적지 안내판을 자주 만나게 되었다. 우리가 지나가는 31E 지방도에도 그리로 인도하는 안내판이 계속 나타나고 있었다. 나는 중학교 무렵의 음악시간에 스티븐 포스터의 노래를 여러 개 배워 알고 있었고 또한 좋아하기도 하였으므로, 그 장소까지 가보기로 했다. 그곳은 바즈타운(Bardstown)이라는 곳으로서, 마을 중심부를 관통하는 주도로의 이름이 스티븐 포스터 에브뉴(연방도로 150번)이고, 최근에 얼마간 「스티븐 포스터」라는 제목의 뮤지컬을 공연했던 극장이 있으며, 'My Old Kentucky Home State Park'라는 공원도 있었다. 그래서 나는 여기가 포스터의 고향이거나 혹은 그가 주로 살았던 곳이 아닐까 하고 짐작했었는데, 알고 보니 포스터는 펜실베이니아 주 출신으로서 뉴욕에서 생활한 적도 있었다고 한다. 이곳에는 사촌이 살고 있어 단 한번 방문한 적이 있었을 따름인데, 그 사촌 집에서 저 유명한 노래 'My Old Kentucky Home, Good Night'를 작곡했던 것이다. 그래서 지금까지 그 사촌 집을 보존하고서 그 일대를 주립공원으로 조성해 두고 있다는 것이었다. 스티븐 콜린스 포스터는 1826년에서 1864년까지 생존했던 인물이다.

바즈타운의 잡화점에서 얻은 약도를 참조하여 밤길에 시행착오를 거듭하며 한참을 두른 끝에 마침내 우리 여행의 목적지인 트라피스트 마을 몽크 로드에 있는 겟세마네 수도원(Abbey of Gethsemani)에 이르렀다. 천주교에서는 미사 외에 하루 일곱 번의 기도를 권장하고 있는데, 트라피스트 수도회에서는 그 기도를 모두 엄수하고 있다 한다. 창환이와 나는 그 중 마지막 기도인 밤 7시 30분부터 수도원 성당에서 행해지는 Compline에 동참할 수가 있었다. 이 수도원에서 避靜하기 위해서는 4개월 전부터 예약을 해야 하지만, 마침 피정을 마치고서 방을 비우고 나간 사람들이 있어 예배 후 아무런 예약도 없이 온 우리에게 방이 두 개 배정되었고, 나는 그 중 106호실에 들었다. 지하층의 식당에서 식사도 제공되었다. 식사를 마친 후 이 수도원의 신부로서 저술 활동으로 세계적인 명성을 얻은 토머스 머튼에 관한 비디오테이프를 한 편 시청하였다.

내가 사용할 방을 정리하고 침구를 깔아준 안톤 신부가 한국인 피정객이 다음에 오는 한국인에게 주라고 맡겨 두었다면서 국제가톨릭성서공회가 편찬한 『해설판 공동번역 성서』(광주, 도서출판 일과놀이, 2004) 한 권을 내게 선사해 주었다. 내게 주는 헌사로서 그 성경의 앞쪽 첫 장에다 안톤 신부는 이렇게 적었다. "A BRIDGE OF LOVE FROM THOMAS MERTON'S HOME TO YOU!"

미국에서는 오늘부터 일광절약기간 즉 서머타임이 끝나므로 시카고에서 떠나오기 전 손목시계 등의 시각을 한 시간 늦추어 두었다. 그런데 일리노이 주에서 인접한 인디애나 주나 켄터키 주에서는 중부시간대가 아닌 동부시간대가 적용되므로 고치기 전의 중부시간대와 같은 시간을 적용하는 곳이 대부분이지만, 지역에 따라서는 동부가 아닌 중부시간대를 채택하는 곳도 있다.

31 (월) 맑았다가 저녁부터 비

오전 3시에 기상하여 3시 15분부터 약 한 시간 정도에 걸쳐 성당에서 행해지는 하루의 첫 기도인 Vigils에 참여하였다. 간밤의 Compline에서는 피정 온 평신도들도 제단 바로 앞까지 나아가 사제들 가까이에서 함께 예배하고 찬송을 불렀었는데, 오늘 Vigils에 참여한 피정객은 나를 포함하여 두 사람뿐이었고, 제단 앞까지 나아가지 않고서 홀 가운데 부분의 양쪽이 서로 마주보도록 배치된 나무 좌석에서 행해지는 사제들의 예배를 출입문 근처의 좌석에 앉아 바라보기만 했다. 사제들의 복장도 어제와는 달라, 흰 두건이 달리고 덮어쓰게 되어 있는 두루마기 모양의 흰색 예복이었다.

창환이는 얼마 후 5시 45분부터 있는 Lauds 예배에 참가한 후, 그것에 잇달아서 6시 15분부터 행해지는 본 미사인 Eucharist에 참가했다고 한다. 나는 그 시간에 방안에서 노트북 컴퓨터로 어제의 일기를 입력했다.

7시에 간밤의 식당으로 내려가 이 수도원에서 생산되는 여러 종류의 치즈 등으로 조반을 들고서, 창환이와 둘이서 수도원 구내의 피정 온 사람들에게 출입이 허여된 구역을 산책하였다. 방안 정돈을 마치고서 각자의 짐을 정리하여 7시 30분쯤에 말없이 떠나면서 $100 수표를 끊어 지정된 방의 투입구로 집어넣어 두었다.

수도원 부근의 52번과 457번 주도를 경유하여 어제의 31E 연방도로를 만난 후, 그 길을 따라 남쪽으로 내려오던 중에 링컨이 다니던 학교 터임을 알리는 표지판을 차창 밖으로 얼핏 보고서 일단 지나갔던 길을 도로 돌아와 그 내용을 읽어보았다. 그 자리 부근에 링컨과 그 누나 사라가 처음 다녔던 통나무집 학교가 있었다고 하며, 그들을 가르쳤던 사람 두 명의 이름도 적혀 있었다. 하워즈타운에 있는 링컨박물관에도 일단 들렀다. 몇 개의 방에다 밀랍 인형들을 진열해 링컨의 생애를 보여주는 정도로서 1인당 $11의 입장료를 받고 있는 모양인데, 오늘의 우리 일정이 빠듯하기도 하여 그것을 보지는 않았다.

하워즈타운에서 84번 주도를 취하여 어제의 65번 주간고속도로에 오른 뒤, 그것을 따라서 한동안 남쪽으로 내려가다가 70번 주도를 취하여 에드몬슨 카운티에 있는 '매머드 동굴 국립공원' 방문자 센터에 이르렀다. 지하로 흐르는 강물이 석회암을 녹여 형성된 이 동굴은 현재까지 확인된 것만으로 350마일 이상의 연장을 갖고 있어 지구상의 다른 어떤 동굴보다도 두 배 이상의 길이이므로 단연 세계 최장의 것이다. 게다가 지질학자들은 아직도 발견되지 않은 동굴이 600마일 정도 더 있을 것으로 본다고 한다. 그러나 가이드의 안내에 따른 답사 코스가 테마와 시간대 별로 여러 종류인데, 모두 두 시간 이상씩 소요되므로 그것 역시 우리 일정에는 무리라고 판단되었다. 그러므로 방문자 센터 부근의 아마도 최초로 발견된 동굴 입구인 듯한 '역사적 입구'라는 곳까지 걸어가 보았으나, 그것 역시 얼마 들어가지 않아 출입문이 봉쇄되어져 있으므로 발길을 돌렸다.

65번 주간고속도로로 돌아 나와 그 길을 따라서 계속 북상하였다. 도중에 켄터키 주 불릿 카운티의 클러몬트에 있는 세계적 지명도를 가진 버번위스키인 '짐 빔'의 본사에 들러보았다. 거기서도 비지터 센터에 들러 방문객을 위한 전시 코스를 둘러보고서 두 종류의 술을 시음해 보기도 한 후, 이 공장에서 생산되는 몇 가지 제품들 중 7년산 '베이커즈'와 9년산 '놉 크리크'를 각각 한 병씩 구입하였다.

다시 65번을 따라 북상하던 중에 인디애나 주의 인디애나폴리스에 가까워져 가는 무렵인 오후 1시 남짓에 차 안에서 휴대폰으로 일리노이 주 피오리아 시에 있는 브래들리대학교 철학·종교학 전공의 댄 게츠 교수 연구실로 전화를 걸어보았다. 臺灣대학 철학연구소, 즉 대학원 철학과 석사과정의 동창으로서 중국 이름이 高澤民인 그는 월요일부터 금요일까지 오후 1~2시가 오피스 아우어이므로 연구실에 있다가 내 전화를 받았다. 우리는 예전처럼 중국어로 통화를 하였다. 내가 두 차례에 걸쳐 보낸 이메일을 받았느냐고 물었더니, 한 번 받은 적이 있었으나 자기가 현재 학과장의 직책을 맡고 있어 바빠 틈을 낼 수 없는지라 회답하지 못했다면서 미안하다는 말을 거듭하고 있었다. 몇 년 전 그가 서울에서 열린 한국 중국학회의 국제학술대회에 초청을 받아 한국에 왔을 때 나와 한 번 통화한 적이 있었으나, 그는 그 사실도 기억하지 못하고 있었다. 언젠가 자기가 시카고로 나올 때 내게 연락하겠다고 하므로, 꼭 다시 만나보자는 말로써 통화를 끝냈다.

인디애나폴리스에서부터는 74번 주간고속도로를 취해 일리노이 주로 들어온 다음, 일리노이대학교 어바나·샴페인 교에 들렀다. 일리노이 주로 들어온 이후부터 날씨가 흐려지더니, 얼마 후 비가 내리기 시작하였다. 창환이는 이 대학에 2년 정도 다닌 바 있으므로, 그의 안내에 따라 차 안에서 캠퍼스 구내를 두루 둘러보았고, 문리대에 이르러서는 차에서 내려 우산을 받쳐 들고서 그 일대를 걸어보았다. 창환이는 아이오와대학교에 다니고 있는 회옥이가 이 대학으로 전학 오는 편이 낫다고 하면서 여기저기의 행정 사무실에 들러 전학 조건에 대해 타진하고 관계 자료도 입수하였다.

샴페인·어바나에서부터는 57번 주간고속도로를 따라서 시카고로 돌아왔다. 도중에 비는 한층 더 많이 쏟아져 폭우로 변했다. 차 안에서 나는 조카인 창환이의 질문에 따라 우리 집안의 내력과 우리 가족 중 상당수가 미국으로 이민 오게 된 과정에 대해 설명해 주었다.

이른 밤쯤 집에 도착하여 누나가 차려준 저녁식사를 들었다. 밤 9시 30분까지 다시 메다이나 역으로 나가 아내를 마중하여 돌아왔다.

11월

1 (화) 맑음

오늘은 누나까지 우리의 아침 산책에 동참했다. 아미트레일 로드를 따라 듀페이지 카운티의 서북쪽 바틀렛 지구에 있는 웨스트 브렌치 삼림보호구역으로 갔다. 전체 면적이 632에이커에 달하는 꽤 넓은 곳으로서, 지도상으로는 40에이커의 디프 퀘리와 11에이커의 배스라는 두 개의 호수가 있고, 그 사이로 웨스트 브렌치 듀페이지 강이 흐르며, 두 호수의 주위에 모두 산책로가 있는 것으로 나타나 있는데, 우리가 두 차례 둘렀어도 디프 퀘리 호와 그 주위의 길 밖에 찾을 수가 없었다.

2 (수) 맑음

창환이와 더불어 맥스를 데리고서 어제 갔었던 웨스트브렌치 삼림보호구역으로 다시 가서, 배스 호 일대의 산책로를 찾아내어 한 바퀴 돌았다.

지난 일요일과 월요일 이틀간의 여행에서 수집해 온 팸플릿 등의 자료들을 검토해 보았고, 그것을 마친 후『미국사 개론』을 세 번째로 훑어 남북전쟁 직전인 제4부 13장까지 나아갔다.

3 (목) 맑음

아내를 역으로 바래다 준 후 창환이와 함께 듀페이지 카운티의 서쪽 끝 케인 카운티와의 접경에 있는 페르미국립가속기실험장(FERMILAB)으로 갔다. 블루밍데일 로드를 따라 남쪽으로 내려가 그 끝닿는 곳에서 제네바 로드를 타고 서쪽으로 향하다가, 윈필드 로드를 취해 실험장의 동쪽 입구에 다다랐다.

출입구의 경비초소 옆 조그만 주차장에다 차를 세워두고서, 실험장 전체 부지의 한가운데를 횡단하는 바타비아 로드의 자전거 도로를 따라 서쪽으로 나아갔다. 부지가 워낙 광대하여 그 안에는 종업원들의 가족이 거주하는 마을은 물론이고, 들소(버펄로) 목장이나 말 목장도 있고, 옥수수 밭 등 농지도 여기저기에 널려 있었다. 창환이는 도중에 맥스를 데리고서 입구로 돌아가 차를 몰고 오고 나는 자전거 도로를 계속 걸어 실험장 전체의 중심 건물이라고 할 수 있는 윌슨 홀 빌딩 앞에 이르러 창환이와 합류하였다.

윌슨 홀의 바로 앞 지하에 세계에서 가장 강력한 분자 가속기인 테바트론이 설치되어져 있고, 그 옆에는 역시 지하에 주 噴射장치(main injector)가 설치되어져 있는데, 그쪽으로는 관계자만 출입할 수 있도록 통제하는 표지판이 있어 가볼 수 없었다. 테바트론에서 陽性子와 反양성자의 충돌은 지하 20피트에 설치된 CDF 및 DZero라는 5천 톤짜리 두 개의 분자탐지기 내부에서 일어난다. 우리가 테바트론을 직접 볼 수는 없었으나, 분사된 분자가 1초당 47,000 바퀴의 속도로 돌아가는 4마일 길이의 원형 터널 위 지상에도 그 궤도를 짐작할 수 있는 원형 시설물이 설치되어져 있었다.

우리는 윌슨 홀의 1층 전시실을 둘러보고서, 그 부근의 단층 건물인 레더만 과학교육센터에 들렀다가, 실험장 구내를 이리저리 드라이브하여 두루 둘러본 후, 다시 바타비아 로드를 따라서 들어갔던 출입구로 빠져나왔다. 집으로 돌아올 때는 56번 및 53번 주도를 취해 아미트레일 로드를 경유하였다.

페르미국립가속기실험장은 1942년에 최초로 원자연쇄반응을 이룩한 이탈리아계 미국인 과학자 엔리코 페르미(1901~1954)를 기념하여 그의 이름을 취했다. 페르미는 원자 연구로 1938년에 노벨 물리학상을 받았던 현대 이탈리아를 대표하는 물리학자로서 로마대학 교수였는데, 1938년에 파시스트 정권을 피해 모국을 떠나 미국에 정주하였다. 1939년에 콜롬비아대학 교수가 되었다가, 1942년에 시카고대학 교수로 전임하였으며, 원자연쇄반응에 관한 연구를 주도하였던 것이다.

『월드 북 백과사전』에서는 페르미국립가속기실험장의 분자가속기, 혹은 원자분쇄기의 이름을 신크로트론이라 하고, 직경 1⅓마일(2킬로미터)로서 세계 최대이며, 거의 빛의 속도로 양성자를 가속하여, 양성자 한 개당 400기가 일렉트론볼트 이상의 에너지에 도달한다고 하였다. 창환이의 말에 의하면, 조만간에 이것보다도 몇 배나 되는 규모의 가속기가 텍사스인가 프랑스인가에 설치될 예정이라고 한다.

『미국사 개론』을 세 번째로 훑어보기를 마쳤다.

4 (금) 맑음

금요일임에도 불구하고 ESL의 답사 여행 등 관계로 학교에 나간다는 아내를 메다이나 역으로 바래다 준 후, 맥스는 미첨 그로브로 산책 나가 있는 누나에게 맡기고서, 창환이와 둘이서 듀페이지 카운티 남부의 라일(Lisle) 시에 있는 모턴 수목원(The Morton Arboretum)으로 향했다. 몇 주 전에 창환이가 누나 및 아내와 더불어 다녀온 곳인데, 가을 단풍에 물든 시기를 놓치지 않기 위해 오늘 내가 가 본 것이다. 53번 주도를 따라서 내려갔다.

수목원은 그 가운데를 통과하는 53호선 도로의 개설로 말미암아 동쪽과 서쪽 것으로 나뉘어져 지하도로 연결되어 있다. 우리는 일단 동편의 방문자 센터 앞 주차장에다 차를 세웠다가, 차도로 만들어진 메인 루트를 따라 동편을 한 바퀴 두른 후, 이어서 서편으로 가서도 두루 드라이브하였다.

서편 수목원의 북쪽에 톤힐 교육 센터 및 모턴 가족의 묘원이 있어 그 교육 센터에 들러보았다. 교육 센터는 이 수목원의 설립자인 조이 모턴(1855~1934) 씨의 나무로 만들어진 저택 일부를 개조한 것이었다. 조이 모턴 씨는 유명한 모턴 소금회사의 창업자이며 은행·철도 및 농업에도 손을 댄 사업가인데, 1922년에 사재를 들여 이 수목원을 설립했다. 그의 부친 줄리어스 스털링 모턴(1832~1902)은 클리브랜드 대통령 당시의 농무장관으로서 1872년에 '나무의 날(Arbor Day)'을 제정한 사람이기도 하다. 1,700에이커에 달하는 방대한 면적의 이 식물원은 모턴 일족에 의해 운영되어 오다가 현재는 전문 관리인이 맡아 있는 모양이었다.

드라이브를 마친 후, 차를 다시 방문자 센터 앞 주차장에다 세워두고서 오른쪽 수목원의 산책로를 따라 걸어서 한 바퀴 둘러보았다. 그 일대에는 한국·일본·중국의 나무들을 각각 따로 모아둔 곳도 있었다.

수목원을 나온 뒤, 창환이가 운전하여 같은 라일 시에 속해 있으면서도 보다 더 남쪽에 위치한 베네딕트대학교(Benedictine University)로 가 보았다. 창환이는 마니아라 할 수 있을 정도로 유별나게 이런 가톨릭과 관련된 종교적인 장소들을 찾아보기를 좋아하는 것이다. 먼저 베네딕트 수도회의 무슨 소사이어티에 속한 성당을 방문하였는데, 그곳은 수리 중이라 하여 입장이 허락되지 않았다. 그리하여 부근에 있는 베네딕트대학교의 캠퍼스를 드라이브하여 두루 둘러본 다음, 대학교 건너편 언덕에 위치해 있는 세인트 프로코피우스 수도원(St. Procopius Abbey)으로 가 성당 내부까지 들어가 보았다. 1959년에 설계되어 9년 후에 착공되고 1970년에 개관된 이 수도원 건물은 현대적 감각을 느끼게 하는 것으로서, 1973년에 미국건축연구소가 가장 우수한 건축물 중 하나로 지정하였고, 1993년에도 그 단체의 의해 다시금 영예를 안은 바 있는 것이었다.

이 수도원은 베네딕트 아카데미 및 베네딕트대학교를 부속기구로서 거느리고 있고, 臺灣에도 분원을 두고서 선교사를 파견하고 있다. 나의 臺灣대학 대학원 철학과 동창으로서 현재 일리노이 주 피오리아 시의 브래들리대학교 교수로 있는 댄 게츠는 원래 천주교의 선교사로서 臺灣에 왔던 것으로 알고 있다. 며칠 전 그와의 통화에서 듀페이지 카운티에 있는 대학에서 학부과정을 다녔다는 말을 본인으로부터 직접 들은 바 있으므로, 아마도 이 수도원에 속한 베네딕트대학교 출신일 것이다.

블루밍데일의 누나 집으로 돌아와 보니, 옆집에서 이른바 에스테이트 세일을 하느라고 진입로인 세일렘 코트 일대는 승용차들로 가득 차 있었다. 부인이 죽고 난 후 다년간 혼자서 빈 집을 지키고 있던 미국인 할아버지가 얼마 전에 그 집을 팔았다는 소문을 들은 바 있었다. 이제는 그 집의 가재도구를 비롯한 물건들까지 경매회사에다 넘겨, 그 회사가 광고하여 이 집 물건들 하나하나에다 모두 가격표를 달아서 처분하고 있는 것이다. 누나를 비롯하여 누나와 함께 미첨 그로브에서 산책하고 온 앤지 씨와

클라라 씨도 거기에 들어가 물건을 고르고 있으므로, 나도 두 차례 들어가서 구경하였다. 그다지 부유한 편이라고 할 수 없는 그 집 주인은 평소에 자기가 번 돈으로 아내가 여러 가지 물건들을 수집하여 좋아하는 모습을 보기를 낙으로 삼아왔다고 한다. 그래서 골동품적 가치가 있는 것을 비롯한 온갖 물건들이 집안에 가득하였다.

이미 어두워진 후인 오후 다섯 시 반쯤에 창환이와 더불어 로젤 역으로 나가 전철을 타고서 거기에 도착하는 아내를 태워 돌아왔다. 아내가 오후에 다녀온 스웨덴 이민자들의 마을인 앤더슨빌의 식당에서 점심으로 먹다 남긴 음식물을 싸 왔으므로, 그 스웨덴 풍의 음식으로써 저녁식사를 때웠다.

5 (토) 대체로 비

아내·창환이 및 맥스와 더불어 듀페이지 카운티의 서북쪽 하노버 파크에 있는 호크 할로우 삼림보호구역으로 가서 아침 산책을 하였다.

누나가 다니는 聖 김대건성당에서 오전 11시에 아버지와 자형의 묘소가 있는 데스 플레인즈의 올 세인츠 가톨릭 묘원에서 돌아가신 분들을 위한 합동 추모 미사를 올린다 하므로, 누나를 포함한 전체 가족이 그리로 가서 미사에 참여하였다. 본당 신부의 집전으로 자형 묘소 바로 옆에 있는 고목 아래에서 미사를 올렸다. 11월 1일은 올 세인츠 데이라 하여 가톨릭에서는 별도의 축일을 가지지 않은 모든 聖人에 대해 합동 예배를 올리는 날이며, 그 다음날인 11월 2일은 올 소울즈 데이라 하여 성인이 아닌 돌아가신 분들의 영혼을 위한 기도나 미사를 올리는 날이다. 미국에서 큰 축일로 간주되는 10월 31일의 할로윈 데이도 실은 올 세인츠 데이의 전야제 성격을 갖는 것이다. 시카고의 다른 한인성당들에서는 이미 오래 전부터 작고한 교인들의 영을 위한 미사를 11월 중에 거행해 왔는데, 김대건 성당에서는 새 신부가 부임해 온 이후 작년부터 이곳에서 미사를 올리게 되었다고 한다.

집으로 돌아온 후, 누나 및 아내와 더불어 또 몇 차례 이웃의 에스테이

트 세일 하는 집으로 가서 물건 구입하는 것을 구경하였다. 누나는 지하
실용 탁자 세트와 램프 등을 구입하였고, 나는 서재용의 책을 받치는 틀
로 쓸 것을 하나 샀다. 점심을 함께 들었던 세실리아·클라라 씨도 누나의
말을 듣고서 그리로 와 쇼핑을 하고 있었다.

6 (일) 비

일요일이라 창환이가 운전하는 링컨 승용차로 아내·맥스와 더불어 시
카고대학으로 갔다. 예전에 두리·마이크와 더불어 한 번 와 본 적이 있었
으나, 시카고에 장기 체재하고 있는 이번 기회에 다시 한 번 자세히 둘러
보고자 한 것이다. 290번 주간고속도로를 따라 시내에 다다른 후, 미시건
호수 가의 레이크 쇼어 드라이브를 따라 내려갔다. 먼저 그 부근의 하이
드파크 공원에 들르고자 했으나 이는 시카고대학 일대의 지명으로서만
남아 있는 듯했다. 하이드파크 쪽의 길을 안내하는 표지판을 보고서 작은
공원으로 접어들어, 흑인 빈민가와 시카고대학의 사이에 있는 워싱턴 파
크 일대를 차를 타고서 둘러본 후 59번가를 따라 시카고대학의 미드웨이
플레잔스 광장 서쪽으로 접어들었다.

쾌드랭글(사각형)이라고 부르는 대학의 중심부를 이루는 사각형 정원
을 둘러싼 건물群과 그 동쪽 유니버시티 에브뉴 건너편의 동양연구소 및
록펠러 기념 교회 일대를 먼저 둘러보았다. 철학과·동아시아언어문화학
과를 비롯한 인문학 분야의 학과 사무실이 대체로 쾌드랭글에 모여 있는
모양이고, 문리대의 수업도 주로 여기서 이루어지는 까닭이었다. 일요일
이라 록펠러기념교회를 제외한 다른 건물들은 모두 문이 닫혀 있거나
정오 이후부터 문이 열리게 되어 있었다. 쾌드랭글 서편의 대학병원과
의대를 거쳐서 운동장이 있는 서북쪽 캠퍼스를 거쳐 북부 캠퍼스를 둘러
본 후 다시 쾌드랭글을 거쳐서 대학병원 옆에 세워둔 차로 돌아와 승용차
를 타고서 나머지 캠퍼스를 둘러보았다. 엔리코 페르미는 시카고대학 교
수로 부임한 후, 서북캠퍼스의 테니스 연습장에서 핵융합반응 실험을 했
다고 하는데, 지금 그 부근에 엔리코 페르미의 이름이 붙은 연구소 건물

이 서 있었다.

시카고대학을 나온 후 그 근처 미시건 호수 가의 과학산업박물관 앞에 펼쳐진 잭슨 파크 일대를 산책하였다. 이 광대한 공원은 일본 측이 목조로 된 여러 가지 건물과 다리 그리고 석등 등을 기증하여 일본식 정원양식으로 꾸며져 있었다.

잭슨 파크를 떠난 후 레이크 쇼어 드라이브를 따라 북쪽으로 올라가 스웨덴 이민자들의 거리인 앤더슨빌을 산책한 후, 그 거리에 있는 앤디즈라는 중동 음식 뷔페에서 두리 및 마이크와 더불어 점심을 들었다. 앤더슨빌은 며칠 전 아내가 ESL 수강자들과 함께 미국문화 현지답사 차 다녀온 곳인데, 코리아타운인 로렌스 거리에서 가까운 곳이었다. 지금은 스웨덴 이민자들보다는 여피족이라 불리는 젊은 층 고객을 상대로 하는 일반 음식점이 많이 들어선 다소 평범한 거리로 변모해 있었다. 그곳 노드 클라크 스트리트의 'SWEDISH AMERICAN MUSEUM CENTER'를 거쳐 책방에 들렀을 때, 아내가 머지않은 내 생일 선물로서 미리 내년도의 주별 메모수첩을 하나 사 주었다.

두리와 함께 블루밍데일의 집으로 돌아온 후, 다시 이웃집의 에스테이트 세일을 보러갔다. 사흘간에 걸친 세일은 방금 끝나고, 주인 남자가 돌아와 있었다. 주인은 76세라고 하는데 60대 정도로 젊어보였다. 그는 그리스 이민으로서 의자의 커버 갈아 씌우는 일을 해 왔으며, 부인은 이탈리아 이민이었다고 한다. 몇 년 전 간암으로 죽은 그 부인이 너무나도 물건 사들이기를 좋아해, 집안 곳곳에 엄청난 양의 물건들이 쌓여 있었는데, 사흘간의 세일이 끝나고서 판매가의 3할을 챙긴다는 경매 대리인이 다 돌아간 다음에도 상당한 양의 물건들이 남아 있었다. 나는 그 중에서 책상용 랜턴 하나와 두리가 원하는 조그만 액자 세 개를 $40에 구입하여, 랜턴은 서재의 책상 위에 놓기로 하고 액자들은 두리에게 주었다. 누나나 두리가 모두 주인과 서로 아는 사이이므로 차마 물건 값을 깎지는 못하고서 부르는 값대로 주었다. 밤에 창환이와 더불어 버치우드의 집으로 돌아가는 두리를 마이크가 기다리고 있는 센트럴 로드 중간의 울프 로드 교차

지점까지 데려다 주고서 돌아왔다.

8 (화) 맑으나 밤에 비

창환이, 맥스와 더불어 듀페이지 카운티의 서쪽 페르미국립가속기실험장 근처에 있는 블랙웰 삼림보호구역에 다녀왔다. 메다이나 역으로부터 레이크 로드와 53·56번 주도를 경유하였다. 이곳도 꽤 넓어 한 번에 다 두르지는 못하고, 아래편 절반인 실버 레이크 주변을 두르는 데만 두 시간 반 정도가 걸렸다.

집으로 돌아와서는 누나가 헬스클럽에 다녀오기를 기다려 함께 시카고 시내로 나갔다. 누나가 포스터 스트리트의 동쪽에 있는 스웨디쉬 카버넌트 병원에서 안과 치료를 받는 동안 창환이와 나는 시카고에서 가장 이름난 한국음식 주문 및 뷔페식당인 노드 켓지 에브뉴의 리 케이터링 센터에서 점심을 들고 그 일대의 공원을 산책하였다. 알고 보니 누나가 오늘 간 병원은 과거 아버지가 입원치료를 받고 있을 때 내가 여러 번 방문한 적이 있는 곳이었고, 두리도 현재 그 병원 부설 헬스센터에 다니고 있다 한다. 또한 아버지가 돌아가시기 전에 거주하고 계셨던 하모니 양로원도 포스터 거리와 풀라스키 거리의 교차지점에 위치해 있어 여기서 멀지 않음을 알았다. 점심을 들고 있을 때 그 근처에 직장이 있는 두리가 누나의 연락을 받고서 찾아와 내가 마이크로부터 얻어서 어제 마지막으로 다 본 비디오테이프 〈Shall We Dance〉와 〈Anywhere But Here〉를 돌려받고서 얼마간 함께 대화를 나누다가 돌아갔다.

우리가 산책한 리버 파크 일대는 시카고 강의 북부 지류가 미시건 호수 물을 끌어들인 노드 쇼어 채널과 만나는 합류지점이었다. 우리는 거기서 웨스트 포스터 에브뉴에 있는 노드 파크 칼리지 및 신학교 캠퍼스로 들어가, 창환이의 취미에 따라 신학교 채플 내부를 둘러보기도 했다.

9 (수) 맑으나 쌀쌀함

창환이와 함께 어제 갔던 워렌빌의 블랙웰 삼림보호구역의 북쪽 숲으로 갔다. 53번 및 38번 주도를 경유하였다. 그 중심을 이루는 멕키 늪의 주위를 한 바퀴 돌았다. 맥 로드가 동서로 가로지르고 있는 이 삼림보호구역은 남쪽과 북쪽 숲의 면적이 비슷하나, 남쪽의 실버 호수에 비해 북쪽의 멕키 늪은 물이 전혀 보이지 않고 그 자리에 잡초가 무성하게 뒤덮고 있어 재미가 적었다. 그래서 그 바로 위의 윈필드에 있는 웨스트 듀페이지 숲으로 가서 다시 한 바퀴를 돌았다. 그곳은 보다 숲이 우거진데다 웨스트 브렌치 듀페이지 강이 흘러 지나가고, 내부에 말 사육장도 있었다.

두 시간 정도의 산책을 마치고서 카운티 팜 로드, 제네바 로드 및 게리 에브뉴를 경유하여 돌아오는 길에 지난번에 누나 친구인 앤지 씨 및 그 남편 짐과 더불어 올드 타운에서 열린 실외 콘서트에 갔다가 마치고서 들른 캐럴 스트림의 분수공원을 지나게 되었다. 그 때 생각이 나서 당시에 들렀었던 근처 노드 아미트레일 로드에 있는 블루밍데일 코트 쇼핑몰의 아이스케이크 및 우유 전문 연쇄점 오버와이즈 데이리에 들러 창환이와 둘이서 아이스케이크를 들었다.

10 (목) 맑음

오늘은 창환이와 더불어 듀페이지 카운티의 동쪽 끝에 있는 오크 브루크의 풀러즈버그 숲과 메이즈레이크 삼림보호구역에 다녀왔다. 메다이나에서 연방도로 20번인 레이크 스트리트를 따라 동쪽으로 나아가다가 83번 주도를 만나 곧장 남쪽으로 내려갔다. 풀러즈버그 숲에서는 솔트 크리크라는 작은 강을 따라 산책로가 나 있어 그 길을 대부분 걸어보았다. 한 바퀴 돌아서 입구의 그라우에 밀 박물관 부근으로 돌아왔을 때, 뿔 없는 노루 같은 짐승 한 마리가 뛰쳐나와 차도를 가로질러 건너편의 그라우에 하우스 쪽으로 뛰어가는 것을 보았다. 근처에 있는 메이즈레이크에서는 1919년에서 1921년 사이에 미국에서 가장 큰 석탄 채굴업자이자 민주당 정객이기도 했던 프랜시스 스티브상 피버디가 은퇴하여 거처할 집으로서 건축한 저택을 둘러보았다. 이 오크 브루크 일대는 부자들이 많이 사는 곳으로서 알려져 있으며, 세계적으로 유명한 맥도날드 햄버거의 본부도 여기에 있다고 한다.

11 (금) 맑음

아내는 누나와 더불어 미첨 그로브로 산책을 나가고, 나는 창환이·맥스와 더불어 듀페이지 카운티의 남쪽 끝 다리엔에 있는 워터폴 글랜 삼림보호구역에 다녀왔다. 레이크 스트리트를 따라 동쪽으로 나아가 290번 주간고속도로에 오른 다음, 83번 주도로 빠져 계속 남쪽으로 내려갔다.

워터폴 글랜 삼림보호구역은 미국에서 가장 큰 국립과학연구시설의 하나인 아르곤국립연구소의 주위를 둘러싸고 있는 것이다. 2,488에이커의 면적에 전체 숲을 한 바퀴 도는 主산책로의 길이만도 9.5마일(약 15.3km)에 달하며, 그밖에도 각각 0.9, 1.1, 0.2 마일에 달하는 곁가지 친 산책로가 있다. 대부분의 삼림보호구역에서는 사람들이 이러한 길에서 띄엄띄엄 하이킹, 사이클링, 조깅, 크로스컨트리 스키, 승마 등을 하고 있다. 이 계절에는 사이클링, 조깅을 하는 사람이 많고, 우리처럼 애완견을 데리고서 그냥 걷는 사람도 더러 있다. 도중에 모형비행기를 띄우는 장소도 있어, 나이든 남자들이 여러 명 모여들어 제각기 자기 차례를 기다리고 있었다.

아르곤국립연구소는 1946년에 설립된 것으로서, 그 지부인 아르곤 웨스트가 아이다호 주에 있다. 이 연구소는 원자 에너지의 평화적 이용을 위해 설립된 것으로서, 시카고대학을 위시한 여러 대학이 연구에 참여하고 있으며, 엔리코 페르미가 시카고대학에서 사용한 핵융합반응의 실험도구도 여기에 보관되어져 있다고 한다. 이 연구소는 특히 원자로의 발전에 크게 기여하였으며, 원자 에너지 이외에 석탄이나 태양광선 등 다른 에너지의 보다 효과적인 이용법, 그리고 고성능 전기 배터리도 개발하고 있다. 페르미국립가속기연구소와는 달리 외부인의 출입이 어느 정도 통제되고 있었다.

우리는 이 삼림보호구역의 북문 주차장에서 출발하여 동쪽으로 향하여, 주 산책로와 보조 산책로를 적당히 섞어 가며 대체로 사람이 적고 길이 좁은 코스를 택해 걸어 세 시간 정도에 걸쳐 전체 코스를 한 바퀴 돌았다. 처음에는 넓은 길을 피해 인적 드문 오솔길로 들어갔다가 도중에 그 길이 끊어지므로, 캐스 에브뉴의 포장도로로 빠져나와 그 길을 따라서 블러프 로드(99번 도로)와의 교차지점까지 나아가기도 하였다.

정오 무렵에 집으로 돌아와, 아내 및 누나와 더불어 이웃 그리스인 집의 에스테이트 세일에서 팔고 남은 물건을 이용한 차고 세일 준비하는 것을 둘러본 후, 차를 몰아 웨스트 아미트레일 로드에 있는 도매가격 판매시장인 코스코(COSTCO)로 가서 쇼핑을 하고 돌아왔다. 운동장처럼 넓은 상점 건물 안을 이리저리 돌아다니면서 누나와 아내는 식료품 등을 고르고, 창환이와 나는 주류 판매장으로 가서 켄터키 주에서 생산되는 위스키인 메이커즈 마크 한 병과 창환이가 좋아하는 스코틀랜드산 싱글 몰트 위스키 'THE GLENLIVET' 한 병을 샀다.

12 (토) 맑았다가 밤에 비

창환이, 아내와 함께 맥스를 데리고서 듀페이지 카운티의 서남부 네이퍼빌 근처에 있는 맥도웰 그로브 삼림보호구역에 다녀왔다. 갈 때는 83번 주도와 34번 연방도로를 경유하였다. 듀페이지 강 서쪽 지류에 위치해 있는 맥도웰 그로브는 426에이커의 면적에 5마일이 넘는 산책로를 가지고 있다. 제2차 세계대전 때는 미군의 레이더 신기술 연구개발기지가 들어서, 전 세계 레이더 장비의 절반을 수용하고서 이 새로운 군사과학의 인력을 훈련했던 장소이기도 하다.

진입로 안쪽의 주차장을 기준으로 하여 전체 구역이 대체로 남북으로 양분된다. 우리는 우선 듀페이지 강을 따라 남쪽으로 내려갔다. 오늘도 도중에 노루 같은 짐승을 만났다. 두루 한 바퀴 거쳐서 출발 장소인 주차장으로 돌아온 다음, 다시 입구의 강을 가로지르는 다리를 건너서 북쪽 숲으로 나아갔다. 그 길은 강을 따라서 더 북쪽의 워렌빌 삼림보호구역으로까지 길게 이어지지만, 우리는 88번 주간고속도로가 지나는 지점의 머드 호수까지 갔다가 돌아왔다.

13 (일) 차고 다소 강한 바람

창환이와 더불어 맥스를 데리고서 듀페이지 카운티의 서북단, 쿡 및 케인 카운티와의 접경에 위치한 트리 카운티 주립공원(Tri-County State Park)에 다녀왔다. 트리 카운타라 함은 물론 이 세 카운티를 의미하는 것인데, 소유는 일리노이 자연자원과로 되어 있으나, 관리는 그 중 대부분의 면적을 차지하는 듀페이지 카운티 구역 삼림보호과에서 맡아 있다. 누나 친구인 세실리아 씨가 살고 있는 바틀렛에 속해 있으며, 삼림보다는 대부분 키 큰 풀들로써 이루어진 이른바 프레리이다.

이 일대에는 서부개척 이전 일리노이 평원의 잔재인 이러한 초원이 넓게 퍼져 있는데, 그 원인은 지질 시대에 이 지역이 오랫동안 바닷물에 잠겨 있었으므로, 그 염분이 아직도 토양 속에 남아 있는 까닭이라고 한다. 브루스터 크리크라는 냇물이 비스듬히 가로로 관통하고, 여기저기에 물이나 풀이 가득한 늪도 있으며, 서북쪽으로는 고체 쓰레기를 묻어 조성한 언덕도 있다. 그 사이로 4마일 남짓 되는 길이의 다목적 산책로가 이리저리 꾸불꾸불 이어져 있는 것이다. 나무는 이미 대부분의 잎을 떨어뜨렸고, 풀들도 말라서 형체만 남기고 있으며, 물에는 청둥오리의 무리가 떠돌고 하늘에는 캐나다 거위의 엄청난 무리가 요란하게 소리 내며 날아가고 있어, 이미 겨울이 목전에 닥쳤음을 느끼게 하였다. 갈 때는 레이크 스트리트를 경유하였고, 돌아올 때는 이웃한 프렛즈 웨인 숲을 남북으로 관통한 후 아미트레일 로드를 따라서 왔다.

14 (월) 대체로 맑으나 밤 한 때 비

창환이·맥스와 더불어 듀페이지 카운티의 남단 네이퍼빌에 있는 그린 밸리 삼림보호구역에 다녀왔다. 아내를 메다이나 역까지 바래다 준 후, 레이크 스트리트와 53번 주도를 통해 곧바로 남쪽으로 내려갔다. 그린 밸리(Greene Vally)란 윌리엄 브릭스 그린이란 사람이 1835년에 그의 아저씨 다니엘 그린으로부터 이곳에 200에이커의 땅을 산 데서 유래한다. 그가 1841년에 참나무로 된 오두막을 농장에다 지었는데, 그 집(Oak Cottage)이 오늘날까지 이 삼림보호구역의 북쪽 끝에 남아 있다.

그린 밸리 삼림보호구역은 듀페이지 카운티가 1926년에 처음으로 이곳 일부분의 땅을 입수한 이래, 1969년에 이르러서야 그린 농장에 해당하는 북부 일대의 땅을 매입하고서 그 해에 역사적 소유주의 이름을 따서 현재의 명칭을 정했던 것이다. 총 면적은 1,414에이커에 달하고, 10마일 이상의 산책로를 가지고 있다. 그 서남쪽에는 역시 고체 쓰레기를 매립하여 조성한 해발 980피트의 언덕이 있는데, 그 꼭대기에 올라서면 듀페이지 카운티 전체를 조망할 수 있을 뿐 아니라 시카고의 스카이라인도 바라볼 수 있으므로, 거기를 '시닉 오버룩(Scenic Overlook)'이라고 부른다. 이 일대는 모두 사방이 탁 트인 대평원에 속하므로, 언덕이란 대체로 이처럼 인공적으로 조성된 것이며, 한국에서라면 언덕 수준인 이 정도의 높이에 올라가기만 해도 사방을 멀리까지 조망할 수 있는 것이다. 그러나 주말의 오전 11시부터 오후 6시까지만 일반인에게 공개하고 있기 때문에 우리는 거기에 올라가 보지 못했다. 다목적으로 조성된 산책로는 숲과 초지와 습지가 골고루 분포된 사이로 이리저리 얽혀 있는데, 우리는 듀페이지 카운티의 75번 지방도가 가로지른 북쪽 일부를 제외하고는 두루 걸어보았다.

53번 주도를 따라서 돌아오는 길에 글렌 엘린에 있는 메리놀 삼림보호구역에 들러보았다. 면적이 작은 그곳은 주택지로 둘러싸인 가운데에 잔디밭이 깔린 시민공원으로 조성되어져 있고, 관리사무소 옆에는 실외 골프연습장도 하나 만들어져 있었다. 어제 인터넷을 통해 피오리아 시에 있는 브래들리대학교의 홈페이지에 접속하여 교직원 명단을 열람해 보았더니, 나의 臺灣대학 대학원 철학과 동창인 다니엘 게츠(중국명 高澤民)는 1992년부터 그 대학에 재직하고 있고, 현재 종교학 전공의 부교수로서 철학·종교학과의 학과장 서리이며, 학력은 메리놀 칼리지에서 학사, 대만대학에서 석사, 예일대학에서 석사 및 철학박사학위를 취득한 것으로 되어 있었다. 그의 처인 마조리 게츠는 2003년도부터 이 대학의 심리학 시간강사로 재직하고 있으며, 메릴랜드대학에서 학사(B.S.), 웨슬리언대학에서 석사, 예일대학에서 철학석사 학위를 취득하였으니, 그들은 예일대학 재학시절에 서로 만난 듯했다.

나는 그와의 통화에서 듀페이지 카운티에서 학부과정을 다녔다는 말을 들은 바 있었으므로 지난 번 라일 시에 있는 베네딕트대학에 들렀을 때 거기를 졸업한 줄로 짐작했었는데, 사실은 이곳 글렌 엘린에 있는 메리놀 칼리지를 다녔던 것이다. 공원에 산책 나온 어느 주민에게 물어보니, 이는 메리놀 교단(Order)의 신학교였는데, 현재의 이 공원 터 안에 각각 신학교와 수녀원에 해당하는 두 개의 건물로써 이루어져 있었으며, 다년간 폐교 상태로 있다가 5년쯤 전 공원이 정비될 무렵에 철거되었다고 한다.

집으로 돌아와 구글을 통해 인터넷으로 검색해 보니, 메리놀 칼리지란 미국 내외에 여러 개가 있는데, 그 중 일리노이 주 글렌 앨린의 것은 1949년에 개교하여 1971년에 문을 닫은 것으로 되어 있었다. 메리놀이란 미국에 본부를 둔 가톨릭 미션 운동으로서, 사제·수녀·평신도·기타로써 이루어진 네 개의 메리놀 소사이어티로 구성되어져 있다. 1911년에 토마스 F. 프라이스 등 몇 명의 사제와 수녀가 중심이 되어 미국에서 설립한 것으로서, 해외의 빈민이나 난민, 고아원, 양로원 등을 지원함을 통해 가톨릭 선교활동을 하는 것을 사명으로 삼고 있다. 내가 어렸던 시절 부산에도 메리놀 병원이 있어 생모가 종종 그 병원에 다니고 있었던 것이다. 현재의 지명 메리놀은 이 메리놀 칼리지에서 유래한 듯하다.

인터넷을 통해 시카고대학 종교사학과에 요아힘 바흐의 후임으로 부임하여 죽을 때까지 30년간 그 학과의 주임으로서 재직한 루마니아 출신의 저명한 종교학자 머치아 엘리아데(1907~1986)에 대해서도 알아보았다.

15 (화) 흐리다가 비
아내를 역까지 바래다 준 후, 창환이·맥스와 더불어 어제 갔던 그린 밸리보다 좀 더 서쪽에 있는 네이퍼빌의 스프링브룩 프레리 삼림보호구역에 다녀왔다. 갈 때는 대체로 53번 주도를, 돌아올 때는 59번 주도를 경유하였다. 스프링브룩 프레리는 총면적이 1,878에이커이고, 산책로의 길이가 13마일에 달하여, 그린 밸리보다 좀 더 큰데, 일리노이 북부 지역에서 주요 鳥類보존지역으로 지정해 두고 있는 세 곳 중의 하나이므로, 산책로는 새들의 서식지를 피하여 주변의 차도 부근으로만 나 있어 비교적 단순하였다. 대부분 초원으로 이루어진 들판 한가운데를 스프링브룩이라는 시내가 태극 모양을 그리며 지나가고 있으므로, 이러한 이름이 붙은 것이다. 서쪽의 넓은 지역은 개척 이전 서부 평원의 모습을 연상케 하는 초지이고, 동쪽의 보행자 전용 길 쪽은 나무가 좀 더 있었다. 우리는 도착 직후에 4차선 도로를 횡단해 지나가는 사슴 한 마리를 보았고, 산책 도중에도 초원을 가로지르며 뛰어가는 또 한 마리의 사슴을 보았다.

'프레리(Prairie)'는 프랑스어에서 유래하는 단어이며, 그것에 해당하는 영어는 '플레인즈(Plains)'이다. 모두가 평원을 뜻하는 말인데, 원래 애팔래치아 산맥 건너편의 미시시피 강 유역 대평원 지역은 프랑스가 식민지로서 개척하였다가 프렌치·인디언 전쟁이라고 불리는 영국과의 식민지 쟁탈전에서 프랑스가 패배함으로 말미암아 영국령과 스페인령으로 분할되었다. 독립 후 제3대 대통령 토머스 제퍼슨 때 나폴레옹 1세로부터 스페인에 귀속되었다가 프랑스 땅으로 돌아간 광대한 루이지애나까지를 매입함으로 말미암아 미국의 영토가 종전보다 배 정도로 늘어나 미시시피 강 서쪽에서 로키산맥에 이르는 지역까지 미국 땅이 되었으므로, 이 대평원 지역을 가리키는 프랑스 말이 영어로서 남게 된 것이 아닌가 싶다. 원래 이 지역 대부분은 빙하의 퇴적물로 말미암은 초지로 형성되어져 있었으므로, 오늘날에는 특히 나무가 적은 풀밭 위주의 지역만을 가리켜 프레리라고 부르는 것이다. 삼림보호구역은 대부분 20세기 이후에 조성된 것이므로 원래의 대평원 모습 그대로는 아니고 인공이 많이 가미된 것이지만, 가능한 한 개발 이전 평원의 원래 모습을 보존하고자 하는 것이 취지인 것이다.

돌아오는 길에는 오로라 시에서부터 59번 주도를 따라 북쪽으로 계속 올라가다가, 창환이가 그 부근의 위튼 시에 있는 위튼 칼리지가 기독교 재단의 학교로서 그런 대로 이름이 있다면서 한 번 가보겠느냐고 물으므로 그렇게 하기로 했다. 그리하여 얼마 전에 들렀던 적이 있는 웨스트 듀페이지 숲 삼림보호구역 옆을 지나 제네바 로드 쪽으로 접어들려고 할 무렵 방향을 돌려 도로 남쪽으로 내려왔다. 위튼에 이르러 길가에서 'Theosophical Society'의 표지판이 눈에 띄었으므로, 무엇을 하는 곳인가 싶어 먼저 노드 메인 스트리트에 있는 그 곳에 들러보았다. 부호의 저택처럼 호수를 낀 넓은 정원을 가진 고풍스런 건물이었다. 인도사람인 듯한 여성이 전통 인도 복장을 좀 개량한 옷을 입고서 입구 안쪽의 데스크 앞에 앉아 있다가 우리의 질문에 친절하게 응답해 주므로, 복도 안쪽으로 들어가서 도서관을 둘러보았고, 돌아 나오는 길에 관계 팸플릿들과 계간으로 발행되는 기관지 『The Quest』를 한 부 집어 왔다.

그러한 자료들과 인터넷 등을 통해 나중에 알고 보니, 'The Theosophical Society(神智學會)'는 1875년에 뉴욕에서 러시아 출신의 헬레나 페트로브나 블라바츠키 여사와 헨리 스코트 올콧, 윌리엄 쿠엔 저지 등에 의해 설립된 단체였다. 보편적 인류애, 종교·철학·과학의 비교 연구, 인간 본성의 탐구를 주된 목적으로 삼는 단체로서 그 본부는 1882년 이래로 인도 남동부의 첸마이(마드라스)로 옮겨졌고, 세계 70개 정도의 나라에 지부를 두었다. 그 중 가장 오래되었으며 125개의 지역 그룹을 거느린 미국 지부의 중심이 바로 이곳으로서, 설립자이자 초대 회장이었던 사람의 이름을 따 여기를 '올콧'이라 부르고 있다. 20세기 인도의 대표적인 사상가 중 하나인 크리슈나무르티는 젊은 시절 바로 이 신지학회에 의해 티베트 불교의 달라이라마 정도에 해당하는 존재로 발탁되어 영국으로 건너갔으나, 후년에 이 단체와 결별을 선언하고서 미국 캘리포니아를 근거지로 삼아 독립적인 활동을 펼친 것으로 알려져 있다.

이어서 우리는 듀페이지 카운티의 행정 중심지인 위튼 시의 칼리지 에브뉴 양측에 캠퍼스가 펼쳐져 있는 위튼 칼리지에 도착했다. 교정의 석물에 커다랗게 새겨진 'For Christ and His Kingdom'이라는 슬로건이 말해주듯이 교파에 구애되지 않는 기독교 이념에 의해 1860년에 설립된 사립대학으로서, 이미 150년 정도의 역사를 지닌 유서 깊은 곳이었다. 세미나리 에브뉴를 거쳐 칼리지 에브뉴로 들어서자, 오른쪽으로 빌리 그레엄 센터라는 표지가 있는 커다란 석조건물이 보였다. 처음에는 그냥 기독교재단의 대학이어서 그런가 보다 하는 정도로 여겼으나, 나중에 이 대학 직원을 만나 물어보니 놀랍게도 여기가 바로 미국의 대표적인 개신교 부흥사인 그의 출신교라는 것이 아닌가!

이 역시 나중에 조사해 보고서 알게 된 것이지만, 빌리 그레엄(Billy Graham, 본명은 William Franklin Graham, Jr.: 1918~) 목사는 노드 캐럴라이나 주 샬로트의 장로교 가정 출신으로서, 1939년에 南침례교회로부터 목사 안수를 받았다. 1936년에 샤론 고등학교를 졸업한 후, 밥 존스 칼리지(지금의 밥 존스대학교)에 다니다가 전학하여 1940년에 플로리다 성서학원(지금의 플로리다 트리니티 칼리지)을 졸업하였고, 1943년에 위튼 칼리지를 졸업하였다. 위튼 칼리지에 재학하던 당시에 『성서』가 오류 없는 하나님의 말씀임을 믿게 되었고, 이 대학에서 중국 선교 의사의 딸인 루스 벨을 만나 결혼하였다. 그는 이후 명예박사학위도 받고 미네소타에 있는 대학 총장의 직책을 맡기도 하였으나, 정식 학교교육은 위튼 칼리지 졸업이 마지막이었다. 비가 내리는 가운데 빌리 그레엄 센터 안에 있는 박물관에 들러 보았다가 유료임을 알고서 그냥 나왔다.

점심을 들기 위해 건립된 지 오래되지 않은 학생회관 건물로 갔다. 이 건물의 정식 명칭은 'Todd M. Beamer Student Center'였다. 그 1층 입구에 토드 비머의 모습을 그린 벽화와 함께 그가 마지막으로 남긴 유명한 말 '여러분 준비되었소? 싸웁시다(Are you guys ready? Let's roll).' 라는 문구가 적힌 벽화가 있었다. 2001년 9.11. 사태 때 테러범에게 공중 납치된 유나이티드 항공 93호기를 타고 있다가, 휴대폰을 통해 다른 승객들과 함께 테러범과 싸우겠다는 의사를 외부에 알리고서 얼마 후 펜실베이니아 주 서부의 들판에 추락한 그 비행기와 더불어 죽어 미국 국민의 영웅이 된 32세의 젊은이 역시 이곳 위튼 고등학교와 위튼 칼리지 출신이었던 것이다. 그 건물 2층에 있는 뷔페식당 'Cafe Bon Appetit'는 두 사람의 입장권 가격이 $15.50이었는데, 메뉴가 믿기지 않을 정도로 풍부하였다. 식당 밖의 로비 벽에는 학생들이 벗어서 걸어놓은 의복 등이 옷걸이에 즐비한 것으로 미루어 서로를 신뢰하는 교풍이 확립되어져 있음을 알 수 있었다.

집으로 돌아와, 오후에는 입수해 온 자료들과 인터넷을 통해 오늘 우연한 기회에 접하게 된 여러 단체나 기관, 인물에 대해 좀 더 자세히 알아보았다.

16 (수) 찬바람과 눈

올해 들어 기온이 처음으로 영하로 떨어지고 첫눈이 내렸다. 누나가 새벽에 직장으로부터 오늘은 산책을 나가지 않는 것이 좋겠다는 의견을 말하는 전화를 걸어왔으나, 평소와 다름없이 창환이·맥스와 더불어 아내를 메다이나 역까지 바래다 준 후 위튼에 있는 해릭 레이크 및 다나다 삼림보호구역에 다녀왔다. 왕복 모두 53번 및 56번 주도를 이용하였고, 돌아올 때는 창환이가 운전하여 53번 주도에서 아미트레일 로드와 글랜엘린 로드를 경유하였다. 해릭 레이크와 다나다는 서로 잇닿아 있는 별개의 자연보호구역으로서, 트레일의 순서를 나타내는 푯말도 해릭 레이크의 입구에서 1번으로 시작하여 다나다의 라이스 레이크에서 17번으로 끝나도록 일련번호가 부여되어져 있다.

해릭 레이크는 면적 851에이커에 트레일 길이 7마일, 다나다는 면적 753에이커에 길이 8마일이다. 우리는 왕복에서 갈 때의 길과 돌아오는 길이 서로 겹치지 않도록 주도로와 곁가지 도로를 번갈아 이용하여 두루 걸었으니, 오늘 총 15마일, 즉 24킬로미터 정도를 걸은 셈이다. 이는 지금까지의 최대 길이였던 아르곤국립연구소 주변의 워터폴 글랜 삼림보호구역의 길이가 총 19마일이었던 것에 이어 두 번째인데, 후자의 경우는 편도로만 걸었으므로 실제 걷지 못한 코스도 있는 점을 감안한다면 서로 비슷한 거리라고 할 수 있겠다. 오늘은 총 세 시간 정도가 소요되었다.

해릭 레이크는 입구에 있는 19에이커 정도 되는 면적의 호수 이름으로서, 1833년에 아이라 해릭이라는 사람이 당시 조그만 촌락이었던 위튼 마을 부근으로 이주해 와서 이 호수 주변의 숲속에 거처를 정했던 데서 유래한다. 자연보호구역들의 명칭은 이처럼 그 장소에 처음 거주했던 사람의 이름을 따른 것이 적지 않다. 이른 아침에 강추위의 날씨에도 불구하고 이 호수에 도착해 보니, 수백 마리의 캐나다 거위와 역시 수많은 청둥오리의 무리가 서로 따로 떼를 지어 물 위와 근처의 호반에서 움직이거나 날고 있는 모습이 장관이었다. 우리는 싸락눈이 내리는 가운데, 두터운 방한복의 모자 부분까지 덮어쓰고서 얼굴만 내놓고 장갑을 낀 채 앞으로 나아갔다. 원래는 오늘 해릭 레이크 부분만 돌아올 작정이었는데, 걷다 보니 이미 다나다의 경계에까지 들어가 있어 끝까지 가보기로 한 것이다.

다나다는 1929년에 다니엘 및 아다 L. 라이스 부부가 이 땅을 사서, 1939년 이후 여기에다 1,350에이커에 달하는 커다란 농장을 이룩했던 데서 그 두 사람의 이름을 합성해 만든 명칭이다. 그들은 또한 여기에다 경마용 사라브레드 말 목장을 만들었는데, 그 말들이 각지의 경기에 나가 우수한 성적을 거두면서 이 농장의 명성도 아울러 높아졌다. 1970년대 초에 라이스 부부는 말 목장을 팔았고, 1980년에 듀페이지 카운티 삼림보호국이 700에이커의 땅을 구입한 데 이어 그 다음해에 추가로 구입하여 현재에 이른 것이다. 현재 다니엘 및 아다 부부의 저택이었던 다나다 하우스는 각종 행사용으로 이용되고 있고, 그 근처에 커다란 말 목장과 경마 코스 등이 있다. 1983년 이래로 여기에 다나다 승마센터가 설립되어져 듀페이지 카운티의 주민들에게 승마 강습 및 오락을 제공하고 있다. 부근의 농장에는 1950년대 스타일의 다나다 모델 농장이 당시의 농기계와 경작 방식대로 보존되어져 자원봉사자들에 의해 운영되고 있다.

다나다 자연보호구역의 동쪽 끝부분인 라이스 호수 부근에 이르렀을 때, 숲을 벗어나 들판과 넓은 호수를 거쳐 불어오는 세찬 바람을 바로 마주치게 되었으므로, 이른바 'wind-chill fact'에 의해 바람과 추위가 상승효과를 가져와 매우 추웠다. 창환이는 찬바람으로부터 맥스를 보호하기 위해 라이스 호수를 벗어나 숲으로 다시 들어올 때까지 맥스의 하반신을 자신의 방한복 속에 집어넣어 가슴에다 안고서 걸었다.

17 (목) 맑음

창환이·맥스와 더불어 아내를 메다이나 역까지 바래다 준 후 듀페이지 카운티의 중서부 윈필드에 있는 팀버 리지 삼림보호구역에 다녀왔다. 1,100에이커에 달하는 면적인데, 그 가운데 상당한 면적을 클라인 크리크 팜이라는 농장이 차지하고 있다. 우리는 먼저 농장 입구의 주차장에다 차를 세웠으나, 농장으로 연결되는 닫힌 문에서 9시 이후에 개방한다는 공고를 보았다. 그러므로 차를 돌려서 농장의 북쪽 변두리로 난 작은 도로를 따라 마을 안쪽까지 나아간 후, 그 차도가 끝나는 지점에다 차를 세웠다.

그곳은 일리노이 프레리 길이라고 불리는 자연보도의 한 갈래인 엘진 지선이 지나가는 바로 옆이었다. 이 길은 예전에 시카고 중심부와 교외의 엘진 및 오로라 지역을 연결하는 노선인 단선 전철의 철로였는데, 보다 편리한 대중교통수단으로서 버스가 등장하자 군데군데 운행이 정지되다가 마침내 전면적인 폐선이 결정되었다. 그러자 모턴 수목원의 와트 여사를 비롯한 시민운동가들의 노력에 의해 북미에서는 처음으로 시민의 휴식과 환경보전을 위한 다목적 차량 없는 도로로서 거듭나게 된 것이다. 현재 이 길은 시카고 시에 속하는 쿡 카운티에서 듀페이지 카운티를 경유하여 케인 카운티의 폭스 강에 이르는 시카고 교외 지역 총 61마일 구간만이 보존되어져 있다. 주 노선은 듀페이지 카운티의 행정 중심인 위튼 시에 이르러 엘진 및 오로라 지선으로 갈라지고, 그 지선들은 또다시 제네바 및 바타비아 지선으로 각각 갈라진다. 자연도로의 대부분이 위치한 듀페이지 카운티의 중간 지점에는 다시 본선과 엘진 지선을 연결하는 11.5마일의 그레이트 웨스턴 트레일도 있다. 도로 위에는 석회석을 모래처럼 잘게 부수어서 두텁게 깔아 덮어두었다.

우리는 자로 그은 듯 일직선으로 이어진 엘진 지선을 걸어서 팀버 리지 자연보호구역의 서쪽 끝까지 나아갔다가, 그곳 주차장에서 방향을 돌려 자연보호구역의 한가운데를 통과하는 그레이트 웨스턴 트레일을 따라 동쪽 끝까지 걸어왔다. 자연보호구역이라고 하지만, 길 양측에는 클라인 크리크 농장에 속한 것으로 짐작되는 밭들이 숲속 여기저기에 펼쳐져 있었다.

동쪽 끝의 카운티 팜 로드와 만난 지점에 농장 안으로 연결되는 비포장도로가 있었으므로, 그 길을 따라서 농장으로 걸어 들어갔다. 양들을 비롯한 여러 동물의 축사와 그 주변을 둘러친 나무 담들이 이어져 있고, 농장 안쪽에 사람이 거처하는 집도 몇 채 늘어서 있었다. 축사에서 늙은 남자 하나가 나와 우리를 불러 세우더니, 우리가 걸어온 길은 작업용으로서 일반인의 통행이 금지된 것이며, 게다가 농장 안에 애완동물을 데리고 들어올 수는 없다고 하므로, 잘 몰랐으나 미안하다는 말을 남기고서 처음 주차했었던 농장 입구 쪽으로 빠져나왔다. 뒤에 알고 보니 이 클라인 크리크 농장은 1830년대에 처음 통나무집으로 설치되어 현재의 자리에서 1960년대까지 운영되었던 실제의 농장을 듀페이지 카운티의 삼림보호구역이 매입한 후, 1890년대의 전형적인 농장 형태로 복원한 것이었다. 한 세기 전 이 일대에 흔히 있었던 농장과 그 생활 모습을 보존하는데 목적이 있다. 1984년 특별한 행사에 즈음하여 처음으로 일반인에게 공개되었다가, 1989년 이후로는 상시로 주중에 공개하며, 주민의 참여를 위한 다채로운 프로그램도 마련되어져 있다.

농장의 가운데로 클라인 크리크라는 맑은 시내가 흘러가고 있고, 입구 아래쪽에는 그 물이 모인 호수가 있어 수백 마리의 캐나다 거위가 떼를 지어 머물고 있었다. 우리는 농장을 벗어난 후 도로 가의 호수를 따라난 산책로를 좇아 남쪽으로 얼마간 걸어 내려와서 일리노이 프레리 길의 엘진 지선을 만났다가, 그 길을 따라 다시 서북쪽으로 올라가 차를 세워둔 지점에 도착하였다. 그러므로 오늘의 산책로는 크게 삼각형을 그린 셈이다.

18 (금) 맑음

누나가 12월 초순의 내 생일 때 장녀인 명아 및 시누이 모녀와 더불어 프랑스 파리로 여행을 떠나 집에 있지 않으므로, 그 대신에 생일선물로서 누나가 다니는 근처의 헬스클럽 회원권을 사 주겠다고 말해 왔었다. 나와 아내 및 창환이 세 명의 회원권을 함께 만들어 주겠다는 것인데, 창환이는 그 헬스클럽이 더러워 발에 무좀이 생긴다면서 자기는 게리 로드에 새로 생긴 쪽이 아니면 싫다는 것이었다. 누나 친구 앤지 씨 내외가 다니고 있다는 그쪽은 물론 근자에 개설한 것이라 공간이 넓을 뿐 아니라 시설이 보다 낫고 목욕 타월도 제공하며 24시간 이용할 수 있는 편리성이 있으나, 거기에 비해 누나가 개설 이래 20년간 계속 다녀온 이쪽도 값이 싸고 집에서 가깝다는 이점이 있다. 헬스클럽의 설비란 대체로 비슷할 것이며, 무엇보다도 자기가 돈을 내는 것도 아니면서 굳이 값비싸고 시설 좋은 쪽을 고집하는 창환이의 심리상태가 한심할 따름이다.

오전 중 아내와 함께 누나를 따라 블루밍데일 로드와 아미트레일 로드의 교차지점에 있는 밸리 토털 피트니스(BALLY TOTAL FITNESS) 라는 헬스클럽으로 갔다. 누나와 통화했던 주인이 부재중인데, 카운터를 맡은 종업원은 주인이 전화로 말한 것보다도 훨씬 많은 가입비를 요구하므로, 오늘은 시험 삼아 돈을 내지 않고서 그냥 무료로 들어가게 되었다. 그 안에는 각종 운동 기구와 소용돌이 온수목욕탕 및 습식·건식 사우나, 그리고 풀장이 갖추어져 있었다. 누나의 안내에 따라 여러 가지 시설과 장비들을 두루 돌면서 연습해 보았다. 한국에서 내가 들어가 본 적이 있는 헬스클럽보다 못한 점은 없었다.

집으로 돌아와 점심을 들고 난 이후에는 인터넷을 통해 신지학회의 회원이었다는 발명가 토마스 에디슨의 생애와 빌리 그레엄 등 위튼 칼리지 관계 인물에 대해 좀 더 자세히 알아보았다. 신지학회 미국지부의 홈페이지를 통해 44분짜리로 된 신지학회 및 그 미국지부의 역사에 대한 비디오도 세 차례 시청하였다.

19 (토) 맑음

누나가 창환이에게 우리 내외가 주로 사용하는 일제 차의 엔진오일을 갈아 넣으라고 하고, 나더러는 날씨가 포근하니 창환이·맥스와 더불어 산보 다녀오기를 권했다. 그래서 먼저 누나 내외의 김대건 성당 교우인 신두철(제임스 신) 씨가 경영하는 쿡 카운티의 서북쪽에 있는 자동차정비소로 향했다. 레이크 스트리트를 따라 서북쪽으로 올라가다가 쿡 카운티에 들어가자 배링턴 로드를 취해 북상했다. 스트림우드의 버건디 파크웨이에 있는 '신즈 배링턴 오토'에 도착했더니 아직 시간이 일러 점포 문이 닫혀 있고, 전화 연락도 되지 않았다.

우리는 먼저 산책을 하면서 시간을 보내기로 하고서 그 근처 포플라 크리크 삼림보호구역으로 향했다. 그곳은 매우 면적이 넓어서 자연보호구역 안 여기저기로 차도가 나 있었다. 우리는 상세한 지도를 구하지 못하여 어디로 들어가야 할지를 모르므로, 입구를 찾아 돌아다니다가 도로가의 숲으로 난 자전거 길 옆에 차들이 몇 대 주차해 있는 공간을 발견하고서 거기서 하차하였다. 먼저 자전거 길을 따라 숲속을 걷다가 오솔길로 접어들었는데, 도중에 사슴을 세 마리 만났다. 미국은 들판에 숲이 많고 사람들이 동물을 해치지 않는지라, 자연보호구역에 올 때마다 사슴이나 노루를 만나지 않는 쪽이 오히려 드물다고 할 수 있다. 오솔길을 걷다 보니 늪지대를 지나서 한 바퀴 돌아 도로 주차한 장소에 이르게 되었으므로, 다시 차에 타고서 안내 팸플릿이 비치된 정식 입구를 찾아 좀 더 돌아다녀 보기로 했다. 그러나 쿡 카운티는 관계 당국의 예산이 넉넉지 못한 탓인지 바로 이웃한 듀페이지 카운티와 달라 자연보호구역의 입구마다에 게시판을 설치하고서 지도가 포함된 안내물이나 책자 같은 것도 상자 안에 비치해 두어 누구나 집어갈 수 있도록 하지 않고서, 철제 안내판에다 지도를 그려 두어 길 안내를 하는 정도인 모양이었다.

부활절 휴일을 맞아 아이오와대학에 다니는 회옥이가 시카고의 누님 집으로 왔다. 서울공대 출신으로서 그 대학에서 대학원에 다닌다는 사람이 시카고의 학회에 참석하러 운전해 가는 승용차에 학우 네 명과 더불어 동승하였다. 창환이가 우리 차를 몰고서 아내와 더불어 오로라 시 부근의 고속도로 중간 지점까지 가 회옥이 및 집이 엘진에 있다는 다른 교포 학생 한 명을 받아 태워서, 동승한 학생을 엘진까지 데려다준 다음 회옥이를 집으로 싣고 왔다.

회옥이는 아이오와시티에서의 생활에 퍽 만족해하고 있었다. 평소 교회나 성당을 싫어하는 편이었던 회옥이가 친구를 따라 그곳 침례교회에 다닌다더니, 이제는 교회 생활에도 아주 만족해하며 성가대원으로서 활동하고 있다고 한다. 학비 외에 아내가 회옥이 명의의 통장을 만들게 하여 거기에다 수백만 원 정도의 돈을 송금해 두었으므로 용돈에도 궁하지 않은데, 회옥이는 평소 근검절약하는 편이라고 한다. 같은 방을 쓰는 미국인 여학생과는 기상 및 취침 시간이 달라 서로 사귈 기회가 적은 편이며, 부엌과 화장실을 공동으로 쓰는 건너편 방의 한국인 여학생 두 명과 가깝게 지내는 모양인데, 그 중 한 명은 미국인 가정에 입양된 사람이라고 들은 바 있었으나, 그렇지 않고 두 명 다 부모를 따라 미국에 이민 와 살고 있는 교포라고 한다. 그 중 입양되었다는 소문이 있었던 여학생은 어릴 때 이민 왔으므로 한국어는 유창하나 한글로 읽고 쓰기를 잘못한다고 한다.

20 (일) 맑음

조반을 든 후 창환이, 맥스와 더불어 어제 갔던 포플러 크리크 삼림보호구역으로 다시 갔다. 어제 이미 걸었던 코스는 빼고서, 자전거 길 외의 비포장 도로 중 도중에 갈라지는 비교적 짧은 길들도 제외하고 큰 코스는 일단 모두 돈 셈이다. 창환이는 여러 가지 면에서 자기 취향에 맞는 쪽에 외골수로 집착하는 경향이 있는데, 삼림보호구역을 함께 걸을 경우에도 포장된 자전거 도로나 좀 넓은 길은 피하고서 좁은 비포장 오솔길만을 선호한다.

오늘 산책에는 세 시간 정도가 소요되었다. 숲속과 풀밭에서 두세 마리 또는 다섯 마리 정도로 무리를 지은 사슴을 계속 만나 모두 열아홉 마리를 보았다. 미국에 온 후 지금까지 산책 도중에 사슴을 만난 것은 새벽에 버시 우드의 남쪽 호수로 걸어가는 도중에 만난 여섯 마리가 가장 많았는데, 오늘은 그 세 배도 넘는 숫자를 만난 것이다. 꽤 긴 꼬리의 안쪽은 흰털이며 그 꼬리를 보통은 치켜들고 있다가 뛰면서 간혹 내리면 온몸이 갈색으로 되는데, 머리에 뿔 달린 놈이 많았다.

차도 하나를 건너니 그쪽 길에는 말발굽 흔적이 많고 곳곳에 말똥도 많이 떨어져 있었다. 그쪽 숲길 너머 도로 가에 흰색 페인트를 칠한 긴 나무 울타리로 둘러싸인 마을에 말 목장이 있었다. 아마도 거기서 돈을 받고 말을 대여해 주는 모양이었다. 그 마을에는 작은 강이 흐르고 있는데, 강기슭에 아직도 백조 두 마리가 떠나지 않고서 머물고 있었다.

21 (월) 맑고 포근함

자고 있는 회옥이는 집에 두고서 아침 식사를 마친 후 창환이가 운전하는 차에 동승하여 누나 및 아내와 더불어 밖으로 나갔다. 먼저 밸리 토털 피트니스로 가서 우리 내외의 회원권을 끊으려 했으나, 매니저인 폴이 아직 출근하지 않았다고 하므로 먼저 근처의 대형 잡화점인 월마트와 스포츠용품점으로 가서 집에서 필요한 물건들과 수영할 때 머리에 쓰는 덮개 두 개를 구입하였다. 폴의 출근 시간에 맞추어 다시 헬스장으로 가서 아내와 나의 회원권을 만들고 누나와 더불어 셋이서 간단히 사우나를 하였다. 가입비 및 첫 달 회비 $123.50은 누나가 내 생일 선물로서 지불해 주었고, 우리 내외 두 사람의 한 달 회비 $65는 다음 달부터 우리가 지불하면 된다. 회옥이는 무료로 1주일간 우리와 함께 그곳을 이용할 수 있게 되었으며, 앞으로도 회옥이가 시카고에 다니러 올 경우 언제든지 계속 무료로 이용할 수 있게 해 주겠다고 한다. 이제부터 매일의 산책은 밖에서 하더라도 돌아온 후 여기서 사우나와 목욕을 할 예정이며, 겨울철에 추워서 산책을 못할 경우에는 실내의 운동 시설로써 대신할 수 있을 것이다. 알고 보니 밸리 토털 피트니스는 미국 전체에 체인점을 가진 헬스장이었다.

22 (화) 맑음

창환이와 더불어 맥스를 데리고서 블루밍데일 근처의 아이태스카에 있는 송버드 슬로우, 우드 데일에 속한 솔트 크리크 파크 및 에디슨에 속한 우드 데일 그로브 삼림보호구역으로 산책을 다녀왔다. 이것들은 모두 서로 이웃해 있으며 산책로가 비교적 짧다. 이 일대에는 메이플 메도우즈 및 오크 메도우즈 골프 클럽이 둘 있는데, 이것들도 삼림보호구역에 속하기는 하지만 골프장이라 들어갈 필요가 없었다.

내가 엊그제 일요일에 회옥이를 데리고서 시카고 시내의 수족관에 다녀올 뜻을 말했더니 회옥이가 가보고 싶어 한다 하므로, 오늘 오전에 창환이가 운전하여 누나를 제외한 우리 가족 모두가 함께 시내로 들어갔다. 먼저 차이나타운의 중국집 利榮華酒樓에 들러 점심을 든 후, 나는 그 부근의 잡화점에 들러 중국 武夷山에서 난 烏龍茶 한 통을 구입하였다. 캠리 승용차를 솔저 필드 미식축구경기장 주차장에다 세워둔 후, 미시건 호반의 세드 수족관에 들어가 돌고래 쇼와 흰 고래 등을 관람하였다. 시카고의 이 수족관은 미국에서 가장 큰 것이었는데, 최근에 조지아 주의 애틀랜타 시에 이것보다 더 큰 수족관이 세워졌다는 신문보도를 본 바가 있다. 기본적으로 입장은 무료이나, 우리는 돌고래 쇼와 지하수족관을 보기 위해 1인당 $15씩의 요금을 내고서 입장권을 샀다.

이어서 수족관 바로 옆에 있는 필드박물관에 들렀다. 시카고 시내의 마셜 필드 백화점 소유주가 지은 것이므로 같은 필드라는 이름이 들어가 있는 것이다. 이 박물관도 시카고의 대표적 명소 중 하나인데, 워싱턴에 있는 스미소니언박물관의 축소판 비슷한 것으로서, 공룡 화석으로부터 세계 각지의 민속품이나 진귀한 동물의 박제에 이르기까지 없는 것이 없을 정도로 두루 갖추었다. 때마침 폼페이 유적과 중국 공룡에 관한 특별전이 열리고 있었지만, 그것들 역시 입장권을 사야하는지라 보지 않았다.

창환이가 밤 6시 이후에 행콕 빌딩에 올라가면 시카고의 야경이 아름 답다고 말하여 회옥이가 그것을 보고 싶어 하므로, 원래는 수족관만 보고 서 남는 시간은 아트 인스티튜트에서 보내다가 돌아오려고 예정했었으 나 스케줄을 변경하였다. 6시까지 시간을 보내기 위해 역시 근처에 있는 아들러 천문관 및 천문학박물관에 가 보았지만, 대부분의 공공시설물과 마찬가지로 그곳도 오후 4시 30분까지만 개관하므로, 입구의 전시실에 있는 38년 동안 잃어버렸다가 최근에 찾아냈다는 우주탐사캡슐 리버티 벨 1호만을 보고서 나왔다.

창환이가 주차장으로 가서 차를 몰고 오기를 기다렸다가, 네이비 피어 까지 드라이브 삼아 가 본 다음, 행콕 빌딩이 있는 중심가의 북쪽으로 이동하였다. 도심 도로 가의 주차장에다 차를 세운 후, 먼저 창환이의 취미에 따라 이스트 체스트넛 스트리트 126번지에 있는 고색창연한 고딕 식 석조건물인 시카고 제4 장로교회에 들러 예배당 안을 둘러보았다. 시 카고의 고급 상점가인 이른바 '매그니피슨트 마일'에 속한지라 땅값이 엄청나게 비쌀 터임에도 불구하고 고층 빌딩이 밀집한 이 일대에 뜻밖에 도 교회나 성당이 제법 많았다. 이 교회는 기존의 두 교회를 합병하여 1871년 2월에 현재의 위치보다 몇 블록 아래쪽에 새로 개축되었던 것인 데, 그로부터 불과 6개월 후에 발생한 시카고 대화재로 말미암아 소실되 고 말았다. 현재의 건물은 뉴욕의 명소인 세인트 존 대성당을 만든 저명 한 건축가 랄프 애덤즈 크램에 의해 1912년에 착공하여 1914년에 완성된 것인데, 그럼에도 두 블록 아래쪽에 있는 워터 타워를 제외하고서는 시카 고江 북쪽의 미시건 에브뉴에서 현존하는 가장 오래된 건물이다.

이어서 시카고 대화재 때 타지 않고서 남은 유일한 석조건물로서 시카 고를 대표하는 명소 중 하나인 유서 깊은 워터 타워에 들렀다. 우선 근처 의 대형 서점 2층으로 올라가 유리벽 너머로 야간 조명장치가 된 워터 타워를 바라보았고, 워터 타워 건물 1층과 그 옆의 대형 워터 터빈이 설 치된 부속 건물 내부에도 들어가 보았다. 시내에는 이미 크리스마스 조명 장식물이 대부분 설치되어져 있어 야간에는 특히 화려하였다. 우리는 워

터 타워 바로 옆에 있는 워터 타워 플레이스라는 백화점 안으로 들어가
투명 벽 엘리베이터와 에스컬레이터를 타고서 7층 꼭대기까지 오르내리
며 구경하기도 하였다.

마지막으로 행콕 빌딩에 들어가 96층 카페에서 마티니 칵테일 등 각자
가 원하는 술이나 음료수를 주문하여 들면서 유리벽 너머로 펼쳐진 바깥
의 금빛 찬란한 야경을 바라보았다. 밤에 비행기를 타고서 시카고에 도착
할 때 몇 번 바라본 적이 있었지만, 바둑판 모양으로 정연하게 구획된
시가지의 야경은 실로 환상적이었다.

23 (수) 아침까지 눈 온 뒤 개임

자고 나니 바깥이 온통 눈으로 덮여 있었다.

그러나 많이 쌓인 편은 아니어서, 눈발이 그치자 도로 위에 내린 눈들
은 얼마 후 대부분 녹았다. 아직 날씨가 따뜻한 편이어서 도로의 땅이
얼지 않았기 때문이라고 한다.

창환이 및 맥스와 더불어 우선 어제 갔던 곳에서 가까운 위치인 애디
슨의 풀러튼 파크 삼림보호구역에 들렀다. 그러나 그곳은 모형 헬리콥터
를 띄우는 장소일 뿐 산책로는 거의 없었다. 이어서 어제의 우드 데일
그로브 바로 아래편 솔트 크리크 시냇물을 따라서 가늘고 길게 이어진
애디슨의 크리켓 크리크 삼림보호구역에 들렀다. 이 일대의 평원은 데스
플레인즈 강의 지류인 솔트 크리크로 말미암아 자주 범람이 일어나는
곳인데, 여기에다 세 군데 인공 호수를 만들어서 수량을 조절하며, 인근
주민들이 와서 즐겨 점심을 드는 장소로도 이용되고 있다. 우리는 주로
호수의 제방 위에 난 길을 따라서 왕복하였다. 눈에 발이 시린 탓인지
맥스가 평소와는 달리 우리를 앞서 계속 뛰어가려 했다.

24 (목) 강추위

미국 최대의 명절이라는 추수감사절인데, 올해 들어 최고의 강추위가
왔다. 매년 이맘때면 추위가 닥쳐, 잠시 날씨가 풀리기도 하지만 시카고

에서는 혹독한 겨울 추위가 거의 4·5월까지 지속된다고 한다.

오후에 두리가 누나 집으로 와서, 추수감사절은 미국에서 가장 큰 명절이므로 데이비드 등 아는 사람들에게 인사 메시지를 보내는 것이 좋다고 하는지라, 데이비드와 철학과장 폴, 그리고 로욜라대학 외사처의 메리 테이스 여사에게 축하 이메일을 보냈다.

명아와 현숙이가 먼저 누나 집에 도착하여 칠면조 요리와 그 밖의 음식들을 준비하였고, 동환이는 시내의 어머니 아파트에 들러서 자기가 운전하는 차에 태워 모시고 왔으며, 창환이 대부인 강성문 씨 내외가 다녀갔고, 누나의 작은 시누이 내외에다, 그 딸인 현숙이의 직장 동료인 영국인 남자 두 명(한 명은 잉글랜드, 다른 한 명은 웨일스 출신)도 와서 누나 집이 큰 성황을 이루었다.

오늘은 헬스클럽도 문을 닫고서 쉰다고 한다. 나는 오후에 맥스를 데리고서 서클 공원과 웨스트 레이크 공원 일대를 한 바퀴 돌았는데, 추위 때문에 그 많던 캐나다 거위 떼도 곳곳에 똥만 남긴 채 모두 어디론가 사라져 버렸고 호수에는 청둥오리 몇 마리만 떠 있었다.

밤에 칠면조 요리를 중심으로 한 만찬이 거실의 큰 테이블에서 벌어졌다. 그 음식물들을 준비하느라고 누나 집의 전기 오븐을 지나치게 사용하여 오븐 내부에서 불이 나 창환이가 밀가루를 부어 급히 끄는 소동도 일어났다고 한다. 만찬이 끝난 후 누나 시누이 내외와 우리 내외에다 누나 및 창환이가 함께 어울려 지하실에서 가라오케로 노래를 불렀다. 창환이와 우리 부부가 마지막까지 남아 밤 11시 무렵까지 놀았다. 두리가 화이트 와인 큰 병 두 개를 가져왔고 그 밖에도 화이트 와인이 몇 병 더 있었는데, 창환이가 거의 다 마셨고 아내가 한 병만 남겨두었다.

25 (금) 대체로 맑으나 오후에 시카고는 눈

회옥이가 교회 일이 있고, 숙제도 해야 한다면서 오늘 돌아가겠다고 했으므로, 한국에서 가지고 와 그동안 누나 집에 보관해 두었던 책들과 새로 마련한 겨울 용품들, 그리고 음식물들을 상자에 담아 누나의 링컨승용차 트렁크에다 싣고서 창환이가 운전을 하고 우리 내외는 동행하여 회옥이를 아이오와 시까지 태워다 주게 되었다. 짐이 많아서 그레이하운드 버스에 태워서 보낼 경우에도 따로 짐 값을 지불해야 할 뿐 아니라 아이오와 시에 도착한 후 택시를 잡아서 기숙사까지 운반하는 일도 쉽지 않아 보이고, 그렇다고 하여 소포로 부치자니 그 비용도 만만찮을 터인 까닭에 우리 내외가 다시 한 번 딸의 거처까지 따라가 보기로 한 것이다. 먼저 스트림우드로 가서 회옥이가 블루밍데일로 올 때 같은 승용차에 타고 와서 창환이가 그 누나의 집 근처까지 태워다 준 바 있는 남학생을 태웠다. 그 학생은 성균관대학교 공대 3년생인데, 아이오와대학과 성균관대학이 학생교류 협정을 맺고 있고, 그 누나가 미국으로 시집와 살고 있기도 하므로, 1년간 교환학생으로 와 있는 것이다.

시카고의 서북쪽 교외 쿡 카운티에 속하는 스트림우드에서 일단 남쪽으로 내려가 졸리에트 시 부근에서 80번 주간고속도로에 오른 다음, 그 도로를 따라서 아이오와 시까지 계속 서쪽으로 나아갔다. 미시시피 강을 건너 아이오와 주에 들어간 지 얼마 후 데이븐포트의 브래디 스트리트로 빠져나와 한 번 주유를 하고서 다시 80번 도로에 올랐다. 아이오와의 비프스테이크가 유명하다는 말을 들은 바 있었으므로, 아이오와 출신의 유일한 대통령인 허버트 후버의 고향 마을 웨스트브랜치에 들러 점심을 들고자 하였다. 그러나 그 마을 안내소에 들러 물으니 그 근처에 비프스테이크로 유명한 식당은 없다는 것이었다. 허버트 후버는 아이오와 시에서 10마일 정도 떨어진 이 조그만 퀘이커 교도 마을의 오두막에서 대장장이의 아들로 태어나, 후일 스탠포드대학을 졸업하고서 엔지니어로서 자수성가하여 40세 무렵에 백만장자가 된 후, 1929년에 미국 대통령에 취임하였는데, 취임 후 몇 개월 만에 대공황이 발생하여 재선되지는 못했다. 오늘날의 라스베이거스를 이룬 배경이 되는 후버 댐은 바로 그의 이름을 딴 것이다.

회옥이가 거주하는 아이오와대학의 기숙사 메이플라워 레지던트는 244번 출구로 80번 주간고속도로를 벗어나면 바로 눈에 들어오는데, 아이오와 강에 면한 커다란 공원을 바라보는 전망 좋은 위치이다. 먼저 같이 타고 간 학생을 그가 거주하는 기숙사까지 태워다 준 후, 메이플라워 기숙사로 돌아와 승용차 뒤 트렁크에 가득 실은 짐들을 손으로 미는 짐수레에다 실어서 엘리베이터를 통해 4층의 회옥이네 방으로 운반하였다. 기숙사의 학생들이 추수감사절 휴일을 맞아 다들 집으로 돌아가고, 1층 프런트에 직원 두 명이 앉아 있는 외에는 별로 인기척이 없었다. 회옥이네 방의 미국인 여학생 애나와 부엌과 화장실을 사이에 두고서 건너편 방에 거처하는 한국 출신의 여학생 두 명도 아직 돌아오지 않았다. 여학생들이기는 하지만, 방안이 지저분하게 어질러져 있기는 이루 말할 수 없을 정도였다. 애나는 그다지 멀지 않은 곳인 일리노이 주의 데 칼브에 살고 있는 모친이 두 주에 한 번 정도씩 와서 방안 정리를 해 준다는데, 그래도 회옥이에 비해서는 엄청 더 어질러두고 있었다.

짐을 내려둔 다음 점심을 먹으러 갔다. 어느 곳으로 가야할지 잘 모르므로, 창환이가 입구의 카운터에 앉은 남자 직원에게 물었더니, 80번 주간고속도로에서 1번 주도로 빠져서 북쪽으로 9마일 정도 떨어진 위치의 솔론이라는 마을에 있는 존시즈(JOENSY'S)라는 돼지고기 전문 식당을 알려주었다. 그 마을의 웨스트 메인 스트리트에 있는 그 식당을 찾아갔더니 제법 넓기는 하지만 바라크 같은 건물인데, 주문하여 나온 음식은 양만 많을 뿐 도무지 맛이 없었다. 나는 호박을 넣어 만든 모양인 생맥주를 두 잔 시켜서 들었는데, 그것은 그런대로 마실 만하였다. 그 마을의 잡화점에 들러 과일류를 좀 사서 내가 회옥이 방까지 올라가 운반해 주었고, 기숙사 앞에서 우리는 다시 회옥이와 작별하였다. 외동딸을 외국의 시골 도시에다 남겨두고서 떠나오려니 마음이 좀 허전하였다.

우리는 창환이의 희망에 따라 예전에 교환교수로 와 있는 경상대 간호학과의 구미옥 교수를 방문하여 처음으로 아이오와대학에 왔다가 돌아갈 때 들렀던 바 있는 듀부크 근처의 트라피스트 수도원에 다시 한 번 들러보기로 하고서, 그쪽으로 우회하는 길을 취했다. 다시 1번 주도를 따라서 솔론 마을을 지난 다음, 151번 연방도로를 만나서 그 길을 따라 계속 동북 방향으로 나아갔다. 도중에 해가 저물었다. 예전에 처음 왔을 때는 이보다 더 동쪽의 시골길을 취했을 것이라고 한다.

우리가 아이오와·일리노이·위스콘신 세 주의 경계에 위치한 미시시피 강가의 듀부크 시에 도착하기 조금 전에 듀부크 카운티의 피오스타에 있는 트라피스트 교단에 속한 뉴 멜러레이 대수도원(New Melleray Abbey)에 도착했을 때는 예전에 왔을 때처럼 눈에 덮인 한밤중이 아니고, 황혼이기는 하지만 아직 어스름한 햇빛이 남아 있을 무렵이었다. 지난번에는 서강대의 영문학 교수로서 반평생을 보내다가 만년을 수도사로서 보내기 위해 들어와 있는 미국 노인을 만날 수 있었으나, 그는 그로부터 얼마 후 이 수도원을 떠나 다시 속세로 돌아갔다고 한다. 우리는 저녁 예배 시간을 기다리지 않고서 1층과 지하층 그리고 예배당을 둘러본 후 바로 거기를 떠났다. 그 당시는 눈이 제법 쌓이고 별이 총총하여 아내가 그 때의 인상을 글로 써서 『경남수필』에다 발표하기도 했었는데, 아내도 이번에는 그 때와 같은 감동을 느끼지 못한 모양이었다. 창환이는 이곳을 '이 세상에서 가장 평화로운 곳'으로 여겨 이미 35번 정도 방문하였다고 한다. 그러나 그 역시도 그러한 평화의 인상을 받았을 따름이지 이런 시골에 들어와 수도사나 혹은 성직자로서 한 평생을 보낼 생각은 전혀 없는 것이다.

우리는 듀부크 시내에서 다시 차에다 기름을 채운 후, 이미 깜깜해진 밤에 미시시피 강의 철교를 건너 일리노이 주로 들어왔다. 듀페이지 카운티에 이르러 레이크 스트리트가 되는 20번 연방도로를 따라서 동쪽으로 계속 향하다가 일리노이 주 북부의 락포드(Rockford) 시에서 90번 주간 고속도로를 만나 남쪽으로 두 시간 정도 더 달린 후 밤 8시 무렵에 집에 도착하였다. 듀부크에서 10여 마일 떨어진 위치의 도중에 있는 갈레나는 남북전쟁 당시 북군의 총사령관으로서 후일 대통령이 되기도 한 그랜트의 출신지인데, 그의 집이 일리노이 주의 사적지로 지정되어져 있다.

26 (토) 맑고 다시 포근함

어제 아이오와로부터 돌아오는 길에 차 앞 유리 와이퍼의 워셔액이 나오지 않아 창환이가 고장 난 것으로 판단하였으므로, 오늘 아침 지난번에 갔었던 신즈 배링턴 오토로 다시 가게 되었다. 그러나 내가 말했던 바와 같이 고장 난 것이 아니라, 추수감사절 날 추운 날씨에 여러 사람들이 차를 몰고 왔으므로 이 링컨 승용차를 밤새 차고 밖에다 세워둔 까닭에 얼어서 그런 것이었고 달리 이상은 없었다. 미국에서는 눈이 오면 차도에다 다량의 소금을 뿌리므로, 어제 오후에 내린 눈 때문에 누나 집의 차 두 대가 모두 흰 소금을 잔뜩 뒤집어썼다. 그대로 두면 철판을 부식시켜 차의 수명이 단축되기 때문에, 오늘 아내와 내가 차례로 창환이를 데리고서 근처의 세차장으로 나가 세차기로 두 차를 모두 청소해 두었다.

차를 정비하러 나가는 길에 창환이와 더불어 그 근처 쿡 카운티의 호프만 에스테이츠에 있는 폴 더글러스 삼림보호구역에 들러 산책을 하였다. 지난번에 두 차례 들렀었던 근처의 포플러 크리크에 비해서는 절반 정도의 규모인데, 그래도 상당히 넓었다. 눈 덮인 주차장에다 차를 세우고서 맥스와 더불어 오솔길을 걸어 한 바퀴 돌았다. 그곳 역시 듀페이지 카운티의 삼림보호구역에 비해서는 손질이 잘 되어져 있지 않아 출입구가 한 군데 밖에 없고, 자전거 길 외에는 이렇다 할 정비된 산책로가 없었다. 우리는 마른 풀숲 사이로 눈에 의해 하얗게 표시된 오솔길을 따라 걸어갔고, 얼음으로 덮인 개울 위를 건너기도 하고, 더러는 길도 없는 풀숲으로 들어가기도 하였다. 창환이는 내가 보지 못한 사슴도 본 모양이지만, 내가 직접 목격한 것은 자전거 길 바로 옆의 숲속에 서 있던 흰 꼬리 사슴 두 마리였다. 집에 돌아오니, 간밤에 영화 구경을 다녀온 후 동환이 방에서 현숙이와 더불어 늦잠을 자고 있었던 명아도 현재의 거주지인 워싱턴 DC로 떠난 후였다.

점심을 든 후 웨스트 레이크 스트리트의 모던 웨이브 미용실로 가서 이발을 하였다. 미용사인 김순영(재스민 K.) 씨는 최근에 시카고 다운타운에서 '라이라이(來來)'라는 중국집과 동업하여 한국음식점을 낸 모양이다. 그래서 일요일을 제외하고서는 매일 오전 9시 30분부터 오후 7시까지 영업하던 이 미용실을 내놓기로 하고서 현재는 금·토요일 이틀씩만 영업하고 있었다. 그 때문인지 손님이 나 밖에 없었다. 그녀는 미국 교포와 결혼하여 수년 전에 이민 온 사람이라고 들었는데, 호프만 에스테이트의 자택에서 중심가까지는 러시아워의 교통체증이 없더라도 승용차로 편도에 한 시간 이상씩 걸리는 거리다. 미국에서도 교포들이 입에 풀칠하기가 어려움은 한국과 그다지 다를 바 없는 것이다.

이발을 마친 후 밸리 토털 피트니스로 가서 사우나와 수영을 하였다. 나는 앞으로도 대체로 다른 운동기구는 사용하지 않고서 온탕과 사우나 및 수영만을 하고서 돌아올 예정이다. 한국에서처럼 냉탕이 따로 갖추어져 있지 않으므로, 먼저 수영복으로 갈아입고서 소용돌이 온탕에 들어가 몸을 데운 후 찬물인 풀에서 크롤로 수영하여 코스를 한번 왕복하고서, 다음은 건식 사우나에 들어가 나왔다가 다시 한 번 크롤 수영으로 왕복하고, 그 다음은 습식 사우나에 들어가 나왔다가 배영으로 한 번 왕복한 후, 마지막으로 온수 샤워를 하고서 긴 타월로 몸을 닦고 나오는 것이다.

29 (화) 대체로 흐림

아침에 창환이, 맥스와 더불어 듀페이지 카운티의 서쪽 웨스트 시카고 시에 있는 웨스트 시카고 프레리 삼림보호구역 및 위튼 시에 있는 링컨 늪지 자연구역에 다녀왔다. 갈 때는 주로 블루밍데일 로드와 제네바 로드를, 올 때는 게리 로드와 아미 트레일 로드를 경유하였다. 미국에서는 듀페이지처럼 대도시 주변부의 경우 카운티 안에 있는 마을 구역들 하나하나를 대체로 '시티'라고 부르며 때로는 '빌리지'라고도 한다. 듀페이지 카운티 안에 이러한 시가 서른 개도 넘는데, 그것들이 모두 한국처럼 인구수의 기준을 충족시키고 있는 것인지 어떤지 모르겠다. 우리가 사는 블루밍데일 시는 역시 이곳에 최초로 정착했던 사람의 이름을 취한 것이라고 들었다.

간밤에 눈이 약간 내린 모양이어서 산책로가 얕은 눈으로 덮여 있었다. 웨스트 시카고 프레리 삼림보호구역은 듀페이지 카운티 공항과 페르미국립가속기연구소의 사이에 위치해 있는 것으로서, 313에이커의 면적을 지녔다. 원래는 1850년부터 1960년까지 갈레나 앤드 유니언 철도(시카고 및 북서부)가 소유하고 있던 땅으로서 가축방목장으로 사용되던 곳이었다. 1960년에 개발을 위해 팔린 이후에도 습지였기 때문에 사용되지 않은 채 방치되어져 있다가, 1979년에 듀페이지 카운티 삼림보호국과 웨스트 시카고 시가 공동으로 매입하여 오늘에 이른 것이다. 제대로 인공을 가해 만들어진 산책로는 별로 없고 대체로 풀숲 사이로 난 좁은 오솔길이 었다. 이곳에 있는 500종이 넘는 풍부한 동식물 자원을 보존하기 위한 것인 듯하다.

링컨 늪지 자연구역은 1979년에서 1992년 사이에 100개가 넘는 자투리땅들을 모아 130에이커의 공원으로 조성한 것이다. 2마일 정도의 산책로가 있는 비교적 소규모의 것인데, 주위의 토지 매입은 현재도 진행 중인 모양이다. 겨울임에도 갈대 종류의 풀로 뒤덮인 늪지 주위의 산책로에서 우리처럼 개를 데리고 나온 주민들을 여러 명 만났다. 위의 두 곳에는 모두 폐선이 된 철로 자리를 개조한 자연보도인 일리노이 프레리 길과 제네바 갈림길이 지나가고 있다.

30 (수) 흐림

점심을 든 후 창환이와 함께 맥스를 데리고서 쿡 카운티와 레이크 카운티의 경계 지점에 위치한 디어 그로브 삼림보호구역으로 가서 해질 무렵까지 네 시간 가까이 산책하였다. 돌아오는 길에 로젤 역으로 가서 UIC로부터 돌아오는 아내를 마중하였고, 로젤 역 건너편의 슈퍼에서 바겐세일 중인 맥주와 비프스테이크 용 쇠고기 등을 구입해 돌아왔다. 30개 들이 캔 맥주 한 박스가 $11, $12 밖에 하지 않으므로 차제에 세 박스를 구입하였고, 스테이크용 쇠고기도 세 개를 샀다.

집집마다 크리스마스용 야간 장식이 화려한 거리를 운전하여 집으로 돌아와, 창환이가 엊그제 사서 붉은 포도주를 부어 재워둔 돼지고기로 불고기를 해서 누나랑 넷이 함께 저녁식사를 들었다.

12월

1 (목) 아침에 약간의 눈

누나는 오후 6시 비행기로 오늘부터 12월 7일까지 한 주 동안의 프랑스 파리 여행을 떠났다. 시카고에 있는 화장품 회사의 연구원으로 근무하는 현숙이는 업무상 해외에 자주 나다니는데, 지난 번 추수감사절 전날까지는 일본 東京에 다녀왔고, 그로부터 얼마 되지 않아 다시 파리로 출장을 가게 되었다. 현숙이가 가는 길에 그 단짝인 명아가 각자의 모친을 초대하여 함께 여행하기를 제안해 그것이 실현된 모양이다. 그러므로 누나는 이번 여행을 공짜로 하게 된 셈인데, 명아는 워싱턴 DC에서 하루 먼저인 어제 출발하였고, 나머지 세 명은 시카고의 오헤어 공항에서 만나 함께 가는 모양이다.

점심 식사 후, 나는 로욜라대학교 워터 타워 캠퍼스에서 이 대학 외사처의 책임자인 메리 타이스 여사를 만나 12월 8일부터 23일까지 반달 동안의 남미 여행을 위해 내 DS-2019 서류에다 다시 한 번 그녀의 사인을 받기로 서로 연락이 되어 있으므로, 메다이나 역에서 오후 12시 52분 열차로 출발하였다. 오후 1시 42분에 시카고의 유니언 역에 도착한 후, 시카고 강을 따라서 고층빌딩이 숲을 이룬 번화가의 외곽지대를 두르는 도로인 웨커 드라이브를 걸어 올라가 다운타운의 중심도로인 미시건 로드를 만난 다음, 북쪽의 상가 거리인 매그니피선트 마일로 들어갔다. 오후 3시 30분부터 5시까지 메리가 자리를 지킨다고 했으므로, 한 시간 정도 남는 자투리 시간을 이용하여 워터 타워 오른쪽 옆에 있는 현대미술박물관을 관람할까 했으나, 그 바로 옆의 시카고 에브뉴에서부터 레이크쇼어 드라이브까지에 걸쳐 있는 노드웨스턴대학 의대를 한 바퀴 두르며 걷다보니 박물관을 관람하기에는 시간이 너무 부족하므로 포기하였다.

그 대신 시카고 에브뉴보다 한 블록 위쪽을 가로로 잇는 E. 피어슨 스트리트를 따라 워터 타워의 왼쪽 옆에 있는 로욜라대학 경영, 법대 건물 등을 두루 둘러보았고, 더 서쪽의 시카고 에브뉴와 라살 스트리트가 교차하는 지점에 위치한 무디 성서학원이라는 신학교까지 가 보았다가 그 위쪽 거리를 둘러서 돌아와 25 E. 피어슨 관 6층의 도서관 접수부 뒤편에 있는 메리의 데스크로 가서 사인을 받았다. 메리는 그곳에 책상과 의자 하나만 두고서 매주 일정 시간 동안 레이크쇼어 메인 캠퍼스로부터 이리로 와 이쪽 캠퍼스에서도 같은 종류의 사무를 처리하고 있는 것이다. 메리의 말에 따르면, 원칙적으로는 재차 사인을 받을 필요가 없는 것이지만, 국경의 담당관은 대학 담당자의 사인 날짜가 출입국 시점으로부터 가까운 것을 선호하므로 사인 날짜로부터 3개월 정도가 지난 경우에는 새로 사인을 받는 편이 좋다는 것이다. 다시 걸어서 매그니피선트 마일의 미시건 에브뉴가 끝나는 지점까지 북쪽으로 올라갔다가 웨커 드라이브로 돌아온 다음, 디어본 스트리트를 따라서 옆길로 빠져 다운타운의 빌딩 숲속으로 들어가 광장에 피카소의 대형 철제 조각 작품이 있고 커다란 크리스마스트리가 세워져 있는 데일리 센터와 그 옆의 시청, 그리고 시청 뒤편의 일리노이 주 청사 건물 일대를 둘러보았다.

2 (금) 맑으나 강추위

점심 식사 후 아내와 더불어 헬스클럽에 가서 한 시간 반 정도를 머물다가 돌아오는 길에 집 근처의 잡화점 월그린 및 식료품점인 카푸토즈에 들러 쇼핑을 하였다. 우리가 주로 이용하는 이 식품점은 안젤로 카푸토라는 이탈리아 인이 수십 년 전에 개업한 것으로서, 미국의 관례에 따라 창업자의 이름을 상호로 삼은 것이다. 블루밍데일 일대에는 일찍부터 이탈리아계 이민이 많이 거주하여 도처의 간판 등에서 이탈리아 사람 이름이나 'Grazie' 'Ristorante' 따위의 이탈리아어를 볼 수 있다.

4 (일) 간밤에 눈 온 후 포근함

자고 나니 바깥이 온통 흰 눈으로 덮여 있었다. 그러나 소금을 뿌려

도로에는 곧 눈이 말끔히 치워졌다. 시카고를 비롯한 미국 주요 도시들의 도로 포장 상태가 한국에 비해 상당히 나쁜 것은 무엇보다도 겨울철에 제설을 위해 소금을 많이 뿌리는 탓이 아닌가 싶다.

점심 때 창환이 및 아내와 더불어 근처의 글렌데일 하이츠에 있는 전통 베트남 식당 '포 하'로 가서 쌀국수를 포식하였다. 저녁 무렵부터 창환이가 아내와 함께 밖으로 나가 근처의 가정용품 점포(Home Depot)를 여기저기 다니며 크리스마스 조명장식 용품들을 사 와서 집의 지붕 등에 일단 달았으나, 전선의 길이가 짧아 지붕의 전선과 연결하지 못하여 나무 장식용 전등은 아직 설치하지 못했다. 창환이는 원래 내일 오전에 뉴저지로 떠날 예정이었으나, 출발 날짜를 하루 늦추어 크리스마스 조명 장식을 끝낸 후에 떠날 것이라고 한다.

5 (월) 맑으나 추움

창환이가 오늘도 아내와 함께 바깥의 상점들을 찾아다니며 재료를 구입해 와서 크리스마스 조명 장식을 마쳤다. 집 바깥의 지붕 테두리와 차고 및 출입문 주변의 나무들에 울긋불긋한 조명등이 설치되고, 거실에도 작은 전등들이 달린 크리스마스트리를 설치했다.

 E. 남미 일주

8 (목) 흐리고 오후에 시카고는 눈, 애틀랜타는 비

15박 16일의 남미 여행을 출발하는 첫날이다.

오전 11시 반에 점심을 든 후, 아내와 더불어 누나가 운전하는 차로 오헤어공항으로 향하였다. 25분쯤 후에 제3 터미널의 델타항공 티케팅 장소에 도착하여 출국수속을 시작하였다. 우리 내외는 오후 2시 45분에 출발하는 델타항공 875편 보잉 비행기로 시카고를 출발하여 1시간 59분을 비행한 후 동부시간이 적용되어 중부시간대인 시카고보다는 한 시간이 빠른 조지아 주의 중심도시 애틀랜타 공항 남측 터미널에 오후 5시 44분에 도착한 후, 현지 시간으로 오후 7시 45분에 애틀랜타 공항의 남측 터미널에서 상파울루 행 보잉 항공기로 갈아타고서 9시간 20분을 비행한 후에 내일 오전 8시 5분에 브라질의 상파울루 구아룰호 공항 제1 터미널에 도착하는 것으로 예약되어져 있다.

그런데 우리 내외가 상파울루까지 직송하는 짐을 탁송하고서 연결 탑승권을 발급받아 출발 게이트인 L9에서 얼마간 기다리고 있으니, 뜻밖에도 그 게이트에서 내 이름을 부르는 방송이 들려왔다. 방송을 한 담당직원에게로 가 보았더니, 875편보다 더 빨리 오후 2시에 애틀랜타로 출발하는 비행기가 있으므로, 그것으로 바꿔주겠다는 것이었다. 물론 우리 내외로서는 마다할 이유가 없었다. 그러나 유타 주의 솔트레이크 시로부터 오는 그 858편 비행기는 사고로 도착이 꽤 지연된 데다, 우리 내외는 대기자 명단에 올라 다른 승객들이 다 탄 후에 한참을 더 기다리고서야 탑승할 수가 있었다. 그 비행기가 실제로 시카고를 출발한 것은 오후 2시 45분경이었고, 게다가 연착하여 6시 무렵에야 애틀랜타에 도착하였으므로, 결과적으로는 변경하기 전 애초의 스케줄보다도 오히려 더 늦어진 셈이다.

애틀랜타 공항에 도착한 후, 같은 남측 터미널의 E8 탑승구로 이동하여 상파울루 행 비행기를 기다리는 동안 이 일기를 입력해 둔다. 미국 시민권자는 브라질에 입국하는데 비자가 필요하지만, 한국 국적을 소유한 자는 무비자로 입국한다. 중남미 여행의 경우 한국인은 현재 공산주의 국가인 쿠바에 입국할 경우에는 비자가 필요하지만, 그 외의 나라들은 대부분 무비자로 들어갈 수 있다.

9 (금) 맑음
브라질의 상파울루 시 교외에 있는 국제공항에 도착하여 탁송한 짐을 찾은 다음, 출구를 나와서 상파울루 현지 가이드인 손정수 씨를 만날 수 있었다. 뒤에 알고 보니 그는 11세 무렵에 브라질로 이민 와 현지에서 20년 넘게 학교를 다니고 생활한 사람이기 때문에 브라질의 공용어인 포르투갈 말이나 한국어가 모두 모국어 수준으로 유창하였다. 그러나 30대에 접어들었는데 아직 장가를 들지는 못했다고 한다. 그가 마중 나온 손님은 우리 외에도 두 팀이 더 있었는데, 그 중 텍사스의 댈러스 시로부터 오는 손님 세 명은 비행기 연착으로 말미암아 한 시간 이상 도착이 지연되었고, LA로부터 오는 손님 두 명은 결국 비행기 사정으로 도착하지 못했다. 현지 가이드가 손에 들고 있었던 종이에는 한인관광이라 적혀 있었는데, 아마도 LA에 있는 한인관광여행사가 이번의 우리 여행을 주관하는 듯했다.

뒤늦게 도착한 세 명은 한국전력으로부터 연수 차 반 년 동안 오스틴의 텍사스대학교 및 그 부설연구소에 파견된 사람들이었다. 연수를 마치고서 돌아가기 전에 독신으로 미국에 와 있는 사람들끼리 남미여행을 함께 떠난다고 한다. 그 중 두 명은 진주에, 그리고 다른 한 명은 그 인근의 고성 지역에서도 근무한 적이 있는 사람들이었다. 그들의 여행 기간은 우리보다 짧아 열흘 정도이니, 앞으로 또 어떤 사람들과 서로 만나고 헤어질지 현재로서는 알 수 없다. LA에서 오늘 비행기를 타지 못한 사람들은 내일의 같은 시간대에 도착할 예정이라고 한다.

공항으로부터 상파울루 시내로 들어오는 도로나 시내의 한인 타운을 지날 때 교통체증이 매우 심하였다. 상파울루는 도시 구역의 인구가 1200만 명으로서, 멕시코시티에 이어 넓이로 세계에서 두 번째 큰 도시라고 한다. 주변부까지 합하면 약 4천만 정도가 되어 남한의 총인구에 육박하는 규모이다. 명실상부한 브라질 경제와 상업의 중심지로서, 현재 브라질 총생산의 40% 정도를 맡고 있는데, 멀지 않은 과거에는 그보다도 훨씬 더 비중이 컸다고 한다. 도로를 지나면서 차 속에서 바라본 도시의 모습은 대체로 우리나라의 과거가 연상되는 정도의 빈곤을 느끼게 하였다.

가이드로부터 설명을 듣거나 물어서 안 바에 의하면, 브라질의 1인당 국민소득은 현재 미화 $4,000 정도이고, 국부의 90% 정도는 인구 구성에서 10% 정도인 소수에게 집중되어져 있으므로, 전체 국민의 1/3 정도에 해당하는 약 4000만 정도의 사람들은 끼니도 잇기 어려울 정도의 절대빈곤 상태에 처해 있다. 세계에서 다섯 번째 가는 넓은 영토와 풍부한 천연자원을 지니고 있으면서도 이처럼 빈곤 상태에서 벗어나지 못하고 있는 것은 1년 중 별로 변화 없는 기후와 나태한 국민성, 그리고 무능하고 부패한 정부에 있는 것이니, 결국 人災라고 할 수 있다. 상파울루가 이처럼 커진 것도 과거의 군사정부가 관리하기 쉽도록 모든 것은 한 곳에다 집중시키는 정책을 편 까닭이라고 한다.

우리는 점심식사를 들기 위해 한인 거리로 이동하였다. 브라질에 한인이 이주해 온 역사는 40년 남짓 되는데, 처음에는 가톨릭 계통의 농업이민에서 출발하였다고 한다. 식민지 시대부터 인구 증가를 위해 혼혈을 장려하였고, 현재도 국가 정책에 의해 인종차별이 엄중히 금지되어져 있으므로, 그런 점에서는 외국에서 이민 온 사람들이 살기에 편하다. 지금이 나라에서 한인 인구의 규모는 약 5만 명 정도이며, 이렇게 한인이 상대적으로 적은 것은 이곳에서 돈을 번 사람들이 미국 등 다른 나라로 빠져나가는 경향이 있는 탓도 있다. 현재는 그 중 99% 정도가 이곳 상파울루 시에 모여 있고, 그 대다수는 한인 타운에서 봉재 등 각종 의류업에 종사하고 있어서 브라질 전체에 있어서 그 분야 생산의 6할 정도를 점유하고 있다. 예전에는 소자본으로 별다른 기술 없이도 큰 이익을 남길 수 있는 직종이었는데, 지금은 반드시 그렇지도 않아 기술과 장비가 고도화되고 이문도 상대적으로 적어졌으므로, 여기서 기반을 마련하여 미주의 다른 지역으로 진출해 성공한 사람들도 많다고 한다. 실제로 내 고종사촌인 정순 누나의 자녀들도 여기서 의류업에 종사하다가 현재는 캐나다의 몬트리올과 퀘벡 시로 옮겨가 있는 것이다.

한인 타운을 지나다가 우리 앞에 청소차가 가로막고 있어 도로 하나를 통과하는데 상당한 시간이 소요되었다. 도로 양측에 차들이 늘어서 있고 가운데로 한두 대가 비켜갈 수 있는 정도의 노폭이 좁은 길인데, 덩치 큰 청소차가 집집마다의 앞 보도에 비닐봉지에다 담아서 놓아둔 봉재 재료나 기타 쓰레기들을 일일이 수거하는 동안 우리가 탄 봉고차는 별수 없이 그 차가 다 통과할 때까지 기다리고 있어야 했다. 뒤에서 더러 크랙션을 빵빵거리는 소리도 들려 왔다. 가이드의 설명에 의하면, 그처럼 크랙션을 누르는 사람은 성급한 한인뿐이고 이곳 브라질 사람들은 마주쳐 지나가던 버스 기사가 도로 복판에다 차를 세워두고서 차창 밖으로 마주보며 10분 정도나 서로 대화를 나누어도 아주 태연하다고 한다. 브라질 사람들의 그런 느긋한 기질이 한편으로는 오늘날과 같은 정치·경제적 후진성을 초래한 원인이 되기도 하였다.

호텔처럼 생긴 빌딩의 1층에 있는 뷔페식당에서 점심을 들었다. 거기는 넓었지만 손님들로 매우 붐비는 곳이었는데, 한인들의 결혼식 피로연 같은 것이 자주 열리는 장소이기도 하다. 우리는 좌석을 배정받은 다음, 주로 채식 종류가 진열된 곳으로 가서 접시에다 음식을 담아온 다음, 식사를 시작하고 있으면 정장 차림의 종업원들이 긴 쇠 꼬치에다 꿴 불고기 종류의 각종 육류를 계속 날라 오므로 각자의 취향에 따라 그것들을 골라 종업원이 조금씩 떼어서 접시에다 담아주는 대로 받아 맛보고, 먹다 싫으면 남는 고기는 테이블 위의 다른 접시에다 내 놓으면 종업원이 치워가는 것이었다. 그런 꼬치에다 꿴 불고기들은 대체로 중동식인데, 목축업이 성한 이 나라에서 고기는 풍부하고도 맛있으므로 내 구미에 맞았지만, 배가 불러 다 맛볼 수 없는 점이 아쉬웠다.

점심을 든 다음, 독립기념관이라고 하는 공원을 겸한 박물관에 들러보았다. 바깥을 노란 페인트로 칠한 고색창연한 건물이었다. 노란색 페인트로 칠한 까닭은 기후 탓으로 이곳의 석재들이 자연 상태대로 두면 변색하기 쉽기 때문이라고 한다. 이 장소에서 1820년대에 처음으로 독립이 선포된 것을 기념하여 그 무렵부터 짓기 시작한 것인데, 느긋한 이 나라 사람들의 기질대로 아직도 내부에는 부분적인 공사가 진행 중이었다. 브라질의 역사는 유럽 최초의 근대적 해양국가로서 지리상의 발견을 주도했던 가톨릭 국가인 포르투갈과 스페인이 서로 남미지역의 영유권을 다투자 로마 교황청이 중재하여 위도와 경도를 기준으로 삼아 스페인령과 포르투갈령을 구분하자 그 동쪽에 속한 현재의 브라질 땅이 포르투갈의 식민지로서 확정된 것이었다. 상파울루는 성 바울이라는 뜻인데, 이곳에 포르투갈 인들이 상륙하여 처음으로 미사를 올린 날이 성 바울 축일이었으므로, 식민도시의 이름을 그렇게 정한 것이었다. '상'은 포르투갈어로서, 알파벳으로는 'São'라고 적고 '쌍'으로 발음하는 데서 유래한다.

유럽에 나폴레옹 전쟁이 일어나 프랑스 군이 스페인을 점령하자 이웃한 포르투갈의 왕족들은 자국 식민지인 브라질로 피난 와 있었다. 나폴레옹이 몰락한지 한참 지난 후에야 마침내 국왕이 귀국하고서도 세자는 계속 이곳에 남아 있다가 식민지 유력자들의 협박에 의해 독립에 동의하고서 첫 황제로 취임하였으나, 그로부터 8년쯤 후에 축출되어 처자식을 남겨둔 채 본국으로 돌아갔고, 그 후 다시 왕정이 폐지되고서 마침내 오늘날의 공화정에 이른 것이다. 독립박물관이라고는 하지만, 남아 있는 유물이 적은 탓인지 전시품의 양이 많지 않았고, 민속박물관을 연상케 할 정도로 골동품 가치가 있는 민속품이 많았다. 박물관이 있는 위치는 언덕진 곳으로서, 그 아래쪽으로 시가지를 조망할 수 있게 완만하게 비스듬한 언덕에는 베르사이유 양식을 모방한 정원이 펼쳐져 있었다. 박물관의 건물 내에 사용된 대리석이나 내부 장식도 브라질 현지의 재료를 가져다가 이탈리아나 프랑스 등 유럽에서 만들어 가져온 것이 대부분이며, 바깥의 정원도 근년까지는 쓰레기 따위가 어질러져 형편없이 방치된 상태로 되어 있었다가, 외국계 은행에다 영업상의 면세 특권을 주고서 관리를 위탁하여 현재처럼 정돈된 것이라고 한다.

박물관을 나온 후 다시 차로 반시간 정도를 이동하여 舊 시가인 센트로를 경유하여 시내 중심부의 금융가인 파울리스타나를 거쳐서 공원으로 이동하였다. 센트로에는 영업이 안 되어 방치된 채 내버려져 있는 건물들이 특히 많았고, 시가지 곳곳의 건물들에는 만화나 페인트 낙서가 그려진 것들 역시 매우 많았다. 이 커다란 공원은 뉴욕의 센트럴파크처럼 도심 속에서 자연을 느낄 수 있도록 조성되었다. 토·일요일이면 꽤 많은 사람들이 놀러온다고 하지만, 금요일인 오늘 오후는 비교적 한산하였다. 숲이 우거지고 여기저기에 호수가 조성되어져 야생 상태로 서식하는 거위나 오리, 백로 등 각종 새들이 많았고, 물속에는 잉어가 우글거리고 있었다.

음료수 대신으로 야자열매의 물을 하나씩 든 다음 공원을 나와서는 오늘 관광을 마치고서 한인 타운에 있는 호텔로 향하였다. 상파울루는 그 자체가 관광지라기보다는 항공기를 위시한 모든 교통편이 집중된 곳이므로 관광을 위해 경유하는 지점이었다. 브라질은 지금이 한여름으로서 서머타임이 적용되고 있었다. 그러므로 아직 대낮이지만 시각은 이미 오후 다섯 시를 넘기고 있었다. 오늘의 숙소는 한인상가 끄트머리인 봄 헤티로의 프라테스 거리에 자리 잡은 루즈 플라자 챔버틴 호텔이었다. 한국 사람이 소유주로서 세운지 1년 밖에 되지 않은 15층 규모의 고층빌딩이었는데, 내부 시설이 수준급이었다. 우리 내외에게는 1208호실이 배정되었고, 바로 옆의 두 방에 한전 직원들이 들었다.

샤워를 마치고서 얼마동안 휴식을 취한 다음, 오후 7시 반에 로비에 모여 같은 봄 헤티로 구역인 한인 타운에 있는 한식점 京味亭으로 이동하여 각자의 취향에 맞는 음식을 선택하여 저녁식사를 들었다. 아내와 나는 점심 때 고기를 포식하였으므로 각각 담백한 맛의 김치찌개와 된장찌개를 주문하였다. 식사 후에도 걸어서 호텔로 돌아왔다. 한전 직원들은 한인 타운 내에 있는 주점으로 가서 한 잔 한다면서 나더러도 동행을 권유하였지만, 아내의 반대에다 이미 포식하여 배가 부르고, 평소의 취침시간도 되었으므로 오늘은 사절하였다. 그러나 브라질에서는 일반 상점에서 달러가 통용되지 않는다고 하므로 가이드에게서 일단 미화 $20을 가지고서 현지 화폐인 헤알 40불로 환전해 두었다.

공항에 도착하자마자 현지의 기후에 맞게 겉옷을 벗고서 내의를 겸한 반팔 셔츠 하나만 남겨두었다가, 호텔에서 샤워를 마친 다음 골덴 바지까지 벗고서 봄여름용 등산복으로 사용해 왔던 스팬 바지로 갈아입었다. 비행기 안에서까지는 글이나 지도를 읽을 때 한국서 가져온 휴대용 루페를 사용하고 있었는데, 그것을 기내의 좌석쯤에다 흘리고서 잊고 내린 모양이다. 그러므로 내 눈의 도수에 정확하게 일치하지 않는 돋보기안경

만으로는 다소 불편한 상황이다.

　10 (토) 맑음
　호텔 내의 식당에서 뷔페로 조식을 마친 후, 호텔 정면 맞은편에 있는 공원을 산책해 보았다. 키 높은 아열대 식물들이 우거진 곳으로서 제법 넓었다. 치안 상태가 매우 좋지 못한 브라질의 다른 공원들도 대부분 그렇듯이 주위가 쇠로 된 높은 울타리로 둘러싸여져 있어 낮 시간대에만 문을 여는데, 내가 들어갔을 때는 오전 여덟시 반 무렵이었음에도 불구하고 사람 하나가 고개를 숙이고서 출입할 수 있을 정도의 쪽문 하나만 개방되어져 있었다. 그러나 내부에는 이미 산책이나 조깅을 하고 있는 시민들이 제법 있었다. 공원을 나온 후 어제 저녁식사를 들었던 봄 헤티로 구역의 코리아타운 쪽으로 걸어보았다. 알고 보니 우리가 묵은 리즈 플라자 호텔은 한인 타운의 중간 지점에 위치한 것으로서, 어제 식사한 구역은 대체로 유태인들이 건물주로 되어 있고, 호텔을 기준으로 반대편 쪽은 아랍인들이 건물을 소유하고 있는 모양이었다. 그러므로 한인 타운은 꽤 넓은 듯하고, 舊 시가지, 즉 센트로에서도 가까운 위치였다. 과거에 유태인 거리였던 한인 타운의 중심가를 끝까지 걸어 뒤쪽으로 난 거리까지 한 바퀴 둘러서 아홉 시 반 무렵에 호텔로 돌아왔다. 도중에 원안경이라는 한인 상점에 들러 어제 잃어버린 것 대신에 휴대용 소형 루페를 하나 구입할 수 있었다.
　오전 10시 무렵 호텔 로비에 집결하여, 관광 차 회사의 사장 부인이라는 까무잡잡한 피부의 젊은 브라질 여인이 운전하는 어제의 그 봉고 형 중형 차량을 타고서 공항으로 이동하였다. 오늘 아침에도 도심의 교통정체는 매우 심했다. 노폭이 비슷한 도로들이 자꾸만 합쳐지고 갈라지므로 여기저기서 병목현상이 일어나는 것은 피할 수 없는 상황이었다. 심한 경우에는 도로 세 개가 한 군데서 하나로 합쳐지는 곳도 있었다. 그럼에도 불구하고 운전대를 잡은 미인형의 그 여인은 틈이 날 때마다 난폭하다 싶을 정도로 과감하게 전진하여 그 혼잡한 길을 잘 헤쳐 나가고 있었다.

가이드 손 씨는 어제 도착하지 못한 손님을 영접하러 이미 공항에 나가 있었다. 오늘 오전 10시 경에 도착했다는 그 노부부는 캘리포니아의 팜 스프링 시에 사는 딸집에 몇 달 간 다니러 왔다가 이번 여행에 참여하게 되었다고 한다. 남편은 창원, 부인은 함안 출신으로서 이미 40년 이상을 부산에 거주하고 있으며, 한동안 남편의 직장 관계로 서울로 옮겨가 살다가 다시 부산으로 돌아와 현재는 해운대에 정착해 있다고 했다. 엊그제 LA를 출발하여 비행기를 갈아타는 지점인 텍사스의 댈러스 공항에 도착해 있었는데, 비행기 출발 시간이 중부 시간대임을 알지 못하고서 캘리포니아의 시간과 같은 줄로 착각하고서 계속 대기하고 있다가 결국 탑승하지 못했던 것이라고 한다.

공항 로비의 스낵에서 차나 음료수를 마신 후, 상파울루 가이드인 손정수 씨와 작별하여 이제 일곱 명으로 늘어난 우리 일행은 오후 12시 50분에 출발하는 브라질의 바리그 항공 편으로 다음 목적지인 이과수폭포 시로 향했다. 손 씨로부터 각자의 일정에 따른 남미 내 항공권을 배부 받았는데, 모두가 바리그항공사 것이었다. 방금 가이드가 티케팅 해 표를 나눠주었음에도 불구하고 안으로 들어가 보니 탑승구는 19번에서 15번으로 바뀌어져 있었고, 탑승 시간도 달라 어리둥절하였다.

1시간 35분을 비행하여 오후 2시 25분에 목적지에 도착하였다. 기내에서 창밖을 바라보니 상파울루를 벗어나자 온통 평평한 들판이었다. 상파울루 시는 해발 7~800미터 대의 다소 높은 곳에 위치해 있어 주변부에도 얕은 산들이 보였다. 이과수폭포 시에 도착할 즈음에는 들판을 흐르는 강의 폭이 갑자기 넓어지고 고층건물들도 꽤 많았다. 예상했던 것보다는 훨씬 큰 도시였다. 나중에 알았지만 비행기에서 바라본 도시는 하나가 아니고 브라질 쪽의 인구 28만 되는 이과수폭포 시와 파라과이의 수도인 아순손(현지에서는 아순썽으로 발음하고 있었다) 시 다음으로 그 나라에서 두 번째 가는 인구 20만의 도시가 서로 인접해 있는 까닭이었고, 강폭이 그토록 넓은 것은 이 두 나라의 국경을 이루는 파라나 강을 막아 세계 최대의 수력발전소인 이따이뿌(Itaipu) 댐이 건설된 까닭이었다. 일부 호텔을 제외하고서 고층건물들의 대부분은 아파트인데, 여기서는 한국처럼 아파트가 단지를 이루는 것이 아니고, 따로 건설된 서로 다른 빌딩들이 여기저기에 산재해 있었다.

공항에 도착하여, 현지에 거주하며 LA의 한인관광여행사나 미국 동부 쪽 여행사 등의 브라질 관광을 총괄하고 있는 KST 이과수여행사 주인인 김형섭 씨 부인의 영접을 받았다. KST는 현지인의 이따이뿌여행사로부터 봉고 형 중형버스를 세내어 왔다. 김형섭 씨는 여덟 살 때 이민 와 이미 브라질에서 생활한 지 40년 정도 되었다고 하며, 그 부인은 서울 사직동 출신으로서 18세에 이민 와 20년 이상 살고 있는데, 상파울루에서 오랫동안 살다가 이리로 이사 온지는 5년 정도 되었다고 한다. 슬하에 이미 아들 네 명을 두었음에도 불구하고 부인이 처녀처럼 젊어보였다. 김형섭 씨는 이리로 이주해 온 직후에 백혈병에 걸렸다가 현재는 나았다. 오늘과 내일 우리가 이틀간 투숙할 호텔을 겸한 골프장에서 국경을 접한 인근의 브라질·파라과이·아르헨티나 주민들이 내일 친선 골프대회를 여는지라, 오늘 김 씨가 아들들을 데리고서 그곳에서 골프연습을 하는 것이다. 시합이 끝날 때까지는 부인이 가이드 일을 대신하는 모양이었다. 부인은 현지 교포의 자녀들에게 한국어 가르치는 일도 겸하고 있다고 했다. 부인은 아직도 한국 국적을 유지한 채 영주권만 가지고 있으며, 이곳에서 태어난 자녀들은 자연히 브라질 국적을 가졌으니, 부모 자식 간에 국적이 다른 것이다.

이과수폭포 시에는 현재 한인이 27 가구 살고 있다. 그 중 네 집은 여행사, 열 집은 가이드 업으로서 관광과 연관된 사업을 하고, 나머지는 대체로 브라질과 파라과이 양측에 영주권을 가지고서 파라과이를 왕래하며 상업 활동을 하는데, 한 집만 특이하게 수경재배로 상추를 키우는 농업에 종사한다. 건너편 파라과이 쪽 도시에는 120 가구 정도의 한인이 정착하여 대부분 상업에 종사하고 있다고 한다. 그 파라과이 측 도시는 면세 지구이기 때문에 한국인 이민들은 종래에 한국의 전자제품이나 중고품 등을 사와서 헐값에 팔아 이문을 남기곤 했는데, 지금은 한국 제품의 단가가 높아 별로 재미를 보지 못하므로 상대적으로 싼 중국 제품이 시장의 주류를 이루어 가고 있는 모양이다. 이민자는 파라과이나 브라질의 어느 한쪽에 거주할 집이 있으면 영주권을 취득하기가 비교적 용이하므로, 양측에 집을 갖고서 두 나라의 영주권을 얻어 오가면서 장사하는 사람도 있는 것이다.

우리는 먼저 시가지를 가로질러 이빠이뿌 댐으로 향했다. 거리는 대체로 한적한 편이고, 도로 가에는 이뻬라고 불리는 연홍색의 조그만 꽃들이 흐드러지게 핀 나무가 많고, 더러 백일홍도 눈에 띄지만, 한국 것보다는 훨씬 키가 컸다. 북쪽의 아마존 지역이 적도 하의 열대지방인 것을 제외하고서 브라질 땅의 대부분은 아열대 기후에 속한다. 이과수폭포 시의 인구 중 1/3 정도는 관광업에 종사하고, 나머지는 공무원이 많으며, 브라질·파라과이·아르헨티나 삼국이 접한 국경 지대라 군인의 비율도 상당하다. 공기 좋고 경치 좋은 곳에서 경제적으로도 대체로 안정된 살림을 하고 있다.

이빠이뿌에 도착하여서는 먼저 댐을 소개하는 영화를 한 편 본 후, 관람객들이 네 대 정도의 대형버스에 분승하여 포르투갈어, 스페인어, 영어의 삼국어로 행해지는 녹음된 방송을 들으며 한 시간 정도 버스에 탄 채로 댐을 둘러보았다. 브라질이 홍보 차 벌이는 사업이라 관광객들에게서 관람료나 차비는 받지 않았다. 관광버스를 타고 가는 도중에 메인 댐을 정면에서 바라볼 수 있는 언덕 위의 전망대에서 한 군데 정거하였는데, 그 맞은편에 댐의 이름이 유래한 이빠이뿌 바위가 있었다. 이빠이뿌란 이 지역에 거주해 온 인디오인 과라니 족의 말로서 '노래하는 바위'라는 뜻이라고 한다. 파라나 강물이 거대한 바위에 부딪쳐 나는 소리 때문에 바위 이름을 그렇게 부른 것이다. 이 댐은 브라질에서 소모되는 전체 전력의 25%, 파라과이 쪽은 90%를 커버하고 있다. 한 개당 700MW의 전력을 생산하는 발전기가 18개 장착되어져 있어 양국이 각각 그 중 절반씩을 나누어 가지고 있으며, 두 개가 더 설치되고 있는 중이다. 그리하여 여기서 12,600 MW에서 14,000MW까지의 전력을 생산할 수 있으며,

양국이 협력하여 31년 만에 이룩한 것이다. 이 수력발전소는 현재 세계 최대 규모라고 하는데, 안내 팸플릿에 베네수엘라나 미국, 러시아의 것들과 비교한 수치는 있어도 중국 양자 강의 삼협댐과 비교한 것은 나와 있지 않으므로, 삼협댐이 완공될 경우 어느 쪽이 최대가 되는지 현재의 나로서는 알 수 없다.

우리는 버스를 타고서 파라과이 쪽까지를 포함한 전체 댐을 둘러보았으니, 결과적으로는 파라과이에도 잠시 들어간 셈이다. 파라과이는 아직 한국과 무비자 협정이 맺어져 있지 않으므로, 자유로이 입국할 수 없다. 입국절차가 까다로운지 시내로 돌아오면서 브라질 쪽에서 바라본 국경의 강위에 걸쳐진 긴 다리 위에는 파라과이로 들어갈 순서를 기다리는 차들로 가득 차있었다.

우리는 다시 시가지를 거쳐서 앞으로 이틀간의 숙소가 될 교외의 골프장 겸 리조트 지구인 부르봉으로 향했다. 부르봉은 브라질의 여러 곳에 호텔과 리조트를 가지고 있는 체인점으로서, 여기 호텔은 드넓은 골프장에 딸린 일곱 채의 2층 독립가옥들로 이루어져 있었다. 우리 일행은 그 중 제일 끝집의 아래 위층에 들었는데, 우리 내외에게는 722호실이 배정되었다. 아래 위층에 각각 방이 네 개씩 있고, 그 중 아래층의 방 하나에는 중국인 관광객이 들었다. 이곳에 도착하여 비로소 골프를 치기 위해 아들 세 명을 데리고 온 현지 여행사 주인 김형섭 씨를 만날 수 있었다.

짐을 풀고서 샤워를 한 다음, 다시 현지 여행사 측이 빌려온 아까의 그 대형 봉고차를 타고서 시내로 나가 센트로의 브라질 거리에 있는 '엠포리오 다 굴라'라는 이름의 식당에서 저녁식사를 들었다. 현지 여행사의 김형섭 씨도 골프 연습을 마치고서 아들들을 데리고 그리로 와서 함께 식사를 하면서 대화를 나누었다. 식당 규모는 크지 않았지만, 어제 점심 때처럼 수프에 이어서 채소 및 과일을 든 후, 쇠창에 꿰어 구운 고기들이 차례차례로 나오는 메뉴였다. 고기는 우리가 그만두어도 좋다고 할 때까지 계속 나왔다. 배불리 먹고서 후식과 에스프레소 커피까지 마신 후 밤 아홉 시 남짓 되어 호텔로 돌아왔다.

건넌방에서 한전의 간부 직원 세 명이 모여 술판을 벌이면서 나를 부르므로, 그리로 가서 소주와 버번위스키 놀크릭을 몇 잔씩 들면서 대화를 나누다가 우리 방으로 돌아왔다.

11 (일) 맑음

남미 여행의 넷째 날, 그 하이라이트라고 할 수 있는 세계 최대의 이과수폭포를 보러 가는 날이다. 골프장 클럽하우스 뒤편의 식당에서 조식을 든 후 출발했다. 이과수폭포는 시내 쪽과 반대 방향이니, 결국 우리가 묵고 있는 숙소는 시내에서 이과수폭포로 가는 도중에 위치한 것이었다.

먼저 브라질 쪽의 폭포를 구경하였다. 이과수폭포는 브라질과 아르헨티나 양쪽에서 모두 국립공원으로 지정해 두고 있으며, 유네스코의 세계유산으로 등록되어 있다. 이과수는 역시 원주민인 과라니 족 인디오의 말로서 '큰 물'이라는 뜻이다. 브라질과 아르헨티나의 국경선을 이루고 있는 이과수 강은 내일 우리가 비행기를 타고서 리오 데 자네이로로 가는 도중에 환승하는 지점인 꾸리찌바(Curitiba)에서 시작하여 이곳 이빠이뿌 댐의 조금 아래쪽에서 브라질과 파라과이의 경계선을 이루는 빠라나 강(파라과이라는 나라 이름이 유래했을 이 강의 이름을 비롯하여 현지에서는 p나 t가 모두 격음이 아니라 경음으로 발음되고 있었다)과 합류하여 끝난다. 이과수폭포 시에서 꾸리찌바까지는 비행기로 한 시간 거리니까 드넓은 남미 대륙의 강치고는 그다지 길다고 말하기 어렵고, 결국 빠라나 강의 지류 중 하나인 셈이다. 그러나 본류인 빠라나 강은 다시 아르헨티나의 수도 부에노스아이레스까지 길게 이어져 마침내 바다로 흘러 들어가게 되는 것이다. 이 폭포를 포르투갈어를 쓰는 브라질 측에서는 '이과수'라 하고, 스페인어를 쓰는 아르헨티나 측에서는 '이과주'라 하며, 영어로는 'Iguassu'로 적는다.

이 폭포가 세상에 널리 알려지게 된 지는 불과 100년 정도 밖에 되지 않았다. 원래는 개인 소유지 안에 들어 있어 남들이 그 존재를 거의 알지 못했었는데, 미국의 라이트 형제보다 먼저 세계에서 최초로 모터를 장착한 비행기를 발명하였고, 손목시계의 발명자이기도 하다고 브라질이 자랑해 마지않는 이 나라 사람 산토스 두몬(Alberto Santos Dumont, 1873~1932)이 자신이 만든 비행기를 타고서 상공을 날다가 이 장관을 내려다보고서 그 소유주를 설득하여 마침내 정부에 기증토록 했던 것이다. 당시 소유주는 그 보상으로서 브라질 정부로부터 단돈 $10,000을 받았다고 한다.

폭포는 아마도 단층 작용 등의 지각변동에 의해 생긴 것일 터인데, 대체로 아르헨티나 쪽에서 물이 떨어지기 때문에 브라질 쪽에서 바라보면 전경을 널리 조망할 수 있는 이점이 있고, 아르헨티나 쪽에서는 가까이서 그 장대함을 느낄 수 있는 이점이 있다. 햇살의 각도에 의한 무지개 형성 등의 탓으로 오전에는 브라질 쪽의 경치가 좋고, 오후에는 아르헨티나 쪽이 더 좋다고 하므로, 우리도 그 순서를 따라서 오전에 브라질 측에서부터 먼저 구경하기로 했다.

이 폭포는 세계에서 두 번째로 큰 미국과 캐나다 국경의 나이아가라 폭포와는 비교가 되지 않을 정도로 넓게 펼쳐져 있다. 총 길이는 2~3km 정도 되는 모양이다. 높고 낮은 수많은 폭포들이 흘러들어가는 강은 하류 쪽에서부터 폭이 점점 좁아져 들어가 마침내 그 상류의 끄트머리에 위치하며 또한 가장 커서 특히 유명한 이른바 '악마의 목구멍' 하나만 해도 나이아가라를 대표하는 캐나다 측 폭포의 규모에 비길 만하다. 그 장관은 필설로써 이루 형용할 수 없다. 우리는 하류 쪽의 폭포가 시작되는 지점 근처에서 차를 내려서부터 브라질 쪽의 밀림을 따라서 강변에 설치된 길과 전망대를 따라 천천히 걸으며 경치를 감상하였고, 디지털카메라로 조망이 특별히 좋은 곳곳마다에서 사진을 찍었다. 악마의 목구멍이란 캐나다 측 나이아가라처럼 폭포가 말발굽 모양으로 둥글게 강물 밑의 땅을 파고 들어가서 엄청나게 장대한 폭포를 이루고 있기 때문에, 강 속의 바위 위에다 곡선을 이루는 길을 가설하여 폭포 깊숙이까지 들어가서 물보라를 맞으며 그 위력을 감상할 수 있도록 한 까닭이다. 폭포 여기저기에 무지개가 떠 있고, 더러는 쌍무지개를 이루기도 하였다.

2005년 12월 11일, 악마의 목구멍

　악마의 목구멍을 끝으로 브라질 측에서 걸으며 조망하는 폭포 구경을
마친 다음, 엘리베이터를 타고서 강 언덕 위로 올라가, 그곳에 대기하고
있는 우리 일행의 대절차를 타고서 마꾸꼬 생태 사파리로 이동하였다.
마꾸꼬란 이 일대의 밀림에서 서식하는 새의 이름인데, 날지는 못한다고
한다.

　사파리 탐험은 세 단계로 구성되어져 있었다. 먼저 지붕이 없는 긴 유
람차를 타고서 밀림 속으로 난 좁다란 비포장도로를 따라 들어가며 자연
상태대로 보존되어져 있는 밀림의 생태를 관찰하는 것이다. 도중에 반대
편으로부터 오는 차와 한두 번 마주치기도 하였는데, 길은 대체로 차 한
대가 지나갈 수 있는 정도의 폭에 지나지 않기 때문에 그럴 때면 서로
비켜갈 수 있도록 길이 좀 넓혀져 있는 장소에서 어느 한 쪽 차가 먼저
지나갈 때까지 대기하는 것이다. 밀림 속에는 크고 작은 도마뱀 종류가
많이 서식하고 있어서 도중에 개 정도로 큼직한 놈 하나가 길을 가로질러
서서히 지나가는 것을 보았다. 여러 종류의 나비도 많았다. 사파리의 두
번째 단계는 희망자에 한해 차를 내려 강가까지 600미터 정도 나무를

다듬어 만든 길과 돌로 만든 계단을 따라 나아가면서 역시 밀림 속에 들어온 느낌을 체험할 수 있게 하는 것이다. 그리고 마지막 단계는 강가에서 래프팅용의 모터가 장착된 고무보트에 올라 이과수 강을 거슬러 오르면서 반시간 정도 폭포 바로 아래쪽까지 가 보는 코스였다.

우리는 보트 선착장에서 물에 젖어서는 안 될 물건들을 모두 가이드인 김형섭 씨 부인에게 맡겨두고서 1회용의 흰색 비닐 우의와 구명동의를 착용한 다음 보트에 올랐다. 강바닥에 돌이 있는지 보트는 여기저기서 제법 요동을 쳤다. 도중에 악어 새끼가 뭍에 올라 있는 지점에 머물러 잠시 그것을 구경하기도 하였다. 폭포 근처에 들어가니 물이 보트 안으로 쏟아져 들어와 우의를 착용하였음에도 불구하고 반바지의 상당 부분이 젖었다. 겁이 많은 아내는 그만하고 돌아가자고 '스톱!' 소리를 연발하고 있었지만, 내 옆과 앞에 앉은 백인 여자들은 좋아서 깔깔거리며 비명을 지르고 있었다. 선착장으로 돌아오는 도중에도 좀 넓은 장소에 도착하면 일부러 모터보트를 회전 운행하여 물결을 일으켜서 물이 보트 안에 쏟아져 들어오게 하여 승객이 즐거워하도록 만들고 있었다.

마꾸꼬 사파리 탐험을 마친 다음, 다시 대절 차에 올라 악마의 목구멍 바로 위쪽 강가에 위치한 제법 규모가 큰 식당에서 뷔페식으로 점심을 들었다. 식사를 마치고서는 다시 한참을 이동하여 아르헨티나 쪽 이과수 국립공원으로 들어갔다. 도중에 강 위를 가로지른 긴 다리를 지나게 되는데, 그 다리의 절반에는 브라질 국기와 같은 색깔인 녹색과 노란색, 그리고 나머지 절반에는 아르헨티나 국기에 보이는 흰색과 푸른색 페인트가 칠해져 있다. 두 나라 이과수 국립공원 일대의 도로 가에는 중국 四川省에서 흔히 본 것과 유사한 아열대 지방에서 서식하는 줄기가 굵고 키 큰 대나무 숲이 많았다.

아르헨티나 측 국립공원의 문을 들어가서 트램 카 같은 기차를 타는 역까지 걸어가는 길 가의 여기저기에 인디오들이 나무를 빚어서 만든 조각품이나 민속품, 그리고 천을 짜서 만든 가방 같은 소박한 물건들을 땅바닥이나 간단한 테이블 위에다 진열해 두고서 팔고 있었다. 브라질

쪽에서는 주로 나무 그늘 속을 걸었기 때문에 별로 더위를 느끼지 못했지만, 아르헨티나 쪽은 나무가 적은데다 길도 포장된 것이 대부분이었기 때문에 매우 더웠다. 오늘 낮의 기온은 섭씨 42도라고 한다. 밀림으로 들어가서는 폭포 위쪽에 설치된 길을 따라 두 시간 남짓 계속 걸으며, 여기저기에 계속 펼쳐지는 폭포들을 근처에서 바라보거나 아래로 내려다보았으므로, 같은 폭포라도 브라질 쪽과는 느낌이 많이 달랐다. 우리가 가이드의 안내에 따라 걸은 길 외에도 여러 갈래의 길들이 있었다. 도중에 브라질 쪽에서는 강 중간에 솟은 언덕에 가려 보이지 않는다는 폭포가 한 군데 있었는데, 그곳도 규모가 매우 장대하였다.

가는 길과 돌아오는 길의 도중에 같은 장소의 상점 한 군데를 지나치게 되는데, 그 집 뜰에 개미핥기 비슷하게 주둥이가 뾰족하고 꼬리도 긴 오소리 같은 짐승(Coati)들이 몇 마리 여기저기서 나타났다 사라졌다 하고 있었다. 전혀 사람을 두려워하지 않으므로 나는 상점에서 애완용으로 키우는 가축인줄로 여겼지만, 가이드의 설명에 의하면 자연 상태로 밀림 속에서 서식하는 것들이라고 한다.

오후 여섯 시 무렵에 이과수 관광을 모두 마치고서, 돌아오는 길에 삼국의 접경을 한 눈에 바라볼 수 있는 이과수 강과 빠라나 강의 합류지점에 가 보았다. 우리는 아르헨티나 쪽에서 바라보았지만, 세 나라의 땅에서 서로 마주보이는 위치에 각각 그 나라 국기를 상징하는 색깔을 칠한 기념탑이 세워져 있었고, 브라질 쪽 강가 언덕에는 세 나라 정부의 관리들이 이따금씩 만나 회의를 한다는 둥근 모양의 건물이 한 채 보였다. 가이드의 설명에 의하면, 한국에서 온 이민자도 세 나라에 거주하는 사람들은 각각 그 나라 사람의 기질을 닮아간다고 한다. 브라질 사람은 매사에 느릿느릿하고, 경제적으로 브라질보다도 훨씬 쳐지는 아르헨티나 사람들은 깍쟁이며, 장사꾼인 파라과이 사람들은 말을 잘 바꾸어 신용을 지키지 않는다고 한다.

숙소로 돌아와 샤워를 하고서 옷을 갈아입은 다음, 일곱 시 반에 다시 차를 타고서 저녁식사를 들기 위해 시내로 이동하였다. 이곳에서는 예약을 하려면 식당 전체를 빌려야 하기 때문에 가이드는 예약 없이 우리를 식당으로 안내하였는데, 그 때문에 두 군데를 실패하고서 세 번째로 찾아간 곳은 넓은 파라나 강에 면하여 경치가 수려한 곳에 자리 잡은 생선요리를 주로 하는 식당이었다. 가이드의 장남이 오늘의 삼국 골프 대회에서 우승을 하고, 남편은 2등을 하였다. 우리 일행이 그냥 넘어갈 수 없는 경사라고 저녁식사를 한턱내라고 농담을 하였더니, 집에서 쌀밥을 준비하고 김치와 고추장도 가져왔다. 툭 터인 창밖의 강가에는 연홍색과 노란색의 이삐 꽃도 만발하여 금상첨화였다. 어제 한전 직원들로부터 술자리에 초대받은 데 대한 답례로 내가 브라질 사람들이 소주처럼 마시는 가장 대중적인 사탕수수 술인 삥가에다 레몬을 잘게 썰어 넣어서 즙을 내고 설탕도 첨가해 섞어서 칵테일처럼 만든 술인 깔삐링야를 샀다. 술 마시는 사람이 한전 직원들과 나 뿐인지라, 네 명이 각각 석 잔씩 들었다. 진토닉 비슷한 맛이어서 처음에는 음료수 같은 감이 들어 너무 도수가 약하지 않을까 염려했는데, 의외로 엄청 독주였다. 뒤에 알았지만, 삥가의 알코올 도수는 51도 정도이며, 때로는 그것 대신 40도로 도수가 고정되어져 있는 보트카를 쓰기도 한다는 것이었다. 결과적으로 네 명이 모두 만취하였다.

12 (월) 리오는 비 오고 흐림

새벽 네 시 반에 차를 타고서 공항으로 이동하여, 오전 6시에 출발하는 비행기로 오전 7시에 중간의 환승지점인 꾸리찌바에 도착하였다. 이과수 폭포에서 다음 목적지인 리오 데 자네이로로 직항하는 비행기는 하루에 두 편 밖에 없으므로, 대부분 중간지점인 꾸리찌바 시에서 갈아타야 한다. 우리가 여기까지 타고 온 비행기는 바리그항공으로 예정되어져 있었지만 실은 같은 회사의 다른 것(TAM?)이었다고 하는데. 거기서 우리 내외에게 배정된 좌석은 이코노미가 아니라 조종 칸 바로 뒤의 앞에서 두 번째 줄인 비즈니스 석이었다. 꾸리찌바에서는 8시 5분에 출발하는 바리그 항공기로 갈아타고서 오전 9시 20분에 리오 데 자네이로에 도착하여 현지 가이드와 만날 예정이었다. 그러나 웬일인지 꾸리찌바에서의 출발 시간이 크게 늦추어져 9시 45분이 되어서야 출발 할 수 있었다. 그 때문에 나는 노트북 컴퓨터용 배낭에다 블루진 상의를 하나 넣어두고서도 그런 줄을 깜박 잊고서 에어컨이 세게 틀어진 환승객 대기실에서 반팔·반바지 차림으로 추위를 느끼면서 어제의 일기를 입력하고 있다가 감기에 걸리기 직전의 상태에서 한전 직원 한 사람이 빌려준 점퍼를 걸쳐 입었다. 리오 데 자네이로 현지 가이드인 전용호 씨의 설명에 의하면 브라질 비행기에서는 이런 일이 다반사라는 것이었다.

이과수와 꾸리찌바에서는 날씨가 맑았으나, 두 시간 반쯤 늦게 도착한 리오 데 자네이로 국제공항에는 비가 내리고 있었다. 간밤에 제법 많은 비가 내렸었는데, 이제는 많이 누그러진 셈이라고 했다. 비는 우리가 도착한지 얼마 후 대체로 그쳤고, 이따금씩 부슬비가 내리기도 하였다. 40대 후반 정도로 보이는 현지 가이드 전 씨의 인도에 따라 공항에서 시내의 여러 해수욕장 중 가장 크고 유명하다는 꼬빠까바나 해변에 도착하여, 우리가 머물 숙소에서 가까운 아틀란티카 거리에 있는 中國餐館이라는 식당에서 중국 음식으로 점심을 들었다. 인구 600만으로서 브라질에서 두 번째 가는 규모인 이 도시에 한국 교민은 100명 정도 밖에 살고 있지 않아 아직 한국 식당이 없으므로, 가이드인 전 씨가 내년 5~6월 무렵에 그것을 하나 개업할 예정이라고 했다. 교민 중 10% 정도는 외교관이고, 다른 10%는 관광업에 종사하며, 나머지는 대부분 의류업에 종사한다고 한다.

점심을 든 후, 리오(현지 발음은 히오)에서 가장 높은 산인 해발 약 800미터 정도의 꼬르꼬바도 정상에 세워져 이 도시의 상징물로 되어 있는 예수 상을 보러 갔다. 브라질의 역사는 약 500년 정도 되는데, 그 최초의 수도는 중부 해안의 살바도르였고, 두 번째는 동남부의 미항인 이곳 리오 데 자네이로로 옮겨져 240년간 지속하다가, 20세기 후반에 비로소 국토의 중앙에 해당하는 현재의 브라질리아 땅에 계획도시를 건설하여 그리로 옮겨간 것이다. 도시 이름은 번역하면 '정월의 강'이라는 뜻이 된다. 이 항구는 대서양의 바닷물이 '빵 산' 부근의 좁은 입구를 통해 들어와 넓은 만을 이루는 해안선을 따라서 형성되어져 있다. 처음 포르투갈인이 여기에 도착했을 때가 때마침 정월 초하루였고, 그들은 이 만을 강의 입구인 줄로 착각했었기 때문에 '정월의 강'이라고 호칭한 것이다. 이탈리아의 나폴리, 호주의 시드니와 더불어 세계의 3대 미항으로 일컬어지며, 그 중에서도 가장 아름다운 도시가 리오라고 한다.

우리는 차를 타고서 꼬르꼬바도의 예수 상으로 올라가는 도중의 헬기장에서 차를 멈추어 도시의 全景을 한 차례 내려다 본 후, 다시 차를 몰고서 얼마쯤 더 올라가 에스컬레이터와 엘리베이터로 갈아타고서 예수 상이 있는 정상에 도착하였다. 이곳에 수도가 있었을 당시의 어느 추기경이 가톨릭 국가의 수도인 리오 시민이 죄를 짓지 않도록 하기 위해 도시의 거의 모든 방향에서 잘 바라보이는 여기에다 예수 상을 설치한 것이었다. 내부에 철근을 심고 콘크리트로 형상을 만든 다음, 바깥에는 차돌 같이 윤택 있는 돌들을 잘라서 모자이크해 붙였다. 내가 TV 등을 통해 보고서 예상했던 것보다 훨씬 커서 대좌를 빼고서도 높이가 30미터를 넘는 것이었다.

띠후까 국립공원의 일부인 꼬르꼬바도 산을 내려온 다음, 꼬빠까바나 다음으로 유명한 이빠네마 해변 거리에 있는 보석박물관에 들렀다. 박물관이라고는 하지만, 독일인 소유의 대규모 보석상점으로서 세계적으로 브라질에서 가장 많이 생산되는 색깔 있는 보석들을 다듬어 완성품으로 만드는 과정을 보여주고 판매도 하는 곳이었다.

보석박물관을 나온 다음, 꼬빠까바나 해변의 안쪽 끝부분 근처 구스따보 삼빠이오 거리에 위치한 숙소인 룩소르 콘티넨털 호텔로 이동하였다. 21층 빌딩으로서 우리 내외에게는 720호실이 배정되었다. 우리 내외보다 일정이 짧아 내일 오후까지 여기에 머물다가 아르헨티나로 직행할 다른 사람들은 호텔에서 휴식을 취하고, 내일 아침 일찍 아마존 강 중류의 거점도시인 마나우스로 떠나야 할 우리 내외는 가이드 전 씨를 따라 꼬르꼬바도와 더불어 리오 항의 전경을 조망하는데 절호의 포인트인 빵

산으로 이동하였다. 케이블카를 한 차례 갈아타고서야 정상에 도착하였다. 꼬르꼬바도에 비해 높이는 절반인 해발 400미터 정도 밖에 되지 않지만, 조망은 한층 더 수려하였다. 이제 세계의 3대 미항을 모두 둘러본 나로서도 이 항구의 경치가 세계 제일이라고 하는 브라질 사람들의 주장을 수긍할 수가 있었다. 한국인이 '빵 산'이라고 호칭하는 이 산을 현지에서는 빵자수까라고 하는데, 영어로 번역하여서는 'Sugar Loaf' 즉 '설탕 빵 덩어리'라고 한다. 이 항구의 주위에는 한국의 마이산처럼 산의 모양이 콘크리트로 빚어 만든 것처럼 둥글게 부풀어 오른 것이 더러 있는데, 이 산은 그중에서도 가장 돋보이는 것이다. 국립공원 안내 팸플릿을 보니 정식 명칭은 아마도 '뻬드라 다 가베아'인 듯하다. 오후에도 날씨가 계속 흐리거나 부슬비가 오거나 하였지만, 묘하게도 우리가 움직일 때는 가는 곳마다 구름이 개고 주위의 조망도 틔어서 오히려 맑고 무더운 날씨보다도 나았다.

빵 산에서 돌아온 후, 호텔 20층의 사우나와 21층의 풀장에 올라가 보았다. 너무 규모가 작고 나 외에는 이용하는 사람도 없으므로, 수영복 차림으로 잠시 스팀 사우나를 하다가 우리 방으로 내려와 샤워로 대신하였다.

밤 8시에 호텔 로비에서 다시 가이드를 만나, 일행과 함께 차를 타고서 꼬빠까바나의 '역마차' 식당으로 이동하여 추라스까리아라고 하는 例의 그 브라질 불고기 요리로 저녁식사를 들었다. 그 후 밤 10시부터 자정 무렵까지 시내의 극장에서 매일 밤 공연되는 삼바 쇼를 구경하였다. 가는 도중 꼬르꼬바도 아래에서 이빠네마에 이르기까지 펼쳐진 커다란 호수(Lagoa Rodrigo de Freitas) 가운데에 쇠로써 장치된 대형 크리스마스트리의 화려하고 다양한 네온사인과 그 주위의 분수 모습을 한동안 구경하였다.

삼바 쇼는 세계적으로 유명한 리오 카니발의 의상과 춤을 세계 각국으로부터 모여든 관광객들에게 보여주는 옵션 상품이다. 대부분 흑인과 백인의 혼혈인 물라토로 구성된 무용수들의 공연이 끝난 후, 흑인 사회자가 참석한 각국의 손님들을 차례차례 무대로 불러내어 각 나라의 유명한 노래와 춤들을 피로하게 하는 순서가 있었다. 준비 없이 참석한 대부분의 손님들은 자기 나라의 이름이 불리어도 무대에 올라가기를 꺼렸다. 그러나 우리 한국 팀은 오늘 관광 도중 가이드의 지도로 사전에 몇 차례 예행 연습을 하였으므로, 나를 포함한 남자 다섯 명이 무대로 올라가 아리랑과 더불어 2002년 한국과 일본에서 공동 개최된 월드컵 경기 때 자발적 시민응원단인 붉은악마로 말미암아 세계에 널리 알려진 "대~한민국 짝짝짝" 응원 구호를 세 번 제창하였다. 대도시인 리오에 이런 인기 있는 공연 장소가 단 하나밖에 없는 것은, 이 극장이 리오의 또 다른 명물인 마피아가 소유하고 있는 것이기 때문이라고 한다.

13 (화) 대체로 맑으나 브라질리아는 비 오고 마나우스도 밤에 비

새벽 6시 무렵에 기상하여 짐 꾸리기와 2층 뷔페식당에서의 조식을 마치고서 7시에 호텔 입구로 내려갔다. 부산서 온 내외와 한전 직원 중 경북 의성 출신의 안동김씨 종손이라던 사람이 전송을 나와 주었다. 어제 우리 차를 운전했었던 백인 남자의 안내를 받아 어제 내렸던 국제공항으로 이동하여 마나우스 행 탑승수속을 마쳤다.

우리는 바리그항공 편으로 오전 8시 45분에 리오를 출발하여 수도인 브라질리아에 반시간 정도 머문 다음, 같은 비행기로 다시 이륙하여 총 5시간 15분을 비행한 끝에 정오에 마나우스에 도착할 예정으로 되어 있었다. 그러나 우리가 탄 비행기는 오전 10시 45분에 브라질리아에 도착하였는데, 손님 중 일부가 내리고서 새 손님을 태운 다음에도 계속 지체하여 오후 12시 40분 무렵에야 이륙하였다. 마나우스 시간은 리오보다 두 시간이 늦고 시카고보다는 두 시간이 빠른데, 현지 가이드로서 마중 나온 홍성덕(안드레 홍) 씨의 말에 의하면 예정보다 한 시간 정도 늦었다고 한다.

우리는 인구 170만의 대도시인 마나우스에서도 가장 부자들이 거주한다는 신시가지의 아마존 네그로 강변에 위치한 트로피컬 마나우스 호텔 814호실에 들었다. 이 호텔도 브라질 각지에 호텔 겸 리조트를 두고 있는

연쇄점이었는데, 마나우스에서는 시설이 가장 좋은 것이라고 했다. 방이 비교적 넓고, 꽤 큰 실외 수영장도 갖추었으며, 무엇보다도 창밖으로 폭이 10km도 넘는 세계최대의 아마존 강을 바라볼 수 있는 점이 좋았다.

호텔 방에다 짐을 들여놓은 다음, 바로 프런트로 내려가서 가이드 홍 씨 형제 및 때마침 취재 차 나와 있는 KBS 상파울루 지국장 권순범 씨 일행 세 명을 만나 오후 두 시 무렵에 함께 강가의 나루터로 이동하였다. 홍 씨는 한국에서 중앙대 경영학과를 졸업한 후 27세 때 남미의 에콰도르로 스페인어 유학을 떠나 현재에 이르렀다. 28세 때 이미 자식을 셋 둔 외국인 여성과 결혼하여 현재 자신과 그 처 사이에 태어난 네 명을 보태어 모두 일곱 명의 자녀를 두었다. 그 자녀들은 현재 모두 콜롬비아에서 영어 학교에 다니고 있으며, 처도 그들을 돌보기 위해 함께 거주하고 있다. 홍 씨 혼자 마나우스에 남아 열심히 뛰면서 돈을 벌어 그들에게 송금하고 이따금씩 서로 만나고 있으니, 이른바 기러기 아빠인 셈이다. 44세가 된 금년으로서 이주한지 18년째가 되며, 그 동안 중남미 일대를 두루 전전하였는데, 그 중 대부분의 기간은 페루의 이키토스, 콜롬비아의 렉티시아, 그리고 브라질의 마나우스 등 아마존 강 유역의 도시들에서 보냈다고 하니 이 강에 대해서는 그보다 더 잘 아는 사람을 만나기 어려울 것이다. 그는 아마존을 소개하는 한글 인터넷 홈페이지도 관리하고 있다.

그는 4년 전부터 가이드 일을 하게 되었으며, 현재 마나우스의 유일한 현지 가이드로서 미국과 한국의 여러 한인 여행사로부터 손님을 위탁받고 있고, 매스컴 등으로부터도 취재 협조를 요청받고 있다. 그러나 남미로 관광여행을 오는 한국인의 약 1할 정도만이 우리 내외처럼 아마존까지 발길이 이른다고 한다. 그래서 그가 안내하는 여행사 손님은 한 달에 40명, 1년이면 500명 정도에 불과하다. 그 정도의 손님을 받아서 가족을 부양하기는 어려울 터이므로, 현지인 무희들을 한국 각지의 호텔이나 유흥업소 등의 요청을 받아서 교대로 송출하는 사업도 겸하고 있다. 그 전에도 이키토스에서 파친코 업을 경영한 적이 있었고, 이곳 마나우스에서는 한국계 전자회사에 다니기도 하는 등 여러 가지 다른 직종을 전전하였다. 그는 경기도 광주 출신으로서 지금 여기에 와 있는 동생은 거기서 건축업을 한다는데, 형이 페루의 이키토스에 있을 때도 3개월 정도 가 있었던 적이 있고, 현재는 반년 간 유효한 관광 비자로 입국하여 한 달째 형의 일을 돕고 있는 중이다.

KBS의 권순범 지국장은 40대 후반 정도로 보이는 사람으로서, KBS에서 20년 정도 기자로서 근무하였다. 중남미에서는 유일하게 상파울루 지국이 개설됨에 따라 작년 7월에 가족을 데리고서 그 지국장으로 부임하여 유태인 거리였던 한인 타운에 거주하고 있다. 3년간 근무하고서 돌아갈 것이라고 한다. 그가 여기로 데리고 온 젊은이 두 명이 부하직원의 전부로서 현지에서 채용한 사람들이었다. 그들 중 한 명은 교민의 자제이며, 또 한 명은 과거 상파울루에서 외교관으로 근무했던 사람의 아들로서, 부친이 임기를 마치고서 돌아간 이후로도 브라질이 좋아 8년째 계속 머무르고 있다. 지국에서는 다큐멘터리가 아닌 뉴스 물을 제작한다고 하는데, 현재는 인디오의 토지 소유권 문제를 다루는 9분짜리 방영분을 만들기 위해 한 주 정도 이리로 와서 취재 촬영하다가 내일 오후 1시 비행기를 타고서 상파울루로 돌아가기 전에 아마존의 밀림에도 한 번 들어가 보기 위해 우리 내외와 합류하게 된 것이었다.

우리는 차를 운전하여 나루터라 하는 편이 합당할 어설픈 항구로 이동하여 현지인 물라토가 운전하는 모터 달린 소형 보트를 타고서 네그로 강의 건너편으로 이동하였다. 마나우스는 아마존 강의 본류와 그 가장 큰 지류인 네그로 강이 합류하는 중류 지점에서 네그로 강변에 위치한 대도시이다. 아마존 강은 흐르는 지역에 따라 여러 이름을 가지고 있고, 엄청나게 많은 지류를 거느리고 있다. 페루의 안데스 산 발원지에서부터 페루의 동쪽 국경 부근까지는 마라뇽 강, 브라질 지경에 들어와 그 최대의 지류인 네그로 강과 합류하기까지는 솔리에모스 강, 그리고 합류한 이후부터 대서양으로 들어가기까지는 아마조네스 강이라 부르고 있다. 길이에 있어서는 이집트의 나일 강에 이어 두 번째이지만, 수량에 있어서는 단연 1위이며, 그 외에도 이 강의 지류들은 세계 2위의 네그로 강을 비롯하여 수량에 있어서 열손까락 안에 드는 강들이 과반수이다. 아마존 강의 강폭은 2~49km이며, 네그로 강의 강폭은 6~29km, 그리고 바다와 만난 이후로도 그 엄청난 힘 때문에 240km를 더 흐른다고 한다.

우리 내외는 오늘 네그로 강 쪽의 밀림을 체험하고, 내일은 네그로와 그 본류인 솔리모에스가 합류하는 지점을 구경하기로 되어 있다. 비행기가 착륙할 무렵에 이미 공중에서 내려다 본 바 있지만, 아마존 강의 본류는 안데스 산맥의 눈 녹은 물이 격류를 이루면서 각처의 흙을 깎아내리기 때문에 진한 황토 빛이며, 네그로 강은 대부분 평지를 지나며 그 흐름이 느리므로 밀림의 나뭇잎이 강물에 썩어 녹아서 진한 커피색에 가까운 검은 빛을 띠고 있다. 마나우스에서는 네그로 강물을 정화하여 식수로도 쓰고 있는 것이다. 물고기의 종류와 수량은 본류 쪽이 압도적으로 많다. 아마존 강은 매년 정기적으로 일정 기간 범람을 반복하고 있으므로 시기에 따라서 강의 수위가 크게 달라진다. 4월에서 8월까지 물이 차고, 9월부터 빠져 10월에 가장 낮아진다. 12월 초인 지금은 수위가 점차로 높아지기 시작하는 무렵이다.

우리는 먼저 네그로 강의 건너편에 작년 무렵 신설되었다고 하는 리조트 시설에 들렀다. 우선 브라질 인이 소유한 카페 같은 분위기의 대형 목조건물 식당에 들러 칼피스처럼 흰색의 음료수를 마시며 잠시 머물렀다. 거기에는 형태와 색깔이 화려한 현지에서 아라라라고 부르는 앵무새 비슷한 잉꼬 새의 일종이 여러 마리 머물러 있어 전혀 사람을 두려워하지 않으므로 가까이서 만져보거나 팔뚝 위에 올려볼 수가 있었다. 팔이 긴 검은 원숭이도 한 마리 나타나서 우리와 장난을 하였다.

식당 건너편에는 네덜란드 사람이 거금을 들여 인공으로 커다란 호수를 파고 목조로 방갈로 같은 수상가옥을 25채 정도 지어 놓았다. 각 채마다에는 두 개의 출입문이 있고, 그 안을 들어가면 각각 호텔 같은 최신식 화장실과 욕조를 갖추고서 에어컨도 장착된 한 가족이 거주할 수 있는 공간이 거의 같은 구조를 가지고서 벽을 경계로 하여 둘로 나뉘어져 있었다. 유럽에서 여행사를 통해 고객을 모집하여 한 주 정도씩 머물다 가게 하는데, 특히 독일인 손님이 많다고 한다. 성수기엔 방을 예약할 수 없을 정도로 이용하는 사람이 많다고 하나, 지금은 아무도 머무는 사람이 없는 듯 텅 비어있었다.

우리는 그 리조트 시설을 지나서 오솔길을 따라 밀림 속으로 반시간 정도 걸어 들어갔다. 둥치가 굵은 나무 위로 사다리처럼 나선형 계단을 만들고 그 상부에는 작은 집도 설치하여 사방을 조망할 수 있게 만들어 둔 곳까지 들어가 보았다. 리조트에서 여기까지는 수많은 나무 기둥을 세우고서 그 위에 판자를 엮고 난간도 만들어서 공중에다 인공으로 설치한 길이 있었다. 우기에 강물의 수위가 올랐을 때는 밀림 속도 모두 물에 잠기므로 그 위를 걸어갈 수 있도록 만들어진 길이다. 그러나 이런 시설도 이용하는 사람이 적은 까닭에 보수의 손길이 미치지 못하고, 아마존 일대에 쏟아지는 엄청난 비에 견뎌낼 수가 없어 이미 곳곳이 삭아 파손되었으므로, 우리는 그러한 위험한 시설 위를 걷거나 타고 오르지는 않았다. 아마존의 밀림은 어디에서나 대체로 오늘 우리가 본 모습과 유사하다고 한다. TV를 보고서 선입관을 가지고 있었던 것보다는 나무들의 키가 그다지 높지는 않았다.

식당으로 돌아와서 다시 한동안 휴식을 취한 다음, 또 물라토 젊은이가 운전하는 모터보트를 타고서 근처의 다른 곳으로 이동하였다. 거기는 브라질 사람이 운영하는 낚시터를 겸한 리조트가 있었지만, 앞서 본 것 정도로 시설 투자가 많지는 않았다. 천연의 강물을 막아 호수를 조성하고서 그 속에 2층 집을 한 채 세웠으며, 호수 주변에는 숙박시설도 여러 채 만들어져 있었다. 마나우스 부근에는 이런 식의 리조트를 겸한 숙박업소가 수십 군데나 있다고 한다. 그 집 2층에는 두터운 유리를 이어 방바닥을 통해 1층 아래로 내려다볼 수 있게 되어 있었다. 1층은 사방에다 나무기둥을 쳐서 호수 물이 들어오게 하여 수많은 물고기가 들어와 있었는데, 그 중에서 우리는 물고기를 잡아먹고 산다는 1미터가 넘는 커다란 덩치의 육식 물고기 한 마리도 보았다. 아마존 일대에서는 이런 식으로 아직은 아무데나 시설을 만들기만 하면 자기 소유의 땅이 된다고 한다. 이 낚시터 일대에는 수백만 마리의 물고기가 서식하고 있으므로, 투자하여 만든 시설보다도 물고기의 금전적 가치가 훨씬 더 높다고 주인아주머니가 말하고 있었다. 리조트의 손님이 낚시를 할 때는 호수 위쪽의 강으로 올라가야 하며, 잡아온 물고기는 현지에서 즉석으로 요리해 먹을 수 있다. 우리는 2층 난간에서 호수의 물고기들에게 모이를 던져 주면서 물고기들이 서로 그것을 받아먹으려고 와글와글 몰려드는 모습을 지켜보았다.

도로 강을 건너서 항구로 돌아온 다음, 내일 오후에 상파울루로 돌아가는 KBS 팀과 작별하였고, 남은 네 명이 마나우스 시내 아드리아노폴리스에 있는 라시페 거리의 한식당 味樂에서 저녁식사를 들었다. 브라질에서 두 번째 가는 도시인 리오에 아직 한 군데도 없는 한식당이 아마존 강 중류의 여기에는 두 군데나 있다고 한다. 미국 캘리포니아 주의 네 배나 된다는 아마존 주의 주도인 이곳 마나우스 시에는 한국인이 400명 정도 거주하고 있다. 그들 중 가장 많은 숫자는 이곳에 진출한 한국 전자업체들의 현지직원과 그 가족들이다. 브라질 정부는 오지인 아마존 주의 경제를 활성화시키기 위해 이곳에 진출한 기업에 대해 면세의 특혜를 부여하고 있기 때문에 한국을 포함한 세계 여러 나라의 기업들도 여기에다 현지 공장을 설치하고 있다. 현재 국내외 기업을 합한 공장의 수는 650개 정도라고 한다. 세계에서도 가장 오지에 속하는 아마존 강 중류에 거대한 공업도시가 형성된 것이다. 열대의 아마존 한복판에 위치한 도시에 가는 데마다 전기불로 만든 크리스마스 장식과 두꺼운 옷을 입은 산타클로스 밀랍 인형이 즐비하였다.

간밤의 수면부족과 무리한 일정으로 말미암아 꽤 피곤하므로, 우리 호텔에서 행해지는 쇼 관람은 내일로 미루고서 평소처럼 밤 9시 무렵에 취침하였다.

14 (수) 맑음
남미 여행의 거의 절반에 해당하는 날이자 브라질 여행의 마지막 일정인 제7일이다. 아침 8시에 트로피컬 호텔을 체크아웃 하여, 짐은 가이드가 빌려온 승용차의 트렁크에 싣고서 마나우스 시의 중심가인 센트로로 향했다. 오늘은 홍 씨의 동생이 동행하지 않았으므로 우리 일행은 가이드까지 합하여 모두 세 명이다. 유람선 사무소에 들렀더니, 그 실내에 아마존 강의 리조트를 홍보하는 여러 종류의 팸플릿이 비치되어 있었다. 대부분 1박 2일부터 4박 6일까지의 패키지 상품이었다. 지구의 마지막 비경이라는 아마존 강 일대도 이제 많이 개발되어 관광 상품으로서 판매되고 있는 것이다.

우리는 사무실에서 같이 대기하고 있었던 어린 아들 두 명을 대동하였고 연령상으로는 부녀로 보이지만 아무래도 부부인 것 같은 브라질인 가족 네 명과 다른 서양인 부부 두 명과 더불어 유람선을 탔다. 물라토 남자 노인이 붉은색 T셔츠의 등에 'GUIDE'라고 자수로 새긴 옷을 입고서 몇 명 되지 않는 우리 일행을 버스에 태워 항구로 안내하였다. 그는 투어를 마치고서 배가 마나우스 항구로 귀환할 때까지 계속 우리와 동행하였다. 우리 부부는 2층 맨 앞의 전망 좋은 나무 벤치에 앉아 여행사 가이드의 해설 중 영어로 하는 부분과 홍 씨의 한국어 설명에 아울러 귀를 기울였다. 그 노인은 자국어인 포르투갈어는 물론이고, 영어·스페인어·불어·이태리어 등 4개 국어를 구사할 수 있다고 하며, 그의 영어는 꽤 유창하고 발음도 알아듣기 쉬웠다. 물어보았더니 그는 올해 65세로서 내년에 퇴직할 예정이며, 1976년부터 이 일을 해 왔다고 한다. 그러나 브라질에서는 노동에 대한 보수는 거의 없는 것이나 마찬가지이니, 그처럼 능력과 경력을 아울러 지닌 사람도 받는 돈은 실로 형편없는 것일 터이다.

2005년도의 통계에 의하면, 남미 전체의 인구는 3억5천만이며, 그 중 브라질 인구는 1억8천6백40만으로서 약 절반에 해당한다. 인구뿐만 아니라 영토도 남미의 약 절반인데, 경제에서 차지하는 비중은 전체의 70%라고 하니, 남미 여러 나라 중 브라질의 비중이 어느 정도이며, 남미 사람들이 얼마나 가난하게 사는지를 알 수 있다. 우리 부부의 이번 남미 여행도 그 절반이 브라질에 할애되고 있는 것이다. 브라질은 인구·영토의 양면에서 세계에서 다섯 번째로 큰 나라이며 천연자원도 전 세계에서 가장 많은 나라에 속하나, 경제수준으로는 아직도 개발도상국이다.

브라질은 미국과 마찬가지인 이민국가로서 거의 전 세계의 사람들이 모여 살고 있는데, 인종적 구성으로 보면 백인이 57%, 물라토가 36~7%, 흑인이 5.6%, 아시아인이 1% 정도라고 한다. 나는 학창 시절 지리 시간에 백인과 흑인의 혼혈은 물라토, 백인과 인디오의 혼혈은 메스티조라고 배웠던 기억이 있으나, 현지에서는 이들을 합해 모두 물라타로 칭하고 있다. 가이드 홍 씨의 설명에 의하면, 포르투갈어로 물라타는 물라토의 여성 명사이며, 메스티조는 그것에 해당하는 스페인어라고 한다. 그러니까 흑인이든 인디오든 구분 없이 백인과의 혼혈로서 피부색깔이 좀 까무잡잡한 사람에 대한 통칭이라는 것이다.

국민소득의 면에서 보면, 전체 인구의 38%가 미국 달러로 환산하여 월 $200, 즉 한화로 약 20만 원 미만의 수입으로 생활하고 있으며, 그들을 포함하여 월 $400 미만은 60%에 달한다. 도시에 사는 인디오의 수입은 월 $40 미만이다. 그럼에도 불구하고 마나우스의 물가 수준은 서울에 비해 결코 떨어지지 않다고 하니, 이 사람들이 그 정도의 수입을 가지고 어떻게 살림을 꾸려나가는지 실로 불가사의한 일이다. 전체 국민 평균 수입의 62%를 수도·전기세 등의 공과금으로서 납부한다는 통계가 나와 있다고 한다. 그러나 마나우스에는 현재 650개의 공장이 들어와 있으므로, 그 기업들에서 내는 돈과 공공예산에 의해 내·외국인과 불법·일시체류자를 구분하지 않고서 모든 사람에게 무상으로 의료서비스를 제공하는 복지국가의 측면도 지니고 있다.

우리가 네그로 강을 따라 내려가 아마존의 본류인 솔리모에스 강과 합류하는 지점에 이르렀더니, 검은 빛깔의 강물과 황토 빛 강물이 선명하게 구분되면서 서로 마주치는 모습을 볼 수 있었다. 그 부근의 강물 위에는 둥둥 떠다니는 풀들의 뭉치가 많았다. 건기가 되어 강물이 말라든 곳에는 금방 풀이 자라는데, 수위가 다소 높아지면 세찬 물살에 뿌리가 뽑혀 물결에 따라 흔들리다가 마침내는 이처럼 하나하나의 덩어리가 되어 강물을 따라서 흘러가다가 죽는 것이다.

다시 네그로 강을 거슬러 좀 올라가다가 인공적으로 조성한 운하를 따라 섬 안으로 들어갔다. 그 강물은 황토 빛인데, 그것은 두 큰 강 사이의 운행 거리를 단축시키기 위해 운하를 통해 솔리모에스 강물을 네그로 강 쪽으로 끌어들이고 있기 때문이다. 물이 얕으므로 건기에 땅위에 자랐던 풀들이 아직도 거기에는 잔뜩 몰려 있고, 그 풀들 사이로 녹색과 노란색 깃털의 대조가 아름다운 작은 새들이 날아다니고 있었다. 모터보트는 풀밭 사이의 좁은 물길을 따라 들어가 식당과 기념품점이 있는 커다란 호수에 다다랐는데, 기념품점에 진열된 수공예품들 중에는 아마존의 상징물이라 할 수 있는 부리가 큰 뚜까노 새를 새긴 것이 많았다.

우리는 육지에 내려서 밀림 속으로 난 길을 따라 계속 걸어 들어갔다. 근자에 내린 비로 말미암아 흙길이 좀 미끄러웠다. 군데군데 어린이들이 나무늘보나 악어, 그리고 긴 뱀 등을 들고서 서 있다가 관광객과 함께 사진을 찍고서 팁을 받거나 자기가 가진 동물에 잠시 손을 대기만 해도 돈을 요구하였다. 나는 도중에 인디오 복장을 한 두 어린이와 함께 디지털카메라로 사진을 한 장 찍고서 $1을 주었더니, 나머지 한 아이도 손을 내밀었다.

우리는 육지가 끝나고서 섬 건너편의 운하가 시작되는 지점에 이르러 다시 모터보트를 타고서 처음 육지에 내렸던 지점으로 돌아와 그곳 식당에서 뷔페식으로 점심을 든 후 마나우스 항구로 돌아왔다. 유람선은 매일 오전 9시에 출항하여 오후 3시에 돌아온다.

마나우스로 돌아와서는 차로 구시가를 돌아다니며 가톨릭 수녀회가 설립한 인디오박물관과 오페라하우스, 그리고 일본인이 설립한 자연사박물관을 관람하였다. 오페라하우스는 1884년에서 1896년까지 공사하여 완공한 것으로서 무용가 이사도라 던컨 등 저명한 예술가들이 와서 공연한 곳이다. 물론 지금도 각종 공연장으로서 사용되지만, 이미 문화재가 된지라 입장료를 받고서 관광객에게도 개방하고 있었다. 아마존의 개발은 이 일대에서 천연고무가 발견되면서부터이다. 고무 채취로 큰돈을 번 유럽인들이 힘을 모아 이 오지에다 오페라하우스를 세운 것이다. 모든 건축 자재는 유럽에서 가공하여 다시 들여와서 건립한 것이다.

시내 관광을 마치고서 홍 씨의 사무실로 가 그 동생을 차에 태운 다음 함께 식당으로 이동하였다. 이곳 식당은 저녁 7시에 시작하므로 우리는 영업시간이 될 때까지 한 시간 남짓 의자에 앉아 대화를 나누었다. 홍 씨의 사무소로부터 가장 가까운 중국식당까지는 걸어서 편도에 반시간 정도 걸리는지라, 동생은 오늘 점심을 굶었다고 한다. 그는 이곳 생활에 이미 진력이 나서 곧 돌아가려 하고 있었다. 쟁반에 담아내는 불고기로 저녁식사를 들고 내가 산 깔삐링야도 한 잔씩 든 다음, 신시가지로 이동하여 어제 투숙했던 트로피컬 호텔 부근의 카페 같은 곳 야외무대에서 공연되는 인디오 무용을 관람하였다.

무대에 오른 젊은 남녀 무용수들은 대부분 피부가 백인에 가까웠다. 이들은 인디오가 아닌 마나우스의 평범한 젊은이다. 열 명 정도의 무용수에 의한 공연은 매일 밤 두 차례씩 행해지며, 각 주마다 매일 다른 무용수들이 출연한다. 내용은 인디오와 그 문화의 보호에 관한 것이지만, 엊그제 삼바 쇼에서 본 것과 유사한 점이 있고, 3부에 걸친 무용공연의 전후와 사이사이에는 기타 및 전자피아노를 동반한 백인 청년 세 명의 팝송 공연과 신체가 매우 유연한 물라토 남자의 1인 곡예도 있었다. 이들이 하룻밤 약 5시간 정도의 공연으로 받는 보수는 1인당 $5, 즉 한화로 5,000원 정도이다. 이 카페의 객석에 여자들끼리만 앉아 있는 경우는 모두 창녀로 간주하면 된다고 한다.

어제 작별했던 KBS 팀은 오늘 오후 1시에 상파울루로 떠난 줄로 알고 있었으나, 그들이 공항으로 가 보았더니 비행기 표가 이중으로 팔려 그들을 포함한 50명 정도 되는 승객이 탑승할 수가 없었다고 한다. 그래서 오늘 트로피컬 호텔에서 하루를 더 묵고서 내일 출발하게 되었는데, 세 명 중 촬영기사인 전직 상파울루 주재 외교관의 아들이 공연장으로 나왔다가 우리와 어울렸다.

11시 반 쯤에 한 차례의 공연이 끝나자, 우리 내외는 홍 씨와 더불어 공항으로 나가 탑승수속을 마친 다음, 탑승시간이 될 때까지 대기하였다.

15 (목) 맑음

오전 2시 40분에 마나우스를 출발하는 TAM 항공을 타고서 2시간 40분 정도 걸려서 현지 시간으로 7시에 브라질리아에 도착하였다. 브라질리아를 출발하여 아르헨티나의 수도 부에노스아이레스로 가는 비행기는 오전 11시 30분에 있으므로, 네 시간 반 정도의 남는 시간동안 그 비행기가 출발하는 공항 구내의 12번 탑승구 앞 의자에 앉아서 대기하였다. 우리는 마나우스에서 공항세 $10을 내고서 두 비행기의 탑승권도 함께 받았으므로, 미국의 애틀랜타에서 그러했던 것처럼 새 탑승구로 이동하여 앉아 있다가 다음 비행기로 갈아타기만 하면 되는 줄로 알았다. 그런데 탑승 시간이 가까워 오자 제복을 입은 남자가 다가와서 탑승구 밖으로 나가달라는 것이었다. 알고 보니 출발시간 전 일정한 시간이 되어야만 승객이 탑승구로 들어올 수가 있으며, 국제선으로 갈아타기 위해서는 공항세도 새로 내고서 새 탑승권을 받고 검사대 통과도 새로 해야 하는 것이었다. 국제선 공항세는 1인당 83헤알로서 미화로 $40 정도의 비싼 것이었다. 브라질리아 공항 구내에서 남미 지도와 영어로 된 여행 가이드 북 『The Rough Guide to South America』를 한 권 샀다.

브라질리아를 출발한 비행기는 도중에 브라질 최남단의 뽀르토 알레그레를 경유하여 오후 3시 15분에 부에노스아이레스에 도착하였다. 뽀르토 알레그레는 지난번 이과수폭포 시로부터 리오 데 자네이로로 갈 때 경유했었던 꾸리띠바가 빠라나 주의 주도였던 것과 마찬가지로 리오 그란데 도 술 주의 주도로서 브라질에서 손꼽히는 대도시이다.

공항에서 현지의 새나라여행사 임시 가이드로서 마중 나온 황동식 씨의 영접을 받아 숙소로 이동하였다. 숙소는 센트로의 에스메랄다 거리 675번지에 있는 6층 빌딩으로 된 4성급 호텔 레콘퀴스타 가든이었다. 우리는 404호실을 배정받았는데, 3인용 방이었다. 번화가의 좁은 도로에 면해 있는지라 시끄러울 정도는 아니지만 창밖으로 계속 차량의 소음이

들려왔다.

샤워를 마치고서 한 시간 후에 로비에서 다시 가이드 황 씨를 만나 호텔에서 상당히 떨어진 거리에 있는 한인 타운으로 이동하였다. 우리가 나올 때까지 황 씨는 한 시간 동안 1층 로비에서 계속 대기하고 있었던 모양이다. 한인식당에서 돼지불고기로 저녁식사를 들면서 아르헨티나 인이 주로 마신다는 적포도주를 한 병 주문하여 들었다. 부에노스아이레스는 공기가 아름답다는 뜻이고, 아르헨티나는 은이 많다는 뜻이라고 한다. 그 옛날 스페인 식민지 때 이 항구를 통해 남미의 은을 본국으로 실어 나른 데서 나라 이름이 유래하였다. 이 나라의 수도인 부에노스아이레스의 인구는 약 천만으로서 남미에서는 브라질의 상파울루 다음가는 대도시이다. 한반도의 13배 정도 되는 면적에다 4천3~4백만 정도 되는 이 나라 인구의 약 절반이 부에노스아이레스 주, 즉 수도권에 몰려 산다고 한다. 수도의 중심부인 까삐딸에 거주하는 인구는 약 400만이다. 여러 차례의 금융위기를 거쳐 현재의 국민소득은 월 $200 수준이며, 실업률이 30% 수준에 달한다. 역시 이민으로 이룩된 국가이나, 브라질과는 달리 유럽 계통의 백인이 절대다수를 차지하여 인종차별도 꽤 심한 편이라고 한다. 이들 백인은 매우 보수적이어서, 주로 스페인·이탈리아계인 귀족 출신은 지금까지도 여기서 귀족행세를 하고 있다.

식사를 마친 후 차를 타고서 한인 타운을 둘러본 후 호텔로 돌아와 일찌감치 잠자리에 들었다. 이 나라 전체의 한인 수는 약 15,000명 정도이며, 이민의 역사는 40년 되는데, 처음에는 농업이민이었지만 지금은 브라질과 마찬가지로 대부분 부에노스아이레스와 같은 대도시에 몰려서 의류와 관련된 사업을 하고 있다. 가이드 황 씨도 몇 명의 현지인 종업원을 데리고서 방직업소를 경영하는 것이 그의 본업이다. 전체적 수준에서 보면 한국 이민자는 중상층에 속한다고 한다.

16 (금) 매우 변덕스런 날씨
여행의 제9일 부에노스아이레스 시내 관광 날이다.

오전 9시 30분에 호텔 로비에서 가이드를 만나, 그의 승용차로 먼저 이과수 강과 합류하여 흘러온 빠라나 강이 대서양과 만나는 라플라타 지구로 가 보았다. 이미 바다와 접하여 깊숙한 만을 이룬 지점이라 아득히 넓어서 건너편의 우루과이 땅이 바라보이지 않았다. 그 근처에는 식당이나 카페가 많고, 낚시하는 사람들도 보였다. 이 도시의 데이트 명소라고 한다.

다음으로는 황 씨가 세계 3대 공원의 하나라고 소개한 빨레르모 공원으로 가 보았다. 도심 지역에 위치한 시민의 휴식공간으로서 1870년대에 조성된 것인데, 세계의 3대 공원이라 불릴 정도로 넓어보이지는 않으나 잘 정돈되어져 있었다. 그 안의 장미 공원과 거기서 멀지 않은 거리에 있는 일본공원에도 들렀다.

다음으로는 이 도시의 귀족들이 많이 거주하는 문화 중심지역인 레꼴레따에 들렀다. 1822년에 설립된 귀족가문의 묘지들이 밀집된 장소를 먼저 방문하였다. 이곳 묘지는 특히 창녀 출신으로서 후일 귀족집안에 양녀로서 입양한 형식으로 페론 대통령과 결혼하여 페론의 사후 한동안 대통령직을 수행하기까지 하다가 30대의 젊은 나이로 병사한 에바 페론, 즉 에비타의 애칭으로 불리는 여인의 묘소가 있는 것으로서 유명하다. 그녀는 페론의 사회주의 정책을 계승하여 노동자의 권리를 크게 옹호하고 아울러 여권 신장에도 업적이 있어 지금까지도 이 나라에서는 성녀로 일컬어지며, 그녀의 무덤에는 끊임없이 새로운 꽃이 꽂혀지고 있다. 그러나 이러한 비현실적인 사회주의 정책이 결과적으로 불로소득과 노동자의 무책임한 권리 주장을 조장하여 오늘날과 같은 이 나라 경제의 빈사상태를 초래한 결정적 원인이 되었기 때문에, 그녀를 나라를 망쳐먹은 장본인으로 간주하는 견해 또한 크다.

레꼴레타 묘지를 나온 다음, 걸어서 그 근처에 있는 이 나라를 대표하는 명문교인 부에노스아이레스대학의 파르테논 양식으로 지어진 법대 건물 부근에 있는 국립미술박물관에 들렀다. 이 나라가 세계의 5대 강국 중 하나로 손꼽혔던 시기는 1·2차 세계대전을 전후한 무렵인데, 이 미술관은 그 당시인 1933년에 설립된 것으로서 서양미술사에서 중요한 화가나 조각가들의 작품들이 두루 소장되어 있음에도 불구하고 입장료는 무료였다. 그 소장품이 양적으로는 시카고의 아트 인스티튜트에 비해 많다고 할 수 없겠으나, 대가들의 작품이 거의 망라되어 있다는 점에서는 그에 못지않을 듯하였다. 로댕의 대표작으로서 손꼽히는 '키스'나 발자크 두상, 그리고 학창 시절 미술교과서에서 익히 보았던 모딜리아니의 여인 초상화 등을 여기서 만난 것은 정말로 뜻밖이었다.

레꼴레타 지구를 떠난 다음, 고급 음식점들이 모여 있는 뿌에르또 마데로로 이동하여 뽀르떼뇨라는 뷔페식당에서 점심을 들었다. 손님으로 크게 붐비고 있는 것으로 보아 꽤 유명한 식당인 듯했다. 여기서 아르헨티나의 명물 중 하나인 전통 소갈비구이 아사도 등을 맛보았다.

점심을 든 후에는 탱고의 발생지 보까 지구로 향했다. 아르헨티나 초창기의 이민자들이 모여 살던 항구의 빈민가였다. 양철로서 지붕과 벽을 이은 한국의 판자 집을 연상케 하는 누추한 집들이 그런대로 잘 보존되어져 있는데, 지금은 관광 명소로 되어 곳곳에 기념품점들이 이어져 있었다. 이 지구에는 또한 아르헨티나 축구의 대명사격인 마라도나가 소속된 보까 팀의 홈그라운드가 있다. 그러나 보까 항구의 바닷물과 축구장 바깥은 모두 심하게 오염되어 쓰레기로 뒤덮여져 있었다.

보까를 떠난 후 아르헨티나 정치의 중심인 대통령궁과 대성당을 둘러보았다. 대성당은 역대 대통령이 취임식을 한 장소이기도 하고, 아르헨티나 독립 영웅의 관이 안치된 곳이기도 하다. 아침에 호텔을 떠날 때는 흐렸던 날씨가 공원과 레꼴레따에 이르렀을 때는 화창하게 개었고, 보까에 들렀을 때는 빗방울이 듣더니 대성당에 다다를 무렵에는 심한 바람이 분 뒤 소나기가 쏟아졌다. 그러나 그 비도 얼마간 시간이 흐르니 다시 활짝 개어서 언제 그랬느냐는 듯 햇빛이 쨍쨍하였다. 가이드의 말에 의하면, 이 나라 사람의 심성도 날씨처럼 변덕스럽다는 것이었다.

우산을 받쳐 쓰고서 대성당을 나와 플로리다 거리라고 불리는 상가 거리를 걸어보았고, 갔던 길을 다시 돌아와 주차장에 세워둔 차를 타고서 국회의사당을 둘러보았다. 오늘의 관광을 마치고서 저녁 무렵 호텔로 돌아오는 길에 시내에 있는 한인들의 의류점 상가를 지나쳤다.

호텔에서 샤워를 하고서 한 시간 반 정도 시간을 보낸 후, 오후 7시 30분 무렵 로비에 대기하고 있던 가이드를 다시 만나, 옵션 상품인 탱고 쇼를 보기 위해 꼬리엔테스 3200가와 앙꼬레나 거리의 교차점 부근에 있는 고급 식당 겸 탱고 쇼 공연장인 카를로스 가르델로 이동하였다. 카를로스 가르델은 1930년대 무렵까지 활약했던 전설적인 탱고 가수 겸 댄서의 이름이다. 부에노스아이레스 시내에는 탱고 쇼 공연장이 10개 정도 있는데, 이곳이 가장 전통 있고 고전적인 탱고 공연장이라고 한다. 탱고 쇼는 밤늦은 시각에 시작하여 자정 무렵까지 계속되므로, 우리는 공연이 시작되기 한 시간 남짓 전에 도착하여 포도주를 곁들인 식사를 든 후 쇼를 관람하였다. 오늘 처음으로 탱고와 플라멩코는 매우 유사한 점이 있다는 느낌을 받았다.

17 (토) 맑음

오전 7시 50분쯤 호텔 로비에서 가이드 홍 씨를 만나 그의 승용차로 우리가 엊그제 내렸던 에세이사 공항으로 이동하였다. 부에노스아이레스를 출발하는 칠레 국적의 LAN 항공편으로 오전 10시 40분에 출발하여 2시간 10분 정도 비행하여 오후 12시 50분에 칠레의 수도 산티아고에 도착하였다. 도중에 안데스 산맥을 넘을 때는 창밖으로 눈 덮인 광대한 설산의 장관을 내려다 볼 수가 있었다. 칠레는 겨울에는 아르헨티나보다 한 시간이 늦지만, 지금은 서머타임을 실시 중이므로 시차가 없다. 앞으로 LAN 항공을 세 번 연속 타야하므로 부에노스아이레스 공항에서 그 탑승권을 미리 모두 받았다.

공항에서는 현지 교민인 전민형 씨의 영접을 받았다. 그는 한국나이 10살 때인 1987년에 부모를 따라 이민 와서 16년째 되는 작년에 처음으로 한국에 다녀왔으며, 현재 만 27세이다. 칠레에는 현재 1,800명 정도의 교민이 있는데, 교민 중 90%가 수도인 산티아고에 거주하면서 옷 장사나 잡화, 원단 등의 사업에 종사한다.

칠레 인구 1510만 명 중 620만 명 정도가 수도인 산티아고에 살고 있다. 이 도시는 스페인 식민지 당시부터 줄곧 칠레의 수도였으며, 지금도 100만 명이 넘는 주민을 지닌 유일한 도시이다. 해발 400m 정도 되는 지역의 드넓은 분지 가운데 바둑판 모양으로 정연하게 구획 지어진 계획 도시이다. 그러나 분지이기 때문에 매연 또한 적지 않다. 거의 사막지대 인 칠레에서도 이 도시의 평지에는 나무가 제법 있었다. 그것들은 모두 인공적으로 심고 스프링클러로 물을 주어 재배하는 것이다. 안데스 산맥 은 바위와 모래로 이루어져 있어 식물이 자생적으로 자라 성장하기는 어려운 곳이다. 이 산맥에 내린 눈이 녹아 이루어진 강들이 몇 개 도시의 안과 바깥을 흐르고 있어 주요한 물의 공급원이 된다. 국회의사당은 제2 의 도시인 발파라이소로 옮겨져 있다.

칠레는 현재 1인당 국민소득이 $7,000 수준으로서, 남미 국가들 중에 서는 가장 부유하고 안정된 나라이다. 부정부패가 없기로도 소문난 나라 로서, 풍부한 천연자원을 잘 이용하고 좋은 정책을 실시한 결과로 오늘날 의 수준에 이르게 되었다. 이 나라의 국민소득은 3년 전까지만 해도 $5,000 수준이었는데, 달러 가치의 하락으로 말미암아 저절로 소득이 증 가한 셈이 되었다. 원래 칠레보다 부국이었던 브라질, 아르헨티나가 금융 위기를 겪어 달러에 대한 자국 화폐의 가치가 1/3 수준으로 크게 하락하 여 국민경제가 큰 타격을 입는 동안 칠레는 그런 사태를 겪지 않았으므 로, 그 점도 크게 도움이 되었다. 또한 이 나라는 가브리엘라 미스트랄, 파블로 네루다와 같은 노벨 문학상을 수상한 두 명의 시인을 배출하기도 하였다.

우리는 올해 44세인 미남형 백인 기사가 운전하는 봉고차를 타고서 신도시인 동부의 부촌으로 이동하여 아사도로 점심을 들었다. 아사도는 아르헨티나뿐만 아니라 남미 여러 나라의 전통음식으로 되어 있는데, 맛 은 약간씩 다르다고 한다. 또한 아르헨티나와 같은 페소라는 화폐 단위를 사용하고 있지만, 그 가치는 전혀 다르다.

국민의 70%가 메스티조라고 하는데, 내 눈에는 일반 백인과의 구별이 쉽지 않았다. 메스티조는 스페인어로 섞었다는 뜻이니, 혼혈 인종을 가리키는 말이다. 스페인은 자신의 식민지에 흑인 노예를 들여오지 않았으므로, 이 나라에는 백인과 인디오의 혼혈만이 존재한다고 가이드는 설명하였지만, 그렇다면 같은 스페인 식민지였던 남아메리카의 북부 지방이나 중미 및 카리브 해의 여러 나라에 물라토가 많은 것은 설명하기 어려울 것이다. 어쨌든 포르투갈 식민지인 브라질에서 백인과 흑인의 혼혈을 가리키는 물라토도 어의 상으로 보면 메스티조의 부류에 속한다고 할 수 있다. 물라토는 '나귀'라는 뜻으로서, 나귀가 말과 당나귀의 교배종이며 생식 능력이 없는데 따른 멸시하는 말이라고 한다.

점심 식사를 든 후 우리는 이 도시의 발생지인 수도의 남부로 이동하였다. 먼저 대성당이 있는 광장에 이르렀다. 이 광장은 스페인 식민지 당시 무기고가 있었던 곳으로서, 산티아고를 비롯한 스페인 식민도시들은 무기고를 중심으로 하여 처음부터 바둑판 모양으로 확대되어 가는 계획도시의 면모를 갖추었고, 그 흔적은 지금도 뚜렷하다. 성당은 지진으로 몇 차례 파괴되었다가 그 때마다 번번이 복구된 것이지만 유서 깊은 건물이다. 그 앞 광장에서는 크리스마스를 앞두고서 대형 트리와 시장이 서고, 댄스하고 연설하는 사람 등으로 매우 활기찼다.

다음으로는 대통령궁으로 가 보았다. 원래는 동전을 찍어내는 조폐공사였던 것을 그 조폐국이 다른 곳으로 이전함에 따라 리모델링 하고 추가로 건물을 더 지어 대통령궁으로서 사용하게 된 것이다. 그러나 사회주의 정책을 추구하던 아옌데 대통령이 피노체트의 군부 쿠데타에 의해 살해되고, 대통령궁을 비롯한 그 광장 일대의 정부 청사들이 크게 파손되기에 이르자, 그 이후부터 취임하는 대통령은 자택에서 거주하고 이곳은 집무실로서만 사용하고 있다. 대통령궁은 개방되어져 있어 건물 중앙의 일정한 통로를 경유하여 누구나 들어가 볼 수가 있었다.

대통령궁과 그 주변의 정부 청사들을 둘러본 후, 우리는 가이드의 인도에 따라 비따꾸라 지구의 누에바 코스타네라 3863번지에 있는 블루 스톤, 즉 라피스라즐리로 만든 보석이나 장식품을 전시 판매하는 장소로 이동하였다. 라피스라즐리는 전 세계에서 아프가니스탄과 칠레 두 군데서만 나는데, 이 도시에는 그것을 파는 상점이 몇 군데 더 있는 모양이다. 밖으로는 가정집 같은 모양이어서 주변의 다른 민가와 구별이 잘 되지 않았다. 그 상점에서 서비스로 제공하는 이 나라 특유의 칵테일 술도 맛보았다.

라피스라즐리 상점을 나온 다음, 산티아고 시 전체를 조망할 수 있는 언덕 위의 시민공원으로 올라갔다. 그 정상에는 프랑스에서 칠레의 독립을 축하하여 기증한 것이라는 흰색의 대형 마리아상이 서 있었고, 그 아래의 제단에는 교황 요한 바오로 2세가 이 도시를 방문했을 때 기증한 큼지막한 성서가 유리 상자 안에 넣어 보관되어져 있었다. 마리아 상의 규모는 세계최대라고 했다. 그 정상에 올라 사방을 조망해 보니 이 도시가 자리한 분지가 매우 넓어 수도가 될 만한 터전임을 잘 이해할 수가 있었다. 정상에서 200여 개의 계단을 내려온 지점에 있는 광장의 상점에 들러 말린 복숭아에다 보리와 물을 섞은 이 나라 특유의 음료수를 맛보았다.

언덕의 시민공원을 내려온 다음, 우리는 바리오 벨라비스타 지구의 봄베로 누네즈 174번지에 있는 아리랑이라는 상호의 한식점으로 이동하여 생선회와 쇠고기볶음 등으로 저녁식사를 들었다. 산티아고에는 한식점이 일곱 군데 정도 있다고 한다.

식사를 마친 다음, 도시를 가로질러 흐르는 강물 아래에다 뚫은 지하도로와 공항로를 경유하여 공항으로 이동하여 출국수속을 밟았다. 밤 10시 35분에 출발하는 LAN 항공에 올라 3시간 40분을 비행하여 다음날 오전 12시 15분에 페루의 수도 리마에 도착하였다. 페루 시간은 아르헨티나나 칠레에 비해 두 시간 늦고, 시카고에 비해서는 한 시간이 빠르다. 리마 공항에서는 현지여행사 주인인 지수일 씨 부인의 영접을 받아 산 이시드로 지구의 리베르타도레스 490번지에 있는 호텔 포사다 델 잉카의 3층 방에 들어 비로소 샤워를 하고서 밤 2시가 넘어 취침하였다. 호텔 방은 비교적 넓으나 설비는 투박하였다.

18 (일) 맑음

남미 여행의 11일째. 잉카제국의 수도였던 쿠스코로 가는 날이다. 8시에 호텔을 떠나 리마 공항으로 향했다. 간밤에 잠은 다섯 시간 정도 잤던 셈이다. LA에 거주하며 한 주 동안 페루만을 여행하는 모녀가 어제 도착하여 우리 내외와 합류하였으므로, 모처럼 일행이 가이드를 제외하고서 네 명으로 되었다. 그 어머니는 처녀 때 미국으로 건너와서 35년 정도를 거주하고 있는 시민권자였고, 딸은 캘리포니아대학교 데이비스校 4학년생으로서 철학과 영어를 전공한다고 했다.

오전 9시 50분 발 LAN 항공으로 리마를 출발하여 1시간 15분 후인 11시 5분에 쿠스코 공항에 도착하였다. 그러나 공항에 나와 우리를 마중해야 할 서울여행사의 주인 지수일 씨가 보이지 않았고, 한참을 기다려도 나타나지 않으므로 내가 전화를 걸러 공항 안에 다시 들어가 있는 사이에 지 씨 대신 쿠스코의 산 아구스틴 거리에서 아리랑한식점을 경영하는 南勝學(야고보) 씨가 나타났다. 지 씨의 건강 상태가 좋지 않아 자기가 대신 나왔다는 것이었다. 남 씨는 쿠스코에 거주하는 유일한 한인이다.

봉고 차를 타고서 쿠스코 시내의 산 아구스틴 호텔 체인에 속한 인터내셔널 호텔에 도착하여 지수일 씨를 만났다. 그는 근자에 SK그룹의 전회장이자 전경련 회장을 지내기도 했던 손길승 씨 일행을 맞아 안내하느라고 신경을 쓴데다가, 어제 술을 과하게 마신 후로 건강 상태가 좋지 못하다고 한다. 그와 함께 먼저 쿠스코의 중심지인 무기의 광장(Plaza de Armas)으로 이동하여 광장에 면한 2층 식당에서 현지식으로 점심을 들었다. 빠리야다라고 하는 아사도 비슷한 요리인데, 페루 전통음식과의 퓨전이라고 했다.

점심을 든 후 무기의 광장 일대를 둘러보았다. 산티아고의 경우와 마찬가지로 스페인 식민도시 건설의 구심점이 된 곳이다. 잉카제국 시대에도 여기가 광장이었다고 한다. 그러나 정복자인 스페인 사람은 잉카의 흔적을 철저히 제거하고서 광장의 규모도 많이 축소하여 그들이 좋아하는 정방형 구조에다 맞춰나갔던 것이다. 광장은 한가운데에 분수가 있고,

주위에는 대성당과 성당 등 유럽의 여러 건축양식과 아랍식이 섞인 스페인 양식의 건물들이 에워싸고 있다. 다만 건물 뒤쪽의 벽 하부에는 잉카제국 당시의 것들이 제법 남아 있었다. 이 나라가 칠레나 아르헨티나 등 스페인이 지배했던 다른 국가들과 눈에 띄게 다른 점은 원주민인 인디오의 모습을 지닌 사람이 매우 많다는 점이다.

페루의 인구는 2500만인데, 그 중 40%가 인디오이고, 메스티조가 45%이며, 백인 10%, 기타 동양계가 5% 정도이다. 현재 페루 정부는 모든 통계에서 인종적 구분을 금하고 있으므로, 이 자료는 그 이전 1970년대의 것이다. 그런데 인디오로 분류된 인구 가운데도 실제로는 혼혈된 사람의 비중이 상당하므로 사실상 전체 인구의 10% 정도 비율에 지나지 않는다. 한국 교민은 약 1,000명 정도 있다. 페루의 국민소득은 작년 자료에 의하면 $2,400이었으나 현재는 그보다 낮을 것이라고 한다.

쿠스코는 해발 3,350m이며, 오늘 밤 우리가 묵을 서북쪽으로 57km 떨어진 거리의 휴양지 우루밤바는 해발 2,840m이다. 잉카인들이 이처럼 안데스 산중의 높은 곳에다 수도를 건설한 것은 그들의 최고신인 태양신에게서 조금이라도 더 가까운 곳에 있기 위한 것이라고 한다. 잉카는 태양의 아들이라는 뜻이고, 쿠스코는 배꼽이라는 뜻이다. 쿠스코란 세상의 중심이자 태양신과 탯줄로 연결된 관계임을 나타낸 말이다. 이처럼 고산지대에서 생활해 왔기 때문에 잉카제국 당시나 지금이나 인디오의 피부는 까무잡잡하고 키가 작으며 안짱다리가 많다. 또한 자외선으로부터 머리를 보호하기 위해 두 줄로 땋은 머리카락 위에다 여자들은 대부분 가운데가 높은 중절모 같은 모자를 쓰고 울긋불긋한 원색의 옷이나 숄을 걸쳤으며, 페티코트처럼 사방으로 벌어진 치마를 입고 있다. 그들의 언어인 께추는 우리와 같은 우랄알타이 계통의 퉁구스어라고 하니, 원래는 서로 가까운 민족이었음을 알 수 있다. 잉카의 멸망 이후로도 스페인어 대신 께추어를 쓰는 사람들이 지방에는 더러 있다고 한다.

잉카라는 나라는 13세기 초에 성립된 것이므로, 흔히 말하는 바와 같은 고대잉카제국이란 존재하지 않는다. 결승문자 외에 체계적인 문자를 미처 만들기도 전에 갑자기 멸망하였고, 정복자인 스페인인들이 그들의 문화유산을 철저히 약탈 파괴하였으므로 그 역사를 자세히 알기는 어렵다. 원래는 부족국가였다가 제9대 황제 때 영토를 크게 확장하여, 북쪽으로는 오늘날의 베네수엘라에서부터 남쪽으로는 아르헨티나 일부에까지 이르며, 아마존 유역의 밀림을 제외한 남미의 광대한 지역을 지배하는 대제국을 건설하였다. 그러므로 9대 황제 빠차꾸뗵의 즉위년도인 1448년부터 13대 황제 아타활파 때 제국이 멸망하기까지 시기의 잉카 역사에 대해서는 여러 학자들의 견해가 일치하고 있다.

1532년에 프란시스코 피사로가 스페인 정부의 허락을 받고 파나마 지역 대주교의 재정적 지원을 얻어 177명의 원정대를 이끌고서 파나마와 콜롬비아를 거쳐 지금의 페루 땅으로 들어왔다. 그는 리마 북부 안데스의 까자마르까를 근거로 하여 당시 반란을 일으켜 권력을 장악한지 얼마되지 않은 마지막 황제 아타활파를 그 근거지에서 사로잡아 1533년에 제국의 수도인 쿠스코에 입성함으로서 잉카제국이 멸망하게 된 것이다. 스페인 정복자는 그 후 대리통치를 위해 세 명의 인디오 황제를 교대로 세웠고, 마지막으로는 인디오 자신이 세운 황제도 있었지만, 그들이 제국을 되찾지는 못하였다. 멸망할 무렵 여자와 아이를 제외한 잉카제국의 인구는 800만 정도였고, 수도인 쿠스코의 인구는 20만 정도였으며, 평균수명은 30대였다. 아타활파 왕은 군사에 능하였을 뿐 아니라 5만 명의 정예군을 거느리고 있었고, 쿠스코에 주재하는 군대까지 합하면 20만 정도의 병력을 보유하고 있었음에도 불구하고, 불과 두 시간 만에 소수의 스페인 병력에 의해 7,000명의 인디오가 살해되었는데도 스페인 군에는 사망자가 없었을 뿐만 아니라 부상자도 없었다고 한다. 당시의 세계적 수준으로 보더라도 다른 문명권에 그다지 뒤지지 않을 정도로 고도의 문명을 지녔던 대제국이 그처럼 허무하게 무너진 것은 잉카인들이 총과 대포 및 말을 지닌 백인들을 자기네 종교상 네 번째 서열인 천둥 번개의 신으로 간주하여 대항하지 않았기 때문이라는 설이 있다.

영토를 기준으로 보면 잉카인들이 아메리카 대륙에서 가장 넓은 제국을 건설하였지만, 시대적으로 볼 때 최초의 제국을 일으킨 것은 중미 지역의 마야 사람들이었다. 마야 문명은 기원전으로부터 8세기까지 지속하였고, 마야제국을 멸망시킨 똘떼까 족은 그 문명에 대해 별로 관심을 기울이지 않았는데, 그 후 12세기 말 북미 지역에서 일어난 아즈테카 족이 마야 문명을 전반적으로 계승하여 오늘날의 멕시코 지역을 중심으로 남미의 잉카와 나란히 대제국을 건설하였다. 이 역시 스페인 침입자인 코르테즈에 의해 잉카보다 조금 앞서 1521년에 멸망하였다.

사병을 조직하여 잉카제국을 무너뜨린 피사로는 문자를 해독하지 못하는 무식한 사람이었다고 한다. 그는 스페인 본국과 파나마 대주교에 대해 커다란 금전적 부담을 지니고 있었기 때문에, 금으로 덮어씌운 잉카제국의 여러 건축물 내부 벽 등을 모두 떼 내어 녹여서 금괴로 만든 다음 본국으로 보냈다. 피사로의 정복 이후 60년 동안 페루 지역에서 스페인으로 운반된 금의 총량은 1200만kg으로서, 이 막대한 양의 금은 당시의 유럽 경제에 커다란 영향을 미쳤을 뿐만 아니라 결과적으로는 스페인 조정의 방만한 재정을 조장하여, 마침내 스페인의 무적함대가 영국에 패하고 유럽의 패자 지위를 상실하게 되는 하나의 원인을 제공하기에 이르렀던 것이다. 16세기 이후의 오랜 스페인 식민통치로 말미암아 오늘날 페루 인구의 90% 이상이 가톨릭 신자로 되었다고는 하나, 그들의 신앙은 습관적인 것으로서 그 속에는 잉카 시대 고유종교의 잔재가 많이 남아 있다.

우리는 도심 자체가 유네스코 세계문화유산으로 지정되어져 있는 쿠스코의 시가지를 걸어 여기저기에 남아 있는 화강암을 정교하게 다듬어서 쌓은 벽들을 둘러보며 태양의 신전으로 이동하였다. 벽들 중에는 12각의 돌로 된 것이 있는가 하면 잉카인들이 지상의 영물로서 숭앙했던 퓨마의 모습을 갖춘 것도 있었다. 태양의 신전은 잉카제국의 주신인 태양신을 제사하던 곳인데, 그곳은 정복 후 피사로의 동생이 차지하게 되었고, 이어서 가톨릭에 기증되어 산토도밍고 성당으로 변모되었다. 가톨릭교회 측은 잉카의 신전을 허물고서 그 자리에다 유럽 양식의 성당을 세웠으나, 잉카인이 만든 견고한 축대의 상당 부분은 남겨 두었는데, 이 지역에 잦은 지진으로 말미암아 성당이 크게 파손되자 그 축대 부분이 드러나게 되었고, 지금은 성당 내부를 박물관으로 꾸며두고 있다. 잉카 인들은 죽은 사람이 내세에 다시 환생한다고 믿고 있었으므로 제국 당시의 황제들은 자신의 개인 저택 외에 별도의 궁전을 만들지 않았다고 하는데, 그 황제의 저택들은 정복 후 스페인 고위층의 소유로 되어 모두 사라져 갔다.

태양의 신전을 끝으로 오늘의 쿠스코 관광 일정을 일단 마치고서 나머지 유적 탐방은 모레로 미루었다. 산 아구스틴 인터내셔널 호텔의 로비에 잠시 머물다가 지 씨의 인도에 따라 도시 뒤쪽의 산등성이를 넘어서 친체로 마을을 거쳐 우루밤바로 이동하였다. 이동하기 전에 지수일 씨는 오늘이 일요일임을 깜박 잊고 있었다면서, 다음의 일정을 위해 기차표와 호텔비 국립공원 입장권 등의 비용을 지불하려면 $500 정도의 돈이 필요한데, 오늘은 금융기관의 휴무일이므로 일행 중 누군가가 돈을 좀 빌려주고 가이드 팁도 미리 주었으면 좋겠다는 것이었다. 내일 돌려받기로 하고서 내가 $200을 빌려 주었다. 가이드 팁에 대해서는 페루에 오고 가는 날을 하루로 계산하여 각자 6일 분의 팁을 달라고 하였다. 그러나 우리 내외는 페루로 이동한 어제 분의 팁은 이미 산티아고의 가이드에게 지불하고서 오늘 한밤중인 오전 12시 15분에 리마에 도착하였으며, 미국으로 돌아가는 날인 23일은 오전 1시 20분 비행기이므로 가이드와는 22일 밤에 작별할 것이니, 실제로 페루에 체재하는 시기는 5일 뿐이다. 그러므로 그의 이러한 요구는 부당하다고 생각했지만, 우리 팀의 인원이 적어 그에게 주어지는 돈의 액수가 적을 뿐 아니라, 몸이 불편함에도 불구하고 동행하여 수고해 주는 데 대한 성의의 표시로서 우리 내외 두 사람의 6일분 가이드 팁 $120을 미리 지불하였다. 지 씨는 한국의 대학에서 섬유공학을 전공하여 섬유무역에 종사하다가 코스타리카로 진출하였으며, 섬유산업으로 한 때 거기서 천 명 이상의 종업원을 거느리기도 하였으나, 사업에 실패하여 빈털터리가 된 후 페루로 이주해 생활한 지 10년 정도된 사람이다. 페루와 잉카 전반에 대해 꽤 정통해 있었다.

우리가 우루밤바로 이동하는 도중의 안데스 산중에서 인공으로 식수하여 키 크게 자란 유칼리나무의 숲을 여기저기서 볼 수 있었다. 유칼리나무는 건조한 지역에서도 잘 자랄 수 있는 유일한 수종이므로, 내가 캘리포니아의 샌프란시스코 일대를 여행했을 때도 이 나무를 가로수로 심어 놓은 것을 많이 보았다. 또한 재를 넘어서니 산을 내려가는 2차선 포장 도로 주변의 언덕 일대와 양측이 높은 산들로 가로막힌 우루밤바 강변의 계곡이 온통 감자밭이었다. 우루밤바는 페루에서 발원하는 아마존 강의 가장 상류 중 하나에 해당하는 우루밤바 강이 흐르는 일대의 계곡에 산재한 마을들 중 가장 큰 것이며, 내일 일정인 마추픽추로 나아가는 중간지점이다. 우루밤바 강은 그것이 시작된 고장의 이름을 취해 빌카노타 강이라고도 부른다. 강을 낀 들이 넓고 비옥하여 잉카제국 시대의 수도 인구가 이 일대에서 생산되는 농산물로써 충분히 먹고 살 수 있었으므로, 이 강 일대를 신성한 계곡이라고 부른다.

우루밤바에서 우리가 투숙한 곳은 산 아구스틴 호텔로서 쿠스코에서 우리가 몇 차례 들렀던 호텔과 같은 체인이었다. 넓은 터에 인디오 양식을 가미한 단층 건축에다 2층 건물도 있었고, 정원에는 국화 등의 꽃이 만발해 있었다. 우리 내외는 115호실에 들었다.

19 (월) 맑음

남미 여행의 12일째, 페루 여행의 하이라이트라고 할 수 있는 마추픽추로 가는 날이다. 조식을 든 후 아내와 둘이서 넓은 뜰에 국화꽃이 가득한 호텔 정원을 거닐다가 정원 건너편 구석에 있는 기념품점에 들러 알파카 털로 짠 판초 모양의 인디오 상의를 처의 선물용으로 두 개 샀다.

오전 9시 반이 넘은 느지막한 시간에 호텔을 출발하여 어제의 봉고차를 타고서 우루밤바 강의 물줄기가 흘러가는 방향으로 신성한 계곡을 따라서 내려갔다. 계곡 양안의 좁은 들에는 옥수수 밭이 많았고, 역시 곳곳에서 유칼리 숲을 볼 수 있었다. 안데스의 눈 녹은 물이 이처럼 산중의 계곡을 따라 흘러내리면서 바위에 부딪히고 땅을 깎으므로, 물살은 격류이고 강물 빛은 황토색이었다. 아마존의 본류가 황토색인 것은 이런 까닭이다. 우리는 기차로 갈아타기 위해 우루밤바에서 19km 거리인 기차역이 있는 해발 2,750m의 오얀따이땀보(Ollantaytambo) 마을에서 하차하였다. 잉카 시대에 강의 하류 쪽에서 올라오는 외적을 방어하기 위한 방어시설이 남아 있고, 교통의 요지로서 역원이 있었던 곳이다.

이 마을에서 우리는 가이드 池洙一 씨의 안내에 따라 잉카 시대에 정교하게 쌓은 석축 담이 그대로 남아 있는 마을 안으로 들어가 어느 민가에 들렀다. 그 민가의 오른쪽에 있는 우중충한 건물로 들어가니, 문 맞은편 벽에 제단이 마련되어져 있었다. 거기에는 온갖 잡신과 손바닥만 한 크기의 남근석 등을 모셔두었고, 감실의 위 부분에는 해골 몇 개와 예수의 초상이 있었다. 감실 아래의 받침대에는 각종 옥수수 및 감자 말린 것 등을 담은 제물이 바쳐져 있었다. 그 방의 흙바닥에는 햄스터 비슷하게 생긴 꾸이라는 동물이 우글거리고 있었다. 어제 우리가 먹은 음식에도 이 꾸이가 들어 있었다고 한다.

그 옆 건물 안으로도 들어가 보았다. 남자들과 어린이 몇 명이 거기서 식사를 하고 있었는데, 그 출입문 맞은편 벽에도 마찬가지로 해골 및 예수상과 온갖 잡신을 모신 제단이 있고, 방바닥에는 꾸이의 무리가 있었다. 페루는 그 국토의 남북을 종단하는 안데스산맥을 주축으로 하여 중앙의 산악지대와 태평양 연안의 사막지대, 그리고 산악 건너편 아마존 강 연안 밀림지대의 세 부분으로 이루어진 나라이다. 그러므로 지금까지 거쳐 온 평원에 위치한 남미의 다른 나라들처럼 목축업이 성하지는 않아 고기가 풍부하지 못하다. 이 꾸이라는 동물은 잉카 시대로부터 산악지대 주민들에게 주요한 단백질의 공급원이 되어 왔다. 이 집에서는 방문하는 관광객에게 토산품을 팔기 위해 자기네의 생활공간을 개방해 두는 것이었다.

마을 끝 쪽 피라미드 모양의 거대한 돌계단이 있는 곳으로도 가 보았다. 이곳에 잉카제국 역원이 있었을 당시의 방어 시설이었다. 잉카제국이 멸망한 이후 스페인에 의해 허수아비로 세워진 황제 망꼬잉까는 정복자

측에 붙은 자신의 부하들로부터도 감시를 받고 있었다. 그는 기회를 엿보아 탈출하여 추종하는 무리와 함께 여기로 와서 머물고 있었다. 스페인 군대가 와서 보고는 공략하여 성공하기가 어려울 것으로 판단하고서 철군했는데, 그 돌아가는 군대를 습격하여 다대한 피해를 입혔다고 한다. 그는 이후 이곳을 떠나 일시 비뚜꼬스로 기지를 옮겼다가, 다시 빌까밤바로 옮겨 거기서 스페인군의 기습을 받아 저항운동의 최후를 맞이하였다.

우리는 오전 10시 30분에 오얀따이땀보 역을 출발하는 페루 철도의 관광용 기차를 타고서 우루밤바 강을 따라 계속 내려가 해발 2,000m의 마추픽추(아구아스 깔리엔테스라고도 한다) 마을에 도착하였다. 관광열차의 종점인 셈이다. 페루 철도의 일반열차 노선은 강을 따라 더 계속되는 모양이다. 이 철도는 1905년에 강 하류 지역의 광물 등을 실어 나르기 위한 산업용 노선으로서 개통되었는데, 마추픽추 관광객이 늘어나자 쿠스코에서 마추픽추에 이르는 구간을 관광열차로 전환한 것이다. 열차의 천정 일부에도 창을 달아 바깥의 산세를 조망하기에 편하게 하였고, 도중에 간단한 음료수와 간식도 제공되었다. 우리는 이곳으로 오는 도중에 세계 3대 트레킹 코스의 하나라고 하는 마추픽추 트레일을 포터를 대동하고서 걸어가고 있는 사람들과 강 건너편 산 중턱의 잉카 시대 이래로 천일염 제조 장소라는 허옇게 변색된 땅도 바라보았다.

온통 관광객 상대의 토산품 판매 시장으로 되어 있는 마추픽추 마을에서 버스로 갈아타고서, 꼬불꼬불한 산길인 1차선 비포장도로를 계속 올라가 해발 2,400m의 페루 국립공원이자 유네스코 세계문화유산으로 지정되어져 있는 마추픽추 꼭대기에 다다랐다. 히말라야를 연상케 하는 도로와 산세였다. 사진과 TV를 통해 익히 보아온 장소에 오늘 드디어 올랐다. 마추픽추 성채의 주위는 우루밤바 강과 거의 90도 각도로 깎아지른 고산들이 에워싸고 있어 산천의 기운을 느낄 수 있었다. 관광도로가 개설되기 전에 이 산중의 도시로 오기 위해서는 건너편 능선의 '태양의 문(Puerta del Sol)'이라고 불리는 재를 통과할 수밖에 없었다.

마추픽추는 1911년에 미국 예일대학 교수였던 하이람 빙엄에 의해 발견되어 처음으로 학계에 소개되었다. 현지 주민 세 사람의 도움을 받아 태양의 문을 통해 밀림으로 뒤덮인 이 성채로 들어왔다. 그는 이곳을 발견한지 얼마 후 잉카제국 멸망 이후 저항의 거점이었던 비뚜꼬스와 잉카제국 최후의 임시수도였던 빌까밤바도 발견했지만, 그곳들의 유적이 이곳에 비해 상대적으로 초라했기 때문에 여기를 빌까밤바라고 소개했다. 그는 이 업적으로 큰 명성을 얻어 후일 상원의원으로 진출하기도 했다. 그러나 이후 방사선 동위원소 측정 등의 고고학적 방법에 의해 이 공중도시는 잉카 제국 이전 시기부터 존재했었던 것임이 확인되었기 때문에 오늘날 학계에서는 그의 설이 오류였다는 것이 정설로 되어 있다.

하이람 빙엄이 이곳을 발견했을 때 이곳은 스페인 침입 이후 400여년 동안 사람이 살았던 흔적이 없었다. 그는 이 공중도시의 벌목 제초 작업에 2년의 시일을 소비했다고 한다. 그는 원래 베네수엘라 출신으로서 아르헨티나를 독립시킨 호세 산마르틴과 더불어 남미 전체의 독립에 중심적 역할을 한 시몬 볼리바르의 정치철학을 연구하기 위해 페루를 방문했던 것이었다. 그는 여기서 180여구의 인골과 깨어진 도기 몇 편을 발굴하여 그것을 미국으로 가져갔으며, 그가 발굴한 유물들은 현재도 예일대학에 소장되어 있다. 그 때 발굴된 인골들이 모두 여자의 것이었기 때문에 그로 말미암은 여러 가지 추측도 있으나, 아직 정설은 없다. 성채의 기원은 더 오래지만, 어쨌든 잉카제국 시절에 현재와 같은 형태로 완성된 것만은 확실하다. 아마도 잉카 족이 강 하류 지역의 안띠 족을 정복한 이후 그곳과 쿠스코와의 중간 거점으로서 건설한 것이 아니었을까라고 추측되기도 한다. 잉카 당시 이곳에 거주할 수 있었던 인원은 최대 2,000명을 넘지 않았을 것으로 간주되고 있다. 노르웨이의 인류학자 헤이르 달은 잉카 제국의 멸망 이후 그 유민들이 안데스의 강물을 따라 태평양의 폴리네시아로 이주했다는 설을 제창하기도 하였다.

마추픽추를 내려온 후 16시 45분 기차로 오얀따이땀보 마을로 돌아온 다음, 밤 운전이 서툰 현지인 기사 대신 지수일 씨가 직접 봉고차를 운전하여 올 때의 코스를 경유하여 밤길로 쿠스코에 돌아왔다. 밤하늘의 별들이 찬란하였다. 우리는 아리랑식당에서 늦은 저녁식사를 든 후, 산 아구스틴 인터내셔널 호텔에 투숙하였다. 우리 내외에게는 258호실이 배정되었다.

마추픽추 역에서 한국인 배낭여행자인 金志源 씨를 우연히 만나 그녀도 우리 차를 타고서 함께 왔다. 그녀는 저녁식사를 든 후 다른 숙소로 갔는데, 내일 일정도 우리와 함께 할 것이라고 한다. 서울 분당의 정자동에 사는 30대의 프리랜서 그래픽 디자이너로서 멕시코를 거쳐 페루로 왔는데, 2개월 간 칠레, 볼리비아, 과테말라를 포함한 중남미 5개국을 여행할 것이라고 한다. 과거에도 약 5년 간격으로 유럽 5개국과 터키·그리스를 여행한 적이 있었으며, 이번이 세 번째라고 했다. 그녀는 나흘 동안의 마추픽추 트레킹을 마치고서 버스를 타지 않고 걸어서 역까지 내려왔다가 우리와 만나게 된 것인데, 오전 4시 이후로 아무것도 먹지 못했다고 한다.

20 (화) 대체로 맑으나 곳에 따라 비

여행 13일째.

오전은 쿠스코 시 변두리의 이른바 4대 유적지를 둘러보고, 오후에는 봉고 차로 6시간 정도 이동하여 해발 3,850m 되는 티티카카 호반도시 뿌노에 이르렀다. 4대 유적지 또한 국립공원으로 지정되어져 있다.

4대 유적지 중 첫째로 꼽히는 삭사이와만은 께추어로 '배부르게 먹은 매'라는 뜻이라고 한다. 잉카 멸망 후 허수아비 황제 망꼬잉까는 탈출하여 어제 들렀었던 오안따이땀보 요새에 진을 치고 있다가, 퇴각하는 스페인 군을 추격하여 크게 섬멸하였다. 그는 쿠스코의 동북방을 지키는 요새인 이곳까지 적을 추격하여 수도 전체를 내려다 볼 수 있는 지리적 요지를 차지하였다. 그리하여 화공법을 써서 도시를 불바다에 빠트리기도 하였다. 그러나 전투 중 날이 저물어 해가 지자, 그는 태양신의 가호 없이는 싸울 수 없다하여 전투 중지를 명령하였는데, 그 날 밤 스페인 군의 야습으로 1,000명 정도의 군사를 잃고서 비뚜꼬스로 퇴각하였다. 그 이후 멸망한 나라의 부흥운동은 이렇다 할 성과를 거두지 못하였다. 배부르게 먹은 매라는 뜻의 명칭이 이 전투에서 그가 많은 군사를 잃었고, 그 시체를 매가 뜯어먹었기 때문이라는 설도 있지만, 그렇지 않은 설명도 있다. 잉카의 부흥운동이 성공하지 못한 것은 잉카족과 피지배민족을 철저히 구분한 계급사회였으므로, 광범한 민중적 지지를 얻지 못한 것도 그 중요 원인이라고 한다.

잉카 수도인 쿠스코 시의 본격적인 건설은 제국의 기반을 마련한 9대 황제 때 이루어졌다. 도시 형태는 전체적으로 신성한 동물인 퓨마의 형상을 본떴는데, 이곳은 그 머리 부분에 해당한다. 여기에다 천둥 번개의 신 꼰을 상징하여 거대한 돌을 지그재그 식으로 쌓았다. 이 돌들은 부근에서 나는 것이 아니고 13km 떨어진 곳에서 운반해 온 것이라고 한다. 그러나 스페인의 정복 이후, 이곳에 있는 건축물의 돌들을 운반해 가 쪼개서 쿠스코 시의 길바닥을 까는 재료로 사용했기 때문에 지금은 전체의 반도 안 남았으나, 그런대로 양호한 보존 상태를 유지하고 있다.

1970년대에 여기서 제관의 유적이 발견되었으므로, 오늘날은 요새 겸 제례를 행한 장소로 인식되고 있다. 1960년대에 잉카의 태양제가 부활되어 매년 6월 24일에 여기서 제례가 행해지는데, 그 때는 5만 명 정도의 사람이 참여한다고 한다.

성채의 언덕에는 지휘소가 두 개 설치되어져 있다. 우리는 거기에 올라가 쿠스코 시가의 전경을 조망하였다. 이곳은 해발 3,600m 정도 되는 장소로서, 삭사이와칸은 4대 유적지 가운데서도 규모가 가장 커 첫째로 꼽히는 장소이다. 4대 유적지는 서로 그다지 멀리 떨어지지 않은 장소에 산재해 있었다. 잉카를 처음 침입한 짱까 족이 동북방에 존재하고 있었으므로, 이 요새는 그들을 견제하는 의미도 가지고 있었을 것이다.

우리가 두 번째로 찾아간 껜고는 대지의 신을 모신 제단이라고 한다. 이는 께추어로 '지그재그'라는 뜻이라고 하는데, 안팎의 구조가 좀 복잡하게 되어 있다. 커다란 하나의 자연석을 쪼아 만든 제단이 밖에도 있고, 내부의 인공적으로 조성한 동굴에도 있다. 동굴에서는 잉카의 황제가 임석하여 풍년을 비는 제사를 지냈으며, 바깥의 바위 위에서는 풍년이 될지 흉년일지를 점치는 장소가 마련되어져 있다. 마야나 아즈텍 문명에 비해 잉카 문명에는 인신공양이 적었던 것이 큰 특징이다. 12월 21일 동지에 여기서 제례를 행했다고 한다.

세 번째 유적지인 땀보마차이로 이동하는 도중, 민가의 지붕 위에 소의 토우를 만들어 올리고 십자가도 아울러 올린 것을 바라보았다. 그런 집이 여러 채 있었다. 여기서도 가톨릭과 전통 신앙이 혼합된 양상을 엿볼 수 있다. 땀보마차이는 '잉카의 성스러운 샘물'이라는 뜻이라고 한다. 제례를 올리기 전 제관과 황제가 와서 목욕했던 장소라고 한다. 수원지를 알 수 없는 샘물이 연중 일정하게 흘러나오므로 그것을 받아 쓸 수 있는 장치가 되어 있었다. 역시 돌로 만든 구조물이었다. 그 맞은편 건너편에는 와까라고 부르는 석축으로 만든 문이 보였다. 이런 구조물은 쿠스코 일대에 많이 산재해 있으며, 그 용도는 곡물의 보관이었다고 한다. 와까와 비슷한 와께로는 께추어와 스페인어의 합성어인데, '신전을 들락거리는 자' 즉 도굴꾼의 의미라고 한다.

4대 유적지 중 마지막으로 들른 곳은 푸카 푸카라였다. 께추어로 '붉은 요새'라는 뜻이라고 한다. 쿠스코의 동남방을 지키는 요새이자 역으로서의 기능도 하였다. 카스키라고 불리는 잉카제국의 전령사가 경유하는 곳인데, 그 규모나 석축의 정교함은 삭사이와만보다 못하였다. 잉카의 도로는 24,000km에 달하는 것으로서, 로마나 몽고의 도로와 더불어 세계문명 사상에 보기 드문 것이다. 전령사들이 그 영토의 구석구석을 달리며 중앙정부의 명령을 전하고 있었다.

우리는 쿠스코 시내로 돌아와 먼 여로에 대비하여 차를 점검하는 동안 아리랑식당에서 점심을 들었다. 거기서 김지원 양과도 다시 합류하였다. 김 양은 내일의 티티카카 호 관광 일정에도 우리와 동행하기를 원하고 있었다.

우리는 가이드 지수일 씨가 운전하는 차를 타고서 안데스 산맥의 고원지대를 경유하여 페루 남쪽 끝 볼리비아와의 접경에 위치한 뿌노 시로 이동하였다. 지금까지 쿠스코 일대에서 우리가 이용한 벤츠 봉고차는 현지인 기사가 그 소유주라고 한다. 그는 34년간 경찰관으로서 근무하다가 2년 전에 퇴직한 사람이다. 쿠스코 시와 그 인근에서 우리는 한국 대우의 티코 차를 많이 볼 수 있었다. 택시는 대부분이라 할 정도로 특히 티코 차가 많았다. 그러나 대우 그룹이 망한 이후로 그 차를 구입한 사람들은 차 값을 제대로 지불하지 않고 있는 모양이다.

가는 곳마다에서 유칼리나무의 숲을 볼 수 있고, 소와 알파카, 심지어는 돼지까지 방목하는 농가의 모습을 볼 수 있었다. 알파카는 이미 대부분 털을 깎았는데, 이 나라 사람들처럼 순박하기 이를 데 없는 동물이었다. 옥수수와 보리 같은 것을 재배하는 밭도 더러 볼 수 있었으나, 해발 4,000m를 전후한 안데스 산지의 고원들은 대부분 황량하였다. 그러한 땅에는 이추라는 풀이 많이 자라고 있다. 키 작은 잡초인데, 줄기가 까칠까칠하여 이 나라 사람들이 새끼 같은 것을 쓰지 않고서 지붕을 이는데 사용한다. 이추는 해발 3,800m 이상의 고지대에서 자라며, 알파카의 최적 서식지는 3,800m에서 4,200m 사이이다.

우리는 오늘의 전체 코스 중 가장 고지대에 해당하며, 뿌노와 쿠스코의 경계를 이루는 고개에 도달하여 잠시 쉬었다. 나는 거기서 인디오 여인으로부터 미화 $10에 알파카의 털과 아크릴 섬유를 섞어서 짠 스웨터를 하나 구입하였다. 그곳은 해발 4,335m 지점으로서 아마존 강의 발원지 중 하나인 빌까노따 호수가 있었다. 지하 2,000m 지점에서 솟아나는 물이 호수를 이룬 것이라고 하는데, 여기서 흘러나온 물이 동쪽으로 가면 태평양을 만나고, 서북쪽으로 흐르면 아마존 강을 이루는 것이다. 우루밤바 강도 이 호수의 물에서 발원한다고 한다.

우리는 고저가 거의 없이 계속 펼쳐지는 안데스의 고원지대를 이동하여 훌리아카 시를 경유해 이미 밤이 된 시간에 오늘의 목적지 뿌노 시에 다다랐다. 대부분 초목이 서식할 수 있는 고도를 넘은지라 산들에는 풀과 나무가 없었다. 뿌노는 티티카카 호수에 면한 제법 큰 도시인데, 역시 무기의 광장을 중심으로 정사각형 블록 구조로 도시가 펼쳐져 있었다. 가이드가 예약해 둔 호텔은 다른 단체손님이 들어 호텔 전체를 사용하는 모양이므로, 우리 일행은 그 호텔과 체인 관계에 있는 다른 숙소로 옮겼으나, 시설이 만족스럽지 못하여 카사 안디나라는 다른 호텔에 들었다. 우리 내외에게는 304호실이 배정되었다. 근처에 있는 번화가의 양식당에서 늦은 저녁식사를 들고서 호텔로 돌아왔다. 이곳은 과거에 우리 가족이 히말라야의 힌두교 성지들을 방문했을 당시와 거의 같은 고도이므로, 폐활량이 부족한 나로서는 고산증세로 말미암아 숨쉬기가 힘들고 머리가 아파 고통스러웠다. 밤새 침대에서 끙끙 앓았다.

21 (수) 맑음

오전 8시에 호텔을 출발하여 부두로 이동하였다. 거기서 작은 동력선 한 대를 빌려서 티티카카 호수를 유람하였다. 우리가 잔 뿌노 시는 해발 3,870m에 위치해 있어 나는 오늘도 고산증세로 말미암아 계속 고생하였다. 그래서 틈만 나면 앉아서 쉬었다.

티티카카 호수는 1978년 이래 자연보호구역으로 지정되어져 있는 곳이다. 넓이는 8,500k㎡이고, 수심은 284m에 달하여, 동력선이 운항할 수 있는 호수로서는 세계에서 가장 높은 곳에 위치해 있다. 페루와 볼리비아의 국경을 이루고 있는데, 호수의 2/3에 좀 못 미치는 정도가 페루에 속한다. 두 개의 반도에 의해 감싸여져 있는 안쪽 호수를 뿌노 만이라고 한다. 우리는 그 만 안의 갈대를 이용하여 인공적으로 만들어진 우로스 섬들 중 칸타티 섬 등 몇 개를 방문하였을 따름이다.

우로스 섬이란 이 일대의 갈대 섬을 총칭하는 말이다. 잉카족 같은 지상의 강력한 부족을 피하여 들어온 우로스 인디오가 여러 세기 전부터 수심이 특히 얕은 이 만 안에 자생하는 갈대를 베어서 섬들을 만들고 또한 갈대로 배를 엮어 생활해 왔다. TV를 통해 이미 여러 차례 본 적이 있었는데, 오늘 마침내 직접 와 보게 되었다. 그들은 갈대로 엮은 바닥이 오래 되어 가라앉기 시작하면 새로 갈대를 엮어 좀 더 높게 깔기를 되풀이한다. 그래서 딛고 선 바닥이 좀 울렁거렸다. 우로스 족이 만든 배나 집들은 오직 이집트에서 그것과 유사한 사례를 발견할 수 있기 때문에, 노르웨이의 학자 헤이르 달은 일찍이 여기까지 답사하고서 이집트인 이주설을 제창한 바 있었다.

고도가 매우 높은 티티카카 호수에서는 햇빛의 자외선이 특히 강하여 우로스 여인들과 아이들의 얼굴이 모두 새까맣고, 모자를 계속 쓰고 있었지만 내 얼굴 피부도 곧 태워졌다. 남자들은 다들 어디로 갔는지 거의 보이지 않았다. 오늘날 좁은 공간을 가진 마을들에서는 원색의 전통복장에다 머리카락을 두 갈래로 땋아 등 뒤로 내리고서 채플린 식 모자를 쓴 아낙네들이 호수의 물고기를 잡고 관광객에게 약간의 기념품을 팔아 생계를 유지하고 있는 모양이다. 지수일 씨는 이미 그들과 친분이 있어, 어떤 아낙네는 그를 가리켜 자기 아이들의 아버지(대부?)라고 했다. 지 씨는 그들 각 마을을 방문할 때 자비를 들여 언제나 약간씩의 선물을 준비해 가는 모양이었다. 작은 초등학교 건물이 있는 어느 섬에 들렀을 때 학생의 모두인 듯한 열 명 정도의 어린이들이 몰려 와서 선생인지

모를 여인의 인도에 따라 지 씨가 가르쳐 준 '산토끼' '곰 세 마리' 등의 한국 동요를 포함한 노래들을 합창해 주었다. 우리는 갈대배를 타고서 뿌노 만 일대를 한 바퀴 돈 후, 다시 동력선으로 옮겨 타고서 부두로 돌아왔다.

뿌노의 어제 저녁식사를 들었던 양식당에서 점심을 들고서 김지원 양과 작별하였다. 그녀는 뿌노에 있는 영사관을 통해 비자를 얻어 거기서 볼리비아로 입국할 예정이라 한다. 우리는 지 씨의 인도로 다시 봉고차를 타고서 어제 왔던 길을 따라 뿌노에서 훌리아카의 공항으로 이동하였다. 훌리아카는 가난이 덕지덕지 묻어 있는 초라한 도시였다. 그러나 뜻밖에도 그곳 공항의 탑승구 앞 대합실에서 페루의 전통음악을 연주하는 남자 네 명으로 구성된 악사를 만났다. 그들의 하모니와 노래가 훌륭하여 아내는 약간의 돈을 주었고 나도 음악 CD 한 장을 샀다. 거기서 4시 25분에 출발하는 LAN 항공을 타고서 페루에서 두 번째로 큰 도시인 아레키파를 거쳐 2시간 40분이 지난 오후 7시 5분에 리마 공항에 도착하였다.

리마 공항에서 다시 지수일 씨 부인의 영접을 받았다. 도심의 교통 혼잡을 피해 태평양의 해변도로를 따라 시내로 진입한 후, 미라플로레스 구역 라 파즈 거리 685번지에 있는 한식점 고려정에서 저녁식사를 들었다. 식사 후 지 씨 부인의 안내에 따라 바란꼬 지구에 있는 해변 절벽 위의 상업 및 유흥 시설인 라르꼬마르로 나가 태평양의 밤 풍경을 구경하면서 산책한 후, 지난 17일 숙박했던 포사다 델 잉카 호텔의 304호실에 투숙했다.

22 (목) 대체로 맑으나 몇 차례 부슬비

제15일, 남미 여행의 사실상 마지막 날이다.

1,500년 전에 그려진 나스카의 지상화를 보고서 돌아와 미국으로 돌아가는 밤 비행기를 타기 위해 오전 6시에 리마의 호텔을 출발하였다. 리마에서 태평양 연안을 따라 칠레 땅으로 내려가는 도중에 위치한 나스카까지 가는 데만 편도에 6시간이 소요되며 왕복하는 데는 12시간이 걸리는

셈이므로 일찍 출발한 것이다. 출발 직전에 호텔 1층의 뷔페식당에서 식사를 하고 있는데, 오늘의 가이드를 맡아주기로 되어 있는 지 씨 부인이 나타났다. 그러나 그녀는 간밤에 우리와 함께 식사를 한 것으로 말미암아 배탈이 나서 도저히 함께 갈 수 있는 형편이 아니었다. 그녀는 평소 일정한 분량 이상의 식사를 하면 탈이 나므로 음식에 주의해 왔던 터인데, 간밤에는 부주의로 말미암아 그 양을 초과했던 것이다.

페루에서 5일간의 일정을 함께 했던 LA에서 온 교민 김혜정 한나미 모녀 중 UC 데이비스에 다닌다는 딸 나미 양이 마침 고등학교 때 스페인어를 제2 외국어로 선택한 바 있어 어느 정도 회화가 가능하므로, 그녀가 현지인 기사 옆의 조수석에 앉아 통역을 하게 되어 큰 불편은 없었다. 우리가 탄 봉고차가 리마 시의 교외 지역으로 접어들자 도로 변의 사막 곳곳에 빈민굴이 나타나기 시작했다. 남북한을 합한 면적의 6.2배에 달하는 국토를 지닌 페루에 인구는 2700만 명에 지나지 않는데, 그 중 과반수인 1500만 정도가 수도권인 리마 시와 그 주변에 거주하고 있다. 이 나라의 1인당 국민소득은 $2,000 수준에 지나지 않으며, 전체 인구의 10% 정도가 부자이고, 또 10%는 중산층, 나머지 80%가 빈민층에 속한다고 한다. 그러므로 절대빈곤 상태인 시골로부터 취직의 기회를 찾아 수도권으로 몰려드는 현상이 더욱 심하고, 그들이 무슨 대책을 마련해 가지고서 오는 것이 아니기 때문에, 수도 외곽의 사막 가운데 도저히 사람이 거주하는 집이라고는 할 수 없는 짐승의 우리 같은 움막을 엮어서 화장실도 없이 생활하고 있는 것이다. 지수일 씨의 리마 집에서도 이런 곳에 거처를 둔 현지인 가정부를 한 명 고용해 쓰고 있는데, 목욕을 거의 하지 않아 몸에서 악취가 난다고 한다.

리마가 이 나라의 수도로 된 것은 피사로가 잉카 제국을 멸망시킨 지로부터 불과 2년 후인 1535년이었다. 잉카의 수도인 쿠스코가 해발 3,400m 정도 되는 안데스 산중의 고원지대에 위치해 있어 고산병을 유발하기도 하므로, 새로운 식민지의 수도를 모색하고 있던 중에 사막 가운데 있는 이곳을 추천한 사람이 있어 그 권유를 따랐던 것이라고 한다. 그 후 리마는 급속히 성장하여 페루뿐만 아니라 에콰도르·볼리비아·칠레를 포괄하는 지역을 다스리는 스페인 총독(副王)의 처소로 되었다.

오늘 우리가 오고 간 태평양 연안 도로는 칠레와 아르헨티나 등지로 연결되는 것으로서 모두 사막지대에 속한다. 사막이라고 하지만 정도의 차이는 있어, 개중에는 더러 경작하여 농사를 지을 수 있는 밭도 널려 있고, 도시라고 하기는 어렵지만 어느 정도 규모가 큰 부락을 형성한 곳도 있다. 도로가에는 종려와 이뻬 나무가 특히 많았다. 우리는 절반 정도 지점인 피스코까지는 태평양 연안도로를 따라 갔고, 거기서부터 이까를 지나 목적지인 나스카에 이르기까지는 내륙의 사막 속을 달렸다. 도중에 우리가 식사할 만한 식당을 구하기 어려우므로, 달리는 차 안에서 지 씨 부인이 미리 준비해 준 김밥과 김치로 점심을 때웠다.

도로 변에는 내년으로 다가온 대선을 위한 선거운동 홍보물이 자주 눈에 띄었다. 대부분 벽에다 페인트로 글씨를 쓴 간단한 구호 같은 것이었다. 전임 대통령인 알란과 후지모리, 그리고 현직 대통령인 톨레도도 출마하는 모양인데, 알란과 후지모리는 모두 부정축재 혐의 등으로 기소된 바 있었다. 알란을 누르고서 당선된 일본계의 후지모리는 5년 임기를 두 차례 거쳐 3기째 출마했다가 현 대통령에게 패배한 후 그동안 계속 일본에 망명해 있었으며, 2006년 대선을 위해 칠레를 통해 입국을 시도하다가 현재 칠레에 억류되어 있는 중이다. 이러한 인물들이 다시금 대선에 도전할 수 있게 허용하는 정치 풍토가 이 나라 국민의 의식 수준을 말해주는 것이다.

나스카에 도착해서는 먼저 비디오로 미국에서 제작한 지상화에 관한 다큐멘터리를 한 편 시청한 후, 경비행기에 올라 40분 정도 사막의 평원 위를 비행하면서 지상에 그려진 고대인의 그림들을 둘러보았다. 그 일대의 사막 땅은 고대인이 그린 대형 그림들로 가득 차 있었는데, 그 중 보다 형태가 뚜렷하고 주목을 끌만한 그림들만을 골라서 둘러본 것이었다. 이 그림을 그린 사람들의 후예는 침입한 서양인이 지니고 온 천연두 등의 전염병으로 말미암아 지금은 절멸되었고, 이제 그들이 남긴 그림만이 세계인의 주목을 받아 유네스코 세계문화유산으로 지정되어져 있는 것이다. 겁이 많은 아내는 결국 경비행기를 타지 않았고, 나와 김혜정 씨 모녀만이 6인승 비행기에 올라 구경을 마쳤다.

밤중에 리마 시로 돌아온 후, 어제 들렀던 고려정에서 불고기로 늦은 저녁식사를 들었다. 곧 공항으로 이동하여 탑승 수속을 마친 뒤 지 씨 부인과 작별하였다. 아내 분의 경비행기 탑승 비용을 돌려주었지만, 우리는 그것을 받지 않고서 수고해 준 가이드 지 씨 내외와 오늘의 기사가 나눠가지라고 했다. 김혜정 씨 모녀는 우리보다 한 시간 쯤 먼저 아메리칸 항공 편으로 리마를 출발하여 텍사스의 댈러스를 거쳐 LA로 돌아가고, 우리 내외는 오전 1시 20분에 델타 항공 편으로 리마를 출발하여 올 때와 마찬가지로 애틀랜타를 거쳐 시카고로 돌아가게 된다.

23 (금) 맑음

우리는 한밤중 리마의 공항에서 엄중한 출국 및 미국 입국 수속을 거쳐 예정된 시각에 비행기에 탑승하였다. 중남미 쪽의 가난한 나라 국민들이 미국에 들어와 불법 체류하는 사례가 많고, 마약 등을 밀반입하는 사례도 있으므로 다른 나라들에 비해 출입국 심사를 특히 엄하게 하는 모양이었다. 브라질 같은 남미의 대국은 미국의 이러한 조처에 대응하여 호혜평등의 조건을 부여하지 않는 미국인 입국자에 대해서는 입국비자를 요구할 뿐 아니라 공항세도 더 받는다고 한다.

오전 1시 20분에 리마를 출발하여 6시간 39분 후인 7시 59분에 미국의 애틀랜타 공항에 도착하였고, 9시 55분에 다시 델타 항공의 비행기로 갈아타서 2시간 5분 후인 오전 11시 남짓에 시카고의 오헤어 공항에 도착하였다. 창환이와 회옥이가 링컨승용차를 가지고 공항으로 마중 나와 주었다. 애틀랜타에서 애팔레치아 산맥을 넘어 서북쪽으로 한참 날아가도 눈의 흔적은 보이지 않았으나, 비행기 속에서 노트북 컴퓨터로 일기를 입력하다가 문득 고개를 돌려 차창 밖을 내려다보니 지상이 모두 눈 천지였다. 그러나 시카고의 날씨는 예상했던 것보다는 훨씬 따뜻하였고 눈도 별로 많이 쌓이지는 않았다.

크리스마스 연휴를 맞아 창환이를 비롯한 누나의 세 자녀가 모두 시카고의 집으로 와 있고, 회옥이도 한 주쯤 전부터 방학으로 시카고의 누나 집에 와 있었다. 명아는 워싱턴 DC로부터 차를 운전하여 자기가 키우는 검은 개 벨라를 데리고 어제 도착하였다.

샤워를 마치고서 한동안 그들 및 누나와 대화를 나누다가 오후 네 시 남짓 되어 일찌감치 취침하였다.

24 (토) 맑음

12시간을 잤다.

오전에 창환이와 더불어 벨라와 맥스를 데리고서 눈 덮인 미첨 그로브를 산책하였다. 누나가 산소통이라 부르는 숲에서 샛길로 빠져 걸어보았는데, 그 길은 예전에 내가 맥스를 데리고서 다녀본 적이 있는 중북부 듀페이지 산책로와 연결되는 것임을 확인하였다. 돌아오는 길에 다시금 미첨 그로브를 경유하다가 풀밭에서 사슴 여덟 마리를 보았다.

점심 때 중국집 유스로 가서 조카들 및 창환이의 대부인 강 선생 가족들과 함께 회식을 하였다. 점심 값은 내가 지불하였다. 창환이와 더불어 블루밍데일의 게리 에브뉴에 있는 도미닉스라는 슈퍼마켓에 들러 크리스마스에 먹는다는 에그녹을 사 왔다. 서울의 천안문서점에서 이메일로 이 달 분의 도서목록을 보내왔으므로, 그 중 몇 권을 주문하였다.

저녁 무렵 거실에서 크리스마스이브 가족 만찬을 가졌다. 조카들의 사촌인 현숙이도 와서 함께 어울렸다. 그 중 아내와 회옥이 및 창환이는 누나와 더불어 밤늦은 시간에 김대건 성당으로 크리스마스이브의 미사를 보러 갔지만, 나는 술기가 제법 있었으므로 일찌감치 잠자리에 들었다.

25 (일) 흐림

새벽 여섯 시에 집을 출발하여 아이오와에 있는 트라피스트 수도원으로 향했다. 창환이가 운전을 하고 회옥이와 내가 동행했다. 오전 아홉 시 정각에 수도원에 도착했으나, 미사는 열시 반에 시작되었다. 미사를 마치고서 돌아오는 길에 창환이의 대부인 강 선생 댁에 잠시 들렀다. 수도원에서 토마스 머튼의 자서전『The Seven Story Mountain』한 권과 『Thomas Merton: Spiritual Master』를 각각 한 권씩 구입해 왔다. 돌아오는 길에 남북 전쟁 당시의 북군 사령관이자 후일 미국 대통령이 된 율리시즈 그랜트의 자택에도 들러 보았다.

남미 여행의 피로 탓인지 몸살 기운이 있으므로, 밤중에 명아가 사 온 칠면조 한 마리를 가지고서 크리스마스 만찬이 있었지만, 나는 참석하지 않고서 침대에 누워 전기담요로 땀을 뺐다.

27 (화) 맑음

인터넷을 통해 크리스마스 날 아이오와의 트라피스트 수도원으로부터 돌아오던 도중에 우리가 들렀던 미국 18대 대통령 율리시즈 심프슨 그랜트(1822~1885)의 유적지에 대해 알아보았다. 그 결과 그는 오하이오 주 포인트 플래전트에서 태어나 1843년에 웨스트포인트 사관학교를 졸업하였고, 1846년 멕시코 전쟁에 참가하였으나, 종전 후인 1854년에 상관과의 불화로 군을 퇴역하고서 6년간 민간인의 직업을 전전하였는데, 그 중 마지막으로 1960년에 이곳 갈리나에서 그의 아버지와 두 동생이 경영하고 있던 가죽제품 상점의 서기 일을 맡아보다가 1961년 남북전쟁의 발발로 다시 군에 지원 입대하게 되었음을 확인하였다. 이후 그는 출세가도를 달려 마침내 북군의 총사령관으로까지 승진하여 남군의 항복을 받아내었고, 1869년 3월 4일부터 1977년 3월 3일까지 2기에 걸쳐 대통령에 당선되었던 것이다.

28 (수) 부슬비

창환이와 더불어 맥스를 데리고서 미첨 그로브로 산책을 나갔다가, 그 서쪽 끝의 로즈데일 에브뉴로 빠져나와 구름다리로 레이크 스트리트를 건넌 다음, 로열 웨이를 따라 스프링필드 공원까지 갔다가 쉬크 로드를 따라서 돌아왔다. 돌아오는 도중에 올드 타운을 둘러보고서, 거기에 있는 블루밍데일 파크 디스트릭트 박물관에도 들렀다. 박물관은 내년도 전시를 위한 준비를 하고 있어서 내부를 구경하지는 못했는데, 박물관이라기보다는 수시로 각종 미술품을 교체하여 전시하는 화랑의 성격을 지닌 것이었다. 2006년도에는 박물관 내 두 개의 화랑에서 일곱 개의 전시회를 계획해 두고 있었다.

29 (목) 흐리고 때때로 부슬비

아침에 창환이와 함께 맥스를 데리고서 미첨 그로브로 산책을 나갔다가, 정식 입구를 거쳐 서클 에브뉴 쪽으로 빠져나와 그 맞은편의 스프링밸리 길을 따라 레이크뷰 공원으로 나아갔다. 거기서 공원 안쪽의 아파트 단지와 접한 호수 가 소로를 따라 들어갔는데, 도중에 길이 끊어졌으므로 빗물에 젖은 풀들을 헤치며 계속 나아갔다. 공원의 호수가 끝난 다음에도 스프링크리크 저수지와의 접경을 따라 몇 개의 호수가 더 있었다. 그 호수가 끝난 지점에서 스프링밸리 도로의 끝부분으로 빠져나왔다.

이 도로는 내가 일찍이 걸어본 적이 없었으나 멋진 풍치를 지닌 것으로서, 도로 부근 호수 일대의 공원 같은 땅이 모두 사유지였다. 우리는 스프링밸리 도로의 끝부분에서 다시 풀숲을 헤쳐 가까운 메다이나 로드로 빠져나온 다음, 스프링크리크 저수지로 들어가 안쪽 코스를 걸어서 공동묘지 쪽으로 빠져나왔고, 주유소 부근의 건널목과 서클 공원 내의 존스턴 레크리에이션 센터 옆을 경유하여 집으로 돌아왔다.

2006년

시카고에서 보낸 1년
F. 미국 서북부
G. 미국 동남부
H. 옐로스톤·러시모어
I. 멕시코
J. 미국 서부

1월

3 (화) 흐리고 부슬비

아내의 연세대학교 간호학과 조교 시절 석사논문 지도교수였던 현 이화여대 간호학과의 金秀智 교수가 아들이 사는 시카고 북쪽 레이크 카운티에 있는 디어필드로 와 있으면서 오늘 오전에 그 부근 쿡 카운티의 윌링 시 캐피털 드라이브 4000번지에 있는 그레이스 교회에서 호스피스에 관한 특강을 한다고 하므로, 누나가 운전하는 차에 아내와 함께 동승하여 가 보았다. 오전 9시 반 무렵부터 '호스피스는 생명사랑입니다'라는 제목으로 특강이 시작되어 정오 무렵까지 계속되었다. 호스피스란 죽어가는 사람에 대한 간호활동을 의미하는 말인데, 김 교수는 근자에 서울 근교의 경기도 장흥에 세워질 호스피스 센터 건립을 위해 1억5천만 원의 거금을 쾌척하였다고 한다. 그 돈은 남편으로서 고려대학 경영학과 교수였던 김인수 교수의 장례식 때 들어온 부의금이었다.

김수지 교수는 이화여대 간호학과를 석사과정까지 마치고서 모교의 전임강사로 재직하던 시기에 기독청년모임인 조이클럽에서 당시 야간고등학교 졸업자였던 김인수 씨를 만나 결혼하였다. 그 후 남편을 미국 인디애나대학교 블루밍턴 교에 유학시키고 자신은 미국에서 간호사로 근무하면서 돈을 벌어 남편의 학업을 내조하다가, 남편의 박사논문 지도교수가 그 대학에서 테뉴어(종신직)를 얻지 못하고 보스턴에 있는 MIT로 옮기게 되자, 남편과 함께 보스턴으로 가서 김수지 씨도 보스턴대학에서 박사학위를 취득하게 되었다. 그 후 박사가 된 이들 내외는 귀국하여 연세대학과 고려대학에 각각 근무하게 되었는데, 김수지 교수는 다시 모교인 이화여대로 옮겨 오늘에 이르고 있는 것이다. 이들 부부의 사랑 이야기는 유명한 것이어서 일찍이 책으로 간행된 적도 있었고, 3년 전 김인수 교수가 빙판길에 넘어져 갑자기 유명을 달리하게 된 이후로도 김수지 교수에 의해 두 사람의 사랑 이야기를 엮은 또 한 권의 책이 출판된 바 있다.

특강을 마친 후, 참석자 중 일부는 그 근처 글랜뷰의 밀워키 로드와 샌더스 로드의 갈림길 부근에 있는 한국식당 서울가든으로 장소를 옮겨 김수지 교수와 함께 점심을 들며 대화를 나누었다. 우리 외에 UIC 간호학과의 한국인 여교수 두 명과 이화여대 출신자 세 명이 동석하였다. 오후 세 시가 넘도록 오랜 대화를 나누다가 집으로 돌아왔다. 김수지 교수는 곧 필라델피아에 있는 펜실베이니아대학으로 가서 한 학기동안 강의를 하게 된다고 한다.

김수지 교수 및 UIC 간호학과 교수 중 한 명은 예전에 회옥이가 다니는 아이오와대학에도 머물렀던 적이 있는 모양이다. 그래서 점심 식사 도중에 아이오와대학 의대는 외국 학생의 입학을 허가하지 않는다는데 그게 사실인지를 물어보았다. 그랬더니 그들의 대답은 모두 그렇지 않을 것이라는 것이었고, 인턴 때는 제한을 둘 수도 있다는 것이었다. 집에 돌아와 회옥이에게 그 소식을 전했더니, 회옥이의 말은 그렇지 않고 외국인 학생이 의대에 진학할 수 없다는 것은 회옥이 자신이 담당자로부터 직접 들었고, 또한 홈페이지에서도 확인한 바 있다는 것이었다. 그래서 아이오와대학의 홈페이지에 접속하여 의대의 지원 요건에 대해 알아보았더니, 그 첫머리에 일반 조항으로서, "아이오와대학교 카버 의대는

M.D. 프로그램 입학에 대해 미국 시민권자 및 영주권자만을 고려한다."고 명시되어져 있었다. 그러므로 회옥이가 원하는 의대에로의 진학이 사실상 불가능하다면, 그러한 제한을 두지 않는 미국 중부 지방의 다른 주립대학을 알아보아 그리로 전학할 가능성도 고려해 보라는 의견을 말해두었다. 특히 시카고에서 가깝고 아이오와대학보다 랭킹도 높은 위스콘신대학 메디슨 교를 추천하였다.

역시 오늘의 대화 도중에 김수지 박사로부터 처음 들은 바이지만, 아이오와대학은 주 정부의 재정지원을 많이 받기 때문에 그 주의 주민과 타주 출신 및 외국인 유학생에 대해 등록금의 차별을 전혀 두지 않는다고 한다. 아이오와대학의 학비가 회옥이가 비슷한 시기에 입학허가를 받았었던 미네소타대학에 비해 꽤 싼 것은 사실이지만, 입학허가 당시 아이오와대학 측으로부터 받은 2005~2006년의 외국인 학부생에 대한 학비 개괄에 의하면 비주민의 문리대 등록금은 $16,276으로서, 그 각주에 "국제학생은 등록금 및 비용 목적에서 아이오와 주의 비주민으로 간주된다."고 적혀 있다. 그러므로 김 교수의 말이 이 경우에도 정확한 정보는 아닌 듯하다.

7 (토) 맑음

한 주 이상 흐리고 비 오는 날씨가 계속 되더니 오늘 모처럼 개었다.

점심 식사 후 맥스를 데리고서 블루밍데일 남쪽의 글랜데일 하이츠에 있는 이스트 브렌치 삼림보호구역으로 산책을 갔다가, 스위프트 프레리 삼림보호구역 근처를 지나 바이런 드라이브를 따라서 돌아왔다. 이스트 브렌치 삼림보호구역은 1970년대에 설정된 것으로서, 이스트 브렌치 듀페이지 강을 따라 조성된 것이기 때문에 이런 이름이 붙었다. 그것은 몇 달 전에 들렀었던 웨스트 브렌치 삼림보호구역이 웨스트 브렌치 듀페이지 강을 따라 조성된 것과 마찬가지 이치다. 시카고, 센트럴 앤드 퍼시픽 철도에 의해 남북의 두 부분으로 나눠지는데, 두 곳을 잇는 길이 만들어져 있지 않아 오늘은 글랜 엘린 로드를 따라 걸어가서 러시 호수와 선피

쉬 연못이 있는 북쪽 부분만 둘러보았다. 돌아올 때는 우크라이나 정교 사원이 있는 부근의 아미 트레일 로드를 경유하여 메다이나 로드로 연결되는 길을 취했다가 바이런 드라이브로 접어들었다. 숲과 풀밭에는 가을 이래로 엉겅퀴 종류의 마른 풀이 많아 그 열매가 맥스의 다리에 많이 달라붙었으므로 움직일 때마다 그 가시에 찔려 꽤 아팠을 터인데, 나는 그런 줄도 모르고서 집까지 왕복 두 시간 동안 열 살도 더 먹은 이 늙은 개를 종종걸음으로 끌고 다녔다.

밤에 창환이에게 아이오와대학 의대가 외국인 학생의 입학을 허용치 않는 문제를 말하였더니, 창환이가 인터넷으로 미국 내 다른 주요대학들의 의과대학 사정을 조사해 주었다. 이에 의하면, 내가 회옥이에게 고려해 보라고 말했던 미시건대학교 앤아버 교, 위스콘신대학교 메디슨 교, 일리노이대학교 시카고 교 등 중부 지방의 다른 주요 주립대학들도 사정은 마찬가지였으며, 심지어는 현재 내가 적을 두고 있는 사립대학인 로욜라대학 의대도 그러했다. 그러나 노드웨스턴·시카고 등 시카고의 명문 사립대학들은 그렇지 않았고, 그 외에 아이비리그에 속하는 동부 지역의 명문 사립대학들도 대부분 외국인 유학생들에게 문호를 개방하고 있으며, 캘리포니아나 인디애나 등지의 일부 주립대학들도 시민권자나 영주권자로 제한하지 않는 대학들이 있었다. 미국 내에 현재 125개의 의과대학이 있는 모양인데, 회옥이가 학부를 졸업하고서 대학원 과정인 의대에 진학할 때까지는 아직 시간적 여유가 있으므로, 그동안 충분한 정보를 수집하여 여러 가지 가능성을 더 모색해 보는 것이 좋겠다고 아내와 회옥이에게 일러두었다.

두리와 전화로 통화한 바에 의하면, 간밤에 공영방송인 PBS의 '찰리 로즈'라고 하는 TV 대담 프로에서 9.11 사태 이후 부시 정부가 고등교육기관에서 외국인 학생들에게 첨단 과학기술을 가르치는 것이 미국의 국익에 반한다 하여 그들의 입학을 제한하고 있는 문제에 대한 토론이 있었다고 한다. 자유와 인권, 기회균등을 표방하는 나라인 미국이 그 대표적 수출 상품인 교육을 가지고서 외국 유학생에 대해 이런 식으로 노골적인 차별을 가한다는 것은 실로 믿기 어려운 일이다.

토머스 머튼의 자서전 『The Seven Storey Mountain』을 읽기 시작하여, 로버트 지로의 「서론」과 윌리엄 H. 샤논의 「A Note to the Reader」에 이어, 제1부 제1장을 마치고서 제2장 제2절까지 나아갔다. 이 책은 모두 3부로 구성되어져 있다. 수도사가 되기 이전의 토머스 머튼은 한 때 소설가를 지향했던 적도 있었는데, 그래서 그런지 과거 자신에게 실제로 일어났던 일들을 엮은 책이라는 점을 제외하고는 한 권의 소설이라고 해도 과언이 아닐 정도로 문학적인 구성과 문체로 되어 있다.

10 (화) 맑으나 저녁 늦게 부슬비

회옥이가 시카고 북부의 디어필드에 사는 같은 기숙사 건너 방의 한 살 위인 재미교포 친구를 만나 함께 점심을 들고서 머리 커트를 한다고 하므로 창환이가 만날 장소인 프로스펙트 하이츠의 서울가든까지 태워주기로 했는데, 누나가 나도 함께 가보라고 하므로 바람도 쐴 겸 따라나서게 되었다. 내가 운전하여 290번 주간고속도로와 53번 주도를 거쳐 유클리트 길을 취해 밀워키와 샌더스 로드의 갈림길에 있는 서울가든에 이르렀다.

두리가 $150 어치의 그 식당 이용권을 선물로 주었는데, 그 중 $50짜리 이용권을 가지고서 넷이서 점심을 들었다. 식사를 마친 다음, 회옥이는 친구 차에 타고서 가고 창환이와 나는 드라이브 삼아 시카고 일대에서 부자들이 가장 많이 산다는 북부 미시건 호반의 주택가로 나아가 위넷카·그랜코·하일랜드 파크 일대를 둘러보았다. 하일랜드 파크에 있는 로비니아 페스티벌 뮤직 센터와 헬러 네이처 센터, 그리고 글랜코에 있는 시카고 식물원 등에도 들러보았다. 오후 4시 45분쯤에 노드브룩에 있는 마셜필즈 쇼핑몰에서 다시 회옥이와 회동하였다. 내가 계속 운전하여 셋이서 쿡 카운티와 레이크 카운티의 접경인 레이크 쿡 도로를 경유하여 갈 때의 53번 주도에 오른 다음, 290번 주간고속도로를 경유하여 턴데일에서 시카고·엘진 하이웨이 쪽으로 빠져나와 로젤 역으로 가서 아내를 마중해 돌아왔다.

12 (목) 맑고 포근함

누나를 포함한 전 가족이 창환이가 운전하는 차에 동승하여 겨울방학을 마치고서 아이오와로 돌아가는 회옥이를 바래다주기 위해 오로라 시로 향했다. 주간고속도로 355번과 88번을 경유하여 오로라 시에서 일반 도로로 접어들었다. 폭스 강 하류에 면한 오로라 시의 중심부는 케인 카운티에 속해 있고, 그레이하운드 고속도로는 그 중에도 남쪽의 케인 카운티와 켄델 카운티의 접경 부근에 위치해 있었다. 시외버스 터미널이 메트라 기차역을 겸해 있으므로 아내는 거기서 기차를 타고 먼저 시카고의 유니언 역으로 향하였다. 다음으로 회옥이를 그레이하운드 장거리 버스에 태워주었다. 회옥이는 이번에도 블루밍데일로 와서 이런저런 선물 등을 챙겨 가느라고 큰 이민 가방 하나를 잔뜩 채웠는데, 집에서 서둘러 나오느라고 즐겨 입는 방한복 상의를 세탁실에 말려둔 채 **빠트려 버렸다**.

점심을 든 후 창환이와 더불어 맥스를 데리고서 모처럼 산책에 나섰다. 쿡 카운티의 서북쪽 끄트머리 케인·매킨리·레이크 카운티와의 접경 부근인 배링턴 힐즈에 있는 스프링 크리크 밸리 프리저브로 갔다. 남북으로 길게 뻗은 광대한 면적의 삼림보호구역이다. 우리는 남쪽 끄트머리의 주차장에다 차를 세운 다음, 숲과 잔디밭, 그리고 호수와 늪지를 지나면서 위쪽으로 걸어 올라갔다. 오늘은 화씨 55도의 봄과 같은 화창한 날씨인데, 창환이는 시카고지역에서 금년처럼 따뜻한 1월은 일찍이 겪어 본 적이 없다고 말하고 있었다. 그러므로 천지에 눈의 자취는 이미 찾아볼 수가 없게 되었고, 다만 여기저기 흩어져 있는 호수들의 표면에 얼음은 아직도 남아 있었다. 계속 걸어 올라가도 끝 간 데를 알 수 없고, 개인 사유지와 삼림보호구역을 구별하기 어려운 곳도 있었으므로, 도중에 삼림보호구역을 가로지르는 68번 주도인 던디 로드를 지난 지점쯤에서 방향을 돌려 돌아왔다.

차를 드라이브 하여 다 걷지 못한 북쪽 끄트머리까지 둘러보았다. 그 끝인 두 카운티의 접경을 이루는 레이크 쿡 로드까지 올라가 보았는데, 하도 넓어 하루 중에 다 걷기는 무리인 듯하였다. 돌아오는 길에는 일부러 이 삼림보호구역 북부의 여기저기를 둘러볼 수 있는 코스를 취했다. 레이크 카운티의 서남부와 쿡 카운티의 서북부에 해당하는 이 일대에는 배링턴이라는 이름이 들어 간 지명이 여러 개 있는데(배링턴, 노드 배링턴, 레이크 배링턴, 배링턴 힐즈, 사우드 배링턴), 이것들은 모두 30년 전쯤부터 새로 개발된 신흥 고급 주택가이다. 며칠 전에 창환이와 더불어 드라이브 해 본 시카고 동북부 미시건 호반의 고급 주택가와 더불어 시카고 일대에서 부호들이 거주하는 대표적인 지역으로 알려져 있다. 그러나 울창한 숲과 호수 사이로 넓은 면적을 차지하고 있는 이곳의 저택들은 대부분 크기는 하지만 건물들 모양이 서로 비슷비슷하여 개성이 부족하다는 느낌이 있다.

돌아오는 길에 로젤 로드 가에 위치한 린프레드 와이너리 라는 포도주 공장에 들러 한 사람 당 $5에 일곱 종류의 포도주 샘플을 맛보게 해 주는 상품과 한 잔에 $10 하는 고급 적포도주의 맛을 보았다.

14 (토) 맑음
『The Seven Storey Mountain』은 제1부 제4장 제3절까지 나아갔다.
두리가 블루밍데일로 와서 우리 내외와 함께 점심을 든 후 아내를 데리고서 샴버그의 우드필드 쇼핑몰로 쇼핑을 나갔다. 그 이후 나는 맥스를 데리고서 지난번에 갔었던 글랜데일 하이츠의 이스트 브랜치 삼림보호구역 가운데서 레이크 스트리트와 스위프트 로드를 경유하여 접근하는 철로 아랫부분으로 가서 남북으로 길게 펼쳐진 호수의 주위를 한 바퀴 돌았다. 이스트 브랜치 듀페이지 강의 물길을 끌어들여 만들어진 인공 호수였다. 어제 눈이 온 후 오늘 다시 화창하고 포근한 날씨로 되었기 때문에, 산책로가 질퍽질퍽하여 개를 데리고서 두 시간쯤 걷는 동안에 두리가 오늘 가져다 준 고급 골덴 바지의 아랫도리를 더럽혀 버렸기 때문에 입은 지 몇 시간 만에 세탁물로 내놓았다.

15 (일) 맑음

아내는 집에서 논문 작성 준비를 하고, 나는 아내가 운전해 준 승용차에 타고서 메트라 철도의 메다이나 역으로 갔다. 오전 8시 19분에 출발하는 기차로 9시 9분에 시카고 다운타운의 유니언 역에 도착했다가, 오후 4시 30분에 유니언 역을 출발하는 기차를 타고서 5시 16분에 메다이나 역에 도착하여 다시 아내의 영접을 받아 집으로 돌아왔다. 오늘 비로소 알았지만, 메트라 철도에서는 휴일로 말미암아 손님이 적은 토·일요일에는 주말 티켓을 팔고 있는데, $5를 주고서 이 표 한 장을 끊으면 당일에 한해 메트라의 전 노선을 무제한으로 탈 수 있다. 그러므로 앞으로 일요일에는 이 주말 표를 끊어 가지고서 시카고로의 통근 권역에 속하는 일리노이 주나 위스콘신 주 제법 먼 지역까지 바람 쐬러 나갔다가 당일에 돌아올 수 있는 것이다.

유니언 역에서 도보로 15분쯤 걸리는 위치의 미시건 에브뉴에 있는 아트 인스티튜트로 가는 도중에 오전 10시의 개관까지는 시간이 좀 남으므로 미술관 건너 쪽 시카고 심포니 오케스트라의 본부인 심포니 센터 및 시카고 건축 재단을 둘러보았다. 후자는 건물 내부로 들어가 1층 강연장의 벽에 전시된 시카고 건축 역사를 보여주는 사진들과 그 설명문을 살펴보았다. 거기서는 가이드가 안내하여 시내의 대표적인 건축물들을 둘러보는 각종 투어 상품도 팔고 있었다.

예전에 두리가 준 회원권으로 아트 인스티튜트의 내부로 들어가 지하층에서부터 2층까지 각 전시실에 전시된 작품들을 다시 한 번 두루 살펴보았다. 미국의 3대 미술관 중 하나로 손꼽히는 이곳은 미술학교에 부설된 미술관인데, 동서고금의 모든 장르에 속한 명품들을 진열하고 있다. 구내의 카페에서 간단한 점심을 든 외에는 오전부터 오후 4시 무렵까지 계속 걸어 다니며 전시품을 감상하였다. 특히 서양회화들을 주로 전시하는 2층에는 서양미술의 역사에 등장하는 여러 미술가들의 명품들이 많이 전시되어 있으므로, 거기에서 비교적 많은 시간을 보냈다.

16 (월) 맑음

점심 식사 후 맥스를 데리고서 차를 운전하여 엊그제 경유했던 스위프트 로드를 따라 계속 남쪽으로 내려가 글랜 엘린의 세인트 찰스 로드 남북 쪽에 걸쳐 있는 처칠 우즈 삼림보호구역에 다녀왔다. 전체 면적 276 에이커에 1936년부터 1968년까지에 걸쳐 듀페이지 삼림보호구역 당국이 처칠 집안으로부터 구입한 땅이다. 1833년 미국이 인디언으로부터 이 땅을 획득한 그 해에 처음 이곳으로 이주해 온 유럽인 중 하나인 밥콕 형제의 이름을 따서 이곳의 지명은 밥콕 그로브라고 불렸으나, 그 다음해인 1834년에 뉴욕 주의 시라큐스로부터 이주해 온 윈슬로우 처칠 내외가 이 지역에서 큰 재산을 형성하고 지역 발전에도 기여했으므로 삼림보호구역에는 그의 이름을 붙이게 된 것이다. 이곳은 숲과 프레리라고 불리는 키 큰 풀밭이 공존하는 이른바 사바나 지형인데, 현재의 숲은 대체로 식민이 시작되던 당시인 1830년대에 도로 건설용 자재로 쓰기 위해 기존의 오래된 참나무 숲을 베어낸 이후부터 존재해 온 것으로서 대개 150년 정도의 연륜을 지닌 것이다.

처칠 우즈에는 이스트 브랜치 듀페이지 강이 숲의 하반부를 폭넓게 흘러가면서 그 가운데에 크고 작은 여러 개의 섬들도 형성하고 있으므로 호수 같은 감을 주고 있다. 모두 네 곳에 주차장이 있는데, 나는 그 중 세인트 찰스 로드의 중간 지점에 있는 남쪽 주차장에다 차를 세우고서 그 아래편의 피크닉 장소를 가로질러서 나무다리를 건너 가장 큰 섬 안으로 들어가 섬을 한 바퀴 두른 다음, 잔디밭을 따라 강의 상류 쪽으로 걸어가서 세인트 찰스 로드를 건너 북쪽 숲으로 넘어갔다. 북쪽으로 60 에이커에 걸쳐 넓게 형성된 프레리 가운데로 형성된 산책로를 지나 다시 도로를 건너서 남쪽 숲으로 내려온 다음, 크레센트 불리바드에 면한 남단의 주차장을 지나 호수 같은 강의 물줄기를 따라서 삼림보호구역 전체를 완전히 한 바퀴 두르고자 했으나, 도중에 잡목 숲으로 뒤덮여 오솔길이 끊어진 곳이 많아 단념하고서 되돌아왔다. 철새임에도 불구하고 이주하지 않은 수백 마리의 캐나다 거위 떼가 맥스를 앞세우고서 내가 지나갈 때면 강가에서 일제히 하늘로 날기도 하고 강물 속이나 강의 얼음 위로 피해 들어가기도 하였다. 한 차례 눈이 온 후 또 며칠 간 계속된 포근하고 맑은 날씨로 말미암아 그늘 진 곳 외에는 눈이 다시 사라져버렸다.

차를 몰아 집으로 돌아오는 도중에 뒷좌석에 앉혀둔 맥스가 자꾸만 캑캑거리는지라 뒤돌아보니 자기 발에 붙은 엉겅퀴 열매들을 자꾸만 입으로 물어뜯어 삼키고 있는데, 그 가시가 목구멍과 위에 걸려 그런 것이었다. 여러 차례 뒤돌아보며 뜯어먹는 것을 만류하고자 해도 소용이 없으므로 그대로 운전하여 집까지 돌아왔는데, 맥스는 뒷좌석에다 먹은 것을 토해 놓았고, 집에 도착해 아내가 몸의 털을 깨끗이 다듬어 준 이후로도 계속 캑캑거리며 상태가 좋지 않았다. 가엽지만 더 이상 밖으로 데리고 나가지 말아달라는 당부를 받았다.

누나의 친구인 앤지 씨로부터 저녁 식사 초대를 받았으므로, 누나 및 아내와 더불어 오후 다섯 시 반쯤에 출발하여 도중에 레이크 로드 가에 있는 오버와이즈 데어리에 들러 우리 내외의 선물로서 그들이 좋아하는 아이스크림과 우유를 산 다음, 약속 시간인 오후 여섯 시에 메다이나 로드의 중간 지점에 있는 자택으로 방문하였다. 적포도주를 곁들인 양식으로 식사를 들며 밤 10시 무렵까지 대화를 나누다가 귀가하였다. 재미교포인 앤지 씨의 남편 짐은 독일계 미국인인데, 누나와 그 친구들은 모두들 사람 좋다고 칭찬이 자자하지만, 내가 짧은 영어로 지금까지 몇 차례 대화를 나누어 보니 매사를 미국 위주로 생각하며 동양인에 대해 다소 인종적 편견도 지닌 보수적인 사람이었다.

18 (수) 맑음

점심을 든 후 혼자서 차를 몰아 집에서 그다지 멀지 않은 거리인 애디슨에 있는 스위프트 프레리 삼림보호구역에 들렀다. 스위프트 로드에서 아미 트레일 로드로 빠져나온 다음 곧 서편의 에드워즈 드라이브로 접어들어, 그 길이 끝나는 지점의 마을 앞에다 차를 세우고서 걸어서 삼림보호구역 안으로 들어갔다. 지도에 표시되어 있지 않으나, 그 안에는 역시 프레리의 풀을 깎아낸 산책용 소로가 나 있었다. 이 삼림보호구역은 양측에 주택가를 끼고서 남북으로 길게 뻗어 있는데, 길 위의 하늘로 고압선 전선이 이어진 곳이 있어 윙윙거리며 전류 흐르는 소리가 들렸다. 길은 북쪽 끄트머리에서 두 갈래로 갈라져 하나는 애디슨의 공장 안으로 빠지고 다른 하나는 왼편의 메다이나 로드로 빠져 앤지 씨네 집이 있는 다나(Donna) 드라이브 바로 옆에서 끝나고 있었다.

엊그제 밤에 앤지 씨 댁에 들렀을 때 어두운 가운데 이 트레일의 입구를 본 바가 있었는데, 앤지 씨 남편인 짐은 이 숲에 트레일이 없다고 하고 나는 있다고 하다가, 결국 이 길 입구는 사유지로 이어지는 것이라는 그의 설명에 더 이상 할 말이 없었다. 그러나 오늘 내가 직접 와서 확인해보니 그것은 역시 듀페이지 카운티 소속의 공유지인 삼림보호구역으로서, 그들 내외는 자기 동네 바로 앞에 있는 이 숲속으로 한 번도 들어와 본 적이 없었던 것이다.

20 (금) 맑았다가 오후 늦게 눈

누나네 집에서 가깝고, 또한 누나와 그 친구들이 늘 산책하는 장소인 미첨 그로브는 듀페이지 카운티에서 가장 오래된 삼림보호구역의 하나로서 총 면적 251.95에이커에 달한다. 그것은 남북으로는 블루밍데일의 레이크 스트리트 북쪽에서부터 로젤의 포스터 에브뉴 남쪽에까지 걸쳐있고, 동서로는 블루밍데일의 서클 로드에서부터 로젤의 로즈데일 로드에까지 걸쳐 있다. 그것을 남북으로 종단하는 블루밍데일/로젤 로드의 동쪽에는 폭 32에이커, 깊이 35피트에 달하는 저수지인 메이플 레이크가 있고, 그 주변에 풀밭으로 된 습지가 있다.

원래 1830년에 유럽 이주자가 처음 올 때까지 오늘날의 블루밍데일 지역에는 오직 포타와토미 인디언만이 거주하고 있었다. 그러다가 1800년대 중반에서부터 1880년에 이르기까지 라이만 미첨과 그 형제들이 이 일대에 주로 숲으로 이루어진 1200에이커의 땅을 획득하게 되었다. 1920년부터 1990년대에 이르기까지 삼림보호구역 당국이 이전에 미첨 일족이 소유하였던 땅의 일부를 구입하여 현재의 영역을 이룬 것이므로, 1976년에 블루밍데일 그로브 삼림보호구역이라는 원래의 명칭을 바꾸어 미첨 그로브라고 부르게 된 것이다.

22 (일) 맑음

지난주 일요일처럼 메다이나 역에서 아침 8시 19분 발 기차를 타고서 시카고 다운타운으로 가서 저녁 5시 16분에 메다이나 역으로 돌아왔다.

오늘은 매그니피선트 마일 구역에 속한 이스트 시카고 에브뉴의 시카고 워터 타워 부근 세네카 공원 옆에 있는 현대미술관(Museum of Contemporary Art)에 가보는 것을 목표로 정했다. 9시 9분에 유니언 역에 도착하여 캐널 스트리트를 따라서 북쪽으로 걸어 올라가다가 도중에 메디슨 스트리트와의 교차 지점에 있는 메트라 기차의 오질비 트랜스포테이션 센터에 들러보았다. 그런 다음 계속하여 캐널 스트리트를 따라 올라가 그 끝나는 지점에서 다리로 시카고 강을 건너 동쪽으로 간 다음, 리버 노드 지역을 북쪽으로 걸어 시카고 에브뉴를 만났다. 거기서 시카고 에브뉴를 따라 계속 동쪽으로 가면 현대미술관에 다다르게 되는 것이다.

현대미술관 건물은 모두 4층으로 이루어져 있는데, 그 중 2층의 메인 플로어는 다음 전시를 위한 준비 공사가 진행 중이라 폐쇄되어 있었다. 2층과 4층이 주된 전시장인데 2층의 큰 전시실 두 개가 폐쇄되었으므로 전체적으로 전시된 작품 수가 많지 않다는 느낌이었다. 개중에도 4층에서 임대로 상설 전시되고 있는 미국의 저명한 설치미술가 알렉산더 칼더(1898~1976)의 작품들을 20점 가까이 감상할 수 있었던 것이 주된 보람이라고 하겠다. 2층의 퍽스 레스토랑 구석에 위치한 스낵에서 간단한 점심을 들고서 몇 차례 더 전시실 전체를 둘러본 다음 밖으로 나왔다.

오후 4시 30분에 출발하는 엘진 행 기차를 타기까지에는 아직 시간이 많이 남았으므로, 그 근처의 드러리 레인 극장과 블루밍데일 백화점의 앞을 지나서 미시건 로드를 따라 남쪽으로 걸어 내려왔다. 시카고의 중심가인 이른바 루프에서 랜돌프 스트리트를 따라 서쪽으로 접어들어 극장

구역과 일리노이 주 청사와 상가를 겸한 빌딩인 제임스 R. 톰슨 센터를 거쳐 시청 및 쿡 카운티 빌딩 쪽으로 내려온 다음, 시카고 시 전체 주소의 구심점인 메디슨 스트리트와 스테이트 스트리트의 교차지점에 이르렀다. 다시 애덤스 스트리트와 디어본 스트리트의 교차지점으로서 알렉산더 칼더의 대형 철제조각이 서 있는 연방 빌딩과 시카고 무역 청사 등이 모여 있는 라살 스트리트의 재정 구역을 지나, 그보다 좀 더 남쪽에 있는 메트라 라살 스트리트 역에 들렀다가, 콩그레스 스트리트와 스테이트 스트리트의 교차지점에 있는 헤럴드 워싱턴 도서관, 즉 현재의 시카고 시립 도서관에 들러 에스컬레이터를 타고서 그 4층 입구까지 올라가 보았다. 그런 다음 스테이트 거리를 따라 올라와 애담스 거리를 만나서 유니언 역으로 돌아왔다.

23 (월) 맑음

날씨가 화창하여 점심을 든 후 혼자 차를 몰고서 윈필드에 있는 윈필드 마운즈 삼림보호구역(Winfield Mounds Forest Preserve)으로 산책을 다녀왔다. 집에서 쉬크 로드를 따라 서쪽으로 나아가다가 카운티 팜 로드를 만나서 그 길을 따라 남쪽으로 내려와, 지난번에 창환이, 맥스와 더불어 한 차례 들렀던 적이 있는 클라인 크리크 팜(Kline Creek Farm) 삼림보호구역의 주차장에다 차를 세웠다. 거기서부터 걸어서 제네바 로드로 내려온 다음, 그 길을 따라 조금 서쪽으로 가서 윈필드 로드를 만나 왕년의 철로를 산책로로 개조한 제네바 스퍼(Geneva Spur) 입구로 하여 윈필드 마운즈 삼림보호구역 안으로 들어갔다. 마운즈(흙무지들)라 함은 이곳에서 듀페이지 카운티의 고고학 유적 중 대표적인 것의 하나인 천 년 전 인디언의 유물들이 발견되었기 때문이다. 나는 제네바 스퍼를 따라가다가 아래쪽으로 난 잡목숲속의 오솔길로 벗어나와 웨스트브랜치 듀페이지 강의 물길을 따라가, 숲이 끝나고 민가가 시작되는 지점에서 눈 덮인 프레리 서북쪽으로 방향을 바꾸어 앞 사람이 걷거나 자전거를 타고서 지나간 자취를 따라 나아갔다. 그 서쪽 끝의 유니언 퍼시픽 철도와 자동차 도로인 하이레이크 로드가 평행하는 하이레이크 마을에서 방향을 돌려 마을 안 숲 쪽으로 난 포장도로를 따라 들어가다가 다시 제네바 스퍼를 만나서 돌아왔다.

24 (화) 맑으나 저녁 한 때 눈발

점심 식사 후 혼자 차를 몰고서 듀페이지 카운티의 서북쪽 케인 카운티와의 접경인 웨인에 위치한 프렛츠 웨인 우즈(Pratt's Wayne Woods) 삼림보호구역에 다녀왔다. 지명인 웨인 위에 프렛츠가 붙은 까닭은, 1965년에 일리노이 주가 160에이커의 땅을 기증하여 이 지역에 처음으로 삼림보호구역이 설치된 이래로 1960년대와 1970년대를 통해 이 마을 이장이자 보호구역 책임자였던 조지 프렛이 250에이커에 달하는 자기 개인 소유 농장을 포함한 주변의 땅들을 적극 매입시켜 오늘날처럼 총 면적 3,432에이커에 달하는 듀페이지 카운티 최대의 삼림보호구역을 이루었기 때문이다. 그 북부에 이어진 일리노이 주 자연자원과 소속의 트리 카운티 주립공원까지 포함하면 4,000에이커에 달하는 규모이다.

여기에도 예전에 창환이 및 맥스와 더불어 한 번 와서 동쪽의 커먼웰스 에디슨 R.O.W. 철로 안쪽 일부와 서쪽의 호수들 주위를 둘러보고서 돌아간 적이 있었다. 그 때 전체를 두루 둘러보지 못했었기 때문에 다시 온 것이다. 그러나 이 넓은 곳을 하루에 다 두르는 것은 무리라고 판단되므로, 오늘은 서쪽의 호수 곁 주차장에다 차를 세워두고서 청년 야영장과 일리노이 중앙 철도 사이로 나 있는 웨스트 트레일의 눈밭 위를 걸어서 고급 승마자의 점프를 위해 목제 장애물들이 여기저기에 많이 설치되어 있는 사이를 지나 나아갔다. 케인 카운티와의 접점에서 역시 옛 철도를 개조한 산책로 중 하나인 일리노이 프레리 길을 만나 그 길을 따라서 동남쪽으로 내려온 다음, 이 삼림보호구역을 동서로 양분하는 포위스 로드의 남쪽 입구에서 주차장 쪽으로 북상하였다. 집에서 떠날 때는 아미 트레일 로드를 따라 계속 서쪽으로 나아갔고, 돌아올 때는 삼림보호구역 북쪽의 스턴스 로드를 경유하여 20번 연방도로인 레이크 스트리트를 따라서 왔다.

내가 구독하고 있는 『Chicago Tribune』의 오늘자 톱뉴스에서 GM 및 다임러 크라이슬러와 더불어 미국의 3대 자동차 회사 중 하나인 포드가 2012년까지 총 14개의 공장을 폐쇄하고 3만 명의 인원을 삭감한다는 대규모 구조조정 계획을 발표한 것을 읽었다. 이에 의하면, 포드 자동차의 시장점유율은 1999년도의 24.7%에서 2005년에는 18.4%로, 그리고 판매 대수는 1999년도의 420만 대에서 2005년에는 310만 대로 크게 줄어들었다. 또한 1990년 이래 2005년까지의 지난 15년 동안 미국 3대 자동차 회사의 국내 시장 점유율은 73.6%에서 59.6%로 줄어든 반면, 도요타·혼다·닛산으로 이루어진 아시아 3대 자동차 회사의 미국 시장 점유율은 18.4%에서 28.3%로 크게 늘어났고, 현대 등 여타 자동차 회사들의 점유율은 8.0%에서 12.1%로 늘어났다. 내가 거리에서 본 느낌으로는 일제 차의 미국 시장 점유율이 이미 절반을 넘어선 것이 아닌가 싶었는데, 아직 그 정도에까지는 이르지 않은 모양이다.

25 (수) 맑음

『The Seven Storey Mountain』은 제3부 제3장 제4절, 396쪽까지 나아갔다.
점심을 든 후 어제 갔던 프렌즈 웨인 우드 삼림보호구역의 포워즈 로드 동쪽 코스를 걸었다. 가고 오는 코스는 어제와 반대로 레이크 스트리트로 가서 아미 트레일 로드로 돌아왔다. 말 운반차 주차장에다 차를 세우고서 굴다리를 통해 커먼웰스 에디슨 R.O.W. 철도 아래를 지난 다음, 모델 비행기 필드와 소택지 곁의 개를 풀어두는 곳 사이의 소택지 곁으로 난 길을 한 바퀴 돌았다. 오늘 걸은 곳은 숲이 적고 대부분 프레리와 소택지 그리고 사바나로 이루어져 있다. 개 방사장에서 철망을 넘어 철로 아래로 난 이스트 루프로 빠져나온 다음 그 코스 전체를 한 바퀴 돌았다. 며칠 계속된 맑고 온화한 날씨로 제법 많이 녹은 눈길을 걸었는데, 사람의 발자취는 적고 말이나 들짐승의 발자국만 보이는 곳이 많으며 더러는 아무런 자취가 없는 곳도 있었다.

26 (목) 맑음

점심 식사 후 혼자서 차를 몰아 듀페이지 카운티 라일 시의 모턴 식물원 북쪽에 붙어있는 히든 레이크(Hidden Lake) 삼림보호구역에 다녀왔다. 레이크 스트리트와 53번 주도를 따라서 나아갔다. 이스트 브랜치 듀페이지 강이 흘러가는 곳이라 호수와 늪지가 넓게 펼쳐져 있고, 모턴 식물원과는 철망으로 경계가 구분되어져 있었다. 아래 위쪽의 호수 주위로 난 길을 따라서 한 바퀴 두른 후, 그 동쪽에 붙어 있는 삼림보호구역에 속한 더 큰 숲으로 들어가 보기 위해 차를 몰아 그 방향으로 나아갔다. 그러나 지도상으로는 56번 주도에서 레이시 로드로 빠져 들어가면 되는 것으로 나타나 있지만, 레이시 로드의 표지판이 보이지 않아 그 지점을 지나쳐 버리고 말았다.

27 (금) 맑음

두리 내외와 우리 내외가 오늘 오후 1시 30분에 시카고 다운타운의 17 웨스트 애덤즈 스트리트에 있는 107년 역사의 유서 깊은 레스토랑 베르크호프가 폐업하기 전에 거기서 함께 점심을 들기로 한 날이다. 아내를 오전 6시 58분 기차에 태워 보낸 뒤, 나는 8시 12분 기차로 시카고를 향해 출발했다. 유니언 역에 도착하여, 시카고 공립도서관으로 걸어가서 1층에서 9층 꼭대기까지 두루 둘러보며 반시간 정도를 보낸 뒤, 618 사우드 미시건 에브뉴에 있는 스퍼터스(Spertus) 박물관의 개관 시각인 오전 10시가 좀 지나서 그리로 갔다.

이 박물관은 유대인의 문화와 역사를 연구하는 목적으로 스퍼터스라는 사람의 지원에 의해 설립된 스퍼터스 연구소의 부속기구이다. 같은 빌딩의 위층에 스퍼터스대학과 그 부속도서관도 있고, 현재의 건물 바로 옆에는 조만간에 완공하여 이전할 현대식 건물의 신축공사가 진행되고 있었다. 다음 주부터 5월 28일까지 이 박물관에서 안네 프랑크 특별전이 열릴 예정이어서 1층 전시실은 그 준비를 위해 폐쇄되었으므로, 2층 전시실만 둘러보았다. 유대인의 역사 및 나치 치하의 탄압과 대학살에 관한 전시물이 대부분이었다. 정오 무렵에 나와서 그 빌딩 옆에 붙어 있는 콜롬비아 칼리지 시카고 교의 1층 상점으로 들어가 거기에 진열되어 있는 책들을 좀 둘러보다가, 걸어서 다시 시카고 공립도서관으로 가 약속 시간이 될 때까지 그 구내를 두루 둘러보았다.

시카고의 베르크호프 식당은 헤르만 요셉 베르크호프라는 독일 이민자에 의해 도르트문트 식 맥주의 시범 케이스로서 1898년에 현재 위치보다 조금 동쪽에 떨어진 스테이트 스트리트와 애담즈 스트리트의 교차지점에 바(주점)로서 개업하였고, 당시에는 맥주에다 샌드위치를 무료로 끼워 팔았다. 그러나 미국의 禁酒法 실시로 인해 술을 팔지 못하게 되었으므로 부득이 본격적인 독일식 식당으로 영업방침을 바꾸게 된 것인데, 1933년에 금주법이 해제된 직후 시카고에서 최초로 주류판매업소 허가를 얻었다. 그리고 1936년에 현재의 위치로 이전하여 레스토랑을 중심으로 하고 그 옆쪽에 바도 따로 열어서 맥주를 팔아 오늘에 이른 것이다. 원조로부터 3대째에 해당하는 증손녀인 칼린 베르크호프가 경영하는 'Artistic Events'라는 회사가 금년 겨울에 부친으로부터 이 점포를 임대받아, 다음 달 말일로서 시카고에서 가장 오랜 역사를 지닌 현재의 업소를 폐업하고서, 그 대신에 주점은 금년 봄부터 '17 West at The Berkhoff'라는 조금 다른 이름의 카페로서 신장개업하고, 식당은 개인적 행사를 위해 임대하는 연회장으로서 사용할 예정인 것이다. 오늘 점심은 내가 샀다.

베르크호프를 나온 후, 두리는 아내를 데리고서 매그니피선트 마일에 내려 그 일대의 고급백화점과 상점들을 둘러보고, 나는 마이크가 운전하는 두리 차에 동승하여 시카고 江北 지역의 전통 있는 빵집에 들러 누나 집에 가져갈 피자를 구입하였다. 그리고는 함께 미시건 호수가의 링컨 공원으로 가서 그 부설 동물원의 사자와 호랑이를 잠시 둘러본 후, 구내의 벤치나 정자에 앉아 저물어가는 다운타운의 고층빌딩들과 호반 풍경을 바라보며 대화를 나누었다.

약속 시간에 시카고 워터 타워 옆으로 가서 두리와 아내를 태운 후 두리네 집으로 가는 도중에 마이크가 즐겨 다니는 중고품점(Thrift Shop)

중의 하나인 구세군 교회가 운영하는 점포로 가서 둘러보며 몇 가지를 구입하였다. 나는 여행용의 어깨에 걸치는 불과 $2.50짜리 가방 하나를 고르고, 마이크는 그보다 더 싼 가격의 맥주 컵 등을 골랐다. 그 가게에는 $10, $20 하는 가격의 TV 등 온갖 물건이 종류별로 진열되어 있었는데, 마이크는 주로 이런 데를 찾아다니며 마음에 드는 물건들을 골라 구입해 두었다가 다른 사람들에게 선물하는 것을 취미로 삼고 있다. 그러므로 지하 1층 지상 3층인 마이크네 집의 지하실과 2층은 일종의 창고로 사용되며 다른 층에도 온갖 물건들이 구석구석에 잔뜩 쌓여 있는 것이다.

시카고 동북단의 버치우드에 있는 마이크네 집으로 가서 대화를 나누었고, 미국의 대표적인 국립공원에 관한 비디오테이프들과 각종 의류 및 음식물 등을 또 잔뜩 선물로 얻었다. 거기서 한동안 머물다가 우리를 누나네 집으로 데려다 주기 위해 마이크가 다시 밤길에 차를 몰아 넷이서 함께 오던 중에 예전에 마이크를 따라 몇 번 가 본 적이 있었던 나일즈의 웨스트 골프 로드 8706에 있는 낸시즈 피자리아라는 이탈리아식 식당에 들러 피자와 파스타로 늦은 만찬을 들었다. 그 바로 옆에 러시아어 전문서점이 있다. 거기서 마이크와 더불어 동서 철학의 차이점 등에 관해 고담준론을 나누다가 자정 가까운 무렵에 누나 집으로 돌아왔다.

30 (월) 부슬비 내리다 오후에 가는 눈발

토마스 머튼의 자서전을 다 읽었다. 서론 등이 23쪽, 본문 462쪽에다 끝에 색인이 따로 첨부된 책인데, 내가 영어로 된 단행본을 통독해 보기는 이것이 처음이다.

2월

1 (수) 흐림

누나가 끓여준 칼국수로 점심을 들고서, 차를 몰아 듀페이지 카운티의 서남부 페르미국립가속기연구소 부근에 있는 워렌빌의 워렌빌 그로브 삼림보호구역으로 향했다. 간밤에 처음 가 본 슈말리 로드를 거쳐서 지난번에 창환이와 더불어 가 본 적이 있는 신지학회 미국 지부가 있는 메인스트리트를 지난 다음, 네이퍼빌·버터필드·바타비아 로드를 경유하여 목적지의 주차장에 당도하였다. 워렌빌 삼림보호구역은 56번 주도인 버터필드 로드를 경계로 하여 1,339에이커의 광대한 블랙웰 삼림보호구역의 아래쪽에 붙어 있는 것으로서, 그 규모가 128에이커에 지나지 않는 비교적 작은 것이다. 그 왼쪽을 웨스트브랜치 듀페이지 강과 그 지류 하나가 블랙웰에서 합해져 남북으로 흐르므로 수량이 제법 풍부하였다. 오래 된 숲의 오른 쪽으로 난 하나뿐인 트레일을 따라 올라가 옛 철로를 개조한 산책로인 오로라 스퍼를 만나서 그 길을 따라 걷다가, 그 왼쪽에서 숲속으로 난 오솔길을 발견하고는 다시 그 길을 따라가 보았다. 알고 보니 트레일과 강의 좌우로 숲속에 오솔길이 여러 갈래로 나 있어 그것들을 찾아 두루 걸어보니 그런대로 두어 시간 산책하기에는 부족함이 없었다.

돌아오는 길은 바타비아 로드를 따라서 좀 더 내려와 워렌빌 로드를 만난 다음, 윈필드 로드를 따라서 북쪽으로 올라가는 코스를 취하고자 했는데, 워렌빌 로드에서 남쪽으로 난 리버 로드로 길을 잘못 들어 아래편에 위치한 맥도웰 삼림보호구역을 지나 반대방향인 오로라 쪽으로 계속 나아갔다. 아무래도 방향감각을 잃은 것 같으므로, 어느 쇼핑몰의 주차장에다 차를 세우고서 마이크로부터 얻은 나침반을 꺼내 지도와 대조하여 방향을 확인한 다음 다시 차를 운전하였다. 도중에 듀페이지 카운티의 서편을 남북으로 종단하는 59번 주도를 만나서 북쪽으로 계속 나아가다가, 맥도웰 삼림보호구역의 중간을 가로지르는 맥 로드를 따라 동쪽으로 가서 원래 예정했던 윈필드 로드를 만나 그 길이 끝나는 지점인 제네바 로드까지 북상한 다음, 제네바 로드를 따라서 동쪽으로 나아가 다시 슈말리 로드를 따라서 아미트레일 로드로 올라왔다.

2 (목) 맑음

새벽에 이메일을 열람해 보았더니, 제3회 연례 중서부 동아시아 사상회의 주최 측이 내게 보낸 이메일을 지난 1월 26일에 내가 데이비드에게 전달한 데 대해 어제 오전 9시 57분에 보낸 그의 답신이 들어와 있었다. 오늘 점심을 함께 할 수 있겠는지 묻는 내용이었다. 그는 다가오는 일요일에 딸인 카렌을 데리고 미네소타 주에 있는 마요 병원으로 다시 가서 재검진을 하여 이미 발견된 갑상선 암에 대해 2차 수술이 필요한지 어떤지 월요일에 판정을 받을 예정이며, 다음 주 목요일에 시카고로 돌아온 다음, 금요일에는 부인과 더불어 플로리다로 크루즈 여행을 떠났다가 (그 다음에는 멕시코로 가서) 2월 25일에 돌아올 예정이라고 한다.

내가 정오 무렵에 연구실에서 만나는 것이 어떻겠느냐고 물었더니, 9시 39분에 좋다는 대답이 돌아왔다. 그러므로 시간적 여유를 두어 오전 10시 무렵에 차를 몰고서 집을 출발하여 최근 두리를 통해 알게 된 메트라 기차의 아이태스카 역을 경유하여 알링턴 하이츠 로드로 접어드는 코스와 옥턴 로드를 경유하여 약속 시간에 거의 가까운 무렵에 로욜라대학 철학과의 그와 나의 공동연구실에 당도하였다. 실로 오랜만에 가보는지라 주차 장소에다 차를 세우고서 철학과가 들어 있는 크라운 센터 빌딩으로 걸어 들어가는 길을 착각하기도 했다.

데이비드와 더불어 인도인들의 상점이 밀집해 있는 지역인 웨스턴 에브뉴 6334 노드의 가시타 칸 레스토랑에서 향신료를 많이 쓴 인도음식으로 점심을 들며 대화를 나누었다. 크라운 센터 옆 주차장으로 돌아와 데이비드와 작별한 다음, 휴대폰으로 두리 집에다 전화를 걸어보았더니 마이크가 있다가 반갑게 받으며 내가 오는 것을 환영한다고 했다. 그가 알려주는 바대로 쉐리단 로드에서 투이·릿지 에브뉴를 거쳐 그가 사는 버치우드로 가는, 나로서는 생소한 코스를 경유하였다. 그 집 거실에서 마이크와 대화를 나누고 있는 중에 마침 직장에 나가 있는 두리로부터 내 휴대폰에 전화가 걸려왔다. 내가 오후 다섯 시 무렵에 메다이나 역으로 아내를 마중 나가야 하므로 오래 머물 수 없다고 했더니, 두리는 아내까지 데려와서 함께 만찬을 들자고 제의하는 것이었다.

아내와 전화 연락하여 동의를 얻은 후, 마이크와 내가 누나네 캠리 승용차에 동승하여 시카고 시 다운타운 서남부의 데이먼 스트리트 가에 있는 UIC 간호대학으로 아내를 데리러 갔다. 돌아오는 길에는 리버 노드 지구의 지난주쯤에 마이크를 따라서 한 번 가 본 적이 있었던 그 유서 깊은 빵집에 들러 누나에게 줄 피자 등을 구입하였다. 예전에 마이크네 집에 들렀을 때 시카고 시내에서 운전할 때 현 위치를 확인하는 방법에 대한 강의를 한 번 받은 바 있었는데, 오늘은 UIC까지 가고 오는 길에 대체로 내가 핸들을 잡고서 마이크가 조수석에 앉아 코치를 하며 도로 주행연습을 한 셈이다.

오후 여섯 시 반에 두리가 퇴근하여 집으로 돌아오기를 기다려서 네 명이 함께 스코키에 있는 피타 인이라는 중동음식 전문식당에 들러 늦은 만찬을 들었다. 작년에 우리 가족이 미국에 도착한지 얼마 되지 않았을 때 누나 및 두리와 더불어 아버지와 자형의 묘가 있는 올 세인츠 묘지를 참배한 후 두리를 따라서 글랜뷰에 있는 피타 인 분점에 들러 식사를 한 적이 있었다. 스코키에 있는 이 식당은 그 본점에 해당하는 것으로서 레바논 이민자가 주인인 모양이다. 거기서 각자가 주문한 재료를 가지고 서 스스로 만들어 먹는 중동식 샌드위치로 식사를 하고서 남은 것은 싸서 가지고 돌아왔다. 옥턴 로드를 따라서 돌아오다가 밀워키 로드와 만나는 지점의 쇼핑몰 주차장에서 두리네와 작별하였다.

4 (토) 오후에 눈

어제에 이어 다시 Amtrak의 홈페이지에 접속하여, 침대칸의 경우 한 사람이 타더라도 방 전체의 사용료를 지불하는 것이 아님을 확인하고서 마침내 예약하였다. 나는 2월 7일 오후 2시 15분에 27 Empire Builder 호의 2인용 Superliner Roomette 침대칸을 타고서 시카고의 유니언 역을 출발하여 44시간 55분을 달려 9일 오전 10시 10분에 오리건 주의 포틀랜드 시에 도착하며, 같은 날 2시 25분에 출발하는 11 Coast Starlight 호의 같은 등급인 침대칸을 타고서 15시간 50분을 달려 10일 오전 6시 15분에 캘리포니아 주의 새크라멘토에 도착한 다음, 같은 날 오전 11시 14분에 새크라멘토를 출발하는 6 California Zepher 호의 침대칸을 타고서 49시간 50분을 달려 12일 오후 3시 5분에 시카고의 유니언 역으로 돌아오게 된다. 총 5박6일로서, 요금은 철도 운임 $331에다 침대칸 사용료와 식비 등 수용비 $606을 추가하여 모두 $937인데, 신용카드로써 결제하였다. 예약을 마친 뒤 다시 인터넷을 통해 Amtrak Guest Rewards 카드도 신청해 두었다.

5 (일) 맑음

일요일이라 시카고 시내로 나가 미시건 호반의 링컨 파크 서남쪽 끄트머리에 위치한 시카고 히스토리컬 소사이어티를 찾아보기 위해 아내와 더불어 8시 19분에 메다이나 역에서 기차를 타고 시카고 시내로 향하였다. 아내는 마이크를 만나 UIC에 제출할 연구계획서의 영문 초고 교정을 받기 위해 나를 따라 나선 것이다. 기차 속에서 휴대폰으로 두리에게 연락을 취해 두고서 9시 9분에 유니언 역에 도착한 후, 애담스 스트리트 쪽의 출구에서 반시간 정도 기다리다가, 두리를 헬스클럽으로 태워다 준 후 거기까지 마중 나온 마이크의 차를 타고서 북상하여 링컨 파크 쪽으로 향하였다. 집에서 출발하기 직전에 인터넷을 통해 시카고 히스토리컬 소사이어티의 홈페이지에 접속해 보았더니, 내부 수리 관계로 모든 전시실은 현재 폐쇄되었고, 금년 가을에 단장을 마치고서 새로 개관한다고 되어 있었지만, 그렇다면 링컨 파크 일대라도 산책해 보기로 마음먹고서 예정대로 출발했던 것이다.

마이크가 차를 몰고 나왔으므로, 이 기회에 링컨 파크의 서남쪽에 붙어 있는 올드 타운 일대와 그보다 조금 위쪽의 천주교 예수회 재단이 설립한 디폴대학교 일대도 둘러보았다. 마이크는 젊은 시절에 지금의 올드 타운 일대 여기저기에서도 방을 빌려 거주한 적이 있었다고 한다. 올드 타운이라는 명칭이 붙어 있는데다 이 일대를 가리켜 삼각형 역사지구라고 부르기도 하므로, 나는 19세기 말의 시카고 대화재 때 피해를 모면한 옛 건물들이 많이 남아 있는 것이 아닐까 하고 혼자서 짐작하고 있었지만, 마이크의 설명에 의하면 자기가 여기에 살 무렵에는 올드 타운이라는 명칭도 없었고, 그저 평범한 건물들이 늘어서 있는 도심 변두리 지역에 불과하였으며, 지금 이 일대에 보이는 고풍스런 건물들은 모두 상업 목적으로 근자에 세워진 것이라고 한다.

드라이브가 끝난 후, 마이크는 나를 링컨 파크의 사무소가 들어있는 건물 앞에다 세워두고서 오후 한 시에 동물원 입구에서 다시 만나기로 합의한 후 아내를 데리고서 버치우드의 자기 집으로 돌아갔다. 나는 혼자서 노드 클라크 스트리트를 따라 웨스트 노드 에브뉴까지 아래로 걸어 내려와, 이 두 도로의 교차지점에 위치하였고, 일요일이라 출입문이 모두 닫혀 있는 시카고 히스토리컬 소사이어티 건물을 바깥에서 둘러보았다. 그 내부에는 시카고 시 및 일리노이 주의 역사와 관련된 자료들이 보관 전시되어져 왔으며, 연구소와 상점도 병설되어져 있는 것이다. 작년 여름에 시카고의 연례행사인 에어쇼를 보러 아내와 함께 와서 노드 에브뉴 비치 일대를 돌아다닌 적이 있었고, 링컨 공원의 동물원 일부도 기웃거린 바 있었다.

겨울이라 한산한 공원길을 걸어 동물원 쪽으로 올라오다가 동물원에 부속된 농장을 먼저 둘러보았고, 이어서 얼마 전에 마이크와 더불어 다시 한 번 와 본 적이 있었던 링컨 공원의 동물원과 그 북쪽에 딸린 식물원 내부도 두루 둘러보았다. 겨울이기 때문인지 동물원 우리의 절반 정도는 비어 있었다.

6 (월) 맑음
아침 일찍 일어나, 아내는 어제 내가 책을 읽던 3층 창가의 책상에서 컴퓨터로 수정 작업을 하고, 나는 그 부근의 의자에서 『The Qur'an』 제2장을 계속하여 읽어 257절까지 나아갔다.

1층에서 마이크가 만들어 주는 토스트 등으로 아침 식사를 마친 후,

나는 버치우드 북쪽의 에반스톤 일대로 산책을 나서고 나머지 세 명은 어제의 작업을 계속하였다. 두리네가 살고 있는 웨스트 버치우드에서 한 블록 위인 하워드 스트리트를 경계로 하여 그 남쪽이 시카고이고 북쪽은 교외지역인 에반스톤인데, 나는 릿지 에브뉴를 따라 북쪽으로 계속 나아가서 그 길이 쉐리단 로드로 합해지며 에반스톤이 끝나고 윌메트가 시작되는 지점에 위치한 바하이 사원까지 가 보았다.

바하이 사원에는 예전에 비오는 날 마이크가 모는 차를 타고서 북쪽의 고급주택가로 구경 가는 길에 처음 와 보았으며, 그 이후로도 몇 번 지나친 적이 있었다. 그러나 건물 내부에까지 들어가 보기는 오늘이 처음이다. 나는 1층 예배당 내부와 지하층의 방문자 센터로 들어가 두루 둘러보았으며, 방문자 센터에서는 이 종교와 사원 건축을 소개하는 16분 정도의 홍보 영화도 한 편 시청하였다. '바하이'란 지금의 이란인 페르샤 출신 인물 바하올라('하나님의 영광'이라는 뜻, 1817~1892)를 추종하는 자라는 뜻으로서, 교조인 그는 당시의 페르샤 정부와 이슬람 교단 측으로부터 박해를 받고서 40년간 투옥과 추방 생활을 보내다가 현재는 이스라엘로 된 팔레스타나 땅에서 생애를 마친 인물이다. 그 교의의 핵심은 "지금까지의 역사에서 시대별로 나타나 문명의 원동력이 된 큰 종교는 모두 같은 원천에서 나온 것이므로, 근본적으로 동일하다"는 것이다. 그런 점에서는 종교 문제에 대한 현재의 내 생각과 대체로 같다고 할 수 있다. 방문자 센터에서 영어·일본어·중국어·한국어로 된 안내 팸플릿을 각각 한 부씩 얻었고, 그 서점에서 Luigi Steinardo라는 사람이 쓴 『Leo Tolstoy and the Bahá'í Faith』(Oxford: George Ronald, 1985, Translated from the French by Jeremy Fox)라는 책도 한 권 샀다.

나는 몇 년 전 인도 여행 중에 뉴델리에서 하바이 사원을 둘러본 적이 있었다. 그것은 광대한 부지를 차지하고 있었는데, 제단이 없고 직업적인 사제도 없는 이 종교의 연꽃 모양으로 디자인 된 흰색 본당 건축물은 뉴델리의 관광 명소 중 하나로 되어 있는 모양이었다. 윌메트의 미시건 호수 가에 있는 이 우아한 백색 콘크리트 건물은 말하자면 바하이교의 미국 본부에 해당한다. 한국에도 이미 1921년에 전래되어 1965년에 법인이 설립되었으며, 서울의 용산구 후암동 249-36번지에 한국 본부가 있고, 1986년 현재 한국 바하이 신도의 거주 지역 수는 210여 개에 달한다고 되어 있다.

돌아오는 길에는 쉐리단 로드로 접어들어 국립 루이대학을 거쳐 노드웨스턴대학의 구내로 들어가 지난번에 아내와 함께 왔을 때 걷지 못했던 미시건 호반의 산책로를 걸어보았다. 이 대학의 남쪽 끄트머리로 하여 셔먼, 오크, 메이플 등의 길을 거쳐 릿지 에브뉴로 다시 빠져나와 오후 한 시 반쯤에 두리네 집으로 돌아왔다.

 ### F. 미국 서북부

7 (화) 맑음

어제 유스에서 남겨서 싸 가지고 온 음식으로 점심을 든 후, 누나가 운전해 준 차를 타고서 아내와 더불어 메다이나 역으로 가서 오후 12시 52분 기차를 타고서 시카고로 향했다. 나를 바래다 준 후, 아내는 그 차에 타고서 마이크가 차 수리를 위해 나와 있는 중간지점으로 가서 마이크의 차로 옮겨 타 그의 집으로 가서 어제 남겨둔 영문 요지의 수정 작업을 마칠 예정이다.

1시 42분에 유니언 역에 도착하여, 신용카드를 자동발급기에 삽입하여 Amtrak의 열차 표 석 장을 입수한 뒤, 곧바로 구내의 전광판에 지시된 선로로 가서 대기 중인 오후 2시 15분 발 오리건 주 포틀랜드 행 27 엠파이어 빌더 호를 탔다. 지정 차량은 2730이며, 방은 012호실이었다. 2인용의 아래 위 두 단으로 된 작은 침대칸인데, 낮에는 좌석으로 밤에는 침대로 변경할 수 있게 되어 있었다. 종착역에 닿을 때까지 이 방 손님은 나 하나라고 하니 사실상 독방인 셈이다. 켄트라는 이름의 명찰을 단 흑인

승무원이 침대칸 담당으로서, 방에다 짐을 두고서 나다녀도 안전하다고 하므로, 노트북 컴퓨터와 옷가지가 든 배낭은 방에 두고 차표와 여권, 지갑 등이 든 작은 가방 하나만 어깨에 걸치고서 전망 칸으로 가서 바깥 경치를 구경하였다. 켄트는 기차가 출발한 직후에 내게 작은 병에 든 샴페인 하나를 갖다 주기도 하였다.

전망 칸에서 크리스틴 스타인이라는 이름의 위스콘신 주 홀멘에 사는 중년 독일 여성을 우연히 만나 오후 5시 30분에 내가 식당 칸으로 가서 저녁 식사를 들 때까지 계속 나란히 앉아 대화를 나누었다. 그녀는 동독의 할레 부근에 있는 아이젠레벤이라는 곳에서 태어났으나, 그녀의 부친이 소련의 지배에 반대하는 봉기에 가담했던 까닭에 어린 시절에 가족과 함께 열차로 서독으로 탈출하여 서독에서 젊은 시절을 보냈고, 미국으로 건너온 지 이미 40년에 가까워 오지만, 아직도 영주권만 지닌 채 독일 국적을 유지하고 있었다. 비프스테이크로 식사를 마치고서 돌아오는 중에 코치 석에 탄 그녀가 복도를 지나가는 나를 발견하고서 불렀으므로, 다시 그녀의 좌석 옆에 나란히 앉아 그녀가 밤 7시 14분에 위스콘신 주 라크로스 역에서 하차할 때까지 대화를 계속하였다.

그녀와 작별한 무렵은 이미 밤이었으므로, 침대칸으로 돌아와 샤워를 하고서 평소와 비슷한 아홉 시 반 무렵에 취침하였다. 모든 침대칸은 1등석이라 식사 등 여행에 필요한 모든 것들이 이미 지불한 요금 속에 포함되어 있으며, 대부분의 경우 샤워와 화장실은 따로 있어 같은 칸의 여객들이 공동으로 사용하게 되어 있다. 어제 윌메트의 바하이 사원에서 집어온 팸플릿들 중에서 한국·일본·중국어로 된 것들은 다 읽었다.

8 (수) 흐리다가 오후에 개임

자다가 얼핏 깨어보니 기차는 미네소타 주의 중심지인 세인트 폴-미니아폴리스에 도착해 있었다. 두 도시가 하나로 붙어 있으므로 트윈 시티라고도 하는데, 회옥이는 여기에 있는 미네소타대학으로부터도 입학허가를 받은 바 있었고, 나의 스폰서인 데이비드가 딸 카렌의 갑상선암 치료를 위해 이곳의 병원에 다니고 있기도 하다. 엠파이어 빌더 호의 시간표에 의하면, 이 기차는 밤 10시 31분부터 11시 15분까지 여기에 정거하는 것으로 되어 있다.

평소처럼 오전 4시 남짓에 기상하여 세수를 하고서 어제의 일기를 입력한 후, 내 방 안에 비치된 여행안내 책자들과 영어로 된 바하이교 안내서를 읽어보았다. 이에 의해 이 종교의 창시자인 바하울라의 본명은 미르자 후세인-알리이고 이 신앙은 그에 앞서 밥(Báb, '門'이라는 뜻)이라는 이름으로 통칭되는 미르자 알리 무함메드(1819~1850)에 의해 1844년에 창시된 밥 신앙과 밀접한 관련이 있음을 알았다. 밥은 그리스도교에서 말하는 선지자 요한과 비슷한 인물로서, 자신이 독립된 종교의 창시자일 뿐만 아니라, 자기에 뒤이어 나타나 전 인류를 위해 평화의 시대를 구현할 훨씬 더 위대한 선지자의 전령사라고 선언하였다. 밥은 페르시아 당국에 의해 1850년에 처형되었는데, 그 때로부터 멀지 않은 1861년에 바하울라가 자신이 바로 밥이 예언한 그 사람이라고 선언하였던 것이다.

바하울라는 이란으로부터 추방되어 오토만 제국 영내의 여러 곳을 전전하다가, 1868년에 성곽도시인 팔레스타인의 악카에 죄수로서 보내져 1882년에 죽었다. 그의 유지에 의해 장남인 압둘 바하(1844~1921)가 후계자로 지명되었고, 압둘 바하는 다시 바하울라의 장손에 해당하는 쇼기 에펜디(1896~1952)를 후계자로 지명하여, 혈족에 의해 교단의 통수권이 이어져 왔다. 바하이교의 세계본부는 그들이 聖地라고 부르는 이스라엘의 악카와 하이파에 있다. 악카에는 바하울라와 밥을 모신 사원들 및 그들과 연관된 유적지가 있으므로 이 종교의 정신적 구심체라 할 수 있고, 그 교외의 하이파에 있는 갈멜 산에는 오늘날 세계 바하이 공동체의 행정 중심인 宇宙公義堂(Universal House of Justice)이 위치해 있다.

캐나다와의 접경 부근을 달리는 이 열차를 타면 산들을 많이 볼 수 있을 것으로 예상했었으나, 그 기대는 완전히 빗나갔다. 내가 사는 일리노이 주나 그 이웃 주들과 별로 다를 바 없는 대평원이 온종일 끝없이 펼쳐지고, 주로 농토 및 목장으로 사용되는 모양인 들판에 눈도 별로 많지 않았다. 잠든 사이에 미네소타 주는 이미 다 지나버렸고, 깨어보니 기차는 노드 다코타 주를 달리고 있었다. 노드 다코타 주에서 몬태나 주로 들어가니, 중부시간대에서 산악시간대로 바뀌어 한 시간이 늦어졌다. 나는 낮에는 늘 'Sightseer Lounge'라고 불리는 2층 전망 칸에 나가 유리벽 너머로 사방의 풍경을 바라보았다.

어제 스타인 여사와 대화하던 중에도 위스콘신 주의 들판을 뛰어가는 흰꼬리사슴 네 마리를 보았는데, 오늘 점심 때 식당 칸에서 같은 테이블에 앉은 백인들과 대화를 하며 식사하는 중에도 몬태나 주의 황량한 겨울 들판에서 같은 종류의 사슴 네 마리를 보았고, 나무에 앉은 독수리 한 마리도 보았다. 몬태나 주에는 산이 많다고 하는데, 서쪽으로 한참 나아가니 먼 지평선 여기저기에 따로 떨어진 봉우리나 능선이 이따금 바라보이는 정도였고, 해질 무렵에는 서쪽 하늘 아래에 구름처럼 생긴 높은 능선이 이어져 있는 것을 바라볼 수 있었다.

오후에 전망 칸에 앉아 있으려니 내가 탄 열차 후미의 침대칸 담당 승무원인 켄트가 지나다가 내 귀에다 대고 포도주와 치즈를 시식해 볼 생각이 있느냐고 묻는 것이었다. 승낙을 하고서 따라가 보았더니, 식당 칸 테이블들에 이미 여러 사람들이 와 앉아있었다. 알고 보니 이 열차에서는 워싱턴 주에서 생산된 서로 다른 종류의 포도주 네 가지(백포도주 둘, 적포도주 둘)와 미네소타 주에서 나는 치즈 네 종류를 약간의 크래커를 곁들여 내 놓고서, 일부 손님들을 청하여 무료로 시식하도록 하며, 여러 가지 문제를 내고서 잘 맞은 팀에게는 상품으로 포도주 한 병씩을 나눠주기도 하는 것이었다. 우리 테이블을 제외한 다른 테이블 손님은 다 상품을 받았고, 더러는 두 병을 받는 팀도 있었다.

아침에 노드 다코타 주의 마이노트에 한동안 정거하였을 때 그 지방 신문인 「Minot Daily News」가 방으로 배달되었다. 몬태나 주의 하브르(Havre)에 반시간 정도 정거했을 때는 운동 삼아 기차의 앞뒤 차량까지를 좀 걸어보기도 했다.

오전 11시 무렵에 아내에게 전화해 보았더니, 아내는 오전 중까지 마이크네 집에 머물며 두리와 더불어 셋이서 영문 요지에 대한 검토 작업을 대충 마치고서 마이크가 운전하는 차로 두리를 직장 앞으로 데려다 준 후, 아내가 다니는 UIC에 거의 도착할 무렵이라고 했다. 오후에 두리로부터도 전화를 받았지만, 통화 중에 끊어졌고, 내가 몇 번 전화를 걸어보아도 통화가 잘 되지 않았다.

밤에는 침대에 누워 『Leo Tolstoy and the Bahai Faith』를 읽었다.

9 (목) 맑음

밤중에 깨어보니 기차는 이미 몬태나 주와 아이다호 주를 지나 워싱턴 주 서부의 스포케인 역에 들어와 정거해 있었다. 몬태나에서 아이다호로 들어갈 때 산악시간대에서 해안시간대로 바뀌어 다시 한 시간이 늦춰졌으므로, 시카고에 비해서는 두 시간이 늦는 셈이다.

다시 좀 더 자고서 기상해 날이 밝아지기를 기다려서 바라보니 기차는 사막처럼 황량한 들판을 달리고 있는데, 새벽 서리가 하얗게 내려 있었다. 조식을 들러 나가보니, 식당 칸을 비롯한 전망 칸 앞부분의 차량들은 스포케인에서 모두 떨어져 나가 워싱턴 주의 시애틀로 향하고, 그 뒷부분만 남아서 나의 목적지인 오리건 주의 포틀랜드로 향하고 있었다. 식당 칸이 없어졌으므로, 조식은 전망 칸 1층의 카페에서 도시락으로 제공되었다.

얼마 후에 워싱턴 주의 패스코 역에 도착하였다. 엠파이어 빌더 호의 시간표에 의하면, 우리는 오전 5시 35분에 이 역을 출발하는 것으로 되어 있는데, 두 시간 정도 늦어서 비로소 스포케인의 다음 역인 여기에 도착한 것이다. 여기까지 오는 도중에 승무원 켄트로부터 스포케인의 지방신문을 받아 읽었다.

조식을 들면서부터 오늘도 계속 전망 칸에 나가 앉아 있었다. 패스코 역을 지나자 곧 빙하의 침식작용으로 이루어진 것 같은 커다란 강이 나타나더니 그 강이 포틀랜드에 이르기까지 계속 이어졌다. 알고 보니 그 강 이름은 콜롬비아인데, 워싱턴 주 남부와 오리건 주 북부의 경계를 이루는 것이었다. 기차는 워싱턴 주 쪽의 강변을 따라서 이어지고, 때로는 섬이나 긴 철교를 통해 강 가운데를 지나가기도 했다. 강가에서 미국의 상징물인 흰머리 독수리(Bald Eagle) 한 마리를 보기도 했다. 지금까지의 이 열차 코스 중에서 가장 경치가 수려한 구간이라 하겠다. 스포케인에서 기차의 출발이 늦어진 까닭에 패스코에서부터 시작되는 콜롬비아 강의 풍경을 모두 충분히 감상할 수가 있게 된 것이다. 스포케인에 이르기 전 우리는 밤중에 몬태나 주에서 로키산맥을 넘어오며 이스트 글레이시어 파크, 웨스트 글레이시어 등의 역을 지나기도 했는데, 이 큰 강은 그 일대의 이른바 콜롬비아 빙하에서부터 발원하는 것인 듯했다.

기차는 중간에도 여기저기서 정거하여 움직이지 않으므로 우리는 도중에 또 두 시간 정도를 더 지체하게 되었다. 이번에는 철로 수리 때문이라는 것이었다. 정거하고 있는 중에 강 건너편 오리건 주의 흰 눈에 덮인 富士山 모양의 수려한 산 모습을 계속 바라볼 수 있었는데, 그것이 바로 포틀랜드 시 어디서나 바라보인다는 후드 산(11,235피트)이었다. 태평양에 가까운 지역에 남북으로 길게 이어지는 캐스케이드 連峰의 일부로서, 그 조금 위쪽 워싱턴 주에는 근년의 대폭발로서 세계를 진동시킨 활화산 세인트 헬렌즈가 자리 잡고 있기도 하다. 기차가 강 건너편으로 인터넷 검색 회사인 구글의 일부가 있다는 더 댈러스(The Dalles) 시가 바라보이는 지점에서 오랫동안 정거해 있을 때 두리로부터 전화를 받았다.

거기서 사진가로서 앰트랙 열차를 다섯 번 정도 이용한 바 있다는 백인 남자 승객으로부터 들은 바에 의하면, 열차가 이처럼 지체하여 시간표를 지키지 않는 것은 늘 있는 평범한 일이라는 것이었다. 그 주된 원인은 앰트랙 회사는 기차를 소유할 뿐 철로의 소유주가 아니기 때문인데, 철로 소유주 측에서는 여객 열차인 앰트랙보다는 화물열차의 통행을 우선시하고 있다는 것이다. 앰트랙도 하나의 회사가 아니고 노선에 따라 대여섯 개의 회사가 나누어 운영하고 있는데, 늘 적자를 면치 못하므로 국비 보조를 받고 있으며, 의회나 정부의 예산 책정에 따라 그 보조 규모가 해마다 달라질 수밖에 없고, 각 회사마다 철로 회사 측에다 지급하는 노선 사용료의 액수도 제각각이기 때문에 이처럼 비능률적인 운행이 다반사로 이뤄지고 있는 것이라고 했다.

차장을 만나 내가 다음 열차로 갈아타는 시간문제를 상의했더니, 그는 시애틀 쪽에서 LA를 향해 내려오는 코스트 스타라이트 열차 측과 전화 연락을 해 보고서 그 열차의 시애틀 출발 시각도 한 시간 반 정도 늦어질 예정이므로 포트랜드에서 갈아타는 데는 별 문제가 없을 것이라고 했다. 그러다가 도중 역에서 차장이 바뀌었고, 포틀랜드 역에 도착할 무렵에는 반시간쯤 후에 갈아탈 열차가 도착할 것이라고 방송되었다. 그런데 포틀랜드 유니언 역의 침대칸 승객 대기실인 메트로폴리탄 라운지에 들어가 보니, 그 방의 담당 직원은 오후 2시 25분에 내가 그 역에서 갈아타고서 출발할 예정이었던 11 코스트 스타라이트 열차가 3시 50분에서 4시 사이에 도착할 예정이라는 것이었다. 아직 한 시간 가까운 여유가 있으므로, 짐을 대합실에다 맡겨두고서 유니언 역을 나와 역 앞 정면에서 곧장 뻗은 큰 도로(6th AVE?)를 따라 포틀랜드 시의 중심가를 걸어가 보았다. 거의 직선으로 이어진 그 길이 거의 끝나 건너편에 조그만 산이 가로막힌 지점 부근까지 갔더니 이미 반시간 정도가 지났으므로, 다운타운 구역에서 무료로 운행하는 시내버스를 타고서 유니언 역으로 서둘러 돌아왔다. 그러나 돌아와 대합실의 컴퓨터 모니터를 보니 그 열차의 도착시간은 4시 25분이었고, 결국 더 늦어져 5시 5분에 도착하여 5시 25분에 출발하게 되었다. 그럴 줄 알았으면 포틀랜드의 다운타운 일대를 천천히 산책하며 충분히 둘러보았어도 좋았을 터였다.

오늘 포틀랜드까지 오는 도중의 전망 칸에서는 노드 다코타 주의 마이노트에서 탄 27세의 청년과 한참동안 대화를 나누었다. 보통의 백인 외모로서 미남형인 그는 어머니가 독일계이고 아버지는 인디언 계의 혈통이며, 그 자신도 인디언 여인과 결혼하여 그 여인의 전 남편 소생인 두 아이를 키우고 있는데, 얼마 후 지금 살고 있는 마이노트 시의 부근에 있는 인디언 보호구역으로 이주할 예정이라고 했다.

그 열차에는 미국 펜실베이니아 주에 많이 살고 있는 백인 종교집단인 아미쉬 인들이 여러 명 타고 있었는데, 오는 도중 어디선가 거의 다 내리고서 부부인 듯한 노인 두 명만이 남아 포틀랜드까지 계속 함께 왔다. 그 부부와 나는 전망 칸에 주로 앉아 있었으므로 가까이서 바라볼 수가 있었다. 그들은 성직자처럼 단정하지만 특수한 복장을 하고 있으므로 곧 남의 눈에 띄는 것이다. 그들은 종교적 신념에 따라 전기·전화·TV 등 문명의 이기들 대부분을 사용하지 않는다고 한다.

갈아탄 열차에서는 1130호 차의 2층 3호실을 배정받았다. 복도 건너편의 4호실에는 나와 마찬가지 코스로 계속 여행 중인 노인이 탔다. 그는 1929년생으로서 동독의 드레스덴에서 태어나 아직 베를린 장벽이 설치되기 이전에 서독의 뒤셀도르프 근처로 이주했다가, 20여 세 때 이모가 사는 캐나다의 토론토로 이주해 지금까지 그곳에 살고 있는 사람이었다. 여유 시간과 돈의 대부분을 여행에 쏟아 붓는 모양이어서, 한국을 포함하여 세계 방방곡곡에 가보지 않은 곳이 거의 없었다. 캐나다 공군의 엔지니어로서 일했으며, 평생 결혼한 적은 없었다고 한다.

갈아탄 열차는 전반적으로 시설이 아주 좋고, 1등 손님을 위해서는 무료로 음식물이 제공되고 소파가 마련된 전망 칸을 따로 두고 있었다. 레스토랑에서 저녁식사를 할 때는 4호실 노인 및 일본인 부인을 동행한 그와 동갑의 미국 노인과 합석했다. 그들 부부는 1953년에 결혼하였고, 나고야 출신인 그 부인은 결혼 이후 계속 미국에 거주해 온 모양인데, 백인 남편은 직업 군인으로서 공군에 근무하다가 은퇴한 사람이었다. 기차가 오리건 주의 유진 시를 떠나는 것을 보고서 취침하였다.

10 (금) 맑음

깨어보니 기차는 이미 오리건 주를 벗어나 캘리포니아 주의 북부 지역을 달리고 있었다. 드넓은 벌판의 한가운데를 남쪽 방향으로 달리는데, 오른쪽 멀리 태평양 방향에는 해안 連峰이 오리건에서부터 계속 이어지고, 왼쪽 아스라한 곳에는 캐스케이드 연봉을 대신하여 시에라네바다 산맥이 펼쳐지고 있었다. 양쪽의 산줄기가 모두 흰 눈을 머리에 이고 있었다.

캘리포니아가 살기 좋다는 사람들이 많고, 특히 조카인 창환이는 천국이라고까지 말하고 있지만, 몇 번 가 본 나로서는 그곳이 원래 사막을 개조한 곳이라 삭막한 느낌이 들어 별로 호감이 가지 않았다. 특히 산에 나무가 별로 없고, 스프링클러로 물을 주어 키우는 거리의 나무들도 수종이 다양하지 못한데다, 계절의 변화를 느낄 수 없는 점이 그러했다. 그러나 오늘 이곳 북부 지방에 와 보니 과연 천국이라는 말에 실감이 났다.

콜롬비아 강 연안에서 바라본 워싱턴 및 오리건 주의 풍경도 크게 다르지는 않았지만, 이곳 캘리포니아 주에 들어오니 지나가는 곳마다 푸른 풀이 무성하고 물이 풍성하며 나무들도 이미 낙엽이 져 가지만 남은 것이 많은데, 푸른 잎이 무성한 것도 적지 않았다. 무엇보다도 벚꽃 같은 연분홍의 꽃이 무성하게 핀 나무가 매우 많고, 그 외에도 들판과 마을에서 여러 종류의 꽃들을 바라볼 수 있었다. 드넓은 들판에 과수원과 농토가 한도 없이 펼쳐져 있어 풍요로운 낙토임을 알 수 있었다.

그러나 기차는 이미 여섯 시간이 늦어져, 치코 역을 지나서 나의 목적지인 캘리포니아 주의 州都 새크라멘토 시에 도착하니, 기차 안의 방송에서 우리를 대기하고 있을 것이라고 했던 6 캘리포니아 제퍼 호는 이미 떠나버리고 없었다. 원래의 열차 운행시간표에 의하면 나는 코스트 스타라이트 호로 오전 6시 15분에 새크라멘토에 도착하여, 오전 11시 14분에 이 도시를 출발하는 캘리포니아 제퍼 호로 갈아타기로 되어 있으므로 다섯 시간 정도의 여유가 있는 셈이지만, 우리는 열차가 출발한 지 반시간쯤 후에야 도착했던 것이다. 역의 여직원이 하는 말로는, 캘리포니아 제퍼는 15분 정도 우리를 기다렸지만, 철도 회사 측의 요구를 받고서 출발했다는 것이었다.

여기서 갈아타기로 예정된 여덟 명의 여객은 한참 대기한 후, 새크라멘토 역 측이 제공해 준 두 대의 차에 분승하여 주간고속도로 80번을 경유하여 네바다 주의 리노 시를 향해 출발했다. 거기로 앞질러 가서 제퍼를 타기로 한 것이다. 내가 탄 벤츠 봉고차는 눈 덮인 시에라네바다 산맥을 통과하여 그 산 건너편 기슭의 사막 지대에 형성된 도시인 리노에 닿았다. 우리보다 먼저 승용차를 타고서 출발했던 세 명은 택시 회사로부터 파견된 운전기사가 리노 역의 소재지를 몰라 시내를 한 시간 정도 헤매느라고 우리보다 한참 후에야 도착했다. 우리는 제퍼의 도착 예정시간보다도 두 시간 먼저 리노 역에 다다랐으나, 기차는 그로부터 한 시간 정도 늦게 도착하였다. 그러므로 기차는 출발시간까지를 고려하면 고속도로를 달려온 우리보다 무려 세 시간 반 정도가 더 걸린 셈이다. 개축공사가 진행 중인 리노 역 1층의 싸늘한 대합실에서 점심도 굶어가며 여러 시간을 기다리다가 저녁 무렵에 비로소 캘리포니아 제퍼 호에 탈 수가 있었다. 리노 역에서 대기하는 중에 그 지방의 오늘 신문을 읽어보았다.

632호차 1층의 13호실을 배정받은 후 곧장 식당 칸으로 가서 5시로 예약된 저녁식사를 들었다. 식사 후에는 이미 어두워졌으므로, 여행 중 매일 해온 대로 샤워를 하고서 드러누워 『Leo Tolstoy and the Baha'i Faith』를 읽어, 제1장 'Tolstoy's Religious Vision' 부분까지를 마쳤다.

새크라멘토 역에서 처음 만나 리노 역까지 온 일행 중에 아무래도 한국인 같아 보이는 할머니 한 사람이 키 작은 백인 남편과 동행해 있었으므로, 망설이던 끝에 리노 역에서 영어로 "당신은 한국인과 매우 닮았습니다." 라고 말을 건네 보았더니, 곧 유창한 한국어로 대답이 돌아왔다. 그녀는 일본 北海道의 釧路에서 태어나 스무 살 가까운 처녀시절까지 자라다가 해방 후 한국으로 와 끼니도 제대로 잇지 못하고서 온갖 고생을 하였는데, 1960년대에 미군과 국제결혼 하여 미국으로 와서 콜로라도 주 덴버 시 부근의 콜로라도 스프링즈라는 미공군사관학교가 위치해 있는 군인도시에서 20여 년째 살고 있으며, LA의 딸네 집에 다녀오는 모양이었다. 직업군인인 남편이 퇴직하고서 노부부 둘뿐인 지금은 추운 지방인 그곳에 계속 살 이유도 없어, 세 딸 중 두 명이 살고 있는 LA로 이주할 생각으로 이사 짐을 조금씩 나르고 있는 중이라고 했다. 그 부부는 열차에서도 내 바로 맞은 편 방에 들었다.

또 한 사람의 일행 중 시에라네바다 산맥을 넘는 차 안에서 내 옆 좌석에 앉아 있다가 더불어 대화를 나눠본 백인 중년 여성은 여섯 명의 자녀를 둔 사람인데, 스테인드글라스의 디자인을 직업으로 삼았던 예술가라고 했다. 그녀는 45일간 미국 각지를 여행할 수 있는 앰트랙의 EXPLORE AMERICA FARE를 구입하여 침대가 아닌 좌석인 코치 칸으로 열차 여행을 계속하고 있으며, 지금은 유타 주의 솔트레이크 시티까지 간다고 했다. 젊은 시절에는 히피였으며, 인도에 가서 사이 바바라는 사람의 문하생에게서 명상 수련을 하기도 한 사람이었다. 그녀 역시 세계의 여러 종교는 본질적으로 같은 것이라는 생각을 지니고 있었으나, 영적인 능력으로 인간의 신체적 질병을 치유할 수 있다는 등의 사이 바바 류의 신비주의에 공감하고 있는 모양이었다.

11 (토) 맑음

밤중에 깨어 보니 기차는 유타 주의 중심도시 솔트레이크 시티로 들어서고 있었다. 유타 주에서부터는 산악 시간대가 적용되어 도로 한 시간이 빨라졌다. 솔트레이크 시티를 다 지나갈 때까지 침대에서 일어나 앉아 바깥 거리의 모습을 바라보았다. 예상보다 훨씬 도시 규모가 커서 기차가 떠난 지 수십 분이 지나도록 차창 밖의 불빛들이 사라지지 않았다. 솔트레이크 시티는 모르몬교의 중심지이자, 근자에 동계올림픽대회가 개최된 도시이기도 하다.

아침에는 솔트레이크 시티에서 발행되는 지방신문이 배달되었다. 오늘도 낮에는 종일 전망 칸에 나가 있었다. 서부 영화에서 보는 것 같은 황량한 사막의 풍경이 계속되었다. 솔트레이크 시티라는 명칭 자체가 도시 근처에 거대한 鹽湖가 있는 데서 유래한 것이지만, 염호가 아니더라도 유타 주의 사막 도처에서 소금을 볼 수 있다. 철로 주변의 사막에는 수많은 언덕들이 널려져 있는데, 그 윗부분은 대부분 비슷한 높이의 평평한 臺地로 되어 있고, 풍화작용에 의해 깎여져 내린 언덕의 측면과 그 아래 평지에는 여기저기 허연 소금이 뒤덮여 있으므로, 생물이 자라기에 매우 불리한 조건이다. 내 짐작으로는 태고 적에 여기가 바다 밑이었다가 지각변동에 의해 융기하여 육지로 변한 것이 아닌가 싶다. 거대한 스케일의 사막 풍경이 주는 아름다움도 무시 못 할 바가 있었다.

콜로라도 주 서쪽의 큰 마을인 그랜드 정션에 들어설 무렵부터는 곳곳에 나무도 보이고 콜로라도 강의 상류가 나타나 기차는 계속 그 강변을 따라 달리게 되었다. 반쯤 사막인 사바나성 풍토인데, 들판을 뛰노는 야생 사슴의 무리가 심심찮게 눈에 띄었다. 소나 말을 방목하여 키우는 목장도 많았다. 이 일대는 벌써 미국 로키산맥의 서쪽 끄트머리에 들어선 것이다.

그랜드 정션 역을 출발할 때까지 우리가 탄 캘리포니아 제퍼 호는 예정 시간보다 약 한 시간 정도 늦게 달리고 있었다. 그러던 것이 한참 후에 멈춰서더니 다시 떠날 줄을 몰랐다. 알고 보니 전방의 철로가 궤도를 이탈하여 그것을 수리하는 데 무작정 시간이 소요되고 있는 것이었다. 인적이 드문 이런 사막과 고원지대에는 철로가 대부분 단선이고, 역 주변이나 군데군데에 열차들이 서로 비켜 지나갈 수 있는 복수의 선로가 설치되어 있을 따름이다. 그런데 미국이나 캐나다의 화물열차는 그 차량 수가 100량이 넘는 경우가 흔하고, 때로는 200량 가까이 될 정도로 엄청난 길이를 가진 것이 많다. 이런 화물열차들이 수시로 지나가는 이런 단선 철도는 그 하중을 견디지 못하여 궤도를 이탈하기가 십상인 것이다.

몇 시간 지난 후 얼마 정도를 나아가더니, 다시 정거하여 무작정 대기하느라고 모두 하여 일정표에 나타난 시간보다 무려 여섯 시간 정도나 지체되었다. 다음 역인 글랜우드 스프링즈로부터 콜로라도 주의 중심도시인 덴버까지가 미국 로키산맥의 본령이며, 이번 여행의 주목적지에 해당하는 백미인데, 오후 12시 30분에 출발했어야 할 글랜우드 스프링즈 역에 우리가 실제로 도착한 것은 어두워져 갈 무렵이었다. 그 중에서도 노천온천장으로서 유명한 글랜우드 스프링즈에서부터 오후 3시 32분 도착 예정인 글랜비까지가 이른바 로키의 3대 협곡이 이어지는 구간으로서 보는 사람마다 찬탄을 금치 못한다고 하는 말을 많이 들었다. 그러나 내가 탄 기차가 협곡에 들어선지 얼마 후 차창 밖은 이미 깜깜해졌으므로 모든 구경을 포기하는 수밖에 없었다.

식당 칸에서 석식을 마친 후 방으로 돌아와서 양치질과 샤워를 하고, 침대에 드러누워서 포틀랜드 역의 1등 승객 대합실에서 주워온 책자들을 뒤적였다. 그 중에서도 특히 암트랙 회사 측이 발행한 『AMTRAK AMERICA 2005-2006』 및 『AMTRAK SYSTEM TIMETABLE: FALL 2005-WINTER 2006』은 그 내용을 보다 자세히 검토해 보았다.

평소의 취침시간인 밤 아홉 시가 되어 독서를 중단하고서 방안 모든 불을 끄고 보니 갑자기 차창 밖이 환해지며 로키산맥의 풍경이 펼쳐졌다. 보름달인데다가 고산지대라서 눈이 제법 쌓인지라 멀리까지 로키의 풍광을 바라볼 수가 있었다. 이 기이한 인연을 놓칠 수 없어, 얼마 후 기차가 그랜비 역에 닿고 자정 무렵에 산맥을 다 지나 내려와 평지의 덴버 역에 닿을 때까지 네 시간 정도 동안 커튼으로 복도의 불빛을 철저히 차단하고서 두 개의 대형 차창을 통해 영화 스크린처럼 펼쳐지는 바깥의 산 모습을 계속 지켜보았다. 기차는 여기저기에서 터널을 지나고 꼬부라져 가기도 하였다. 먼 곳의 산 능선까지 다 바라볼 수 있었는데, 협곡을 못 본 까닭인지 그다지 큰 감동은 느끼지 못했다. 시에라네바다 산맥을 넘어올 때도 그랬듯이, 고산의 나무들은 대부분 소나무 과에 속하는 침엽수라 사철 낙엽이 지지 않고서 푸름을 유지하고 있었다.

12 (일) 맑음
간밤에 늦게까지 깨어 있었으므로 날이 밝아올 때까지 드러누워 있었다. 실내온도는 조절할 수 있지만, 오히려 더워서 코 안이 마를 정도였다. 일어나 보니 기차는 네브래스카 주의 대평원을 달리고 있었다. 네브래스카에 들어와서는 중부시간대로 바뀌었으므로 시카고와 같은 시간대로 되었다. 나는 미국에 온 후 여행 중 손목시계의 바늘은 고치지 않았고, 핸드폰으로 현지 시간을 확인해 왔다.

여행 중 매일 하루에 한두 차례씩 아내 및 두리와 통화를 해 왔었는데, 내가 기차의 지체로 말미암아 로키산맥을 구경하지 못했다는 소식을 듣고서 누나가 다시 전화를 걸어와 좋은 아이디어가 있다면서 의견을 말해

주었다. 친구인 앤지 씨 등과 대화해 보았더니, 미국에서는 그런 경우 열차 승무원에게 클레임을 제기하면 어떤 보상책을 마련해 줄 수도 있으니 꼭 한 번 그렇게 해보라는 것이었다. 미국 사람들은 이번 경우 타는 기차마다 대폭적인 지연으로 환승 등에 막대한 지장이 있고 그 밖의 개인적인 불편이 심함에도 불구하고, 불만을 말하는 사람들은 있어도 승무원 측에 항의를 제기하거나 남의 눈에 띌 정도로 화를 내어 소동을 부리는 사람은 찾아볼 수가 없었다. 그럼에도 불구하고 이 나라의 물정도 잘 모르는 외국인인 내가 이의를 제기하다는 것은 부끄럽기도 하고 내키지 않는 일이었으므로 일단 사절해 두었다.

그러나 이런 식의 피해를 입고서 말 한 마디도 못하고 당하고만 있을 필요는 없을 듯하여, 결국 식당 칸에 모여 있는 승무원들에게로 가서 컨덕터, 즉 이 열차 책임자와의 면담을 요청하였다. 그랬더니 우리 칸 담당의 흑인 직원이 자기를 따라오라고 하여 나를 우리 칸으로 데려가더니, 그 차량에 설치된 스피커로 차장을 내 방으로 호출하였다. 얼마 후 차장이 찾아왔으므로 사정을 설명하고서, 세 열차의 지연으로 말미암아 예정했던 도시 관광 일정들이 이루어지지 못했고, 더구나 이번 여행의 백미인 로키산맥을 볼 수 없었던 점에 대해 차장으로서 피해자인 나에게 어떤 대책을 마련해 줄 수 있는 지 물어보았다. 흰 콧수염을 기른 중년의 차장은 그것은 자기 소관 사항이 아니라면서 클레임은 회사 측에다 제기하라고 말하고서 앰트랙 담당 부처의 전화번호를 적어주었다.

오늘 전망 칸에 일본인 젊은이가 나와 앉아서 책을 읽고 있는 것을 보았는데, 나중에 내 바로 옆 좌석에 옮겨와서 같은 일본인 친구 한 사람과 더불어 책을 읽거나 대화를 나누고 있으므로, 말을 건네 보았다. 알고 보니 그들은 東京大學 의대생으로서 나와 대화한 젊은이는 학부 5학년, 즉 한국식으로 말하자면 본과 3학년생이었다. 미국에는 세 번째 왔고, 이번에는 3주 예정의 자비 여행인 모양이었다. 캘리포니아 일대와 솔트레이크 시티를 거쳐 간밤에 덴버에서 이 기차 코치 석을 탔으며, 주로 대학들을 중심으로 견학하고 있는데, 앞으로는 미시건·존스홉킨스 등의 대학도 방문할 일정을 잡고 있다고 했다.

네브래스카 주의 중심 도시이면서 아이오와 주와의 접경에 위치한 오마하 시에 들어왔을 때부터 큰 강이 보이기 시작했다. 아이오와 주에 들어선 이후 여러 차례 회옥이와 통화를 시도했으나 이뤄지지 않다가, 기차가 아이오와대학이 있는 아이오와시티의 서남쪽에 위치한 오툼와 역을 떠날 무렵에 비로소 통화가 이뤄졌다. 미시시피 강 철교를 건너 일리노이 주에 들어선 무렵부터 기차가 속력을 냈는지, 예상보다는 빨리 오후 7시 30분에 시카고의 유니언 역에 도착하였다. 『Leo Tolstoy and the Baha'i Faith』의 제2장 'Tolstoy and the Baha'i Faith'까지를 다 읽었다.

갈아탈 엘진 행 메트라 기차는 손님이 적은 일요일에는 두 시간에 한 대씩 운행하므로, 다음 차례인 오후 8시 40분 발 열차를 대기하는 동안 역 구내에서 생맥주 한 잔과 맥도날드 햄버거로 저녁식사를 때웠다. 9시 25분에 메다이나 역에 도착하니, 누나와 아내가 맥스를 데리고서 마중 나와 있었다.

14 (화) 맑음

누나가 클라라 언니라고 부르는 친구 분 내외가 오늘 저녁에 우리 내외를 초청하여 근처의 베트남 국수집에서 저녁식사를 사겠다고 한다는 말을 어제 누나로부터 들은 바 있었는데, 그 후 남편 되는 분이 또 나와 더불어 오늘 아침에 골프연습장으로 함께 가자고 한다는 것이었다. 별로 내키지는 않으나 상대방의 호의를 사절하기도 무엇하여 일단 승낙하였더니, 그 직후인 어제 내가 헬스클럽에 당도하여 탈의실에서 옷을 벗고 있는 중에 그분으로부터 전화가 걸려왔다. 그래서 오늘 오전 8시 30분에 내가 차를 몰고서 로젤의 월넛 에브뉴 입구에 있는 그분 댁으로 가서 합류한 후, 그 분 차에 동승하여 함께 골프연습장으로 이동하기로 약속하였다.

약속된 시간에 클라라 씨의 남편 되는 李河永 씨와 합류하여 성 김대건 성당 부근인 우드 데일의 골프 돔 엣 솔트 크리크라는 흰색 돔 모양의 골프연습장에 도착했다. 이 씨는 1972년에 미국으로 이민 와서 미국인의 전기 관계 회사에 근무하다가 퇴직한 분으로서 이미 70대의 고령이다. 예전에는 시카고 일대의 부자 동네인 배링턴에 큰 저택을 지니고 있었으나, 근년에 집을 줄여 두 가구가 공유하는 주택으로 이주한 것이다. 클라라 씨 내외와 마찬가지로 데스 플레인즈에 있는 성 정하상 한인 성당에 다니는 70대 노인 한 사람도 나와서 셋이 함께 한 시간 남짓 골프 연습을 하게 되었다. 밀폐된 공간이라 겨울철에 보온이 용이하다는 점 말고서는 인도어 골프연습장의 시설 수준은 한국보다 못하다는 느낌이었다. 거기에 나와 연습하는 서양인들도 거의 다 비슷한 연령층의 이미 퇴직한 노인들이었다. 공을 일일이 손으로 집어 인조잔디로 된 받침대 위에다 놓고서 치고 있었다. 모처럼 골프연습을 해 보니 또 처음 하는 것처럼 서툴러 잘 맞지 않을 뿐 아니라, 드라이브와 우드만 사용했는데 손가락의 피부가 벗겨졌다.

운동을 마친 후, 셋이서 듀페이지 카운티 동남쪽 다우너즈 그로브의 쇼핑 몰에 있는 중국 식당 로열 뷔페(皇家)로 가서 점심을 들고서 돌아왔다. 나는 다시 차를 몰고서 집으로 돌아오는 길에 헬스클럽에도 들렀다.

오후 여섯 시에 이하영 씨 내외가 다시 누나 집으로 차를 몰고 왔는데, 초청자인 그들의 의견은 베트남 음식점보다는 오늘 점심을 들었던 로열 뷔페로 다시 가자는 것이었다. 그리하여 누나와 아내를 포함한 우리 세 명이 이 씨가 운전하는 클라라 씨의 승용차에 동승하여 그리로 가서 또다시 석식을 포식하였다.

16 (목) 비 오고 추움

크리스틴 스타인으로부터 3페이지에 달하는 긴 이메일을 받았다. 내가 그녀의 인적사항에 관해 물은 데 대한 회답일 것이다. 그녀는 베를린과 하노버, 할레 사이에 있는 동독의 아이스레벤에서 태어나 독일에서 미군이었던 현 남편과 만나 21세 때 미국으로 건너와 남편의 고향인 위스콘신 주 홀멘의 현 주소에 거주하게 되었다. 현재 남편과 함께 살면서 도서관 직원으로 일하고 있고, 슬하에 딸 하나를 두었는데 결혼하여 뉴멕시코 주에 살고 있다. 독일에는 83세 된 모친이 홀로 살고 있으므로, 미국으로 모셔오고 싶지만 미국에서는 의료보험 혜택이 주어지지 않으므로 아직 실행하지 못하고 있는 모양이다. 그녀는 모친과의 통화에서 나에 관한 말을 했으며, 시카고에서 의학 잡지의 부편집인으로 있는 게오프라는 미국인 남자친구에게도 내 말을 했다면서, 언젠가 자기가 시카고에 오게 되면 그와 더불어 셋이서 차이나타운으로 가 함께 식사를 하자고 했다.

17 (금) 맑음

크리스틴에게 회신을 보냈다.

점심을 들고 나서는 캠리 차를 몰고서 듀페이지 카운티의 동남쪽으로 내려가 오크브루크에 있는 요크 우즈 및 메이즈레이크, 다우너즈 그로브에 있는 리먼 우즈 등 세 개의 삼림보호구역을 걸어보았다. 20번 연방도로인 레이크 스트리트를 따라 동남쪽 방향으로 나아가다가 지방도로인 빌라 에브뉴를 취해 남쪽으로 내려가, 다시 38번 주도인 루즈벨트 로드를 만나서 동쪽으로 나아가 요크 우즈에 이르렀다. 거기서 지방도 요크 로드 및 31번가인 오크브루크 에브뉴를 취해 메이즈레이크와 리먼 우즈를 둘러본 다음, 돌아올 때는 하일랜드 에브뉴·루즈벨트 로드·핀리 로드·세인트 찰즈 로드·53번 주도인 롤윙 로드·아미 트레일 로드·글랜 앨린 로드를 따라왔다.

요크 우즈 삼림보호구역의 면적은 75에이커로서 비교적 작은 편이지만, 1917년에 구입되어 듀페이지 카운티의 삼림보호구역 가운데서 설립연대가 가장 오래된 것이다.

메이즈레이크에는 전에 창환이, 맥스와 더불어 근처의 풀러즈버그 우즈 삼림보호구역에 왔던 길에 한 번 들러서 그 가운데에 있는 피바디 저택을 방문한 적이 있었다. 그러나 숲길은 별로 걸어보지 못했기 때문에 오늘 다시 들른 것이다. 저택을 포함한 총 면적은 90에이커에 달한다. 다시 한 번 그 연혁을 말하자면, 1919년에 당대의 석탄왕 프랜시스 스튜브산 피바디가 듀페이지 카운티의 동부에다 848에이커에 달하는 토지를 축적하여 방이 39개인 튜더 고딕 양식의 저택을 건축하기 시작하였다. 그의 첫 부인과 딸이 모두 메이라는 이름을 가지고 있었기 때문에 9에이커의 호수가 딸린 이 저택을 메이즈레이크라고 이름 지었던 것이다. 그러나 저택이 완성된 직후인 1922년 8월 27일 아침에 백만장자인 피버디가 63세의 나이에 심장마비로 사망하는 비극이 발생하자, 유족들은 이 저택에 살고 싶어 하지 않아 1924년 3월 28일에 프란체스코 수도회에 매각하였다. 프란체스코 수도회는 1925년 이후로 이 저택을 피정소로서 사용해 오다가, 1951년에 곁에다 건물 하나를 더 붙여지었고, 1951년 이후 16년이 걸려 성 파스칼 수도원에다 9만 평방피트에 달하는 건물을 짓기도 하여 오늘에 이르렀다.

리먼 우즈는 150에이커 남짓 되는 면적에 참나무를 주로 하는 숲과 초지, 습지 및 케임(빙하가 운반해 온 모래나 자갈로써 이루어진 언덕)으로 구성되어져 있다. 다우너즈 그로브 마을과 다우너즈 그로브 파크 디스트릭트, 그리고 듀페이지 카운티 삼림보호구역 당국의 공동소유 형식으로 되어 있다. 그렇지만 다우너즈 그로브 시가 관리한다는 분위기가 짙어 다른 삼림보호구역과는 운영방식이 꽤 달랐다. 그 입구에 학습관에 해당하는 'Interpretive Center'라는 건물이 서 있었다.

18 (토) 맑으나 강추위

크리스틴이 어제 세 번째로 보내 온 이메일을 읽었다. 그녀는 집에 컴퓨터가 없고 직장인 도서관의 컴퓨터를 사용하고 있다고 하므로, 금요일에 퇴근하면 다음 주가 되어야 다시 이메일을 쓸 수 있다. 남편은 승용차 대신으로 트럭을 운전하고 있었으나 근자에 그 트럭이 고장 나 크리스틴이 자기 승용차로 출퇴근을 도와주었어야 했는데, 이제 그 승용차를 되찾았다고 한다. 그런 말로 미뤄보면, 그녀의 남편은 트럭 일을 하는 모양이다. 그녀는 1946년생으로서 나보다 세 살 연상임을 알았다.

21. (화) 맑고 포근함

점심을 든 후, 맥스를 태우고서 차를 운전하여 글랜 앨린에 있는 윌로우 브루크 삼림보호구역과 다우너즈 그로브에 있는 메이플 그로브 삼림보호구역에 다녀왔다. 겨울철에 맥스를 데리고서 삼림보호구역의 오솔길들을 헤매다 보면 맥스의 발과 긴 털에 풀 열매들이 붙어 잘 떨어지지 않을 뿐 아니라 맥스가 그것들을 뜯어먹어 배탈을 일으키기도 하므로, 누나와 아내가 적극 만류하여 그동안 맥스를 데리고서 산책하는 것을 포기하고 있었다. 그랬더니 맥스는 운동부족으로 말미암아 살이 탱탱하게 쪄 비만증에 걸린 것 같으므로, 오늘은 날씨도 좋고 하여 모처럼 다시 데리고 나가서 오솔길은 피하고서 비교적 넓은 산책로만을 걸어 본 것이다.

윌로우 브루크는 면적이 50에이커에 불과한 소규모인데, 그 입구에 일종의 동물병원인 야생동물 센터가 있고, 조그만 동물원도 있었다. 개를 데리고 들어가는 것을 금한다는 표지가 있었으므로, 나 혼자 들어가서 한 바퀴 돌았다. 메이플 그로브는 82에이커로서 전자보다는 조금 크나 역시 소규모라고 할 수 있다. 히치코크 에브뉴를 통해 먼저 그 북쪽 주차장으로 갔더니, 거기에는 길버트 공원이 있을 뿐 삼림보호구역으로 들어가는 길이나 표지는 눈에 띄지 않았으므로, 다시 차를 몰아 리 에브뉴를 통해 메이플 에브뉴에 면해 있는 입구로 들어갔다.

22. (수) 맑음

크리스틴으로부터 보내져 온 이메일을 읽었다. 그녀는 지난 주 수요일 이래로 독감을 앓아 직장을 쉬고 있다가 한 주가 지난 어제 비로소 다시 출근했으나 아직 건강이 충분히 회복되지 않은 상태라고 한다. 그녀는 패전 직후의 비참한 상황에서 고향이자 외가가 있는 동독의 아이스레벤에서 자라다가 8세 때 어머니 및 남동생과 함께 비행기를 타고서 동독을 떠나 서독으로 가서 소련의 지배에 항거하는 봉기에 참가했다가 먼저 서독으로 망명한 아버지와 서독의 난민 수용소에서 처음으로 다시 만났으며, 그 후 하이델베르크·만하임·카이저스라우터른에서 가까운 팔렌티네 지구의 작은 마을로 옮겨져 난민으로서 차별 받는 가운데 고독하고 슬픈 소녀시절을 보냈다. 그녀는 루터교파에 속했으나, 독일을 떠난 이후로 교회에는 잘 나가지 않는다고 한다.

오후에 맥스를 데리고서 라일에 있는 라일 파크 디스트릭트와 듀페이지 카운티의 포리스트 프리저브 디스트릭트가 공동으로 소유한 힛치코크 우즈, 그리고 그 아래쪽으로 꽤 떨어져 듀페이지 카운티의 남쪽 끄트머리 부근에 있는 에저먼 우즈(115에이커) 삼림보호구역들을 걸어보았다. 앰트랙이 통과하는 철로에 면해 있는 힛치코크 우즈는 18에이커로서 지도상으로 매우 작지만, 숲속으로 들어가 보니 시내를 따라 제법 한참 걸을 만하였다. 에저먼 우즈에는 주차장이 없으므로 그 부근의 마을 진입로 가에다 차를 세웠다. 어느 정도 큰길에 익숙해진 이즈음 오고가는 코스는 가능한 한 평소에 잘 다니지 않는 도로를 택하고 있으며, 오늘도 돌아오는 길에 헬스클럽에 들렀다.

23 (목) 맑음
크리스틴에게 회신을 보냈다.

오후에는 맥스를 데리고서 누나가 주로 사용하는 링컨 승용차를 몰아 듀페이지 카운티의 최남단 네이퍼빌에 있는 구드리치 우즈(14에이커) 및 파이오니아 파크(30에이커) 삼림보호구역에 다녀왔다. 어제 갔던 에저먼 우즈의 조금 서쪽에 있는 것들이다. 이 둘은 모두 네이퍼빌 파크 디스트릭트와 듀페이지 카운티 포리스트 프리저브 디스트릭트가 공동으로 관리하는 것이다. 전자는 참나무가 주종인 숲속으로 난 오솔길이 이어져 있을 따름이었으나, 후자는 웨스트브랜치 듀페이지 강을 따라서 남북으로 좁고 길게 이어진 숲속으로 아스팔트 포장된 자전거 도로가 나 있어 그 도로를 끝까지 왕복하다 보니 상당한 시간이 소요되었다. 웨스트브랜치 리버웨이라고 불리는 그 숲길은 북쪽에서는 대체로 가트너 로드의 동쪽 끝 부분에 위치한 링컨 파크에서부터 시작하여 남쪽으로는 듀페이지 카운티의 끄트머리인 87번가까지 이어지고 있었다.

파이오니아 파크의 주차장 부근에 돌로 만든 커다란 맷돌 두 개로 장식된 기념비가 서 있었다. 파이오니아란 1820년대 말 이 지역에 최초로 정착한 유럽 이민자의 뉴 프런티어 정신을 기리기 위한 말로서, 기념비는 그 100주년을 기념하여 세운 것이었다. 파이오니아 파크·구드리치 우즈·에저먼 우즈를 가로로 연결하는 도로 이름이 홉슨 로드인데, 이 맷돌은 그 홉슨이라는 사람이 1830년대 초에 이 자리에다 세웠던 방앗간에서 사용하던 것이라고 한다.

24 (금) 맑으나 다소 쌀쌀함

크리스틴으로부터 이메일을 받았다. 그녀가 감기로 한 주 동안 직장을 쉬었기 때문인지, 이번 주 금요일과 토요일도 근무를 해야 하는 모양이다. 지난번 메일에 이어 이번에도 자신의 독일 시절, 특히 동독 탈출 과정에 대해 상세하게 적었다. 그녀는 모친 및 남동생과 함께 고향인 동독의 아이스레벤으로부터 밤중에 기차를 타고서 베를린 부근에 사는 아버지의 부모 집으로 왔고, 철도국에 근무하던 할아버지가 그들을 소련 지배하의 동베를린으로 데려다주었으며, 거기서 서방진영이 지배하는 서베를린으로 넘어갔다. 서베를린에 도착한 후 며칠 동안 이미 동독을 탈출한 자기 아버지가 관계되어 있는 지하조직의 난민을 돕는 별장에서 머물다가 서베를린의 난민수용소로 옮겨가 자기네 순서를 기다린 다음, 동독 영역 가운데 섬처럼 고립되어 있는 서베를린을 떠나 비행기로 서독 본토에 이송되었다. 그녀의 가족은 프랑크푸르트에서 남쪽으로 한 시간 정도 되는 거리이며 만하임의 서북쪽 가까이에 위치한 작은 마을인 에버츠하임에 정착해 살았으며, 그녀의 모친은 아직도 거기에 생존해 있다. 그 마을은 독일 포도주 거리(복켄하임~슈바이겐)에 가까우며 포도밭이 많은 라인 강 계곡에도 가까워, 그녀는 소녀 시절 남들과 마찬가지로 포도 따는 일로 아르바이트를 하기도 했다고 한다.

점심을 든 후 어제처럼 맥스를 데리고서 링컨 승용차를 몰아 네이퍼빌로 향했다. 역시 네이퍼빌 파크 디스트릭트와 듀페이지 카운티 포리스트 프리저브 디스트릭트가 공동으로 운영하는 벌링턴 파크(52에이커)에 도착하였다. 그곳은 창환이와 더불어 예전에 들른 적이 있었던 맥도웰 그로브(439에이커)의 남쪽에 붙어 있으며, 벌링턴 노던/산타 페 철로의 남쪽, 웨스트브랜치 듀페이지 강가에 위치해 있다. 이곳을 끝으로 나는 듀페이지 카운티 내의 주차장이 있는 삼림보호구역들은 남김없이 다 들른 셈이 된다. 그곳 주차장은 마을 속의 숲 안으로 100미터쯤 들어간 위치에 있었다. 그곳의 크고 작은 길들을 두루 걸어본 다음, 차를 몰고 나와서 그 바로 부근의 아래쪽 강변에 위치한 리버워크 공원에도 들렀다.

네이퍼빌 중심가에 인접한 이 공원은 꽤 광대하였는데, 그 중 숲이 많은 서쪽 일부는 역시 듀페이지 카운티 포리스트 프리저브 디스트릭트가 공동으로 운영하고 있는 모양이다. 공원의 이름 그대로 웨스트브랜치 강을 따라서 산책로가 길게 이어져 있었는데, 나는 시가지에 붙어 있는 자동차가 다니는 큰 다리가 있는 지점까지만 걷고서 내 차를 세워둔 교회 부설 학교 주차장 쪽으로 돌아왔다. 돌아오는 도중 음악을 연주하는 종탑인 카리용이 있는 지점 부근에서 다리를 건너 건너편 산책로를 좀 걸어보기도 했다. 강에는 수많은 청둥오리의 무리가 떠 놀고 있고, 공원 도처에 캐나다 거위의 무리 역시 떼를 지어 서성거리고 있었다. 네이퍼빌은 듀페이지 카운티 안에서도 좋은 학교가 있고 삶의 질이 높은 곳으로서 알려져 있는데, 그 이유의 일부가 그곳을 가로질러 흘러가는 이 강에 있는 듯했다.

25 (토) 맑음

어제 오전 크리스틴에게 회신을 보냈었는데, 그로부터 얼마 후인 12시 21분에 다시 크리스틴의 이메일이 도착해 있었다. 에버츠하임에 정착한 이후의 과정을 설명하였다. 그녀 자신은 난민으로서의 불우했던 가정 사정으로 말미암아 돈이 없어 대학에 진학하지 못했지만, 그녀의 형제·자매는 후에 모두 대학을 졸업했다고 한다. 그녀는 아버지가 사무직으로 일하고 있었던 종이공장에 취직하여 3년 동안 견습공으로서 그 공장 안의 온갖 일을 두루 익혔다. 그런 다음에 시험을 쳐서 정식 자격증을 취득할 수 있는 시스템이었으며, 이후 계속 그 직장에 근무하고 있었던 모양이다. 그녀의 남편은 당시 독일에 주둔한 미군이었고, 결혼한 지 몇 개월 후에 미국으로 건너왔는데, 시가에서는 독일인인데다 영어도 별로 하지 못하는 그녀를 백안시하여 고달프고 외로운 시집살이가 시작되었다. 종전의 자기 직업과는 전혀 상관이 없는 농장에서 시댁 식구들과 함께 거주하다가, 그 후 여러 종류의 직장을 거치면서 사람들과 접촉해 가며 독학으로 영어를 익혔기 때문에 지금까지도 영어 문법에 대해서는 자신이 없다고 한다.

그녀의 남편은 그들 내외가 사는 홀멘이 속해 있는 라 크로스 카운티의 시청에 소속된 중장비 기계사로서, 그녀와는 취미 등이 완전히 다르지만 좋은 사람이며, 결혼한 지 39년째 된다고 한다. 그렇다면 그들은 1967년 무렵에 결혼하였고, 그녀는 나보다 세 살이 많으니 1946년생일 것이므로, 당시 그녀의 나이는 21세 정도였던 셈이 된다.

슬하에 딸 하나를 두었는데, 그 딸은 미네소타 주에 있는 대학을 졸업하고서 지금은 결혼하여 뉴멕시코 주에서 살고 있다. 독일어도 말할 수 있다고 한다. 그녀에게는 함께 동독을 탈출한 남자 형제 외에 여자 형제 한 명이 있었는데, 독일에 거주하는 터키 인과 결혼하였고, 그 내외가 이미 모두 타계하였으나 소생인 두 딸은 현재 베를린의 터키인 사회에서 자라고 있다. 그 중 19세 된 큰애는 독일어·터키어·영어를 유창하게 구사하며, 금년 9월 중에 이모인 자기를 만나러 처음으로 미국에 올 것이라고 한다.

26 (일) 맑음

엊그제 크리스틴으로부터 온 이메일의 회신을 아직 보내지 못했는데, 어제 오전에 다시 두 차례 더 새 메일이 와 있었다.

미사를 마치고서 지하의 친교실에서 본당 창립 25주년 기금 마련을 위해 판매하는 갈비탕으로 점심을 든 후, 클라라 씨를 포함한 네 명이 함께 에디슨에서 실시되는 난초전시회를 보러 갔다. ORCHIDS BY HAUSERMANN, INC이라는 회사의 연례 오픈 하우스로서 판매를 위주로 하는 것이었다. 매년 한 차례 한 주 정도의 일정으로 실시하는데, 오늘이 그 마지막 날이라고 한다. 모두 합치면 운동장처럼 넓은 여러 개의 비닐하우스 대형 매장에 각종 양란이 무수하게 전시되어 있었고, 각종 음료수와 케이크도 무료로 제공되고 있었다. 클라라 씨는 화분 두 개를 샀고, 누나도 오늘 오후에 누나 집을 방문할 두리의 다음 주 3월 3일 생일 선물로서 양란 화분 하나를 샀다.

27 (월) 맑음

점심 식사 후 맥스를 데리고서 우드 데일에 있는 솔트 크리크 늪지 삼림보호구역으로 가서 산책을 하였다. 주차장이 있는 곳들은 이미 모두 답파했기 때문에 이제부터 듀페이지 카운티의 삼림보호구역 가운데서 주차장이 없는 곳들을 걸어볼 차례인 것이다. 그곳에도 정식 산책로는 아니어도 풀밭 사이로 걸어볼 만한 길들은 나 있었고, 돌아올 때는 자전거도로를 따라 공장의 주차장에다 세워둔 승용차까지 걸어왔다.

28 (화) 맑음

어제와 오늘 오전 중에 앰트랙 홈페이지에 접속하여 계속 미국 남부지방 열차 여행에 대해 알아보았다. 시카고를 출발하여 뉴올리언스를 거쳐서 마이애미까지 다녀오는 코스인데, 뉴올리언스와 마이애미에서 내려 각각 하루씩을 숙박해야 할 뿐만 아니라 뉴올리언스와 플로리다 주를 연결하는 철로는 허리케인 카타리나의 피해 때문에 철로가 파손되어 아직 통행이 불가하고 뉴올리언스에서 워싱턴 DC를 경유하여 마이애미로 가야하는데, 워싱턴으로 북상하는 기차 노선도 일부 구간이 3월 6일 이후 철로 보수공사에 들어가 통행이 불가하므로, 선택이 어려웠다. 회옥이의 봄 방학 기간을 이용하여 가족 세 명이 함께 플로리다를 다녀올까 하여 국제여행사에다 전화를 걸어 알아보았으나, 방학 기간이 한 주 정도라 짧은데다 비행기 표도 구하기 어려워 일단 보류해 두었다.

밸리 토털 피트니스에서 만난 글랜데일 하이츠에 사는 나보다 9세 연장자인 송 씨 성을 가진 재미교포와 함께 블루밍데일에 있는 또 하나의 골프클럽인 인디언 레이크스 리조트로 가서 회원 가입을 하고 18홀을 쳤다. 인디언 레이크스 리조트는 시크 로드 가에 위치하였는데, 36홀로 된 대형골프장이 있으며 그 외에 호텔과 레스토랑, 회의장, 헬스클럽 등 각종 부대시설이 있다. 그러므로 골프장 이용료가 작년에 내가 주로 이용했었던 블루밍데일 골프클럽보다는 비싼 편인데, 송 씨의 설명으로는 $85를 내고서 회원(Preferred Player Program) 가입을 하면 모든 이용료가 반값이며, 겨울철에도 $13을 내고서 골프를 칠 수 있다는 것이었다. 그러므로 오늘 둘이서 오후 12시 30분 무렵에 그곳 주차장에서 만나 회원 가입을 하고 난 후, 오후 4시 40분 무렵까지 함께 18홀을 쳤던 것이다. 우리 외에도 겨울철에 골프를 치는 사람들이 제법 있었다.

크리스틴으로부터는 어제 다시 두 통의 이메일이 도착하였다.

3월

1 (수) 흐림

회옥이의 봄 방학 기간이 3월 12일부터 한 주 정도인데 비해 아내가 적을 두고 있는 UIC에서는 봄방학이 3월 20일부터 한 주간이라고 하므로, 어제 밤 아내와 상의하여 아내의 봄 방학 기간 중에 함께 미국 동남부 지방을 다녀오기로 합의하였다. 그래서 오늘 오전 중에 이메일을 통해 앰트랙과 그레이하운드에 접속하고, 또한 국제여행사로 전화하여 주말을 포함한 17일부터 26일까지 열흘간의 여행 계획을 세웠고, 오늘 아내의 퇴근 후에 다시 상의하여 그대로 추진하기로 합의를 보았다. 이에 의하면, 17일 오후 8시에 시카고를 출발하는 앰트랙 59 시티 오브 뉴올리언스 호로 19시간 32분을 달려 18일 오후 3시 32분에 루이지애나 주의 중심

도시 뉴올리언스에 도착한다. 거기서 하루 밤을 자고서, 다음날 오전 7시 20분에 출발하는 20 크레센트 호 열차로 25시간 30분을 달려 20일 오전 9시 50분에 워싱턴 DC에 도착한 다음, 당일 오후 3시 5분에 워싱턴 DC를 출발하는 91 실버 스타 호 열차로 19시간 12분을 달려 21일 오전 10시 17분에 플로리다 주의 올랜도에 도착한다. 아내의 의견에 따라 이번 열차 여행에서는 모두 지난달에 내가 이용했었던 작은 침대칸인 루메트가 아닌 보통 크기의 2인용 룸을 사용할 예정이다.

관광도시로서 유명한 올랜도에서 국제여행사가 마련해 준 호텔과 교통편으로 3박4일을 보낸 다음, 24일 오전 4시 15분에 올랜도를 출발하는 그레이하운드 장거리 버스로 13시간을 달려 당일 오후 5시 15분에 미국의 최남단에 위치한 플로리다 주의 키 웨스트 섬에 도착한다. 거기서 하루 밤을 자고서 다음날 오전 11시 30분에 키 웨스트를 출발하는 그레이하운드 편으로 4시간 25분을 달려 오후 3시 55분에 플로리다 주의 마이애미에 도착하여 또 하루를 투숙한다. 마이애미비치에서 해수욕 등을 하며 하루를 보낸 다음, 26일 오후 3시 26분에 출발하는 유나이티드 항공 편으로 마이애미를 출발하여 당일 오후 6시에 시카고의 오헤어 공항에 도착하는 비행기 편은 국제여행사를 통해 오늘 이미 예약해 두었다.

오후 12시 30분부터 네 시간 남짓에 걸쳐 송 씨와 더불어 다시금 인디언 레이크스 리조트의 이스트 트레일 코스에서 18홀 골프를 쳤다. 이 골프장에는 동쪽의 이스트 트레일 18홀과 서쪽의 블랙호크 트레이스 18홀이 서로 인접해 있어 모두 36홀인데, 후자는 비교적 근년에 새로 잔디를 깔아 보다 고급이므로 그쪽 코스를 이용하기 위해서는 매번 돈을 좀 더 내야 하는 모양이다. 겨울철에는 개방되지 않는다고 들었는데도 그쪽 코스에서 골프를 하는 사람들이 더러 있었다. 송 씨는 한국에서 건설업을 하다가 실패하여 미국으로 이민 온 사람이라고 자신을 소개하였다. 시카고에서는 「시카고 트리뷴」 신문사와 같은 계열인 위글리 추잉검 회사에서 근무하다가 퇴임하였다고 한다.

2 (목) 흐리고 때때로 부슬비

크리스틴으로부터 어제 다시 이메일이 왔다. 3월 18일 토요일에 친구들을 만나기 위해 시카고로 왔다가 화요일에 돌아갈 예정이라는 내용이었다. 회신을 보내어 그 기간 중에 내가 아내와 더불어 여행을 떠나 있을 것이므로 서로 만날 수 없을 것이라고 했더니, 오전 11시 14분에 다시 회신이 왔는데, 만날 예정이었던 다른 친구들의 사정도 여의치 않아 이미 직장의 다른 직원과 근무 교대 조치를 취해 두었지만 재고해 봐야겠다고 했다.

4 (토) 맑음

송 씨로부터 전화를 받고서 12시 30분 무렵 인디언 레이크스 리조트로 나가 송 씨의 친구인 홍 씨, 옥 씨와 더불어 넷이서 오후 다섯 시 무렵까지 골프를 쳤다. 송 씨의 말에 의하면 전 세계 골프장의 80%가 미국에 있다고 한다. 그런 나라에서 10년 이상씩 골프를 쳐온 그들은 물론 나보다 실력이 월등하므로 좀 창피한 느낌이 있었다.

5 (일) 맑았다가 눈

아내와 누나는 성당에 나가 예비자 교리 및 미사에 참여하고, 나는 기차를 타고서 시카고 중심가로 나가서 애들러 천문관(ADLER PLANETARIUM & ASTRONOMY MUSEUM)을 방문하였다. 메다이나 역에서 8시 19분 기차를 타고서 9시 9분에 유니언 역에 도착한 후, 잭슨 불리바드와 미시건 에브뉴를 거쳐 그랜트 파크의 남쪽 끄트머리를 가로지르는 보행자도로를 따라 걸어가다가 존 G. 쉐드 수족관에서부터는 건물 뒤편으로 미시건 호수에 접하여 난 계단식 보도를 따라 천문관으로 접근하였다.

천문관에서는 $20 입장권을 끊어 오전 10시 45분부터 스타라이더 극장에서 상영되는 〈Journey to Infinity〉 및 11시 30분부터 스카이 극장에서 상영되는 〈Space in Your Face〉라는 영화 두 편을 관람하였다. 두 영화 모두 40분 정도에 걸쳐 방영되며, 천정에 설치된 돔 모양의 대형 화면을 통해 입체적으로 감상할 수가 있었다. 진행자가 전자 지시기로 하늘의 별들을 가리키며 육성으로 설명을 가하기도 하였다. 천문관 내부는 3단 구조로 되어 있는데, 위층의 갈릴레오 카페라는 식당에서 스낵으로 점심을 든 후, 오후에는 안테나 오디오를 착용하고서 걸어 다니며 구내 아래·위층에 진열된 천문학의 역사 및 우주과학에 관한 각종 전시물과 시청각 자료들을 구경하였다. 설명을 원하는 곳에서 그 전시물의 번호를 누르면 오디오를 통해 영어로 된 설명을 들을 수가 있었다. 이 천문관은 2005년 5월 12일에 75주년을 맞았다고 하며, 미국에서 처음으로 설립된 것이다. 아래층에는 애트우드 天球라고 하는 애들러 천문관 설치 이전의 구식 천문관도 있어 그 내부에 들어가 볼 수 있었다.

6 (월) 맑음

크리스틴이 지난 주 토요일에 보낸 이메일을 읽었는데, 자기 집 전화번호를 적었고, 아울러 우리 가족사진을 보내달라는 부탁도 있었다. 지난번에 우리 가족이 창환이와 더불어 쉐드 수족관과 필드 박물관을 방문했을 때 애들러 천문관 앞에서 찍은 사진 두 장을 첨부한 회신을 보냈다. 얼마 후 웬일인지 보낸 메일에 사진이 첨부되어 있지 않음을 확인하고서 다시 한 번 첨부하여 발송했더니 이번에는 제대로 갔다.

7 (화) 맑음

크리스틴이 어제 오후 2시 3분에 나의 야후 주소로 이메일을 보내와 자신의 딸 결혼식 스냅사진 등 가족사진 26장을 첨부하였고, 뒤이어 경상대학교 주소로도 이메일을 보내왔다. 사진에는 그녀가 이메일에서 자주 언급했던 애리조나에 사는 벙어리 남자 친구 롭, 시카고에 사는 독일인 남자 친구 스테판, 또 한 사람의 남자 친구 사챠, 83세인 어머니 힐데가르트, 남편 데일, 딸인 제시카와 그녀의 히스패닉 남편 마리오, 마리오의 아버지 에르네스토, 그리고 1남 3녀의 남매 중 그녀 외에 생존해 있는 유일한 누이인 가브릴레 등이 들어 있었다.

크리스틴의 말에 의하면, 독일인들은 과거에는 독일인끼리 결혼했으므로 그녀의 부모 이전 조상은 모두 독일인이지만, 지금은 국제결혼이 많아져 그녀의 남매 중에서 독일인과 결혼한 사람은 죽은 남자 형제 한 사람뿐이었다고 한다. 그녀의 남편 데일의 배경은 독일인과 노르웨이인이며, 딸의 남편은 히스패닉, 죽은 누이는 터키인과 결혼했다.

크리스틴은 현재 한국에 관한 책들을 읽고 있는 모양이다.

오늘자 「시카고 트리뷴」 국내 5면에 미국 인구성장률의 절반은 히스패닉 인구가 차지하고 있다는 보도가 있었다. 거기에 소개된 2004년도 통계에 의하면, 미국에서 히스패닉이 아닌 백인 인구의 비율은 67%인데, 2000년에서 2004년 사이에 그들의 인구성장률은 19%에 불과했고, 같은 해의 히스패닉 인구 비율은 14%, 같은 기간의 그 성장률은 49%이며, 흑인 인구는 12%에 성장률 14%, 아시아계 인구는 4%에 성장률이 14%라고 한다. 몇 달 전 미국과 캐나다 동부 지역을 여행했을 때, 가이드가 가장 최근의 통계 자료를 언급하며 미국 인구 2억8천만 중에 히스패닉이 약 1억, 흑인과 아시아계가 1억, 기타 백인이 8천만이라고 설명했던 것은 근거 없는 억측이었음을 알게 되었다.

10 (금) 맑음
크리스틴의 3월 7일자 이메일에 대해 회신을 보냈다.

아침에 송 씨로부터 전화가 걸려와 오늘 정오에 인디언 레이크스 리조트에서 홍 씨와 함께 셋이서 골프를 치기로 약속했었는데, 아내의 우체국 용무가 그 10분 전쯤에야 끝났으므로, 그 전에 송 씨 집에 연락하여 그의 휴대폰 주소를 알아 내가 좀 늦겠다는 사정을 설명하고서 홍 씨와 둘이서 먼저 골프를 시작하도록 말해 두었다. 누나가 마련해 준 칼국수로 점심을 들고서 인디언 레이크 골프장으로 나가 6번 티에서부터 그들과 합류하여 18홀을 함께 쳤다. 오후 네 시 경에 골프를 마치고서, 그들을 따라 샴버그의 와이즈 로드 가에 있는 裕林園이라는 한국인이 경영하는 중국식당으로 가서 자장면을 함께 들면서 대화를 나누었다. 홍 씨는 나보다 다섯 살 연상으로서 서울 출신인데, 이민 온 지 30년쯤 되며 미국의 자동차 회사에서 아직 현역으로 근무하고 있다 한다.

12 (일) 맑았다가 밤에 폭우와 천둥 번개
크리스틴에게 회신을 보냈다.
밤에는 내가 창환이와 더불어 오로라 시의 그레이하운드 버스 터미널로 가서 봄 방학을 맞아 오후 7시 무렵에 거기로 도착하는 회옥이를 마중하였다.

14 (화) 맑으나 쌀쌀함
오전 중 크리스틴으로부터 내 휴대폰에 전화가 걸려와 한참 동안 통화하였다. 크리스틴이 지난 번 자기 집 전화번호를 알려준 데 대한 답례로서 며칠 전에 내 휴대폰의 번호를 알려주었던 것이다. 아내가 마침 회옥이때문에 학교에 나가지 않고서 집에 있다가 내가 영어로 통화하는 모습을 바로 옆에 서서 계속 지켜보았고, 누나도 보았다. 아내가 외부의 여성으로부터 내게 전화가 걸려오는 것을 달가워하지 않을 줄 알고 있으므로 한동안 내 전화번호를 크리스틴에게 알려주는 것을 주저해 왔었는데, 역시 아내는 다소 부정적인 반응이었다. 그녀는 우리 내외의 여행 중에 두 번 시카고를 방문할 것이며, 두 번째 방문에서는 우리가 돌아오는 날인 26일을 지나 28일에 위스콘신으로 돌아갈 예정이라고 했다.
회옥이가 아이오와대학 메이플라워 기숙사의 같은 방 건너편에 있는 재미교포 여학생 두 명과 오후 세 시에 나일스의 한국식당 장충동에서 만난 다음 그 옆에 있는 가라오케에도 들러 함께 놀기로 약속했다고 하므로, 오후 두 시에 내가 차를 운전하여 집을 출발해서 회옥이를 거기까지 태워다 주었다. 그런 다음 나는 맥스를 데리고서 골프 로드와 센트럴 로드의 사이에 위치한 마이크가 25년 정도의 세월을 근무했던 옥턴 커뮤니티 칼리지에 들러 그 주차장에다 차를 세우고 걸어서 캠퍼스 구내를 한 바퀴 돌았다.

다시 차를 몰아 데스 플레인즈 강의 서안에 있는 도로를 따라 북쪽으로 올라갔다. 지도상으로는 그 강 주변에 커다란 삼림보호구역이 있으므로, 회옥이가 모임을 마칠 때까지 거기서 산책을 하며 시간을 보낼 작정이었다. 그러나 강 서쪽의 삼림보호구역에 딸린 주차장 여기저기를 들어가 보아도 숲의 면적이 너무 적고 산책로도 없었다. 그 길을 따라서 북쪽으로 계속 올라가 쿡 카운티와 레이크 카운티의 경계를 이루는 레이크 쿡 로드를 만난 다음, 데스 플레인즈 강의 서안을 따라서 내려왔다. 강 서쪽에는 꽤 넓은 숲이 펼쳐져 있었다. 그 중 노드부룩의 던디 로드와 윌로우 로드 사이에 있는 포타와토미 우즈 삼림보호구역의 아래쪽 1호 댐 숲의 강가에다 차를 세우고서 숲속 산책로와 강변 포장도로를 오후 다섯 시 반 무렵까지 걸었다.

16 (목) 흐리고 오후에 큰 눈

회옥이는 오늘 오전 9시 35분 오로라 발 그레이하운드 편으로 아이오와시티로 돌아갔다. 다음 시험 준비 때문에 바쁜 모양이다. 누나가 운전하는 링컨 타운 카에 아내와 함께 타고서 오로라 시까지 회옥이를 바래다주었다. 출발 시각보다 한 시간쯤 일찍 도착하였기 때문에 나는 터미널 부근의 폭스 강변을 산책해 보기도 하였다. 회옥이가 탄 버스는 일리노이 주의 디 칼브, 몰라인에서 승객을 내리고 태운 후, 아이오와 주의 데븐포트와 윌콧에 각각 10분 및 30분간 주차하고서, 오후 2시 15분에 아이오와 대학이 위치한 아이오와시티에 도착하게 된다. 나중에 아내가 전화하여 무사히 도착했음을 확인하였다.

17 (금) 맑음

크리스틴으로부터 즐거운 여행을 바란다는 내용의 이메일이 다시 한 번 왔으므로 그것에 대한 회신을 보냈다.

도로지도 가운데서 뉴올리언스의 프렌치 쿼터에 대한 간략한 역사와 그 지도를 추가로 복사하였고, 『FLORIDA』(New York: Doring Kindersley Publishing Inc., 1997, 2002, DK Eyewitness Travel Guide) 중의 이번에 여행할 올랜도·마이애미·키 웨스트 부분을 다시금 훑어보았다.

오후 다섯 시에 일찌감치 저녁식사를 들고서 좀 더 책을 읽고 있다가, 누나가 운전해 주는 차로 메다이나 역으로 이동하여 6시 39분 메트라 열차를 타고서 7시 28분에 시카고 유니언 역에 도착하였다. 자동판매기 에다 결제한 마스터카드를 넣어 아내와 나의 앰트랙 열차 표 여섯 장을 인출한 다음, 탑승구로 향했다. 우리 내외가 탈 59 City of New Orleans 호는 예정 시간보다 30분 남짓 늦게 출발하였다. 1등 대합실에서 대기하 고 있다가 흑인 여성 역무원의 안내에 따라 트랙으로 이동하여 5900호 열차의 2층 B룸에 탑승하였다. 이번 여행에서 우리 내외는 세 차례 바꿔 탈 열차를 모두 룸으로 정했는데, 그것은 지난번에 이용했던 루메트보다 배 정도로 넓은 2인용 방으로서 실내에 세면대와 샤워를 겸한 화장실이 갖추어져 있다. 앰트랙의 객실 중에서는 최고급이라고 할 수 있는 것이 다. 밤 아홉 시 남짓에 일찌감치 잠자리에 들었다.

18 (토) 남부는 흐리고 곳에 따라 부슬비

잠에서 깨어보니 기차는 이미 일리노이 및 켄터키 주를 지나 테네시 주를 달리고 있었다. 날이 완전히 밝아진 아침에 테네시 주 서남부의 큰 도시 멤피스에 닿았다. 미시시피 강을 경계로 하여 서쪽으로 미주리 주와 접해 있고, 남쪽의 미시시피 주와도 멀지 않은 곳이다. 엘비스 프레슬리의 출신지로서 오늘의 목적지 뉴올리언스 및 우리가 떠나온 시카고와 더불어 미국 음악의 본고장 중 하나이다. 특히 블루스 및 가스펠 음악의 발상지라고 들은 듯하다. 미국 남부에 이르러서는 미시시피 강을 처음으로 보았는데, 황토 빛의 넓은 강물이 지류와 합해지고 있었다.

우리는 미시시피 주에서 가장 큰 도시 잭슨을 지나 마침내 루이지애나 주에 접어들었다. 하루 종일 차창 밖으로 펼쳐지는 풍경은 역시 산이 하나도 보이지 않는 대평원의 모습이었다. 1등 객실에서는 양측의 창밖 풍경이 모두 보이므로 우리는 식사 때 식당 칸을 다녀오는 외에는 주로 객실 안에 머물러 있었다. 폰차트레인 호수에 가까워지자 들판이 온통 습지로 바뀌었다. 호수는 시카고의 미시건 호수와 마찬가지로 바다처럼 넓은데, 미시시피 강이 실어온 흙 때문인지 온통 황토 빛이었다. 이 호수의 왼편을 잇는 엄청나게 긴 다리를 건너니 머지않아 뉴올리언스였다. 루이지애나 주 최대의 도시 뉴올리언스는 폰차트레인 호수의 동남부에 위치해 있었다. 미시시피 강의 하류가 이 도시에서 세 차례 굽이쳐 흐르며, 그 이후에는 퇴적된 흙의 삼각주가 반도를 이루면서 강물이 멕시코 만으로 흘러드는 것이다.

종착역인 유니언 승객 터미널에 도착하니 역 구내에 그레이하운드 버스 티케팅 장이 함께 있었다. 거기서 우리 내외가 올랜도에서 키웨스트로 가는 그레이하운드 탑승권과 키웨스트에서 마이애미로 돌아오는 탑승권을 미리 발급받고자 했는데, 흑인 여자 직원이 무어라고 중얼거리며 한참 동안 컴퓨터 자판을 두드리더니 마침내 표를 발급해 주었다. 그러나 받고 나와 그 앞쪽 구내의 의자에 앉아서 체크해 보니 올랜도에서 키웨스트로 가는 아내의 표가 빠져 있었다. 다시 가서 그 직원에게 그 사실을 설명했으나 뒤돌아서서 다른 일을 보며 상대도 않으려 하더니 거듭 말하자 그제야 되돌아보며 컴퓨터에 이상이 있어서 그런 것이니 내일 다시 와 보라는 것이었다.

터미널 앞에서 택시를 타고서 다운타운의 컨벤션 센터 거리에 있는 숙소인 매리어트 호텔로 향했다. 운전수는 인도인 젊은이였는데, 그는 미터기 요금을 적용하지 않고서 역에서 1마일 거리밖에 안 되는 이곳까지 $11을 달라고 하였다. 다투기도 무엇하여 별 수 없이 팁을 포함해 $12를 주었다.

호텔은 도로 하나를 사이에 두고서 컨벤션 센터의 바로 맞은편에 위치해 있었다. 배정받은 820호실에 짐을 둔 후 아내와 더불어 미시시피 강변길을 산책하여 동북쪽으로 1마일 정도 떨어진 거리의 프렌치 쿼터로 향했다. 프렌치 쿼터는 프랑스령 캐나다의 해군 장교 장 밥띠스뜨 비앙빌이 1718년에 여기에다 요새를 건설한 데서 비롯된 것으로서 이 도시의 발상지라고 할 수 있다. 그 후 1762년 이 신대륙에 대해 별로 관심이 없었던 루이 15세가 같은 부르봉 왕가 출신의 사촌인 스페인 왕 카를 3세에게 루이지애나 땅을 넘겨주어 사십년 정도 스페인 식민지로 되기도 하였다가 1803년에 미국이 매입하여 미국 땅이 되었다.

우리는 프렌치 쿼터의 중심인 잭슨광장과 성 루이 대성당에서부터 북쪽으로 뻗은 세인트 앤 길을 걸어 그 끝에 위치한 루이 암스트롱 공원까지 갔다가 같은 길로 돌아오는 도중에 도핀 길과의 교차지점에 있는 중국 음식점 간판을 단 식당에 들어갔다. 저녁식사로 쇠고기와 닭고기가 든 국수 등을 시켰는데, 나온 것은 중국식이 아니라 베트남 음식이었다. 강변길은 이미 어두워졌으므로, 파장의 프렌치 마켓을 한 번 둘러본 후 사람들이 많은 번화가를 경유하여 호텔로 돌아왔다. 뉴올리언스는 재즈 음악의 발상지이며, 프렌치 쿼터는 그 관광의 중심지 같은 곳이다. 지난번의 허리케인 카타리나로 말미암아 이 도시는 큰 타격을 입었지만, 우리가 보는 한 그 흔적은 별로 눈에 띄지 않고 도시는 음악과 잔치 분위기로 흥청거리고 있었다. 이 도시의 역사에서는 그러한 자연재해가 이미 비일비재하게 있었던 것이다.

19 (일) 흐리고 때때로 부슬비
오전 7시 20분에 뉴올리언스를 출발하여 뉴욕으로 향하는 20 크레센트 호 열차를 타고, 또한 7시부터 업무를 시작한다는 그레이하운드 버스

사무소에도 다시 들러 어제 받지 못한 아내의 올랜도 발 키웨스트 행 버스표를 발급받기 위해 6시 남짓에 호텔을 체크아웃 하여 유니언 승객 터미널로 향했다. 호텔 로비에다 부탁하여 택시를 불렀는데, 이번에는 백인 남자 운전사였다. 그는 처음부터 미터기를 작동시키지 않고서 $11 을 요구하므로 어제처럼 팁을 포함하여 $12를 주었다. 오늘은 콜택시이므로 고정요금을 요구하는 것이 이해가 되지만, 어제의 경우는 그레이하운드 버스 사무소에서 시간을 지체하다가 터미널 밖으로 나와 보니 대기하고 있는 택시가 하나도 없으므로 멀찌감치 떨어진 건너편 도로로 지나가는 택시를 손짓하여 불렀던 것인데, 그럼에도 불구하고 거리를 계산하지 않고서 고정요금을 달라고 한 것은 역시 바가지라는 느낌을 지우기 어렵다.

터미널에 도착한 후, 먼저 앰트랙 프런트에 들러 탑승수속을 마치고서 같은 건물 내의 그 옆에 있는 그레이하운드 프런트로 갔더니 우리보다 먼저 열 명 남짓 되는 사람들이 도착하여 체크할 짐들을 차례로 바닥에 놓아 열을 세워두고 있었다. 버스회사의 업무 개시 시각으로부터 기차 출발시각까지는 20분밖에 남지 않아 순서를 기다리다가는 기차를 타지 못할 가능성이 크므로, 나는 프런트 근처에 있는 의자로 가서 기다리고 아내는 순서대로 열을 지어 섰다. 오전 7시에 어제 내게 표를 발급했던 비교적 젊은 나이의 그 흑인 여성이 나타나 업무를 시작할 준비를 하므로, 나는 그녀에게로 다가가서 열차 출발 시각이 촉박한 점을 설명하고서 어제 받지 못한 아내의 표를 먼저 발급해 줄 것을 요청했다. 그러나 그녀는 아랑곳하지 않고서 나더러 순서대로 줄을 서라는 것이었다. 그녀가 5분 정도 준비 작업을 마치고서 본격적인 승객 업무를 시작하려고 하므로 나는 거듭 열차사정을 설명하며 어제 그녀의 착오로 말미암아 발생한 내 문제를 먼저 처리해 줄 것을 요구하였는데, 그녀는 같은 말만 들릴 듯 말듯 두어 번 되풀이 하더니 마침내 프런트의 버튼을 눌러 구내에 대기 중인 경찰을 불렀다. 다가온 백인 경찰 역시 내 말에는 아랑곳하지 않고서 내 팔을 끌고서 그동안 훨씬 더 길어진 열의 끝 쪽으로 데려가며 순서를 기다릴 것을 명령하므로 할 수 없이 포기하고서 열차에 탑승하고 말았다.

아내가 앞쪽 열에 계속 지켜 서서 그 근처의 바닥에 세워진 안내판을 보니 이 버스 사무소는 오전 7시부터 오후 4시 15분까지에 걸쳐 두 시간 정도씩 세 차례 업무를 보는데, 어제 이 흑인 여성이 컴퓨터가 고장이라고 한 것은 우리가 사무착오를 발견하고서 다시 그녀에게로 다가갔을 때는 이미 업무시간이 지났으므로 거절하기 위한 구실을 지어냈을 것이라고 한다. 처음에는 그 말을 믿지 않았으나, 승객의 편의를 안중에 두지 않고 무책임하기 짝이 없는 그녀의 태도로 보아 그러했을 가능성 역시 배제할 수 없다는 느낌이 든다. 어제 우리가 탄 기차는 오후 3시 32분에 종점인 뉴올리언스에 도착할 예정이었으나, 반시간 정도 연착했으므로 내가 그녀에게 다가가 발권을 부탁했을 때는 이미 업무 종료 시간 무렵이었던 것이다.

뉴올리언스를 떠난 기차는 바다 같은 포차트레인 호수의 동쪽을 끼고서 북상하였다. 어제 이 호수의 서쪽 편을 종단하여 내려왔을 때는 호수의 색깔이 흙빛으로 탁했었는데, 오늘 바라본 호수 물은 푸르렀다. 우리는 머지않아 루이지애나 주의 동쪽 끄트머리를 지나 다시 미시시피 주의 서남부를 아래에서 비스듬히 거슬러 올라 종단하였고, 오후에는 앨라배마 주로 들어갔다. 인적이 드문 평지와 숲, 그리고 늪지가 계속 이어지더니 앨라배마 주 최대의 도시 버밍햄에서부터 구릉 비슷한 야트막한 산이 더러 보이기 시작했다. 이 일대는 애팔래치아 산맥의 남쪽 끄트머리에 해당하기 때문일 것이다. 우리가 탄 기차는 앞으로 계속 애팔래치아 산맥 언저리를 따라 25시간 30분을 북상하여 내일 오전 9시 50분에 우리 내외의 다음 목적지인 워싱턴 DC에 도착할 예정이다. 시카고에서 뉴올리언스까지는 19시간 32분, 워싱턴 DC에서 플로리다 주의 올랜도까지는 19시간 12분이 소요되는 것으로 스케줄 표에 나타나 있다.

AMTRAK은 여러 개의 서로 다른 회사들이 연합하여 이룬 것이라는 말을 지난 번 여행에서 다른 승객으로부터 들은 바 있다. 그래서 그런지

노선마다 열차 내부의 구조나 구성, 그리고 운영방침 등에 약간씩 차이가
있다. 오늘 우리가 탄 크레센트 호는 1등 룸의 구조가 어제 탔던 것과는
사뭇 다르고, 사방이 트인 전망 칸 대신 2층의 식당 칸 건너편에 커피와
음료수를 파는 라운지가 있을 따름이며, 시종 안내방송이 전혀 없는 점도
그러하다. 어제 탔던 시티 오브 뉴올리언스 호에는 우리 내외가 사용한
것과 같은 1등 룸이 다섯 개 있었는데, 오늘 탄 이 열차에는 두 개 밖에
없고, 내부의 시설은 오늘 것이 좀 더 신식인 듯해 보이는 반면에 방안에
놓인 의자는 오히려 형편없이 낡은데다 고장인지라, 승무원에게 말하지
않고서 내가 손수 비어 있는 옆방 것과 교체하였다.

저녁 무렵 조지아 주에 들어서면서부터는 동부 시간이 적용되어 한
시간이 빨라졌다. 비프스테이크로 저녁 식사를 든 후 방안의 화장실에서
잠시 샤워를 하였다. 조지아 주 최대의 도시 애틀랜타에 닿았을 때는 이
미 한밤중이었는데, 나는 기차가 이 도시를 완전히 떠난 이후인 밤 아홉
시 반쯤에 2층 침대로 올라가 취침하였다.

20 (월) 맑음
잠자리에서 일어나 보니 우리가 탄 크레센트 호는 계속 북쪽을 향해
달려 이미 조지아·사우드 캐럴라이나·노드 캐럴라이나 주를 지나 버지
니아 주를 통과하고 있었다. 날이 밝은 후 처음 닿은 곳은 샬로츠빌 역이
었다.

식당 칸으로 가서 조식을 들 때 백인 중년 여인 두 명과 합석하였는데,
그 중 한 사람은 한국에서 1년 정도 체재한 적이 있다고 했다. 그녀의
남편은 웨스트포인트 육군사관학교 출신의 고급 군인으로서 세계 각국
에서 근무하다가 지금은 전역하여 민간회사에 소속되어 있는데, 한국에
도 두 번 파견된 적이 있었다는 것이다. 처음은 대령으로서 한국에 왔
고, 90년대 말에 왔을 때는 중장이었으며, 그녀도 두 번째 근무 때 남편을
따라와 서울 근교의 미군 기지에서 생활하였다고 한다. 아내가 어제 칫솔
을 잊어버렸으므로 식당 칸 건너편의 라운지로 가서 하나 새로 구입하였

는데, 그 라운지 담당 남자 직원도 군인으로 한국에서 복무한 적이 있었다고 한다. 나 자신도 그런 사람들을 더러 만난 적이 있었다. 블루밍데일 골프 클럽의 골프장 관리인이 그러했고, 근자에 이하영 씨를 따라 우드데일 골프연습장에 들렀을 때 그곳 카운터의 직원도 한국에서 군복무를 한 적이 있다고 했다. 그런 사람들 중 오늘 만난 부인은 가장 지위가 높은 군인 가족이다. 그녀는 워싱턴 DC에 살며, 지금쯤 벚꽃이 아름답게 피었을 것이라면서 우리에게 제퍼슨 기념관 앞쪽 타이들 베신 주변의 벚꽃 구경을 권하였다.

기차는 예정 시간인 오전 9시 50분보다 25분 정도 일찍 워싱턴의 유니언 역에 도착하였다. 1등 승객 대합실 짐칸에다 배낭을 맡겨두고서 어깨에 메는 작은 가방 하나씩만 지닌 채 물어서 역 부근에 있는 그레이하운드 버스 터미널로 찾아갔다. 그곳의 담당 여직원도 좀 더 젊고 여윈 체격의 흑인이었는데, 한동안 뉴올리언스에서 받지 못한 표를 워싱턴에서 발급해 줄 수는 없다고 우기더니 거듭 설명하니 마침내 컴퓨터로 조회해 보고나서 아내의 올랜도 발 키 웨스트 행 표를 발급해 주었다.

용무를 마친 다음, 다시 걸어서 유니언 역 쪽으로 돌아와 그 건너편에 있는 미국 국회의사당 즉 캐피탈로 향했다. 워싱턴 DC를 출발하여 다음 목적지인 올랜도로 향하는 91 실버 스타 호 열차는 오후 3시 51분에 출발하므로 다섯 시간 남짓 시간적 여유가 있어 그 동안에 워싱턴 구경을 좀 해 두고자 한 것이다. 내셔널 갤러리 미술관에 들어가 볼까 그렇지 않으면 제퍼슨 기념관 쪽으로 벚꽃 구경을 갈까 망설이며 국회의사당 앞 광장에 이르렀을 때 관광 코치 차 한 대가 그곳 주차장을 출발하는 것이 눈에 띄었다. 그곳으로 가서 다음 차를 기다리는 사람들에게 물어보니 유니언 역에서 1인당 $35씩 하는 표를 사 와야 한다는 것이었다. 표를 사러 다시 역으로 돌아가기는 부담스러워 포기하고서 걸어가는 참에 이번에는 관광용 트롤리버스 한 대가 그 주차장으로 들어가는 것이었다. 뛰어가서 기사에게 물어보니 그 차는 탑승하여 차표를 구입할 수 있다고 했다. 차표는 1인당 $20이었다.

아내와 더불어 그 관광버스를 타고서 안내원의 영어 설명을 들으면서 국회의사당에서 링컨기념관에 이르는 수도의 핵심부를 두루 둘러보았고, 포토맥 강의 다리를 건너 알링턴 국립묘지에도 들어가 보았다. 나로서는 워싱턴에 세 번째 온 지라 이미 웬만한 관광지는 두루 둘러본 셈이지만, 알링턴 국립묘지에 들어가 보기는 이번이 처음이다. 거기서는 구내의 차량으로 옮겨 타고서 두루 돌다가 존 F. 케네디 대통령 가족묘지, 무명용사묘지, 알링턴 하우스에서 정거하였다. 무명용사묘지에서는 매시간 한 두 차례씩 행해지는 위병교대식을 참관하였다.

기차 출발 시각을 한 시간 정도 앞두고서 유니언 역으로 돌아와 역구내의 뷔페식당에서 늦은 점심을 들었다. 우리가 옮겨 탄 뉴욕 발 마이애미 행 실버스타 호 열차는 모든 면에서 크레센트 호와 거의 같은 것으로 미루어 같은 회사 소속인 듯했다.

기차가 워싱턴 남쪽의 알렉산드리아 역을 다시 지나, 버지니아 주의 관티코 해병대휴양소를 지나갈 무렵 차창 밖으로 포토맥 강의 하류와 체사픽 만의 넓은 물줄기 풍경이 펼쳐졌다. 남북전쟁 당시 남부연합 측의 수도였던 리치몬드에서 한동안 정거하였는데, 예상했던 것보다 훨씬 작은 도시였다. 거기서 동남쪽으로 얼마쯤 더 내려가면 제임스 강이 대서양을 만나는 곳 부근에 영국이 신대륙에다 처음으로 건설한 식민도시가 위치해 있었고, 그 아래쪽에 러일전쟁을 종결지은 포츠머스조약이 체결된 포츠머스 항구가 있다. 버지니아라는 명칭은 이곳에 영국의 식민근거지를 마련한 엘리자베스 1세 여왕이 평생 독신을 지킨 데서 유래하며, 제임스 강이라는 명칭도 아마 그 후대 영국 국왕의 이름에서 따왔을 것이다.

오후 6시 30분의 예약된 시간에 식당 칸에 가 보았더니, 이미 좌석이 다 찬 지라 우리 룸 담당 직원에게 부탁하여 음식을 방안에서 주문하여 가져오게 해서 저녁식사를 들었다. 방안 화장실에서 샤워를 마친 후 아홉 시가 채 못 되어 취침하였다. 플로리다 쪽으로 내려가는 코스의 도중에도 노드 캐럴라이나·사우드 캐럴라이나 주를 지나가게 되지만, 역시 밤중이라 그 풍경을 바라볼 수 없는 점이 아쉽다.

21 (화) 맑음

잠자리에서 일어나 전날 일기의 입력을 마치자 날이 완전히 밝아졌고, 실버 스타 호는 머지않아 플로리다 주 북부의 큰 도시 잭슨빌에 도착하였다. 대환 형이 젊은 시절 미국 의사 시험에 합격하여 처음 부임했었던 사우드 캐럴라이나 주의 찰스턴은 물론이고, 내가 한 번 보고 싶었던 조지아 주의 사바나 시도 어느새 지나쳐버렸다. 기차는 예정시간인 오전 10시 17분보다 반시간 정도 늦게 우리 내외의 목적지인 플로리다 주의 올랜도 시에 도착하였다. 플로리다는 아열대 기후일 터이지만, 여기까지 오는 도중에 계속 침엽수인 소나무를 많이 볼 수 있는 점이 뜻밖이었다.

역에서 안내 팸플릿 등을 수집하고 있는 중에 시카고의 두리로부터 전화를 받았다. 작은 누나로부터는 여기까지 오는 도중 계속 하루에 한두 차례씩 전화가 걸려왔다. 두리는 십 년 정도 몰고 있던 미국제 뷰익 승용차의 컴퓨터 방식 에어컨 장치에 고장이 생겨 고치기 어렵다고 하더니, 우리 내외의 여행 중에 조만간 새 차를 구입할 예정인데, 가격의 절반 정도에 해당하는 부분은 마이크가 보조해 줄 것이라고 한다.

역에서 택시를 타고서 키시미 지구의 파크웨이 불리바드 2900번지에 있는 래디슨 리조트 호텔로 이동하였다. 예약해 둔 바에 따라 수속을 마치고서 5호동 3층인 5315호실을 배정받았다. 우리가 3박을 하게 될 이 호텔은 옥외에 풀과 폭포가 여러 개 있고, 방안의 시설도 훌륭하여 만족스러웠다. 특히 우리 방에서는 분수가 딸린 제법 큰 연못이 창밖에 있고 그 주변에 수목이 우거져 조망이 아름다운 점이 더욱 마음에 들었다.

체크인 시간이 아직 멀었으므로, 프런트에다 짐을 맡기고서 호텔 안내 데스크에서 유니버설 스튜디오의 입장권을 구입하여 바로 그리로 향했다. 호텔에서 올랜도의 주요관광지인 월트 디즈니 월드, 씨월드, 유니버설 스튜디오까지는 각각 셔틀버스가 운행하고 있지만, 유니버설 스튜디오로 가는 버스는 오전 8시 30분에 출발하는 것 한 번 밖에 없으므로, 우리는 호텔 구내에 대기 중인 링컨 타운카 택시를 타고서 그리로 갔다.

유니버설 올랜도 리조트는 내가 LA에서 이미 두 번 들른 적이 있는 유니버설 스튜디오와 기본적으로는 같은 것인데, 유니버설 모험의 섬 및 유니버설 스튜디오 플로리다라는 두 개의 테마 파크와 상가 시설이 밀집해 있는 유니버설 시티워크라는 종합오락단지의 세 부분으로 이루어져 있다. 시티워크의 한 음식점에서 간단한 점심을 든 후, 처음 도착하여 어디가 어딘지도 잘 모르고서 사람들이 많이 나아가는 방향으로 무작정 따라가다 보니 모험의 섬 입구에 이르렀다. 우선 거기에 입장하여 '스파이더맨'에 관한 3차원 가상현실의 영상 쇼를 하나 관람하였다. 미국의 상업성 오락 문화가 대부분 그렇지만, 모험의 섬은 그 중에서도 특히 아찔하게 말초신경을 자극하는 스릴 위주의 테마로 구성된 것이 대부분이다. 평소 겁이 많은 아내는 '스파이더맨' 하나를 같이 보고서 이미 학을 떼어 다시는 다른 곳에 들어가려고 하지 않으므로, 할 수 없어 나 혼자 몇 군데를 더 들어가 본 후 그곳을 나와서 유니버설 스튜디오 쪽으로 이동하였다.

그러나 그쪽 입구에서는 내가 티켓을 삽입해도 전자감응장치가 된 문이 열리지 않았다. 알고 보니 우리 내외가 호텔에서 1인당 $65씩 합계 $130을 주고서 구입한 표는 두 개의 테마 파크 중 어느 쪽 하나만 선택하여 입장할 수 있는 것이었고, 나머지 하나에도 들어가려면 한 사람당 $10씩 더 내고서 업그레이드를 해야 한다는 것이었다. 어차피 시간적으로도 오후 반나절에 두 개의 테마 파크를 둘러보기는 무리이므로, 모험의 섬으로 되돌아가서 아내가 밖에 앉아서 대기하는 동안 나 혼자 몇 군데를 더 들어가 보았다. 돌아오는 길에 다시 시티워크에서 간단한 스낵과 생맥주 한 잔으로 저녁을 때우고서, 오후 7시 30분에 출발하는 셔틀버스를 타고 호텔로 돌아왔다.

호텔의 5호 동 2층에 있는 세탁기로 이번 여행을 떠난 이후 오늘까지 사용했던 세탁물들을 세탁기와 건조기에 넣어 처리한 후 밤늦은 시간에 취침하였다. 건조기를 작동시켜 놓고서 아내는 침대에 누워 잠이 들어 세탁물을 꺼내지 못했으므로, 다음날 한 시 반 무렵에 내가 화장실에 가기 위해 일어났다가 가서 꺼내왔다.

22 (수) 맑음

호텔 구내식당 맨돌린에서 뷔페로 조식을 든 후, 오전 8시 첫 셔틀버스를 타고서 월트 디즈니 월드로 향했다. 어제의 경우를 거울삼아 1인당 $100이 넘는 고액의 입장료($219.40)를 지불하고서 하루 안에 여러 테마 파크로 이동할 수 있는 파크 호퍼 표를 구입하였다.

올랜도의 월트 디즈니 월드는 엄청나게 방대한 면적을 차지하고 있고, 테마 파크만도 네 개에 달하며 그 외의 부속 시설도 많으므로 한 주 내내 돌아다닌다 해도 다 둘러보기는 어려울 정도이다. 우리 내외는 먼저 그 네 개의 테마 파크 중에서도 중심적 위치에 있는 요술 왕국(매직 킹덤) 파크에 이르러 개장 전의 쇼를 본 후 9시 개장에 맞추어 입장하였다. 매직 킹덤은 캘리포니아의 오린지 카운티에 있는 디즈니월드에 해당하는 것인데, 그 안이 또 일곱 개의 구역으로 구성되어 있고, 구역마다 여러 개의 어트랙션과 상점들이 갖추어져 있다. 아내와 나는 '환상의 나라' 구역에서부터 시계바늘의 반대방향으로 돌아가며 눈에 띄는 대로 대충 골라서 들어가 보았다. 구내에 있는 대형 식당에서 샌드위치로 점심을 들고서 순환 열차를 타고 외곽을 한 바퀴 두른 후, 매직 킹덤 밖으로 나와 모노레일을 타고서 다음 순서로 엡캇(EPCOT)으로 갔다.

엡캇은 과학의 발달이 열어갈 미래 세계의 모습을 주제로 한 미래의 나라 및 세계 11개 나라의 산업박람회 비슷한 월드 쇼 케이스의 두 개 부분으로 구성되어져 있다. 미래의 나라 역시 여러 가지 스릴을 즐길 수 있는 어트랙션들이 있는데, 무서운 것이 질색인 아내는 그 중 첫 번째 것인 우주선 지구 외에는 들어가 보기를 두려워하므로 대부분 생략하였다. 월드 쇼 케이스로 이동하여 그 중 일본관에서 우동으로 다소 이른 저녁식사를 마치고, 미국관에 들어가 공연 및 미국 역사를 개관하는 영상물을 관람한 후, 중국관을 대충 둘러보고서 오늘의 구경을 모두 마쳤다. 아내는 동물의 왕국(애니멀 킹덤) 테마 파크에도 가보았으면 했으나, 하루 종일 걷노라고 다리가 아픈데다 내일의 일정도 있으므로 더 다니는 것은 무리였다. 월트 디즈니 월드는 평상시 밤 10시까지 개장하지만, 우리는 오후 6시 45분에 엡캇에서 셔틀버스를 타고 좀 일찍 호텔로 돌아왔다.

23 (목) 맑으나 오후 한 때 스콜

어제처럼 레스토랑 맨돌린에서 조식을 든 후 오전 8시 30분 셔틀버스로 씨월드로 이동하였다. 출발 전 엊그제 앰트랙 역에서부터 호텔로 이동할 때 우리 내외를 태워왔었던 택시의 회사에다 전화를 걸어 내일 오전 2시 45분에 택시 한 대를 내가 묵고 있는 래디슨 호텔로 보내어 올랜도의 그레이하운드 터미널까지 태워줄 것을 예약해 두었다.

올랜도의 대표적 테마 파크 중 하나인 씨월드는 세계적으로 유명한 미국의 맥주 회사인 버드와이저와 관계가 있는지, 버드와이저의 주인인 앤휴저 버시(Anheuser Busch)의 소유로 짐작되는 샤무라는 이름이 붙은 시설물들이 많았고, 점심 때 식당에서 나오는 생맥주도 버드와이저 일색이었으며, 앤휴저 버시 호스피탈리티 센터라는 식당에서는 버드와이저 생맥주를 공짜로 제공하고 있었다.

같은 이름의 테마 파크가 미국 전체에 여러 곳이 있는 씨월드는 각종 해양생물들을 전시하는 수족관 등의 시설물과 더불어 대중적인 오락을 제공하는 공연장이나 놀이시설 같은 것들도 아울러 갖추어져 있는 곳이다. 면적이 그리 넓지는 않아서 걸어서 한 바퀴 도는데 한 시간 남짓이면 되나, 하루 정도 즐길 거리는 충분하였다. 오전 중에는 주로 구내를 한 바퀴 돌면서 각종 시설물과 해양 생물들을 두루 구경하였고, 오후에는 쇼의 공연 시간에 맞춰 여기저기의 공연장을 찾아다녔다.

내일 새벽 일찍 떠날 것에 대비하여 미리 잠을 자 두기 위해 오후 5시 30분에 씨월드를 출발하는 셔틀버스를 타고서 좀 일찌감치 호텔로 돌아왔다.

24 (금) 오전 한 때 흐렸다가 개임

올랜도에서 키웨스트로 가는 오전 4시 15분 그레이하운드 버스를 타기 위해 2시 15분에 기상하여 호텔을 체크아웃 하였다. 어제 씨월드를 다녀오니 호텔 방에 예약을 확인하는 내용의 택시 회사 측 전화가 걸려와 있었으므로, 내가 다시 전화하여 어제 아침의 예약 내용을 확인해 주었다. 그럼에도 불구하고 약속한 오전 2시 45분에 택시는 오지 않았다. 내가 세 차례 전화하여 독촉했지만 가고 있다는 대답만 있을 뿐 약속 시간에서 25분이 지나도록 오지 않으므로, 마침내 호텔 프런트에다 부탁하여 다른 택시를 불러서 올랜도 시의 그레이하운드 터미널로 향했다.

아내는 미국에 온 후 3개월간 ESL을 수강하였고, 지금도 매주 직업영어 두 과목을 수강하고 있음에도 불구하고 영어 회화가 거의 안 되기 때문에 모든 수속과 현지에서의 돈 지불은 내가 혼자 맡아 왔었다. 그러나 택시 요금과 호텔의 팁 정도는 아내 자신이 처리하겠다기에 며칠 전부터 그렇게 하기로 했다. 오늘 부른 택시 요금은 우리가 올랜도 시 남부의 키씨미에 위치한 이 호텔로 올 때보다도 약간 비싸 $40 정도였다. 그것은 아마도 야간 할증 요금이 적용된 것이 아닌가 싶다. 그런데 아내는 관례적인 팁 15~20%에다 기사가 야간에 수고한 노고를 참작하여 $10 더 붙여서 모두 $50을 지불하였다. 그렇다면 팁은 택시 요금의 25% 정도나 준 셈이 되어 아이보다 배꼽이 더 큰 결과가 되었다. 내가 아는 한에서는 택시의 팁은 보통 10% 정도이며 특별히 기사의 서비스가 좋다고 생각될 때 15% 정도 주는 것이 상례이므로, 이 문제로 후에 아내와 좀 의견 대립이 있어 시카고에 있는 누나 및 캘리포니아에 있는 창환이에게 그 관례에 대해 전화로 질문해 보기까지 했다.

우리가 탄 그레이하운드 버스는 도중에 창환이가 1~2년 전 한동안 근무한 적이 있었던 포트 로더데일에서 한 번 주차한 후, 목적지인 마이애미 웨스트 터미널에 예정시간인 오전 9시 10분보다 한 시간 정도나 더 일찍 도착하였다. 마이애미에는 그레이하운드 주차장이 세 군데 있는데, 개중에 두 번째인 공항 부근에 위치한 서부 주차장이 가장 큰 것이다. 그러나 우리는 마이애미에서 오후 12시 50분에 출발하는 키웨스트 행 그레이하운드 버스로 갈아타야 하므로, 그 사이의 남는 시간을 이용하여 마이애미의 명소를 둘러보기 위해 종점인 다운타운 주차장에서 하차하였다.

다운타운에서 K번 시내버스로 갈아타고서 바다를 가로지른 긴 도로를 건너 마이애미비치로 통칭되는 섬의 사우드 비치로 향했다. 남북을 향해 일직선 모양으로 길게 뻗은 섬의 남동부가 해수욕장이다. 아직 겨울인 지금 시즌에 해수욕하는 사람은 드물었지만, 해변 모래사장에 비키니 차림으로 드러누워 일광욕을 즐기고 있는 청춘 남녀들이 제법 있었다. 넓은 모래톱 건너편 잡초가 자란 모래 언덕 너머로 시가지와의 사이 해변에는 야자수 숲이 우거져 있었다.

사우드 비치에서 다운타운을 경유하여 공항으로 가는 C번 시내버스를 타고서 흑인 기사에게 그레이하운드 버스의 마이애미 서부 주차장으로 가는 법을 물었으나, 그도 알지 못하는 듯했다. 옆 좌석에 앉은 사람들에게 물었더니, 이 시내버스의 종점인 공항에서 내려 조금 이동하면 된다고 가르쳐주었으므로 그렇게 알고 있었는데, 내가 물었던 사람들 중 하나인 어떤 늙은이가 다운타운에 이르러 나더러 내리라고 하므로 엉겁결에 영문도 모르고서 그를 따라 내렸다. 그러나 우리 내외가 가야할 곳은 키웨스트로 향하는 버스가 출발하는 서부 주차장임에도 불구하고 그 노인은 우리가 한두 시간 전에 하차했던 다운타운 주차장이 틀림없다고 하면서 자꾸만 그리로 가라고 고집하는 것이었다.

덕분에 중심가에 잘못 내려 택시로 갈아타고서야 마이애미 서부 주차장에 도착하였다. 버스의 출발시각까지는 좀 시간이 남았으므로, 근처의 주유소에 딸린 식당으로 가서 점심을 들었다. 그곳에서 나오는 음식은 샌드위치가 아니면 카레라이스 모양의 양념을 풀어 얹은 쌀밥에다 따로 닭고기 한 접시가 곁들인 것의 두 종류뿐이었는데, 종업원 아줌마들이 쿠바 이민임은 물론이고 우리가 시킨 그 음식도 쿠바 식이었다.

오후에 키웨스트 행 버스를 타고서 도중에 몇 군데 주차해 가면서 키 열도 중 하나인 이슬라모라다에 이르러 20분간 정거하였다. 플로리다 반도의 남쪽 끝에서 멕시코 만을 향해 길게 뻗은 작은 섬들을 바다를 메워

도로를 만들거나 다리를 세우는 방식으로 서남쪽 방향으로 서로 연결한 것이 플로리다 해협의 키 열도이며, 그 끄트머리의 미국 전체에서 가장 남쪽에 위치한 다소 큰 섬이 키웨스트이다. 섬과 도로변에는 바닷가에서 서식하는 나무인 맹그로브가 울창한 숲을 이루고, 그것과 더불어 야자나무도 주종을 이루고 있었다. 마라톤 섬과 빅 파인 키 섬 사이에는 세븐 마일 브리지라고 불리는 긴 콘크리트 다리가 이어져 있고, 그것 외에도 곳곳에 긴 다리가 많았다. 현재 사용되고 있는 도로의 가에는 예전에 사용하다가 허리케인으로 말미암아 파손된 것으로 짐작되는 긴 다리들이 여기저기에 방치된 채로 남아 있는 것이 눈에 띄었다. 개중에는 다리 위의 아스팔트 바닥에 나무가 자라 있는 것도 있었다. 우리는 오후 5시 15분 무렵에 키웨스트 섬의 동남부에 위치한 국제공항 입구의 그레이하운드 주차장에 도착하였다. 거기서 섬의 버스로 갈아타고서 서쪽을 크게 한 바퀴 돌아 북동쪽의 노드 루즈벨트 불리바드 2801번지에 위치한 햄프톤 인에 도착하였다.

여행사를 통해 예약해 둔 이 숙소의 가격은 1박에 $189로서 이번 여행 중 묵게 되는 호텔들 중에서 가장 비쌌지만, 내가 마이애미의 사우드 비치에서 우연히 입수한 플로리다 주의 숙박업소 할인 쿠폰 책에는 그 가격이 $149로 되어 있었다. 체크인 할 때 그 책에서 오려낸 쿠폰을 제시하며 그 가격으로 해 줄 것을 요구했으나, 금요일임에도 불구하고 주말이라는 이유로 받아들여지지 않았다. 이 호텔은 전국적인 체인 중의 하나로서 웨스턴 스타일인데, 시설은 지금까지 묵었던 호텔 중에서 가장 떨어졌다. 게다가 우리 내외에게 배정된 200호실은 바다 쪽이 아닌 도로 쪽에 면한 2층이어서 조망이 별로 좋지 않은데다가, 바로 앞에 고압선 전주가 서 있어서 건강상에도 꺼림칙하였다. 둘러보니 바다를 바라보는 2층 방들 중에는 비어 있는 것도 더러 있었으므로 그쪽으로 방을 바꿔 줄 것을 요청했으나, 그 방들은 모두 예약이 되어 있는데다 가격도 더 받는다고 하면서 승낙하지 않았다.

바다 위에 붉게 물든 커다란 해가 잠시 보이더니 곧 구름 속에 감춰져

버리고 날이 어두워졌다. 아내와 더불어 호텔 맞은편 도로 건너의 쇼핑몰을 둘러보다가 개중에 홍콩이라는 상호의 중국음식점으로 들어가 면 종류 두 그릇과 미국에서 생산된 일본 청주 月桂冠 한 병을 시켰다. 그러나 시킨 음식들은 기대했던 바와는 달리 모두 국물이 없는 볶음국수였고 양도 너무 많아, 그 중 한 그릇과 청주 반병은 남겨서 가져왔다.

25 (토) 맑음

콘티넨탈 뷔페로 조식을 마친 후, 어제 버스를 타고서 지나온 올드 타운에 있는 헤밍웨이 하우스를 보러 호텔을 나섰다. 어니스트 헤밍웨이가 1931년부터 40년까지 거주하며 작품 활동을 하던 곳으로서, 듀발 스트리트와 트루먼 에브뉴가 교차하는 지점인 화이트헤드 스트리트 907번지에 있는 스페인 식민지 양식의 2층집이다. 남아 있는 거리 이름이 말해주듯이 미국 대통령 트루먼도 이 근처에 별관을 만들어 리틀 화이트하우스라는 별칭을 가지고 있다. 그러나 어제 호텔 측으로부터 받은 버스 시간표가 정확하지 않아 정거장에서 기다리느라고 적지 않은 시간을 소비한데다, 노선버스가 한 시간에 한 대 정도 꼴로 드물게 있으므로, 그것을 타고서는 오전 11시 30분에 어제 내린 공항 입구의 터미널에서 출발하는 그레이하운드 버스를 타고서 마이애미로 돌아갈 수가 없겠다고 판단하여 블루 루트 버스를 타고서 스톡 섬의 병원 앞 주차장에까지 갔다가 골드 루트 버스를 타고서 호텔로 되돌아왔다.

곧바로 체크아웃 하여 다음 버스인 오전 10시 9분의 블루 루트를 기다렸지만, 그 버스 역시 10시 25분에야 우리가 머문 호텔이 위치한 시어즈 타운 주차장에 도착하였다. 올드 타운에 다시 가 보지는 못했지만, 그런대로 버스를 타고서 키 웨스트 섬을 한 바퀴 완전히 일주한 셈이다. 터미널에서 반시간 정도 그레이하운드 버스의 출발을 기다리다가 어제처럼 이슬라모라다에서 25분간 주차한 후 오후 3시 반 남짓에 마이애미 국제공항에서 하차하였다.

키 웨스트 터미널에서 입수한 팸플릿을 통해 비로소 도중에 여기저기보이는 끊어진 다리들은 철도사업으로 억만장자가 된 헨리 플레글러라는 미국인이 1905년에 플로리다 동부연안철도를 키웨스트 섬까지 연결하는데 성공하였다가, 1935년 9월 2일에 닥친 시속 200마일에 波高가 18피트에 달하는 엄청난 허리케인으로 말미암아 파괴된 잔해이며, 1938년에 개통된 현재의 연방도로 1호선은 그 철로를 따라 건설된 것임을 알았다. 키 열도의 끝이며 미국 영토의 남단이기도 한 키 웨스트 섬은 쿠바의 수도 아바나에서 90마일, 플로리다 주의 마이애미로부터는 150마일 떨어진 곳으로서, 대서양과 멕시코 만의 경계를 이루기도 한다.

마이애미 공항에서 택시로 갈아타고서 거기서 멀지 않은 코랄 게이블 지구의 르 주느 로드(Le Jeune Road) 2051번지에 위치한 홀리데이 인 호텔로 향했다. 여기서도 할인 쿠폰을 제시했지만 주말이라는 이유로 할인요금 적용 요구가 받아들여지지 않았다. 국제여행사를 통해 인터넷으로 예약한 방값은 $170.10임에 비해 쿠폰 가격은 그 반값에도 못 미치는 $79에 불과하니, 수락할 리가 없을 것이다. 호텔은 겉보기에는 그럴 듯하지만 방안의 시설물이 대체로 낡았고, 고장이나 훼손된 부분을 교체하지 않은 것들도 있었다. 배정받은 336호실에다 여장을 푼 후 아내와 함께 호텔 부근의 J 노선 주차장에서 시내버스를 타고서 르 주느 로드를 따라 북쪽으로 올라가 다시 국제공항 안에 들어갔다가, 노드웨스트 36 스트리트를 따라 동쪽으로 이동하여 마이애미비치의 북부지역으로 들어갔다. 72 스트리트 부근에 있는 종점에서 하차하여 한 시간 정도 대기한 다음, 어두워진 후에 같은 코스를 역방향으로 되돌아오는 J 버스를 타고서 호텔로 돌아왔다.

호텔로 돌아온 후에 배낭에서 노트북 컴퓨터를 꺼내다가 비로소 컴퓨터 및 디지털카메라, 핸드폰에 각각 연결하는 전기 코드 세 개 및 만능 어댑터, 디지털카메라 메모리 칩 두 개가 든 노란 주머니가 가방 속에 들어 있지 않음을 발견하였다. 즉시 키 웨스트의 숙소로 전화를 걸어, 만약 우리 내외가 머문 200호실에서 그것을 찾을 수 있거든 시카고의 주소로 우송해 달라고 당부해 두었다. 그것을 잃어버리게 되면 실로 난처

한 문제가 된다.

26 (일) 맑음

호텔 구내식당에서 유료 뷔페로 아침식사를 마친 후, 아내와 더불어 다섯 블록 아래로 400미터 정도 떨어진 지점에 위치한 비즈니스 지구 미라클 마일을 산책하였다. 동서로 뻗은 대로인 코럴 웨이 주변의 르 주느 로드에서 더글러스 로드에 이르기까지 왕복 1마일 정도 되는 고급 상가 일대를 그렇게 호칭하는 것이다. 아침 시간이기도 하고 가격이 비싼 까닭도 있어 식당 이외에는 미라클 로드에 인적이 드물었다.

그 도로의 양쪽을 왕복하여 걸은 후 아내는 호텔로 돌아가 쉬고, 나 혼자서 호텔로부터 2마일, 즉 3.22km 정도 되는 거리의 코럴 게이블 지구 서남부에 위치한 마이애미대학교(University of Miami)까지 산책하였다. 남북을 종단하는 대로인 르 주느 로드를 따라 내려가다가 유니버시티 드라이브라는 대학로 입구 표지판이 눈에 띄어 그 길을 따라갔는데, 미국의 길들은 차량 통행이 중심이라 도중에 인도가 사라져버렸으므로, 대학로를 벗어나 한동안 다른 길을 걷기도 했다.

마이애미대학에 도착한 후에는 캠퍼스의 동북쪽 끄트머리로부터 진입하여 캠퍼스가 끝나는 연방도로 1호선과의 접경까지 내려온 다음, 대학본부 진입로인 넓은 야자수 길 스탠포드 드라이브로 들어가서 그것이 끝나는 지점에서 다시 건물들 사이의 작은 길을 따라 캠퍼스의 북쪽 끝으로 나아가 캄포 사노 에브뉴를 만난 다음, 갈 때와는 좀 다른 코스를 취해 차량 통행이 적은 주택가의 한가운데를 경유하여 되돌아왔다.

다운타운에서 서쪽으로 떨어진 외곽지대인 코럴 게이블 지구는 마이애미에서도 고급주택가로 알려져 있다. 집들은 거의가 스페인 풍의 건물인데다 스페인어로 된 길 이름들을 지니고 있었고, 가로수나 나무들은 아열대 특유의 야자수나 龍樹가 많았다. 동네의 여기저기로 푸른 물이 흐르는 수로가 펼쳐져 있으며, 그 주변의 집집마다 보트를 수로에다 정박시켜 두고 있었다. 미국 사회의 풍요로움을 실감케 하는 모습들이었다.

세 시간 남짓 산책을 마치고서 오전 11시 반쯤에 호텔로 돌아와 샤워를 한 다음, 체크아웃 하였다. 정오에 매시간 마다 출발하는 호텔 측의 소형 셔틀버스를 타고서 공항으로 이동하였다. 일찌감치 탑승수속을 마치고서 지정된 게이트로 가서 간단한 점심을 들고 가져간 플로리다 관광 안내 책자 중 플로리다 일반 및 우리 내외가 여행한 지역들에 대한 부분을 읽어보며 대기하다가 오후 3시 33분에 출발하는 유나이티드 에어라인을 타고서 오후 6시에 시카고 오헤어 공항에 도착하였다. 비행기 안에서도 나는 보던 책을 계속 읽었다. 공항에서 누나와 맥스의 영접을 받아 열흘 만에 블루밍데일의 누나 집으로 돌아왔다.

오늘 오전 호텔에서와 오후 공항에서, 그리고 블루밍데일의 집으로 돌아온 후에 세 번 더 키 웨스트의 햄프튼 호텔 프런트로 전화하여 내가 잃은 물건을 찾았는지 문의해 보았다. 마지막 통화에서 마침내 그것을 찾아두었다는 대답을 듣고서 안도하였다. 오늘은 일요일이라 내일 우편으로 그것을 부쳐주겠다는 응답을 들었으며, 그 비용은 호텔에 남겨둔 내 신용카드 번호를 통해 결제하기로 했다.

27 (월) 흐리고 오후에 비
아침에 누나로부터 들은 바에 의하면, 아내는 내가 오늘 시카고 시내로 가서 크리스틴을 만날 것이라면서 그 문제에 대한 의견을 묻더라는 것이었다. 그로부터 몇 시간 후 학교에 나가 있는 아내로부터도 크리스틴을 만나지 않았으면 좋겠다는 내용의 전화를 받았다. 나는 이번 여행 중에 크리스틴과의 관계에 대해 아내에게 좀 더 상세히 설명한 바는 있었지만, 지금쯤 다시금 시카고에 와 있을 크리스틴을 만나러 간다는 말을 한 기억은 없다. 여행 중 호텔에서 크리스틴이 보낸 이메일을 읽은 바 있었지만 일정이 빠듯하기도 하고 아내가 옆에 있기도 하여 회신을 보내는 것을 보류해 두었었는데, 오늘 그것을 썼다. 아내의 감정을 설명하며, 그녀를 다시 만나기는 어려울 것 같다는 뜻을 전했다.

4월

6 (목) 맑았다가 정오 무렵부터 흐리고 약간의 빗방울

새벽에 아내를 메다이나 역까지 태워다 주고 돌아온 후, 차고에다 차를 세워두고서 맥스를 데리고 모처럼 웨스트 레이크 공원으로 가 보았다. 백조가 돌아왔는지 보기 위해서였다. 아니나 다를까 백조 네 마리가 벌써 돌아와 캐나다 거위의 무리와 어울려 물이 적어진 호수에서 헤엄치고 있었다. 호수 가 기둥의 조그만 철판에 새겨진 설명문에 의하면 백조는 4월부터 10월까지 이 호수에 거주한다고 하니, 돌아온 지 며칠 되지 않았을 것이다. 제각기 서로 다른 이름을 가진 네 마리의 로열 뮤트 스완이 돌아온 것은 봄이 이미 확실히 도래했음을 의미하는 것이다.

7 (금) 오전 한 때 비 온 후 계속 흐림

새벽에 아내를 역까지 태워다 준 후 돌아오는 길에 소나기 내리는 속으로 차를 몰아 로젤 역 부근의 아직 가보지 못한 길들을 좀 둘러보았다. 어느 주택 앞의 정원에 노란 수선화가 만발해 있었다. 집으로 돌아온 무렵에는 이미 비가 그쳤으므로, 차를 서클 공원 주차장에다 세우고서 맥스를 데리고 또 웨스트 레이크 공원의 백조를 보러 갔다. 백조 네 마리는 마침 건너편 호반의 벤치 부근에 모여 있었으므로, 그 바로 옆에 서서 한참 동안 지켜보았다. 근처에는 청둥오리와 캐나다 거위 몇 마리가 떠돌고 있고, 비버로 보이는 작은 동물 한 마리도 헤엄치며 돌아다니다가 한참동안 물속으로 잠수하기도 하였다. 날씨가 많이 풀어졌으므로 앞으로는 아내를 태워다 준 후 집으로 돌아가기 전에 오늘처럼 그 장소에다 차를 세우고서 맥스와 더불어 이 호수 가를 산책해 볼까 한다.

9 (일) 맑음

아내와 더불어 오전 8시 19분 기차를 타고서 시카고 시내로 나가, 밴 뷰렌 스트리트를 따라 걸어서 스테이트 스트리트와 잭슨 에브뉴의 교차

지점에 도달하여 6번 CTA 버스로 갈아타서 시카고대학 부근의 잭슨 공원 북쪽에 있는 과학기술박물관에 도착하였다. 지하 2층의 큰 홀에서 입장권을 구입한 다음, 11시 개관 시간까지 한 시간 가까이 줄을 서서 기다렸다.

먼저 지하 1층의 그라운드 플로어에서 제2차 세계대전 당시에 실제로 사용되었던 잠수함 U-505 등을 둘러본 다음, 11시 40분부터 45분 정도에 걸쳐 방영되는 옴니맥스 영화 〈Greece: Secrets of the Past〉를 시청하였다.

지하 1층의 식당에서 치즈 햄버그를 하나 시켜 둘이서 함께 드는 것으로 점심을 때우고, 오후에는 지상 1층의 주 전시장과 꼭대기 층인 발코니를 둘러보았다.

오후 3시 남짓에 박물관을 나와 그 입구에서 10번 버스를 타고 다운타운의 애담스 스트리트 주차장에 내린 다음, 그 길을 따라서 유니언 역까지 걸어왔다. 시간이 제법 남았으므로, 역 구내의 술집에서 생맥주를 한 잔 들면서 타이거 우즈 등이 참여한 골프 대회의 실황 중계를 지켜보다가, 오후 4시 30분에 출발하는 기차를 타고서 돌아왔다.

19 (수) 새벽 한 때 비 온 후 개임

회옥이는 교회의 뮤지컬 준비 때문에 겨를이 없었다가 이제야 좀 시간이 난다고 한다. 5월 13일에 현재 들어 있는 메이플라워 기숙사의 계약기간이 끝나므로, 일단 친구인 나연이 아파트로 들어갔다가 5월 15일에 함께 나연이네 새 집으로 이사할 계획이라고 한다. 나연이는 아이오와대학교 치대 2학년생인데, 그 부친은 한국의 충남대학교 교수이며 모친은 연세대학교 독어교육과 출신으로서 현재 아이오와시티에서 유학 중인 세 자녀를 돌보면서 아이오와대학의 간호학과에 입학하여 조만간 졸업하게 될 것이라고 한다. 미국에서 수입이 좋은 편인 간호원으로 취업하여 자녀들의 학비 보조를 할 계획인 것이다. 나연이네는 아이오와시티의 교외 지역에다 새 집을 구입하여 다음 달에 이사할 예정이며, 회옥이는 현재의 기숙사보다도 좋은 조건으로 그 집 1층에 방을 하나 빌려 나연이네 가족과 더불어 생활하기로 약속이 되어 있는 것이다.

20 (목) 맑음

아침에 맥스와 더불어 미첨 그로브를 산책하고서 돌아 나오던 중에 어제 코요테가 달려 들어간 숲속으로 들어가 보았다. 이 숲에는 작년에도 두어 번 들어와 본 적이 있었다. 그 숲 가운데를 스프링브룩이라는 시내가 꼬불꼬불 감돌아 흘러가는데, 이 시냇물이 메다이나 골프클럽 안에서 북쪽의 지류와 합하여 스프링 크리크로 된다. 오늘은 그 시내의 건너편 쪽 오솔길을 따라서 카푸토 식품점 건너편의 던킨 도넛 점포 앞으로 빠져 나온 다음, 차를 세워둔 주차장 쪽으로 들어가던 차에 그 길 왼편의 숲속으로 난 오솔길이 눈에 띄어 다시 그 길을 따라 들어가 시내의 반대편 쪽 오솔길을 걸어서 돌아 나왔다. 꽤 넓은 숲속에 오솔길들이 거미줄처럼 얽혀 있었다. 근자에 누나가 친구들과 함께 이 숲속으로 들어와 각종 봄나물들을 채취해 와서 밥상에 올리고 있다. 이즈음은 특히 누나가 산마늘이라고 부르는 다소 매운 맛이 나는 풀로 밥반찬을 만들어 상에 올리고 있는데, 그것으로 무치기도 하고 데치기도 하고 된장국도 끓인다. 어제는 달래도 잔뜩 뜯어왔다.

봄이 한창이라 이제 누나 집 입구의 수선화는 시들어가는 반면 오늘부터 빨간 튤립이 피어나기 시작했다. 집 주위에 심어둔 화초들이 예전의 구근이 땅 속에 남아 있다가 겨울을 지나고서 새로 심지 않아도 저절로 자라나는 것이다. 메다이나 역까지 매일 왕복하는 길가의 잔디밭에 노란 민들레가 지천으로 피어 있고, 그 밖에 개나리, 목련이나 철쭉 같은 한국에서 흔히 보는 꽃들도 있고 내가 이름을 모르는 꽃나무들도 주택가의 정원과 가로수로서 여기저기에 많이 피어 있다. 나무들도 새 잎을 틔우고 있어 점차 푸른색이 더해간다.

21 (금) 맑음

아침에 맥스와 더불어 미첨 그로브에 갔다가 서쪽의 늪지를 가로지르고서 어제 들어갔었던 숲속에도 다시 들어갔다. 집으로 돌아와 맥스를 누나에게 건네주었더니, 맥스의 털에 온갖 풀 열매들이 많이 묻었다고 짜증을 내면서 그런 데 들어가려면 다음부터는 맥스를 데리고 가지 말라는 잔소리를 들었다. 맥스는 테리 종이라 털이 길어서 열매나 잡풀 같은 것이 몸에 붙으면 떼어내기가 어렵기 때문이다.

저녁에 누나 및 아내와 더불어 승용차로 쿡 카운티의 서북쪽과 케인 카운티의 동북쪽에 걸쳐 있는 엘진 시로 가서 저녁식사를 들고 왔다. 케인 카운티 쪽 사우드 그로브 에브뉴의 폭스 강에 면해 있는 그랜드 빅토리아 카지노의 뷔페에 들렀던 것이다. 모턴 그로브에 사는 누나의 시누이 내외도 왔다. 우리 세 명은 블루밍데일에서 연방도로 20번 레이크 스트리트를 따라서 서북쪽으로 12마일 정도 나아가다가 폭스 강 건너편에서 31번 주도로 접어들어 월넛 에브뉴와 내셔널 스트리트를 거쳐 강을 건넌 다음 좌회전하여 사우드 그로브 에브뉴로 접어들었다. 강 위에 여러 층으로 된 큰 유람선을 띄워놓은 것이 도박장이고, 강변에는 거기에 부속되는 건물들이 있어 서로 연결되어 있었다. 도박장 주위의 강가가 온통 튤립 천지였다.

우리는 부속 건물 1층에 있는 뷔페에서 1인당 $20 가까운 요금을 지불하고서 저녁식사를 들었는데, 삶은 대게를 무진장 먹을 수 있는 것이 그곳의 특징이었다. 식사를 마친 후에는 도박장으로 들어가 각종 도박판들을 두루 둘러보고서 누나의 시누이가 $20을 걸고서 도박하는 것을 지켜보기도 했다. 꽤 넓은 도박장 안은 거의 만원이고 실내에서 담배도 자유로이 피우고 있었다.

22 (토) 맑음

며칠 전 아침에 아내가 메트라 기차를 타고서 시카고의 유니언 역에 내렸다가 같은 기차를 탔던 누나 친구 앤지 씨를 우연히 만났었는데, 오늘 아침 우리 내외와 누나가 자기 집에 와서 함께 조식을 든 후 산책을 하자고 하더라는 것이었다. 누나는 오후의 다른 일정 때문에 같이 가지 못하고, 내가 아내를 태워 메다이나 로드 도중의 도나 레인 349호인 그녀의 집으로 갔다. 앤지 씨와 그녀의 남편인 짐, 그리고 시카고 시내에서 변호사로 근무하고 있는 그녀의 둘째 딸 로라도 와서 다섯 명이 함께 식사를 하며 대화를 나누었다. 안젤라 씨의 한국 성은 송이며, 남편 성은 스톨프먼(Stolpman)이라는 것을 이번에 비로소 알았다. 로라는 먼저 돌아가고, 짐은 집 주위의 잔디 깎는 일을 하므로, 앤지 씨와 우리 내외의 셋이서 산책을 나갔다. 그 근처에서 아기용품을 내 놓고 차고 세일하는 이탈리아 할머니를 보고서 앤지 씨는 얼마 전에 첫 딸을 낳아 맨해튼 근처의 뉴저지에 거주하고 있는 장녀 세실의 방문에 대비하여 아기를 태울 유모차 몇 개를 구입하였다.

그 마을과 블루밍데일 골프 클럽과의 사이에 멋진 산책로가 있는 것을 오늘 비로소 알았다. 레이크 스트리트와 만나는 지점까지 갔다가 돌아오려고 했었던 것인데, 결국 골프 클럽을 360도로 한 바퀴 다 둘러서 바이런 로드와 메다이나 로드를 경유하여 앤지 씨네 집으로 다시 갔다.

답례로 우리 내외가 점심을 대접하기 위해 네 명이 함께 블루밍데일 로드 가에 있는 베트남식당 포하로 가서 국수를 들었는데, 식사 도중에 짐이 우리 몰래 대금을 지불해 버렸으므로, 결국 점심 대접까지 받은 결과가 되고 말았다.

23 (일) 맑음

아내와 함께 오전 8시 19분 기차를 타고서 시카고 시내로 나갔다. 9시 9분에 유니언 역에 도착하여 애덤스 스트리트를 따라 동쪽으로 걸어가 루프의 애덤스 정거장에서 L카 라고 불리는 전철 그린라인을 탔다. 남쪽으로 내려가 흑인 동네인 가필드 역에서 하차하여 그 옆의 워싱턴 공원을 동쪽으로 가로질러 공원 내의 57번가 동편에 있는 오늘의 주된 목적지 듀세이블 미국흑인역사 박물관(Du Sable Museum of African-American History)에 이르렀다. 그러나 웬일인지 문을 열지 않았고 유리문 내부에 인적도 전혀 없는지라, 할 수 없이 거기를 떠나 광대한 워싱턴 공원 동남쪽의 호수 갓길을 따라 59번가의 시카고대학 입구 쪽으로 걸어갔다. (나중에 알고 보니 그 박물관의 일요일 개관 시각은 정오였다.) 길가의 잔디 위에서 캐나다 거위들이 새끼를 낳아 햇볕을 쬐며 함께 노닐고 있는 모습을 볼 수 있었다.

시카고대학 구내의 가운데에 넓은 뜰이 있는 직사각형 모양의 본관건물을 가로질러 이스트 58번가 1155번지에 있는 오리엔트 연구소 박물관에 들렀더니, 일요일은 정오부터 개관한다고 씌어져 있는지라, 거기서 북쪽 방향으로 더 걸어 올라가 사우스 그린우드 에브뉴 5550번지에 있는 시카고대학 부설 스마트 미술 박물관에 들렀다. 그곳은 이미 개관이 되어 있어 내부를 둘러볼 수 있었다. 그 박물관은 다양한 시기의 서양 미술품과 미국 서부지방의 자연미를 찍은 사진작품에서부터 동아시아 미술품까지에 걸친 다양한 것들을 전시해 두고 있었는데, 한국의 고려청자나 조선시대 도자기 및 회화 작품들도 제법 갖추어져 있었다.

거기를 나온 다음, 이스트 57번가 1327번지에 있는 메디치라는 음식점에 들러 점심을 들었다. 대학 캠퍼스의 동편에 붙어 있는 2층으로 된 제법 큰 식당인데, 일요일인데도 불구하고 손님들이 북적거리는 것으로 보아 이곳 대학가에서는 꽤 이름난 점포인 듯했다. 오믈렛과 스테이크 샌드위치 및 토마토 주스를 시켜 아내와 함께 점심을 든 다음, 다시 오리엔트 연구소 박물관으로 가서 내부를 둘러보았다. 중근동 지방에서 아프리카 북부지방에 걸친 다양한 지역의 고고학적 유물들을 전시하고 있는 곳이었다. 두 박물관이 모두 대학 부설이라 그런지 무료였다. 오리엔트 박물관에서는 일본에서 제작한 영어로 된 다큐멘터리도 한 편 시청하였다.

시카고대학의 캠퍼스 안을 걷다가 우연히 길가 테니스 코트 옆에 있는 엔리코 페르미와 그 동료들이 핵 연쇄융합반응 실험을 한 장소를 지나치게 되었다. 그 장소 중앙에는 헨리 무어의 조각품이 기념탑 모양으로 서 있었고, 그곳은 이미 미국의 사적지로 지정되어져 있었다. 지난번에 창환이 및 아내와 함께 왔을 때는 더 북쪽 55번가 부근의 운동장이 있는 곳이 그 현장인 줄로 짐작했었는데, 오늘 알고 보니 그보다는 꽤 동남쪽의 캠퍼스 내부였다.

오리엔트 박물관을 나온 후 시카고대학의 중앙도서관에 해당하는 리젠슈타인 도서관 건물로 들어가 그 5층의 동아시아 도서관 내부를 구경하였다. 예전에 두리 및 마이크와 더불어 겨울 방학 중에 시카고대학으로 구경 와 미국인 여성 슈퍼바이저의 안내를 받아 동아시아 도서관 서고에 한 번 들어와 본 적이 있었는데, 알고 보니 서고는 개가식으로 되어 있어 나처럼 외부인도 들어가 둘러볼 수 있었다. 그 당시에는 두루 둘러보지 못했으므로, 그 서고 내부가 너무 넓은데 감명을 받고서 한국에 돌아가서도 이 서고의 이야기를 여러 사람들에게 한 바 있었는데, 오늘 새로 찬찬이 살펴보니 서고 안쪽 2/3 가량의 서가에는 동아시아와 관계없는 서양 서적들이 진열되어 있었고, 동아시아 서가에도 한국·중국·일본의 정기 간행물을 포함한 각종 도서들이 잡다하게 늘어놓아져 있어 기대했던 정도에 크게 못 미쳤다.

도서관을 나와 55번가에서 CTA 버스를 타고서 L카 레드라인 가필드 역까지 이동한 다음, 레드라인 전철을 타고서 다운타운으로 이동해 올라왔다. 잭슨 역에서 하차하여 L카 블루라인으로 갈아탄 다음, 클린턴 역에서 다시 하차하여 걸어서 유니언 역으로 이동하였다. 그러나 평소에 이용하는 일요일 엘진 행 기차의 출발 시간인 오후 4시 30분보다 15분 늦게 유니언 역에 도착하였기 때문에, 별 수 없이 역 구내에서 두 시간 이상 기다린 다음 오후 6시 40분 기차를 탈 수 밖에 없었다. 그러나 4월부터 서머타임이 적용되어 한 시간이 빨라진데다 해가 길어진 까닭도 있어 집에 도착할 때까지 아직도 밝았다. 그래서 앞으로는 일요일 시카고 구경에서 돌아오는 시각을 이번 열차의 출발시각으로 늦추어야겠다고 마음먹었다.

24 (월) 맑음
아내를 역까지 바래다주고서 혼자 미첨 그로브의 스프링 브룩이 흐르는 긴 숲으로 들어갔다가 사슴 여섯 마리를 만났다. 세 마리 세 마리씩 따로 만났다. 흰 꼬리 사슴인 듯한데, 봄철이라 그런지 꼬리 밑 부분이 좀 흰 정도이고 배나 목덜미 부분은 그렇지 않았다.

26 (수) 맑음

오늘 새벽에도 맥스를 데리고서 미첨 그로브를 산책하던 중에 습지에서 긴 숲 쪽으로 흰 꼬리 사슴 두 마리가 뛰어가는 것을 보았다.

29 (토) 흐렸다가 오전부터 비

아내와 더불어 맥스를 데리고서 미첨 그로브를 한 바퀴 돌아 내가 근자에 잘 다니는 긴 숲을 경유하여 상가 건물 쪽으로 빠져나왔다. 숲의 한 나무에서 이상한 소리와 더불어 둥치 위에 짐승 모습이 얼핏 보이므로 그리로 가서 나무 둥치의 뒷부분을 올려다보니 알지 못할 제법 큰 짐승 한 마리가 가지가 벌어진 곳에다 머리를 틀어박고서 가만히 움츠리고 있었다.

5월

5 (금) 맑음

아내와 함께 헬스클럽에 다녀온 후, 오후에는 인터넷의 구글 검색 프로그램을 이용하여 회옥이가 금년 봄 학기를 마치고서 시카고로 오면 아내랑 함께 가족 셋이서 모처럼 여행할 상품을 물색해 보았다. 미국의 Caravan Tours라는 여행사에 흥미 있는 상품들이 여러 개 있었는데, 회옥이의 방학 일정 중 5월 21일부터 6월 4일까지가 여유 있는 기간이라고 하므로, 그 일정에 맞추어 고르자고 하니 원래 예정했던 옐로스톤 국립공원과 사우드 다코타 주의 러시모어 산 여행은 5월 30일부터 시작되는 8일간 일정 밖에 없어 곤란하였다. LA에 있는 한인여행사에다 전화해 보고, 또한 시카고의 국제여행사로도 전화하여, 결국 국제여행사를 통해 한인여행사가 주관하는 4박5일 옐로스톤·러시모어 산 일정을 선택해 예약을 마쳤다. 5월 30일 오전 8시에 델타항공 편으로 시카고를 출발하여 당일 오전 10시 33분에 유타 주의 솔트 레이크 시티에 도착한 후, 6월 3일 오후 4시 52분에 같은 델타항공 편으로 솔트레이크 시티를 출발하여 오후 9시에 시카고로 도착하는 패키지 상품이다. 3인 1실을 쓰기로 하고서 가격은 왕복 항공편을 포함하여 우리 내외는 1인당 $795, 회옥이는 $745로서 총 $2,335이었다. 종전처럼 내 신용카드로써 결제하기로 했다.

아내는 우리 내외가 8월 초순 한국으로 돌아가기 전에 회옥이가 이사하는 새 집에 한 번 다녀오자고 한다. 그래서 그레이하운드 버스를 타고서 5월 19일 오전 8시 30분에 시카고를 출발하여 당일 오후 2시 15분에 아이오와시티에 도착한 후, 회옥이가 이사한 나연이네 집에서 하룻밤을 자고, 다음 날 오전 10시 55분에 회옥이를 데리고서 그레이하운드 편으로 아이오와시티를 출발하여 오후 4시 30분에 시카고에 도착한 다음, 근처의 유니언 역에서 메트라 기차를 타고서 돌아오기로 했다. 회옥이가 5월 13일쯤에 이사할 친구네 집은 아이오와시티 북쪽 교외의 코랄빌 근처에 있는 오크데일이라는 곳이다. 나연이 어머니는 아이오와대학 간호학과를 이미 졸업한 것이 아니고 아직 학부 저학년에 재학 중이라고 한다.

6 (토) 맑음

오전 7시 15분에 아내와 함께 미첨 그로브 주차장에 도착했더니, 이하영 씨가 어떤 모르는 남자 한 사람과 더불어 먼저 도착해 둘이서 지도를 보고 있었다. 알고 보니 그이는 이 씨가 최근에 함께 조지아 주의 애틀랜타 시까지 갔다 왔다는 세 명 중의 한 사람인 방 씨였다. 그이가 작년에 애틀랜타에다 방이 세 개 있는 타운하우스(연립주택)를 하나 장만해 두었으므로, 그 집으로 갔다 온 것이었다. 둘은 서로 안지 얼마 안 된다고 하는데, 조만간 다시 함께 위스콘신 주 워파카 카운티의 프레몬트라는 곳에 있는 리틀 울프 강으로 화이트 배스라고 하는 조기처럼 생긴 농어의 일종을 낚으러 가기 위해 그 플랜을 짜고 있는 중이었다. 이 물고기는 위스콘신 주에서 가장 큰 호수인 위네바고 호 및 그 부근의 여러 호수에서 서식하다가 1년에 한 번씩 이즈음인 어머니날을 전후한 3주 정도에 걸쳐 이 강을 거슬러 올라가 상류의 얕은 물 밑바닥에다 산란을 하는데, 그 시기를 이용해 전국에서 낚시꾼들이 모여든다고 한다. 2주 후쯤에 나까지 포함한 세 명이 함께 그리로 낚시를 가기로 했다.

방 씨는 60년대에 한양공대를 졸업하고서 미시건주립대학교 이스트 랜싱 교로 유학 와, 그 당시로서는 한국에 거의 소개되어 있지 않았던 공업경영학(industrial engineering)을 전공했다. 당시 $20을 지니고서 유학 와 안 해본 일이 없을 정도로 온갖 고생을 하며 고학하다가, 미국에 정착한 지 이미 40년이 넘는데, 그 동안 한국에는 두어 번 다녀왔다고 한다. 만 65세가 된 지금은 작년에 이미 은퇴했으나 소일거리로 아들과 관련된 회사에서 운동기구의 납품을 취급하는 파트타임 일을 하고 있다고 한다. 딸 하나 아들 하나를 두었는데, 딸은 시카고대학을 졸업하여 변호사 일을 하고 있고, 아들은 일리노이대학 어바나·샴페인 교(미국에서는 흔히 줄여서 U-ervine이라고 부른다) 공대를 졸업한 후 미시건 주립대 이스트 랜싱 교에서 의학으로 전공을 바꾸어 현재 방사선과 레지던트 2년차 과정을 밟고 있으며, 사위도 시카고대학 졸업생이라고 한다. (올해 만 72세인 이 씨는 아들만 둘을 두었는데, 큰 아들은 U-ervine 공대를 나와 시카고에서 일하고 있고, 둘째 아들은 스탠포드대학을 나와 샌프란시스코에서 역시 방사선과 의사로 근무하고 있다.)

함께 미첨 그로브를 산책하여 긴 숲을 걷는 도중에 사슴 세 마리를 보았고, 맥스를 데리고서 앞서 걷던 아내는 징검다리를 건넌 직후에 사슴으로 보이는 짐승 한 마리를 더 보았다고 한다.

점심을 든 후 아내와 더불어 헬스클럽에 들렀다가, 그 길로 애디슨에 있는 마커스 시어터즈라는 영화관에 들렀다. 아내와 회옥이가 창환이를 따라서 몇 번 와 본 적이 있었던 곳이라고 한다. 상영되고 있는 영화에 대한 아무런 사전 지식도 없이 들렀으므로, 이곳에서 현재 상영되고 있는

10편 이상의 영화 중 전광판을 보고서 아무거나 대충 골라서 〈Ice Age 2〉라는 영화를 상영하는 왼편의 다섯 번째 방으로 들어갔다. 그러나 예상했던 것과는 달리 그 영화는 컴퓨터 그래픽으로 만든 애니메이션으로서, 관객의 대부분이 어린이들과 그 부모였다. 거기를 나와서 근처의 다른 방으로 들어가 로빈 윌리엄즈가 출연하는 〈RV〉라는 영화를 보았다. 그 영화는 일종의 코미디인데 그런대로 재미가 있었지만, 역시 방영 도중에 들어간 지라 후반부만 보았다. 나오는 길에 다시 9.11 테러 사건을 다룬 〈United 93〉라는 영화를 상영하는 방으로 들어가 역시 도중부터 끝까지를 감상하였다. 당시 하이재크 당한 네 대의 비행기 중 목표물에 충돌하지 않고서 펜실베이니아 주의 들판에 추락한 유나이티드 항공사 소속의 93호 비행기를 다룬 스토리였다. 미국의 영화관은 근자에 한국의 영화관들도 대부분 그렇게 변했듯이 한 건물 안에서 동시에 여러 종류의 서로 다른 영화들을 상영하는 식이었는데, 다른 점은 미국의 경우 각 룸의 입구에 지키는 사람이 없어 마음 내키는 대로 옮겨 다니면서 볼 수 있는 점이었다.

　7 (일) 맑음
　아내와 함께 쿡 카운티의 동북쪽 끝 미시건 호수 부근의 글랜코에 있는 시카고 보타닉 가든에 다녀왔다. 내가 운전하여 주간고속도로 290번 및 일리노이 주도 53번을 따라 북상한 후 레이크 쿡 로드로 빠져나와 동쪽으로 12마일 정도 간 위치에 있는 목적지 식물공원에 도착하였다. 385에이커에 달하는 광대한 부지에 갖가지 모양과 형식의 동서양 정원들이 조성되어져 있고, 꽃들도 절정을 이루고 있었다. 주로 걸어 다니다가 트램카를 타고서 외곽지대를 두 바퀴 둘러보기도 했다. 갔던 코스를 경유하여 오후 3시 반쯤에 귀가해 헬스클럽에 다녀오니 누나가 이미 도착해 있었다.

8 (월) 맑음

아침에 누나를 포함한 우리 가족 전원이 미첨 그로브로 나가 산책하였다. 누나 친구인 큰 클라라 씨 내외와 앤지 씨, 캐리 씨, 세실리아 씨 등이 모두 나와 여덟 명의 대부대가 되었다. 내가 개발해 둔 긴 숲(아내는 원시림 같은 광대한 숲이라 하여 아마존이라고 부른다.)으로 들어가 표준적인 코스를 걸었다. 사슴 세 마리를 만났다.

오전 9시 11분에 국제여행사로부터 옐로스톤·러시모어 4박5일 일정표와 비행기 예약 내용을 통지하는 팩스를 받았다. 도로지도를 통해 코스를 확인해 보았는데, 이번 여행에서는 유타·와이오밍·사우드 다코타·아이다호의 네 개 주를 경유함을 알았다.

오후에 이하영 씨로부터 전화 연락을 받았다. 방 씨도 자기 집에 와 있는데, 내가 정말로 자기네와 더불어 다음 주에 낚시하러 가보려 한다면, 함께 방 씨네 집 뒤의 연못으로 가서 예행연습을 좀 해 보자는 것이었다. 그래서 로젤의 월닛 에브뉴에 있는 이 씨 댁으로 차를 몰고 가서 방 씨와도 다시 합류하여 그 집 지하실에서 셋이서 캔 맥주를 마시며 가라오케를 좀 따라하다가, 애디슨에 있는 방 씨네 집으로 이동하였다. 방 씨 집 뒤편의 공원에 애디슨 마을에서 만들어둔 제법 넓은 인공호수가 있는데, 거기에 꽤 큰 잉어들이 서식하고 있다는 것이었다. 이 씨의 지도를 받으며 방 씨가 집 뜰에서 삽으로 퍼 온 지렁이를 미끼로 끼워서 릴낚시 줄을 반시간 정도 계속 던져보았으나, 한 마리도 잡히지는 않았다. 우리 셋은 날씨에 별 문제가 없다면 다음 주 화·수·목요일에 걸쳐 2박 3일 일정으로 위스콘신 주의 프레몬트로 화이트 배스를 낚으러 가기로 했다.

우체국에 다니는 방 씨 부인의 퇴근 시간에 맞추어서 방 씨가 차를 몰고 가 데려왔는데, 부인이 우리에게 저녁식사를 사겠다고 하므로 우드필드 쇼핑몰 부근의 골프로드 부근에 있는 중국집 House of Hunan(湘鄉)이라는 곳으로 가서 짬뽕과 자장면을 들었다. 방 씨의 부인은 이화여대 음대 성악과 출신으로서, 1970년에 당시 유학생이었던 방 씨가 한국으로부터 골라서 데려온 여성이라고 들었다. 그 음식점은 예전부터 거기에 있었던 것인데, 작년에 한국인 여성이 구입했다고 한다. 예전의 중국인 주인은 주방장으로 고용되어져 있고, 종업원도 인계하여 한국식 중국음식도 내고 있었다. 맛은 유스 수준이지만, 주인이 한국인이어서 그런지 손님이 별로 없었다.

10 (수) 흐림

2006년 5월 10일, 산소통

아침에 미첨 그로브에서 이하영 씨 내외와 앤지 씨, 캐리 씨와 그녀의 딸 미셸 등을 만났다. 아내는 누나의 인터뷰를 하며 앞서 걸어갔고, 나는 맥시를 데리고서 이하영 씨와 더불어 뒤따라갔다. 여자들은 산소통 숲을 한 바퀴 더 돈다고 하므로, 이 씨와 나는 긴 숲을 거쳐서 먼저 주차장으로 돌아와 저수지 언덕의 풀밭 위와 벤치에 앉아서 그들이 돌아오기를 기다렸다.

산책을 마친 후, 다들 누나 집으로 와서 어제 마이크네 집에서 얻어온 케이크와 빵들, 그리고 커피, 인삼차 등을 들며 대화를 나누었다. 디지털 카메라로 찍어 내 노트북 컴퓨터에 저장해 둔 사진들을 함께 보기도 했다. 캐리 씨와 그 딸 미셸은 신체가 불편한 캐리 씨의 이탈리아계 미국인 남편을 돌보기 위해 먼저 돌아갔고, 나머지 여섯 명은 이하영 씨가 운전하는 차에 동승하여 이 씨의 안내에 따라서 바틀렛에 있는 힌두교 사원과 위튼에 있는 캔티니 공원을 구경하러 떠났다. 좌석이 부족하므로 누나는 지프 형 승용차 뒤편의 짐칸에 드러누워서 갔다.

2006년 5월 10일, 힌두교 사원

이 씨가 우리를 데리고 간 힌두교 사원이란 아미 트레일 로드와 59번 주도의 교차지점에서 두 블록 아래편에 위치해 있는데, B.A.P.S.(Bochasanwasi Shri Akshar Purushottam Swaminarayan Sanstha), 줄여서 '스와미나라얀 산스타'라고도 하는 종파에 속한 사원으로서 '슈리 스와미나라얀 만디르'라고 불리는 것이다. 번역하면 '主 스와미나라얀 사원'이라고 할 수 있다. 종파의 이름 속에 들어 있는 '슈리 푸루쇼땀'은 스와미나라얀(神師)의 또 다른 존칭이며, '슈리 악샤르'는 그의 첫 번째 후계자인 구나티타난드 스와미(1785~1867)를 이 종파 안에서 '악샤르브라흐만'이라고 부르는 데서 나온 존칭이다. 2004년 8월 8일에 개관하여 아직 2년이 채 못 된 새로

운 것이다. 총 30에이커에 달하는 광대한 면적에다 놀랄 만큼 세밀한 인도식 조각으로 건축물 전체가 장식된 것인데, 미국 내에 건설된 힌두교 사원으로서는 그 규모가 가장 큰 것이다. 돌로 만들어진 만디르, 즉 사원 부분은 22,442평방피트이며, 그 외에 목조로 된 하벨리, 즉 문화 센터가 따로 있어서 그 전시물들을 바라보면서 지하를 통해 사원 내부로 들어가도록 서로 연결되어져 있다.

문화 센터의 내부 벽면에는 인도 문화의 우수성을 홍보하는 역사적 내용의 그림과 도표 등이 전시되어져 여러 명의 안내자가 방문객 단체에게 그것들을 영어로 설명하고 있고, 힌두교 관계의 DVD나 서적 등을 판매하는 상점도 있다. 사원의 외부는 터키 산 석회석으로 만들어졌고, 내부는 이탈리아 산 대리석과 인도 산 마크라나 대리석으로 만들어졌는데, 모두 인도에서 가공된 후 이리로 운반되어져 와 조립된 것이다. 문화 센터는 2000년 8월에 개관되었다. 이 사원은 아직도 건설공사가 진행 중이어서 뒤편에는 호수 터를 포함한 드넓은 공터가 남아 있고, 장차 건축물로서 조립할 조각된 돌들도 많이 쌓여 있었다. 터의 상당 부분은 바틀렛 시에서 관광 진흥을 목적으로 기증한 것이라고 한다.

B.A.P.S.의 원조는 바그완 스와미나라얀(1781~1830)이라는 사람으로서, 그의 원래 이름은 간샴이며, 인도 북부 지금의 우타르 프라데쉬 주에 속하는 아요디아에서 가까운 차파야라는 조그만 마을에서 태어났다. 11살에 집을 떠나 네팔과 인도 동부 및 남부 지역을 7년 동안 순례하다가 서북부의 구자라트 주에 정착하였다. 그는 오늘날 최고신의 화신으로서 신격화되어 있다. 이 교파가 오늘날과 같은 교단조직을 갖추게 된 것은 4대째 교주에 해당하는 샤스트리지 마하라즈(1865~1951) 때부터이며, 그가 1907년에 B.A.P.S.라는 교단을 만들었고, 6대째에 해당하는 현재의 교주 프라무크 스와미 마하라즈(1921~)의 대에 이르러 그 교세는 전 세계에 수백만의 신도를 보유하기에 이르러 있다고 한다. 그는 이 사원의 낙성식 때 와서 그 행사를 주관하였다. 힌두교 여러 교파 가운데서 이 파는 갖가지 미신적 폐습을 거부하는 가장 진보적인 교파에 속하는 모양이다.

다음으로 들른 캔티니 공원은 루즈벨트 로드와 윈필드 로드의 교차 지점에서 샤프너 로드까지에 걸쳐 있다. 방문자 센터 및 두 개의 박물관과 방대한 정원들, 골프장 등을 포함하고 있다. 시카고 보타닉 가든보다 좀 규모는 작으나 그와 유사한 분위기를 지니고 있고, 이 안에서 연중 갖가지 교육 및 문화 예술 행사가 계속 개최되고 있다.

1874년에 「시카고 트리뷴」의 소유주가 된 조셉 메딜(1823~1899)이 그 딸 캐더린 메딜 매코믹(1853~1932)과 사위인 로버트 샌더슨 매코믹(1849~1919)을 위해 시카고 교외의 이곳에다 집을 지어주었는데, 로버트 매코믹은 외교관이어서 대사 등의 직책을 맡아 계속 세계를 돌아다녔기 때문에 이곳에는 별로 거주하지 않았다. 그가 죽고 난 후 메딜의 외손자에 해당하는 아들 로버트 러더포드 매코믹(1880~1955)이 1920년에 이 집을 소유하게 되어 그가 죽은 1955년까지 계속 여기에 거주하였고, 그 동안에 원래의 저택 양쪽으로 건물을 더 달아내어 원 규모의 세 배 정도로 확장하였다. 조셉 메딜은 공화당 창당과 에이브라함 링컨을 대통령으로 당선시키는 데도 깊이 관여한 인물이었다.

로버트 러더포드 매코믹은 1911년에 「시카고 트리뷴」의 회장이 되었고, 1925년에서 1955년까지 이 신문의 발행인 겸 편집인이었다. 그는 이 저택에서 수륙 겸용 소형 비행기를 스스로 운전하여 15분 정도 소요되는 거리의 미시건 호수 가에 위치한 「시카고 트리뷴」 본사까지 출근하고 있었다고 한다. 그는 35세 때 화가인 에이미 어윈 애담스(1872~1939)와 결혼하였는데, 그녀가 암으로 죽자 1944년에 메릴랜드 매티슨 후퍼 매코믹(1897~1985)과 재혼하였다. 메릴랜드는 동양 취미가 있어 이 저택을 중국의 그림과 예술품으로 채웠으므로, 지금도 저택 안에서 그 흔적을 많이 볼 수 있다. 그러나 그녀는 남편이 죽고 난 후 이 집에서 살지 않고 워싱턴 DC로 이주하였으므로, 1959년에 이 저택은 박물관(Robert R. McCormick Museum)으로 되었다. 현재는 로버트 R. 매코믹 트리뷴 재단의 한 지부인 캔티니 재단이 이 저택을 관리하고 있다. 매코믹 박물관의 후문 부근에는 로버트 매코믹과 그 첫 부인 에이미의 묘소인 그리스 양식의 석조 공간(exedra)이 있다. 시카고 시내에 있는 대형 회의 및 전시장 건물인 매코믹 센터도 그의 성을 따서 이름 지은 것이다.

캔티니 공원 내에 있는 또 하나의 박물관인 1사단 박물관(First Division Museum)은 제1차 세계대전 중이었던 1917년에 프랑스 전선에 투입하여 연합군 측과 합동작전을 펼치기 위해 결성된 미국 육군 최초의 정규 사단 역사를 전시한 곳이다. 원래는 마구간이었던 건물을 개조한 현재의 방문자 센터에 위치해 있었는데, 새 건물을 지어 이리로 옮긴 것이며, 건물 내부에는 10개의 전시실과 로버트 R. 매코믹 연구 센터가 위치해 있고, 그 주변의 외부에도 1차 대전 당시의 각종 전차, 장갑차, 대포 등을 상설 전시해 두고 있다. 창설 당시의 1사단은 총 28,000명으로 구성된 대규모 사단이었다. 1916년에 일리노이 국가방위군 제1기병대의 소령으로서 입대했던 로버트 R. 매코믹은 미국이 제1차 세계대전에 참전하게 되자 1917년 6월 13일 이에 지원하여 1918년 6월 17일에 일리노이 국가방위군 중령으로 승진하였고, 1918년 9월 5일에 대령으로 승진하여 1사단 소속의 대대장이 되었다가, 1918년 12월 31일에 명예 제대하여, 1919년부터 1929년까지 장교예비군으로서 복무하였다.

로버트 매코믹 대령이 제5 야포부대 제1 대대장으로서 참여한 캔티니 전투는 제1차 세계대전에 참전한 미군이 거둔 최초의 승리였다. 당시 1사단은 프랑스 군의 지원을 받으며 1918년 5월 28일에 프랑스 군이 이미 두 차례 공격을 감행한 바 있었던 파리 북부 피카디(Picardy) 지역에 있는 캔티니(Cantigny) 마을을 독일군으로부터 탈환하는 작전을 수행하였다. 탈환 이후 며칠간에 걸친 독일군의 맹렬한 반격으로 이 사단은 당시 천 명 이상의 사상자를 냈다. 한 평생 '대령'이라는 호칭으로 불리기를 좋아했던 로버트 매코믹은 자신이 소속되었던 사단의 업적을 기념하기 위해 위튼에 있는 자기 저택에다 이 전투 장소의 이름을 붙였던 것이다.

캔티니 공원을 나온 후 우리 일행은 다우너즈 그로브의 상가에 있는 중국 음식점 로열 뷔페로 가서 점심을 들었으며, 그 비용 $43.48은 내가 부담하였다.

11 (목) 비

인터넷을 통해 어제 다녀온 슈리 스와미나라얀 만디르 및 캔티니 공원에 대해 좀 더 알아보았다. 그 외에 블루밍데일 부근의 메다이나 로드가에 있는 힌두교 사원 하리 옴 만디르에 대해서도 알아보았다.

하리 옴 만디르는 1960년대에 인도인들이 미국으로 이민 와 시카고 지역의 가정집에서 크리슈나 신의 이름으로 모이던 집회에서 발단하였다. 그들은 '기타 협회'를 결성하여 『바가바드기타』의 공부 등을 목적으로 한 달에 한 번씩 집회를 가졌고, 1973년에는 활동 및 회원 범위를 확대하기 위해 '기타 협회'를 '힌두 협회'로 개칭하였다. 1974년부터 오크 파크의 레이크 스트리트와 테일러 스트리트 교차 지점에 있는 스티븐슨 레크리에이션 센터를 빌려서 모임을 가지다가, 1987년 4월에 현재의 위치에다 2.12에이커에 달하는 부지와 부속 건물을 매입하여 독자적인 집회장소를 가지게 되었다. 이후 계속 건물 및 그 부대시설의 확장과 개수 공사를 진행하여 오늘의 사원 규모에 이른 것이다. 예배 및 여러 가지 교육·문화 행사를 병행하고 각종 힌두교 축제를 봉행하는 것으로 그 활동 범위가 확대된 오늘날에도 힌두협회의 목적과 성격은 여전히 『바가바드기타』 철학의 가르침에 따르고 크리슈나 신을 숭배하는 것을 기본으로 삼고 있다.

12 (금) 비

오늘 아내가 학교에 나갔으므로, 저녁 무렵 마중 나가는 길에 메다이나의 하리 옴 만디르 사원 앞을 지나쳤고, 차를 메다이나 역 주차장에다 세워 둔 후 그 부근 아이태스카의 어빙 파크 로드 가에 있는 동양 사원에도 들러보았다. 알고 보니 그것 역시 힌두교 사원으로서, 붉은색 건물 벽면에 'Midwest Shree Swaminarayan Temple'이라는 글자가 새겨져 있고, 1880년부터 시작되었다는 글도 보였다. 그렇다면 바틀렛에 있는 슈리 스와미나라얀 만디르와 같은 신을 섬기는 사원인데, 바틀렛 사원의 경우 그 소속 종파인 BAPS가 수립된 것은 1907년이니, 그 전부터 여기에 이런 사원이 있었다는 것은 스와미나라얀을 숭배하는 힌두교 종파가 그 전부터 있었다는 뜻이 되는 것이다. 집으로 돌아와 인터넷을 통해 이 사원에 대해 알아보았더니, 'Midwest Swaminarayan Mandir'라는 이름과 그 주소 및 전화번호, 그리고 건물 모습과 거기에 모셔진 神像의 사진이 실려 있을 뿐 더 상세한 정보는 찾을 수 없었다. 이 사원의 경우는 내부에 신상이 하나 밖에 없고, 유리창 너머로 식당이거나 홀처럼 생긴 넓은 방 안에 인도인들이 많이 모여 있는 것을 들여다볼 수 있는데다가, 출입문 유리에는 인도 코미디 영화를 상영한다는 광고도 붙어 있는 것으로 보아 사원의 역할을 겸한 인도인 회관 같은 분위기였다.

13 (토) 흐림

아침에 아내 및 맥스와 더불어 미첨 그로브에 갔다가, 산소통 숲 부근에 새로 짓고 있는 저택들을 둘러본 후, 그 뒤쪽의 마을을 거쳐 오솔길을 경유하여 다시 산소통 숲으로 돌아왔다. 아내는 비 온 뒤끝이라 풀과 나뭇잎들이 물에 젖어 있고 땅에도 물기가 많은 탓인지 긴 숲으로 들어가지 않고서 포장된 산책로를 따라 혼자 주차장으로 향했고, 나만 맥스를 데리고서 그리로 들어갔다가 새로 가 본 오솔길에서 사슴 한 마리를 만났다.

오늘도 종일 인터넷을 통해 BAPS 본부의 홈페이지나 영국 런던의 슈리 스와미나라얀 만디르 홈페이지에 접속하여 그들이 최고신의 화신으로서 섬기는 바그완 스와미나라얀에 대해 좀 더 알아보았다. 런던의 사원은 1991년에 착공되어 1995년에 완공된 것인데, 그 대체적인 구조는 시카고 교외 바틀렛의 것과 대동소이하지만, 부지는 후자의 1/10 정도밖에 되지 않을 정도로 작은 모양이다. 그것이 당시로서는 인도 이외의 지역에 지어진 힌두 사원으로서 가장 큰 규모였다고 하는데, 이후 시카고의 경우처럼 인도 본토와 케냐의 나이로비에도 유사한 건물들을 갖춘 사원들을 짓고 있는 모양이다.

'바그완'이나 '나라얀'이란 말 자체가 神을 의미하며, '스와미'는 스승 정도의 의미이듯이, 스와미나라얀은 18~19세기에 걸쳐 50세가 채 못 되는 짧은 생애를 종교적 스승으로서 살았던 한 실재 인물을 최고신의 화신으로서 신격화한 것이니, 그런 점에서는 한국 증산교의 창시자인 강증산이나 기독교의 예수와 같은 존재이다. 힌두교 신화에서 본다면 라마 신의 화신인 람찬드라 혹은 비슈누 신의 화신인 크리슈나 등이 이미 있지만, 크리슈나 이후 5천 년 만에 인도 땅에 나타난 간샴, 즉 후일 닐칸트, 스와미 사하자난드, 나라얀 무니, 지반 묵타 또는 슈리 푸루쇼땀 등 여러 가지 이름으로 불리기도 하는 스와미나라얀은 그런 기왕의 화신들보다도 한층 더 빼어난 존재라고 한다. 그리고 오늘날까지 5대째 이어져 오고 있는 그의 후계자로서의 교주(프라무크)들은 마치 티베트 불교의 법왕인 달라이라마처럼 스와미나라얀의 또 다른 화신으로 간주되고 있는 것이다. 메다이나에 있는 힌두 협회, 즉 하리 옴 만디르와 아이태스카에 있는 슈리 스와미나라얀 만디르는 1km 될까 말까 할 정도로 서로 아주 가까운 위치에 있다. 힌두교 사원이 이렇게 가까운 위치에 두 개씩이나 따로 있는 까닭은 메다이나의 경우는 크리슈나를 중심으로 하고, 아이태스카의 경우는 스와미나라얀을 중심으로 삼으므로, 결국 같은 힌두교라고는 하지만 숭배의 대상이 서로 다른 까닭이라는 판단이 들었다.

14 (일) 흐리고 부슬비 내리다가 오후에 개임

인터넷을 탐색하여 아이태스카에 있는 힌두교 사원에 대해 좀 더 상세한 정보를 얻었다. I.S.S.O.(International Swaminarayan Satsang Organization)라고도 부르는 The Original//Shree Swaminarayan Sampraday에 속한 것이었다. 이 종단의 홈페이지에 의하면, I.S.S.O.는 1978년 미국에서 아차리아 마하라즈슈리 1008 슈리 테젠드라프라사드지라는 긴 호칭을 가진 사람에 의해 창시된 것으로서, 슈리 사하자난드 스와미, 즉 스와미나라얀 자신에 의해 개창된 스와미나라얀 삼프라다이의 진정한 계승자임을 자부하고 있다. I.S.S.O. 창시자의 이름 앞에 'His Holiness'라는 호칭까지 반드시 붙이는 것으로 보아, 그가 곧 교황에 해당하는 모양인데, 이 종단에서는 교황이 죽기 전에 은퇴하고서 그 후계자에게 자리를 물려주기도 하여 현재는 다른 사람이 종단을 대표하고 있다. 미국에는 시카고를 포함한 다섯 곳에 지부를 두고 있고, 유럽에서는 영국 리세스터에다 본부를 두고서 영국 네 곳과 스웨덴 한 곳에 사원을 두고 있으며, 그 외에도 런던의 네 곳을 비롯한 영국 여러 곳에다 스와미나라얀 사원들을 두고 있다. 그들은 이름을 명시하지는 않았지만, B.A.P.S. 측을 '영웅 숭배적 수행자들에 의해 인도되는 가짜 스와미나라얀 단체들'(pseudo Swaminarayan groups, led by hero-worshipped sadhus)로 규정하고 있었다. 물론 B.A.P.S. 측에서 주장하는 법통, 즉 5대째 이어져 오는 스와미나라얀의 후계자 계통에 대해서도 전혀 인정하지 않고 있었다.

아이태스카에 있는 시카고 지부(Shree Swaminarayan Temple, Chicago)는 인도 전통 돔 양식(Sikharbandh) 건물로서는 미국 최초의 것으로서, 이제 알고 보니 1880년이 아니라 1998년 8월 2일에 위에서 언급한 아차리아 1008 슈리 테젠드라프라사드지 마하라즈슈리의 집전에 의해 낙성식을 거행했다. 그러니까 기존의 건물을 구입하여 1987년에 개관된 메다이나의 하리 옴 만디르보다도 오히려 10년 이상 늦은 것이다. 1978년에 테젠드라프라사드지가 시카고를 처음으로 방문하였을 때 그를 추종했던 다섯 가정으로써 미국 중서부 지역 모임이 출발하여, 그로부터 20년 후에 비로소 사원의 건축을 보게 되었다. 오늘날 이 사원은 중서부 지역 인도인 사회의 표지로 되어 종교적 모임 외에 결혼식, 모금회, 연회 등 갖가지 사회 문화적 활동의 장소로도 제공되고 있다고 한다.

회옥이는 어제 나연이네 새 집으로의 이사를 마쳤다. 아내의 말에 의하면, 집은 무척 마음에 드는데 학교까지의 거리가 멀어 승용차를 하나 사주기를 희망한다는 것이었다.

시카고대학의 홈페이지를 통해 그 대학의 노벨상 수상자 수를 알아보았다. 이 대학이 세계에서 가장 많은 노벨상 수상자를 배출하였다는 것은 예전에 어디선가 읽은 바 있었는데, 현재의 기록은 어떤지 알 수 없다. 오늘 확인한 바에 의하면, 시카고대학과 인연이 있는 노벨 수상자의 총수는 79명이고, 그 중 27명이 물리학, 23명이 경제학, 15명이 화학, 11명이 생리학 또는 의학, 그리고 3명이 문학 분야였다. 현재 교수진에 포함되어 있는 사람들 중에는 여섯 명의 노벨 수상자가 있는데, 그 중 물리학 한 명을 제외하고서 나머지는 모두 경제학 분야이다.

17 (수) 맑았다가 때때로 소나기

밤에 이하영 씨로부터 전화를 받았다. 원래는 어제부터 2박 3일 일정으로 위스콘신 주로 낚시를 가기로 예정했었지만, 이번 주 중에는 계속 비가 오고 일기가 불순하여 물고기가 잘 물리지 않을 것 같으므로 한 주 늦추어서 다음 주 화요일에 출발하기로 했다. 방 씨와 함께 세 명이 떠날 것인데, 나로서는 이미 만반의 준비가 되어 있는 셈이다.

19 (금) 맑음

아내와 함께 회옥이가 새로 이사한 집으로 가보기 위해 아침 6시쯤에 누나 집을 나섰다. 누나가 메다이나 역까지 태워다 주었고, 거기서 6시 15분의 기차를 타고서 시카고의 유니언 역에 도착한 다음, 걸어서 10분 정도 거리에 있는 그레이하운드 버스 터미널로 향하였다. 터미널 안에서 노트북 컴퓨터로 전날의 일기를 입력하는 등으로 한 시간 정도를 보냈다.

오전 8시 30분 발 네브래스카 주의 오마하까지 가는 그레이하운드 버스를 타고서 평소에 종종 지나다니던 주간고속도로들을 경유하여 오로라 시에서 한 차례 정거하였다. 88번 주간고속도로를 따라 일리노이 주의 디 칼브 시와 미시시피 강가의 몰린 시에서 각각 정거한 다음, 강 건너 아이오와 주의 데븐포트 시에서도 잠시 정거하고서, 거기서 30분 정도 떨어진 거리에 있는 월코트 휴게소에 12시 55분에 도착하여 반시간 동안 점심 들 시간을 가졌다. 나는 시카고로 가는 메트라 기차 안에서 아내가 준비해 간 빵과 요구르트, 과일로써 조식을 들었고, 버스 안에서 떡과 오렌지로 점심을 때웠기 때문에, 휴게소에서는 커피 한 컵을 사 마셨을 따름이다. 1시 25분에 월코트 휴게소를 출발하여 80번 주간고속도로를 따라 좀 더 서쪽으로 나아가서 오후 2시 15분 아이오와시티의 터미널에서 하차하였다.

　얼마 후 회옥이가 나연이 어머니 정희미 씨가 운전하는 캠리 코로나 승용차에 동승하여 나타났다. 그 차를 타고서 이동하여 '95E Dovetail, Coralville, Iowa 52241'이라는 주소에 위치한 정 씨 댁으로 이동하였다. 그곳은 아이오와시티 북쪽의 코랄빌에 위치한 도브테일이라는 마을인데, 도브테일 에스테이츠라고 하여 비슷한 모양의 주택들이 조금 경사진 길 양쪽으로 늘어선 주택단지였다. 집은 9년 전에 지어진 것이라고 했다. 단지에 조금 못 미친 위치에 골프코스가 있고, 집 뒤편으로는 숲이 울창하게 우거져 있었다. 아이오와대학의 의과대학 연구동 등 일부 캠퍼스가 코랄빌에 위치해 있는데, 메인 캠퍼스가 있는 아이오와시티의 북쪽 외곽에 해당한다. 아이오와시티 일대까지는 차로 15분 정도면 대개 다 닿을 수 있는 정도의 거리이며, 아이오와시티와 그 주변 일대는 북쪽으로 갈수록 생활환경이 좋다고 하는데, 이곳 도브테일은 그 북쪽 끝에 해당한다.

　집은 2층으로서, 길에서 현관문이나 차고를 통해 들어서면 2층 거실로 이어지고 회옥이와 나연이는 거기서 계단을 타고 내려간 지하실 모양의 1층에 거주하고 있었다. 이사한 지 한 주 밖에 안 되었는데도 거의 정리가 끝나 있었다. 2층의 나무로 만든 발코니로 나아가 숲 구경을 하려다가 그물망으로 된 벽을 문으로 착각하고서 밀고 들어갔기 때문에 도착하자마자 그 그물망을 손상시켜버렸다. 정희미 씨는 한국에서 몇 사람과 공동으로 전시회를 두 번 가졌을 정도로 미술에 조예가 있어 거실 벽에는 자신이 직접 가죽 등의 소재로 만든 작품들이 걸려 있고, 바닥 모서리에는 손수 만든 조명등도 놓여 있었다. 연세대 독문과를 졸업한 정희미 씨는 일리노이대학교 어바나·샴페인 교에서 6년간 공부하여 박사학위를 받은 남편의 유학행을 따라 처음 미국에 왔었다가, 남편과 함께 일단 귀국한 후 2002년에 남편이 연구년을 받아 다시 모교에 왔을 때 문화활동 목적의 J1 비자 소지자의 동반가족인 J2 비자를 받아 다시 미국에 따라왔고, 그 비자를 두 번 갱신하여 3년의 최고 기한이 다 될 무렵에는 학생비자인 F1로 바꾸어 현재 학생신분으로서 체재하고 있다. 이곳 북쪽의 시다 래피즈 시에 있는 다른 대학에서 문과 계통의 과목을 공부하다가 지금은 아이오와대학 간호학과 1학년으로 재학 중인데, 우등생이라고 한다.

나연이는 회옥이와 동갑이며 같은 아이오와대학 1학년생으로서 치과대학 입학을 목표로 삼고 있다. 치대의 경우는 의대와 달라 유학생에게도 문호가 열려져 있지만 아직 외국인 학생이 이 대학 치대에 입학한 전례는 없었다고 한다. 아버지를 따라와 일리노이 주 어바나·샴페인에서 고등학교를 졸업하였기 때문에 영어가 유창할 뿐 아니라 미국 사정에도 밝은 나연이에게 대부분의 미국 주립대학들이 외국인 학생의 의대 입학을 허용치 않는 이유를 물어보았다. 그녀의 대답으로는, 우선 외국인 학생이 상대적으로 우수하므로 경쟁이 치열한 의대의 경우 자국민에게 입학의 우선권을 부여하자는 것이요, 외국인은 졸업 후 자국으로 돌아가 버리는 경우가 많으므로 자국의 의사 수요를 충족시킬 수 없고, 또한 의대생의 경우는 대부분 론을 얻어 공부하는데 외국인 학생이 자국으로 돌아가면 론의 상환을 보장할 수 없는 이유도 있다고 한다.

나연이 동생 수연이는 어바나·샴페인에서 태어나 미국시민권과 한국 국적을 함께 가지고 있다. 두 살 때 귀국했다가, 2002년에 다시 미국에 들어와 현재 고등학교 1학년에 다니고 있다. 그리고 초등학교 5학년에 재학 중인 연철이도 얼마 후 학교에서 돌아와 함께 어울렸다. 정 씨 가족에게는 아내가 몇 가지 선물을 마련해 와서 나눠주었다. 수연이는 피아노와 드럼, 그리고 춤에 뛰어난 솜씨를 지니고 있고, 연철이는 스피드 스케이팅 선수라고 한다. 모두들 밝은 성격이었는데, 연철이는 1년 전 가족과 함께 일리노이 주로부터 이리로 이사 온 후 방과 후에는 함께 놀 친구가 전혀 없어 이곳이 싫고 한국으로 돌아가고 싶다고 했다. 회옥이는 1층에 독방을 가지고 있을 뿐 아니라, 거기에는 욕조와 탁구장, 드럼 실 등도 갖추어져 있어 공부하기에 이상적인 환경이었다.

다함께 근처의 코랄빌에 있는 'Three Samurai(三人の侍)'라고 하는 일식집으로 가서 내가 모두에게 저녁식사를 대접했다. 팁까지 포함해 $180의 비용이 들었다. 오늘 새벽에 인터넷을 통해 한국의 내 농협구좌로부터

$8,000을 추가로 송금해 왔기 때문에, 앞으로 다소 금전적 여유는 있는 셈이다.

식사를 마친 후에는 아이오와시티의 남쪽 모르몬 트랙 불리바드 1715번지에 위치한 정희미 씨 가족과 회옥이가 다니는 온누리침례교회에 가 보았다. 담임목사 이종구 씨 및 청년부를 맡은 좀 더 젊은 목사도 만나 인사를 나누었다. 이종구 목사가 개척한 이 교회에는 캔 폴슬리라는 이름의 미국인 부목사도 있다. 정희미 씨는 이 교회의 집사였다. 어려서부터 크리스천 가정에서 자라났고, 시댁은 독실한 불교도라고 했다. 현재 한국에서 대학교수로 있는 남편은 매주 주말이면 대전에 있는 부모 집으로 가서 지내는 모양이며, 틈나는 대로 가족이 있는 미국으로 들어온다고 한다. 이 교회의 한인 신도 수는 200명 정도 된다고 하는데, 교회 규모가 제법 커서 다른 몇 나라 외국인 신도에게도 시간을 정해서 교회를 임대하고 있는 모양이었다. 미국인 부목사는 아마도 그들의 예배를 인도하기 위해 두고 있는 듯했다.

집으로 돌아온 후, 밤 아홉 시 반 정도까지 혼자서 정 씨 댁 아래편에 위치한 호수와 숲 뒤편의 마을들을 거쳐 한 바퀴 산책해 보았다. 내가 10년쯤 전 미국에 처음 왔을 때 블루밍데일의 누나 집 뜰에 다람쥐, 청설모가 놀고 밤이면 반딧불이 날아다니는 것을 보고서 감동한 바 있었는데, 이즈음은 누나 집에서 반딧불은 보지 못했다. 여기에 오니 도로가의 풀 속 여기저기에 반딧불이 날아다니는 모습을 다시 볼 수 있고, 교회 뜰에서는 야생 토끼도 보았다.

20 (토) 맑음
아침에 혼자서 정희미 씨 댁 건너편의 어제 저녁에 걸었던 코스와는 반대편에 있는 언덕바지 동네를 한 바퀴 돈 후에 아내와 더불어 다시 한 번 어제 갔었던 호수 쪽으로도 얼마간 산책하고서 돌아왔다. 정 씨는 이 집을 미화 28만 달러에 샀다고 한다. 현재로서는 이들 가족은 둘째딸 수연이가 미국에서 출생함으로 말미암아 시민권을 가진 외에는 J2에서

F1 학생 비자로 전환하여 체류 연장 허가를 얻은 정희미 씨의 동반가족으로서 미국에 체재하고 있을 따름이다. 그러나 기왕에 해 온 것과 같은 이런저런 편법을 동원하여 정 씨는 자녀들과 더불어 미국에 영주할 생각인 것이다.

회옥이 말로는 남편인 강 교수는 정년퇴직 때까지 한국에서 근무할 생각이며, 대전에 있는 아파트를 처분하여 미국에다 집을 산 이후 주말에 대전의 부모 댁으로 가는 외에는 밤에 잠도 연구실에서 자는 모양이다. 그렇다면 거의 한평생 기러기 가족으로 남게 되는 것이다. 인생이 잠깐인데, 이렇게까지 해서 미국에 체재하거나 미국에서 자녀를 공부시키려고 애쓰는 한국인이 얼마나 많은지를 생각하면 기가 찼다. 아프리카 등지의 가난한 나라에 가서 봉사활동 하는 것을 장래의 목표로 삼고 있다는 회옥이도 가능한 한 영주권을 얻어 미국에 계속 남고 싶다고 말하고 있다. 아내가 이미 약정한 한 달 방세 $400과 더불어 회옥이가 차를 사서 이동이 자유로워질 때까지 한 달간 정 씨네 가족과 더불어 식사를 드는 데 대한 식비로서 정 씨가 요구하는 $300에다가 어제 내가 실수로 망친 망사 벽의 수리비 $50을 합하여 $750을 지불했다고 한다.

정 씨 댁에서 조식을 든 후, 올 때와 마찬가지로 네 명이 정희미 씨가 운전하는 차로 아이오와시티로 이동하였다. 터미널에서 정 씨와 작별하여 우리 가족 세 명은 오전 10시 55분에 이곳을 출발하는 오마하 발 시카고 행 그레이하운드 버스를 탔다. 올 때의 코스와 정류장을 그대로 경유하여 오후 4시 30분에 시카고 종점에 도착하였다. 걸어서 유니언스테이션으로 이동하였다. 토요일에는 평일보다 기차의 편수가 적으므로, 구내에서 한동안 기다렸다가 오후 5시 30분에 출발하는 엘진 행 메트라 기차를 타고서 6시 16분에 메다이나 역에 도착해, 누나의 영접을 받아 집으로 이동하였다. 누나와 더불어 넷이서 집 근처의 베트남 식당 포하에 들러 면 종류로 저녁식사를 든 후 집으로 돌아왔다. 지난 이틀간 목욕을 하지 못했었는데, 돌아와서 비로소 샤워를 할 수 있었다.

21 (일) 맑음

아이오와에 유학 간 후 독실한 기독교도로 된 회옥이가 성 김대건성당의 일요 미사에 참석하고 싶다 하므로, 온가족이 함께 오전 11시의 본미사에 참석하였다. 가는 도중에 내가 미국에 온 한국인들이 거의 대부분 기독교도로 되는 것은 우리 민족의 문화적 뿌리가 약하기 때문이라고 말했더니, 운전하던 누나가 그럼 불교는 외래종교가 아니냐고 하면서, 한국이 이 정도로 발전한 것은 기독교 때문이라고 반박했다. 그렇다면 중남미나 필리핀 등의 나라는 가톨릭을 받아들여 거의 전 국민이 기독교도가 된지 이미 여러 세기가 지났으니, 그 나라들은 지금쯤 미국보다도 더 발전해 있어야 될 것이 아니냐고 응수해 주었다.

기독교가 오리엔트 지역에서 발상했다고는 하나 로마 제국의 국교가 됨으로 말미암아 세계종교로서 발전하게 되었으니 그 뿌리는 서양에 있으며, 기독교를 받아들인다는 것은 결국 몸도 마음도 서양문화에다 송두리째 내맡긴다는 것을 의미한다. 그들이 아무리 독실하게 기독교를 신앙한다 할지라도 서양이 이미 2천 년 동안 쌓아온 기독교 문화에다 더 보태어 기여할 것은 없다. 우리나라가 천 년 이상 불교국가였다가 조선시대로 들어가면서 세계 어느 나라보다도 철저한 유교국가로 바뀌었고, 이제는 거의 전 국민이 기독교로 개종해 가고 있는 현상은 결국 개인의 생각이 깊지 못하여 부화뇌동하며, 무엇보다도 자기네 문화적 전통에 대한 자신감이 굳건하지 못하여 사대주의적 경향이 강하기 때문이라는 것이 평소의 내 생각이다.

22 (월) 맑음

정오부터 블루밍데일의 스프링 크리크 저수지에서 누나 친구들 및 그 가족들의 피크닉이 있었다. 두리는 그 반시간 남짓 전에 누나 집에 도착하였다. 이번에도 회옥이의 옷가지들을 여러 가지 사 가지고 왔다. 다섯 식구가 피크닉 장소로 함께 갔다. 오늘 모임은 캐리(Carrie Menotti) 씨가 중심이 되어 가지게 되었으므로, 그 딸 미셸은 물론 이탈리아 계 미국인

2세인 그녀의 남편 메노티 씨, 그리고 캐리 씨의 남동생과 언니의 남편도 참석하였다. 메노티 씨는 나이도 많을 뿐 아니라 건강 상태가 좋지 못하여 가끔 산소호흡을 해야 하는 정도이므로, 매일 아침의 미첨 그로브 산책 시간 이외에 캐리 씨는 거의 남편 곁을 떠날 수가 없다고 한다.

오늘 피크닉의 참석자들은 나와 안면이 없는 사람들이 더 많았다. 이들의 이민 초기에는 한인 사회에서 이런 모임이 거의 주말마다 있었는데, 이번 것은 정말 오랜만이라고 한다. 피크닉 장소를 예약해 빌려서 쇠고기 스테이크와 꽁치 등의 바비큐는 현장에서 만들고, 각자의 집에서 준비해 온 음식물들을 긴 탁자 위에다 펼쳐 놓고서 뷔페식 식사를 들며 담소를 나누었다. 한국인 남자 몇 명은 근처의 다른 탁자에 따로 모여 대화했고, 나중에는 우리끼리 걸어서 저수지를 한 바퀴 돌기도 했다. 이 저수지는 근처의 미첨 그로브와 마찬가지로 홍수 방지를 목적으로 인공적으로 만든 것이라고 한다.

피크닉을 마친 후 우리 가족 다섯 명은 따로 바틀렛에 있는 힌두 사원 슈리 스와미나라얀 만디르로 가 안팎을 두루 참관하고서 돌아왔다. 두리는 누나 집 뒤뜰의 채소밭에서 상치를 뜯기도 하며 좀 더 시간을 보내다가 오후 여섯 시 무렵에 돌아갔다.

23 (화) 맑음

위스콘신 주 워페카 카운티의 프리먼(Fremont)으로 2박 3일 일정의 낚시를 떠나기로 한 날인지라, 누나가 차를 운전하여 약속 시간인 오전 5시까지 로젤의 이하영 씨 댁으로 나를 데려다 주었다. 얼마 후 함께 갈 이 씨의 친구 방순민 씨가 도착하였다. 그는 에디슨의 라일락 레인 1377번지에 살고 있는데, 얼마 전 그의 집 뒤뜰에 있는 인공 호수로 가서 릴낚시 던지는 연습을 한 바 있었다.

세 명이 이 씨의 지프 형 일제 승용차에다 짐을 싣고서 나는 이 씨 옆의 조수석에 앉고, 방 씨는 뒷좌석의 오른쪽 문 옆에 앉아 출발하였다. 이 씨 집에서 목적지인 프리먼까지는 차로 세 시간 반 정도 걸린다고 한다. 낚시를 좋아하는 이 씨는 지금까지 30년 정도 이맘때쯤이면 매년 한두 차례씩 그곳으로 다녀 길을 잘 알고 있다. 이 씨의 말에 의하면, 프리먼은 'The capital of white bass in the world'로 일컬어지는 곳으로서, 매년 5월 초순 어머니날을 전후한 시기에 아래쪽의 위네바고 호수 등에서 서식하고 있는 농어의 일종인 화이트 배스가 산란을 위해 무리를 지어 울프 강의 상류를 향해 물길을 거슬러 올라가므로, 그 길목에 해당하는 이 일대에 전국에서 낚시꾼들이 몰려든다고 한다.

우리는 290번 주간고속도로를 따라서 북상하다가 도중에 94번 주간고속도로로 접어들어 위스콘신 주의 라신·밀워키 교외로 나아갔고, 밀워키에서부터는 41번 연방도로를 따라 계속 북상하여 오시코시를 지나 프리먼에 다다랐다. 프리먼 근처에 시골길을 1년쯤 전부터 고속도로로 바꾼 지역이 있어서 이 씨도 길을 혼동하여 한동안 헤매었는데, 그러는 동안 우연히 들른 치즈 공장에서 내가 위스콘신 주 특산의 치즈와 소시지를 조금씩 사기도 했다.

프리먼 부근에 도착하여서는 잡화점에 들러 방 씨와 나는 각각 $24씩을 지불하고서 4일간의 낚시 허가증을 샀고, 이 씨는 거기에다 $4를 더 보태어 보름동안의 허가증을 샀다. 우리는 이 씨가 늘 가는 울프 강가의 오리홀라라는 곳에 있는 'Chico's Landing'이라는 낚시 도구를 취급하는 상점에 들러 그 주인 소유의 주차장 옆 터에 텐트 칠 장소를 빌리고 낚시 미끼로 쓸 송사리를 구입하였다.

이 씨가 준비해 간 3인용 텐트를 치고서 아침 겸 점심으로 내가 준비해 간 김치 사발면에다가 방 씨가 준비해 온 밥과 반찬거리로 점심을 들었다. 그러고는 오후 두 시부터 여섯 시 반 무렵까지 강가의 보트 상륙장으로 나가 나무로 만든 낚시터에서 릴낚시를 계속 던졌다. 그러나 내가 처음으로 화이트 배스 한 마리를 낚았을 뿐 나머지 두 명은 전혀 잡지 못했다. 강물은 커피 색깔이었다. 아마존 강의 마나우스에서 본 네그로 강이 그러했듯이 낙엽이 오랜 세월동안 쌓여서 썩은 땅 위로 강물이 흘러오기 때문이라고 한다. 강가 여기저기에 낚시터가 설치되어져 있고 크고 작은 모터보트를 타고서 강을 오르내리는 사람들도 많았지만, 근년의 이상 기온으로 말미암아 아직 화이트 배스가 본격적으로 올라올 시즌이 도래하지 않은 모양이었다. 우리가 사용한 목조 낚시터에는 기둥 위에 인공으로 만든 새장이 설치되어져 있었는데, 거기에 제비 비슷하게 생긴 검은 새들이 부지런히 드나들고 있었다.

네 시간 남짓 동안에 세 사람이 겨우 한 마리를 잡고서 철수하였다. 역시 라면 등으로 저녁을 지어먹었다. 낮에 이 씨와 방 씨는 차를 몰아 거기서 10마일 정도 더 상류로 오른 지점까지 가 보고 돌아와서는, 그쪽은 제법 많이 잡은 사람들이 있다면서 내일 새벽에는 그리로 가 보자고 했다. 그들이 내일의 낚시를 위해 낚시에다 프라이와 추를 고쳐다는 작업을 마치기를 기다려 오후 9시 남짓에 취침하였다.

24 (수) 흐렸다가 개임

새벽 일찍 일어나, 세수도 하지 않고 식사도 못한 채 어제 이 씨와 방 씨가 다녀온 상류 지점으로 이동하였다. 주차장에다 텐트는 쳐 둔 그대로 두었다. 그곳은 카운티의 소재지인 워페카(Waupaca) 부근인 듯했다. 나는 거기에 도착하여 비로소 간이 화장실을 다녀오고, 보트 상륙장의 얕은 강물로 나아가 간단히 세수와 면도, 그리고 양치질을 하였다.

그러나 거기서도 잡히지 않기는 마찬가지여서, 오전 내내 릴낚시를 던져 이 씨가 화이트 배스 세 마리, 방 씨가 한 마리를 잡았을 따름이고, 나는 오늘 한 마리도 잡지 못했다. 이 씨의 말에 의하면, 잘 물릴 때는 너무 많이 잡혀 가져간 아이스박스에 다 담지 못할 정도이며, 이 씨의 부인은 처음 따라 와서 하루에 46마리를 잡았다고 한다. 날이 완전히 밝아진 후, 이 씨가 라면으로 아침을 지어 우리를 불렀다. 나는 그 후로도 계속 릴낚시를 던지고 있었으나, 강가에 콘크리트로 만든 보트 상륙장 양쪽에다 나무로 설치한 낚시터에 이 씨와 방 씨가 보이지 않은 지 오래이므로 어디로 갔는지 궁금했었는데, 날씨가 흐려서 다소 추우므로 덮쳐 입을 옷가지를 가지러 차로 가 보니 그 안에서 둘은 자고 있었다.

물고기는 새벽녘과 저녁의 어스름할 무렵에 잘 물린다고 한다. 이미 그 시간을 훨씬 지났으므로, 철수하여 텐트 친 곳으로 돌아가는 도중에 프리먼의 다리 아래에서 낚시하고 있는 사람들에게로 다가가 보았는데, 개중에는 화이트배스를 스무 마리 이상 낚은 사람도 있었다. 텐트를 쳐 둔 주차장으로 돌아와서 점심을 지어 먹은 다음, 더 이상의 낚시는 포기하고서 일찌감치 귀환 길에 올랐다. 어제 그곳의 낚시터에서 우리 옆에 서서 낚시질하던 백인 젊은이들이 있었는데, 그들은 간밤에 영어로는 캐트 피시라고 하는 팔뚝만한 크기의 메기들을 잔뜩 잡아서 다듬고 있었다. 인디애나에서 온 가족으로서 할아버지와 아들, 그리고 손자 3인의 다섯 명이었다. 그들이 구경하던 이 씨에게 메기를 좀 사지 않겠느냐고 물어 왔으므로, 한 마리에 $5씩 주고서 각자 한 마리씩 사서 아이스박스에다 담았다. 돌아오는 길에 어제 내가 치즈를 샀던 공장에도 다시 들러 각자 가 스트링 치즈라고 하는 올챙이모양의 흰 치즈를 몇 봉지씩 샀다.

밀워키 부근까지는 이 씨가 운전하고, 거기를 지나서부터는 방 씨가 운전대를 잡았다. 그렇게 하여 나보다도 나이가 훨씬 많은 60, 70대의 두 사람은 차 안에서 교대로 좀 잤다. 방 씨가 나와 대화하는 도중에 길을 잘못 들어 94번 주간고속도로를 따라 계속 내려왔기 때문에 일리노이 주 북부의 쿡 카운티에 접어들어서는 윌로우·팰러타인 로드를 경유하여 서쪽으로 이동해서 290번 주간고속도로에 다시 올랐다. 로젤의 이하영 씨 댁에 도착하여 각자의 짐을 챙긴 다음, 나는 방 씨 차에 동승하여 누나 집으로 돌아왔다. 내가 짐을 풀어 정리하고서 샤워까지 마친 다음에 미장원에 갔던 아내와 회옥이를 데리고서 누나가 돌아왔다.

다음 주에 여행할 사우드 다코타 주의 러시모어 산에 관하여 내가 TV에서 예약 녹화해 둔 다큐멘터리 프로를 회옥이와 함께 시청하였다.

25 (목) 흐리고 때때로 부슬비
느지막하게 일어나 지난 이틀간의 일기를 입력한 다음, 맥스를 데리고 혼자서 미첨 그로브를 산책하였다. 도중에 휴대폰 연락을 받았는데, 어제까지 함께 낚시 여행을 했었던 이 씨와 방 씨가 다우너즈 그로브의 로열 뷔페로 점심을 들러 간다면서 함께 가자는 것이었다. 사양해도 자꾸만 청하므로 산책을 중단하고서 주차장으로 돌아와 그들과 합류한 다음, 누나 집으로 돌아와서 차를 둔 후, 방 씨의 차에 셋이 동승하여 떠났다. 지금까지는 로열 뷔페에 갈 때 늘 355번 주간고속도로를 이용했었는데, 방 씨는 53번 주도 롤링 로드를 따라 계속 내려갔다. 그들이 청하기는 했지만, 점심 값은 내가 냈다. 식사를 마친 후 다시 53번 주도를 따라서 누나 집으로 돌아와 그들과 작별하고서 혼자 헬스클럽에 다녀왔다.

방 씨가 그 부인 김혜자 씨의 聖歌 CD 한 장을 주었다. 김 여사가 한국에 나가서 미화 만 불을 들여 만든 것이라고 한다. 미국에 본사를 둔 예향기획(YeHyang Ministry)이라는 회사가 한국에서 제작한 것이었다. 김 여사는 이화여대 성악과 출신으로서, 방순민 씨가 미국에서 영주권을 얻은 후 1970년대 초에 재미 교포인 친구의 소개로 한국으로 나가 맞선을 보아서 결혼하여 미국으로 데려왔다고 한다. 미국에서는 초등학교에서 고등학교까지 각급 학교의 음악교사 생활을 하고 있다가 우체국에 취직하여 현재 시카고의 엘머스트 우체국에서 행정 일을 보고 있는데, 이미 60대의 나이에 접어들어 정년퇴직을 목전에 두고 있다. 밤에 누님 집 지하실의 오디오를 통해 두 차례 들어보았는데, 프로 성악가에 조금도 손색이 없는 훌륭한 노래솜씨였다. CD 만 장을 제작하여 지난달에 막 입수한 것으로서, 앞으로 교회의 선교 사업을 통해 북한을 탈출하여 중국 땅에 머무는 동포들에게 기독교 복음을 전하는 사업 등에 쓰일 것이라고 한다.

방 씨 내외는 30년이 넘는 이민 생활 동안 계속 미국인 교회에 다니고 있었다가 수년 전에 현재 살고 있는 에디슨에 있는 한인 교회인 한미교회로 옮겼는데, 그 교회의 목사가 바뀌면서 성가대의 임원을 전원 교체하는 사태가 있자, 거기에 충격을 받고 실망하여 현재는 교회에 나가지 않고 있다.

남편인 방 씨는 수원 출신으로서 일제 시절에는 집안이 매우 부유했었으나, 해방 후 6.25 동란을 겪으면서 몰락하여 매우 어렵게 학업을 계속했다. 대학 재학 도중에 학비가 없어 공군하사관으로 입대하여 전투기

정비사로서 4년간 복무하였고, 제대 후 한양공대로 복학하였다. 재학 중 미국유학 시험을 보아 합격하자 단돈 $20을 가지고서 단신 도미하였다. 비행기로 샌프란시스코에 도착하여 처음 미국 땅을 밟은 후, 그레이하운드 버스로 갈아타고서 이스트 랜싱에 있는 중북부의 미시건주립대학교에 도착하니 단돈 $2가 남더라고 한다. 당장 끼니를 이을 방도를 마련하기 위해 무작정 미국 교회를 찾아가 부탁하여 도착한 다음날부터 허드렛일을 하기 시작하였고, 등록금을 마련하지 못해 강제출국 당할 위기에 처하기도 하였다. 온갖 고생을 해 가며 학부 4학년까지 학업을 계속하였는데, 지체장애자들을 돕는 일을 하고 있다가 재학 중에 미국 시민권을 타게 되자 그 때부터 학업은 중단하고서 본격적인 직업전선에 뛰어들었다고 한다. 그러한 방 씨였지만, 일단 미국 영주권을 얻고 나니 당시로서는 한국에서 최고 수준의 규수를 아내로 맞을 수가 있었던 것이다.

27 (토) 무더위

저녁에는 누나랑 넷이서 레이크 스트리트 건너편의 일식집 아바시리에 들러 회식을 하였다. 나는 민물장어구이 덮밥과 정종 하나를 들었다. 그 집 안주인은 곽 씨 성을 지닌 한인으로서 성 김대건 성당의 성가대원인데, 남편은 일본인이라고 들었다. 다른 직장에 다닌다는 그 남편이 오늘은 식당에 나와 앞치마를 두르고서 손님 서비스를 하고 있었다. 그 두 사람은 미국에 이민 와서 서로 만나 결혼했다고 한다. 벽에 網走鍋라는 음식 이름이 흰 종이에 적혀 붙어 있었는데, '網走'는 일본 北海道에 있는 지명으로서 '아바시리'라고 읽는다. 나는 평소 '아바시리'라는 상호의 뜻을 몰랐었는데, 그것을 보고서 바깥주인에게 물었더니 바로 자기 고향이라고 했다.

29 (월) 대체로 맑으나 때때로 흐리고 소나기

아내와 더불어 미첨 그로브를 산책하던 중에 캐리 씨를 만나 셋이서 함께 긴 숲을 걸어 지나왔다. 점심 때 캐리 씨가 다시 쿡 카운티의 버시

우드에서 피크닉을 마련해 부르므로, 누나 및 회옥이와 더불어 넷이 가서 참가했다. 지난 번 스프링 크리크 저수지에서 할 때보다는 훨씬 적은 사람이 모였다. 캐리 씨 내외와 캐리 씨의 초등학교 동창이라는 여인 한 명, 그리고 큰 클라라 씨 내외 및 캐리 씨의 오빠 내외가 참가했다. 캐리 씨는 다섯 남매라고 하는데, 개중에 이미 죽은 한 명을 제외하고서는 모든 형제가 미국에 이민해 살고 있는 모양이다. 남편인 이탈리아계 이민 2세 모레티 씨는 폐기종인가 하는 병으로 때때로 산소공급을 받아야 할 정도로 건강이 좋지 못한지라, 캐리 씨가 아침 산책 시간 외에는 온종일 곁에 있어 주어야 하는 상태이다. 그들 부부는 2004년에 보스턴을 거쳐 캐나다의 노바 스코시아 쪽으로 가는 유람선 여행을 하던 도중에 남편의 병세가 악화되어 어느 섬에 비상착륙하여 병원에 입원해 한 주 정도 치료를 받은 이후부터 남편의 바깥출입이 어려워졌다. 그 원인은 평소의 흡연에 있었다고 한다.

H. 옐로스톤·러시모어

30 (화) 맑음

4박5일 동안의 옐로스톤·러시모어 패키지여행을 떠나는 날이다. 오전 6시 쯤 누나가 운전하는 링컨 타운 카를 타고서 우리 가족 3명 전원은 오헤어 공항으로 향했다. 공항에 도착한 무렵 항공사 측으로부터 전화연락을 받았는데, 우리가 탈 예정인 유타 주의 솔트 레이크 시티 행 오전 8시 발 델타 항공 1513편의 출항이 한 시간 늦어지겠다는 통지였다. 제3 터미널 앞에서 누나와 작별하여, 우리 가족은 발권 수속과 트렁크의 탁송 절차를 마친 다음, 체크인 하여 탑승구인 L3 앞으로 가서 기다렸다.

오전 9시 1분에 출발하는 비행기에 올라 3시간 33분이 소요되어 오후 11시 33분쯤에 솔트레이크 시티에 도착하였다. 이번에 우리가 여행하는 지역은 산악시간대가 적용되므로 시카고보다 한 시간이 늦다. 비행기 안에서 나는 아내가 근자에 회옥이의 도움을 받아가며 인터뷰 녹음한 것을 문자로 옮겨 출력해 놓은 원고 중에서 두리와 누나, 그리고 세실리아·앤지 씨의 것을 읽어보았다. 아내는 내 옆 좌석에서 그 원고들을 교정하고 있었던 것이다.

공항의 짐 찾는 곳에서 마중 나온 LA 한인관광 측의 가이드 정경식 씨와 만났다. 그는 20대 후반이나 30대 초반 정도로 보이는 비교적 젊은 사람이었다. 바깥에 대기 중인 유타 주의 대형 대절버스에는 LA에서 온 여행객들이 이미 타고서 우리를 기다리고 있었다. 이번 여행에 동참한 일행은 LA·시카고·미시건 그리고 텍사스의 오스틴에서 온 사람들로서 우리 가족 외에는 대부분 재미교포인 모양인데, 가이드와 미국인 기사를 제외하고서 모두 25명이었다.

우선 2701 사우드 스테이트 스트리트에 있는 장수장이라는 한국음식점으로 가서 해물탕으로 점심을 들었다. 그런 다음 80번 주간고속도로를 따라 동쪽으로 계속 나아갔다. 솔트레이크 시티는 사막지대 가운데 눈 덮인 산맥과 호수들로 둘러싸인 대도시이다. 이번에 우리가 여행할 지역들이 대체로 모두 지대가 높은 곳이라 날씨는 제법 서늘하였다. 신문의 일기예보 란을 보면 미 본토 중에서 이즈음의 기온이 낮은 지역이다.

얼마 후 유타 주를 벗어나 와이오밍 주로 들어갔는데, 우리가 지나가는 지역은 대부분 사막에 가까운 고원지대였다. 도중에 리틀 아메리카라고 하는 정거장에 들러 잠시 휴식하였고, 록 스프링즈(해발 6,271피트)라는 도시에서 191번 연방도로로 접어든 다음, 파슨(6,580)에서 다시 28번 주도로 접어들었다. 도로 주변은 모두 황량한 들판이고 멀고 가까운 곳에 눈 덮인 로키산맥의 연봉을 바라볼 수 있었다. 우리는 해발 7,660 피트의 사우드 패스라는 곳에서 로키산맥의 능선을 지났다. 이곳은 19세기 중엽에 서부로 이주하는 수많은 개척민들이 통과했던 오리건 트레일의 일부로서, 현재 국가지정사적지로 되어 있는 곳이다. 그 주변은 소손 國定삼림지역이었다. 오늘 통과한 도로의 주변은 대부분 철조망과 목책 같은 것을 쳐 놓고서 소 등의 가축을 방목하는 목장으로 되어 있고, 더러는 흰꼬리사슴 같은 야생동물들도 볼 수 있었다. 도로변에 철조망을 쳐 놓은 것은 물론 목장의 경계표지도 되지만, 그보다는 동물이 도로로 뛰어들어 지나가는 차량과 충돌함으로서 생길 수 있는 사고를 방지하는 것이 주목 적이라고 한다.

우리는 287번 연방도로를 만나서 랜더(5,357)라는 곳에 다다라 또 잠시 화장실을 다녀온 다음, 다시 789번 주도로 접어들어 리버튼(4,956)에 이르러 양식 뷔페로 저녁식사를 들었다. 그리하여 그 길을 따라서 계속 북상하여 오후 8시 무렵에 오늘의 목적지 터모폴리스(Thermopolis, 4,326)에 도착하였다. 와이오밍 주에는 큰 도시가 없고, 도시라고 하는 것도 대부분 마을 수준인데, 이곳도 그런 정도에서 크게 벗어나지 않는 곳이었다. 번역하면 '열의 도시'가 될 이곳의 지명이 의미하듯이 세계최 대의 미네랄 온천이 있는 곳이고, 또한 이 일대에서는 공룡의 화석이 많 이 발견되어 그런 화석들을 모아 놓은 와이오밍 디노사우루스 센터가 있는 곳으로도 유명하다. 원래는 오늘 중에 먼저 공룡박물관을 보고서 온천욕을 할 예정이었지만, 도착시간이 늦어 박물관 관람은 내일 아침으 로 미루었다.

이곳의 미네랄 온천은 30여 종의 광물질이 섞여 있는 것이라고 한다. 와이오밍 주와 유타 주 일대는 원래는 해저였던 것이 융기하여 이루어진 지역으로서, 지표가 땅 밑의 마그마와 비교적 가까운 곳이라 온천이 많은 것이다. 우리 일행이 들어간 온천장은 실내와 실외의 욕장을 겸한 것이었 는데, 풀의 수온은 그다지 높지 않았다. 물 온도는 욕장에 따라 제각각이 었다. 나는 $1을 주고서 수영 팬츠를 빌려 입고서 각각의 풀과 욕조에 차례로 들어가 보다가 그 중에서 바깥의 가장 온도가 높은 목욕탕에 들어 가 몸을 데운 다음, 증기탕에도 들어가고, 어린이들이 즐겨 타는 터널 모양의 미끄럼틀을 타 보기도 했다. 회옥이는 생리 중이고, 아내는 남이 쓰던 수영복을 빌려 입기가 꺼림칙하다고 온천욕을 하지 않았다. 온천장 바깥의 주차장 부근에는 광물질이 다량으로 포함된 온천수가 흘러내리므로 여러 개의 목욕탕 모양의 천연 풀을 이루고 있는 지역이 있었다. 그쪽으로도 혼자 걸어가 보았으나, 혹시 일행이 모두 목욕을 마치고 나와 나를 기다리느라고 지체할까 싶어 충분히는 둘러보지 못한 채 종종걸음으로 돌아왔다.

우리 일행은 터모폴리스 시내의 전국적인 체인 숙박업소인 슈퍼 8 모텔의 2층에 투숙하였다. 우리 가족은 더블베드 두 개가 놓인 방에 세 명이 함께 들었다. 트렁크를 열어 짐을 체크해 보고서 내 트렁크에 갈아입을 팬츠가 들어 있지 않음을 비로소 알았다. 밤 10시 남짓에 취침하였다.

31 (수) 맑음

오전 9시쯤 호텔을 체크아웃 하여 터모폴리스에 있는 공룡박물관(Wyoming Dinosaur Center)에 들렀다. 호텔 방에서 2005년 2월에 간행된 와이오밍 주의 공식 관광지도를 하나 얻었는데, 이것에 의하면 현재 와이오밍 주의 총 인구는 493,782명, 터모폴리스의 인구는 3,172명이었다. 박물관은 바깥에서 보기에는 창고 모양의 가건물 같아서 별 볼품이 없었지만, 안으로 들어가 보니 갖가지 공룡들의 화석이 다양하고도 충실하게 갖추어져 있었다. 박물관 외에도 개인이나 학교 등에서 소장하고 있는 공룡 화석도 적지 않다고 하는데, 그것은 와이오밍 주와 그 근처에서 그만큼 많이 출토되고 있다는 것을 의미한다.

박물관을 나와서 어제 왔던 20번 연방도로를 남쪽으로 다시 되돌아나갔다. 윈드 리버 밸리라고 하는 윈드 강가의 바위 절벽으로 이루어진 풍치지구와 보이센 주립공원 및 보이센 저수지를 지나 어제 지나온 쇼쇼니 마을(해발 4,820피트)에 이르렀다. 쇼쇼니는 인디언 부족의 이름이다. 여기서부터는 다시 20번 연방도로를 따라 동쪽 방향으로 접어들어 어제 오후 내내 보았던 것과 비슷한 황량한 고원지대를 계속 나아갔다. 와이오밍 주의 면적은 97,914 평방 마일로서 지도상으로 보면 일리노이 주보다도 오히려 더 넓은 듯한데, 인구가 이토록 적다는 것은 강우량이 매우 적어 수목이 거의 자라지 못하고 바다 밑이 융기하여 이루어진 고원 지대라 땅에 염분이 많아 농업에 적당하지 못하기 때문일 터이다. 땅에 염분이 많다는 것은 네바다나 유타 주를 지나면서 흔히 보았던 것처럼 흙 표면에 소금이 결정되어 희게 된 곳들이 여기저기에 눈에 띄기 때문에 짐작할 수 있다. 그러므로 거의 짧은 풀들만이 자라고 있는 평원에다 철조망을 쳐 울타리를 만들어두고서 소가 주종이고 더러는 말이나 양들을 드문드문 방목하는 목장이 대부분인데, 흰꼬리사슴들이 방목되는 소와 더불어 여기저기에 흩어져 있는 모습도 많이 보았다. 자동식 펌프들을 통해 석유를 퍼내고 있는 광경도 더러 볼 수 있었다.

캐스퍼(5,123)에 이르러 601 와이오밍 불리바드에 위치한 대형 쇼핑몰 안의 홈 타운 뷔페라는 체인식당에 들러 점심을 들었다. 인구 49,644명의 꽤 큰 도시였다. 인구에 비해서는 도시 규모가 클 뿐 아니라 각종 백화점 등이 두루 갖추어져 있는 것이 미국인의 생활수준을 짐작할 수 있게 했다. 이 도시는 노던 플래트 강을 끼고 있는데, 서부개척 시대에 이민자들의 주요 통로였던 모양으로, 1847년에 브리검 영에 의해 건설되었고 모르몬교도들에 의해 사용되었던 '모르몬 나루터'의 유적지와 1858년에서 1859년 사이에 건설된 캐스퍼 요새 및 플래터 강의 다리 유적지가 남아 있다고 한다.

캐스퍼에서부터는 87번 연방도로를 따라 북상하다가 227번 출구에서 387번 주도로 접어들어 동북 방향으로 나아갔다. 라이트라는 곳에서 잠시 주차한 다음, 58번 주도와 450번 주도를 따라서 계속 동쪽으로 향했다. 캐스퍼 이후의 지역은 선더 분지 국립초원에 속해 있어, 넓은 평원에 풀이 풍부하여 소 목장과 흰꼬리사슴의 무리를 더욱 많이 볼 수 있었고, 대규모 노천 탄광과 탄광 부근의 제법 큰 공장이나 석탄을 잔뜩 싣고 있는 긴 열차도 볼 수 있었다. 와이오밍 주의 동북쪽 끄트머리에 해당하는 뉴캐슬에 이르러 16번 연방도로를 만난 다음, 그것을 따라 동남쪽으로 향하여 사우드 다코타 주로 들어갔다. 어제 오후부터 지금까지는 와이오밍 주를 동남쪽 끝에서 동북 방향으로 완전히 횡단한 셈이다.

사우드 다코타 주에 들어가자 말자 바로 이 주에서 가장 수목이 울창한 블랙 힐즈 國定 삼림이 시작되었다. 주로 소나무로 이루어진 광대한 산지의 삼림지대였다. 실화 때문인지 방대한 지역의 소나무들이 불에 타 큰 손상을 입은 부분도 있었다. 해발 5,303피트에 위치한 커스터를 지나 크레이지 호스 기념관에 들렀다. 크레이지 호스(Crazy Horse)는 19세기 후반의 백인 사회에서 널리 알려진 인디언 영웅의 이름으로서 이 지역에서 여러 인디언 부족들의 세력을 결집하여 백인 이주자 및 연방군의 세력과 혈투를 벌였다고 한다. 기념관 뒤편으로 바라보이는 곳에는 다이너마이트로 산을 폭파하여 러시모어 산의 조각 전체 규모를 훨씬 넘는 세계최대의 조각상인 크레이지 호스 석상을 만들고 있는 중이었다. 말을 타고서 한 쪽 손을 앞으로 뻗은 기마상인데, 현재는 얼굴 부분만 거의 완공 단계에 이르러 있었다. 나무를 풍부하게 사용한 대형 기념관 안에는 인디언 유물들과 크레이지 호스에 관련된 전시품 등이 대량으로 진열되어져 있었고, 완성된 후의 석상 모형도 바깥 베란다에 전시되어져 있었다.

2006년 5월 31일, 러시모어 산

크레이지 호스 기념관을 나온 다음, 244번 주도로 접어들어 거기서 얼마 떨어지지 않은 거리에 있는 이번 여행의 양대 목적지 중 하나인 러시모어山 국정기념물에 이르렀다. 1930년대 말에 시작되어 1941년에 완공된 것으로서 미국 대통령 조지 워싱턴, 토머스 제퍼슨, 티오도어 루즈벨트, 에이브라함 링컨의 두상이 산 정상 부분의 천연 화강암에 새겨진 곳이다. 예전부터 사진이나 영화를 통해 익히 보아오던 '큰 바위의 얼굴'을 오늘 드디어 직접 와 보게 되었다. 조각이 있는 산의 바로 아래에 위치한 전망대까지 나아가 그 1층의 기념관에서 다큐멘터리 영화를 감상하기도 했다.

러시모어 산을 떠난 다음, 다시 16번 연방도로를 따라 래피드 시티에 이르렀다. 인구 59,607명으로서, 이 주의 서부에서는 가장 큰 도시이다. 2000년 센서스에 의하면 사우드 다코타 주의 총 인구는 754,844명이다. 면적은 일리노이 주와 비슷한 정도이다. 어두워진 후에 2421 웨스트 메인 스트리트에 있는 중국집 골든 피닉스(金鳳)에 이르러 짬뽕 등의 메뉴로 늦은 저녁식사를 들었다. 주인은 인천에서 고등학교까지를 졸업한 山東 출신의 중국인으로서 한국어를 유창하게 구사할 수 있었고, 종업원 중에도 한국어에 유창한 젊은 여성이 있었다. 식사를 마친 후 그 부근의 페어 밸류 인 2층에 투숙하였다.

6월

1 (수) 맑음

오전 7시에 숙소를 체크아웃 하여 그 부근의 식당에서 조식을 든 다음 출발하였다. 아내가 간밤에 하나 뿐인 내 팬츠를 빨아서 아침에 헤어드라이어로 말려주어 이틀 만에 비로소 새로 세탁한 것을 입을 수 있었다. 90번 주간고속도로를 따라 서북쪽 방향으로 나아가서 사우드 다코타 주를 벗어나 다시 와이오밍 주로 들어갔다. 선댄스(해발 4,750피트)라는 마을의 주유소에서 정거한 다음, 14번 연방도로와 24번, 110번 주도를 경유하여 오늘의 주요 관광지 데빌스 타워 국정 기념물에 접근하였다. 데빌스 타워는 번역하면 '악마의 탑'인데, 인디언이 종교적 숭배의 대상으로 삼던 장소를 백인이 이렇게 고쳐 불렀다고 한다. 땅속의 마그마가 지상으로 융기하여 柱狀節理의 거대한 탑을 형성한 것으로서, 현장에 와서 바라보니 나도 사진을 통해 보았던 기억이 있었다. 데빌스 타워로 들어가는 어귀에서는 프레리도그라고 불리는 쥐 모양의 동물들이 자기가 파 놓은 흙 집 위에 오뚝 서 있는 모습을 많이 볼 수가 있었다.

그곳을 떠나 113번 주도를 경유하여 무어크로프트에서 다시 90번 주간고속도로에 오른 다음, 질레트(4,544)에 이르러 점심을 들었다. 그리고 버펄로(4,645)에 이르러서 남쪽 방향의 16번 주간고속도로로 접어들었다. 무어크로프트에서 버펄로까지 오는 도중은 어제와 마찬가지로 선더 분지 국정초원에 속한 지역인데, 어제보다는 숲이 좀 많았다.

버펄로에서부터 해발 9,666피트의 파우더 리버 패스를 넘어가며 빅혼(Big Horn) 산맥의 광대한 면적에 걸친 빅혼 국정삼림지대를 통과하였다. 그 건너편 기슭은 텐 슬리프 캐니언이라고 불리는 거대한 계곡 지대였다. 텐 슬리프 마을의 매점에 들러서 잠시 휴식을 취한 다음, 다시 사막에 가까운 고원지대를 가로질러 빅혼 강가에 위치한 워랜드 마을(4,061)에 이르렀다. 거기서부터는 역시 16번 연방도로를 따라서 강을 따라 북쪽으로 계속 올라갔다. 워랜드 부근에서부터는 강 주변으로 농토를 많이 볼 수 있었는데, 강에서 좀 떨어진 지역은 역시 사막 모양의 언덕이었다. 그레이벌(3,788)에서 16번 연방도로는 다시 서쪽 방향으로 나아갔다. 그 일대의 평원에는 빅혼 강의 지류인 그레이벌 강 등이 흐르고 있어 역시 꽤 넓은 농토가 펼쳐져 있었고, 군데군데 이동식 대형 스프링클러나 밭에 설치된 고정식 스프링클러에서 물이 뿜어져 나오고 있는 모습도 볼 수 있었다.

저녁 무렵 오늘의 목적지인 코디(5,016)에 이르렀다. 로키산맥의 본줄기 동쪽 기슭에 위치한 코디는 20세기 초에 실존한 전설적인 권총잡이 버펄로 빌의 본명을 딴 인구 8,835명 되는 도시로서, '카우보이의 수도'라고 불리는 곳이다. 마을 곳곳에 인디언 천막과 역마차의 모형이 보이고, 버펄로 빌 기념관과 버펄로 빌 공원도 있었다. 18세기 서부의 카우보이 마을로서 대표적인 곳이다. 우리 일행은 시 변두리의 바비큐 식당에 들러 저녁식사를 든 다음, 식당에서 멀지 않은 위치에 있는 웨스턴 스타일의 숙소 스카이라인 모텔에 들었다 우리 가족에게는 모처럼 1층의 60호실이 배정되었다.

밤 8시부터 두 시간 동안 계속 되는 로데오 경기를 보러 가는 사람들도 있었지만, 이미 평소의 취침 시간인 밤 아홉 시에 가까운지라 우리 가족은 그 옵션에 참여하지 않았다. 취침 시간이 되어도 바깥은 대낮처럼 밝았다.

2 (금) 대체로 맑으나 오후 한 때 비

오전 5시 기상, 6시에 숙소 앞의 맥도날드 햄버거 점에서 조식을 든 후 코디를 출발했다. 미국 로키산맥의 본줄기인 쇼쇼니 국정삼림을 올라가는 도중 버펄로 빌 저수지를 지났다. 쇼쇼니는 1891년에 미국 최초의 국정삼림으로 지정된 곳이다. 연방도로 20번을 따라서 해발 2,119미터(6,951피트)에 위치한 동문을 통과하였다. 도중에 뮬 사슴을 여러 마리 보았고, 도로공사 관계로 차량 통행이 중단되어 반대편에서 선도차가 나타나기를 기다리고 있는 도중에 소나무 숲속에서 무스도 보았다. 해발 2,600미터(8,530피트)의 실반 고개 부근에는 눈들이 제법 많이 남아 있었다. 지난 1980년대의 있었던 대형 산불로 말미암아 거기서부터는 불에 타 죽거나 넘어져 있는 나무들과 그 아래서 새로 자라고 있는 어린 소나무들을 많이 볼 수 있었다. 소나무가 이 일대 삼림의 주종이었다. 해발 2,357미터에 위치한 대형 칼데라 호수인 옐로스톤 호를 내려다보다가 호수 곁을 따라서 서쪽으로 나아갔다. 옐로스톤 호는 백두산의 천지보다도 훨씬 큰 칼데라 호수라고 한다.

호수 북쪽의 피싱 브리지 휴게소에서 잠시 휴식을 취한 다음, 우리는 크게 8자를 그리고 있는 옐로스톤 국립공원의 순환도로 중에서 아래쪽 큰 원 부분을 두르는 코스를 취하여, 옐로스톤 강을 따라서 서북쪽으로 나아갔다. 곳곳에서 엘크와 버펄로, 그리고 캐나다 거위의 모습을 많이 볼 수 있었다. '8'자 중 아래위의 원이 서로 만나는 지점인 캐니언 빌리지에 이르러, '아티스트 포인트'라 불리는 전망대에 올라서 그랜드캐니언이라는 애칭을 가진 협곡과 그곳의 장대한 폭포 모습을 바라보았다. 다시 서쪽으로 나아가 해발 2,281미터의 노리스에 다다른 다음, 아래쪽으로 방향을 취해 둘러 내려가면서 몇 곳에 내려서 가지각색의 간헐천이나 온천 분지를 걸어보았고, 기번 폭포도 보았다. 간헐천 주위의 초원이나 물가에는 버펄로의 무리가 한층 더 많아 떼를 짓고 있었다. 어떤 놈은 차도 위에 올라와 걷고 있는 것도 있었다.

옐로스톤 전체에서 아마도 가장 유명한 올드 페이스풀 간헐천에 이르러 식당에서 점심을 든 다음, 간헐천이 터져 오르는 시각에 맞추어서 그 주변에 나아가 앉아서 기다리고 있다가 온천수가 분출하는 모습을 구경하였다. 그리고는 마지막으로 8자의 아래쪽 끝부분으로서 옐로스톤 호수의 서남쪽에 위치한 웨스트 텀(West Thumb) 간헐천에 이르렀다. 그곳에는 각양각색의 간헐천이 총집결해 있고, 호수 안에도 몇몇 간헐천이 있었다. 워낙 지대가 높은 곳이라, 내려서 걸으려니 좀 숨이 찼다. 옐로스톤 일대는 로키산맥이 아래로 꺼져 큰 분지를 이루고 있는 지역으로서, 땅 밑의 마그마와 워낙 가깝기 때문에 이처럼 간헐천이나 온천이 많은 것이다.

웨스트 텀을 떠난 후 남쪽 방향으로 나아가 남쪽 입구를 통과하여 옐로스톤 국립공원을 빠져나온 다음, 존 D. 록펠러 2세 기념 파크웨이를 따라서 그랜드 테튼 국립공원으로 들어갔다. 테튼 連峰은 잭슨 호수라는 커다란 빙하호를 끼고서 일직선으로 늘어서 있기 때문에 특히 경치가 수려하여 '미국의 알프스'라고 불리는 곳이다. 내가 소년 시절에 감명 깊게 보았던 영화 〈셴〉의 마지막 장면이 이곳 풍경을 찍은 것이라고 한다. 잭슨 마을을 지나 22번 주도와 390번 주도를 따라서 그랜드 테튼 국립공원의 남쪽 끝자락에 위치한 테튼 마을로 들어갔다. 거기에는 잭슨 홀이라고 불리는 스키장이 있는데, 우리는 옵션으로 그곳의 케이블카를 타고서 정상이 13,772피트에 달하는 테튼 연봉의 능선부분까지 올라가 주변의 풍경을 조망하기로 예정되어 있었다. 그런데 우리가 도착한 시각은 영업 종료시각인 오후 5시에 가까운 무렵이라, 단체입장권을 구입해 놓고서 대기하고 있는 중에 어떤 남자 직원이 내려와서 '기계 상의 문제'가 있다는 이유로 입장을 거절하였다. 뉴올리언스의 그레이하운드 버스 사무소에서 경험했던 것과 똑같은 경우로서, 미국인의 직업관을 다시 한 번 체험하는 기회가 되었다.

들어갔던 길을 돌아 나왔다. 그 도로 주변에는 초원에 방목되고 있는 소떼가 엄청나게 많았다. 22번 주도를 취해 윌슨을 지나서 해발 8,431피트의 테튼 고개를 통과한 다음, 건너편 평지에 다다라 아이다호 주로 들어갔다.

빅터에서 31번 주도를 취해 서남쪽 방향으로 나아가 스완 밸리 마을에 다다른 다음, 26번 연방도로를 따라서 스네이크 강을 따라 서쪽으로 향해 라이리를 지나서 오후 8시 무렵에 오늘의 숙박지인 아이다호 폴즈 시에 이르렀다. 아이다호 주에는 우량이 비교적 풍부한지 농토가 많았다. 오는 도중에 스프링클러로 밭에다 자동적으로 물을 주고 있는 광경을 많이 보았다. 아이다호 폴즈에 도착한 후에도 가이드가 시내의 지리를 혼동하여 한참을 이리저리 헤매다가 휴대폰으로 본사 측과 계속 연락하여 마침내 저녁식사를 들기로 예약된 쇼핑몰 중의 '차이나 뷔페' 식당에 이르렀다. 식사를 마친 다음, 720 린드세이 불리바드에 있는 르 릿츠 호텔로 이동하였다. 모두들 1층 방을 배정받았는데, 우리 가족은 125호실에 들었다.

이번 여행에서 내가 가보지 못했던 와이오밍 주와 사우드 다코타 주를 비로소 가 보았고, 아이다호도 지난번 기차 여행에서 워싱턴 주로 가는 도중 밤중에 통과하였기 때문에 사실상 처음 와 본 것이라 해도 틀린 것이 아니다. 이제 미국의 50개 주 가운데서 내가 가보지 않은 것은 네 개만이 남았다.

3 (토) 맑음

호텔 구내에서 조식을 마친 후 아이다호 폴즈 시를 출발했다. 15번 주간 고속도로를 타고서 계속 남하하여 출발지인 유타 주의 솔트레이크시티로 돌아왔다. 도중에 아이다호 주의 맥캐몬에서 연방도로 30번을 따라 동쪽 으로 빠져서 라바 온천에 들르기도 했다. 이곳은 원주민인 인디언들이 질병 치유를 위해 사용하던 온천이라고 한다. 두 개의 탕과 두 개의 풀이 있었는데, 온천수는 맑고 수온이 높으며 별로 냄새도 없었다. 온천을 마치 고 나서는 온천탕의 뒤쪽을 둘러싸고 있는 언덕에다 개발해둔 산책로를 걸어보기도 하였다. 오늘 통과한 지역들은 대부분 농토로서, 광대한 토지 에다 기계로 물을 주며 농사를 짓고 있었다. 유타 주에 들어선 이후에는 그레이트 솔트레이크 동북쪽의 만을 통과하기도 하였다.

솔트레이크시티에 도착해, 출발 당시 중식을 들었던 한식점 장수장에 들러 쇠고기볶음으로 점심을 들었다. 식사 후에는 시내의 모르몬교 세계 본부에 들렀다. 서울 송파구에서 살며 자신이 스스로 왕복항공기 비용을 마련해서 1년 반 예정으로 온 자원봉사자라고 자신을 소개한 한국인 아 가씨와 미국인 젊은 여성 한 명이 우리를 인도하였다. 모르몬교도가 19 세기 후반에 종교적 박해를 피해 미국 동부지역으로부터 시카고를 거쳐 서 당시 사막지대였던 이곳에 도착하여 처음으로 건립했었던 교회 내부 로 안내해 주었고, 이어서 그 후 40년의 세월을 들여 먼 지역에서 화강암 을 운반해 와 건립한 새 성전, 그리고 15,000명을 수용할 수 있다는 대강 당을 보여주었다. 이 신앙의 중심인 새 성전 안에는 정식 신도(그들은 회원이라고 부른다)라 할지라도 아무나 들어갈 수가 없으므로, 우리는 밖에서 쳐다보기만 했다. 이 신앙은 일부다처제를 인정하며, 18세기에 30대의 젊은 나이로 살해당한 미국인 조셉 스미스를 교조로 삼고 있다. 그 아가씨는 모르몬교(The Church of Jesus Christ of Latter-Day Saints) 의 정식명칭을 '예수그리스도 후기 성도 교회'라고 불렀다. 그러나 우리 가 받은 한글로 된 인쇄물에는 예전대로 '말일성도 예수그리스도 교회'로 되어 있었다.

모르몬 교 본부를 떠난 다음, 오후 다섯 시 무렵에 비행기를 타고서 먼저 돌아가야 하는 우리 가족과 텍사스의 오스틴에서 온 강원대학교 영문과 교수 내외는 솔트레이크 시티 공항에 도착해서 일행과 작별하여 먼저 내렸다. 나머지 LA 쪽으로 가는 사람들은 일정표에 적힌 대로 주청사와 빙햄의 세계 최대 노천 구리광산(선택 관광)에 가보는지 모르겠다. 이번 여행에 참가한 25명 중에는 우리 다섯 명 외에 고대 출신의 남가주대학 국제관계학 교수 내외 및 그의 대학 동창 부부, 한국에서 교장을 지냈다는 분 내외, 성균관대 정외과 출신으로서 부동산 중개업으로 제법 성공한 모양인 김 씨 내외, 그리고 어린 자녀를 데리고서 미시건대학교 앤아버 교에 방문학자로서 각각 와 있는 대구 및 서울의 치과의사 내외에다 서울 강남구 대치동의 미도아파트에 산다는 全天日이라는 사람이 포함되어 있었다.

공항에 도착한 후 탑승수속을 할 때 비로소 회옥이가 어디선가 학생증을 잃어버린 것을 알게 되어 낭패를 했으나, 그럼에도 불구하고 이럭저럭 예약된 비행기를 탈 수 있었다. 오후 4시 52분에 델타항공 715편을 타고서 3시간 8분을 비행하여 오후 9시 무렵 시카고의 오헤어공항에 도착하였다. 택시를 타고서 블루밍데일의 누나 집으로 돌아왔다. 교외 지역으로 갈 때는 시카고 시내 택시가 아니라 아메리칸 택시를 타야 한다고 들은 바 있었으나, 공항 1층 출구를 나와서 지나가는 아메리칸 택시를 잡아 보니 예약한 사람만이 탈 수 있다는 것이었다. 어떻게 예약하는지를 몰라 휴대폰으로 창환이에게 전화해 물었더니, 창환이가 한 대를 예약해서 보내주었다.

8 (목) 맑음

점심 식사 후 헬스클럽에 다녀오는 길에 245 사우드 블루밍데일 로드에 있는 또 하나의 힌두사원에 들러보았다. 블루밍데일 구역 안 에지워터 드라이브와의 교차 지점으로서 누나 집에서 아주 가까운 위치이다. 보통의 미국식 2층 건물에다 좀 넓은 주차장이 딸려 있는 것이며, 'Shree

Radhey Shyam Temple'이라는 이름을 가지고 있다. 입구의 탁자에서 팸플릿을 하나 집어왔는데, 그것은 이번 주 토요일 밤과 일요일 정오 무렵 두 차례에 걸쳐 행해지는 아쇼크 샤르마라는 사람이 주재하는 박티 상기트에 대한 광고였다. 그는 이미 세계 여러 나라에서 성공적으로 이것을 행하였고, "주(신)들의 이름을 노래하는 것이 육체적, 정신적, 영적인 평정 상태를 획득하는 가장 쉬운 방법임을 믿는다."고 되어 있었다.

9 (금) 맑음

인터넷을 통해 어제 들렀던 힌두 사원의 홈페이지에 들어가 보았다. 자기네 믿음에 대해, "모든 믿음과 신앙은 힌두교로 혼합된다. 마치 모든 강의 부분들이 대양으로 흘러드는 것처럼. 힌두교의 주된 테마는 모든 종교들이 우리를 신에게로 인도할 것이라는 믿음에 있다."고 설명하고 있었다.

골프 로드와 알링턴하이츠 로드가 교차하는 사거리 부근에 있는 쇼핑몰의 프로라인 골프용품점에 들러 $700을 들여 중고품으로 일제 미즈노 골프클럽 한 세트를 구입하였다. 퍼터는 미즈노 제품의 재고가 없어서 가장 비싸다는 혼마 제품을 끼워 넣었고, 백은 미제 캘러웨이의 중고품을 덤으로 얻었다. 이 백은 두 어깨에다 멜 수 있고 땅 위에 세울 수 있는 받침대도 부착되어져 있어 손으로 끄는 카트가 따로 필요치 않은 것이었다.

엊그제 슬리핑백을 사러 우리 내외가 누나를 따라서 스포츠용품점에 들렀을 때 거기에 진열된 여러 종류의 골프클럽 세트는 신품인데도 가격이 대부분 $100 미만이었다. 미국 사람들은 일반적으로 이런 제품을 사용하는 것일 터이다. 프로라인 골프에서는 세트로 된 신품 클럽은 없고 중고품만 취급하고 있었다. 최고급이라는 일제 혼마 한 세트는 $1,400 정도라고 하므로 이왕이면 그것으로 구입할까 하고 망설이기도 했다. 그런데 한인인 젊은 주인의 말로는 일본 사람들은 혼마를 쓰지 않는다는 것이었다. 그러면 어떤 것을 쓰는지 물었더니, 뜻밖에도 그들은 미제를 선호한다고 했다. 일제를 선호하는 것은 주로 한국인이며, 미국인은 아무 거나 자기 마음에 드는 것을 쓴다는 것이었다. 그 말을 듣고서 보다 값싼 미제를 살까 하고 생각해 보기도 했으나, 한국에 가지고 돌아가면 명품을 따지는 풍조가 있음을 고려하여 그냥 이미 골라둔 미즈노 제품으로 결정했다. 미국의 거리에는 일제승용차가 미제와 비슷한 정도로 많이 눈에 띄고, 한국산인 현대나 기아 제품도 아주 많은데, 한인은 대부분 일제 차를 탄다고 해도 과언이 아닐 정도로 유난히 일제를 선호하고 있다.

10 (토) 오전 중 비 오고 정오 무렵부터 개임

밤 여덟 시 무렵에 블루밍데일의 힌두교 사원 슈리 라디 샴 템플로 가서 아쇼크 샤르마 씨의 박티 상기트에 참석해 보았다. 오늘 오후 7시에서 10시까지와 내일 오전 11시부터 오후 1시까지 두 차례에 걸쳐 공연되는데, 7시부터 8시까지 저녁식사가 제공된다고 팸플릿에 적혀 있으므로, 식사 시간이 끝날 무렵에 공연이 시작될 것으로 예상했던 것이다. 들어가 보니 2층이라고 생각했던 건물은 가운데가 툭 터인 단층의 예배당 겸 집회장이었고, 앞쪽 천정 아래에 조그만 다락방 같은 것이 하나 붙어 있었다. 바깥 복도 안쪽에 한두 개의 방과 화장실이 달려 있고, 지하 1층은 식당이었다.

오늘 모임은 일종의 종교적 음악회였다. 샤르마 씨는 내가 들어가 보니 이미 공연을 시작해 있었다. 얼마 후 식사 및 휴식을 위한 휴게 시간을 가지는 모양이므로 나도 지하층으로 내려가서 인도음식을 조금 들어보았다. 여덟 시 반 무렵부터 다시 공연이 시작되었다. 인도식 정장 차림의 키가 큰 샤르마 씨는 바닥보다 약간 높게 2층으로 만든 단 위에 앉아서 두 손 중 왼손으로는 바닥에 놓인 조그만 풍금에다 바람을 불어넣고 오른손으로는 건반을 누르면서 신을 찬송하는 내용인 듯한 노래를 불렀고, 그 옆에는 넥타이를 맨 젊은 남자 하나가 앉아 손가락과 손 턱으로 역시 바닥에 놓인 두 개의 작은 손북을 두드리며 반주를 하였다. 그리고 무대 오른쪽 벽에는 비슈누의 화신인 크리슈나 내외, 시바 신 그리고 브라흐마인 듯한 신들을 모신 세 개의 신당이 설치되어 있었는데, 그 앞쪽에 비교적 젊은 남자 하나가 흰색의 인도식 복장을 하고 앉아서 탬버린을 두드리며 반주하다가 새로 들어오는 사람이 신상 앞에 나아가 절을 하면 그들에게 무슨 가루인 듯한 것을 손으로 짚어주곤 하였다. 바닥에 흰 천을 깔고서 앉은 사람들 가운데서도 칼 모양으로 생긴 악기를 가지고서 그것을 바닥에다 두드리며 장단을 맞추는 이가 있었다. 나는 출입문 가까이에 벽을 따라서 놓인 의자에 앉아 지켜보았다.

샤르마 씨의 말은 대부분 힌디어인 듯하고 간간이 영어가 약간 섞이기도 하였으나 알아듣기 어려웠다. 그는 노래하며 손풍금을 연주하다가, 한곡씩 끝나면 힌디어로 무어라 한참 말하다가 또 노래를 부르곤 했다. 참석한 수십 명의 사람들은 대부분 인도인이었는데, 노래 할 때 박수를 치며 더러 따라 부르기도 하고 샤르마 씨의 말을 듣고서 와르르 웃기도 하였다. 여성들은 거의 다 얇은 천으로 어깨를 감싼 인도식 복장이었다. 백인은 한두 명 밖에 없었고, 황인종은 나뿐이었다.

밤 10시가 조금 지나서 공연이 모두 끝나자 참석자들은 모두 신상 앞으로 나아가 서서 아까 탬버린으로 반주하던 사람이 앞에 서서 왼손에 작은 종을 들고 흔들며 오른손에는 촛불이 담긴 놋쇠 접시를 들고서 예배를 인도하였고, 나머지 사람들은 그 뒤에 늘어서서 아까 제단에 놓여 있었던 촛불이 하나씩 켜져 있고 붉은 꽃잎과 돈이 수북이 담기기도 한 놋쇠 쟁반들을 흔들며 차례로 전달하였다. 신상들 앞에는 또 여러 가지 신을 상징하는 물건들이 놓여 있었다. 시바 신상 앞에는 남녀의 성기가 결합한 모양을 한 검은 돌 링감과 원숭이 모양의 신 하누만, 코끼리 모양을 한 가네쉬, 그리고 몸체 하나에 머리가 셋 달린 작은 신상 같은 것들이 놓여 있고, 중앙의 피리를 든 크리슈나 신 내외의 입상 앞에는 바나나 등의 음식물과 촛불 담긴 쟁반들이 놓여 있었다.

11 (일) 맑음

이하영 씨가 간밤에 전화를 걸어와, 오늘 자기 내외가 다니는 데스 플레인즈의 聖 정하상 성당 피크닉(야외 미사)이 있는데, 함께 가지 않겠느냐고 물어왔으므로 그렇게 하기로 했다. 개신교 교회에서는 이러한 야외 예배 형식의 피크닉을 매달 가지기도 하는데, 천주교에서는 1년에 한 번 정도 있다고 한다. 오전 8시 30분 무렵 로젤 로드 가의 월넛 에브뉴에 있는 이 씨 댁으로 캠리 차를 몰고 가서, 내 차는 그 댁 뜰에 세워두고 이 씨의 차에 동승하여 둘이서 갔다. 아내는 논문 작업에 바쁘고 이 씨의 부인 클라라 씨는 집안일을 하다가 허리를 삐어 집에서 쉰다고 한다.

도중에 턴데일 로드 가에 있는 이 씨의 교우 집에 들러 그 댁 부인을 태워서 함께 갔다. 그 부인은 세탁소를 경영하며 두 자녀를 두었는데, 아들은 노드웨스턴대학을 우등으로 졸업하고서 의대에 진학할 예정이고, 딸 역시 명문인 인디애나 주의 노트르담대학에 다닌다고 했다. 디반·투이·옥턴 로드를 거쳐서 오헤어 공항의 서쪽과 북쪽 변두리를 둘러 뎀스터 로드 가에 있는 모턴 그로브의 린네 우드(Linne Wood)에 도착했다. 거기가 오늘의 피크닉 장소인 것이다. 작년에 마운트 프로스펙트의 골프장에서 내게 골프 지도를 해 주었던 누나의 대부·대모도 나와 있었다.

린네 우드는 쿡 카운티에 속한 삼림보호구역으로서 시카고 강의 북부 지류(North Branch of Chicago River) 강변에 위치해 있었다. 안내판의 지도를 보니 이 북부 지류의 삼림보호구역은 남쪽과 북쪽 두 구역으로 나뉘는데, 북쪽은 시카고 식물원까지 이어지고, 남쪽은 시카고 시내의 로렌스 에브뉴 일대까지 이어져, 남북으로 길게 뻗어 있었다. 린네 우드는 남쪽 구역의 북단에 속해 있었다. 나는 성당 사람들과 어울리기보다는 숲을 산책하는 쪽에 더 마음이 끌려, 혼자서 자전거 도로를 따라 북쪽 방향으로 한 시간 정도 걸어 올라갔다. 골프 로드를 건너 북부의 숲으로 들어가서 함스 우드를 지나 글랜뷰까지 갔다가 갔던 길로 도로 돌아왔다. 자전거 도로에는 헬멧을 쓰고서 자전거를 달리는 사람들이 많고, 숲속의 포장되지 않은 길에는 말을 탄 사람들도 심심찮게 지나가고 있었다.

왕복 두 시간의 산책을 마치고서 오전 10시 반쯤에 린네 우드로 돌아오니, 야외 미사는 이미 끝나고서 점심 식사가 시작되어 있었다. 지난번 이하영 씨와 함께 우드데일의 돔형 골프 연습장에서 만나 함께 연습을 한 후 로열 뷔페로 가서 셋이서 점심을 들었던 분도 와 있었다. 그 밖에 대구에서 공장을 경영하다가 이민 온 사람 및 진주 출신의 이민자 등과 어울려 쇠고기 스테이크로 점심을 들면서 대화를 나누었다. 식사가 끝나고서 에어로빅 비슷한 댄스 공연과 이 성당 신도들로서 구성된 농악 팀의 공연도 있었다. 시카고에는 네 개의 한인 성당이 있는데, 그 중 데스 플레인즈에 있는 이 정하상성당이 규모에 있어서 가장 크다. 누나가 다니는 아이태스카의 김대건성당은 한국의 부산 교구와 연대가 있고, 정하상성당은 인천교구와 연대가 있어서, 설립 이후로 본당 신부가 모두 서로 연관된 한국 교구로부터 파견되어 오고 있다. 오늘 모임에는 현재 본당을 맡아 있는 젊은 방 신부 외에 이 성당 건물 건립의 주된 공로자라고 하는 정 신부도 한국으로부터 출장 와서 참석해 있었다.

이 씨와 나는 도중에 자리를 떠서 좀 일찌감치 돌아왔다. 오후에 나는 또 강성문 씨의 새 사무소 오픈 하우스에 참석하기로 예정되어 있기 때문이다. 뎀스터 로드를 따라서 돌아오는 길에 파크 리지에 있는 힐러리 클린턴이 졸업했다는 메인 이스트 고등학교 앞을 지나쳤다. 이하영 씨의 두 자녀도 그 고등학교를 졸업했다고 한다.

저녁에 누나 및 아내와 더불어 세탁소를 경영하는 이웃 마을 교우인 황 여사 댁에 들러 황 여사 내외 및 거기에 와 있는 세실리아 씨 가족과 합류하여 함께 알곤킨 로드의 한식점 우래옥 근처에 있는 강성문 씨의 새 업소로 가서 그 오픈 하우스에 참석했다. 창환이의 대부인 강 씨는 로젤 로드 가에서 치과용 이빨 만드는 일을 하고 있었는데, 20년 정도 계속해 온 그 사업에서 크게 성공하여 근자에는 두 아들에게 새 아파트를 사 주어 이사시키고, 이전 업소보다도 훨씬 크고 자택에서 5분 정도 거리의 가까운 곳에다 새 건물을 지어 오늘 이전개업식을 하게 된 것이다. 김대건 성당의 신부와 수녀 두 명도 모두 와서 새 아파트 및 업소를 축성하고 축복 미사를 올려주었다. 두리도 그리로 와서 함께 어울렸다. 마이크가 또 피자와 더불어 내 운동화도 새로 하나 더 마련하여 두리 편에 보내주었다.

12 (월) 맑음

오전 중 누나가 사 둔 힐러리 로댐 클린턴의 자서전 『살아 있는 역사 (Living History)』 번역본(서울, 웅진닷컴, 2003) 중에서 그녀가 시카고에서 태어나 파크리지에 있는 메인 이스트(Maine East) 고등학교를 졸업하고서 보스턴의 웰즐리 칼리지에 진학하여 이곳을 떠날 때까지의 부분을 읽어보았다.

국제여행사에 전화하여 7월 3일부터 7일까지 4박5일간의 멕시코 칸쿤 및 멕시코시티 패키지여행을 신청하고서 그 일정표 및 비행기 시간표를 팩스로 받았다. 3일 오전 8시 22분에 시카고의 오헤어 공항을 출발하여 논스톱으로 3시간 32분을 비행하여 오후 12시 6분에 칸쿤에 도착하고, 다음날 마야 최대의 유적지인 치첸잇자를 둘러본 후, 5일 오후 6시 25분에 칸쿤을 출발하여 2시간 10분을 비행한 후 8시 35분에 멕시코시티에 도착하여 다음날 해와 달의 피라미드 및 소깔로 광장, 대통령궁 등을 둘러보고서 7일 오전 9시 10분에 멕시코시티를 출발하여 3시간 55분을 비행한 후 오후 1시 5분에 오헤어공항으로 돌아오는 일정이다. 1인당 비행기 값 및 관광비가 $1124.47인데, 아내와 합하면 $2249.74가 된다.

오후 6시 30분에 누나 및 아내와 더불어 샴버그에 있는 중국집 유스(壯元樓)로 가서 강성문 씨 내외 및 같은 성 김대건성당 교우인 조규승(토마스) 씨와 그 부인 조수완(데레사) 씨를 만났다. 조 씨 내외와는 잘 모르는 사이인데도 우리 내외를 만찬에 초대해 주었던 것이다. 식사를 마친 다음, 함께 사우드 배링턴의 사우드 메도우 코트 15번지에 있는 조 씨 내외의 저택으로 가서 17년산 발렌타인 위스키와 과일 등을 들며 밤늦게까지 대화를 나누었다. 조규승 씨는 1952년생이므로 나보다 세 살 아래인데, 서울문리대 지질학과 71학번으로서 2년 선배에 해당하는 대학 동문인 셈이다. 대우그룹의 시카고 지사에 파견되어 있다가 대우그룹이 망하면서 그 현지 기업의 재산을 헐값으로 인수하여 갑자기 벼락부자로 되었다고 한다. 지금은 주로 중국을 상대로 하여 가전제품을 취급하는 무역업에 종사하고 있다.

그 부인은 남편과 동갑임에도 불구하고 처녀라 해도 믿어줄 정도로 젊어 보이며, 그림 솜씨가 프로급이다. 벽에 그녀 및 그녀의 언니가 그린 그림들이 여러 점 걸려 있었다. 배링턴 지역의 저택들이 대부분 그렇듯이 그들의 집도 광대한 부지와 호수를 배경으로 한 지상 2층 지하 1층의 건물로서 4년 전에 구입해 이주하였다고 한다. 슬하에 1남 1녀를 두었는데, 아들은 샌프란시스코에서 회사원으로 근무하고 있고, 요즈음 딸은 당분간 집에 와 있다고 한다. 그 넓은 저택에서 평소에는 내외 두 명만이 살고 있으며, 집 관리는 사람을 고용하여 시키는 귀족적인 생활 모습이었다. 자정 가까운 시간에 누나 집으로 돌아왔다.

17 (토)

아침에 누나랑 셋이서 미첨 그로브를 산책하다가, 먼저 와서 한 바퀴 돌아 나오고 있는 이하영·방순영 씨를 도중에 만났다. 방 씨가 자기 집에서 우리 셋이 스테이크 파티를 하자고 하므로 동의했다. 오전 10시 경에 이하영 씨가 누나 집으로 와서 나를 자기 차에 태운 다음, 애디슨에 있는 방순영 씨 댁으로 함께 갔다. 방 씨 집 뒤편의 나무로 만든 베란다에서 햇볕을 가리기 위해 설치한 덮개 아래의 테이블에 둘러 앉아 맞은편 인공 호수와 그 가운데의 분수를 바라보면서 대화를 나누다가, 프로판 가스를 사용하는 옥외의 이동식 그릴에다 비프스테이크와 포크찹을 굽고, 고구마와 피만, 옥수수, 빵도 함께 구웠으며, 게다가 암스테르담 산 맥주와 프랑스제 샴페인 및 미제 코카콜라 등의 음료를 곁들여 점심을 들었다.

엘머스트의 우체국에 다니는 그 부인이 퇴근하여 돌아온다는 오후 두 시 반경에 이 씨와 함께 방 씨 댁을 떠나 돌아왔다. 방 씨는 대학 시절 이래로 계속 애디슨에서 지체장애자들을 돕는 사회복지시설에서 인더스 트리얼 엔지니어로 근무하다가, 마지막 11년 정도는 자영업으로 담배 등을 파는 가게를 경영하여 꽤 성공을 거두었다고 한다. 그와 그 부인은 애디슨 지역의 터줏대감이라고 할 수 있다. 방 씨가 젊은 시절 이래의 사진들이 수록된 가족 앨범을 보여주었는데, 시카고대학을 졸업했다는 딸의 남편은 유태계 서양인이었다. 방 씨 집에서 재미교포 출신의 중국 선교사 김만식 목사의 수기인 『해란강의 어부』 상·하 2책(서울, 도서출판 에스더, 2004) 한 부를 얻어 왔다. 이화여대 성악과 출신인 방 씨의 부인이 근자에 자비를 들여 한국에서 제작한 자신의 성가 CD도 김 목사처럼 탈북자들을 돕는 선교 단체를 통해 중국 땅의 동포들에게 배포하기 위한 것이라고 한다.

18 (일) 때때로 부슬비

아침에 약간 빗방울이 내리므로, 아내와 더불어 맥스를 데리고서 웨스트레이크 공원을 한 바퀴 산책했다. 날씨 탓인지 잉어 같은 커다란 물고기들이 제법 요란한 소리를 내면서 여기저기의 수면 위로 떠오르거나 물을 휘젓고 있었다. 실로 '물 반 고기 반'이라는 느낌이었다.

24 (토) 맑음

누나가 직장에서 첼리스트 요요마의 시카고 밀레니엄 파크 무료공연 소식을 얻어듣고서 돌아왔고, 또한 시카고의 연례행사로서 세계 각 나라의 음식 300여 종을 선보이는 제26회 'Taste of Chicago' 기간도 멀지 않다고 하므로, 내가 인터넷을 통해 그 두 행사에 관한 정보를 확인하여 출력해 두었다. 'The Silk Road Ensemble with Yo-Yo Ma'는 6월 26일 오후 6시 30분부터 8시까지 밀레니엄 파크의 야외음악당인 제이 프리츠커 패빌리언에서 공연되며, '2006 Taste of Chicago'는 6월 30일부터 7월 9일까지 오전 11시에서 오후 9시까지 그랜트 파크에서 개최된다고 한다. 전자는 우리 가족과 누나가 6월 26일 오후에 두리 집으로 가서 마이크가 운전하는 승용차에 동승하여 함께 가 보기로 했고, 후자는 우리 내외가 멕시코 여행에서 돌아온 후 누나와 함께 가보기 위해 캐리 씨의 딸 미셸을 통해 미리 $60어치의 식권을 구입해 두기로 했다.

25 (일) 부슬비 내린 후 대체로 흐림

밤 일곱 시 반쯤에 아내와 함께 근처의 웨스트필드 중학교로 가서 학교 셔틀버스를 타고는 레이크 스트리트와 스프링필드 드라이브가 만나는 지점의 광장에서 열리는 블루밍데일 패밀리 페스트에 가 보았다. 셔틀버스는 두자르딘 초등학교와 위네바고 초등학교를 거쳐서 시크로드를 따라 서쪽으로 나아가 축제 장소에서 가까운 에릭슨 초등학교까지 약 5분 간격으로 운행되고 있었다. 그 일대의 스프링필드 드라이브는 차량 통행이 차단되어 도로도 축제장소의 일부로 사용되고 있었다.

축제는 6월 22일부터 오늘까지 나흘간에 걸쳐 열리는데, 주중인 22일과 23일은 오후 5시부터 10시까지, 주말인 24일과 25일은 오후 1시부터 11시까지 열리며, 최종일인 오늘밤은 불꽃놀이로 대미를 장식한다고 하므로 그것을 보러 온 것이었다. 축제 장소에는 가설무대 두 곳에서 생음악이 공연되고, 각종 어린이 놀이기구가 즐비하며, 텐트를 치고서 음식이나 물건을 파는 노점들도 열을 지어 늘어서 있는 것이 완연한 동네 축제의 모습이었다. 우리 내외는 구내를 걸어 다니면서 두 번 둘러보았고, 매점에서 이탈리아 소시지 하나와 버드와이저 생맥주 하나를 사서 저녁식사 대신으로 들었다. 소시지는 $6, 맥주는 작은 잔 하나에 $4로서 꽤 비싼 편이었다.

술파는 곳에서는 입구에서 들어가는 사람들의 신분증을 확인한 후 각자의 양쪽 손등에다 녹색 물감의 도장을 찍어 표시해 주었다. 우리 내외는 거기에 놓인 나무 테이블에 붙은 의자에 걸터앉아 맥주와 소시지를 들면서 건너편 무대의 음악공연을 지켜보았다. 불안한 날씨 탓인지 예정보다 이른 밤 9시 무렵부터 반시간 정도에 걸쳐 불꽃놀이가 있었다. 불꽃놀이는 진주에서도 매년 여러 차례 볼 수 있지만, 여기서는 바로 가까이에서 보니 한층 더 장관이었다. 불꽃놀이를 다 구경한 다음, 셔틀버스를 타고서 밤 10시 경에 집으로 돌아왔다. 시카고에서는 여름철에 밤 아홉시가 되어도 어둡지 않다.

26 (월) 흐리고 때때로 부슬비

간밤에는 우리 내외가 집으로 돌아와 잠자리에 든 후부터 천둥번개가
치고 큰 비가 내렸다고 한다. 미첨 그로브의 습지에서 아침에 큰 사슴
두 마리와 새끼사슴 두 마리를 보았다. 새끼 사슴은 몸의 털에 흰 점박이
가 많았다. 긴 숲의 냇물이 불어 건널 수 없으므로, 풀숲을 헤치고서 레이
크 스트리트 쪽으로 빠져나왔다.

오전 중 논문 작업을 계속하여 110.5매까지 나아갔다.

점심때는 내가 캠리 차를 운전하여 누나와 아내를 태우고서 블루밍데
일의 메다이나 로드 가 도나 레인 349번지에 있는 앤지(송은숙) 씨 댁에
가서 함께 초대받아 온 큰 클라라·이하영 씨 내외, 그리고 캐리 씨와 더불
어 냉면으로 점심을 들고, 이하영 씨가 비를 맞으며 바깥 그릴에서 구운
스테이크를 곁들였다. 첫 딸을 데리고서 뉴저지로부터 다니러 왔었던 앤
지 씨의 큰딸 미셸은 이미 돌아갔고, 남편 짐은 출근하고서 집에 없었다.

오후 2시 경에 앤지 씨 집을 떠나, 옥턴 로드를 경유하여 시카고 북단
버치우드의 두리 집으로 갔다. 세 시 무렵에 거기서 만나 함께 요요마의
음악회에 가기로 약속했었기 때문이다. 1층 거실에서 마이크가 빌려준
비디오테이프로 톰 행크스가 주연을 맡은 미국 영화 〈Cast Away〉를 감상
하다가, 도중에 일어나 마이크가 운전하는 두리의 뷰익 승용차에 다섯
명이 함께 타고서 다운타운의 밀레니엄 파크 제이 프리츠커 패빌리언에서
무료로 공연된 실크로드 앙상블의 음악회로 갔다. 마이크와 내가 주차장
소를 찾으러 다른 곳으로 가서 시간을 보내고 있는 사이에 야외음악당에
먼저 도착한 여자 세 명이 무대 가까운 곳에 자리를 마련하여 편하게
감상할 수가 있었다. 마이크는 돈을 내고서는 주차하지 않는 주의인데,
오늘은 별 수 없이 $2 어치 동전을 넣고서 두 시간 동안 주차할 수 있는
장소를 찾아 차를 세운 다음, 그 시간에 맞추어 다시 차 있는 곳으로 돌아
가기 위해 음악회에 끝까지 남아 있지 못했다. 그는 음악회의 뒷부분을
차 속의 오디오를 통해 실황 중계되는 방송으로 들었다고 한다.

오늘의 레퍼토리에는 중국, 이탈리아, 이란, 카자흐스탄 및 집시의 기

악과 성악, 시카고에 근거지를 둔 나티야 무용 극단의 인도 무용 공연 등이 포함되어 있었다. 각종 서양 악기 외에 생황이나 대금, 비파, 인도 북인 타블라, 퍼쿠션 등이 연주되고 연주자도 동서양 각 나라의 젊은 사람들이 뒤섞여 있었다. 자신이 창립한 이 실크로드 앙상블의 예술 감독인 요요마는 합주자의 일원으로서만 연주하였고, 각 작품의 연주나 공연이 끝난 뒤면 수시로 마이크를 잡고서 청중에게 이야기했다.

두 차례의 앙코르를 끝으로 음악회가 파한 뒤 차이나타운의 늘 가는 광동식당으로 가서 함께 만찬을 들었다. 그 후 일단 두리 집으로 돌아갔다가, 다시 내가 차를 운전하여 갈 때의 코스로 자정 무렵에 블루밍데일의 누나 집까지 돌아왔다.

30 (금) 맑음

아내와 둘이서 긴 숲에 들어갔다가 사슴 세 마리를 만났다. 처음 것은 내가 개울을 건너오는 두 번째 나뭇가지 다리의 현재 상태를 알아보기 위해 개울 쪽의 샛길로 잠시 들어간 사이에 아내 혼자서 뛰어가는 사슴 새끼를 보았다고 한다. 둘째 놈은 돌 징검다리를 건너온 후에 아내는 먼저 숲을 빠져나가고 내가 맥스를 데리고서 건너편 숲을 한 바퀴 돌고 있다가 이번에도 소변을 보기 위해 오솔길에서 멈춰 섰을 때 맞은 편 풀숲에 서 있었는데, 뿔이 적당한 녹용 크기로 자라 있었다. 한참동안 서로 바라보고 있다가 사슴이 피하여 달아난 후, 몇 미터를 더 걸어가니 근처에 역시 뿔이 멋있게 자란 놈이 한 마리 더 있었다. 이놈은 나와 둘이서 한동안 마주 바라봐도 그냥 가만히 서 있기만 할 뿐이므로, 얼마 후 내가 피해주었다.

오후 12시 반 무렵부터 스프링크리크 저수지에서 또 한 차례 캐리 씨가 주관한 피크닉이 있었다. 누나는 밤일 때문에 수면 시간을 확보하기 위해 집에서 자고, 나와 아내가 아침에 카푸토에서 구입한 야채류를 가지고서 가 보았다. 캐리 씨 내외 및 큰 클라라 씨 내외에다 얼마 후 앤지 씨도 와서 어울렸고, 그 외에도 내가 알지 못하는 한인 중년 여성이 몇 명 더 있었다. 이하영 씨가 집에서 구워온 돼지갈비에다 캐리 씨가 집에서 가져온 그릴로써 현장에서 구운 쇠갈비 및 옥수수 등으로 배가 터지도록 먹었다. 도중에 이하영 씨가 카푸토 옆의 주류점으로 가서 병맥주를 여러 개 사 와서 둘이서 함께 마셨다. 미국의 공원에서는 주류를 마시는 것이 금지되어 있으므로, 공원 관리인이 근처에 왔을 때는 감추어야 했다.

캐리 씨 남편인 이탈리아계 미국인 메노티 씨는 폐 기능 저하로 말미암아 때때로 산소호흡기를 사용해야 할 정도로 건강 상태가 좋지 못하므로, 캐리 씨가 아침 산책 시간 외에는 거의 남편 곁을 떠나지 못하고서 계속 시중을 들어주어야 한다. 그러므로 내외가 모두 바깥에서 친구들과 함께 어울리는 시간을 가지고 싶어 이런 모임을 자주 주선하는 모양이다. 오늘 같은 테이블에 앉은 메노티 씨에게 은퇴하기 전에 무슨 일을 했었는지 물어보았더니, 젊은 시절부터 수십 년 동안 자영업으로 큰 식당 등의 건물 내에 고장 난 부분의 수리 및 난방 장치 설치와 관련되는 사업체를 경영하여 제법 성공했었으나, 자기가 은퇴한 후 그 사업을 물려받은 사람은 얼마 못가서 실패했다는 대답이었다. 나중에 이하영 씨로부터 들은 바에 의하면, 메노티 씨의 병은 석면을 자주 사용하는 일로 말미암은 직업병이라는 것이었다.

7월

1 (토) 대체로 맑음

누나 집 뒤뜰 건너편에 남자 호모 두 명이 동거하는 집이 있다. 오후 여섯 시 반 무렵에 내가 저녁식사를 마치고서 잔디가 깔린 뒤뜰로 나가 고무호스 끝에 달린 샤워기를 잡고서 화단과 채소밭에다 물을 줄 무렵이면 그들도 거의 언제나 자기네 집 뒤뜰에 나와 의자에 앉아서 위통을 벗고 휴식을 취하거나 밭일을 하고 있다. 그 옆에는 다른 한 가족과 개 세 마리가 사는 집이 이어져 있는데, 뒤뜰에 커다란 물통 모양의 지상

풀을 설치해 두고 있다. 오늘 밤 9시 취침 무렵에 2층의 침실에서 블라인드 커튼 너머로 내다보니 젊은 여자인 것 같은 사람 하나가 거의 벌거벗고 그 풀 안에서 수영을 하고 있었다. 시카고 지역에서는 여름이면 밤 아홉 시가 되어도 한국의 늦은 저녁 무렵 정도여서 깜깜하지는 않다.

2 (일) 흐리고 낮 한 때 부슬비

누나 및 아내와 더불어 오전 10시 19분발 메트라 열차를 타고서 시카고 다운타운으로 나갔다. 6월 30일부터 7월 9일까지 그랜트 파크에서 개최되는 제26회 연례 '시카고의 맛' 행사를 구경하기 위해서였다. 11시 9분에 유니언 역에 도착한 후 애덤스 스트리트를 15분 남짓 걸어서 행사 장소에 도착했다. 먼로 드라이브에서 발보 드라이브까지에 이르는 콜럼버스 드라이브 일대가 행사 장소로서, 62개의 텐트로 지은 임시 식당을 차려두고서 각종 음식물을 팔고 있었다. 나는 생맥주 두 잔을 사 먹은 외에는 이렇다 할 구미에 당기는 것이 없었고, 아내도 서양 음식은 좋아하지 않으므로, 미리 구입해 간 식권 $65 어치의 상당 부분은 표를 사려고 줄을 서서 대기하고 있는 사람들에게 누나가 다가가서 도로 팔았다.

거기서 점심을 대충 마친 후, L카 그린 라인을 타고서 남쪽으로 내려가 이스트 55번가 부근에 있는 가필드 역에서 하차한 다음, 지난번처럼 모건 드라이브를 따라 걸어서 워싱턴 공원을 가로질러 740 이스트 65번 플레이스에 있는 듀사블 미국흑인역사 박물관(DuSable Museum of African American History)에 이르렀다. 한두 달 전에 아내와 함께 왔었다가 개관시간인 정오보다 너무 일찍 도착하여 못 보았던 곳이다. 듀사블은 시카고 지역에 정주한 최초의 인물인데, 그는 프랑스인 선장과 흑인 여성 사이에서 태어난 흑인으로서, 지금의 시카고 트리뷴 건물 자리에서 통나무집을 짓고 살다가 만년에는 자식들이 있는 미주리 주로 옮겨가 거기서 사망했다고 한다. 워싱턴 공원 일대는 현재 흑인가로 되어 있고, 차별에 대한 무력 항쟁을 주장한 블랙 팬더 당의 핵심인물 제시 빙가가 살던 집도 공원의 서남쪽 모퉁이에 남아 있다.

박물관을 나온 다음, 이스트 57번가를 동쪽으로 따라가 시카고대학 구내를 걸어서 사우드 우드론 에브뉴를 만나 조금 더 남쪽으로 내려간 지점에서 미국 현대 건축의 대부 격인 프랭크 로이드 라이트의 대표작 중 하나인 프레데릭 C. 로비의 저택 로비 하우스를 찾았다. 바로 지척에 그 건물을 두고서도 어딘지를 몰라 이리저리 헤매는 중에 아내는 누나를 따라 캠퍼스 구내의 근처에 있는 록펠러 기념 교회로 들어가고, 나는 혼자서 물어 결국 그 건물을 찾았다. 라이트가 개척한 이른바 프레리 스타일이라고 하는 양식이다. 그러나 매일 정해진 시각에 몇 차례씩 있는 가이드 투어에 참여하지 않고서는 내부에 들어갈 수 없다고 하므로, 바깥에서 둘러보고 계단을 따라 2층으로 올라가 스테인드글라스 창문 너머로 실내를 좀 들여다보았을 따름이다.

두리 집으로 몇 차례 전화하여 오후 5시에 그곳 신학대학 뒤편에서 두리 내외와 만나기로 약속했다. 그 시각이 될 때까지 한 시간 정도 내가 시카고대학 캠퍼스를 다시 한 번 둘러보면서 사각형이라 불리는 본부 건물 일원과 그 정면에 식물학자 린네의 동상이 서 있는 미드웨이 플레이산스 공원 일대를 걸어 약속 장소인 5757 사우드 우드론 에브뉴로 다시 돌아오니, 누나와 아내는 한국에서 오헤어 공항을 통해 오늘 도착한 한국 대학생 세 명과 더불어 대화를 하고 있었다. 그들은 공주대학 4학년생으로서 여름방학을 이용하여 미국으로 배낭여행을 왔는데, 오늘밤 묵을 수 있는 값싼 숙소를 찾아 여기까지 온 것이었다. 두리 내외와 합류한 후에 그들까지 차에 태워 두리는 남학생 무릎에 앉는 식으로 무리를 해서 8명이 함께 미시건 호반의 레이크쇼어 드라이브를 따라 다운타운으로 올라왔다. 콩그레스 에브뉴에 있는 유스호스텔로 그들을 태워다 주고서 마이크가 우리를 위해 마련해 온 당근 케이크 등의 음식물들도 그들에게 모두 주었으며, 영어에 능통한 두리가 그들을 위해 반시간 이상의 시간을 소비하여 수속을 마쳐 주었다. 그러나 그들은 오늘밤은 로비 하우스에서 만난 한국인 회사원 세 명의 현지 콘도에 가서 신세를 질 생각이므로 내일분의 방만 예약했다고 한다.

유스호스텔을 떠난 후, 그리스인 거리로 가서 340 사우드 할스테드에 있는 코스타 그리스 식당에서 만찬을 들었다. 지난 번 중국집에서는 마이크가 대금을 지불하였으므로, 오늘 식사비 $117은 내가 지불했다. 만찬을 마친 후, 나의 제의에 따라 그리크 타운 일대와 리틀 이태리라고 불리는 그 부근의 이탈리아인 거리를 드라이브해 보았다. 예전에는 이 일대에 그리스 계 및 이탈리아 계 이민이 집중적으로 살았고, 마이크도 리틀 이태리에서 태어나 젊은 시절을 거기서 보냈는데, 지금은 개발되어 다른 건물이 들어서거나 UIC 같은 대학이 들어서서 여기에 살던 소수민족들은 교외 지역으로 대부분 이주하였고, 이곳에는 오늘날 흑인들이 주로 거주한다고 한다.

주간고속도로 290번을 따라 메다이나 역으로 와서 두리 내외와 작별하였고, 나는 거기에 정거해 둔 캠리 차를 몰고서 누나 및 아내와 함께 밤 10시 반 무렵에 블루밍데일로 돌아왔다.

 I. 멕시코

3 (월) 시카고는 비 오고 칸쿤은 맑음

4박 5일간의 멕시코 여행 첫날이다. 비가 내리는 가운데 아침 7시 무렵에 집을 나서 누나가 운전해 주는 링컨 승용차를 타고서 오헤어공항으로 향했다. 공항 제3 터미널에 도착하여 아메리칸 에어라인 A 카운터에서 티케팅 수속을 마친 다음, K18 게이트로 가서 한 시간 정도 대기하고 있다가, 오전 9시 5분에 출발하는 칸쿤 직항 비행기를 탔다. 멕시코 항공 3005편이지만, 실제로 이용한 것은 아메리칸 항공 445편 비행기였다. 우리 내외가 이번에 여행하는 멕시코의 칸쿤, 멕시코시티 지역은 시카고와 시차가 없다. 우리는 예정된 오후 12시 37분보다도 20분 정도 빠른 시각에 칸쿤 공항에 도착했다.

입국 수속을 마친 후 공항 출구로 나오니, 미주항공에서 파견된 젊은 여성 가이드가 안황란과 다른 한 남자의 이름이 적힌 피켓을 들고서 기다리고 있었다. 뉴욕에서 공부하고 있는 남학생 및 한국에서 다니러 온 그의 이모라는 여인 한 명과 더불어 봉고차를 타고서 이동하여, 그다지 폭이 넓지 않은 강 위에 걸쳐진 돌다리 하나를 건너니 거기가 칸쿤 섬이었다. 미국에서는 캔쿤이라고 하지만, 현지 가이드는 깐꾼이라고 발음하고 있었다. 가이드는 한국에서 온지 1년 반 정도 밖에 되지 않았는데, 오늘의 영접과 호텔 수속만 맡아주기로 되어 있고, 내일부터는 다른 가이드가 나온다고 한다.

우리가 도착한 곳은 퀸타나 루 州에 속하는 유카탄 반도의 동북쪽 끄트머리인 칸쿤에서도 카리브 바다와 니츰테 석호 사이의 서북쪽 돌출부에 밀집해 있는 호텔 지역 한가운데인 BLVD. KUKULUKAN LOTE 5A에 위치한 RIU CANCUN이라는 호텔이었다. 15층으로 된 대형 호텔이었다. 칸쿤이라는 도시 자체가 멕시코 정부가 국제적인 휴양지로서 근자에 개발한 것이기 때문에, 내가 캐나다에서 산 중형 책자로 된 도로교통지도의 멕시코 부분에는 그 지명이 나타나 있지 않을 정도이다.

아내와 더불어 이 호텔의 메인 레스토랑인 DON JUAN으로 가서 뷔페식 점심을 들고서 로비로 돌아오니, 가이드가 방 배정 수속을 마쳐두고 있었다. 멕시코를 대표하는 관광특구임에도 불구하고 아직도 호텔 업무의 전산화가 충분히 이루어져 있지 않아 새로 도착한 손님의 방 배정에 꽤 시간이 걸렸던 것이다. 짐을 방으로 옮겨다 둔 후 수영복 차림에 컬러 있는 흰 셔츠를 하나 걸쳐 입고서 아내와 더불어 호텔 뒤편의 해변으로 나가 카리브 해에서 해수욕을 하였다.

체크인 수속 때 종업원이 팔찌 비슷한 끈을 하나씩 손목에다 매어주었는데, 그것이 있으면 호텔 구내에서는 거의 모든 것이 무료로 제공되는 것이다. 배정된 방이나 식당 혹은 호텔 안팎 구내의 바에 비치된 술과 음료도 물론 그렇다. 비치에서는 해수욕도 즐길 수 있고, 여러 종류의 민물 풀도 갖추어져 있다. 나는 그것들 하나하나씩에 골고루 들어가 보았다. 해수욕을 해 본 것은 실로 몇 년 만인지 모르겠다.

　아내와 더불어 흰 밀가루처럼 고운 모래사장에 설치된 둥근 초가지붕의 정자 같은 곳 그늘에다 펼쳐 놓은 비치용 긴 의자에다 종업원에게서 받아온 큰 타월을 하나씩 깔고 누워서 쉬기도 하고 바닷물에 들어가 수영을 하기도 했다. 바다 빛깔은 연하고 투명한 푸른색인데, 해변에 해초가 많고, 조금 들어가면 물밑에 산호초인지도 모를 바위 덩어리들이 제법 많이 깔려 있다. 파도가 좀 높았다. 오늘 이 호텔을 이용하는 고객은 대체로 백인이었으며, 영어로 이야기 하는 사람들이 많은 것으로 미루어 미국에서 온 사람들이 많은 모양이다. 드물게 보이는 동양인 중에는 한국인이 많았다. 모래사장에서는 젖가슴을 드러내 놓고서 비치 의자에 드러누워 햇볕을 쬐는 여인도 간혹 볼 수 있었다. 대체로 자신의 몸매에 자신이 있는 여인들이 수영복 차림으로 나서는 모양이다.

　대충 오늘의 일기 입력을 마친 후, 돈환 식당 옆에 있는 공연장 무대에서 밤 9시 45분부터 한 시간 정도 이어지는 메인 쇼의 일부를 구경하였다.

4 (화) 맑음

　아침 8시 30분에 호텔 로비에서 가이드와 만나 오전의 옵션 일정에 참가하였다. 참가비는 1인당 $65이었다. 우리 내외 외에 자녀 두 명을 대동한 젊은 부부가 함께하였다. 오늘 만난 가이드는 어제 나온 사람보다 더 젊어 보이는 아가씨였다. 봉고차를 타고서 석호와 바다 사이로 난 도로를 따라 15분쯤 내려간 곳의 석호에 면한 Aquafun이라는 회사 건물 앞에서 하차하였다. 영어로 '정글 보트'라고 쓰인 표지가 있는 그곳 선착장에서 우리는 가이드가 건물 안의 상점에서 사 온 입에다 무는 호흡용 호스를 하나씩 배부 받고 선착장의 직원으로부터 개구리 발 같은 발에 착용하는 물갈퀴를 받은 뒤, 구명조끼를 착용하고서 각각 두 명에 한 대씩 배정된 모터보트에 올랐다. 우리 외에 서양인 몇 명도 합세하여 현지인 안내자의 인솔에 따라 모터보트를 운전하여 구불구불 커브를 그리며 석호를 돌면서 가로질렀다. 석호가 바다와 만나는 지점의 육지와 섬 사이의 강을 따라가니 강 주변은 온통 맹그로브 숲이었다. 어제 차를 타고서 건너온 돌다리 아래를 지나 바다 쪽으로 한참 더 나아가 푼타 니주크라고 하는 산호초가 많은 얕은 바다에 보트를 세웠다. 이곳 역시 우리가 머문 호텔이 있는 푼타 칸쿤과 마찬가지로 해상국립공원으로 지정되어 있는 곳이다. 보트들은 서로 떨어지지 않도록 끈으로 묶어서 나란히 정돈하여 두었다. 주변에는 우리 외에도 같은 목적으로 온 사람들이 제법 있었다.

오늘부터 멘스가 시작된 아내를 제외한 나머지 사람들은 현장에서 하나씩 배부 받은 수경에다 호흡용 호스를 끼우고서 구명동의에다 개구리발을 착용한 다음 바닷물로 들어갔다. 스코클이라고 하는 놀이이다. 산호초 주위로 쳐진 노란 부표의 경계선을 따라서 물에 둥둥 뜬 채 엎드려 물밑을 바라보면서 천천히 헤엄을 쳤다. 바닷물 속에는 잔디처럼 깔린 짧은 수초들이 제법 있고, 그 외에도 크고 작은 각종 동식물들이 서식하면서 물결에 따라 움직이고 개중에 더러는 조금씩 위치를 옮기는 것들도 있었다. 산호초 가까운 곳에는 물고기들이 지천으로 지나다니고 있었다. 손을 내밀면 잡힐 듯 가까운 위치에서 수많은 물고기들이 움직이고 있으므로, 더러 팔을 뻗어 잡아보려고도 했지만, 짐작했던 것보다는 거리가 있는데다 물고기도 유유히 피해서 손 옆으로 떨어져 지나갔다.

한 시간 정도 헤엄치며 물놀이를 한 후 선착장으로 돌아와, 오전 11시 30분 무렵에 호텔로 돌아왔다. 점심을 든 후, 어제처럼 호텔 구내의 해변에 나가 둥근 초가 정자 아래 긴 의자에 드러누워 쉬기도 하고, 바다에 들어가 수영을 하기도 했다. 바닷물의 염분 농도가 짙은지 별로 헤엄치지 않고서 하늘 쪽으로 얼굴을 향하고서 누워만 있으면 몸은 저절로 둥둥 떴다. 다만 물결 때문에 얼굴로 짠 바닷물이 수시로 덮치므로, 오랫동안 눈을 뜨고 있을 수 없는 점이 좀 문제였다. 우리 방 베란다에서 내려다보면 해변에서 좀 더 떨어진 곳의 바다 속은 산호초가 거의 절반이다. 그러고 보면 해변의 모래가 밀가루처럼 잘고 흰 것은 산호초가 부서져 쌓인 까닭이 아닌가 싶고, 물밑에 많은 바위도 대부분 산호초가 죽어서 이루어진 것이 맞을 듯했다. 우리 주변에서는 침팬지를 데리고 나와 피서객들과 함께 포즈를 지어 사진을 찍게 하고는 손님에게서 돈을 받는 사람도 있고, 남편인지 애인인지 모를 남자와 함께 와서 풍만한 젖통을 온통 드러내고서 긴 의자에 드러누워 일광욕을 즐기는 여자도 있었다. 침팬지는 스물한 살 먹은 암컷이라고 하는데, 일곱 살 때부터 그가 거둬 키웠다고 한다. 침팬지와 함께 즉석 사진을 찍는데, 한 명은 $10, 단체는 $20이라고 했다. 오후 네 시 무렵까지 해변에서 놀다가 방으로 돌아와 샤워를 한 후 일단 오늘 일기를 입력해 두었다.

오후 6시에 호텔 로비에서 다시 가이드를 만나 1인당 $75씩 하는 또 하나의 옵션 일정에 아내와 더불어 참가하여 밤 11시 30분 무렵에 호텔로 돌아올 예정이기 때문이다. 칸쿤 북쪽의 '여자의 섬(Isla Mujeres)'에서 있는 '캐러비언 카니발'라는 이름의 디너 크루즈이다. 오늘 가이드에게 물어서 들은 바에 의하면 칸쿤이 관광지로서 개발된 역사는 30년 정도라고 한다. 그 중에서도 5년 정도는 계획을 세우는 기간이었고, 건설이 시작된 것으로 말하자면 25년 정도인 셈이다. 관광지는 커다란 석호를 따라서 둥그렇게 이루어진 길고 좁은 육지에 건설되었는데, 이 육지도 어쩌면 산호초로 형성된 것이 아닐까 싶다.

5 (수) 맑으나 오후 한 때 스콜

어제 저녁 우리는 아래 위 두 개의 강에 의해 육지와 차단되어 석호를 끼고서 7자 모양으로 길고 가늘게 이어진 칸쿤 섬의 동북쪽 모서리 호텔 구역으로부터 육지에 위치한 인구 50만의 도시 칸쿤 시 방향으로 나아가는 도중의 차로 10분 정도 걸리는 지점에 있는 선착장인 '거북 광장(Playa Tortugas)'에서 '이슬라 무헤레스'로 가는 유람선을 탔다. 광장에서 한 시간 정도 대기하였는데, 대형 앰프를 통해 귀청이 떨어질 듯 볼륨이 큰 음악이 계속 울려 퍼지고 있었다. 함께 대기하고 있던 승객들 중 주로 흑인들이 그 음악에 맞춰 몸을 흔들어대고 있었다.

유람선은 2층으로 된 것인데, 2층의 갑판에서는 무용수들이 나와 카리브 지역의 음악에 맞추어 춤을 추고 손님들에게도 참여를 유도하고 있었다. 석양의 바다를 바라보며 반시간 정도 항해하여 어두워질 무렵 칸쿤의 북쪽에 있는 '여자의 섬' 남쪽 항구에 도착하였다. 이 섬은 예전에는 카리브 해를 무대로 활약하던 해적들의 소굴 중 하나였다고 한다. 거기서 무대가 있는 모래사장으로 된 광장에 마련된 뷔페식 음식으로 만찬을 든 후, 야외무대에서 펼쳐지는 쇼를 구경하였다. 무용수들은 대부분 두 대의 유람선을 타고서 함께 온 사람들인 듯했다. 우리 배에 탔던 사회자가 관중들도 무대 위로 불러올리거나 객석에서 기립하여 손뼉을 치거나 기다란 풍선을 흔들게 하는 식으로 참여를 권유했다.

돌아올 때는 1층 객석의 의자에 앉아서 왔다. 출발하기 전부터 돌아올 때까지 멕시코와 카리브 지역의 음악들이 계속 끊어지지 않으므로, 한평생 들을 분량을 하루 밤에 다 들은 것 같은 느낌이었다. 무용수들이 입은 의상은 영화 같은 데서 더러 보던 이 지역 특유의 것이었다. 어제가 마침 미국의 독립기념일에 해당한 날인지라 배의 승무원들이 입은 옷과 섬의 무대가 온통 성조기 천지였다. 칸쿤의 호텔 창밖에도 길게 늘어 뜨려진 대형 성조기들을 볼 수 있었다. 우리 한국인 일행 중에는 낮에 함께 정글 투어를 했었던 가족 네 명 외에 뉴욕에 유학해 있는 아들 내외를 방문하러 경남 통영서 온 노부부 두 명이 추가되어져 있었다.

아침 8시에 호텔을 체크아웃 하여, 대형 버스 한 대로 오늘의 주 목적지인 마야 유적지 치첸잇자로 향했다. 어제 '이슬라 무헤레스' 행 크루즈에 같이 참가했던 여덟 명 외에 첫날 공항에서 호텔까지 함께 왔었던 이모와 조카도 합류하여 손님은 모두 열 명뿐이었다. 석호를 따라 이어진 칸쿤 섬을 지나오면서 가이드로부터 들은 바에 의하면, 칸쿤은 원래 무인도였다고 한다. 한 미국인 부호가 자기 배를 타고서 이 지역을 지나다가 양쪽에 석호와 바다를 둔 섬의 모습이 매우 아름다워 여기에 자신의 별장을 지었고, 얼마 후 멕시코 정부에 건의하여 개발을 시작했다는 것이다. 투자한 사람들은 대부분 미국인이고 유럽 자본도 제법 있는지라 멕시코다운 점은 별로 없고, 나에게는 왠지 미국의 라스베이거스 같은 느낌이 들었다.

우리가 머문 리우 칸쿤 호텔은 스페인 자본의 것으로서, 이 그룹은 유럽의 지중해 연안과 카리브 해 및 중남미, 그리고 아프리카 서북 해안 일대에 수많은 리우 계열의 체인 호텔을 가지고 있다. 어제 추측했던 바대로 역시 칸쿤 섬 전체는 산호초로 이루어진 것이라고 한다. 그런데 작년 10월의 미국 뉴올리언스 일대에 대형 허리케인 카타리나가 덮쳤을 무렵, 이곳에도 허리케인 윌마로 말미암아 엄청난 재산상의 피해를 입었다가 지금은 대부분 복구되었다. 하지만 섬 전체를 두르는 유일한 도로인 불리바드 쿠쿨칸의 중간 분리대에 심어진 야자수들은 모두가 허리케인 윌마 이후에 새로 심은 것이라 키가 작았다.

칸쿤에서 유카탄 주에 속한 서쪽의 치첸잇자까지는 205km의 거리인데, 私有 고속도로를 경유하여 편도에 세 시간 가까이 걸린다고 한다. 도로 변은 온통 열대우림의 연속이었다. 열대우림이라고는 하지만, 이 지역은 지하에 석회암의 암반이 깔려 있어 식물이 깊게 뿌리를 내릴 수 없으므로, 맹그로브 숲 정도의 높이를 크게 지나지 않았다. 개중에는 남미 여행에서 자주 보았던 이페 나무나 코코넛도 제법 있었다. 어제 오전의 옵션을 정글 투어라고 한 것은 모터보트가 맹그로브 숲 사이로 이어진 강을 따라 한참동안 지나가기 때문인데, 지금까지 다른 곳에서 보아왔었던 맹그로브 숲과는 달리 이 일대의 숲에는 말라죽은 나무가 많아 이상하게 생각했었다. 그런데 오늘 차를 타고서 지나가는 도로 변의 열대우림 중에도 말라죽은 숲이 제법 많았다. 자세히 살펴보니 밑둥치 부근에 불로 그슬린 흔적이 있어 화재로 타죽은 것임을 확인할 수 있었다. 화전 등의 목적으로 인위적으로 삼림을 태운 것도 있겠지만, 자연 발화 또한 적지 않은 모양이다. 멕시코의 평균 국민소득은 $6,000정도 된다고 한다. 현재 $16,000 정도 되는 한국의 1/3 정도 수준이다. 그러면서도 중남미 일대의 나라들이 대부분 그러하듯이 부의 편중이 심한 모양이다.

치첸잇자는 물론 마야 유적지 중 주요한 것의 하나이지만, 유카탄 반도 일대에는 이것 외에도 여기저기에 마야 유적지가 산재해 있다. 칸쿤 남쪽의 바닷가에 있는 툴룸이나 치첸잇자보다 더 서쪽에 위치한 우흐말 같은 곳도 그 중에 포함된다. 그러나 최대의 것은 유카탄 반도보다 좀 더 남쪽에 있는 과테말라에 있다고 한다. 미 대륙에서 가장 오래된 이 마야문명의 유적은 멕시코 남부에서 중미 북부지역에까지 광범하게 퍼져 있는 것이다. 가이드의 말에 의하면 마야라고는 하지만, 통일된 제국이 있었던 것이 아니라 씨족국가 연합의 형태를 이루고 있었다고 한다. 그러나 언어나 상형문자 등 몇 가지 주요한 공통점을 지니고 있었다. 마야 문명은 일찍이 사라져 스페인 정복자들이 이곳으로 들어왔을 때 치첸잇자 유적 같은 것은 이미 밀림 속에 버려져 있었다. 정복자들은 열대우림 속에 산재한 하나하나의 씨족 집단들과 계속 전투를 벌여나가야 했었다. 칸쿤은 마야어로서 '뱀의 둥지'라는 뜻이며, '치첸잇자'는 '치첸 족의 우물가'라는 뜻이라고 한다.

우리는 여기서 축구 경기장, 제의에 희생된 인간의 머리를 전시해 둔 장소였던 촘판틀리, 여성 신인 金星의 壇과 그 주변의 남근석들, 처녀를 신의 제물로서 빠트린 장소이며 치첸잇자라는 지명의 유래가 된 성스러운 연못, 그리로 가는 도중의 성벽들, 그리고 이곳 유적의 핵심이 되는 중앙 피라미드와 그 건너편의 전사의 신전 및 천 개의 石柱 등을 둘러보았다. 그 외에도 이 일대에 돌로 된 유적들이 더 남아 있는데, 시간 관계로 다 둘러보지는 못했다. 돌아 나오는 길에 매표소 건물 내의 기념품점에 들러 펜실베이니아대학 인류학 교수인 로버트 J. 샤퍼가 쓴 고전적 저작인 『The Ancient Maya』 제5판 (Stanford University Press) 한 권을 구입하였다.

치첸잇자 부근의 차로 약 5분 정도 거리에 있는 마을의 대형 뷔페식당에서 점심을 들고서, 갔던 길을 경유하여 칸쿤 공항으로 돌아왔다. 도중에 스콜인 것 같은 소나기를 만나기도 했다. 공항에서 현지 가이드 아가씨(?)와 작별하여 오후 6시 25분 칸쿤 발 8시 35분 멕시코시티 도착 예정인 멕시코 항공(Mexicana de Aviacion) 360편을 탔다. 그러나 비행기는 예정된 시각보다 훨씬 늦게 출발하고 따라서 늦게 도착하였다. 멕시코시티의 공항에서 현지 가이드인 젊은 여성의 영접을 받아 봉고차로 이동하여 함부르고 195번지에 있는 갈레리아 플라자라는 호텔에 도착하여 수속을 마치니 이미 밤 11시 무렵이었다. 6층으로 된 건물인데, 우리 내외는 430호실을 배정받았다. 가이드로부터 배부 받은 김밥으로 저녁식사를 때웠다. 멕시코시티는 해발 2,240m의 고지대에 위치해 있으므로, 젊은 시절의 폐 절제수술로 말미암아 폐활량이 남보다 적은 나에게는 숨쉬기가 다소 버거웠다. 이 도시는 인구 2600만으로서 서울의 약 세 배 정도 되는 규모인데, 인구로는 세계 최대의 도시라고 일찍이 읽은 적이 있다.

나는 어제와 엊그제 이틀간에 걸쳐 선탠오일을 바르지 않은 채 수영복 차림으로 장시간 햇볕에 노출되어 있었기 때문에 수영 팬츠를 입은 부분을 제외하고서는 온몸이 햇볕에 익어 벌겋게 되었다. 서양인은 온종일 맨살로 강한 자외선에 노출되어도 별로 아무렇지도 않은 것 같은데, 나는 이런 경우 으레 피부가 따갑고 거의 흑인처럼 검게 변색했다가 얼마 후 피부 껍질이 벗겨지는 것이다.

6 (목) 맑음

호텔 뷔페로 조식을 든 후, 9시 30분에 출발하여 멕시코시티 일원의 관광에 나섰다. 이 대도시는 크게 보아 다섯 개 지역으로 구분되는데, 우리가 투숙한 호텔이 있는 곳은 이 거대 도시의 신시가지 중심부로서, 한국 교민 3만 명의 대부분도 이 일대에 거주하고 있다고 한다. 교민은 근년 들어 갑자기 여러 배로 늘어났는데, 그 주된 원인은 경제사정이 나빠진 남미의 아르헨티나나 파라과이 등지로부터 돈을 벌기 위해 일시적 또는 영구적으로 옮겨온 사람들이 늘어났기 때문이라고 한다. 그 외에는 현재의 우리 가이드나 칸쿤 가이드와 마찬가지로 유학 목적으로 왔다가 눌러앉은 사람들이라고 한다.

우리는 시가지를 동북 방향으로 50분 정도 빠져나가 48km 되는 지점에 위치한 테오티우아칸 유적지에 먼저 들렀다. 그리로 가는 도중에 시 외곽의 달동네를 한참 동안 지나게 되었다. 멕시코시티의 공식적 인구는 2600만이라고 하지만, 이들 달동네에 거주하는 세대까지 합하면 3천만 정도 될 것이라고 한다. 달동네를 벗어나니, 옥수수 밭이나 선인장, 용설란, 유칼리나무 등이 많은 들판이 전개되었다. 테오티우아칸 유적지는 20세기 초에 발굴되어 비로소 세계에 널리 알려지게 되었다. 오늘날의 멕시코시티에 수도를 두고 있다가 스페인의 정복자 코르테즈에게 멸망당한 아즈텍 제국의 먼 선조에 해당하는 이 민족 최초의 제국 수도가 위치했던 곳이다. 마야 문명보다는 좀 뒤지지만, 역시 기원전에서부터 기원후에 걸치는 시기의 수백 년 동안에 존재했던 것이다. 마야 문명에 대해 칸쿤 가이드는 씨족국가라고 설명했으나, 아마도 부족연맹체를 잘못 안 것이 아닌가 싶다. 그러나 이 아즈텍 종족은 사방이 산으로 둘러싸인 넓은 분지에다 처음으로 제국을 수립했던 것이었다. 그러나 역시 문자로 된 기록이 남아 있지 않아 그 자세한 역사는 알기 어려운 모양이다. 테오티우아칸 제국과 아즈텍 제국의 사이에는 또르테카 제국이 존재하였다. 이 제국들 역시 인신공양이나 석조 피라미드의 건설을 비롯하여 마야 문명의 요소들을 많이 흡수해 있었다.

이곳에는 치첸잇자의 피라미드가 그러했던 것과 같이 깃털 달린 뱀의 피라미드와 태양의 피라미드, 달의 피라미드를 포함한 세 개의 피라미드가 나란히 서 있고, 각 피라미드 주위로 여러 제단이 둘러져 있으며, 피라미드들을 연결하는 수로로 추정되는 넓은 길이 펼쳐져 있다. 우리는 먼저 깃털달린 뱀의 피라미드에 가 보았다. 파손이 심하며 셋 중에서 제일 규모가 작으나, 치첸잇자의 피라미드가 그러했던 바와 마찬가지로 안팎으로 두 개의 피라미드가 함께 존재하고 있는데, 바깥 것의 파손으로 말미암아 현재 안쪽 피라미드가 드러나 있는 상태로서 보수공사가 진행 중이었다. 거기서 그림엽서를 팔고 있는 현지인으로부터 테오티우아칸의 신전 벽면을 채색했던 자연 염료를 당시의 인디오들이 어떻게 채취했었는지를 보여주기 위해 식용으로 쓰는 손바닥 선인장에 다닥다닥 붙은 벌레의 흰색 알들과 식물 줄기를 통해 붉은색과 노란색의 염료를 채취해 내는 과정을 직접 시연하는 것을 둘러서서 구경하였다.

다음으로 우리는 차로 이동하여 태양의 신전 입구로 갔다. 깃털달린 뱀의 피라미드와 태양신을 모시는 피라미드 사이에는 원래 중앙 수로였을 '死者의 길'을 통해 흘러내린 물을 담아둔 장소로 추측되는 넓은 석조물이 존재하고 있어 꽤 고저가 있으므로, 걸어서 이동하기에는 불편하기 때문이다. 해의 피라미드는 이집트의 기자에 있는 피라미드 다음으로 세계에서 두 번째로 높은 피라미드이다. 멕시코의 다른 곳에는 기자의 피라미드보다도 큰 규모의 것으로 추정되는 피라미드도 있었는데, 스페인 정복자들이 그것을 파괴하고서 그 위에다 성당을 지었기 때문에 온전한 모습으로 남아 있지 않은 것이다. 이집트의 피라미드와 테오티우아칸의 피라미드 사이에는 서로 다른 점도 있고 공통된 점도 있다. 다른 점으로서는 우선 이집트의 경우는 왕의 무덤으로서 건설된 것이지만, 이곳은 신전으로 건설되었다는 점이요, 이집트의 경우는 커다란 돌덩이들을 운반해 와서 다듬어 쌓아올린 데 비해 여기서는 화산 작용으로 말미암아 형성된 돌들을 다듬고 그 사이에 자갈과 석회 반죽으로 만든 일종의 시멘트를 섞어서 접착시켜 쌓아올린 점이다. 같은 점으로는 양쪽이 모두 면밀한 수학적 계산과 천문학적 지식을 바탕으로 하여 만들었다는 점 등이다. 나는 해의 피라미드 꼭대기까지 올라가 보았지만, 아내는 도중에 포기하고 말았다.

해의 피라미드로부터 가장 안쪽에 위치한 달의 피라미드까지는 '사자의 길'을 통해 걸어서 갔다. 여기서도 나는 꼭대기까지 올라가 보았다. 테오티우아칸 유적은 광대한 면적에 걸쳐 있는데, 사방에 산이 둘러져 있어 풍수지리상으로 보아도 사방의 기가 모이는 장소라고 한다. 유적지 경내에는 아마도 모두 가짜일 은으로 된 장식품들과 흑요석 같은 돌로 만든 조각품을 파는 상인들이 많았다. 이 테오티우아칸 제국뿐만 아니라 멕시코 최후의 인디오 국가인 아즈텍 제국까지도 철기의 제작법을 알지 못했고, 무기 등은 주로 화산 작용으로 인해 생긴 흑요석을 다듬어 만들었다고 한다. 우리는 달의 피라미드 뒤편의 마을에 있는 현지 식당에서 점심을 들었다. 멕시코 고유의 음식물을 주로 한 뷔페였다. 식사 중에는 넓은 챙의 멕시코 식 모자를 쓴 2인조 악사가 베사메무초를 포함한 귀에 익은 멕시코 음악 세 곡을 기타 반주로 노래한 후 팁을 거두었다.

　이동하여 멕시코시티로 돌아와서는 먼저 과달루페 성당에 들렀다. 과달루페는 성모를 의미하는 인디오의 말인데, 아즈텍 인디오로서 최초로 가톨릭에 개종한 사람이 네 차례에 걸쳐 검은 머리에 갈색 피부의 모습으로 나타난 성모를 친견하는 기적이 일어났다는 장소에 세워진 성당이다. 그 기적이 일어났던 뒤편의 언덕 위에 세워진 최초의 성당과 언덕 아래에 세워진 두 번째 성당, 그리고 두 번째 성당 옆에 현대식 건축물로 세워진 세 번째 성당이 있다. 우리는 두 번째와 세 번째 성당의 내부에 들어가 보았다. 오늘날의 멕시코시티가 아즈텍 제국의 수도였을 무렵에는 사방이 넓은 호수로 둘러져 있었던 것인데, 삼백년에 걸쳐 스페인이 식민 통치를 하면서 그 호수를 차츰 메워서 도시를 확장해 나갔다. 그러므로 원래 지반이 약한데다 많은 인구가 지하수를 끌어올려 음료수 등으로 사용하기 때문에 지반의 침하가 더욱 심해져 과달루페 성당처럼 오래된 건축물의 경우에는 상당히 많이 기울어져 있거나 심지어 이미 무너진 경우도 적지 않다. 두 번째 성당은 이미 건물의 경사가 심하여 잘 사용하지 않고, 새로 지어진 세 번째 성당에서 아침부터 밤까지 매시간 미사가 행해지며, 기적으로 일어났던 인디오의 망토에 새겨진 성모상도 그곳 제단에 안치되어져 있어 누구나 들어가 볼 수 있었다. 이곳 과달루페 성당은 프랑스의 루르드, 스페인의 파티마와 더불어 로마 교황청이 인정한 세계에서 단 세 개의 성모 발현 기적의 현장이라고 하며, 교황 요한 바오로 2세가 다섯 차례에 걸쳐 이곳을 방문하였기 때문에 두 번째 성당의 옆에 교황의 동상과 그가 타고 다녔던 방탄차도 보관되어져 있었다. 오늘날 멕시코 인구의 거의 90%가 가톨릭이니 국교라고 해도 과언이 아니다.

　과달루페 성당을 떠난 후에는 기념품점에 들렀다. 그곳은 정찰제라고 하는데, 외국인 관광객을 대상으로 한 것인지 꽤 큰 규모임에도 불구하고 손님은 별로 없었다. 나는 그곳 CD점에서 멕시코의 역사를 담은 비디오 테이프 두 개(Prehispanic Cultures; Mexico, 4000 Years of the New World)와 전통 음악 CD 한 장(The Sounds of Mexico)을 구입하였다.

마지막으로는 구 시가지에 위치한 조깔로 광장에 가 보았다. 옛 아즈텍 제국의 중심지였던 곳으로서 광장 중심부에는 라틴 아메리카에서 가장 크다고 하는 성당(메트로폴리탄 대성당)이 위치해 있다. 우리는 먼저 광장 왼쪽에 있는 구 대통령궁(국립 궁전)으로 들어가 보았다. 그곳의 2층으로 올라가는 계단과 2층 복도의 벽면에는 TV 등을 통해 익히 보았던 전설적 여류 화가 프리다 칼로의 남편 디에고 리베라가 그린 멕시코 역사를 담은 대형 채색벽화가 있다. 2층에는 스페인으로부터 독립한 후 최초의 헌법을 제정했던 국회의사당 같은 곳도 있어 그 안으로 들어가 볼수가 있었다. 그 앞의 넓은 방은 박물관으로 되어 있었다.

　대통령궁을 나와 성당으로 들어가기 전에 아즈텍 시절의 수도 모습을 담은 모형 패널을 보았고, 그 건너편에 드러나 있는 아즈텍의 중앙신전 건물터(템플로 마요르 박물관)도 둘러보았다. 이 지역 역시 지반의 침하로 말미암아 대성당의 건물이 조금 기울어진데다가 그 뒤편의 스페인 식민지 시절 건물들도 기울어진 것이 많은데, 근자에 그 중 일부 건물의 붕괴로 말미암아 공사를 하던 중에 지하에서 아즈텍 중앙 신전의 유허가 드러난 것이었다. 그러고 보면 대성당은 아즈텍 신전 자리에 세워졌던 것이고, 그 뒤쪽 건물들의 지하에는 더 많은 고대 유적이 남아 있겠지만, 식민지 시절의 건물들도 지금은 문화재로 지정된 것이 많으므로, 아직 그 상태대로 유지하고 있는 것이다. 현재 멕시코의 인구는 1억2천만쯤 된다고 들은 것 같은데, 그 중 20%는 백인이고, 60% 남짓이 백인과 인디오의 혼혈인 메스티조이며, 나머지 20%에 좀 못 미치는 부분이 인디오이다. 대성당은 2백년 정도의 장기간에 걸쳐 이루어졌기 때문에 바로크양식을 주조로 하여 고딕, 르네상스 등 여러 가지 양식이 혼합되어져 있다. 제단 옆에는 등신대의 검은색 그리스도 상이 있는데, 인디오가 정복자의 종교인 가톨릭에 반발하여 그 상에다 독을 바른 후 전신이 검은색으로 변하는 또 하나의 기적이 일어났다고 한다. 우리는 구 시가지에서 서울의 명동 정도에 해당하는 식민지 시절의 오래된 건축물들이 양쪽으로 즐비한 중심가를 차를 타고서 지나가기도 했다.

오늘의 관광을 모두 마치고서 신시가지로 돌아와, 호텔 방에다 짐들을 갖다 둔 후, 두 블록 떨어진 위치에 있는 한식점 함지박에 들러 된장찌개로 저녁식사를 들었다. 그 부근에는 우래옥 등 다른 한국 식당의 간판도 보였다. 식사 때 통영서 온 조 사장이 일행에게 멕시코 맥주와 한국 소주를 샀으므로, 앨라배마 주의 주도인 몽고메리 시에 있는 현대자동차 현지 공장 판매담당 직원인 4인 가족의 가장과 함께 남자 세 명이 식사에 곁들여 술을 들었다. 걸어서 호텔로 돌아온 후에는 구내의 상점에 들러 어제 보아둔 영어로 된 책 두 권을 샀다. Michael D. Coe와 Rex Koontz가 공저한 『Mexico, From the Olmecs To the Aztecs』 제5판(London: Thames & Hudson, 1962 초판, 2002 5판)과 Richard F. Townsend 저 『The Aztecs』 개정판(London: Thames & Hudson, 1992 초판, 2000 개정판, 2003 재판)이었다.

호텔 1층의 카페에서 조 사장과 둘이서 칵테일 두 잔씩을 더 들면서 대화를 나누었다. 그는 통영 시내에 살고 있는데, 20대 이래로 남해에서 고구마로 만드는 당면 공장을 경영하여 사업상 성공을 거두어 한평생 먹고살 만한 재산을 이루었으므로 40대에 이미 사업의 일선에서 물러났으며, 현재는 다른 사업을 하여 조카들에게 실무를 맡기고서 세계 각지의 여행을 다니면서 여생을 즐기고 있다고 한다. 딸은 숙명여대에서 유아교육 전공으로 박사학위를 받아 서울에서 시간강사로 일하고 있으며, 아들은 현재 맨해튼에 있는 사립 명문인 뉴욕대학(NYU)에 유학 중이고, 며느리도 뉴욕에서 조만간 다시 대학에 들어가 공부를 계속할 예정인데, 그 학비와 생활비는 모두 조 씨가 부담하고 있다고 한다. 이번에 부인 및 딸을 대동하고서 아들 내외를 방문하러 뉴욕에 왔다가, 딸은 먼저 귀국하고 난 후 부인과 더불어 멕시코 여행에 참가한 것이며, 옐로우스톤에도 다녀온 모양이었다.

방으로 돌아온 후 모처럼 밤 아홉 시 경에 일찌감치 잠자리에 들었다.

7 (금) 맑음

오전 6시 30분에 1층의 호텔 식당으로 가서 조식을 마친 후, 7시 무렵에 조 씨 내외와 더불어 어제와는 다른 여성 가이드의 인도를 따라 봉고차를 타고서 멕시코시티 국제공항으로 이동하였다. 우리 내외는 오전 9시 10분발 멕시카나 항공(Mexicana de Aviacion) 800편을 타고서 시카고로 출발할 예정이며, 조 씨 내외는 그보다 한 시간쯤 후에 같은 항공사의 비행기로 뉴욕을 향해 출발할 것이기 때문이었다. 다른 사람들은 어제의 가이드가 인솔하여 오늘 오전 중에 멕시코시티의 박물관을 관람하고서, 점심을 든 후 오후 2시쯤에 공항으로 갈 모양이다.

가이드의 도움을 받아 티케팅 수속을 마친 후, 가이드 및 조 씨 내외와 작별하여 24번 게이트로 가서 대기하다가 비행기에 탑승하였다. 올 때도 같은 멕시카나 항공이었지만 실제로는 제휴사인 아메리칸 항공의 비행기로 온 데 반해, 돌아갈 때는 실제로 멕시코의 비행기를 탔다. 오후 1시 5분에 시카고의 오헤어 공항에 도착할 때까지 약 네 시간 동안 기내에서 어제의 일기를 마저 입력하였고, 그러고 난 다음에는 어제 호텔 로비에서 하나 집어온 TURIGUIDE 발행 스페인어와 영어로 된 멕시코시티 안내 팸플릿을 읽어보았다.

국제선인 제5 터미널에 도착하여 입국 수속을 마치고 나온 후, 마중 나온 누나가 몰고 온 링컨 승용차를 타고서 블루밍데일로 돌아왔다. 집에 도착하여 한식으로 간단하게 점심을 들고서, 어제 밤 호텔 구내매점에서 사 온 『Mexico, From the Olmecs To the Aztecs』의 緖論 부분을 읽어보았다.

저녁식사를 마친 뒤에는 어제 기념품점에 들렀을 때 사 온 비디오테이프 〈Mexican Prehispanic Cultures〉(30분)와 〈Mexico, 4000 Years of the New World〉(105분)를 시청하고자 하였는데, 웬일인지 둘 다 전혀 영상이 나타나지 않았다. 불량품이라기보다는 뭔가 코드가 맞지 않기 때문이 아닐까 싶다. 전자는 멕시코에서 제작된 것이고, 후자는 MDF Europe Video Service가 제작한 것인데, 멕시코의 비디오 시스템은 미국과 다른 듯하다. 그러므로 대신에 같은 상점에서 사 온 「The Sounds of Mexico」

를 몇 차례 감상해 보았다. 나는 이것이 음악 CD인 줄로 생각하고 샀었는데, 알고 보니 영상을 동반한 DVD로서, 멕시코 여러 주의 주요 민속음악(Folklore)을 수록한 것이었다. 대체로 아주 소박하였으나, 세계적으로 알려진 10인조 악단 마리아치가 연주와 노래를 하는 곡들도 여러 개 포함되어 있었다. 귀에 익은 곡조인 'Cucurrucucu Paloma'나 'Cielito Lindo'도 개중에 포함되어 있었다. 나는 이 곡들이 마리아치의 출신지인 멕시코 중부 할리스코(Jalisco) 주의 민속음악이라는 것을 비로소 알았다.

8 (토) 맑음

오전 중에 그동안 도착해 있는 이메일들을 체크하였다. 김경수 군으로부터 매달 한 번씩 보내져오는 안부 메일이 지난 5일에 도착해 있었으므로 그것에 대한 답장을 썼고, 로욜라대학 철학과의 내 스폰서인 데이비드 슈와이카트 교수에게도 이메일을 보내어 8월 8일에 귀국할 예정임을 알리고서 작별 인사를 하기 위해 이 달 중에 함께 철학과장을 찾아볼 기회를 마련해 달라고 부탁했다. 여행을 떠나기 전에 「시카고 트리뷴」에다 이메일을 보내어 8월 8일 이후로는 신문 구독을 중단하겠다는 의사를 전하고서 그 확인 답신을 요청해 두었었는데, 아직 답신이 와 있지 않으므로, 이번에는 그 신문사의 소비자 서비스 담당자에게로 이메일을 보내어 같은 요청을 해 두었다.

점심을 막 들기 시작한 참에 에디슨의 방 선생으로부터 전화가 걸려왔다. 그 댁에 이하영 씨도 와 있다면서 자기 집으로 오라는 것이었다. 부인 김혜자 씨와도 통화하여 아내 및 누나까지 동반하여 오라는 당부를 받았는데, 누나는 밤일 때문에 낮 동안 수면을 취해두어야 하므로 안가겠다고 하고, 아내는 갈 듯 하더니 논문 준비 때문에 시간이 없다는 것이었다. 혼자서 차를 몰고 방 선생 댁으로 찾아가서 방 씨 내외 및 이하영 씨와 어울려 옥외 그릴에다 비프스테이크와 포크찹, 옥수수, 고구마 등을 구워 병맥주와 함께 들면서 오후 여섯시 반 무렵까지 대화를 나누었다. 이화여대 성악과 출신의 김 여사와 오랫동안 친밀하게 이야기할 기회를 가진 것이 보람이었다고 하겠다. 그러나 거기서 작은 병맥주 세 병을 마신 것이 정상 상태가 아닌 내 몸에는 역시 부담을 더해 주었을 것이다. 더 이상 위에 부담을 주지 않기 위해 저녁식사는 걸렀다.

10 (월) 맑음
「시카고 트리뷴」의 소비자 서비스 담당자로부터 회답 메일이 왔다. 나의 요청에 따라 8월 9일이 지난 후부터는 신문을 배달하지 않겠다는 내용이었다. 데이비드로부터도 로욜라대학교 철학과장인 폴 모저 교수와 연락하여 만날 시간을 정해 알려주겠다는 내용의 답신을 받았다.

누나가 우리 내외가 한 달 후에 한국으로 돌아갈 것을 기념하는 뜻에서 평소 우리와 가깝게 지내 온 누나의 친구들을 집으로 초대하여 월남국수로 점심을 대접하였다. 큰 클라라 씨와 그 남편 이하영 씨, 작은 클라라 씨와 그 남편 강성문 씨, 세실리아 씨와 근자에 필리핀인 아버지를 잃은 그녀의 두 손녀, 앤지 씨, 캐리 씨, 그리고 사우드 배링턴에 사는 갑부 조규승 씨의 부인, 그리고 두리가 왔다.

13 (목) 맑음
오전 11시 15분 철학과장 폴 모저 교수를 만나기로 약속한 시간에 맞추어 9시 무렵에 집을 나섰다. 캠리 차를 몰고서 옥턴 로드를 따라 한 시간 반쯤 달려서 로욜라대학 캠퍼스에 도착하였다. 인문대학이 들어 있는 크라운 센터 빌딩과 그 앞의 큐더히 중앙도서관, 그리고 대학 본부 건물 부근의 모습 등을 가지고 간 디지털카메라에다 수록해 담았다. 약속 시간 가까이 되어 철학과가 들어 있는 크라운 센터 3층에 올라가 보았다. 여름 방학을 이용하여 건물 전체가 온통 내부 수리 중이었다. 리모델링을 하고 있는 모양이었다. 조교인 캐리 하만디 양의 모습이 눈에 띄지 않고, 학과 우편함에는 내 이름표도 보이지 않았다. 뒤에 알고 보니 하만디 양은 이미 학내의 다른 부서로 배치가 옮겨져, 거기서 일하면서 아직 졸업하지 못한 이 대학의 학부 과정을 무료로 공부하게 되었으므로, 현재 철학과에는 조교(secretary라고 부른다)가 없는 상태였다.

데이비드 슈와이카트 교수의 연구실에 들어가 중국어로 번역된 그의 주저 『Against Capitalism』 및 『After Capitalism』, 그리고 중국 학술지에 실린 그의 논문 번역문 등을 뒤적이고 있으니, 데이비드가 나타났다. 그를 따라서 학과장의 연구실로 찾아갔다가 다른 방에서 나오는 폴을 만나 셋이서 함께 철학과 휴게실로 가서 대화를 나누었다. 작별 인사를 마친 다음, 데이비드와 함께 예전에 둘이서 들른 적이 있었던 식당으로 이동해 가서 햄버거와 흑맥주로 점심을 들며 한동안 대화를 나누었다. 거기서도 기념사진을 찍어 두었다.

데이비드의 차로 로욜라대학 캠퍼스에 돌아와 그와 작별한 후, 두리 집으로 전화를 걸어 보니 마이크가 집에 있었으므로 돌아오는 길에 거기에 들렀다. 여러 시간동안 1층 거실에서 마이크와 함께 대화를 나누었다. 오후 6시 무렵에 두리가 퇴근해 돌아오면 함께 저녁을 먹고서 작별할 참이었는데, 두리가 온 후 블루밍데일의 집으로 전화해 보았더니 누나는 아내를 데리고서 골프 로드 중간에 있는 낸시 식당으로 나오겠다고 하므로 그리로 갔다. 두리는 내가 타고 온 캠리 차를 몰고서 먼저 그리로 출발하고, 마이크와 나는 근자에 구입한 두리의 새 차 렉서스를 타고서 그리로 갔는데, 도중에 마이크와 자리를 바꾸어 내가 그 차를 운전해서 낸시까지 갔다.

낸시에서 피자와 스파게티로 만찬을 든 후, 누나는 먼저 캠리를 몰고서 직장으로 출근하였고, 나는 거기서 두리 내외와 작별하여 누나가 타고 온 링컨 차를 몰고서 아내와 함께 골프 및 미첨 로드를 경유하여 밤 9시 반쯤에 블루밍데일로 돌아왔다.

16 (일) 무더위

아침에 맥스를 데리고서 혼자 웨스트 레이크 공원 및 서클 공원 일대를 한 바퀴 돌았다. 웨스트 레이크 공원의 새로 보수한 수로 터널 시멘트 구조물 위에 꽤 큰 거북 한 마리가 앉아 있었다. 등이 보통 것보다 더

납작한 놈인데, 살아 있는 것인지 조각한 것인지 확인하기 위해 그리로 다가가려 했더니 갑자기 호수 물속으로 풍덩 빠져 사라졌다.

아내와 더불어 오전 8시 19분에 메다이나 역에서 메트라 기차를 타고 시카고 시내로 들어갔다. UIC 남쪽 필젠 지구의 1852 웨스트 19번가에 있는 Mexican Fine Arts Center Museum과 일리노이 주 북쪽 끝 위스콘신 주와의 접경 부근에 있는 레이크 카운티의 폭스 레이크에 가 보기 위해서였다. 9시 9분에 유니언 스테이션에 도착하여 L카 블루 라인 클린턴 역에서 Cermak으로 가는 전철을 타고서 네 번째 정거장인 18번가 역에서 내린 다음, 걸어서 그 부근 해리슨 공원의 남단에 있는 박물관까지 갈 예정이었다. 그러나 블루라인의 클린턴 지하역에 들어가 벤치에 앉아서 한참을 기다려도 포리스트 파크 쪽으로 가는 전철만 계속 오고 서맥 가는 것은 오지 않았다. 아내가 박물관으로 전화를 걸어 개관 시간을 확인해 보라기에 휴대폰으로 전화해 보았더니, 녹음된 음성이 흘러나오면서 공휴일에는 열지 않는다는 말이 귀에 들어왔다. 그래서 도로 유니언 스테이션으로 돌아왔다.

그런데 유니언 스테이션에 도착하여 폭스 레이크 가는 기차를 대기하는 동안 다시금 몇 차례 박물관으로 전화를 걸어보고서, 화요일부터 일요일까지 오전 10시에서 오후 5시까지 개관하며 국정공휴일에는 쉰다는 사실을 확인하였다. 그렇다면 일요일인 오늘은 당연히 개관하지 않을 리가 없는 것이다. 다시 오전 중에 박물관으로 가서 시간을 보내다가 돌아와 오후 12시 35분에 폭스 레이크로 가는 메트라 기차를 타자고 말해 보았으나, 아내는 날씨가 더우니 자기는 역 구내에서 기다리고 있겠다면서 나 혼자서 갔다 오라는 것이었다. 아내를 두고서 혼자 가기가 무엇하여, 결국 거기서 함께 기다렸다가 오전 10시 35분에 출발하는 폭스 레이크 행 기차를 탔다.

12시 9분에 종점인 폭스 레이크 역에 도착하여 호수가 보이는 방향으로 걸어가 보았다. 그런데 호수에는 모터보트 등을 타고서 물놀이 하는 사람들이 많았고, 우리가 도착한 곳은 그런 보트들의 선착장이었다. 나는 아내와 더불어 그 근처에 산재한 여러 호수들 가운데서 가장 큰 폭스 레이크 주변의 숲속을 산책하다 돌아올 예정이었는데, 거기에는 여기저기 숲은 있어도 몇 시간을 산책할 만큼 크고 한적한 숲이 보이지 않았고, 선착장에서부터 이어지는 숲길도 없었다. 날씨도 매우 더운데 숲이 아닌 곳에서 시간을 보내기가 무엇하여, 메트라 역으로 돌아와서 오후 12시 45분에 출발하는 기차를 타고서 2시 18분에 시카고 유니언 스테이션으로 돌아왔다.

덕분에 멕시코 미술 센터 박물관에 다녀올 시간적 여유를 얻었으므로, 다시금 그린라인 클린턴 역으로 걸어가서 서맥 가는 L카를 기다렸다. 그러나 아무리 기다려도 오전과 마찬가지로 포리스트 파크 쪽으로 가는 기차만 오고 서맥 방향으로 가는 것은 보이지 않았다. 이상하다 싶어 개찰구로 돌아가 직원에게 물어보려던 참에 지하역 구내의 기둥에 여기저기 붙여진 종이 게시물을 보게 되었다. 그 내용은 서맥 가는 종래의 그린 라인을 대신하여 그 노선 전용의 핑크 라인이 지난 6월부터 새로 개설되었으며, 클린턴에도 그 역이 있다는 것이었다. 그런데 핑크 라인을 타려면 어떻게 해야 하는지를 몰라 구내에서 기차를 기다리고 있는 다른 백인 남자 한 명에게 다가가 물었더니, 그는 친절하게 설명하며 자기를 따라 다음 열차를 타면 갈아타는 역을 알려주겠다는 것이었다. 그를 따라 포리스트 파크 가는 다음 기차를 타고서 그가 가리킨 래신 역에서 내렸다. 그러나 거기에도 핑크 라인 정거장이라는 표지는 아무 데도 없었고, 핑크 라인 기차도 오지 않았다. 할 수 없어 또 구내의 어떤 중년 백인 남자에게 물었더니, 그도 또한 친절하게 알려주겠다고 하면서 자기를 따라 다음 기차를 타라는 것이었다. 그러나 아무래도 그의 말이 납득이 가지 않았고, 이미 시간도 상당히 지나 멕시코 미술 센터 박물관의 종료 시간까지에는 한 시간 남짓 밖에 남지 않았으므로, 포기하고서 돌아올 수밖에 없었다.

유니언 스테이션에서 오후 4시 30분에 출발하는 메트라 기차를 타고서 5시 16분에 메다이나 역에 도착한 다음, 역 주차장에 세워두었던 캠리 차를 몰고서 집으로 돌아왔다.

18 (화) 맑음

간밤에 천둥 번개가 치고 큰 바람이 불었다더니, 집 앞의 잔디밭과 미첨 그로브 여기저기에 나뭇가지들이 떨어져 있고, 더러는 둥치채로 부러져 길을 가로막고 있었다. 누나와 더불어 셋이서 아침 산책을 나갔다가, 나만 혼자서 긴 숲으로 들어가 등에 흰 점이 많이 박힌 어린 사슴을 한 마리 보았다.

인터넷을 통해 잉카 이전 안데스 산지에 존재했던 남미 문명에 대해 알아보았고, 또한 『Mexico, From Olmecs To the Aztecs』를 처음부터 다시 훑어 제8장 'The Post-Classic Period: The Toltec State'까지 나아갔다. 남미에서 처음으로 발생한 문명은 마야가 아니라 멕시코 만 남부의 깜뻬체 만에 면한 지금의 멕시코 베라크루즈 주 및 타바스코 주에서 발생한 올멕 문명이며, 그것이 마야 및 멕시코 계곡 지역으로 전파되어 갔음을 알았다. 아메리카 대륙에서 자생적으로 발생한 마야, 멕시카, 잉카 문명 등의 공통적인 최고신인 '깃털달린 뱀'은 그 이름은 각기 다르지만 속성이 서로 비슷하며, 또한 그것이 처음으로 보이는 것은 티티카카 호수가 생겨나기 이전부터 그 일대인 지금의 페루 남부 및 볼리비아 지역에 존재했던 남미 최초의 나라 유적이라는 것도 알았다.

19 (수) 흐리고 밤에 비

아침에 누나랑 셋이서 미첨 그로브로 산책을 나갔다. 평소보다 반시간 정도 일찍 갔더니 주차장 입구가 닫혀 있으므로, 일식집 아바시리가 있는 쇼핑몰의 주차장에다 차를 세우고서 평소와는 반대 코스로 들어갔다. 나는 그쪽 입구에서 긴 숲으로 들어가고 아내와 누나는 맥시를 데리고서 쓰레기를 매립하여 만든 언덕을 거쳐 나아갔다. 긴 숲속에서 나는 오늘도 너구리인 듯 꼬리에 검정색과 회색의 색동무늬가 있는 짐승을 만났고, 누나와 아내는 언덕에서 사슴 한 마리를 보았다고 한다. 산소통 숲에서 서로 만나 함께 거기를 한 바퀴 더 돈 후 저수지 건너편 쪽으로 돌아 나왔는데, 수문 위의 다리 아래에서 잘라져 죽은 나무 둥치 위에 올라 앉아 있는 자라를 한 마리 보았다.

오늘 오후 6시에 시카고 서쪽 교외 10마일 지점에 있는 쿡 카운티의 오크 파크 시 노드 그로브 173번지에 위치한 아파트 3층에서 UIC 간호대학에 소속된 한국 학생들이 8월 초순에 귀국하는 아내 및 그 대학에 5년간 유학하여 박사학위를 취득한 후 조지아 주 애틀랜타 시에 있는 질병연구소의 연구원으로 취직이 결정되어 조만간 떠나게 되는 다른 한 사람의 연세대학교 간호대학 출신자를 위해 환송만찬 모임을 가진다고 하므로, 내가 캠리 차에 아내를 태우고서 오후 3시 무렵에 블루밍데일의 누나 집을 출발하여 그리로 갔다. 맵퀘스트를 통해 사전에 출력해 둔 코스를 따라 아이젠하워 고속도로라 불리는 290번 주간고속도로를 따라 시카고 방향으로 나아가다가, 14.6마일 지점에서 43번 州道인 오크 파크의 할렘 에브뉴로 빠져나가 시립도서관 바로 옆 스코빌 공원 가에 위치한 그 아파트를 찾아갔다.

일단 위치를 확인해 둔 다음, 레이크 스트리트를 따라서 오크 파크의 다운타운으로 들어가 2시간 무료주차장 건물 안에다 차를 세웠다. 먼저 그 부근의 포리스트 에브뉴 가에 있는 방문자 센터에 들러 이곳 명소들에 관한 정보 자료들을 수집한 다음, 그 길을 따라 북쪽 방향으로 걸어 올라가서 미국을 대표하는 현대건축가 프랭크 로이드 라이트의 자택 겸 스튜디오에 이르렀다. 여기서 라이트는 여섯 명의 자녀 및 첫 번째 아내 캐서린 토빈과 더불어 1889년부터 1909년까지의 초기 20년간을 생활하였다. 지난번에 방문한 적이 있었던 시카고대학 구내의 로비 하우스나 라킨 빌딩, 유니티 템플 등 유명한 작품들도 이 시기에 디자인한 것이다. 이 집 부근의 오크 파크 및 리버 포리스트 일대에는 라이트가 설계한 35개의 건물들이 산재해 있어 전국에서도 그의 작품이 가장 많이 밀집된 구역을 이루고 있다. 우리 내외는 그의 자택으로 향하는 도중에 몇 군데 그가 설계한 집들 앞에서 기념사진을 찍기도 했다.

라이트 자택 구내의 기념품점에서 이 일대 유명 건축물의 분포 지도를 한 장 구입하였다. 이 일대에는 프랭크 로이드 라이트의 작품 외에도 다른 건축가들에 의해 설계된 19세기 말에서부터 20세기 초까지의 유명한 건축물들이 많이 산재해 있지만, 그것들을 일일이 찾아가 볼 시간적 여유가 없으므로, 그 중에서도 중요한 것들 몇 개와 노벨 문학상 수상 작가인 어니스트 헤밍웨이와 관련된 곳들만 방문해 보기로 하였다.

두 번째로 찾아간 헤밍웨이 출생지는 노드 오크파크 에브뉴 339번지에 있는데, 그는 1899년에 이 집에서 출생하여 유년 시절을 여기서 보냈다. 우리는 2층에다 3층 다락방이 달린 그 집의 내부를 2층까지 두루 둘러볼 수가 있었다. 다음으로는 거기서 조금 아래쪽의 노드 오크파크 에브뉴 200번지에 있는 어니스트 헤밍웨이 박물관을 찾아가 보았다. 그리스 양식의 석조건축으로 앞면을 꾸민 이 박물관에는 헤밍웨이의 희귀한 사진들과 유년시절의 일기, 편지, 초기 원고 등의 여러 가지 자료가 소장되어 있는데, 우리는 개관 시간이 지났으므로 들어가 볼 수는 없었다.

다음으로는 레이크 스트리트 875번지에 있는 유니티 템플로 가 보았다. 원래의 교회가 화재로 소실된 이후 1905년에 프랭크 로이드 라이트에게 의뢰해 다시 지은 것인데, 라이트로서는 처음으로 지은 공공건축물이지만 20세기 건축의 기념비적 작품이며 국가지정 역사적 건축물 (National Historic Landmark)로 지정되어져 있는 곳이다.

마지막으로는 사우드 홈 에브뉴 217번지에 있는 히스토릭 플래전트 홈을 찾아갔다. 역시 국가지정 역사적 건축물로 지정되어져 있는 것인데, 1897년에 라이트가 창시한 프레리 파(Prairie School)에 속하는 저명한 건축가 조지 M. 메이허가 설계한 것이다. 원래는 존 파슨의 저택으로서 지어진 것인데, 플래전트 스트리트와 홈 에브뉴의 교차지점에 위치해 있기 때문인지 Pleasant Home이라는 이름으로서 널리 알려져 있다. 지금은 오크파크 파크 디스트릭트 소유로서 오크파크 및 리버 포리스트의 역사관(Historical Society)로 사용되고 있다.

이 지역의 대표적 건축물들을 바깥에서만 대충 훑어본 후 다소 일찍

모임 장소인 아파트에 도착하였다. 그 집 안주인은 연세대학교 간호대에서 박사과정까지를 마치고서 작년 5월에 UIC로 유학하여 박사 후 과정을 밟고 있는 모양이며, 젊은 바깥양반은 서울에서 부동산 임대업을 하면서 두 달에 한 번 정도씩 미국과 한국을 왕래하고 있는 모양이다. 방이 두 개에다 부엌과 거실, 화장실과 작은 창고 등이 각각 딸린 그 아파트는 월세 $1,250에 빌려 있다는데, 거실에 조그만 에어컨이 하나 달려 있을 따름이어서 더우므로 창문을 모두 열어젖혀 두었다. 금년부터 UIC 간호대학에 전임교수로 취직된 최희성 씨도 어린 둘째 딸을 데리고서 참석하였다. 우리 내외는 밤 8시 남짓까지 참석해 있다가 제일 먼저 일어나 집으로 돌아왔다.

20 (목) 천둥 번개치고 비 오다가 오후에 그침

어제 오크 파크에서 수집해 온 자료들을 검토해 보았다. 어니스트 헤밍웨이(1899~1961)는 앤 여왕 양식의 건물인 이곳 생가에서 1899년 7월 21일에 태어나 6년간을 살았는데, 이 집은 그의 외할아버지가 1890년에 지은 것으로서 내부에 빅토리아 양식의 장식이 많다. 다섯 살 때 외할아버지가 죽자, 같은 동네 안의 노드 케닐워드 600번지에 있는 헨리 G. 피들키가 설계한 프레리 양식의 집으로 이사하였다. 오크 파크에 살던 시기에 다녔던 학교가 그가 받은 정규 교육의 전부였다.

프랭크 로이드 라이트는 일리노이 주 북쪽에 인접한 위스콘신 주에서 태어나 70년에 걸친 건축가 생애의 대부분을 거기서 살았다. 그러므로 거기에도 스프링 그린에 있는 저택 탈리신 및 그의 건축 학교로서 스튜디오와 극장이 갖추어진 힐사이드를 비롯하여 그의 유명한 건축물들이 여기저기에 산재해 있다.

오크 파크에는 프랭크 로이드 라이트, 어니스트 헤밍웨이 말고도 맥도널드 햄버거의 창업자인 레이 크록, 타잔을 창조한 에드거 라이스 버로우즈 같은 저명인사들이 살았다. 어제 방문했던 집의 바깥주인으로부터 들은 바에 의하면, 인구 약 52,500명(2003년도 판 『NFT[Not For

Tourist]: Guide to Chicago』)인 오크 파크는 미국 전체에서 학위 소지자가 많은 마을로서 일곱 번째라는 통계가 나와 있다고 한다.

23 (일) 맑고 시원함

아내와 함께 누나를 따라서 아이태스카의 성 김대건성당 주일 본미사에 참석하였다. 오늘은 이 성당의 창립 25주년 기념일이므로, 창립 이래 계속 본당 신부를 파견해 온 부산교구로부터 황철수 보좌주교가 축하를 위해 며칠 전 미국으로 와서 어제와 그제 이틀간에 걸쳐 밤에 특강을 한 다음 오늘 본미사를 집전하였다. 황 주교는 반년쯤 전에 보좌주교로 서임된 분인데, 부산교구의 주교가 현재 폐암으로 반 년 정도 투병 중이라 대신 왔다고 한다. 본당이 소속된 졸리엣 교구에서도 지난번 부활절 미사 때처럼 기사라는 명칭의 19세기 식 군복 차림을 한 서양인 여섯 명을 파견하여 같은 복장을 한 본당 신도 한 명과 더불어 미사에 참례케 하였다. 그 외에도 서양인 신도들 여러 명이 오늘 미사에 참석하였다. 미사를 마치고서 지하의 아가페실에서 점심 식사를 곁들인 축하식이 있었다. 우리 내외는 1년 동안의 미국 생활에서 마지막으로 참가하는 미사가 되는지라 그동안 친분을 맺어 온 지인들에게 작별인사를 했다. 그랬더니 그 중 강성문 씨가 내게 오늘 오후 시간이 있는지를 물으면서 따로 만나자는 것이었다.

집에 돌아와 TV를 시청하고 있노라니 강 씨로부터 전화가 걸려왔다. 함께 9홀 골프를 치자는 것이었다. 전화로 알려준 골프장의 위치를 내가 잘 모르므로, 강 씨가 같은 성당의 신자인 이 씨를 대동하여 블루밍데일의 누나 집으로 와서 자기 밴에다 나를 태워가지고 함께 갔다. 20번 레이크 스트리트를 따라 서쪽으로 나아가다가 59번 주도를 만나는 지점 부근에서 어빙 파크 로드로 접어들었다가 오른쪽으로 한 번 더 꺾어 들어간 지점에 있는 스트림우드의 매디슨 드라이브 565번지에 위치한 스트림우드 오크스 골프클럽이었다.

나로서는 근자에 구입한 일제 미즈노 골프클럽과 혼마 퍼트를 한국에 이삿짐으로서 부치기 전에 처음으로 사용해 보게 되었다. 나보다 몇 살이 적으나 비슷한 연령대인 이 씨는 남의 세탁소에서 일하며 경제적으로 어렵게 이민생활을 하고 있는데, 오후 3시에 일을 마치면 거의 매일 골프 클럽에서 시간을 보낸다고 한다. 그는 9년 정도의 경력이 있고, 강 씨는 골프를 시작한 지 6년 정도 되었으나 일에 바빠 한 달 만에 비로소 골프 장에 나왔다고 한다. 그러나 그도 역시 나보다는 실력이 월등하여 9홀 라운딩을 마치고 나니 파 36에 이 씨는 37타, 강 씨는 48타, 나는 60타였 다. 그 골프장 코스 안의 연못에도 백조들이 몇 마리 서식하고 있었다.

골프를 마친 후, 함께 이 씨가 살고 있는 아파트의 주차장으로 이동하 여, 이 씨는 거기에 세워두었던 자기 차를 운전하게 되었다. 함께 저녁식 사를 하기 위해 내가 가 본 적이 없었던 로젤 로드 가 쇼핑몰의 신정이라 는 한식점으로 따라갔으나 그곳은 일요일이라 휴업 중이었다. 다시 블루 밍데일의 레이크 스트리트 가에 있는 일식집 아바시리로 왔다. 그러나 그곳 역시 열려 있지 않았다. 할 수 없이 이 씨를 따라 블루밍데일 로드와 아미 트레일 로드가 교차하는 지점에 있는 어느 중국 뷔페식당으로 향하 던 도중에 내가 블루밍데일의 식료품점 카푸토가 있는 쇼핑몰에 중국집 이 생겼더라는 말을 하여, 사거리에서 차를 돌려 다시 돌아와 Mandarin Bistro(文華)라는 이름의 그 식당으로 가 보니 마침 영업 중이었다. 탕과 주문한 요리 세 접시에다 알코올 53도인 마오타이 주 한 잔씩을 걸쳐서 만찬을 든 후, 밤 10시 무렵에 귀가하였다.

24 (월) 맑음

어제 성당에서 약속했던 바대로 오전 7시에 미첨 그로브에서 앤지 씨 를 만나 아내와 더불어 셋이서 산책하였다. 산소통 숲에서 모처럼 사슴 두 마리를 보았다. 이 숲속에서 사슴을 보는 것은 실로 오랜만이다. 사슴 을 한 마리도 만나지 못하는 날은 좀 서운한 느낌이 든다. 미국에서는 이러한 삼림보호구역 뿐만이 아니라 아무데서나 허가 없이 함부로 야생 동식물을 해치지 못하도록 법으로 규제하고 있으므로, 우리가 거주하는 교외 지역에는 도처에 온갖 종류의 동식물이 풍부하게 존재하고 있다. 오늘도 이 산책로에서 두루미와 오리 등 각종 새들과 죽은 새를 탁한 물속에서 끌고 가는 자라나 너구리 등을 보았다. 긴 숲의 내가 새로 개발해 둔 코스를 경유하여 한 시간 반 동안 함께 걸었다. 평소 매일 아침 산책에 이 정도의 시간이 소요되는 듯하다.

점심을 들고서 헬스클럽에 다녀온 후, 누나가 모는 링컨 차에 아내와 더불어 동승하여 시카고 북부 지역으로 갔다. 먼저 센트럴 로드를 경유하여 데스 플레인즈의 올 세인츠 묘지에 들러 아버지와 자형, 그리고 자형 모친의 묘를 둘러보았다. 1년간 미국 체재를 마치고서 한국으로 돌아가기 전의 작별 인사를 한 것이다.

성묘를 마치고서 묘지 근처의 골프 로드 가에 위치한 옥턴 커뮤니티 칼리지를 지나는 도중에 누나로부터 두리가 마이크와 처음 만나게 된 계기에 대한 설명을 들었다. 누나의 말에 의하면, 두리가 미국으로 이민 온지 그다지 오래 되지 않은 시기에 이 대학의 학생으로서 재학하고 있었을 때, 학교 게시판에서 가정부를 구한다는 내용의 광고를 보았다고 한다. 그리로 전화를 걸어보았더니, 어떻게 찾아오라는 안내를 해 주므로 그 안내에 따라 어느 연구실로 찾아갔더니, 거기에 이 대학 수학 교수인 마이크(Michael Vahan Monita)가 있었다고 한다. 당시 마이크는 2051 웨스트 버치우드 에브뉴에 있는 지상 3층 지하 1층인 현재의 자택에서 연로한 부모를 모시고 있었다가 모친은 이미 별세한 상태였다. 그는 학교에 나가 근무하는 중에도 매일 점심때는 반드시 집으로 돌아가서 부모를 돌본 다음 다시 학교에 돌아가는 식으로 효도를 다하는 아들이었다. 그 무렵 홀로 되고 지체가 부자유한 아버지를 위해 숙소를 제공한다는 조건으로 가정부를 구하고 있었는데, 두리가 그러한 인연으로 마이크네 집으로 들어가게 된 것이라고 하며, 근년 들어서는 마침내 혼인신고까지 한 정식 부부로 된 것이다.

26 (수) 아침에 부슬비 내렸다가 오전 중 개임

저녁 다섯 시 무렵에 모처럼 인디언레이크 골프장으로 나가 보았다. 저녁 시간인데도 불구하고 골프를 치거나 연습하는 사람들이 많았다. 골프 천국이라고 하는 미국에 와서 1년을 체재하며, 목돈을 내어 회원 카드까지 발급받아 두고서 실력을 제대로 향상시키지 못한 채 귀국하기가 못내 아쉽다. 그러나 제대로 된 골프를 치려면 거의 매일 골프장에서 살다시피 해야 하므로, 그렇게 하자면 연구는 완전히 도외시할 수밖에 없게 된다. 논문 작업에 착수한 이후로 골프장에는 거의 가지 못했는데, 교수의 본분을 생각할 때 골프는 역시 玩物喪志로서, 거기에다 대부분의 시간을 붓는다는 것은 벤저민 프랭클린이 말한 바와 같이 호루라기 값을 너무 많이 지불하는 셈이 되는 것이다.

〈Benjamin Franklin〉 제3회 'The Chess Master'를 두 번째로 시청하였다.

27 (목) 맑음

지난번 방 선생 집에 초대받아 갔을 때 얻어온 미국 교포 출신의 중국 선교사 김만식 목사의 수기 『해란강의 어부』 상·하 2권을 강성문 씨에게 전해 달라고 누나에게 주었다. 강 씨는 치과용 이빨 제조업으로 미국에서 자신이 기대했던 이상의 큰 성공을 거두었는데, 며칠 전에 함께 9홀 골프를 쳤을 때 그는 이 사업을 60세까지만 하고 그 이후에는 북한에 가서 이북 동포들에게 자신의 기술로써 봉사하는 만년을 보냄으로써 하느님이 자신에게 내려주신 큰 은혜에 보답하고 싶다는 의사를 말한 바 있었다. 그래서 그와 비슷한 일을 하여 성공한 선례를 알려주고 싶었던 것이다.

점심을 든 후 아내와 함께 블루밍데일의 250 웨스트 시크 로드에 있는 인디언 레이크스 리조트로 가서 오후 1시부터 블랙호크 트레이스에서 18홀 골프를 쳤다. 우리 내외는 모두 이 골프클럽의 Preferred Player 멤버인데, 그 회원증을 끊을 때 1년의 기간 중 한 번에 한해 카트를 포함한 무료 골프 사용권을 받았으므로, 귀국하기 전에 그것을 이용하고자 한 것이다. 평소에는 보다 요금이 싼 이스트 트레일에서 2인용 카트를 몰지 않고서 풀 카트를 끌면서 골프를 쳤었는데, 오늘은 무료이니 처음으로 고급인 블랙호크 트레이스에서 카트를 운전해 이동하면서 골프를 쳐 보았다. 이 골프클럽의 카트 앞면에는 LCD 모니터가 부착되어져 있다. 그 것을 통해 우리가 탄 카트의 현재 위치에서부터 해당 라운딩 코스 각 부분까지의 거리와 상황을 그 때 그 때 파악할 수가 있고, 게다가 그 위치에서 어떻게 쳐야 하는지에 대한 문자 안내까지 받을 수 있었다. 골프를 마치고서 아내를 집으로 데려다 준 후 혼자서 헬스클럽에 다녀오니 하루가 다 지났다.

 J. 미국 서부

31 (월) 맑음

평소보다 이른 오전 11시쯤에 어제 먹다 남은 월남 쌈으로 점심을 들고서 블루밍데일을 출발하여 우리 가족은 7박 8일간의 서부 여행길에 나섰다. 누나 집 입구에서 인숙이 내외와 작별하고서 누나가 모는 링컨 승용차에 우리 가족과 명아가 함께 탔다. 명아도 우리와 마찬가지로 유나이티드 항공 편으로 워싱턴 DC로 돌아가므로, 오헤어공항 2층의 유나이티드 항공사가 사용하는 1번 터미널 출입구에서 하차하여 누나와 작별하였다.

우리는 직업상 늘 여행을 하는 명아의 안내에 따라 티케팅을 한 후, 명아의 마일리지를 이용하여 유나이티드 항공사의 1등 승객 대합실(Red Carpet)로 가서 명아와 작별한 후, 거기서 한동안 쉬고 있다가 오후 2시 55분에 출발하는 로스앤젤레스 행 비행기를 탔다. 마침 아내 및 회옥이와 나는 앞뒤로 창가의 A석 두 개와 B석 하나를 배정받았는지라, 나는 4시간 20분 동안의 비행시간 동안 시종 창밖으로 미국의 국토를 내려다보았다. 가도 가도 언덕 하나조차 보이지 않는 거의 같은 모양의 대평원이 이어지다가 로키산맥 너머의 서부 지역으로 접어들자 또 한두 시간 정도 사막지대가 계속되더니 시에라네바다 산맥으로 짐작되는 산지에 접어들고서부터 다시 나무들이 보이기 시작하였다. 거기가 미국 국민 총생산의 1/4을 산출하는 캘리포니아였다. 머지않아 미국 제2의 도시 로스앤젤레스에 다다랐다.

LA에는 네 개의 공항이 있다고 하는데, 우리는 오후 5시 15분에 그 중에서 가장 큰 로스앤젤레스 국제공항의 7번 터미널에 내렸다. LA와 시카고 사이에는 두 시간의 시차가 있으니, 내가 찬 손목시계로는 7시 15분이었다. 오늘 시카고는 화씨 100도 정도의 무더위라고 하는데, LA는 예상외로 선선하여 화씨 76도의 봄 날씨였다. 며칠 전에 왔던 동환이의 말로는 시카고보다도 한층 더 덥다고 하였는데, 그 새 평상 기온으로 되돌아온 모양이었다.

공항의 짐 찾는 곳에서 LA아주관광 직원의 마중을 받아 그가 몰고 온 봉고차를 타고서 산타모니카 가는 길을 따라 다운타운 쪽으로 올라갔다. LA 공항에 내릴 때면 으레 보게 되는 석유 채굴 펌프들이 밀집된 언덕들을 도중에 지나갔다. 우리 가족은 예전에 LA에 내려 앰트랙 열차를 타고서 대륙횡단을 하여 시카고로 간 적이 있었고, 시카고에서 다시 텍사스 등의 남부지역을 거쳐 LA로 돌아와 LA 시내와 오린지 카운티의 디즈니랜드 등을 구경하고서 귀국한 적이 있었기 때문에 이번은 세 번째로 온 셈이다. 나는 10년 쯤 전에 처음 미국을 방문했을 때도 LA를 포함한 서부의 명소들을 좀 두른 적이 있었다.

차를 타고서 다운타운으로 향하는 도중에 창환이로부터 전화를 받았다. 그는 인터넷을 통해 여행사 측의 전화번호를 찾아 연락하여 이미 우리가 머물 숙소를 알아서 LA 남부의 어바인으로부터 올라오고 있는 중이었다. 우리는 다운타운 부근의 한인 거리인 1901 웨스트 올림픽 불리바드에 있는 쿠웰리티 인 앤드 수이츠라는 숙소에 도착하여 339호실을 배정받았다. 방에 도착한 후 다시 창환이 및 LA 시내에 사는 동환이와 전화로 연락하여 얼마 후 1층 로비에 다다른 창환이를 만났다. 창환이는 어제 샌프란시스코 마라톤의 반 코스에 참가하고서 돌아왔다. 그 새 체중은 상당히 줄어 날씬해졌으나, 꽤 장발을 하고 있었다.

아내와 회옥이가 원하는 한식점으로 가서 저녁식사를 들기로 했다. 창환이를 따라 근처의 2501 웨스트 올림픽 불리바드에 있는 '떡보쌈의 집 식도락'이라는 식당으로 가 거기서 동환이와도 합류했다. 떡보쌈이란 소불고기를 보드라운 상치를 곁들여서 얇고 네모난 흰색 떡 조각에다 싸서 먹는 것인데, 우리가 한국에서는 먹어본 적이 없었던 것이었다. 서울의 일산과 분당에도 같은 이름의 점포가 있는 모양이다. 시내로 들어오는 길에 가이드에게 물어보니, 현재 재미교포의 수는 350만에서 400만 정도 되는데, 그 중 250만 정도가 캘리포니아에 살고 있다고 한다. LA와 그 주변지역에 150만, 샌프란시스코와 그 주변지역에 100만 정도라 했다. 150만이면 그 한인 인구만으로도 이미 대도시이니, 한국에서 먹어보지 못한 이런 음식까지 맛보게 되는 것이다. 모처럼 창환이, 동환이 그리고 회옥이와 더불어 소주도 두 병을 비웠다.

식당에서 시카고의 누나에게 전화를 걸어보았더니, 두리가 오늘도 와서 집에서 함께 놀다가 방금 돌아갔다고 했다. 8월 9일이 창환이의 36세(?) 생일이므로, 비행기 속에서 우리 가족이 한 장의 카드에다 함께 생일 축하의 말들을 썼다. 그리고 누나는 창환이에게 보내는 생일 카드 안에다가 최근에 그로부터 받은 $3,000짜리 수표를 동봉하여 아내를 통해 돌려주었다.

식사를 마친 후 다시 그 근처의 다른 옥외 카페로 가서 음료수와 팥빙수를 들며 대화를 나누다가 밤 10시쯤에 동환이와 거기서 작별하였고, 창환이가 몰고 온 차로 숙소에 돌아왔다. 창환이는 나를 위해 21년 된 KNOCKLAND라는 영국제 스카치위스키 한 병을 준비해 왔다. 스코틀랜드에서 생산된 퓨어 싱글 몰트였는데, 제조회사는 런던에 있는 Justerini & Brooks였다.

8월

1 (화) 맑음

숙소 1층에서 콘티넨탈 식 조식을 들고서 8시 30분경에 숙소 앞으로 데리러 온 여행사 버스를 타고서 3053 웨스트 올림픽 불리바드에 있는 LA아주관광 본사가 들어 있는 건물 쪽으로 이동하였다. 거기서 3박 4일 코스 참가자 및 우리 가족과 같은 5박 6일 코스 참가자가 합류하여 고객 56명에다 가이드 두 명, 그리고 백인 기사 한 명이 여행사 소유의 대형 버스에 좌석 하나의 여분도 없이 가득 탔다. 담당 가이드는 김정빈이라는 이름의 40~50대 정도로 보이는 정장 차림의 남자였고, 그 외에 아주관광의 이사라는 남자가 한 명 더 있었다. 서울에도 아주관광여행사가 있지만, LA의 것은 그것과 아무런 상관이 없다고 한다.

우리는 LA의 코리아타운을 출발하여 10번 주간고속도로를 따라 동쪽으로 달리다가 15번 주간고속도로로 바꾸어 북쪽으로 향했다. 어제 비행기에서 내려다본 LA 근방의 산맥은 시에라네바다가 아니라 LA 동북부의 샌 가브리엘 산맥(San Gabriel Mts.)과 그보다 더 동쪽의 샌 버나디노 산맥(San Bernardino Mts.)이었다. 샌 버나디노 산맥을 넘으면 유명한 모하비(Mojave) 사막이 펼쳐진다. 사막이라고는 하지만, 모래 언덕이 아니라 돌과 흙과 잡초와 나지막한 산 능선들이 끝없이 이어진 것으로서, 그 넓이는 대충 남한 정도라고 한다. 예전에 앰트랙 열차 선셋 리미티드를 타고서 미국과 멕시코의 국경 지대를 따라 LA 쪽으로 올 때 보았던 드넓은 사막도 바로 이 모하비이고, 라스베이거스 주변에서 보았던 사막도 마찬가지이다. 사막에는 조슈아(Joshua) 나무라고 하는 이 사막 특유의 키 작은 나무가 여기저기에 많이 보였다. 캘리포니아에서는 프리웨이라고 불리는 무료 주간고속도로들의 양쪽으로 대부분 철조망이 쳐져 있는데, 그것은 사막에 사는 짐승이나 동물들이 밤에 자동차의 불빛을 보고서 도로로 들어와 사고를 일으키는 것을 방지하기 위한 것이라고 한다. 모하비 사막은 연방정부에 의해 자연보호구역으로 지정 되어져 있다.

우리는 바스토우라는 곳에 이르러 한식 뷔페로 점심을 들었다. 이곳은 미국의 양대 철도회사의 하나인 산타페 철도의 부사장 이름을 딴 것으로서, 철도교통의 요지이다. 우리는 모하비 사막을 지나오는 도중에 엄청난 길이를 지닌 화물열차들을 자주 보았다. 미국 서부지방에서는 물류의 유통을 주로 열차에 의지하고 있다. 이 일대의 지형이 중동지역과 흡사하여 바스토우는 이라크 전에 파견되는 미군의 군사훈련기지로서도 이름난 곳이다. 바스토우는 잠자리 날개 모양을 한 우리의 이번 서부 여행 경로에서 중심에 해당하는 위치에 있다.

바스토우를 지나서부터는 40번 주간고속도로를 취해 다시 동쪽 방향으로 계속 모하비 사막을 가로질러 나아갔다. 오후 4시 무렵에 오늘의 숙박지인 네바다 주의 라플린(Laughlin)에 도착했다. 라플린 역시 라스베이거스와 마찬가지로 도박장으로 유명한 곳인데, 콜로라도 강을 끼고 있으며, 강의 왼쪽은 네바다 주의 라플린이고, 강 건너편은 내일 들어갈 애리조나 주에 속한 불헤드 시티(Bullhead City)이다. 콜로라도 강은 스페인어로 '붉은 강'이라는 뜻인데, 원래 이 강은 주변의 흙들을 깎아서 싣고 내려와 늘 붉은 빛을 띠고 있기 때문에 그런 이름이 붙었던 것이지만, 후버 댐의 건설 이래로 그 아래쪽은 지금 푸른 강으로 변해 있다. 강 주변에는 라플린과 불헤드에서 소비할 농산물들을 생산하는 푸른 농경지가 펼쳐져 있다. 이 역시 사막을 개조하여 만든 것이다. 콜로라도 강은 미국 서부 지방의 개발에 필요불가결한 것으로서 이용도로 본 가치로서는 나일, 아마존에 이어 세계에서 세 번째로 긴 미시시피 강을 능가하는 것이다.

우리 일행은 콜로라도 강변에 위치한 1층에 도박장이 있는 에지워터 호텔에 묵게 되었다. 우리 가족에게는 8928호실 즉 8층 928호실이 배정되었다. 오후 5시 30분쯤에 호텔 지하의 뷔페식당으로 가서 저녁식사를 든 다음, 회옥이와 나는 1인당 $8씩을 지불하고서 리버 택시라고 불리는 강가의 도박장 호텔들을 연결하는 여객선을 타고서 콜로라도 강의 라플린 지역을 왕복하여 유람해 보았다. 라플린은 이곳에다 도박장을 처음으로 개설한 돈 라플린이란 사람의 이름을 딴 것이라고 한다.

호텔에 도착한 후 블루밍데일의 누나에게 전화를 걸어보았다. 누나는 오늘 인숙이 내외와 함께 맥스의 안내를 따라 긴 숲을 포함한 미첨 그로브를 한 바퀴 두르며 산책한 후, 듀페이지 카운티 내에 있는 북미 최대의 힌두사원과 캔티니 공원을 둘러보았다고 한다. 그 두 곳의 위치는 내가 여행을 떠나오기 전에 듀페이지 카운티의 삼림보호구역 지도에다 표시하여 미리 알려주었었다.

2 (수) 맑으나 곳에 따라 한 때 소나기

새벽 다섯 시 아직 깜깜할 무렵에 라플린을 출발하였다. 도시 북쪽의 다리를 통과하여 콜로라도 강을 건너니 바로 애리조나 땅이었다. 68번 주도를 따라 동쪽으로 나아가다가 킹맨에서 어제 타고 왔었던 40번 주간고속도로를 만나 그 도로를 따라서 계속 동쪽으로 향했다. 도중에 고개를 하나 지나니 갑자기 차의 정면으로부터 아침 해의 강한 햇살이 비쳐져 왔다. 애리조나 땅에 들어서니 이미 모하비 사막이 끝나고서 풀과 카이밥이라고 불리는 키 작은 향나무의 일종이 많았다. 우리는 카이밥 국정삼림보호구역 내에 있는 그랜드캐니언 입구의 마을 윌리엄즈에 이르러 스테이크 식당 2층의 서울亭이라는 한식점에서 두부북어국으로 조식을 들었다.

윌리엄즈는 예전에 그랜드캐니언 관광이 아직 대중화 되지 않았을 때 상류층 관광객을 그랜드캐니언으로 실어 나르던 유일한 교통수단이었던 열차가 출발하던 곳으로서 지금도 그 철로가 남아 있지만, 이제는 이곳에서부터 북쪽으로 뻗어나가는 64번 주도의 분기점이 되어 있다. 시카고 출신으로서 그랜드캐니언으로 사냥을 왔다가 이곳에 정착한 사람의 이름을 취한 조그만 마을이었는데, 지금은 그랜드캐니언 입구의 중간기착지로서 제법 커졌다. 우리는 윌리엄즈에서 64번 주도 및 180번 연방도로를 따라 얼마쯤 더 북상하여 그랜드캐니언의 사우드 림 아래쪽에 있는 투사얀 마을에 이르렀다. 회옥이와 나는 여기서 오전 10시 남짓에 19인승 경비행기를 타고서 그랜드캐니언의 상공을 나르며 관광하였고, 겁이 많은 아내는 아이맥스 영화관에서 기록영화를 관람하였다. 그랜드캐니언의 매점에서 나는 등산용 방수복 상의 한 벌을 구입하였고, 아내는 창환이의 생일 선물로 같은 종류의 옷을 또 한 벌 샀다.

그런 다음 그 마을에 있는 베스트 웨스턴 호텔 2층의 식당에서 양식 뷔페로 점심을 들었다. 점심을 들고서 매터 포인트라고 불리는 사우드 림 일대에서 걸어 다니며 그랜드캐니언의 장관을 감상하였다. 그러고는 다시 버스를 타고서 64번 주도를 따라 동쪽으로 이동하면서 모란 포인트와 데저트 포인트에도 각각 정거하여 이 대협곡의 또 다른 모습을 바라보았다. 예전에 처음 미국에 와서 그랜드캐니언에 들렀을 때는 라스베이거스에서 경비행기를 타고서 미드湖 상공을 지나 이곳으로 왔으며, 그 때 구경했던 장소는 숙소 겸 식당의 맞은편에 설치된 전망대였는데, 오늘 구경한 곳은 아무데도 그런 것이 없었다. 그러고 보면 그 때 왔었던 곳은 노드 림 로지의 전망대였던 듯하다. 매터 포인트는 해발 2,170미터, 모란 포인트는 2,182미터, 그리고 데저트 뷰는 2,267미터이며, 노드 림의 그랜드캐니언 로지는 그보다도 훨씬 더 높은 2,516미터이다. 그런 까닭에 이 일대를 걷고 있노라니 다소 숨이 찼다. 나로서는 두 번째로 와 보는 터이지만, 아내와 회옥이는 처음이다.

그랜드캐니언을 떠난 후 64번 주도로 리틀 콜로라도 강을 따라 동남쪽으로 나아가다가 카메론에서 89번 연방도로를 만나 북상했다. 그 일대는 페인티드 사막으로서 나바호(Navajo) 인디언 보호구역이었다. 여기저기에 띄엄띄엄 인디언이 거주하는 가옥들이 산재해 있고, 도로 가에는 좌판을 벌여놓고서 목걸이 같은 장신구 따위를 파는 인디언도 눈에 띄었다. 애리조나 주의 북쪽 끝 유타 주와의 접경 부근에 있는 마을 페이지에 이르러 그곳 쇼핑몰 안의 한국에 거주했던 까닭에 서울 표준어를 유창하게 구사하는 화교 부부가 경영하는 중국식당 맨더린(一品香)에 들러 중국 음식 뷔페로 저녁식사를 들었다. 식사 후 그 바로 곁에 위치한 미국에서 인공으로 만든 댐으로서는 후버 댐에 이어 두 번째로 크다는 글랜 캐니언 댐에 들렀다. 글랜 캐니언은 그랜드캐니언에 버금갈 정도로 광범위한 풍치지구여서 댐 건설에 반대가 많았다는데, 존슨 대통령 당시에 이 댐이 완공된 이후로 후버 댐이 토사의 퇴적으로 제 기능을 못하는 것을 방지할 수 있었고, 이 댐으로 말미암아 생긴 파월 호수와 어울린 글랜 캐니언도 풍치 지구로서 그런대로 제구실을 하게 되어 국정위락지구로 되어 있다.

우리는 유타 주에 들어가서 89번 연방도로를 따라서 서쪽 방향으로 나아가 어둑어둑해질 무렵에 오늘의 숙박지인 캐납에 이르렀다. 이곳은 사방이 서부영화의 배경이 될 수 있는 사막성 풍경을 이루고 있으므로, 리틀 헐리웃이라는 별명으로 불릴 정도로 영화 촬영이 많았다고 한다. 내일 관광할 브라이스(Bryce) 캐니언과 자이언(Zion) 캐니언이 있는 유타 주 남부 케인 카운티의 중심지이다. 실로 인의 205호실에 들었다.

3 (목) 맑음

오전 8시에 캐납을 출발했다. 89번 연방도로를 따라 계속 북상하여 딕시 국정삼림과 레드 캐니언을 통과하여 브라이스 캐니언 국립공원에 이르렀다. 우리가 내린 방문자 센터 일대도 해발 2,406미터의 고지대이다. 선라이즈 포인트에서부터 선셋 포인트까지 평지를 걸은 후 내리막길을 따라 종착 지점인 레인보우 포인트 방향으로 계속 내려가다가, 시간 관계로 두 형제 다리라고 불리는 자연적으로 생성된 사암으로 된 두 다리를 지나서 협곡이 끝나는 지점에서 도로 걸어 올라왔다.

방문자 센터 주차장에서 버스를 탄 후 갔던 길을 돌아 나와 자이언 캐니언으로 들어가는 삼거리인 마운트 카르멜 정션에 있는 베스트 웨스턴 이스트 자이언 선더버드 로지 안의 식당에서 양식 비프스테이크로 점심을 들었다. 거기서 식사 후 잠시 휴식을 취한 다음 자이언 국립공원으로 들어갔다. 우리가 탄 전용버스는 자이언 캐니언의 동쪽 입구로부터 9번 도로를 따라 진입하여, 풍치 도로를 따라 노드 포크 버진 리버를 북쪽으로 좀 거슬러 오른 위치의 자이언 로지에 다다랐다. 거기서 반시간 정도 휴식을 취하다가 다시 갔던 길로 돌아 나와 9번 도로를 만나서 서쪽으로 빠져나온 다음, 15번 주간고속도로에 올라서 남서 방향으로 내려갔다. 유타 주를 벗어나 잠시 애리조나 주의 서북단을 통과한 다음, 긴 바위

협곡을 빠져나오니 이미 네바다 주의 남쪽 끄트머리에 위치한 도박도시 머스킷이었다. 거기서부터는 다시 모하비 사막으로 들어가게 되었다. 가입한 지 만 1년째 되는 오늘부로 T-모빌의 우리 가족 휴대폰을 해지해 달라고 누나에게 부탁해 두었기 때문에, 휴대폰의 시계는 현지 시간을 가리키고 있으나 통화 서비스는 이미 정지되었다.

저녁 6시 무렵에 오늘의 숙박지인 라스베이거스에 다다랐다. 세종관이라는 이름의 한식당에서 소불고기와 김치찌개, 된장찌개 등으로 저녁식사를 들고서 올드 타운에 위치한 포 퀸즈(Four Queens) 호텔 11층인 1141호실을 배정받았다.

오후 일곱 시 무렵에 옵션인 시내 야경을 보러나갔고, 그것이 끝난 후에는 밤 10시 30분부터 자정까지 발리즈 호텔에서 공연되는 주빌리 쇼를 보았다. 야경 관광에서는 먼저 예전에 내가 처음으로 미국에 왔을 때 투숙한 바 있었던 현재의 라스베이거스 중심가에 위치한 엑스칼리버 호텔 부근으로 나아가, 베네치아의 산마르코 성당을 본뜬 광장이 있는 호텔과 분수 쇼 및 로비에 생화 식물원을 만들어 둔 호텔, 그리고 시저스 팔레스 호텔 구내의 동상들이 펼치는 쇼와 번화가 사거리의 야경 등을 둘러보고서 올드 타운으로 돌아와, 포 퀸즈 호텔 바로 옆의 아케이드 천정에서 8백만 개의 작은 전구가 펼치는 영상 쇼를 구경하였다. 오늘 이후의 옵션 비용에다 가이드 팁을 포함하여 우리 가족은 모두 $646을 지불하였다. 우리는 시카고의 국제여행사를 통해 LA 아주관광의 상품을 구입했기 때문에, 타지 여행사를 통해 온 사람만이 지불하는 두 가지 옵션 비용을 별도로 더 내야 했다.

4 (금) 맑음

LA에서 본격적인 여행 일정이 시작된 이래 나흘째 되는 날이다. 아침 6시에 라스베이거스의 호텔을 출발하여, 어제 석식을 들었던 세종관에서 나와 회옥이는 따로국밥으로, 아내는 미역국으로 조식을 들었다. 그리고는 어제 경유했었던 15번 주간고속도로를 따라 계속 서남쪽으로 향했다.

라스베이거스는 예전에 왔었을 때보다 그 범위가 한결 넓어진 느낌이었다. 15번 도로는 간밤에 우리가 왕복했었던 이 도시의 중심부를 관통하는 도로인 라스베이거스 스트립과 평행하여 뻗어 있는데, 예전에는 텅비어 있었던 도시 바깥의 사막 끝 산자락에까지도 주택들이 들어서 있는 모습을 바라볼 수 있었다.

다시 캘리포니아 주로 들어와 모하비 사막을 횡단하는 15번 도로를 따라서 계속 내려오다가 바스토우 근처의 산중턱에 위치한 폐광촌 캘리코에 들렀다. 이 탄광마을은 1887년에 시작되어 1907년에 끝나기까지 120만 불에서 200만 불에 상당하는 은과 900만 불 어치의 硼砂를 산출하였으며 전성기에는 5,000명 정도의 주민이 거주하고 있었다. 그러나 국제적인 은값의 폭락으로 채산성이 맞지 않게 되자 저절로 폐광되어 아무도 살지 않는 유령 촌으로서 남아 있다가, 1951년에 월터 노트 씨에 의해 일종의 테마파크로서 복구되어 1966년에 샌 버나디노 카운티에 기증된 것이다. 당시의 오리지널 건물들을 비롯하여 사진으로 남은 서부의 탄광마을 모습을 원형에 가깝게 복원해 두고 있었다. 우리 가족은 따로 돈을 내고서 8분 동안 탄광의 유허를 두르는 열차를 타 보기도 하였다.

첫날 통과했었던 서부 지방 철도교통의 요지 바스토우에 다시 들러 그 때 들렀던 한식뷔페식당에서 또다시 점심을 들었다. 식사를 마친 다음, 우리와 지금까지 일정을 같이 했었던 3박 4일 팀은 동행해온 가이드 중 한 명인 여행사의 이사라는 사람이 중형버스에 태워 LA로 인솔해 돌아가고, 그 중형버스를 타고서 온 새 팀이 다시 우리 5박 6일 팀과 합류하게 되었다. 손님 수는 오히려 두 명이 더 늘었다.

우리는 바스토우에서 58번 주도를 따라서 이번에는 서북 방향으로 모하비 사막을 가로질러 올라가기 시작했다. 풍력발전을 하는 풍차들이 팜스프링에 이어 미국에서 두 번째로 많다는 테하차피 산맥의 능선들을 넘어가니 모하비 사막은 마침내 끝났다. 우리는 첫날 LA에서 네바다 주의 라플린에 이르기까지 이 사막을 서쪽 끝에서 동쪽 끝까지 한 번 가로질렀고, 어제부터 오늘까지는 네바다 주의 머스킷에서 캘리포니아 중남부의 테하차피에 이르기까지 이번에는 서에서 동으로 다시 한 번 모하비 사막을 가로지른 것이다.

테하차피 산맥을 넘어서자 잔디처럼 짧은 황금빛 풀밭이 드넓게 펼쳐진 목장 지역을 한동안 통과하다가 사과 산지로서 유명한 테하차피 마을에서부터는 미국 과일의 대부분을 산출하는 캘리포니아 중부의 과수원 지역으로 들어섰다. 오렌지, 포도, 아몬드, 옥수수 등의 과수원이 지평선이 보이지 않는 비옥한 들판에 끝없이 펼쳐져 있었다. 그러한 과수원 지역을 계속 통과하여 베이커스필드의 도심지를 벗어난 지점에 위치한 정류장에서 잠시 휴식을 취한 다음, 다시 출발하여 새크라멘토 쪽으로 올라가는 99번 주도를 따라서 계속 북상하였다. 오후 다섯 시 반 무렵에 요세미티 국립공원 쪽으로 갈라지는 도로 초입의 농촌도시 프레즈노에 이르렀다. 오늘의 코스를 모두 마친 것이다. 프레즈노는 1903년에 하와이의 사탕수수밭 인부로서 처음 미국에 이민 왔던 한인들이 3년의 계약 기간이 끝난 후 대거 미국 본토 쪽으로 넘어와 정착했던 곳으로서, 본토 이민의 시발점과 같은 역할을 했던 곳이라고 한다. 안창호·이승만 같은 저명 인사들도 한동안 이곳을 거점으로 활동했었다고 한다.

우리는 여기서도 한국에 거주하다가 미국으로 건너온 화교가 경영하는 중국식당에 들러서 한 테이블에 아홉 명씩 둘러앉아 이곳에서 산출되는 포도주를 곁들인 석식을 들었다. 그리고는 식당에서 차로 10분 정도 걸리는 지점에 위치한 쿠웰리티 인에 들었다 우리 가족은 2층의 213호실을 배정받았다.

5 (토) 맑음

새벽 5시에 호텔을 출발하여 어제 저녁식사를 했었던 중국식당에서 미역국과 한식으로 조식을 들었다. 41호 주도를 따라 북상하여 아침 7시 무렵에 국립공원에 도착하였다. 박정희 전 대통령이 방미 중에 체재했었다는 와우나 호텔 옆을 지나 요세미티 폭포 바로 아래까지 들어가 보았다. 다음 코스인 샌프란시스코로 가는 지름길인 120호 주도가 산사태로 말미암아 몇 달 전부터 폐쇄되어져 있으므로, 41호 주도로 도로 돌아 나와 산장마을인 오크허스트에서 잠시 휴식을 취한 다음 145호 주도로 빠져나와 마데라에서 99번 주도를 만나 머세드까지 올라와서 인앤아웃이라는 스낵에 들러 햄버거로 점심을 들었다.

그 식당 옥외의 테이블에서 王琳達(Linda W. Manley)이라는 중국인 중년 부인 및 그녀의 딸과 우리 가족이 우연히 합석해 식사를 들게 되어 중국어로 좀 대화를 나누었다. 그녀는 北京 출신으로서 약 20년 전부터 미국에 이주해와 현재 머세드에 살고 있는 모양인데, 명함에 의하면 美國 國際印象公司(International Impression, Ic)라는 회사의 부총재 직함을 가지고 있으며, 北京 建外大街와 캘리포니아의 베니시아에 사무실을 두고 있다. 그 딸은 시카고대학 법대에서 석사과정을 마치고서 현재 워싱턴 DC에서 근무하고 있는 모양이었다.

새크라멘토로 가는 99번 주도를 따라 계속 북상하다가 580번 주간고속도로로 접어들어 오클랜드를 경유하여 베이 브리지를 건넌 다음, 1번 부두에서부터 바닷가를 따라 샌프란시스코 부두 길로 접어들었다.

'어부의 선창' 일대 가운데서 가장 이름난 39번 부두 및 그 주변에서 한 시간 정도 산책하다가, 오후 5시 15분에 39번 부두에서 유람선을 타고서 한 시간 동안 금문교와 알카트라즈 섬 일대를 한 바퀴 둘렀다. 그 다음 리틀 이태리와 차이나타운을 거쳐서 금문교를 건너 그 전망대에서 기념 사진을 촬영하고 주위를 조망했다. 더글러스 맥아더 장군 터널을 지나 1802 발보아 스트리트에 있는 한일관이라는 한식당에서 늦은 석식을 들었다. 식사를 마친 후 밤길을 따라 남쪽으로 내려와 샌프란시스코 만에서 가장 긴 다리인 샌 마테오-헤이워드 브리지를 건너 밤 10시 무렵에 오클랜드 남부의 유니언 시티에 있는 크라운 플라자(Crowne Plaza) 222호실에 투숙하였다.

6 (일) 맑음
오늘도 새벽 5시 15분 무렵에 숙소를 출발하였다.

어두운 밤길을 따라 남쪽으로 내려가다가 로스앤젤레스로 가는 101번 연방도로를 만난 다음, 주로 그 길을 따라 내려왔다. 도중에 프룬데일 부근에서 서쪽 바닷가로 난 길로 빠져 카스트로빌에서 1번 주도를 만나 그 길로 내려오다가 몬트레이 반도 초입의 씨사이드 시 1884 프리먼 불리바드에 있는 오리엔트 한국식당에 들러 설렁탕으로 조식을 들었다.

그리고는 바로 몬트레이 반도로 접어들어 스페인 만에서부터 존 스타인백의 소설 제목이 된 캐너리 로우(정어리 길)를 따라 패블비치 17마일을 버스에 탄 채로 둘렀다. 도중에 새들의 섬과 유명한 패플비치 골프 코스에 들르기도 하였다. 스타인백의 고향인 살리나스 쪽으로 빠져나와 다시 101번 연방도로를 만난 다음 그 길을 따라서 계속 남하하였다. 도중에 킹 시티의 양식 뷔페식당에 들러 마지막 중식을 들었다.

덴마크 이민의 마을인 솔뱅에 들러 좀 시간을 보낸 다음, 154번 주도로 로스 파드레스 국정삼림을 통과하여 산타바바라에 이르렀고, 교통 정체를 피하여 그 시가지로 들어갔다가 다시 101번 연방도로로 접어들었다. 그러나 그로부터 얼마 지나지 않아 벤츄라 부근에서 교통사고로 말미암은 정체로 한 시간 정도 지체하여 오후 6시 10분경에 LA의 아주여행사에 도착하였다.

창환이와 그 친구 두 명을 만나 3377 웨스트 올림피아 불리바드에 있는 '만나'라는 한식당에서 함께 한식불고기로 석식을 든 다음, 시카고로 돌아가는 그 친구 한 명과 더불어 공항까지 배웅을 받았다. 이번에도 창환이는 나를 위해 Don Pérignon이라는 술을 한 병 준비해 왔다. 유나이티드 항공 126편으로 11시 15분에 LA를 출발하였다.

7 (월) 맑음
3시간 51분을 비행하여 오전 5시 6분에 시카고 오헤어 공항에 도착하였다.
누나가 링컨 차를 몰고서 마중 나와 주었다.
블루밍데일로 돌아와 모처럼 인터넷에 접속하여 이메일을 점검해 보왔더니, 크리스틴으로부터 7월 20일에 딸이 아들을 낳았다는 내용의 이메일이 와 있었다.

오전 10시 경에 오헤어 공항으로 다시 나가 한국으로 돌아가는 인숙이 내외를 전송하였고, 거기서 두리 내외와도 작별하였다. 알링턴 하이츠에 있는 포스터 은행으로 가서 아내와 나의 구좌를 해지하였고, 내 구좌에 쓰고 남은 돈 $2,374.21 중 전신 수수료 $20을 제외한 $2,354.21은 회옥이의 아이오와 스테이트 은행 구좌로 송금해 두었다. 이를 끝으로 귀국 이전에 처리해 두어야 할 모든 일을 마친 후, 근처 마운트 프로스팩트의 1719 웨스트 알곤킨 로드에 있는 식당 초당순두부마을로 가서 강성문 씨와 만나 점심을 함께 들며 마지막 대화를 나누었다. 지난번에 방 선생 집으로 놀러갔을 때 얻은 책 『해란강의 어부』 상·하 두 책은 60세 이후에 북한으로 가서 봉사활동으로 만년을 보내고 싶다는 소망을 가진 강 씨에게 선물하였다.

집으로 돌아온 후 이하영 씨와도 만나 그의 집으로 가서 캔 맥주를 들며 한 동안 대화를 나누다가 돌아왔다.

8 (화) 맑음

오전 일곱 시 무렵까지 늦잠을 자고서 일어나, 작은 누나와 더불어 맥시를 데리고서 미첨 그로브로 마지막 아침 산책을 다녀왔다. 스프링 브루크가 굽이치며 흘러가는 초원에서 뿔이 있는 사슴 한 마리를 멀찍이서 바라보았다.

아침에 두리 내외로부터 작별의 전화를 받았다. 오전 10시 무렵에 누나가 운전하는 링컨 승용차에 우리 가족이 동승하여 오헤어 공항 제5 터미널로 향했다. 티케팅 수속을 마친 후 출국장으로 들어가기 전에 그 입구에 있는 스낵에서 커피와 아이스크림을 들며 반시간 정도 대화를 나누다가 누나 및 회옥이와 작별하였다. 오후 12시 55분에 출발하는 대한항공 직항 편으로 서울을 향해 귀국 길에 올랐다.

우리 내외가 탄 대한항공 38편은 2층으로 된 대형 여객기로서 기내의 시설이 모두 최신식으로 되어 있었다. 각 좌석마다에 소형 LCD 화면이 부착되어 있어서 손가락으로 화면을 터치하거나 리모컨을 사용하여 자기가 원하는 메뉴를 골라서 시청할 수 있었다. 나는 비행 정보 이외에도 근자에 한국에서 크게 히트를 쳤다는 연산군 시기를 배경으로 한「왕의 남자」라는 제목의 사극 한 편과 사이먼 앤드 가펑켈의 뉴욕 공연 및 폴 앵카의 몬트리올 공연을 감상하였고, 존 레넌의 노래들도 좀 들어보았다. 스튜어디스의 유니폼도 모두 바뀌어 산뜻한 멋이 있었다. 여러 연령층에다 평복 차림의 남녀 승무원들로써 이루어진 미국 여객기의 수수하나 자연스러운 분위기와는 사뭇 다른 느낌이었다.

9 (수) 맑으나 무더위

13시간 50분을 비행하여 한국 시간으로 오후 4시 45분에 영종도의 인천국제공항에 도착하였다. 입추인데도 불구하고 한국은 이즈음 무더위가 기승을 부리고 있는 모양이며, 특히 어제 오늘에 걸쳐 진주가 전국 최고기온을 기록하고 있다. 우리 비행기와 같은 시각에 아프리카 소말리아의 해적에게 납치되어 있었던 한국 선원들이 그 공항을 통해 귀국했으므로, 입국장 구내가 사뭇 붐볐다고 한다.

입국 수속을 마치고서 출구로 나오니 서울 신림동에 사는 작은 처남 황광이가 이미 네 시간쯤 전부터 마중 나와 기다리고 있었다. 원래는 부산 자형이 맡겨두었던 내 차를 몰고서 인천공항까지 마중 나와 주겠다고 했었는데, 자형의 건강 상태가 염려스럽다는 말이 있어 진주에 사는 큰 처남 황성이가 자형으로부터 내 차를 전달받아 그것을 가지고서 마중 나오기로 계획이 바뀌어졌다. 그러나 우리 가족이 미국 서부여행을 떠날 무렵에는 다시 서울 신림동에서 고등고시 관계 서점을 경영하는 작은 처남이 시간을 내어 나오기로 된 모양이었다.

처남이 몰고 온 영업용 4륜구동 승용차 뒤에다 무거운 짐들을 싣고서 경부 및 대진고속도로를 경유하여 밤 11시가 넘어서 진주에 도착하였다. 서울을 출발할 무렵에 서울 사는 처남댁과 진주의 처제 및 장모님으로부터 운전석에 앉은 처남의 휴대폰으로 각각 전화가 걸려왔다. 우리 내외와도 통화하고서 진주에 있는 처가 식구들과는 내일 점심을 함께 들기로 합의하였다.

2007년

네팔 히말라야 트레킹
黑龍江省 외가 방문
티베트와 靑藏열차

 네팔 히말라야 트레킹

1월

17 (수) 한국은 흐림

새벽 5시 남짓에 카고 백 하나와 평소 사용해 온 등산 배낭 하나에다 소지품을 챙겨서 집을 나와 네팔 히말라야 트레킹 여행길에 나섰다. 택시를 타고 가 약속된 5시 반까지 상대동 303-71에 위치한 지리산여행사 2층 사무실에 집결하였고, 대절 버스 한 대로 6시 경에 진주를 출발하여 남해고속도로를 경유하여 김해공항으로 향했다.

그러나 오전 10시에 김해공항을 출발할 예정이었던 아시아나 항공 311편 비행기는 김포공항의 짙은 안개로 말미암아 김해 도착이 크게 지연되었으므로, 오후 12시 20분에야 비로소 이륙할 수가 있었다. 공항에서 대기하는 동안 고산에서의 기력 회복을 위해 인솔자인 강덕문 씨가 최근 전화를 걸어 와 권유한 바 있는 홍삼농축액 한 병을 구입하였다.

기내에서 읽은 오늘자 「경향신문」 국제 13면에 네팔 정세에 관한 기사가 실렸다. 그것에 의하면 작년 11월 정부군과의 휴전 합의에 의하여 무장투쟁을 중단하고 있는 마오이스트 공산 반군이 최근 만장일치로 가결된 임시헌법에 따라 이 달 15일 11년 만에 의회에 진출하여 전체의석 330석 가운데서 83석을 할당받아 제2 정당이 되었다는 것이다.

인구 2,700만 명의 네팔에서는 마오이스트 반군이 1996년 군주제 타도와 농민해방을 기치로 하여 본격적인 무장투쟁을 개시, 그 간 양측에서 13,000명 정도가 사망하였다. 갸넨드라 국왕은 2005년 2월에 반군을 진압하지 못한다는 이유로 정부를 해산하고서 전권을 장악하였는데, 지난해 4월 국가원수 직위와 행정권을 총리에게 이양하기로 합의하고서 정치 일선에서 퇴진함으로서 '친위 쿠데타'는 1년 2개월 만에 종막을 고했다. 올 하반기에 총선을 통해 구성될 새 의회는 개헌을 하여 왕정 폐지를 공식적으로 선언할 것이라고 하므로, 바로 지금이 네팔의 현대사에서 중대한 전환기에 해당하는 셈이다.

우리 일행은 오늘 오전 10시 35분에 上海에 도착하여 오후 3시에 네팔항공 412편으로 갈아타 출발하여 오후 7시 5분에 카트만두 공항에 도착할 예정이었다. 그러나 上海 浦東공항에서도 비행기가 늦게 출발하여 낡은 비행기를 사용한 로열 네팔 항공편은 6시간 남짓 비행한 후 현지 시간으로 9시 남짓에 카트만두의 트리부번 국제공항에 도착하였다. 중국은 한국에 비해 한 시간이 늦고, 네팔은 3시간 15분이 늦다. 네팔 비자는 트리부번 공항에서 30달러의 미화와 명함판 사진 한 장을 제출하여 발급받았다.

우리는 공항에서 현지 여행사 측의 영접을 받아 카트만두 시내의 외국인 여행자들이 주로 모여드는 구역인 타멜 지구의 바그완바할 거리에 있는 티베트 식당으로 이동하여 늦은 석식을 든 후, 그 남쪽의 쟈타 거리에 있는 뉴 가주어 호텔(Hotel New Gajur, 泰山賓館)까지 걸어갔다. 이호텔은 臺灣 사람이 소유주라고 한다. 1층에는 중국식 로비와 아울러 祥瑞火鍋城(Hot Pot Restaurant)이라는 중국식당도 딸려 있다. 나는 일행 중대곡초등학교 교장으로서 내년 초에 정년퇴직할 예정이라는 정윤교 씨와 더불어 309호실을 배정받았다.

18 (목) 대체로 맑음

새벽 6시에 사람이 찾아와 방문을 두드리는 식의 모닝콜로 기상하여 트리부번 공항으로 이동하였다. 탑승시간까지 한 시간 정도 대기하기 위해 국내선 비행장 2층에 있는 레스토랑에서 커피·홍차 및 토스트·에그 등으로 조식을 들었다. 그러나 오늘 비행기가 착륙할 지점인 루클라의 기상 상태가 불량하여 이미 떠났던 비행기가 되돌아오는 사태도 있어, 우리는 일단 표를 구입한 예티 항공사의 경비행기 이륙장으로 들어가기도 하였으나, 오후 2시 남짓까지 대합실에서 대기하다가 결국 포기하고서 카트만두 시내로 철수하게 되었다. 나는 공항 대합실의 매점에서 털실로 짠 방한모 하나와 지도 두 장, 그리고 John Whelpton 저 『A History of Nepal』(Cambridge University Press, 2005)을 한 권 사서 계속 읽었다.

돌아오는 길에 공항 부근에 있는 네팔 최대의 힌두교 사원 파슈퍼티나트에 들러보았다. 유네스코 세계문화유산으로 지정되어져 있는 곳이다. 갠지스 강의 상류 중 하나로서 성스럽다고 하는 바그마티 강가에 위치해 있는데, 개울 같은 강가의 화장 가트에서는 장작불로 사람을 태우는 연기가 여기저기서 솟아오르고, 개중에는 죽은 사람의 두 발이 장작불 사이로 삐어져 나와 있는 것도 보였다. 비탈진 언덕길에 11개의 돌탑이 늘어서 있는 에카이다스 루드라에서는 인도에서 흔히 보았던 것처럼 온몸에 회칠을 하고서 머리카락을 길게 늘어뜨린 수도인 사두들과 집단적으로 음악을 연주하며 코브라 춤을 보여주는 수행자들의 모습도 보았다. 신자가 아닌 외국인은 사원 내부로 들어갈 수 없는 모양인데, 강가의 사원 건물들 위에는 원숭이들이 무리를 지어 옮겨 다니고 있었다. 우리 일행 몇 명과 함께 큰길을 따라 강을 건너서 사원의 반대편 끝까지 걸어가 보았다가 돌아 나오니 사원 입구를 지키고 있던 경찰이 계속 우리를 따라오며 돈을 요구하였다. 들어올 때 이미 납부하였다고만 대답하고서 상대하지 않았더니, 결국 포기하고서 돌아갔다.

시내로 돌아와서는 왕궁 앞 더르바르 마르그(王宮路)의 안나푸르나 호텔과 쟈말 거리 사이에 있는 난글로(NANGLO)라는 이름의 식당 2층에서 비프스테이크 및 영국과 기술 제휴하여 네팔에서 생산되는 위스키로 늦은 점심을 들었다.

호텔로 돌아와 어제 투숙했던 309호실에다 짐을 두고서 강덕문 씨를 따라 타멜 거리 일대를 산책하였다. 상점에 들러 토피라고 하는 네팔 남자의 정장 모자를 하나 샀다. 네팔에서는 인도처럼 터번을 두른 사람을 보지 못했고, 남자들은 네루가 즐겨 쓰는 것과 비슷한 이런 모자를 많이 쓰고 있다. 도중에 윌든 북 숍이라는 이름의 서점에 들렀다가 스웨덴의 탐험가 스벤 헤딘의 중앙아시아 탐사기 『아시아를 가로질러』 영문판을 한 권 발견하였다. 그것을 흥정하여 네팔 돈 2,500루피로 구입하였는데, 가지고 오다가 보니 그것은 제2권에 해당하는 것이라 다시 서점으로 되돌아가서 같은 값으로 제1권을 마저 구입하였다. 오늘 아침 강덕문 씨에게 미화 100달러를 주고서 네팔 돈 7,000루피를 교환해 받았었는데, 두 번째 책은 신용카드로 결제하였지만 이미 5,000루피를 이 책 두 권에다 쓴 셈이다. 정가는 인도 돈으로 2,000루피였다. 아무래도 좀 바가지를 쓴 느낌이 있으나, 그렇다고 하여 사고 싶은 책을 포기할 수는 없는 일이었다.

카트만두는 이 나라의 수도임에도 불구하고 전력이 부족하여 시간제로 전기를 공급하고 있었다. 내가 서점을 나왔을 무렵에는 함께 갔던 일행이 모두 사라졌고, 이미 거리에 전기가 모두 꺼지고 상점에서는 촛불을 사용하고 있었다. 진주고등학교 영어 교사인 이덕용 씨의 도움을 받아 묻고 물어서 겨우 호텔로 돌아왔다. 호텔 근처 골목의 재래식 식당으로 이동하여 똥빠라는 이름의 네팔 식 막걸리와 만두, 국수로 늦은 석식을 들었다. 똥빠는 검은 색의 좁쌀처럼 작은 곡식이 가득 든 컵에다 더운 물을 붓고서 좀 기다리면 막걸리처럼 탁한 색깔의 술이 우러나는 것이었다.

19 (금) 맑음

새벽 5시에 기상하여 짙은 안개 속을 지나 트리부번 공항으로 향하였다. 날이 밝아지자 날씨도 점차 맑아졌지만, 우리는 어제처럼 국내선 2층 식당에서 조식을 들고는 대합실에서 계속 대기하였다. 에베레스트 등

8,000미터 급의 산들이 여러 개 있는 쿰부 히말라야의 해발 2,840미터 지점에 위치한 루크라의 비행장은 활주로가 짧은데다 경사진 산비탈에 비스듬히 놓여 있어 조금만 기상 상태가 나빠도 경비행기가 이착륙을 하지 않는 모양인데, 이번에는 특히 심하여 공항 대합실 안에는 이미 여러 날 째 대기하고 있는 외국인 트레커들이 많았다. 어제 아침에 한 대가 떠난 적이 있기는 했었던 모양이다. 나는 대합실에서 계속 어제 산 네팔 역사책을 읽었다.

오후 1시 40분 무렵에 포기하고서 밖으로 나와 공항 외곽 국내선 진입로 부근의 잔디밭에서 네팔 위스키 플래그스태프를 마시며 대화를 나누었다. 카트만두 분지 안에 있는 원주민 네와르 족이 세운 세 왕국의 수도 (파탄·박타푸르·카트만두) 중 가장 오래된 것으로서 카트만두 남쪽 15km 지점에 위치한 파탄으로 가 보기로 작정하고서, 현지 여행사의 차로 그리로 이동하였다. 해발 1,400미터 지점에 위치한 카트만두 분지는 히말라야 산맥 일대에서는 도시가 형성될 수 있는 조건을 갖춘 유일한 지점으로서 고대로부터 이곳에 여러 국가들이 형성되었는데, 네팔이라는 국명도 원래는 카트만두 분지를 가리키는 말이었다. 현재 이 비옥한 분지에 거주하는 인구는 약 150만 정도이다.

지금 파탄의 정식 이름은 라리트푸르인데, 이는 산스크리트어로 '美의 도시'라는 뜻이라고 한다. 도시 안에 오래된 건축물이 많아 역시 유네스코의 세계문화유산에 지정되어져 있으며, 특히 이 도시는 네팔은 물론 티베트나 중국에까지 그 이름이 널리 알려진 빼어난 공예의 장인들을 가장 많이 배출한 곳이다. 시내 외곽의 사방에 기원전 3세기에 아소카 왕이 세웠다고 하는 스투파가 남아 있으며, 네팔은 현재 세계에서 유일하게 힌두교를 국교로 정해 놓고 있는 나라이지만, 이 도시에서는 주민의 80%가 불교도라고 한다.

우리는 구왕궁 일대의 더르바르 광장과 거기서 골목길을 따라 북쪽으로 좀 들어간 지점에 있는 골든 템플에 들러 보았다. 더르바르 광장(위의 세 도시는 과거에 모두 독립된 왕국의 수도였으므로, 그 왕궁이 있는 지점에 각각 왕궁이라는 뜻을 지닌 더르바르 광장이 있다.)을 떠나 차를 세워둔 곳으로 돌아 나오는 길에 기사의 안내에 따라 골목길로 들어가 어느 허름하고 좁은 술집에서 창이라는 네팔 막걸리를 들었다. 창은 어제 밤에 맛본 똥빠처럼 온수를 부어 우려내는 것이 아니고 처음부터 막걸리처럼 탁한 색깔을 내고 있으며, 맛도 한국 것과 비슷하였다. 점심은 네팔식으로 들었고, 저녁은 카트만두로 돌아와 왕궁 앞의 히티 더르바르 골목 안에 있는 한식점 정원에서 들었다. 주인은 윤기자라는 이름의 중년 부인인데, 그 남편 되는 사람이 한국인으로 구성된 첫 에베레스트 등반대의 대장을 했던 산악인으로서, 히말라야 등반을 위해 네팔로 오락가락하다가 결국 카트만두 시내에 정착하게 되었다고 한다. 이 식당의 원래 명칭은 秘苑이었는데, 그것이 일본식 이름이라는 지적이 있어 庭園으로 바꾸었다는 것이었다. 우리가 이 식당에 도착했을 때는 이미 어두워진 후였지만, 오늘도 역시 전기가 공급되지 않아 촛불을 켜고서 다소 컴컴한 가운데 식사를 하였다.

예정에 없던 카트만두 체류로 말미암아 비용이 더 든다고 하므로, 1인당 $10씩을 추가로 갹출하였다. 타멜의 같은 호텔에서 사흘째 투숙하였다.

20 (토) 맑음

새벽 6시 반에 호텔 1층에 있는 중국식당에서 조식을 든 후 공항으로 이동하였다. 오늘도 짙은 안개가 끼어 있었다. 예티 항공사의 탑승권을 사흘째 새로 발급받아 대합실에서 계속 대기하였다. 나는 영문으로 된 네팔 역사책을 계속 읽어 대충 다 훑었다.

대합실 안에 비치된 삼성 TV로 네팔의 뮤지컬 프로를 시청하다가 옆에 앉은 일본인 노부부와 더불어 대화를 나누어 보았다. 그들은 오전 10시 비행기를 타고서 포카라로 떠날 예정이었지만, 포카라 쪽 역시 기상 상태가 좋지 않아 11시 무렵에야 탑승할 수 있었고, 루클라로 가야하는 우리는 그들이 떠난 이후로도 계속 대기였다. 현지 여행사 측의 직원을 통해 루클라 혹은 그보다 더 위쪽의 해발 3,720미터 지점에 있는 샹보체까지 바로 가는 헬기를 물색해 보기도 하였다. 헬기를 대절하려면 1인당 15만 원 정도의 추가부담이 예상된다고 한다.

국내선 공항 3층의 옥상에서 위스키를 마시며 회의를 하였다. 지금 무슨 수단을 써서 루클라나 샹보체 아래의 남체 바자르까지 갈 수가 있다 하더라도 예정된 날짜에 돌아오는 비행기를 탈 수 있을지는 매우 불투명하고, 게다가 고소적응을 위해 예비해 둔 날짜를 이미 거의 다 써버린 점도 문제였다. 나는 사정에 따라 우리의 스케줄을 변경하는 데는 동의하지만, 한국으로 돌아간 이후의 중국행 일정을 고려하여 이번 여행의 기간이 더 연장되는 데 대해서는 반대한다는 입장을 표명하였다. 비교적 젊은 층 몇 사람은 무리를 해서라도 에베레스트 베이스캠프 쪽으로 가는 원래의 일정을 관철하자는 입장이고, 실버 그룹을 비롯한 나머지 대부분의 사람은 안나푸르나 같은 다른 지역으로 행선지를 바꾸자는 의견이었다.

점심도 굶은 채 계속 대기하다가 오후 4시가 지나서야 공항을 떠나 카트만두 시 동북쪽 교외의 부유층 거주 지역으로 보이는 곳에 있는 현지 트레킹 여행사의 사장 집으로 갔다. 나와 내 파트너인 정윤교 교장선생은 4층으로 된 그 집의 3층 방을 배정 받았다. 오늘의 숙소에다 짐을 둔 후, 시내로 이동하여 왕궁로 부근의 중국집에서 점심을 겸한 늦은 저녁식사를 들었다. 식사를 마친 후 젊은 층 중에는 다른 술집으로 2차를 가는 사람들이 많았으나, 나를 포함한 실버 층은 숙소로 귀환하였다. 숙소는 호텔보다 다소 넓기는 하지만, 청소를 자주 하지 않은 까닭인지 여기저기에 먼지가 많았고, 방마다 샤워 시설이 갖춰져 있지 않은 데다 우리 방처럼 화장실에 샤워가 있는 경우에도 실제로는 사용할 수가 없었다. 바깥 홀에 공용 샤워장이 있기는 하지만, 온수라고 하기에는 수온이 너무 차서 나와 정 교장은 샤워를 포기하였다.

21 (수) 오전에 짙은 안개

대문에 'Himalaya Abode'라는 문패가 붙은 트레킹 여행사 사장 집 3층 홀에서 한식으로 조식을 들었다. 그 주위의 집들도 대체로 이처럼 다층

주택으로서, 뜰에는 상추 같은 것을 심은 조그만 채소밭이 갖추어져 있었다. 뒤에 알게 된 바이지만, 이곳은 수케다라 구역의 나야 콜로니에 위치해 있으며, 우리를 도와주는 Windhorse Trekking 여행사의 주인 앙 카르마 세르파 씨는 세르파 족 출신이었다. 에베레스트(초모룽마, 사가르마타, 8,850m) 산 부근의 솔루·쿰부 지역에 주로 거주하는 세르파 족은 과거에 티베트로부터 히말라야 산맥을 넘어 네팔 땅으로 이주해 온 민족으로서, 이름의 말미에는 자기네 카스트를 표시하기도 하는 세르파라는 성을 붙이고, 이름 첫머리에는 모두 앙이라는 호칭을 붙인다고 한다. 우리 인솔자인 지리산 여행사의 주인 강덕문 씨와는 2000년도에 강 씨가 네팔과 티베트 쪽으로부터 두 차례 초오유(8,188m) 산의 등정을 시도했을 때부터 인연을 맺었으며, 당시 네팔 쪽으로부터 올랐을 때는 자기네 회사에서 주선한 짐꾼 여러 명이 사망하는 사고를 당하기도 했었다고 한다.

공항에 도착하였으나, 어제보다도 더 짙은 안개가 끼어 오전 11시 무렵까지 활주로는 정지되어 있었다. 그러므로 오늘도 루클라로 향하는 경비행기가 뜰 가능성은 없고, 루클라에서도 400명 정도의 사람들이 카트만두로 돌아오기 위해 계속 대기 중이라고 한다. 이미 전체 일정의 1/3이 공항에서 허송되고 말았는지라, 루클라를 거쳐 원래의 목적지인 에베레스트 조망대 칼라 파타르(5,550m)로 향하는 계획을 포기하자는 측과 강행하자는 측으로 완전히 편이 갈라졌다. 결국 여행사 측 직원과 절충하여 한 사람당 140달러씩을 더 내어 군용 헬기를 대절하여 남체 위쪽의 샹보체까지 직행하고, 돌아올 때도 귀국 시기에 맞추기 위해 강행하자는 측의 부담으로 헬기를 대절하기로 합의하였다. 그리하여 곧 출발할 수 있을 줄로 예상했었지만, 헬기 역시 점심때가 지나도록 이륙할 기미가 보이지 않았다. 점심은 예의 공항 2층 식당에서 들었다.

대합실에서 계속 티베트 역사책을 읽고 있다가, 햇볕을 쬐기 위해 어제처럼 국내선 공항 건물의 옥상으로 올라가보았다. 오후 2시 40분이 되어도 아무런 소식이 없으므로, 다시 점심을 들었던 2층의 레스토랑으로 내려가 보았더니, 강행 측 사람들은 탁자를 끼고서 둘러앉아 강덕문 씨와 더불어 계속 트럼프를 치며 시간을 보내고 있었다. 내가 다소 짜증을 내어 강 씨에게 이미 이륙할 수 있는 시간이 지났으니, 오늘도 이쯤해서 포기하고서 카트만두 시내로 나가 반나절 관광이라도 하자고 제의했지만, 강 대장은 같이 있는 사람들의 뜻이 그렇지 않다면서 오후 4시까지 대기하자는 것이었다. 신문에 광고를 내어 1인당 230만 원씩의 참가비를 받고서 여행 상품을 팔아놓고서 전체 일정의 1/3이나 이렇게 허무하게 보내는 법이 있느냐고 항의했더니, 오지 여행이란 원래 일정대로 되지 않는 경우가 다반사라는 대답이 돌아왔다. 이 일로 말미암아 오후 네 시까지 기다릴 것을 주장하는 제일여고 체육 교사 유두호 씨와 나 사이에 다소 트러블이 있었다. 역시 뒤에 알게 된 바이지만, 강 대장과 더불어 늘 함께 어울리며 같이 트럼프를 치는 유두호·김경복(제일여고 윤리 교사)·박용철(사천에서 자동차 정비업소 경영)·이덕용(진주고 영어 교사)·이우성(송계고 수학 교사) 씨 등 여섯 명의 강행파는 강 씨가 운영하는 알파인산악회의 회원이자 평소 강 대장을 중심으로 수시로 모이며 고급 등반 훈련을 하는 액셀시오라고 하는 등산 팀의 멤버였다.

오후 3시 반이 넘어서야 비로소 국내선 바깥의 입구로 나와 또 한 차례 회의를 한 결과, 근자에 이미 안나푸르나 트레킹을 다녀온 바 있는 황종원 씨(도동 공단에서 자동차 부품 공장 경영)를 제외한 나머지 전원은 내일 포카라 행 비행기를 타고서 안나푸르나 쪽으로 향하기로 합의하였다.

뉴 가주어 호텔로 다시 돌아와 1층 식당에서 중국 음식으로 석식을 든 후, 다시 정윤교 씨와 더불어 309호실에 투숙하였다. 밤에 타멜 지구를 또 한 차례 둘러본 후, 실버 팀은 호텔 입구의 룸살롱에서 네팔 아가씨 몇 명을 옆에 앉히고서 맥주를 마셨다. 진주 도동의 지리산여행사 건너편에서 경상화공약품을 경영한다는 이영근 씨가 권유한 것이었다.

22 (월) 맑음
정전이라 깜깜하여 좀 늦게까지 침대에 누워 있다가 바깥이 점차 밝아질 무렵 같은 방의 정 교장과 더불어 새벽 산책에 나섰다. 쟈타 로드를 따라 남쪽으로 내려가 튜다 로드를 만난 다음, 아산 쪼크라는 광장을 지나서 계속 남쪽으로 내려가 넓은 뉴 로드를 만났다. 거기서 남북을 연결하는 대로인 칸티 파트 쪽으로 접어들어 육교를 건너 다음, 지나가는 아가씨에게 카트만두의 더르바르 광장 위치를 물었더니, 도로 뉴 로드로 건너가 곧장 앞으로 나아가라고 일러주는 것이었다.

그 말에 따라 구왕궁의 소재지인 더르바르 광장으로 가서 살아 있는 소녀 神인 쿠마리가 거주하는 쿠마리 바할과 왕궁인 하누만 도카 입구, 그리고 힌두교 사원인 뗄레쥬 만디르 등을 둘러보았다. 네팔 여행 안내서에 적힌 지도를 참조하며 카트만두 중심가의 대표적인 재래시장인 인드라 쪼크(교차로 광장)와 아산 쪼크를 지나 다시 남북으로 뻗은 대로인 깐티 파트의 육교에 올라 길 건너편의 가운데에 사원이 있는 대형 연못인 라니 포카리를 바라본 다음, 깐티 파트를 따라 북상하여 호텔로 돌아왔다.

구내식당에서 조식을 든 후 다시 한 번 일행과 더불어 더르바르 광장 쪽으로 산책하였다. 이번에는 타히티 쪼크에 들러 그곳의 대형 불탑과 티베트 불교 사원을 둘러본 후, 인드라 쪼크를 거쳐 더르바르 광장으로 내려왔고, 거기서부터는 일행 두 사람과 더불어 광장 동남쪽 방향의 길을 따라 비슈누마티 강가까지 내려왔다가, 도로 더르바르 광장을 거쳐 야르카 톨레 거리에서 인드라 쪼크 쪽으로 빠져나와 아산 쪼크를 거쳐서 골목 길을 따라 호텔로 돌아왔다.

타멜 쪼크 북쪽 골목의 식당에서 네팔 식 국수로 점심을 든 후 공항으로 향하였다. 그러나 오늘도 일기가 불순하여 포카라 행 비행기조차 이륙하지 못하게 되었다. 우리 팀의 수석 요리사인 네팔 청년 템파는 작은 비행기를 타고서 이럭저럭 먼저 포카라를 향해 출발했다고 한다. 대절버스를 타고서 경치를 구경하며 육로로 포카라로 향할 것도 고려했으나, 도중의 치안 상태가 나빠 그것도 불가하다고 한다. 일행은 다시 호텔로 돌아와 왕궁로의 며칠 전에 들렀던 레스토랑 난글로 2층에서 비프스테이크로 석식을 들었다. 여행사 측 수석 직원의 제의에 따라 밤 11시인 한밤중에 회사의 중형 캠리 승합차 두 대에 분승하여 포카라로 향했다.

밤중에는 불한당들도 집으로 돌아가 자므로 도로가 비교적 안전하다고
한다.

23 (화) 흐림

비몽사몽간에 한밤중에 안나푸르나 트레킹의 기점인 나야풀(해발
1,070m) 마을에 도착하였다. 안나푸르나 트레킹 코스 입구로 우리를 실
어주는 차는 여기까지 들어올 수 있다. 날이 밝아지기까지 상점에서 차를
마시며 대기하였다.

인도에서 짜이라고 부르는 홍차에다 우유와 설탕을 섞은 밀크티를 네
팔에서는 치아라고 부르고 있다. 이처럼 네팔은 인도와 공통점이 많고,
공용어인 네팔 말도 인도의 힌디어와 아주 유사하며, 문자는 같은 것을
쓰고 있다. 타라이라고 하는 네팔 남부의 평야지대에서는 인도 북부의
여러 방언이 통용되고 있으니, 전체적으로 보면 인도와 아주 비슷하거나
공통의 언어를 쓰는 사람이 전체 국민의 70% 정도를 차지한다. 네팔에서
는 종족에 따라 서로 다른 다양한 카스트 제도를 유지하고 있다. 지금의
왕가는 인도로부터 이슬람교의 박해를 피해 건너온 사람들이 1559년에
카트만두(1,317)에서 서북쪽으로 그다지 멀지 않은 지점에 있는 고르카
(1,522) 지역을 점령하여 지방 정권을 세웠다가, 1768~1769년 사이에 카
트만두 분지로 진출하여 그곳의 네와르 족 왕조를 전복하고서 전국을
통일한 정권의 후예인 것이다. 네팔은 세계에서 유일하게 힌두교가 국교
로 정해져 있는 나라지만, 그것은 전체 인구의 20.9%를 차지하는 티베트
-버마 계 산악 민족이나 5.6%를 차지하는 카트만두 지역의 원주민 네와
르 족이 신봉하는 티베트 불교와 습합된 형태의 신앙이다.

쿡인 펨바가 어제 포카라에 미리 도착하여 조달해온 짐꾼과 요리사들
이 한 사람당 우리들의 카고 백 두 개씩을 짊어지고 기타 짐과 음식 재료
및 도구들도 등에 매고서 먼저 출발하였다. 현지 가이드인 수일과 요리장
인 펨바 그리고 쿡과 포터를 포함하여 모두 마흔 명 정도의 캐러밴이
되었다. 우리는 모디 강을 따라 진행하여 비레딴띠(1,025)를 지나 샤우리

바자르(1,220) 마을에 이르러 늦은 조식을 들었다. 제법 큰 마을이었는데, 그곳 식당의 벽에는 세계 각국의 국기가 부착되어져 있었다. 개중에는 한국의 등산객들이 남긴 것으로 보이는 큼직한 태극기와 한글이 적힌 페넌트 및 리본이 걸려 있었다. 쿡들이 마련해 준 한국식 채소 음식과 밥으로 조식을 마친 후, 안나푸르나 베이스캠프 쪽을 향하여 계속 위로 나아갔다.

이 부근은 지대가 그다지 높지 않으므로, 산비탈을 따라서 계단식 다랑이 밭들이 수없이 많이 조성되어져 있고, 따라서 민가도 많고 쉬어갈 수 있는 로지 겸 식당도 많았다. 민가 중에는 노란 인동초 꽃이 만발하여 가옥과 담장을 뒤덮고 있는 집이 제법 많았다. 출산율이 높은지 어린이들도 많았는데, 개중에는 '스위트' 즉 과자나 사탕 종류를 달라고 요청하는 경우도 있었다. 주민이나 아이들이 대체로 순박해 보였다. 강가의 다리 곁에 있는 킴체 마을 외딴 로지에서 수제비로 점심을 들었다. 식후에 모디 강 골짜기의 산중턱으로 난 오솔길을 따라서 진행하다가 모디 강의 지류인 쿰누(킴롱) 강을 건너서부터는 계속 오르막이었다. 지누(1,780) 마을에 이르러 내 돈으로 치아를 한 잔 사 마셨는데, 평지에서 10루피 정도 하는 것이 여기서는 35루피였다. 그 다음은 더욱 급한 경사길이 이어지므로 죽을힘을 다해 계속 올라 오늘의 숙박지 촘롱(2,170)에 다다랐다.

우리는 칼파나 게스트하우스 겸 레스토랑에 들었는데, 나와 정 교장은 2층 1호실을 배정받았다. 로지의 1층 홀에서 불고기와 소주, 위스키로 석식을 들었다. 나는 식사 전에 집에서 준비해 간 김치 등의 부식과 됫병 소주 하나를 펨바에게 건네었다. 이미 고산 지대에 접어든지라 밤이 되니 꽤 추워서 우모복과 방한복, 방한모에다 방한 장갑까지 꺼내 착용하였다.

2007년 1월 24일, 마차푸츠레

　밤중에 별이 총총했고, 어슴푸레한 새벽에 일어나 보니 로지 바로 맞은 편으로 봉우리에 만년설을 인 안나푸르나 사우드(7,219) 마차푸츠레(혹은 마차푸차레, 6,993) 히운출리(6,441) 등의 봉우리가 바라보였다. 트레킹 코스 갈림길에 위치한 촘롱 마을의 로지는 조망이 특히 수려하였다. 마차푸츠레는 '물고기 꼬리'라는 의미인데, 뾰족하게 우뚝 치솟은 봉우리의 끄트머리가 이쪽에서 바라보면 생선 꼬리처럼 두 갈레로 나뉘어져 있어 그렇게 불리는 것이다. 네팔 사람들이 특별히 신성하게 여기는 봉우리이므로, 정상 등반이 허용되어져 있지 않은 유일한 것이다.

　7시 무렵에 출발하여 마을과 계곡을 따라서 모디 강의 지류인 촘롱 강까지 계속 내려와 출렁다리를 지난 다음, 다시 오르막길로 접어들어 한참을 걸어올라 시누와 마을에 다다라서 휴식을 취하였다. 촘롱 마을의 민가 여기저기서는 티베트 불교의 특징인 靑·白·赤·黃·綠 오색으로 물들인 헝겊을 이어서 만든 깃발 타루초를 볼 수 있었다. 그것을 네팔에서는 쵸르텐이라고 부르고 있다. 가족이 오래 살기를 기원하거나 라마 즉 고승이 머물고 간 표지로서 내거는 것이라고 하는데, 깃대에 매달아서 세로로 길게 세운 것도 있고, 만국기 모양으로 줄에다 가로로 매단 것도 있다.

촘롱과 시누와 사이의 계곡이 농지의 상한선에 해당하는 모양으로서, 그 위로는 농지가 없고 로지 사이의 거리도 꽤 떨어졌다. 시누와로부터 더 위쪽 마을들은 오로지 트레커에게 숙소와 음식을 제공함으로써 경제 생활을 꾸려나가기 때문이다. 보통 여러 개의 로지가 모여 하나의 마을을 이루고 있다. 시누와 마을의 로지에서 쉴 때 나는 사진을 찍다가 깜박 잊고서 모자에다 걸쳐 둔 선글라스를 나무 베란다 아래로 떨어뜨렸는데, 나 혼자서는 물론 일행의 도움을 받고서도 한참동안 찾지 못하다가 결국 로지 사람들의 도움을 받아 언덕 아래로 꽤 멀리 떨어진 지점에서 그것을 찾아낼 수 있었다.

이미 해발 2,000미터가 넘는 고지대로 접어들었지만, 아열대 지역이라 낮에는 초여름 날씨였다. 상의는 속옷까지 벗고서 소매가 없는 짧은 셔츠 바람으로 나아갔다. 나는 청년 시절에 받은 우폐상엽절제수술로 말미암아 남보다 폐활량이 적은 까닭에 계속 이어지는 오르막길에서 숨이 몹시 가빴다. 밤부(2,335)에 이르러 점심을 들었다. 그 부근은 대나무가 많기 때문에 이런 이름이 붙은 것이다. 그보다 하나 위의 도반(2,600) 마을을 지날 무렵부터는 길가에도 눈이 보이기 시작하였다.

마침내 오늘의 숙박지인 히말라야(2,920) 마을에 이르러 휴식을 취할 수가 있었다. 일행이 준비해 온 술은 이미 떨어졌으므로, 이제부터는 현지에서 조달할 수밖에 없다. 나는 한국을 출발하기 전부터 약간 기침과 담이 나오고 있었는데, 네팔에 도착한 이후 매일 밤 계속된 음주와 등산에 따른 과로로 말미암아 몸에 무리가 왔는지 간밤부터 그 상태가 심해졌을 뿐 아니라 콧물감기 증세까지 있다. 강덕문 대장으로부터 콧물감기약을 두 알 받아 점심 때 한 알을 복용했었는데, 저녁 때 것은 배낭 허리띠에 부착된 자그만 주머니에 넣어 오던 도중 시누와 마을을 떠날 무렵 홍삼정의 숟가락과 더불어 잃어버렸다.

25 (목) 맑음

새벽 7시 남짓에 출발하여 중식 예정지였던 듀랄리(3,200)에 도착하고 보니 겨우 9시 무렵이었다. 부득이 더 나아가기로 하여, 오늘의 숙박지인 마차푸츠레 베이스캠프(MBC, 3,700)에는 오후 1시 무렵에 당도하였다. 나는 기진맥진한 데다 숨이 가빠 후미 그룹으로 도착하였다.

라면과 쌀밥으로 중식을 들고서도 시간이 많이 남았으므로, 내일 일정에 포함된 사우드 안나푸르나 베이스캠프(ABC)까지 미리 갔다 오자는 의견도 있었다. 왕복에 4시간이 소요되므로, 그렇게 하면 내일 일정에 여유를 가질 수 있기 때문이다. 그러나 안나푸르나 山群의 최고봉인 제1 봉(8,091) 주위에 오후 들어 구름이 많이 끼어 MBC에서는 이미 보이지 않게 되었고, 오늘 베이스캠프까지 올라가더라도 정상을 조망할 가능성이 희박하므로, 역시 예정했던 대로 내일 새벽에 출발하기로 합의했다. 프로 산악인이라고 할 수 있는 강덕문 대장의 설명에 의하면, 히말라야 고산들의 경우 새벽에는 정상 주변에 구름이 전혀 없다가 오후가 되면 주변 산군의 주위에 흩어져 있던 구름들이 최고봉 부근으로 모여드는 경향이 있다는 것이다.

MBC에는 앞뒤로 제법 떨어진 거리에 로지가 두 군데 따로 있는데, 우리 일행은 그 중 앞쪽의 로지에 들었다. 로지 마당의 의자에 앉아 햇볕을 쬐기도 하고 사진을 찍기도 하면서 한가롭게 오후 시간을 보냈다. 영국 중부 지방에 산다는 젊은이 댓 명이 올라왔다가 ABC 쪽으로 올라갔고, 우리 일행 중 진주 제일여고 윤리 교사인 김경복 씨도 그들을 따라서 베이스캠프까지 갔다가 돌아왔다. 역시 구름이 많이 끼어 있어 정상은 보이지 않았다고 한다. 어제 밤 히말라야 로지의 식당에서 만나 우리 팀에 끼어 함께 식사를 들었던 독일 청년도 저녁에 식당에서 또 보았다. 그 외에는 여기까지 오는 도중과 이 로지에서 만난 사람들 대부분이 한국인이었다. 겨울은 비수기라 서양인들은 이 시기를 선호하지 않는다고 한다. 일행과 어울려 식당에서 술을 마시다가 석식 후 일찌감치 취침하였다.

26 (금) 맑음

새벽 5시에 헤드랜턴을 켜고서 ABC를 향해 출발하였다. 나는 간밤에도 호흡곤란으로 말미암아 거의 잠을 이루지 못했다. 그러므로 별로 가파르지 않은 언덕길을 올라가는데도 숨이 너무 가빠 일행으로부터 크게 뒤쳐져 맨꽁무니가 되어 올라갔다. 도중에 몇 차례 포기할까 생각해 보기도 하였으나, 우리 산행의 최고 목표 지점을 코앞에 두고서 단념한다는 것이 아쉬울 뿐만 아니라 카트만두에 있을 때부터 친절히 대해주던 진주고등학교 이덕용 교사가 나와 함께 뒤에 쳐져 천천히 걸으면서 용기를 갖게 해주고, 린지 푸르바 세르파라는 이름의 세르파 족 출신인 쿡 한 명이 내 배낭을 맡아 주었으므로, 가벼운 몸이 되어 조금씩 걸어 올라가 보았다.

걷는 도중에 날이 점점 밝아와 주위의 풍경이 눈에 들어오기 시작했다. MBC로부터 ABC(4,130)로 올라가는 길은 MBC 로지의 뒷산에 해당하는 타르푸 출리(일명 Tent Peak, 5,663)의 왼쪽 기슭과 히운출리 사이에 난 골짜기로 이어진 비교적 평탄한 것이었다. 바로 길 왼편으로 바라보이는 히운출리와 안나푸르나 南峰의 뒷모습은 촘롱 등지에서 앞쪽을 바라보았을 때와는 전혀 딴판이었다. 마차푸츠레와 그 주변 봉우리들도 나아가는 길의 반대편으로 아주 가까이 바라보였다.

마침내 ABC에 도착하니, 전면의 왼쪽에서부터 바라하 시카르(일명 Fang, 7,647) 안나푸르나 Ⅰ(8,091) 캉사르 캉(일명 Roc Noir, 7,485) 타르케 캉(일명 Glacier Dome, 7,202) 강가푸르나(7,454) 안나푸르나 Ⅲ(7,555) 등 해발 7,000미터 이상 되는 봉우리들이 바로 눈앞에 거대한 만년설의 벽을 이루며 펼쳐져 있고, 전망대 절벽의 발 아래로 모디 강의 가장 상류를 이루는 사우드 안나푸르나 빙하가 이미 얼음은 모두 녹고서 모래 언덕뿐인 모레인을 이루어 협곡이 되어 이어져 있었다.

먼저 도착한 우리 일행이 들어가 있는 ABC 로지의 레스토랑 중 하나에서 음료수와 떡 같은 마른 빵으로 간단한 요기를 하고서 MBC로 내려와 조식을 들었다. 올라갈 때와 마찬가지로 린지 군이 나의 배낭과 스틱을 대신 들어 도와주었으므로 그에게 $5를 주었다. 그는 다른 포터나 쿡들과는 달리 제법 의사소통을 할 수 있을 정도로 영어를 구사하였다. 내려오면서 그와 대화하여 알게 된 바인데, 린지 군은 에베레스트 부근인 솔루 쿰부 지역의 지리(1,955)에서 루클라(2,840)로 가는 트레킹 루트 도중에 있는 킨자(1,630) 부근의 바칸제라는 산골 마을 출신으로서, 현재 카트만두 서남쪽 교외에 있는 이 나라 최고의 명문 트리부번대학교 영문과 1년생이었다. 그러나 집이 가난하여 농사를 지으며 혼자 사는 부친으로부터 경제적인 도움을 받을 수 없으므로, 이처럼 아르바이트를 하여 학비와 생활비 전체를 스스로 감당한다는 것이었다.

MBC에서 짐을 모두 챙겨 떠나서 히말라야 마을까지 내려와 점심을 들었고, 밤부에 내려와서 석식 및 취침을 하였다. 위쪽 마을에서는 전기 및 수도 시설이 불편하여 화장실의 변을 본 후 항문을 씻는 물로 세수는 물론 양치질까지 해야 했으므로 세수도 하는 둥 마는 둥 했으나, 이곳에서는 태양열 발전을 하여 전력에 부족함이 없고 물도 풍부하므로 모처럼 더운 물로 샤워를 할 수 있었다. 식당의 메뉴에 적힌 음식 종류도 꽤 다양하였다. 어제 만난 영국인들은 여기서 석식을 주문해 드는 것이었으나, 우리는 산에서 데리고 간 쿡들이 만들어 주는 한국식 식사를 주로 하였다. 식후에 액셀시오 팀에 끼어 럭시라고 하는 한국의 소주에 해당하는 맑은 술을 맛보기도 하였다.

검정개 한 마리가 여러 날 전부터 계속 우리 일행을 따라다니고 있다. 일행 중에는 그 개가 촘롱에서부터 우리를 따라왔다고 말하는 사람이 있었다. 어쨌든 히말라야의 트레킹 코스에는 이처럼 주인 없이 트레커를 따라다니며 남는 음식을 얻어먹고 사는 개들이 부지기수인 것이다.

27 (토) 맑음
조식 후 밤부를 출발하여, 내가 고글을 잊었다가 다시 찾은 시누와를 거쳐서 촘롱에 도착해 점심을 들었다. 계단식 밭들이 다시 보이기 시작하였다. 심어 놓은 것은 주로 밀이며, 유채도 밀과 섞어 심거나 따로 심기도 하고, 더러는 마늘 등 다른 채소들도 보였다. 농가 중에는 집 앞에 나무 막대기를 여러 단으로 가로 질러 옥수수 다발을 차곡차곡 걸어서 말리고 있는 집들이 이따금 보이는 것으로 미루어, 아열대 기후인 이러한 산지에서는 옥수수와 밀 등을 교대로 심어 이모작을 하는 모양이었다. 눈에 띄는 소들은 대부분 물소인데, 물소도 히말라야 산지의 특수한 자연조건에 적응하여 물속에 몸을 담그지 않아도 살아가는 데는 지장이 없는 듯하다.

촘롱에서 좀 더 나아가 타울룽(2,180)에서부터는 올라올 때와 달리 오른쪽 옆길로 빠져 따다빠니(2,630) 쪽으로 접어들었다. 더러 산사태로 무너져 내린 절벽 옆을 지나가기도하였다. 완만한 경사를 따라 서서히 아래로 내려가 구르중 마을에 이르러 양쪽 귓바퀴에 온통 가락지 모양의 작은 귀걸이를 빼곡하게 단 중년 아주머니를 만나 사진을 찍기도 하였다. 거기서 이영철 씨와 더불어 캔 맥주를 사 마시다가 포터를 한 명 대동하고서 혼자 반대 방향으로 진행하는 서양인 청년과 더불어 영어로 대화를 나눠 보았다. 그는 체코에서 온 정원설계사인데, 안나푸르나 일대의 산군을 자전거로 한 바퀴 두르고서 이제 도보로 트레킹을 하는 중이었다.

역시 모디 강의 지류 중 하나인 킴롱 강에 걸쳐진 출렁다리를 건너고서부터 다시 오르막길이 시작되었다. 그 쪽은 길이 경작지 사이로 이어져 다른 밭둑과 구별하기가 어려웠다. 더러는 마을 주민에게 묻고, 밭둑 위로 나 있는 등산화의 발자국을 따라 방향을 정해 꼬불꼬불 올라갔다. 군데군데 나무를 걸쳐 길을 차단하거나 돌로 막아 놓은 곳도 있는데, 그것은 사람의 통행을 차단하기 위한 것이라기보다는 가축들이 소유주의 밭 경계를 넘어 다른 곳으로 흩어져 가는 것을 방지하기 위한 것이라고 한다.

우리는 그 산기슭을 다 올라간 지점의 고개 마루에 위치한 추일레(2,170)라는 조그만 마을에 이르러 오늘의 진행을 마쳤다. 그곳 로지의 식당 벽에는 티베트 수도 라사의 모습을 그린 대형 벽화가 있고, 천정에는 티베트 국기도 그려져 있었다. 그리고 홀에는 나무를 때어 후끈후끈한 난로가 설치되어져 있었다.

강 대장의 사전 지시로 이 일대에서 자주 눈에 띄는 흰색 몸체에다 얼굴 주위에 검은 털이 있는 염소 한 마리를 잡아서 삶고, 하동 쌍계사 부근에 사는 박영숙 여사가 럭시를 샀다. 럭시 한 병 가격이 어제 밤부에서는 300루피였었는데, 여기서는 80루피였다. 아버지 송수환 씨를 따라온 본교 학생 송중규 군이 고산병 때문인지 어제부터 컨디션이 좋지 못해 구르중 로지에서 시간을 끌고 있다가 결국 더 이상의 트레킹을 포기하고서 부자가 함께 하산하게 되었다. 그러므로 그들과 더불어 후미에 쳐져 있던 강덕문·이덕용 씨는 밤이 늦어서야 추일레 로지에 도착하였다. 우리들에게 술을 권하면서 자기도 마시고 있던 박 여사가 한 자리에 어울린 포터 및 쿡들과 더불어 그들이 노래하는 민요와 타악기의 반주에 맞추어 덩실덩실 춤을 추기 시작하였고, 엑셀시오 회원들을 비롯한 우리 일행도 함께 어울려 춤을 추었다.

28 (일) 맑음
조식 후 추일레의 로지를 떠나 뒷산으로 난 오솔길을 따라 진행하였다. 오늘은 온종일 아열대성 밀림으로 뒤덮인 골짜기와 산 능선을 오르내리면서 걸었다. 밀림 여기저기에서 네팔의 국화인 랄리그라스를 볼 수 있었다. 진달래 과에 속하는 상록 고목인 석남으로서, 제법 키가 큰 나무 전체에 붉은 꽃이 흐드러지게 피어 아름다웠다. 따다빠니 로지의 장터가 끝나는 지점에서 서울 근교 廣州에서 영어를 가르치고 있다는 남아프리카 출신의 젊은 남녀 한 쌍을 만났는데, 그들은 내년에 결혼할 것이라고 했다. 한국으로 오기 전 타이완에 거주한 적도 있어 남자는 중국어를 좀 하므로 나와 중국어로 대화를 나누었다. 골짜기에 위치한 반 탄티(3,180)에 이르러 밀가루로 만든 빈대떡 비슷한 빵에다 벌꿀을 바르고서 거기다 감자 삶은 것을 곁들여 중식을 들었다. 이 일대에 거주하는 굴룽 족에게는 밀과 감자가 주식이라 한다.
반 탄티의 골짜기 여기저기에 얼음이 보이고, 이미 고도가 3,000미터를 넘었으므로 꽤 추웠다. 나는 계속 기침을 하고 가래를 뱉으면서 진행하였는데, 오름길에서는 몹시 숨이 차므로 자신의 페이스에 따라 아주 천천히 진행하였다. 마지막 능선인 듀랄리 고개(3,090)에 오르니 안나푸르나 남봉과 그 주변의 산군이 장중하게 바라보이고, 도중의 고레빠니 전망대에서는 안나푸르나 및 그 왼편의 다울라기리(8,167) 산군 전체가 웅장하게 펼쳐졌다.

오늘의 목적지인 고레파니(2,860)에 다다라 가장 시설이 좋다는 로지에다 숙소를 정하였다. 나와 정윤교 교장이 든 2층 방에서도 유리창 밖으로 다울라기리 산군이 바라보였다. 다만 구름에 가려 진면목을 조망할 수 없는 점이 좀 유감이었다. 여기서 한 시간쯤 거리인 푼 힐(Poon Hill, 3,193)에는 안나푸르나와 다울라기리 산군을 한 눈에 조망할 수 있는 가장 유명한 전망대가 있으므로, 가장 가까운 위치인 이곳에는 푸른색 도단 지붕을 한 로지가 많고 제법 큰 마을이 형성되어 있었다. 그런 만큼 상대적으로 인심도 좋지 못하여, 로지에서 미지근한 물로 샤워를 하는 데나 심지어는 카메라에 충전을 하는 데도 모두 돈을 요구하고 있었다.

로지의 식당에서 오스트레일리아의 시드니와 캐나다의 밴쿠버에서 온 젊은이 두 명과 대화를 나누어 보았다. 그들은 인도 여행 중에 우연히 만나 함께 여기까지 온 것인데, 오스트레일리아 친구는 중부 사막 지대 탄광에서 일하는 광부로서, 겨울 기간인 반 년 쯤은 탄광에 들어가 일을 하고 날씨가 더워 작업을 하지 못하는 나머지 반 년 동안은 이렇게 세계를 떠돌아다니며 여행한다는 것이었다. 밴쿠버에서 온 친구는 목수였다. 오늘 석식에는 토종닭 아홉 마리를 삶았고, 내가 럭시 850루피 어치를 샀다.

29 (월) 맑음

ABC 때와 마찬가지로 또다시 새벽 5시에 헤드랜턴을 착용하고서 푼 힐 전망대를 향하여 올라갔다. 언덕 꼭대기에 계단을 따라 올라가야 하는 전망대가 있었다. 나는 거기서 시간의 진행에 따라 점차 밝아져 오는 주위의 풍광과 일출을 바라보았다. 이 새벽 시간에 여기서는 왼쪽의 다울라기리 산군에서부터 안나푸르나 산군을 거쳐 가장 오른쪽의 마차푸츠레와 그 주변 봉우리들에 이르기까지 이 일대 히말라야 산맥의 모습이 구름 한 점 없이 깨끗하게 조망되었다.

고레빠니 로지로 내려와서 조식을 든 후 하산 길에 나섰다. 검정개는 조금 따라오는 듯하더니, 더 이상 얻어먹을 것이 없음을 눈치 채고서 어디론가 사라져 버렸다. 어제처럼 아열대의 수풀 속으로 이어진 제법 넓은 길을 계속 걸어 내려오니 머지않아 밀림은 사라지고 마을이 이어지기 시작했다. 완만하게 경사진 길로 내려가는 돌계단이 헤아릴 수도 없이 많았다. 5만 분의 1 지도에는 돌계단의 수가 3,280개라고 되어 있다. 나는 새 등산화로 말미암아 양쪽 새끼발가락에 심한 통증을 느꼈지만, 감내하는 수밖에 없었다.

돌계단 길을 내려오는 도중에 상점에 들러 몇 사람의 일행과 더불어 현지 막걸리인 창과 소주인 럭시를 사 마시기도 했다. 대단히 긴 울레리 (1,960) 마을이 모두 끝나고서, 시멘트로 된 다리로 부룽디 강을 건너 조그만 수력발전소가 있는 티케둥가(1,540) 마을이 시작되는 지점에 이르러 인드라 로지라는 곳에 들러 현지 식의 국수로 점심을 들었다. 그 식당에도 티베트 국기와 라사의 풍경을 찍은 사진이 걸려 있었다.

이 쪽 길은 대부분 가난한 현지인들이 사는 동네로 이어져 풍경은 별것 없었지만, 푼 힐 전망대로 가는 가장 짧은 코스인 까닭에 서양인의 왕래가 꽤 많았다. 오후 4시 남짓에 우리들의 트레킹 기점이었던 나야풀 직전의 비레딴띠(1,025) 마을에 도착하여, 거기서 아들과 더불어 먼저 하산했던 송수환 씨를 만났다. 그들 부자는 구르중에서 산길을 따라 천천히 내려오며 도중의 로지 두 곳에서 각각 1박씩을 하였다고 한다. 송 씨는 과거에 한국의 남극 기지 직원으로 남극에서 다년간 근무한 적이 있었는데, 지금은 사천에서 자동차 정비업을 하고 있으나 고용인들과의 인간 관계에 애로가 많아 곧 그 업을 청산하려 한다는 것이었다.

송 씨 부자와 합류하여 나야풀에서 여행사 측이 제공한 대절 버스 한 대를 타고서 포카라(820)로 이동하였다. 밤중에 포카라 시내에 도착하여 카트만두의 여행사 직원인 수일과 펨바 두 명을 제외하고서 린지 군을 비롯하여 현지에서 조달한 쿡 및 포터들과는 작별하였다. 페와 호수 가에 있는 한국 식당에서 돼지양념구이에다 된장찌개와 소주 그리고 현지 위스키를 곁들인 만찬을 들고서, 그 부근의 문 라이트 리조트 구내에 있는 호텔에 투숙하였다. 현지의 샤르마 여행사가 운영하는 시설이었다.

30 (화) 맑음

호텔 방에서 모처럼 더운 물로 샤워를 하고 리조트 입구에 위치한 식당 옥외의 도로에 면한 카페에서 양식으로 조식을 들었다. 네팔 제일의 휴양지인 이곳 포카라의 레이크 사이드 지구에서는 안나푸르나의 산군들이 바라보였다. 아침 안개 속에 어슴푸레하게 드러난 마차푸츠레의 뾰족한 봉우리는 산중에서 바라볼 때와 달리 물고기 꼬리처럼 두 갈레로 벌어진 모습이 아니었다.

식후 얼마 동안의 자유 시간에 나는 자전거를 빌려 타고서 페와 호반의 도로를 달려 국왕 별장이 있는 쪽으로 나아가 보았다. 보트 선착장을 거쳐서 도시가 끝나는 지점인 북쪽 끄트머리의 호수 가에까지 갔다가 같은 코스로 되돌아 나왔다. 길가의 서점에 들러 네팔 전체 및 안나푸르나, 쿰부 지역의 지도 넉 장을 구입하였다. 카트만두에서 이미 입수해 둔 카트만두 계곡 및 에베레스트 베이스캠프의 것을 포함하여 모두 여섯 장의 지도를 구입한 셈이다.

대절버스를 타고서 자전거를 타고 갔던 쪽과는 반대 방향에 위치한 포카라 공항으로 이동하였다. 탑승자 대합실에서 한참동안 대기하다가 11시 반에 출발하는 네티 항공의 소형 여객기를 타고서 반시간 정도 걸려 카트만두 공항에 도착하였다. 기내에서 창밖으로 펼쳐지는 히말라야 설산들의 모습을 디지털카메라에 담고 있으려니, 그쪽 창가에 앉았던 네팔 여인이 자기 자리를 내게 양보해 주었다.

카트만두에 도착한 후 여행사 측의 영접을 받아 또다시 타멜 지구의 뉴 가주어 호텔(泰山賓館)로 이동하였다. 호텔 1층 로비에다 짐을 두고서 다시 왕궁 남문 부근의 히티 거리에 있는 정원 식당(Korea Garden

Restaurant & Bar)으로 이동하여 된장찌개로 점심을 들었다. 오늘도 역시 전기가 공급되지 않아 대낮인데도 불구하고 촛불을 켜고서 다소 어두컴컴한 가운데 식사를 했다.

식후부터 오후 6시까지는 자유 시간이므로 나는 더르바르 마르그(王宮路) 건널목에서 일행과 헤어져 혼자서 그 거리를 따라 계속 남쪽으로 걸어가 보았다. 카트만두 중심부에서 가장 넓은 그 길은 녹지대에 면한 바드라칼리 거리로 이어졌고, 툰디켈과 국립경기장 사이로 난 도로에 있는 '순교자의 문' 쪽으로 접어드니 거기에 승합차들이 많이 모이는 주차장이 있었다. 주차장에서 경찰에게 물어 서쪽 근교 2km 지점에 있는 쉠부나트(Swayambhunath, 일명 원숭이 사원)라고 하는 카트만두 최대의 불교 사원으로 가는 소형 버스를 탔다.

버스는 깐띠 빠트 거리를 북쪽으로 거슬러 올라가 타멜 지구를 가로질러서 서쪽으로 향했다. 차장은 도중에 멈춘 주차장마다에서 '쉠부'를 연발하며 호객하고 있었다. 버스에서 내려 10분쯤 걸어가다가 야생 원숭이가 여기저기에 보이는 숲속 언덕의 돌계단 길을 따라 한참 올라가니 거기에 카트만두의 5대 명소 중 하나인 쉠부가 있었다. 오늘날의 카트만두 시가 호수였던 시절부터 이 자리에 있었다고 하는 히말라야에서 가장 오래된 불교 사원인 동시에 나지막한 언덕 꼭대기에 위치해 있어 수도의 전경(全景)을 조망하기에 가장 적합한 장소이다.

입구로 돌아 나와 다시 소형 승합차를 타고서 다음 목적지인 부다나트(Boudhanath)로 향했다. 차장은 역시 '부다'로 약칭하여 호객하고 있었다. 쉠부와는 반대로 카트만두 시 동쪽 약 7km 지점의 트리부번 국제공항 북쪽에 위치해 있으므로 각 정거장마다 주차하는 승합차로는 제법 시간이 걸렸다.

승합차의 좌석에 앉자 말자 내 옆에 앉은 티베트 불교의 승복을 입은 젊은 승려 한 명이 눈에 들어왔다. 그도 내가 외국인임을 알고서 호기심이 동했는지, 내게 영어로 말을 건네 왔다. 내가 응답하니, 그는 영어가 서툴다면서 중국어라면 자기도 잘 할 수 있다고 하므로 그 때부터는 서로 중국어로 대화하기 시작했다. 그는 뉴이마 체링이라는 사람으로서 1972년생인데, 중국 雲南省의 샹그릴라 출신이었다. 현재는 중국 여권을 가지고 인도로 와서 남인도의 카르나타카州 미소르 地區 빌라쿠페에 있는 운남성 계열의 티베트 불교 사찰 白玉寺(Nyingmapa Monastery)에 3년째 머물고 있는데, 어제 인도의 부다가야를 경유하여 네팔로 들어왔다는 것이었다. 국경을 넘어 올 때 네팔인 떼강도를 만나 위험한 고비가 있었다고 한다. 현재 네팔에서는 국정과 더불어 치안도 불안하여 전국에서 이런 사태가 빈발하고 있다. 뉴이마는 과거에도 카트만두로 와서 부다나트 구내에도 있는 백옥사에 여러 차례 머문 적이 있었으므로 이곳 지리와 현지 사정에도 밝았다.

네팔 최대의 스투파(불탑)가 있는 부다나트 일대는 예로부터 티베트 불교인의 주요 순례지로서, 티베트가 중국에 의해 무력으로 합병된 후에는 전 세계에서 티베트 문화가 가장 많이 남아 있는 곳이다. 뉴이마의 설명에 의하면 티베트가 중국에 의해 점령된 후 그 주민들이 해외 여러 나라로 망명하여 돈을 벌 수 있었으며, 따라서 현재 인도나 네팔에 거주하는 티베트인들도 상대적으로 부유하고 큰 기업을 경영하는 사람이 많다는 것이었다. 그의 안내를 받아 스투파에 올라가 보고 또한 그 주위를 함께 걸어본 다음, 입구 부근의 불교용품점에 들러 미화 $75를 주고서 금빛 도금을 한 고급 金剛杵(Dorjee) 및 그것과 한 쌍을 이루는 쥐는 鍾을 구입하였다. 또한 그의 도움으로 100루피를 주고서 택시를 대절하여 타멜의 호텔로 돌아왔다.

호텔로 돌아오기 전 타멜 쪼크 부근에 있는 에베레스트 수공예품 점포에 들러 네팔 명물인 카펫 한 장을 $300 즉 21,900루피에 구입하였다. 일행과 합류하여 호텔 부근의 킬로이라는 고급 레스토랑에 들러 비프스테이크로 저녁식사를 들었는데, 식사 중 우리의 이번 여행에 관한 모든 서비스를 맡아 준 윈드호스 트레킹 여행사 주인인 앙 카르마 세르파 씨와 한참동안 대화를 나누었다. 그는 예전에 챠우세스쿠 정권 시절의 루마니아에 유학한 적이 있고, 미국·일본·오스트레일리아에서도 상당 기간 체재한 적이 있었으며, 한국에 와서 한국어를 좀 더 본격적으로 배우고 싶다고도 했다.

밤중에 트리부반 국제공항으로 이동하여 대합실에서 현지 여행사 측 사람들과 작별했다. 11시 30분 발 上海 경유 大阪 행 네팔 항공의 비행기에 탑승하여 카트만두를 떠났다.

31 (수) 맑음

현지 시간으로 오전 6시 20분에 上海 浦東공항에 도착한 후, 공항 구내에서 대기하다가 타고 온 네팔 항공으로부터 아시아나 항공에로의 환승 수속을 마친 다음, 오전 11시 40분에 상해를 출발하여 오후 2시 30분에 부산 공항에 도착하였다. 포동 공항 면세점에서 고급 紹興酒인 女兒紅 한 통을 인민폐 119元에 구입하였다.

김해 공항에서 대절 버스를 타고 진주로 돌아와 강덕문 씨의 쎄로또레 등산장비점 앞에서 일행과 작별하고 반 달 만에 집으로 돌아왔다. 짐을 정리하고서 카펫은 처음 내가 생각했던 거실의 응접세트 아래가 아니라, 아내가 제의한 출입문 바로 안쪽 대리석 바닥에다 깔았다. 그래야만 우리 집을 출입하는 모든 사람들이 카펫에 수놓아진 호랑이 두 마리의 아름다운 추상화 무늬를 모두 감상할 수 있기 때문이었다. 金剛杵와 搖鈴 한 세트는 거실 TV 대의 국악 CD 세트 위에다 두었고, 포카라에서 사온 칼라 파트라에서 바라본 에베레스트 일대의 山群과 포카라 시 페와 호수에서 바라본 안나푸르나 일대의 山群 사진은 내 책상의 유리 덮개 아래에다 깔았다.

2월

9 (금) 대체로 흐림

새벽에 네팔의 안나푸르나 트레킹에서 우리 일행의 쿡 중 한 사람이었던 린지 푸르바 세르파 군이 지난 7일 보내온 영문 이메일에 대한 답장을 써 보냈고, 「大國崛起」 제6집 '독일, 유럽 제국을 이루다(帝國春秋)'를 시청하였다.

오전 중 집에서 1월 22일까지의 일기를 입력하였고, 중국으로 가는 도중 23일의 일기 일부를 입력하였다.

진주 고속버스 터미널로 가서 오전 11시에 출발하는 중앙고속 우등버스 편으로 인천으로 향하였다. 남해·대진·경부고속도로를 거쳐 신탄진 휴게소에서 모듬튀김우동으로 간단히 점심을 때운 다음 계속 서울을 향해 북상하다가, 평택 방향으로 접어들어 오후 3시 무렵 인천 터미널에 도착하였다. 인천에서 공항 리무진으로 갈아탄 후, 출발 시간인 오후 6시 50분보다 두 시간쯤 먼저 인천 영종도의 국제공항에 도착하였다.

공항에서 중국 남방항공의 체크인 장소를 찾아가 탑승수속을 밟고자 하였는데, 뜻밖에도 그곳 여직원의 말로는 내 경우 돌아올 항공편의 예약은 되어 있으나 중국으로 가는 비행기는 예약이 되어 있지 않으며, 현재 내가 표를 구입해둔 비행기는 만석이므로 대기자 명단의 여섯 번째에다 내 이름을 올려두겠다는 것이었다. 이미 왕복 항공권을 구입하고서 각각 예약번호를 받아 두었으며, 인문학부 세미나를 떠나기 전에 코알라여행사의 주인에게 가는 비행기 편의 탑승 확인 수속을 해 두라고 당부하여 돌아온 후 말한 대로 처리했다는 확인도 받았었는데, 너무나 황당한 일이었다.

코알라여행사의 이 사장에게 전화를 걸어 그 사실을 통지하고서 대책을 마련해 보라고 말했다. 이 사장도 이런 일은 처음이라 황당하기 짝이 없다면서, 공항 카운터의 아가씨 및 중국남방항공 측과 몇 차례 연락을 취해 본 다음, 자기네는 분명히 예약 확인을 하였으며 자기네 컴퓨터상에도 그 사실이 나타나는데, 항공사 측에서 일방적으로 나의 인적 사항에 대한 아피스 등록을 하지 않았다는 이유로 오늘 정오 무렵에 내 이름을 탑승자 명단에서 지워버렸다는 것이었다. 아피스 등록을 하지 않은 여행사 측에 책임이 있다는 공항 카운터 아가씨의 말과 그렇지 않다는 이 사장 말 중 어느 쪽을 믿어야 할지 판단하기 어려우나, 이 항공편의 탑승 종료 시간까지 대기한 후에야 겨우 빈 좌석을 얻어 그럭저럭 출발할 수가 있었다.

기내식으로 석식을 든 후, 오후 8시에 중국 黑龍江省의 省都 하얼빈(哈爾濱)에 도착하였다. 중국시간은 한국시간보다 한 시간이 늦으므로, 두 시간 남짓 비행한 셈이다. 하얼빈 공항에는 이모의 차남 창도와 초청자인 맏사위 엄상길 씨가 나와서 대기하고 있었다. 그들이 대절해 온 택시를 타고서 남쪽으로 尚志를 향해 출발하였다. 흑룡강성을 관통하는 고속도로를 따라서 동남쪽으로 밤길을 달려 尚志市의 외곽에 속한 河東鄉에 있는 엄 씨 댁까지 데려다 준 후 창도는 돌아가고, 그 대신 상지에 사는 이모의 셋째 딸 태영이 남편이 창도네 차를 몰고 와서 밤늦게까지 함께 있다가 돌아갔다. 자정 무렵에 나보다 한 살 위인 엄 씨의 처로서 나와 동갑인 이종사촌 누이 김영옥이 마련해 준 음식으로 저녁식사를 겸한 밤참과 白酒를 들고서 취침하였다.

이모네 자녀와 그 배우자들은 폐결핵으로 건강이 좋지 못한 창도를 제외하고서 모두 한국으로 나가 10년 정도씩 불법체류하며 육체노동에 종사하였다. 그들은 날로 증가하는 불법체류자의 문제를 해결하기 위해 일단 귀국하면 차후 합법적인 재입국을 보장하겠다고 약속한 한국 정부 측의 문건을 발급받고서 작년 8월 무렵에 모두 중국으로 되돌아왔다. 한국에서 번 돈으로 영옥이네는 옛집을 허물고서 2년 전 그 자리에다 새 집을 지었는데, 내부시설이 꽤 훌륭하였다. 그러나 엄 서방은 불법체류자로서 적발되어 강제추방 당했고, 연화는 한국 경찰에 체포되었다가 기회를 엿보아 수갑을 찬 채 탈주에 성공하였는데, 그들의 한국 재입국 문제가 어떻게 될지는 두고 보아야 할 일이다.

10 (토) 맑음

2007년 2월 10일, 상지의 이종사촌과 그 배우자들

아침에 하동에 있는 창도네 집으로 갔다. 그곳에 돌아가신 이모의 자녀들과 그 배우자 및 손자들이 모두 모여 있었다. 큰 아들 성도가 교통사고로 죽고 난 후 둘째인 창도가 이모네 집안을 대표하는 입장에 있기 때문이다. 마련된 음식으로 먼저 돌아가신 이모와 그 남편인 경주김씨 金慶植씨의 사진이 든 액자를 설치하고서 어제 내가 비행기 안에서 사 온 스카치위스키 로열 샐류트로써 제사상에 술을 붓고 절을 하였다. 그러고는 함께 조식을 들었다. 내가 금산에다 주문하여 가져온 홍삼 절편 10상자 중 여섯 개는 이모의 2남 4녀와 그 자녀들 집에 각각 하나씩 나눠주었다.

이모는 같은 상지시의 외곽에 속한 馬延鄕 紅星村에 사시다가 6년 전에 별세하셨으므로, 나의 뜻에 따라 다시 차를 대절하여 그리로 가 보기로 하였다. 이모 내외가 살던 집은 지금은 밭으로 변해 있었다. 이모 河三順은 돌아가신 외삼촌 河萬顯과 더불어 부모(河鳳漢·趙次京)를 따라서 일제시기에 만주로 이주해 와 처음 牧丹江市 부근의 海林에 정착했다가, 그 후 지금 외삼촌의 자녀들이 살고 있는 탄광도시인 鷄西市 滴道區 同樂村으로 이주했다. 이모는 해림에서 결혼해 살았는데, 후에 큰 시숙이 북한으로 이주해 감에 따라 그 빈자리를 메우기 위해 막내 시숙의 권유에 따라 시집식구들이 여럿 살고 있는 상지 쪽으로 이주해 와 처음에는 河東鄕 東安村에 정착했었으나, 후에 같은 중국인 구역인 馬延鄕으로 이주해 여기서 생을 마쳤던 것이었다. 이모의 자녀들도 모두 여기서 학교를 다니고 자라다가 출가하여 다시 각자의 시집이 있는 河東鄕의 조선족 구역 쪽으로 이주해 갔다. 하동·마연 등은 모두 상지시에 속한 외곽의 농촌 지역이다.

창도는 이모의 별세 후 마연의 옛 집을 남에게 팔고서 그 이웃에다 좋은 집을 지어 이사했었는데, 몇 달 전에 그 집 또한 팔고서 누이들이 살고 있는 하동의 조선족 구역으로 이주해 와 현재는 남의 집을 빌려서 살고 있다. 창도의 처 劉慶雲은 漢族이며, 창도는 한국에 나가 있던 누이들과 다른 여러 사람의 논과 밭을 맡아서 농사를 지어주고 그 보수를 받아 생활한다. 그러나 자신이 직접 노동에 종사하지 않고서 전적으로 중국인 인부들을 고용하여 작업하므로 경운기 등을 포함한 사업용 차량을 여러 대 소유하고 있다.

마연에서 다시 차를 대절하여 창도네 집으로 돌아와 점심을 들었다. 그런 다음 이모네 자녀 및 그 손자들과 더불어 차 두 대를 대절하여 하얼빈 시내로 나가 세계적으로 유명한 하얼빈 얼음 축제를 구경하기로 하였다. 어제 밤중에 내려왔던 길을 다시 북상하여 하얼빈 시내로 진입한 다음, 안중근 의사가 伊藤博文을 저격했던 하얼빈 역전 광장에 내려 기념사진을 촬영하였다. 고속도로의 통행료가 비싼 까닭에 상지나 하얼빈 지구로 진입할 때에는 모두 요금소를 피해 도중의 철조망을 뚫어 놓은 지점으로 빠져나가 다른 길로 시내에 진입하는 것이었다. 중국은 개혁개방 이후 해마다 10%가 넘는 급성장을 지속해 그 발전의 성과에 전 세계가 주목하고 있는 바이지만, 아직도 여전히 사회의 여러 면에 걸쳐 무질서와 불법이 만연해 있는 것이다.

하얼빈 역을 떠난 다음 시내에서 식당에 들러 저녁식사를 하였고, 밤중에 松花江 다리를 건너 강변의 제8회 哈爾濱氷雪大世界 얼음축제 장소에 도착하였다. 시내 곳곳에도 구역마다 소규모로 얼음 조각과 채색 전등으로 장식물을 설치해 둔 곳이 있었고, 개중에는 입장료를 받고서 관객을 입장시키는 곳도 있다 한다. 근처의 太陽島公園에는 눈으로 만든 작품들만을 설치해 둔 전시장이 있는데, 우리는 1인당 150元의 입장료를 지불하고서 규모가 가장 큰 얼음조각 전시장으로 입장하게 된 것이다. 금년에는 韓流 붐을 따라 이곳에서 한국 특별전을 하는지라, 전 국무총리 이수성 씨와 「大長今」의 히로인 李英愛 씨 등이 다녀갔다. 입구 부근 곳곳에다 경주 불국사와 수원 八達門, 경복궁, 거북선 등 한국의 고전적 건조물들과 이순신·세종대왕·김좌진 등 위인들을 등신대로 만들어 두었고, 한국 음악, 한국 음식 등 각종 한국 문화도 맛볼 수 있게 되어 있었다. 50여 년 만에 가장 따뜻한 겨울로 말미암아 얼음이 꽤 많이 녹았지만, 아직은 그런대로 볼만 하였다. 예전에 비해 올 겨울의 하얼빈 평균 기온은 7~9도 정도 높다고 한다. 조각장 외곽에는 각종 얼음 놀이터가 마련되어져 있었다.

구경을 마친 다음, 왔던 길을 되돌아서 상지시에 도착하였다. 거기서 시내 구역에 사는 몇몇 가족과 작별하였고, 나머지는 하동의 엄 서방네 집 앞까지 우리를 바래다주고 나서 작별하였다. 밤 11시쯤에 취침하였다.

11 (일) 맑음

아침에 1월 9·10일 분의 일기를 입력하였다. 창도가 차를 대절하여 尚志市 河東鄉 南興1隊(南興村 一組)에 있는 영옥이네 집으로 우리를 데리러 왔다. 이모의 둘째 딸인 연화네는 이웃한 하동향 大興1대에 살고 있다. 장녀인 영옥이와 그 남편 엄상길, 창도, 그리고 내가 그 차를 타고서 상지시내로 가서 연화와 이모의 셋째 딸 태영이를 태우고서 외삼촌네 자녀가 사는 鷄西市 滴道區를 향해 출발하였다. 상지시의 중심가를 따라서 역전 광장의 시외버스 주자창으로 가는 길에 조선족 학교를 지나갔다. 상지시는 농업이 위주이므로 규모가 그다지 크지는 않지만 조선족이 많이 살고 있고, 이 학교는 일제시기부터 있었던 것으로서 흑룡강성 전체에서 가장 유서 깊은 조선족 학교라고 한다. 초등학교부터 고등학교까지 모두 같은 장소에 붙어 있고, 엄 씨 등도 이 학교를 졸업하였다.

상지에서 중형버스를 타고 동남쪽 방향으로 내려가서 牧丹江市에 이르렀다. 목단강 역전에서 우리는 근처의 식당으로 들어가 점심을 주문하고, 창도가 역으로 가서 외삼촌의 셋째 딸 하영숙과 天津 및 흑룡강성의 大慶에서 각각 대학 2학년에 재학 중이라는 영숙이의 두 아들을 데리고 왔다. 영숙이는 예전에 청주에 사는 시댁 식구들을 방문하러 석 달 동안 한국에 와 체재했을 때 외가로 6촌인 인봉이와 함께 진주의 우리 집에도 들른 바 있었다. 영숙이와 그 남편 고정철은 현재 목단강시의 외곽지역에 속한 海林市 海南鄉 紅星村에 살고 있다.

나의 외가는 일제시기에 김해로부터 만주로 이주하였다. 외할아버지와 외할머니는 아들 둘과 막내 이모를 데리고서 처음 목단강 시내의 東村에서 1년 남짓 거주하다가 해림의 五星村으로 이주하였다. 오성촌은 大오성과 小오성 두 부락으로 나뉘는데, 처음에는 계관자라고 불리는 소오성 부락에 1년 정도 거주하다가 지금의 海林市 新合鄉 五星村인 대오성 마을로 이주해 15년 정도 정착하였다. 나의 큰외삼촌 하연수는 결혼을 하였으나 일찍 별세하여 외숙모가 해림의 다른 마을로 改嫁하였으며, 외삼촌과의 사이에 자녀는 없었다고 한다. 작은 외삼촌 河萬顯(중국에서는 다들 하만도라고 부른다)은 일찍 중국 군대에 다녀오고 공산당에도 가입하여 이 마을에서 유력자로서 활동하였지만, 그 장남인 해진이가 8세 되던 해인 1959년 겨울에 어떤 여자관계로 말미암아 더 이상 오성촌에 거주하기 어려운 사정이 발생하여 추방당하다시피 마을을 떠나게 되었다. 외삼촌은 혼자 이삿짐을 등에 짊어지고 걸어서 오성촌을 떠나 먼저 목단강시의 동남쪽에 위치한 목단강 지류인 鐵嶺河 쪽으로 이주하였는데, 그곳에서 새 호구로 받아주지 않자 한 달 만에 탄광도시인 鷄西市 서쪽의 滴道區

同樂大隊로 다시 옮기게 되었던 것이다. 大隊·小隊란 인민공사 시절의 지방행정 단위인데, 개혁 개방 이후 공식적으로는 그 이전 鎭·鄕·村 등의 명칭으로 되돌아가 있지만 아직 그런 명칭이 사용되기도 한다. 외삼촌은 적도에서 철도국에 근무한 적도 있었으며, 1970년대에 중국공산당의 정식 당원이 되어 간부로서 활동하였으나 기본적으로는 농사일로 호구를 유지하였다.

　1958년부터 시작된 대약진 운동의 실패로 말미암아 당시 기근이 매우 심했으므로, 머지않아 이미 출가한 이모네를 포함한 전 가족이 외삼촌의 뒤를 따라 적도로 이주하게 되었다. 그러나 그로부터 1~2년 후 오성촌으로부터 마을이 텅 비다시피 되었다면서 마을 간부가 부르러 왔으므로, 이모네 가족은 오성촌으로 되돌아갔다. 그리고서 얼마 후 이모네는 시댁 식구들이 살고 있던 중국인 마을인 상지의 하동향 東安村으로 이주하게 되었던 것이다. 그런 까닭에 이모의 자녀들 중 장녀인 영옥은 오성촌에서 태어났고, 차녀 연화는 적도에서, 그리고 그 아래 네 명은 모두 동안촌에서 태어났다. 외삼촌의 막내딸 영숙이도 고정철에게 출가하여 시집이 있는 해림으로 돌아가 정착하게 되었다. 해림은 원래 寧安縣에 속한 海林鎭이었는데, 후일 해림현으로 승격하였고, 지금은 해림시로 되어 행정적으로는 목단강시에 속해 있다. 해림에는 약 백 년 전부터 조선족이 많이 거주하였고, 상지 등의 조선족은 일본군의 패전으로 말미암아 진주한 소련 군대에 밀려 이주해 간 조선족들이 새로 정착하게 된 것이라고 한다.

　중국 동북 지방의 다른 지역들과 마찬가지로 목단강 주변의 조선족들도 한국으로 나가 돈을 벌어 돌아온 다음에는 목단강 시내로 대거 몰려가서 아파트 생활을 하고 있다. 탄광도시인 계서시의 인구는 약 백만이며, 목단강 시내 인구는 약 50만, 그리고 행정적으로 목단강시에 속한 해림시 등지의 주변 인구까지 포함하면 역시 백만 정도 된다. 현재 목단강시로 흑룡강성의 省都를 옮기려는 중국 정부의 계획도 있다고 한다. 예전에는 상지와 계서 등지를 오갈 때 대부분 기차를 이용했으므로 시간이 많이 걸리고 불편했었지만, 약 10년 전부터 흑룡강성 전체를 종단하는 고속도로가 건설되어 처음에는 2차선 후에 4차선(편도 2차선)으로 확장되면서부터 교통이 매우 편리해졌다. 현재의 성도인 하얼빈에서 상지까지는 차로 2시간 반, 상지에서 목단강까지도 2시간 반, 그리고 목단강에서 계서까지는 약 2시간 정도가 걸린다.

목단강에서 큰 시외버스로 갈아타고서 고속도로를 달려 계서시 입구의 인터체인지에서 하차하였고, 거기서 지나가는 택시 두 대를 잡아타고서 滴道河鄕 同樂4隊의 해진이네 집으로 향하였다. 계서시는 흑룡강성 전체에서 석탄이 가장 많이 나는 탄광도시이며, 적도의 동락촌 일대도 그러한 탄광 지역 중 하나이다. 외삼촌의 장남 해진이는 나보다 세 살 아래인데, 지금 그가 살고 있는 곳은 같은 동락촌 안의 외삼촌이 살던 곳으로부터 걸어서 반시간 정도 떨어진 장소로서 15년 전쯤에 새로 집을 지어 이주했다. 외삼촌도 한국을 다녀온 후 이 집으로 옮겨와 2년 정도 계시다가 별세하셨다고 한다. 원래 이곳은 외삼촌의 논밭이 있던 곳인데, 그 무렵 새로 마을이 들어서기 시작했던 것이다. 해진이는 이곳에서 농업에 종사하고 있다.

해진의 처인 김해숙과 동락촌에 사는 외삼촌의 둘째 딸 하현숙은 이 집에서 우리가 도착할 때까지 음식을 준비하고 있었다. 외삼촌의 차남 海春은 약간 정신박약자였는데, 미혼인 채로 2005년 10월 5일 만성간염으로 말미암아 복수가 차서 사망하였다. 장녀인 해숙이는 현재 한국에 나가 불법체류하며 서울 쌍문동에서 가정부로 일하고 있고, 적도에 남은 그 남편 임석봉은 기차에 받혀 허리와 발뒤꿈치 등을 크게 다쳐 불구자가 되었는데, 현재는 두 딸이 출가해 있는 연길로 가서 딸과 함께 살고 있으며, 그의 막내딸은 산동성의 靑島에 살고 있다.

평소 술을 좋아 했던 외삼촌은 한국에 다녀온 후 중풍이 들었다. 변소에 갔다가 쓰러진 것을 평소 고혈압이었던 외숙모가 부축해 오다가 뇌출혈로 쓰러진 지 얼마 후 2000년에 사망하였으며, 중풍으로 오랜 동안 똥오줌을 가리지 못하던 외삼촌도 2002년에 역시 뇌출혈로 별세하였다.

현숙이는 중국인에게 부탁하여 자기 집에서 키우는 세 마리의 개 중

한 마리를 잡아 와서 우리를 위한 식사를 준비하였다. 현숙이 남편 김성삼은 한국에 나간 이후 소식이 끊어졌고 송금도 해 오지 않고 있다. 해진의 처 김해숙은 위장결혼의 형태로 한국에 나가기 위해 일단 해진과 법률상의 이혼 수속을 마쳤었는데, 2년 전 불법체류자로서 한국으로부터 추방되어 돌아온 이후 여전히 해진이와 재결합해 살고 있다. 그리고 해진의 장남은 산업연수생으로서 1년 남짓 전에 한국으로 나가 현재 인천에서 일하고 있다. 그들이 정성을 다해 준비한 음식과 술을 들며 대화를 나누다가 밤 11시 무렵에 취침하였다.

외삼촌네 자녀는 모두 살림이 어려운 듯하므로 한국에서 선물로 준비해 온 홍삼절편 외에 편지 봉투에다 중국 돈 1,000元을 넣어서 사양하는 해진에게 억지로 주었다. 해진이는 폐·간·콩팥·위 등 신체의 여러 부분이 좋지 않아 별로 일을 하지 못하며, 오랫동안 약을 쓰다 보니 현재는 청력까지 많이 떨어졌으나, 가난하여 보청기를 구입하지 못한 상태이다.

12 (월) 맑음

어제 마련한 개고기 음식 남은 것으로 조식을 든 후 택시를 대절하여 적도구의 외삼촌 살던 곳으로 갔다. 해진이네 집을 떠나기 전에 상지의 이모네 가족들이 살림이 어려운 현숙이와 영숙이에게 약간씩 돈을 건네므로, 나도 간밤에 준비했던 1,000元씩이 든 돈 봉투 두 개를 그들에게 각각 하나씩 주었다.

외삼촌과 이모네는 적도의 중심 구역에다 각각 손수 집을 지어 이웃하여 살았는데, 이모네는 머지않아 오성촌으로 돌아갔고, 외삼촌네는 처음 지은 집에서 십여 년을 살다가 그 근처의 다른 사람과 집을 바꾸게 되었다고 한다. 외삼촌이 지은 집에는 현재 젊은 중국인 가족이 살고 있었다. 둘째 딸 현숙이는 그 부근의 다른 집 단칸방에서 혼자 외롭게 살고 있다. 남편은 한국으로 돈 벌러 나간 이후 계속 소식이 없고, 딸 둘은 深圳으로 가 있다. 우리는 그 집들을 차례로 모두 둘러보았다. 적도구의 지하는 채탄 활동으로 말미암아 대부분 공동화 되어 있으므로, 고층건물을 지을 수 없어 동네가 매우 퇴락해 있었다. 개중에는 초가집과 흙벽을 한 집들도 아직 남아 있었다.

적도에서 현숙이와 헤어져 계서 시내로 들어간 다음, 우리는 다시 목단강으로 돌아갔다. 목단강 역전 부근의 조선식당에서 냉면 등으로 점심을 든 다음, 시내버스 터미널까지 걸어갔고, 거기서 50분을 대기한 다음 海林市 海南鄉 紅星村의 영숙이네 집으로 이동하였다. 터미널 대합실의 상점에서 북한 노래들을 수록한 VCD 석 장이 든 「최신조선가요2」를 하나 구입하였다.

영숙이네 마을로 들어가기 얼마 전에 흑룡강성 전체에서 규모가 가장 크고 역사도 오래다고 하는 海南區 南拉口의 조선족 마을을 거치게 되었다. 해진의 처 김해숙도 이 마을 출신이며, 영숙의 시아버지는 이 마을 촌장을 지낸 바 있었다고 한다. 그러나 중국 각지의 조선족 마을들은 한국 바람이 크게 불기 시작한 이후 활동할 수 있는 사람들은 대부분 한국으로 돈 벌러 가거나 威海·靑島·大連 등 한국 기업이 많이 진출해 있는 남방의 도시들로 나가고, 한국에 다녀온 가구는 벌어온 돈으로 아파트를 구입하여 시내 구역으로 나가버리므로 점차 공동화되어 가고 있다. 그런 사정이므로 한국과 마찬가지로 중국에서도 조선족 농촌 총각이 신부감을 구하기는 하늘의 별따기라고 한다. 그 빈 집들에 점차 한족이 이주해 오고 있으므로, 현재 조선족 마을 전체가 커다란 전환기에 처해 있다. 조선족 마을을 떠난다고 하는 것은 민족 언어 및 문화와의 단절을 의미하므로, 조선족의 한족화가 가속화되어 갈 것은 필연적이다.

영숙의 남편 고정철이 집 앞에 나와 있다가 우리를 반갑게 맞아 주었다. 水理局에 근무하는 고 서방은 만 50세인데, 현재는 수리국에서 날씨가 따뜻한 기간 다섯 달 동안만 일하고 나머지 기간에는 수리국으로부터 봉급 대신으로 받은 농토에다 농사를 지으며 생활하고 있다. 살고 있는 집도 수리국의 것으로서, 10년 후 퇴직하면 비워주어야 한다. 그 집은 크지만 대부분 퇴락하여 창고로 사용할 정도이고, 사람이 살고 있는 방도 천정에 빗물 샌 흔적이 있었다. 그 집 뒤쪽에는 검찰청 간부가 경영하는

紅星花卉라는 화초를 재배하는 비닐하우스가 두 개 있어, 고 서방은 그 비닐하우스의 보일러에다 석탄을 때어 화초들이 얼어 죽지 않도록 보살펴 주는 대가로서 월 400元 정도의 보수를 받고 있다.

고 서방의 조부는 김좌진 장군의 친구였으며, 부친은 한국전쟁의 초창기부터 林彪 휘하의 중공군으로서 전쟁에 참여하여 조선인민군 전체의 후방 보급을 맡은 요직에 있었다. 그 증조부도 명사였으며, 고 서방이 수리국에 취직한 것은 부친의 배경 덕분이었다. 부친은 인천상륙작전으로 말미암은 인민군의 총퇴각 때 치악산 전투에서 구사일생으로 살아남아 평양으로 귀환했다가 반 년 정도 감옥에 수용되어 조사를 받았으며, 이렇다 할 혐의가 없어 석방되어 중국으로 귀환할 때에는 100여 명이 겨우 며칠 분씩의 식량만 지급받아 기근에 허덕이다가, 결국 그 중 열 명도 채 못 되는 사람만이 살아 돌아올 수 있었다고 한다. 고 서방의 말에 의하면, 彭德懷를 총사령으로 하는 중공군이 한국 전쟁에 전면 개입하기 이전의 전쟁 초기부터 이미 임표 휘하의 중공군 1만 명 정도가 조선군으로 위장하여 참전해 있었다는 것이다. 영숙이 내외는 목단강에서 장을 보아 온 재료로써 마련한 음식과 술을 좋아하는 고 서방이 살아 있는 불개미를 60도 정도 되는 독주에다 담가 만든 술로써 우리에게 저녁식사를 대접하였다. 고 서방은 술을 매우 좋아하기는 해도 담근 술이 아닌 시중에 판매하는 것은 일체 마시지 않는다고 한다.

영숙이가 식후에 해림 시내로 나가 노래방에서 노래도 부르고 사우나도 하자고 청하므로 이미 술에 취한 고 서방과 얌전하고 예의바른 해진이를 제외한 나머지 사람들은 택시를 대절하여 해림으로 갔다. 해진은 막내 누이인 영숙이네 집에 처음으로 와 본다고 했다. 해림 시내에도 내가 흑룡강성에 도착하여 둘러본 다른 도시들과 마찬가지로 한글 간판들이 많이 눈에 띄었다. 우리는 그 중 어느 노래방에 들어가 가라오케로 밤늦은 시각까지 한국 유행가를 부르며 놀았다. 노래방에는 온갖 한국 노래가 갖추어져 있을 뿐 아니라 창도를 비롯한 중국의 친척들도 대부분 한국 노래들을 많이 알고 있었다.

창도와 연화·태영이는 비좁은 영숙이네 집 방 사정을 고려하여 해림 시내의 여관에서 잤고, 엄 서방 내외와 나는 영숙이와 더불어 집으로 돌아왔다.

13 (화) 간밤에 눈 온 후 개임

아침에 고 서방이 돌본다는 紅星花卉의 비닐하우스 안을 둘러보았다. 창도와 연화·태영은 해림 시내에서 사우나를 한 다음 영숙이네 집으로 와서 함께 조식을 들었다.

택시 두 대를 불러서 흰 눈이 하얗게 덮인 들판을 가로질러 해림 시내로 들어간 다음, 한국 기업이 많이 진출해 있는 新合鄉으로 접어들어 우리 외가가 있었던 大오성 마을로 향했다. 도중에 큰외삼촌의 부인이 재가해 갔다는 마을을 바라보았는데, 지금 거기에 생존해 있는지 어떤지는 알 수 없다고 한다.

오성촌은 경사가 완만한 산기슭에 위치하여 넓은 들판을 바라보고서 백 호 정도의 가옥이 자리 잡고 있다. 경치도 그럴듯하고 살기 좋은 마을로 보였다. 그러나 지금은 이 마을에도 한국 바람이 불어 닥쳐 빈 가옥이 많다고 한다. 이 마을에는 예전에 뱀이 많았다는데, 물맛이 좋고 공기가 맑아서 그런지 장수하는 노인들이 많았다. 아직도 우리 외가와 이모네 가족을 잘 기억하고 있는 사람들을 여러 명 만났다. 그들은 이모네 집과 내 외가의 위치도 일러주었는데, 이모네 집터에는 새 건물이 들어섰고, 큰길 가 외가 자리는 밭으로 변해 있었다.

나의 외할아버지는 이 마을에서 喪妻하고서 재취 부인을 맞았고, 그 후처가 데려온 딸이 아직도 마을에 생존해 있었다. 연두색 뿔테 안경을 쓴 그 할머니는 생애를 통해 여러 남자와 결혼 혹은 동거하였고, 동북 각지를 떠돌아다니다가 늙어서 이 마을로 되돌아왔다. 외할아버지의 재취 부인은 이 딸의 부정에 격분한 사위에 의해 칼로 찔려 죽었다고 한다.

내 외할머니 趙次京은 이 마을 뒷산에 묻혀 있다. 3년 전 외삼촌을 따라서 산소에 와 본 적이 있다고 하는 영숙이가 인도하여 그 산소를 찾아갔다. 완만한 산비탈에 곧바로 난 농로를 따라서 한참 올라가니 농토가 거의 끝나 가는 지점의 밭 끄트머리에 형체를 알아보기 어려운 모습으로 무덤이 남아 있었다. 외할머니가 돌아가셨을 때는 상여꾼들이 메고서 이리로 운반해 왔으며, 당시는 이곳까지 밭이 들어서 있지 않았던 모양이다. 무덤 앞에 자그만 비석이 서 있었으나, 3년 전에 찾아왔을 때는 이미 뽑혀져 부근의 다른 곳에 던져져 있었으므로 찾아서 원래의 위치에다 도로 갖다 세운 바 있었다고 하는데, 밭의 주인이 그랬는지 지금은 다시 뽑혀져 비석이 어디로 갔는지 찾을 수 없었다. 우리는 해림시에서 사 온 술과 과일 등으로 간단히 제사를 지내고서 음복을 하였다. 이미 흔적조차 분별하기 어려워진 외할머니의 무덤을 이대로 방치할 수는 없으니, 유해를 발굴하여 화장을 하던지 이장하자는 의견이 나왔으므로, 만약 이장을 한다면 그 비용은 내가 대겠노라고 말해 두었다.

성묘를 하고서 마을로 내려와 외할아버지의 후처가 데리고서 시집왔다는 딸과 좀 더 대화를 나누다가, 택시 세 대를 불러서 해림 시내로 돌아왔다. 해림 시내의 역 부근 어느 빌딩 안에 있는 큰 식당에 들러 火鍋 즉 샤브샤브로 점심을 들었다. 점심을 든 후 창도와 영옥·연화·태영은 먼저 상지로 돌아가고, 영숙은 자기 집으로 돌아갔으며, 나는 발해국의 수도였던 上京龍泉府 遺址와 흑룡강성의 명소인 鏡泊湖를 둘러보기 위해 엄상길·고정철 두 매부와 외삼촌의 장남 하해진을 대동하여 택시 한 대를 대절해 남쪽으로 향했다. 도중에 寧安市에 속한 蘭崗이라는 곳을 지나갔는데, 그곳은 수박의 산지로서 전국적으로 유명한 곳이다. 창도의 죽은 형인 성도 처는 원래 이곳 사람이었으며, 성도의 사후에 친정으로 돌아가 재혼하여 현재 여기에 살고 있다.

東京城으로부터 이웃한 渤海鎭으로 들어가 먼저 발해유물박물관에 들렀다. 겨울이라 입구의 철문이 닫혀 있었는데, 고 서방이 그 아래로 기어 들어가 관리인 집을 찾아서 결국 우리가 참관할 수 있도록 문을 열게 만들었던 것이다. 관리인의 안내로 박물관 관내의 전시품들을 두루 둘러보았다. 그러나 전시대의 유리 덮개 안에 진열되었던 유물들 대부분은 어디론가 다른 곳으로 옮겨지고 지금은 그 중 일부만 진열되어져 있었으며, 전시실 바닥이나 복도에 진열된 유물들 가운데는 복제품도 있었다. 발해는 五京 제도를 두고 있었는데, 이곳은 발해의 왕궁이 있는 정식 수도였던 것이다. 박물관 건물 바깥이나 안에 진열된 유물·유적 가운데 돌로 된 것은 대부분 화산석으로 만들어졌다. 그것은 이 일대가 활발한 화산 작용으로 인한 특수한 지질구조를 이루고 있기 때문이다.

박물관 관람을 마친 후, 우리는 그 근처를 지나가는 삼륜 승합차를 타고서 부근의 興隆寺로 가 보았다. 흥륭사는 청대의 사찰인데, 발해 시대부터 있었던 원래의 절터에다 청대에 다시 절을 건설한 것으로서 현재 일직선으로 차례로 배열되어져 있는 네 채의 건물 중 안쪽 두 채는 발해 시대의 것이고, 바깥쪽 두 채는 청대에 추가된 것이라고 한다. 건물 자체가 발해 시대의 것은 아니겠지만, 안쪽의 두 동 사이에는 한국의 역사 교과서에서 보았던 높이 4미터 남짓 되어 보이는 발해 석등과 돌사자, 종 등이 있고, 가장 안쪽 건물 안에는 발해시대의 석불이 안치되어져 있었다. 그리고 이 절 입구 안쪽의 빈 터에는 청대 강희·건륭 연간의 것이 포함된 비석 네 기와 비석이 없는 귀부 두 개가 나란히 세워져 있는데, 그것들은 모두 이 영안 일대의 다른 곳으로부터 옮겨져 온 것이었다.

발해진까지 걸어 나와 다시 차를 대절하여 거기서 남쪽으로 더 내려간 지점에 있는 경박호의 명소 吊水樓瀑布 입구에 있는 조선족 마을에 당도하였다. 우리가 도착했을 때는 이미 해가 져서 깜깜하였다. 그곳의 여관 겸 식당들은 겨울이라 대부분 휴업 상태여서 우리는 밤중에 여러 집을 수소문해 돌아다닌 끝에 마침내 晶晶高麗旅館이라는 곳에서 큰방 하나와 저녁 식사를 제공받을 수 있었다. 술을 좋아하는 고 서방은 그 방 안에 비치된 靈芝와 오미자 등을 섞어서 담근 술을 따라 와 함께 마셨다.

14 (수) 간밤에 눈

흑룡강성에는 이번 겨울에 눈이 거의 없었다고 하는데, 어제 오늘 이틀 밤 연달아 눈이 내려 온 천지가 하얗게 뒤덮였다. 조식을 든 후 간밤에 돌아온 여관의 바깥주인 崔雪 씨에게 부탁하여 차 한 대를 대절해 경박호 일대의 관광에 나섰다. 최 씨는 중국에서 태어났다고 하는데, 그가 하는 조선말은 단어와 발음이 모두 중국식이어서 알아듣기가 힘들었다. 대절한 차의 기사는 젊은 중국인으로서, 간밤에 우리가 숙소를 찾아 방문한 적이 있었던 중국 여관의 주인인 모양이다.

쌓인 눈길 위로 차를 타고 가서 최 씨의 안내에 따라 얼어붙은 경박호와 적수루폭포를 둘러보았다. 경박호는 화산 활동으로 말미암아 발생하여 남북으로 길게 이어진 큰 호수이지만, 우리가 둘러본 곳은 유람선 선착장 일대였다. 경박호가 관광지로서 개발되기 시작한 것은 1980년대의 개혁개방 이후이며, 지금은 유람객을 위한 시설들이 제법 잘 갖추어져 있었다. 적수루폭포는 장마철에 수량이 많을 때는 꽤 넓게 흘러내려 백리 밖에서도 물 떨어지는 소리를 들을 수 있다고 한다. 그러나 지금은 그다지 넓지 않은 폭포가 얼음 덩어리를 이루어 말발굽 모양의 절벽에 고드름처럼 매달려 있고, 그 아래의 큰 웅덩이 물은 지하로부터 솟아나는 것으로서 여름철에는 얼음처럼 차갑고 겨울에는 따뜻하다고 한다.

경박호를 둘러본 다음, 거기서부터 북쪽으로 상당히 떨어진 거리에 있는 地下森林을 보러 갔다. 경박호와 그 주변 일대는 현재 국가지질공원으로 지정되어져 있다. 이는 화산 활동으로 말미암아 특수한 지질 구조를 가진 곳이 많기 때문이다. 지하삼림은 그 중에서도 대표적인 것으로서, 분화구의 칼데라에 물이 빠지고서 산 위의 커다란 땅 구멍에 아름드리 고목들이 울창하게 들어서 있는 곳이다. 그리로 향해 가는 길의 양측은 모두 원시림으로 뒤덮여 있었다. 우리가 탄 차는 바퀴에 체인을 감고서 꽤 오랫동안 눈길을 계속 달렸다. 지하삼림에서 그다지 멀지 않은 지점에 원시림의 말라죽은 나무들을 베어 운반하는 차량이 길을 가로막고 있어서 더 이상 나아갈 수가 없었다.

할 수 없어 되돌아 나오는 길에 역시 그 지방의 명소인 地下溶巖洞 두 군데를 둘러보았다. 하나는 푹 꺼진 지하에 동굴 모양을 이룬 것이 두 곳인데, 그 중 하나에는 일 년 내내 풀리지 않는 얼음이 얼어 있고, 다른 하나는 마른 동굴이었다. 또 하나의 지하용암동은 용암이 흘러 지나가서 뚫린 동굴인데, 안에 조명 시설이 전혀 갖추어져 있지 않았다. 우리는 운전기사가 들고 온 플래시와 나의 헤드랜턴이 비추는 빛에 따라 앞으로 계속 나아가 한 바퀴를 빙 돌았다. 동굴 안에는 18羅漢 등 불교 시설물들이 설치되어져 있었다. 그 동굴 안에 널려진 타고 남은 자잘한 용암 조각들이 매우 가벼워서 물에 뜬다고 하므로, 우리는 그 중 몇 개를 주워 왔다.

폭포촌의 조선족 마을로 돌아온 후, 그곳 협곡의 지금은 민속촌으로 변한 원래의 조선족 마을로 내려가 보았다. 조선족은 약 40년 쯤 전에 이리로 이주해 와 아주 가난하게 살아왔다. 현재는 중국 정부가 그 터를 매입하여 마을을 협곡 위로 옮기고서 예전 마을에다 새로운 시설물들을 설치하여 조선족의 각종 민속자료를 보존한 관광지로서 조성한 것이다.

민속촌을 둘러보고서 晶晶여관으로 돌아와 메기탕과 붕어무침 등으로 점심을 들었다. 거기서 설날 음식 거리를 구입하러 안주인의 친정 고을인 東京城까지 가는 여관 주인 내외를 차에 태운 우리 일행은 귀로에 올랐다. 동경성에서 한 번 다른 택시로 갈아탄 후, 寧安 시내를 거쳐서 목단강 입구에 다다른 다음에는 다시 목단강에 적을 둔 다른 택시로 바꿔 탔다. 중국의 규정상 택시들이 소속 구역을 넘어서는 영업 활동을 하지 못하도록 되어 있기 때문인 모양이었다. 도중에 기사가 알려준 바로는 눈이 많이 와서 상지와 하얼빈 방향으로 가는 고속도로가 차단되었으므로 기차를 타야한다는 것이었다. 목단강 역에 내려 대기해 있는 버스들을 둘러보니 과연 상지 방향으로 가는 버스는 하나도 발견할 수가 없었다. 그러나 포기하려고 할 무렵 때마침 어떤 중년 여인이 다가와서 하얼빈으로 가는 막차가 있다고 하므로, 우리는 그 여인을 따라가 웃돈을 얹어주고서 엄 서방과 내가 마지막 두 좌석을 차지할 수가 있었다. 고 서방 및 해진과는 거기서 작별하였다.

우리가 탄 버스는 밤길을 달려 도중에 亞布力에서 한 번 휴게한 후 세 시간 정도 후에 상지 부근의 고속도로 가에다 우리를 내려주었다. 창도가 태영이 남편에게 차를 주어 우리를 마중하도록 배려하였으나, 태영이 내외가 두 시간 동안이나 대기한 장소가 우리가 하차한 지점과 틀려 엄 서방과 나는 눈길을 한참 걷다가 지나가는 삼륜승합차를 타고서 하동의 엄 서방네 집으로 돌아왔다. 오늘 나를 자기 집의 만찬에 초대하기로 했던 연화 내외가 이미 거기에 와 있었고, 얼마 후 태영이 내외도 그리로 와서 밤 아홉 시 무렵에 白酒를 곁들인 늦은 저녁식사를 함께 들었다. 중국의 풍습으로는 아침·점심·저녁을 구별할 것 없이 손님 밥상에는 언제나 술이 올라오며, 술을 다 마신 다음에 밥을 드는 법인 모양이다. 여기 조선족은 중국의 백주를 소주라 부르고 있었다.

15 (목) 맑으나 강추위

내일의 귀국을 앞두고서 하동과 상지 시내에 있는 친척 집들을 방문하였다. 늘 그러듯이 태영이 남편이 창도네 차를 몰고 와서 엄 서방과 나를 태워 다녔다. 태영이 남편은 아직 운전면허증이 없지만, 중국에서는 사고가 나지 않은 이상 운전면허증을 보자고 하는 사람이 없는 모양이다. 운전자나 조수석에 앉은 사람도 안전벨트를 착용하지 않으며, 조수석에 앉은 내가 안전벨트를 매자 창도는 물론 영업용 택시의 기사까지 오히려 그럴 필요가 없다고 만류하는 것이었다.

먼저 하동의 연화네 집을 찾아갔다. 연화 집으로 가는 도중에 영실이네 집 부근도 지나치게 되었다. 영실이네는 상지 시내의 아파트로 이주하였기 때문에 현재 그 집은 비워져 있으며, 그들의 농토도 창도가 맡아 관리하고 있다. 창도는 그 자신의 말에 의하면 모두 여덟 대의 차를 가지고 있다는데, 직접 농사일을 하지 않고서 전적으로 중국인 인부를 고용하여 작업을 맡기고 있기 때문에 그 차들은 모두 수송용을 겸한 농기계이며, 승용차 역시 짐차를 겸한 것이다.

이모의 둘째 딸 연화네는 시숙 가족과 더불어 붉은 벽돌로 지은 단층 건물 한 채를 절반씩 나눠 쓰고 있다. 머지않아 그들도 시내로 이사할 것이라고 들었다. 연화의 외동딸 香梅는 北京과학학원에서 일본어를 전공하고 있는데, 현재는 겨울방학을 맞아 고향으로 돌아와 있다. 이 집에서

1년 내내 새끼 꼬는 일을 하여 양 다리가 휘어 부자연스러워질 정도로 고된 생활을 하고 있었던 연화는 한국인과 위장 결혼하는 형식으로 한국에 들어가, 수원을 근거지로 하여 남편과 더불어 주로 수도권에서 십 년 정도 막노동에 종사하였다.

연화 집을 나온 다음, 상지 시내로 나가 이모의 셋째 딸 태영이네 집을 방문하였다. 태영이는 새로 지은 넓은 아파트에서 한국의 중류 가정과 별로 다름없는 수준의 생활을 하고 있으며, 생활용품이나 가구, 의복도 대부분 한국제품이었다. 이러한 아파트들은 창도가 누이와 그 배우자들이 한국으로 나가 있는 동안 그들이 부쳐 온 돈으로써 대신 마련하였고, 그들은 작년 8월 무렵에 모두 귀국하자 비로소 하동의 농가를 떠나 시내의 새 집에서 과거와는 완전히 차원이 다른 문명생활을 하게 된 것이다. 그들이 이상적인 모델로 삼은 생활은 한국에서 보고 들은 그것이며, 따라서 그들은 한국을 중국에 비해 선진한 사회로 보아 대체로 매우 긍정적인 견해를 가지고 있다. 태영의 외아들은 미혼인 채로 동거하여 아직 아기인 아들을 하나 두었는데, 그 가족도 이렇다 할 직업이 없이 이 집에서 부모와 함께 생활하고 있다. 태영이 내외는 주로 한국의 전라도 지방에서 10년 정도 불법체류하며 막노동에 종사하였다. 이모의 네 딸과 그 배우자들은 모두 조만간에 합법적인 비자를 얻어 한국에 다시 나갈 계획을 세워두고 있다.

다음은 역시 시내의 아파트에서 생활하고 있는 죽은 성도의 외동딸 香善이네 집을 방문하였다. 향선이는 한국에서 고향 사람과 결혼하여 딸도 한국에서 낳았다. 그들은 4년 정도 한국에 거주하였고, 1년 정도 중국에 돌아와서 체재하다가 곧 한국으로 다시 들어가기로 되어 있다. 한국에서 돈을 번 기간이 상대적으로 짧았던 탓인지 아파트가 태영이네 것에 비하면 다소 소박하였다. 향선이는 내가 계서로 간 사이 가족과 함께 1박 2일 일정으로 재혼하여 寧安市의 蘭崗에 거주하고 있는 자기 생모 및 그 현재의 가족을 방문하고서 돌아왔다. 향선이의 생모는 어느 의사의 중매로 성도에게 시집온 이후 성격이 강한 시어머니였던 나의 이모 河三順으로부터 구박을 많이 받았었다고 한다.

마지막으로 이모의 막내딸 영실이 및 그 남편 강봉철의 집을 방문하였다. 영실이네 아파트는 한국으로 나가기 전에 마련했던 까닭인지 좀 구식이었다. 그러나 그들은 하동에 예전에 살던 집과 토지가 있는 외에 강서방의 형제자매 네 명이 살고 있는 山東省 威海市의 개발 구역에도 한국 돈으로 총 시가 1억5천만 원이 넘는 아파트 두 채를 마련해 두고 있으며, 머지않아 威海로 이주할 계획을 세워두고 있다. 길림성 연변조선족자치주의 연길에도 강 서방의 형제 한 명이 살고 있다. 영실이 내외 역시 내가 계서와 해림 쪽으로 다녀오는 동안 연길에서 혼자 사는 그 시숙을 사흘 정도 방문하고서 돌아왔다. 영실 내외에게도 아들 하나가 있다. 그는 기술고등학교를 다니다가 병으로 중퇴한 상태이며, 威海의 출입국관리사무소에 근무하다 퇴직한 강 서방의 형에게 부탁하여 장차 한국으로 유학을 보낼 계획이라고 한다.

창도 역시 강 서방의 형을 통해 한국 화물선의 선원으로서 취직하여 두어 달 정도 한국의 인천·광양 등지와 일본·중국을 오간 적이 있었는데, 선원 생활을 하다가 폐결핵이 도져서 귀국했던 것이다. 창도는 현재 폐결핵이 나았다고 하지만, 폐의 2/5 정도를 못 쓰게 되어 폐활량이 매우 부족함에도 불구하고 줄담배를 피우고 있다. 오성촌에서 외할머니의 산소를 방문했을 때, 그는 오른쪽 폐 상엽을 절제 수술한 나도 별 부담 없이 올라가는 그 길을 걸어 오를 적에 꽤 숨소리가 가빴다. 그는 누이들이 한국에 나가 있는 동안 그 농토와 자녀들을 대신 맡아 돌보면서 누이들의 많은 원조 하에 중국에서 농업 활동에 종사해 왔다. 그 전에는 깡패 같은 품행으로 계속 말썽을 피워 감옥소 생활도 하는 등 집안의 골치였으나, 지금은 어엿한 가장으로서 성품이 젊잖아졌고 도량도 커서 완전히 새사람으로 변했다. 그는 누이들 것 외에도 한국으로 나가 경작자가 없는 조선족의 농토를 많이 맡아 기업식 농업을 하고 있으므로, 경제적으로도 어느 정도 여유가 있는 모양이다.

이들은 모두 한국으로 나가기 전까지는 계서의 외삼촌 가족보다도 오히려 더 가난한 농사꾼들이었는데, 코리언 드림을 이루어 현재 중국 수준으로서는 꽤 유복한 생활을 하고 있다. 그러나 두 번 다시 예전의 농사일을 계속할 의욕을 갖지 못하여, 반 년 전에 귀국한 이후 현재까지 다들 아무 일도 하지 않으면서 벌어온 돈을 가지고 생활하고 있으며, 조만간 다시 한국으로 나가 또 한 번 큰돈을 벌 기회를 기다리고 있다. 심지어 창도의 중국인 처도 그 동생이 한국으로 나가 있는 터인데, 최근에는 그 처남의 처마저 위장결혼의 형태로 한국에 나가고자 하므로 창도가 그녀를 위해 합법적인 이혼 수속을 마쳐준 상태이며, 현재는 그녀가 한국으로 나가 있는 동안 그 자녀와 장인을 대신 맡아 부양하는 문제로 말미암아 창도와 자기 처 사이에 의견 대립이 존재하고 있는 모양이다.

점심은 상지 시내의 한국음식점 지하에서 한국식 해물탕과 생선회 등으로 들었다. 점심은 연화가 샀다. 점심을 든 후 남자들은 나와 함께 시내의 여행사와 호텔을 찾아다니며 내일 귀국할 내 항공권의 예약 확인을 하였다. 한국의 코알라여행사에서 적어 준 중국남방항공 하얼빈 지사의 전화번호 또한 잘못된 것이라 일이 번거로워진 것이다.

예약 확인을 마친 다음, 엄 서방의 인도에 따라 다함께 시내의 재래시장과 새로 들어선 백화점을 둘러보며 설날에 쓸 폭죽을 구입하기도 하였다. 시내버스를 타고서 눈 온 뒤의 빙판으로 변한 큰 거리를 지나서 영실이네 집으로 돌아오니, 이종사촌 누이들과 그 자녀들이 거기에 모두 모여 있었다. 그들이 나를 위한 선물을 마련해 주겠다고 하므로 사양하다가 정 그렇다면 술과 차를 원한다고 말했다. 창도가 그것들을 사러 가는데 함께 가보겠느냐고 물으므로, 강 서방 및 태영이 남편과 더불어 따라가 보았다. 중국에서 가장 고급인 五粮液 한 병과 貴州茅台酒 두 병 한 세트를 구입하였고, 차 상점에 들러서는 毛峰·鐵觀音·竹葉靑을 각각 두 냥씩 구입하였다. 그 대금은 강 서방이 지불하였다.

그것들을 가지고서 다시 버스를 타고 시내의 다른 한국음식점 지하로 갔다. 스무 명 정도 되는 우리 모두를 수용할 수 있는 큰 방이 없어서 방 두 개에 어른과 아이들이 나뉘어 들어갔다. 12년 전 한국에 와서 두 차례 우리 집에 들러 중국 약을 판매하였던 김두영 씨 내외도 얼마 후 그리로 와서 함께 어울렸다. 나를 환송하는 저녁식사 비용은 태영이네가 부담하였다. 김두영 씨 내외는 당시 한국에 불법 체류하면서 7~8년을 보내는 동안 「조선일보」 등 한국의 주요 신문에도 몇 차례 소개된 바 있었다. 그 신문에 보도된 내용이 하도 황당무계하므로, 당시 내가 그것들을 오려서 중국 이모에게 보내기도 했었다. 김두영 씨 내외는 그 후 한국이 IMF를 맞게 되자 일본으로 밀항하여 주로 東京의 上野驛 부근에서 8년 정도 거주하며, 덤프트럭 운전사와 식당 종업원 등의 직업에 종사하였다. 두 자녀는 지금도 일본에서 공부하고 있는데, 그 중 하나는 東京공업대학, 다른 하나는 早稻田대학 문과에 재학하고 있다 한다. 그들은 15년 남짓 되는 한국 및 일본 생활을 통해 제법 재산을 모았는지 大連에다 사무실을 구입해 두고 있으며, 오늘은 상지 시내에 마련한 새 아파트의 입주 기념식을 겸한 김 씨 자신의 생일 파티를 마치고서 이리로 온 것이었다.

만찬장을 나온 다음, 시내의 노래방으로 가서 일동이 춤과 노래로 흥겨운 시간을 보냈다. 김두영 씨를 포함한 참석자 대부분은 한국 가요를 나보다도 많이 알고 있는 듯했다. 창도의 중국인 처 劉慶雲도 계속 내게 술을 권하며 내 손길을 끌어 함께 춤을 추었다. 나는 노래로 세 차례 100점을 받았고, 그 때마다 남들이 그렇게 하듯이 중국 돈 100元 권 한 장씩을 대형 LCD 화면에다 갖다 붙였다.

노래방을 나온 후는 이미 밤이 깊었으나 다시 양고기 꼬치 식당으로 가서 술과 각종 양고기 구이를 들었다. 원래 영실이가 청한 것이었으나, 그 비용은 오늘 노래로 100점 맞은 사람들이 붙인 돈으로써 지불한 모양이다. 밤 11시 무렵에 하동의 영옥이네 집으로 다시 돌아와 취침하였다.

16 (금) 맑고 다소 포근함

아침에 내가 머물고 있는 이모의 장녀 영옥이네 집으로 그 딸이 전화를 걸어 왔으므로, 나와도 잠시 통화하였다. 영옥과 엄 서방 사이에는

2남 1녀가 있는데, 그 딸은 상지 서쪽 길림성과의 접경 부근에 있는 五常市의 외국어학원에서 중국인들에게 한국어를 가르치고 있다. 두 아들 중 장남은 일본에서 대학을 졸업한 후 귀국하여 처와 함께 深圳에서 일하고 있고, 차남은 일본에서 대학을 다니다가 중퇴하고서 현재 그 처와 함께 橫濱에서 일하고 있다.

창도와 강 서방이 나를 하얼빈 공항으로 데려가기 위해 차를 대절하여 영옥이네 집으로 왔다. 지난 9일에 도착했을 때는 하얼빈까지의 왕복 택시 요금이 400元이었는데, 돌아가는 오늘은 구정 연휴 전날이라 600元으로 올라 있었다. 나는 한국서 준비해 간 중국 돈을 쓸 기회가 없었으므로, 창도에게 남은 돈 1,700元을 모두 주었다.

함께 조식을 든 후, 설날 제사 음식 재료를 구입하러 상지 시내로 들어가는 영옥이 내외도 동승하여 중국에서 上海大衆이라고 부르는 소형 폴크스바겐 택시를 타고서 시내의 영실이네 집 앞으로 갔더니, 그 집에 모여 있던 이모네 자손들이 모두 나와 나를 전송하였다. 그들과 그 아파트 입구에서 작별하여 나는 창도 및 강 서방과 더불어 고속도로를 따라 하얼빈 공항으로 향했다.

어제 오늘은 눈이 전혀 내리지 않았지만, 고속도로는 그 전 이틀간 밤에 내린 눈으로 말미암아 꽁꽁 얼어붙어 있었다. 미국 같으면 소금을 뿌려서 눈이 내리자 말자 말끔히 제거해 버리겠지만, 중국의 고속도로는 눈이 그치고서 이틀이 지나도 아직 이 모양이었다. 엊그제 밤에 당시로서는 알지 못했었지만 이런 빙판길을 달려 목단강에서 상지까지 온 것을 생각하면 아찔하였다. 편도 2차선 중 안쪽 1차선에 눈이 제거된 구역도 더러 있었으나, 몇 대의 불도저를 동원하여 얼음덩어리로 변한 눈을 차례로 깎아내는 수준이었으며, 그나마 바깥쪽 노선은 얼음이 제거된 곳이 전혀 없고, 하얼빈 쪽으로 나아갈수록 전혀 방치된 상태로 있는 곳이 더욱 많았다. 아직은 흑룡강성의 고속도로에 차량 통행이 많지 않은 편인지라 사고가 적지만, 그럼에도 불구하고 바로 우리 앞을 달리던 승용차가 추월하기 위해 얼음판이 제거되지 않은 바깥쪽 노선을 달리다가 가드레일 접촉사고를 일으키는 현장을 목격하기도 하였다. 이런 길을 달리면서도 창도와 친구 사이인 듯한 漢族 기사는 안전벨트도 착용하지 않은 채큰 소리로 계속 떠들어대고, 벨트를 착용하려는 나더러 중국에서는 일없다고 하면서 만류하므로 나도 별수 없이 그 말을 따랐다. 중국의 도로를 달리는 승용차나 승합차는 폴크스바겐·아우디·도요타·혼다·벤츠·현대 등 외국 상표의 차들이 대부분인데, 그것들은 대부분 중국과 기술 제휴하여 중국 국내에서 생산되는 것들이다. 아직도 릭셔 수준의 조잡한 구식 승합차나 수 년 전부터 생산되기 시작했다는 장난감 같은 세 발 승합차가 적지 않게 눈에 띄지만, 전체적으로 보아 자동차의 생산 대수가 괄목할 만큼 많아졌고, 이처럼 외국과 합작하여 그들의 선진 기술과 자본을 대폭 도입하고 있는 만큼 중국 자체의 기술 수준도 날로 향상되고 있을 것임을 추측할 수 있었다.

외삼촌과 이모의 자녀들 집 모두에 전화기가 있는 점도 뜻밖이었다. 말하자면 도시와 시골, 부자와 가난한 자를 물을 것 없이 중국의 거의 모든 가정에 전화가 보급되어져 있는 것이다. 이모가 한국 나올 무렵만 하더라도 하얼빈에 가서 내게 전화를 거는 정도였었는데, 그 새 이처럼 달라진 것이다. 엄 서방에게 언제쯤부터 중국의 가정에 이처럼 널리 전화 기가 보급되었는지를 묻자, 10년 전 그들이 한국에 나갈 무렵부터라는 대답이었다. 지금은 대부분의 가정에 휴대폰 한두 대 정도씩 있는 것도 예사가 되었다.

하얼빈 시내로 접어들자 도로에다 무슨 얼음 녹이는 액체를 뿌린 모양 이어서 공항로 등이 온통 진흙투성이였다. 공항로 가의 중국식당에 들러 물만두와 돼지꼬리 삶은 것 등으로 점심을 든 후 공항에 도착하였다. 유리 칸막이 밖에 열을 지어 서서 탑승수속이 시작되기를 대기하다가, 전송 나온 두 사람과 작별하여 출국장으로 들어갔다.

오후 2시 30분에 출발하는 중국남방항공의 중형 여객기 편으로 하얼 빈을 출발하여 5시 50분에 인천국제공항에 도착하였다. 입국수속을 마치 고서 짐을 찾아 공항 밖으로 나오니 7시 무렵이었다. 잠실 방향으로 가는 공항리무진을 타고서 강남고속 터미널로 향했다.

공항 안에서 핸드폰을 켜 집으로 전화를 걸었더니, 하와이의 오아후 섬에서 열린 연세대학교 간호대학 30주년 동기 모임에 참석했다가 지난 12일에 집으로 돌아와 있는 아내가 받았다. 아내가 미국 어머니의 별세 소식을 들려주었다. 두 번의 미국 시민권 인터뷰에서 실패한 후 밤잠을 이루지 못하고서 고민하다가 돌아가셨다는 것이었다. 정말 뜻밖의 소식 이었다. 동시에 그분의 불우했던 생애와 자식 된 도리를 제대로 하지 못 한 우리들의 경우를 생각하니 마음 아플 따름이었다. 특히 작년 8월 미국 에서 돌아온 이후로 안부 전화 한 번 걸어드리지 못하였고, 근년에 해마 다 되돌아왔다는 이유로 작년 연말에는 아내의 의견에 따라 크리스마스 카드 한 장도 보내지 못한 점이 더욱 죄송했다.

한 시간 남짓 걸려 서울의 강남고속 터미널에 도착해 보니, 예상했던 대로 구정 연휴를 하루 앞두고서 창구는 붐비고 있었고, 진주 가는 고속 버스는 남은 것이 밤 10시 반쯤의 일반고속과 자정이 지난 시각의 우등 고속 각 한 대 씩 뿐이었다. 마산까지 갔다가 택시로 갈아타고서 진주로 갈까 생각하고서 일단 대열에서 벗어났다가, 이미 고속버스가 끊어진 창 원·마산 등지와는 달리 진주 표는 아직도 남아 있으므로 기다렸다 타기 로 작정하고서 도로 표 파는 창구 앞으로 돌아가 열을 지어 서 있으려니 까, 뜻밖에도 터미널의 남자 직원 한 사람이 진주 가는 손님들을 호출하 여 17,000원씩에 밤 8시 10분발 중앙고속 표를 판매하는 것이었다.

표를 산 시각이 이미 8시 반을 넘었으므로 반신반의하면서 그 표를 사 들고서 진주 가는 버스 탑승 장소로 가 보았더니, 표 시간과는 관계없 이 5분 간격으로 설날 귀성객 운송 버스를 배차하고 있었다. 그 전 시간 대의 몇 대가 떠나기를 기다렸다가 마침내 버스에 올라 12번 내 지정석 에 앉고서야 다소 마음이 놓여 부산 큰누나에게 전화를 걸어보았다.

교통 정체가 꽤 심하므로 평소처럼 밤 아홉 시부터 버스 속에서 잠을 청하다가, 자정 무렵에 충청북도의 옥천 휴게소에 도착하여 김치라면으 로 간단히 식사를 들었다. 나는 이미 점심을 들고서 비행기에 탑승했으므로, 배가 불러 기내식은 들지 않았던 것이다.

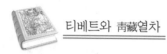

티베트와 靑藏열차

7월

30 (월) 흐림

오후 3시 무렵 우리 아파트 부근의 가야자모병원 진주사천 공항버스
정거장에서 지리산여행사의 대절버스를 타고 부산김해공항으로 향하였
다. 인솔자인 지리산여행사 대표 강덕문 씨가 일본 北알프스 산행 팀 인
솔을 마치고서 간밤에 진주로 돌아와 오늘 다시 우리 팀을 인솔하고서
중국 티베트로 출발하게 된 것이다. 그는 일본으로 향하기 전에도 캐나디
언 로키 팀을 이끌고서 돌아와 이번처럼 다음날 다시 北알프스로 떠나게
되었다고 한다. 이것이 그의 일상생활인데, 보통 사람으로서는 신체적으
로 버티기 어려울 만큼 고되겠지만 좋아서 하는 일일 것이다. 우리 가족
은 강 씨를 따라 몇 년 전에 금강산 여행을 다녀온 바 있었고, 나는 지난
겨울방학 역시 그를 따라 네팔 트레킹에 다녀왔다.

이번의 우리 여행에는 진주고등학교 동창 가족 팀 18명과 우리 팀 6명
이 참가하였다. 이동할 때 등만 함께 움직인다고 한다. 北京 쪽에 심한
천둥·번개가 쳐 비행기가 꽤 연착하여 도착했으므로, 김해 공항에서 19
시 45분에 출발할 예정이었던 중국국제항공 소속의 중형 비행기가 22시
에야 비로소 출발할 수가 있었다.

기다리는 동안 아내와 아는 사이인 진고 팀의 주부로부터 王牧 著, 양성
희 譯 『칭짱철도여행(靑藏鐵路)』(2006, 중국 初刊; 2007. 6. 5, 서울, 삼호
미디어)를 빌려 그 내용을 훑어보았다. 내가 신문을 보고서 구내서점을
통해 주문해 구입해 둔 陳暘 著, 박승미 역 『티베트 기차여행(坐着火車去西
藏)』(2006, 중국 초간; 2007. 5. 29, 서울, 뜨인돌출판사)와 거의 같은 시기

에 나온 것이지만, 후자보다는 여행안내서로서 훨씬 더 짜임새가 있었다.

두 시간 후 북경 首都空港에 도착해 보니 비가 제법 많이 내리고 있었다. 모처럼 북경에 와 보니 하계올림픽을 대비해 새로 지은 것인지 공항 건물이 현대식으로 완전히 바뀌어져 있었다.

입국 수속을 마치고서 현지 한국여행사 사장의 영접을 받아 공항에서 그리 멀지 않은 北京市 朝陽區 來廣營 西路 5號에 위치한 森根國際大飯店에 도착하여 1019호실에 투숙하였다. 準딜럭스 급이라고 하는데, 꽤 시설이 좋았다. 회옥이는 혼자서 바로 옆의 1020호실에 들었다. 호텔에서 오늘분 일기를 입력하고 나니 현지 시간으로 1시 50분인데, 4시 45분에 모닝콜이 있을 것이라고 한다.

31 (화) 북경은 비 내리고 라싸는 쾌청

여행 제2일째. 모닝콜은 없었다. 내가 화장실에 가기 위해 일어나 보니 이미 오전 5시를 넘어 있었다. 서둘러서 짐을 챙겨 1층 로비로 내려와 보았으나, 우리 일행은 아무도 보이지 않았다. 뒤늦게 모닝콜을 넣어 이럭저럭 시간에 맞춰 출발할 수가 있었다. 오전 7시발 CA4112가 예약되어 있었으나, 어제 북경 지역의 일기불순으로 비행기의 일정들이 대부분 변경되었기 때문에 항공편의 운항은 매우 유동적이었다. 우리는 국내선 공항 내 대합실에서 내내 기다리다가 오후 3시 무렵에 비로소 목적지를 향해 출발할 수가 있었다.

라싸의 공항에 도착한 후 현지 조선족 가이드의 안내를 받아 숙소인 西藏賓館으로 향했다. 공항에서부터 우리 일행은 진고 동문회 팀과 일정을 달리 하고 제공되는 차량도 달랐다. 그 전에 먼저 아리랑식당이라는 조선족이 경영하는 라싸 유일의 한국식당에 들러 석식을 들었다. 아내와 나는 6405호실에 들었다.

8월

1 (수) 맑음

라싸는 해발 3,650미터에 조금 못 미치는 고지대에 위치해 있어 일본의 최고봉인 富士山 정상과 더불어 그 높이가 서로 비슷하다. 그래서 그런지 주변의 산들에는 나무가 전혀 자라지 않고 들판을 가로질러 흘러가는 강물들도 대부분 흙탕물이었다.

우리 일행 여섯 명은 西藏으로 온 지 얼마 되지 않는다는 젊은 조선족 청년의 안내를 따라 봉고차를 타고서 몇 시간을 달려 티베트 4대 聖湖의 하나라고 하는 암드럭취(4,990m)로 향했다. 가이드는 사전에 백두산의 천지보다도 멋있다고 했지만, 도착해 보니 그저 산골짜기 사이로 길게 이어진 푸른 호수였고, 이렇다 할 인상을 받지는 못했다.

고지대라 그러한지 나는 새벽에 잠을 깨고서부터 어지럼 증세에 몸을 제대로 가누기가 힘들었고, 소변을 보고는 싶으나 화장실 변기 앞에 아무리 오래 서 있어도 시원하게 오줌을 눌 수가 없었다. 아내는 그것을 불안하게 여겨 간밤에 강덕문 인솔자와 상의하여 몇 종류의 고산증세에 듣는다는 약을 받았고, 휴대용 산소공급기도 네 통을 사 와서 내게 자꾸만 흡입을 권했다. 내가 평소에 폐활량이 적고 고산증세가 있어 신체적으로 남과 같지 않은 줄은 알고 있으나, 다른 사람들 앞에서 환자 취급하는 것이 싫어 그렇게 하지 말라고 몇 번 말한 바 있었으나 소용없었다.

라싸 시내의 어느 중국 식당에서 점심을 든 후 大昭寺로 향했다. 현지에서는 불당을 뜻하는 줄라캉 또는 자오캉이라고 부르는데, 당나라 貞觀 21년에 티베트와 칭하이 일대를 통일한 土蕃王 쏭짠깐부가 티베트로 시집온 文成공주가 당나라에서 가져 온 불상을 안치하기 위해 건립한 것이다. 라싸의 3대 사원 중 하나이다. 회옥이는 머리가 아프다며 먼저 호텔로 돌아갔다. 이 절은 라싸의 명물 중 하나로서 역사가 오랜 것인데, 정문 입구에서 五體投地를 하고 있는 사람들을 볼 수 있었다. 절 안을 두루 둘러본 후, 일행 중 다른 네 명은 그 근처에 남아 유명한 八角거리(八廓街)에서 쇼핑을 하고서 西藏博物館에도 들르는 모양이었지만, 나는 아내의 권유로 가이드의 부축을 받으며 우리 차가 대기하고 있는 지점까지 걸어나와 먼저 호텔로 돌아왔다.

저녁식사 또한 아내가 방안으로 배달해 주도록 요청하여 그렇게 해 받았지만, 한 술도 들지 않았다. 밤에 아내의 연락을 받은 강덕문 씨가 현지인 의사를 불러와 내게 링거 주사 등을 놓아 주었다.

2 (목) 맑음

2007년 8월 2일, 부다라 궁

아침에 티베트의 상징물인 부다라(포탈라)宮을 보러 갔다. 커다란 라싸 분지의 한 가운데에 티베트인이 웨부르山 즉 紅山이라고 부르는 높이 200미터가 좀 못되는 산 전체가 부다라 궁인데, 대부분의 주요한 건물들은 그 꼭대기 부분에 위치해 있다. 부다라는 관세음보살이 거처하는 靈地인 普陀落을 의미하는데, 달라이라마는 관음보살의 화신으로 간주되는 것이다. 이곳으로 처음 수도를 옮긴 쏭짠깐부를 시작으로 하여 제14대

달라이라마에 이르기까지 약 1,300년의 기간 동안, 총 9명의 티베트 왕과 10명의 달라이라마가 이곳에서 정치와 종교를 주관해 왔다. 제5세 달라이라마 시기부터 부다라 궁은 역대 달라이라마가 거처하는 궁이 되었다.

부다라 궁의 정면 도로 가에서도 오체투지를 하고 있는 사람들을 볼 수 있었다. 화강암인 듯한 돌로 된 계단들이 무수히 이어져 있어 올라가기에 꽤 숨이 찼다. 유네스코 세계문화유산으로 지정된 이후 하루의 입장객 수를 1,200명으로 제한하고 있기 때문에 입장권 구하기가 꽤 어렵다고 한다. 우리는 달라이라마의 침실 겸 거실을 비롯하여 1,000칸으로 구성되어져 있다는 궁전 내부의 주요한 방들을 둘러보았다.

부다라 궁을 나온 후 시내의 엊그제와는 다른 곳에 위치한 또 하나의 아리랑식당에 들러 점심을 들었다. 엊그제 갔던 그 집과는 친형제인 사람이 경영하는 식당인 모양이다. 거기서 야크 고기와 돼지삼겹살 불고기로 점심을 들었다.

점심을 든 후 일행은 이곳 풍습에 따라 낮잠을 자기 위해 호텔로 돌아가고, 우리 내외는 가이드의 배려로 어제 보지 못한 西藏博物館을 보러 갔다. 회옥이는 진주박물관도 관람한 적이 없다면서 다른 사람들을 따라 호텔로 돌아갔다. 서장박물관은 티베트의 선사시대로부터 1951년에 중국에 병합되기까지의 유물들을 두루 전시하고 있고, 그 꼭대기 층에는 원·명·청대의 중국 도자기들을 전시하고 있었다. 館內의 설명문에 따르면, 티베트가 중국의 일부분이 된 것은 元代부터라고 한다.

호텔로 돌아와 우리 내외도 한 시간 정도 낮잠을 잔 다음, 다시 일행과 합류하여 현지에서 드레풍이라 불리는 哲蚌寺를 보러 갔다. 라싸 시에서 서쪽으로 10킬로미터 떨어져 있는 根培烏山 3,800미터 지점에 위치한 것이다. 명나라 永樂 40년에 세워진 것으로서 총 면적은 20만 제곱미터에 달한다. 哲蚌寺에서는 지금으로부터 얼마 남지 않은 날짜인 雪頓節(올해는 8월 12~18일) 때 매년 거행되는 사이다포 의식으로 특히 유명하다. 산기슭 위로 오색찬란한 불상이 칠해진 큰 바위가 있고, 그 위에 거대한 불상이 그려진 탕카가 전시되면 그 때는 부다라 궁보다도 더 많은 사람들이 이리로 몰려와 복을 기원한다고 한다.

이 절 건물들 사이의 숲이 우거진 나지막한 광장에서 무언가 요란한 소리가 들려오고 있었다. 알고 보니 승려들이 손뼉을 쳐 가며 목소리를 높여 교리에 대한 토론을 하는 중이었다. 사이다포 의식과 더불어 TV를 통해 몇 번 본 적이 있는 이른바 辨經인데, 여기서 우연히 그 현장을 목격하였다.

초기의 달라이라마들은 사이다포 의식이 거행되는 단상의 오른쪽에 위치한 간단포장에서 생활했는데, 제5세 달라이라마 이후로 부다라 궁으로 거처를 옮겼다. 하지만 달라이라마가 간단포장에서 초기 정권을 세웠기 때문에 티베트 사람들은 그 시기를 '간단포장 왕조'라고 부른다. 이 절은 티베트 불교 거루 파(黃敎)의 창시자인 종카바가 거처했던 곳이기도 하다. 거루 파는 티베트 불교의 4대 종파 중 승려의 결혼을 금하는 등 엄격한 계율 준수로 유명하다.

이리하여 종카바는 제1대 宗風으로 모셔졌고, 거루 파가 몽골 등지로 전파되면서 티베트 지역은 점차 거루 파가 집정 교파로 발전하게 되었다. 이 시기 종카바는 제1세 달라이라마와 제1세 판첸라마를 자신의 첫 번째 제자들로 받아들였는데, 1419년에 종카바가 서거한 후 달라이라마와 판첸라마는 종카바의 명의 하에 활불 계승자로 정해졌고 티베트 불교의 수령이 되었다. 달라이라마는 라싸를 중심으로 티베트 동부 지방을, 판첸라마는 티베트 제2의 도시인 르커저를 중심으로 서부 지역을 다스렸다. 역대 달라이라마 중 한 명은 몽고인이라고 한다.

드레풍 사원을 끝으로 사실상 라싸 관광은 모두 끝났다. 그러나 저녁식사까지는 시간이 아직 꽤 남았으므로, 우리 여섯 명 일행은 가이드의 안내에 따라 부다라 궁 맞은편에 있는 공원으로 가서 한 시간 반 정도를 보냈다.

저녁식사를 한 곳은 重慶巴王府라고 하는 꽤 유명한 중국식당이었다. 여러 층으로 된 큰 건물 안에 방들이 많은데, 그 방들 대부분이 손님들로 채워져 있었다. 우리는 거기서 사천요리의 대명사인 重慶火鍋 즉 샤브샤브를 들었다. 양고기와 肥牛라고 하는 지방분이 많은 쇠고기였다. 식당을 나오면서 보니 입구 쪽 무대에서 중국옷을 입은 여자 하나가 악단의 반주에 맞추어 라이브로 노래도 부르고 있었다.

3 (금) 靑藏高原은 맑다가도 흐리고 때때로 부슬비

가족 여행 5일째.

새벽에 일어나 라싸 역으로 이동하여 8시 30분 발 靑藏열차를 탔다. 이번 여행의 하이라이트에 해당하는 날이라고 할 수 있다. 라싸 역은 새로 지은 것이라 크고 현대적이었다. 현지 가이드의 안내를 받아 방을 배정받았는데, 우리 가족은 최고급 4인 1실 침대칸인 軟臥 5호차의 7包 28실을 배정받았다. 열차 전체에서 60여명의 손님을 수용할 수 있는 공간밖에 없기 때문에 표를 구하기가 매우 어렵다고 한다.

세계 최고의 해발고도를 달리는 하늘열차인 칭짱열차(靑藏鐵路)는 靑海省의 省都인 西寧에서 西藏自治區의 수도인 라싸까지를 연결하는 구간을 이르는 것으로서, 그 중 청해성의 두 번째 도시인 거얼무에서 라싸까지의 구간은 작년에 비로소 개통되었다.

우리가 탄 기차는 나취 역에서 11시 59분부터 12시 5분까지, 거얼무에서 22시 5분부터 22시 25분까지 정거한 후, 다음 날 9시 14분에 西寧에 도착하게 된다. 그 외에도 철로가 때때로 레일 수가 줄어들거나 단선이 될 경우도 있어 반대 방향에서 오는 기차가 지나가기를 기다리느라고 조그만 역에서 임시 정거할 경우도 있다.

나취 역을 좀 지난 지점에서 신의 호수라고 불리는 아름답고 큰 춰나湖를 바라보았다. 그 외에도 티베트와 청해성의 경계를 이루는 탕구라산맥을 넘어가는 세계 최고 지점의 기차역인 해발 5,068m의 탕구라 역, 양자강의 발원 중 하나인 퉈퉈河, 광대한 커커시리 자연보호구역, 崑崙산맥의 주봉인 玉珠峰(6,178m) 등을 지나갔다. 물론 사전 지식을 좀 가지고 있었고, 주요 관광 포인트에서는 중국어와 영어로 안내 방송도 해 주었지만, 주의를 차려 바라보고자 해도 그 정확한 지점을 몰라 그냥 지나칠 경우가 많았다. 곳곳에 동물들의 접근을 막기 위해 콘크리트 울타리와 작은 돌로써 밭 모양으로 조성해 둔 장애물들이 설치되어져 있었고, 영구동토지대를 열차가 통과하기 위한 특수 장치와 긴 터널, 높고 긴 다리들이 건설되어져 있었다. 전체적으로 보면 거의 나무를 볼 수 없는 황량하기 짝이 없는 고원지대로서, 곳곳에 야크와 양, 소, 말 등이 방목되고 있을 따름이었다.

나는 기차가 거얼무에 도착하여 20분간 정거하는 동안 플랫폼에 나가좀 서성거리다가 돌아와, 기차가 다시 깜깜한 밤 속을 달릴 때 비로소 2층 침대로 올라가 취침하였다. 우리 방에는 福建省에서 라싸로 연수 차 왔다가 돌아가는 공무원 일행 중 한 명이 배정되어 있었는데, 그는 외국인인 우리 가족의 편의를 고려하여 낮 내내 방을 비워 주었고, 밤에는 어떤 아가씨가 한 명 들어와서 2층의 내 건너편 침대에서 잤다.

4 (토) 맑음

9시 29분에 西寧을 출발한 기차는 12시 21분에 甘肅省의 省都인 蘭州에 도착하였고, 12시 36분에 蘭州를 출발하여 감숙성의 天水市를 거쳐 陝西省의 寶鷄를 통과했다. 天水와 寶鷄는 내가 젊은 시절에 쓴 논문 「秦의 六時에 대하여」에서 일찍이 언급한 바 있었는데, 실제로 와 보니 寶鷄市는 예상했던 것보다 엄청 큰 도시였다. 寶鷄에서 제후국 시절 周나라의 옛 도읍지 岐山과 張載의 출신지 眉縣 橫渠鎭, 그리고 팬더의 대표적 서식지인 秦嶺산맥의 太白山 부근을 지나 20시 12분에 西安에 도착하였다.

서안에서 福建省의 공무원 일행이 내리고 우리 칸에는 어떤 중년 남자 한 명이 탔다. 아들을 대동하고 있었는데, 아들은 옆 칸에 탔고 아버지인 그는 우리 칸 1층의 좌석을 배정받았기 때문에 아내와 회옥이는 2층 침대로 올라가 자게 되었다. 20시 28분에 기차가 서안을 출발하자 우리 가족은 일찌감치 취침하였다. 나도 평소처럼 밤 9시 무렵에 잠자리에 들었다.

5 (일) 중국은 흐리고 한국은 부슬비

기차가 5시 13분에 河北省의 省都 石家莊에 도착했을 무렵 잠에서 깨어 났다. 간밤에 우리 칸에 탔던 중년 남자가 이미 깨어 있었으므로 그와 중국어로 대화를 나누기 시작해 7시 34분 기차가 북경 서부역에 도착할 무렵까지 이어졌다. 그는 내몽고 출신의 한족으로서 西安에 살고 있으며, 中國一航西安航空發動機(集團)有限公司의 副總經理인 閻國志라는 사람인데, 휴가를 맞아 개인적인 일로 북경에 간다고 했다. 두 아들을 두었는데, 장남은 中國東方航空의 파일로트이며, 동행한 차남은 미국 샌프란시스코 에 있는 대학원으로 진학하기 위해 현재 비자 수속을 밟고 있는 중이라고 했다.

북경에서는 조선족 현지 가이드의 영접을 받아, 우리 팀 중 나머지 3명 은 택시를 타고서 한국인이 경영하는 사우나로 가고, 나머지 일행은 王府 井의 차 없는 거리를 산책하다가 거기서 30분 정도 떨어진 거리에 있는 어느 짝퉁시장으로 가서 쇼핑을 했다. 북경이나 왕부정은 이미 여러 차례 와 보았는데, 이번에는 어디가 어딘지 알기 어려울 정도로 발전한 모습으 로 변해 있었다. 짝퉁시장은 지하 1층 지상 3층의 건물 전체를 차지하고 있었으며, 나는 거기서 봄·가을용 중국옷 한 벌을 1/3쯤의 가격으로 에누 리해 사고, 가족과 더불어 그 1층의 한국계 상점인 파리바게트에 들러 빵과 팥빙수를 들었다.

그런 다음 어느 대형 한식점으로 이동하여 사우나에 갔던 일행까지 거기서 합류하여 함께 점심을 들고서, 이동하여 首都공항으로 향했다. 15 시 30분에 출발하는 중국국제항공공사(Air China)의 CA131편을 타고서 18시 45분에 부산김해공항에 도착한 다음, 전용버스를 타고서 진주로 향 발하여 밤 9시 무렵에 집에 도착하였다. 김해공항에서 인솔자인 강덕문 씨의 부친이 어제 별세하였다는 소식을 듣고서 우리 팀의 부의금을 모아 전달하였다. 강 씨의 부모는 안동에 살고 있는데, 그는 2~3일 후에 다시 출국할 일정이 잡혀 있다고 한다.

짐 정리를 하고서 이틀 만에 샤워를 한 후 취침하였다.

2008년

雲南省

 雲南省

8월

8 (금) 맑음

오늘부터 16일까지 9일간에 걸친 혜초여행사의 패키지 상품(1인당 159만 원) 운남성대기행에 참가하기 위해 우리 가족 3명은 오전 11시 인천행 고속버스를 탔다. 대진·경부고속도로를 경유하여 용인·수원 부근에서 인천 방향으로 접어들어 네 시간 후인 오후 3시 무렵 인천종합터미널에 도착하였다. 점심은 집에서 준비해 간 주먹밥으로 고속버스 안에서 해결하였다. 1인당 8천 원씩 하는 국제공항 행 버스로 갈아타고서 집결시간인 오후 4시 30분에 10분 정도 못미처서 공항 3층 A카운터 옆 창가 쪽의 혜초여행사 미팅 장소에 도착했더니, 여행사 직원 석태환 씨가 이미 나와 있었다. 우리 팀의 인원은 모두 11명인데, 두 조로 나뉘어 내가 다섯 명으로 구성된 A팀의 조장으로 되어 있었다.

출국 수속을 마친 후, 오후 7시 5분에 출발하는 대한항공 885편으로

3시간 반 정도 비행하여 중국 시간으로 오후 10시 35분에 운남성의 省都
인 昆明에 도착하였다. 오늘 오후 9시부터 北京올림픽 개막식이 개최되는
데, 기내에 TV가 없어서 시청할 수 없었다. 입국 수속을 마치고서 밖으로
나오니 현지 가이드 송기철 씨가 대기하고 있었다. 말씨로 미루어 조선족
인 듯했다. 준비된 버스를 타고서 예약된 숙소인 시내 東風東路 29號의 昆
明櫻花酒店(사쿠라호텔)에 도착하였다. 우리 내외는 622호실을 배정받았
고, 회옥이는 대구에서 혼자 온 중년여성과 더불어 617호실에 들었다.

雲南省은 남으로 베트남·라오스·미얀마와 접하고 북으로는 廣西壯族自
治區·貴州省·四川省·西藏自治區에 접하였으며, 면적이 38만㎢, 인구 4500
만 명의 아열대 기후 지역이다. 그러나 전체 면적의 94%가 산지이므로
기온은 사계절 내내 봄 날씨에 가깝다고 한다. 온통 산지이므로 중국에
존재하는 56개 소수민족 중 26개 민족이 이 省에 있다. 省都인 昆明의 인
구는 550만 정도라고 한다. 戰國의 楚나라 때에는 滇國 땅이었고, 漢代에
는 益州에 속했으며, 唐代에는 南詔, 宋代에는 大理國 땅이었는데, 元代에
정복되어 雲南行省을 두었다.

오늘 곤명에는 비가 조금 내렸던 모양인데, 날씨는 반팔 셔츠로 조금
쌀쌀하다고 느낄 정도였다. 샤워를 마치고서 자정 무렵 호텔 방 안의 TV
로 올림픽 개막식 마지막 장면을 좀 보다가 취침하였다.

9 (토) 흐리고 때때로 비

호텔에서 조식을 마친 후 35인승 중형버스를 타고서 서쪽으로 大理를
향해 출발하였다. 편도 2차선 왕복 4차선의 고속도로를 5시간 정도 달렸
는데, 길가에 갖가지 꽃들이 피어 있고, 민가의 바깥벽에는 그 지방의
특색을 살린 그림들이 그려져 있었다. 世界恐龍谷(World Dinosaur Valley)
이 있는 綠豊을 지나 楚雄州의 중심지인 楚雄市에서 한동안 정거하였고,
점심 무렵에 大理市에 도착하였다. 大理市는 大理州 안에 위치해 있는데,
州 인구 333만 중 白族이 130여만 명 정도이고, 시 인구는 52만인데 그
중 백족이 65%를 차지하여, 백족자치주로 되어 있다. 이는 이른바 新시

가지로 불리는 大理市를 중심으로 한 전체 인구이며, 唐代의 南詔國, 宋代에 大理國이 수도를 두어 500여년에 걸쳐 운남성 역사·문화의 중심지였던 곳은 오늘날의 大理鎭인데, 이곳 인구는 5만4천 정도이다.

우리는 대리진의 大理古城南郊 旅游度假區에 위치한 숙소 亞星大飯店(Asia Star Hotel)에 도착하여 점심을 든 후 洱海 유람에 나섰다. 해발 1,972m에 위치한 담수호로서, 남북으로 길이 42km, 동서로 넓이 3.7~7.7km이며, 면적이 252㎢, 최대 깊이 21m이다. 유람선을 타고서 폭이 가장 짧은 부분의 건너편 對岸 부근까지 갔다가 돌아오는 코스였다. 때마침 우기인지라 수시로 비가 내려 주변의 풍광이 안개에 가려 충분히 조망할 수 없을 때가 많았다. 귀 모양으로 길쭉하게 생긴 호수가 바다처럼 크다 하여 洱海라는 명칭이 붙었다고 하며, 막혀 있는 것이 아니고 강들과 연결되어 멀리 동남아 지역으로까지 흘러간다고 한다.

이해를 떠난 후 崇聖寺三塔을 보러 갔다. 입구에서 1인당 중국 돈 30元씩 하는 전동차를 타고서 蒼山 기슭에 비스듬하게 위치해 있는 거대한 절의 상부로 올라가 경내를 관람하면서 걸어 내려오다가 다시 전동차를 탔다. 삼탑은 내가 TV와 서적을 통해 익히 보아 왔던 것이다. 그 중 가운데에 위치한 大塔은 千尋塔이라고 하는데, 南詔시대에 건설된 것으로서 높이 69.13m의 16층 密檐式 方形磚塔이며, 좌우의 小塔은 대리 시대에 건설된 것으로서 높이 42m의 10층 밀첨식 八角전탑인데, 멀리서 보면 안쪽으로 조금 기울었다. 원래는 이곳에 3탑 외에 별로 남은 것이 없었는데, 1997년 이래로 홍콩 화교들이 거액을 투자하여 탑 뒤쪽 창산 기슭에다 북경의 자금성을 모방하여 숭성사를 재현하는 공사를 시작하여 재작년부터 일반인에게 개방하고 있다. 위쪽에 위치한 대웅보전 옆의 祖師殿에는 이 절의 승려가 된 대리국왕 9명의 조각상을 모신 전각도 있었다.

마지막으로 大理古城을 둘러보았다. 蒼山 中和峰 아래 이해와의 사이에 위치한 것으로서, 명 태조 洪武 15년(1382)에 원래 있었던 남조·대리국의 수도 羊苴咩城 범위 내에다 한 면 길이가 1.5km 정도 되는 사각형의 바둑판 모양으로 새로 건설한 것인데, 옛 성벽의 남은 부분은 얼마 되지 않고,

현재의 성벽과 누각 등은 대부분 1990년대에 재건한 것이다. 성 내부에는 주로 각종 상점들이 들어차 있었다. 우리 일행은 남문으로 들어가 북문으로 통하는 중앙의 復興路를 따라서 五華樓까지 걸어갔다가 남문으로 되돌아왔다.

나는 호텔에서 석식과 샤워를 마친 후 다시 혼자서 고성의 서쪽 성벽을 따라 걸어서 북문까지 갔다가, 남문으로 빠져나와 돌아오는 코스를 산책하였다. 성내에서는 미장원에 들러 8元(한국 돈 약 천 원?) 주고 남자 미용사에게서 머리 커트도 하고, 서점에 들러 大理州 지도와 徐嘉瑞 著 『大理古代文化史』(昆明, 雲南人民出版社, 2005 초판, 2006 재판)도 사서, 성 밖의 긴 상점가를 걸어 밤 9시 반 무렵에 호텔로 돌아왔다.

10 (일) 비

오전 9시에 호텔을 체크아웃 하여 蒼山에 올랐다. 點蒼山이라고도 하는데, 橫斷山脈의 일부인 雲嶺산맥 남단에 위치하여 남북으로 길이 50km, 동서로 넓이 20km에 달한다. 19개 봉우리가 있는데, 모두 3,500m 이상이며, 최고봉인 馬龍峰은 4,122m이다. 名峰 사이로 하나씩 계곡을 이루어 18계곡을 형성하였는데, 그 계곡 물이 이해로 흘러 들어간다. 산위에는 삼천여 종의 식물과 대리석·은 등의 광물이 생산된다. 대리석이라는 이름은 이 산에서 생산되는 돌에서 유래하는 것이다. 우리는 리프트를 타고서 산 중턱에 있는 中和寺라는 절까지 올라갔다가 내려왔다. 절에 사는 할머니들이 우리에게 차를 권하고 수통에 넣어 가져가라고도 하는 것으로 미루어 인심이 순박한 듯했다. 리프트 주변에는 온통 잣나무 숲이며, 여기저기에 무덤들도 보였다.

오늘의 목적지인 麗江市로 이동하는 도중에 이해 윗부분의 喜洲鎭에 있는 대리의 4대 성씨 중 부자가 많다는 嚴氏의 저택이라고 하는 白族民家에 들러 내부를 둘러보고서 그 집 1층 홀에서 공연되는 백족 전통가무를 관람하면서 三道茶를 마셨다. 삼도차는 원래 남조국의 왕궁에서 행해지던 茶藝인데, 후에 민간에 전해져서 손님을 접대하는 데 사용된다고 한다.

각종 재료를 합성하여 첫 잔은 쓴맛, 둘째 잔은 단 맛, 셋째 잔은 혼합된 맛을 내도록 되어 있어, 인생의 쓰고 달며 그리고 과거를 회고하는 철학을 담고 있다는 것이다. 그보다 조금 더 가서 있는 어느 식당에서 백족 전통음식으로 점심을 들었다.

약 4시간 걸려 麗江으로 이동하는 도중 아시아 최대라고 하는 玉 공예품 전시장에 들렀다. 은제 장식품도 일부 전시하고 있으며, 백족 전통복장을 한 아가씨들이 판매하고 있었다. 여기서 파는 옥 제품은 대부분 미얀마로부터 수입한 옥을 가공한 것이라고 한다.

大理 가이드인 23세의 김성 씨는 이틀간 우리 일행이 묵을 숙소인 샹그릴라 거리(香格里大道)에 위치한 麗江觀光酒店(Sightseeing Hotel Lijiang)에 도착한 후 앞으로 나흘간에 걸쳐 여강과 그 다음 목적지인 中甸을 안내해 줄 방정민 씨에게 우리를 인계하고서 돌아갔다. 곤명과 대리의 가이드는 모두 연변조선족자치주 출신임에 비해 여강 가이드인 房씨는 흑룡강성 출신이었다. 1982년생으로서, 牧丹江·鷄西 등지에서도 살았는데, 대학은 다니지 않았지만 鷄西에서 일본말을 배워 일본어 가이드도 하는 모양이다. 뒤에 내가 물어보아서 알게 되었지만, 한국에도 와서 1년 정도 체재하며 전국을 돌아다닌 적이 있었다고 한다.

곤명에서부터 계속 우리가 탄 중형버스를 운전해 온 중국인 기사는 여강시와의 접경에 가까운 大理州 鶴慶縣 辛屯鎭 사람으로서, 우리 차가 辛屯에 다다랐을 때 그의 젊은 아내와 아직 어린 두 아들이 정거장에 나와 있었고, 아내가 웃음 띤 얼굴로 보다 추운 곳으로 향하는 그의 윗도리를 두터운 것으로 바꿔주었다.

여강시에서는 먼저 黑龍潭公園에 들렀다. 여강은 운남성 서북부의 해발 2,400m 되는 고원지대에 위치하며, 모계사회를 이루는 納西族의 오랜 터전이다. 여강시는 하나의 행정구역으로서 주변의 농촌지역을 포괄하고 있는데 그 전체 인구는 112만이며, 新시가지를 중심으로 한 시 구역의 인구는 14만이라고 한다.

흑룡담공원은 신시가지에 위치하며 청대 乾隆연간에 조성된 것으로서,

지하에서 솟아나는 물로 호수를 이루고 맑은 날에는 해발 5,596m의 만년 설을 인 玉龍雪山이 그 湖面에 비친다고 한다. 공원 구내에는 납서 족의 상형문자인 東巴문자 및 납서 족 문화와 관련된 교습소나 공연장, 박물관 등이 눈에 띄었다.

시내의 다른 호텔에서 저녁식사를 들고서 우리 숙소로 이동하였다. 우리 내외는 2층의 1239호실, 회옥이는 바로 옆의 1240호실을 배정받았다. 회옥이는 대구에서 온 중학교 교사와 한 방을 쓰고 있다. 회옥이는 일행 인 아줌마 몇 명과 더불어 밤거리로 나가 보는 모양이지만, 나는 좀 피곤 한데다 어제 일기의 정리도 제대로 되어 있지 않으므로 아내와 더불어 호텔 방에 남았다.

우리 일행은 제주도에서 온 세 자매와 서울에서 온 회사원 남편에다 교사인 아내 그리고 초등학교 4학년인 아들을 대동한 가족, 그리고 서울 과 대구에서 온 여행 마니아로 보이는 중년 여성 각 한 명으로 구성되어 있는데, 남자는 나까지 포함하여 모두 세 명에 불과하다. 게다가 회사원 남자는 술을 전혀 들지 않는지라, 식사 때마다 두 병씩 나오는 맥주를 마시는 사람은 대개 나 혼자인 셈이며, 회옥이가 마시는 시늉만 조금 내 고 있다.

11 (월) 대체로 부슬비

오전 시간을 옥룡설산에서 보냈다. 9시에 호텔을 출발하여 옥룡설산에 도착한 후 셔틀버스로 갈아타고서 藍月谷에 다다른 다음, 雲杉坪 가는 길로 접어들어 다시 케이블카로 갈아타고서 운삼평 출발점에 도착했다. 옥룡 설산은 티베트와의 접경에 위치한 梅里雪山에 이어 운남성에서 두 번째로 높은 산인데, 아직 인간에 의해 정복된 적이 없다고 한다. 景區의 면적은 400㎢에 가깝고, 동서로 폭이 10여㎞, 남북으로 길이 35㎞, 5,000m 이상 되는 雪峰 13개가 남북으로 비스듬히 배열되어 1년 내내 눈이 녹지 않는 다. 그 중 유명한 관광구역 중 하나인 운삼평은 해발 3,300m 지점에 위치 해 있는데, 운삼이라 불리는 삼나무 종류에 속하는 원시림이 둘러싸고 있는 1㎢에 달하는 초원이라 하여 이런 이름이 붙었다. 예로부터 납서족의 聖地로서, 사랑을 이루지 못한 청춘남녀들의 情死 장소로도 알려진 곳이라고 한다. 맑은 날에는 여기서 옥룡설산을 아주 가까이 조망할 수 있다고 하지만, 우리는 나무로 만든 산책로를 따라서 야생화가 널려 있고 소들이 한가롭게 풀을 뜯는 초원을 한 바퀴 두르는 것으로 만족해야 했다.

2008년 8월 11일, 운삼평

운삼평에서 내려온 후, 남월곡 玉液湖의 짙푸른 물속에 여러 마리의 야크가 있는 계곡에서 잠시 시간을 보내다가, 산속 식당에서 점심을 든 후 기슭에 위치한 玉水寨로 향했다. 麗江의 발원지인데, 납서족의 선조가 하늘로 올라갔다 땅으로 내려온 장소라는 전설이 있는 곳이다. 이곳에는 東巴문화를 소개하는 전시관과 현재 거주하고 있는 납서족의 실제 생활 모습을 개방해 둔 민속마을이 있었다. 납서족은 대리의 백족 등과 마찬가지로 漢·唐시기에 서북부 河湟(티베트) 지구로부터 이동해 온 羌族의 支派라고 한다.

다음으로는 白沙壁畵를 보러 갔다. 백사 마을은 麗江지역을 다스려 온

土官인 木氏의 발상지인데, 훌륭한 전통가옥들이 많이 보존되어 있다. 그러한 건축물들 중에는 明 洪武 17년(1385)부터 淸 乾隆 8년(1743)년까지 사이에 계속해서 조성된 벽화들이 많이 있었는데, 지금은 지진 등으로 말미암아 대부분 없어졌고, 명대 永樂 15년(1417)년에 세워진 琉璃殿과 명대 萬曆 10년(1582)에 세워진 大寶積宮에 보존되어 있을 따름이다. 그 중 예전에 절이었던 한 집에는 법당 내부의 사방 벽면에 불교의 탱화 같은 벽화가 그려져 있다. 木氏가 漢·藏·白·納西 등 각 민족의 화가들을 초빙하여 그린 것으로서, 라마교와 도교, 불교 등의 내용이 혼합된 것이다.

백사마을을 떠난 다음, 여강 시내에서 가까운 束河古鎭에 들렀다. 束河는 원래 '十和'라고 불렀는데, 元代에 麗江路에 있었던 열 번째 촌락이라는 데서 유래한 이름이다. 근자에 발생한 지진으로 말미암아 많이 파손되었으나 복원공사가 진행되어 민속촌과 같은 전통 마을의 모습을 보존하고 있는 곳이다. 중국의 관광객이 많이 모이는 장소는 어디나 그렇듯이 여기도 마을 안에 각종 기념품 상점과 숙소들이 빽빽이 들어서 있었다. 가이드의 안내에 따라 마을 안 여기저기를 걷다가 노인 악사 팀이 연주하는 東巴음악을 잠시 경청해 보기도 했다. 아내는 이 마을에서 무늬가 염색된 테이블에 덮을 넓은 베를 네 개 구입했는데, 내가 나름대로 깎아 보았지만, 다른 상점에 들러 물어보니 역시나 바가지를 썼던 것이다.

숙소로 돌아와 한 시간 반 정도 휴식을 취하였다. 오늘 한국은 北京올림픽에서 금메달 네 개를 따서 미국을 제치고 1위인 중국에 이어 2위로 올랐다. 휴식 후 다른 호텔로 가서 저녁식사를 든 후 麗江古城으로 갔다.

고성은 茶馬古道의 가장 중요한 거점으로서, 유네스코의 세계문화유산에 등재된 곳이다. 흑룡담공원에서 분출된 물이 마을 안 곳곳을 흘러가도록 설계되어 있었다. 古城이라고 하지만 성곽은 없었다. 예전에 상업행위가 이루어지는 중심 공간이었던 四方街 등을 둘러보았는데, 오늘날은 고성 전체도 온통 장사꾼 천지였다. 아내는 가이드를 따라서 타고 온 전용버스로 호텔로 돌아가고, 회옥이와 나는 거기에 남아서 밤거리를 걸으며 쇼핑을 하였다. 회옥이에게 스커트와 물고기 모양의 헝겊 백, 그리고 아이오와의 아파트에서 같은 방을 쓰는 친구인 항모에게 선물할 같은 모양의 작은 백 하나를 사 주었고, 나는 고성 안의 서점에서 雲南省博物館 編, 『滇國尋踪―靑銅鑄成的史詩』(昆明, 雲南民族出版社, 2008), 雲南日報理論部 編,『雲南文史博覽』(昆明, 雲南人民出版社, 2003 初版, 2006 重印)을, 그리고 고성 입구의 빌딩 2층에 있는 新華書店에서는 余嘉華 主編『雲南風物志』(昆明, 雲南教育出版社, 1997)를 각각 한 권씩 샀다. 회옥이는 어제 밤에도 아주머니들을 따라 고성에 와 본 적이 있으므로, 회옥이의 안내에 따라 신시가지의 밤길을 약 15분 정도 걸어서 숙소인 관광호텔로 돌아왔다.

12 (화) 대체로 흐림

오전 9시에 麗江觀光酒店을 떠나 다음 목적지인 迪慶藏族自治州의 중심도시 中甸으로 이동하였다. 도중에 麗江市와 迪慶州의 경계에 위치한 長江第一灣과 虎跳峽에 들렀다. 중국에서 가장 길며 세계에서는 세 번째인 長江 즉 揚子江은 靑藏高原에서 발원하여 운남성 서북부의 여강시 玉龍縣 石鼓鎭에 이르러 180도로 급전환해 北上하며 V자 모양을 그리게 되는데, 여기를 일러 '장강제일만'이라고 하는 것이다. 여강 지역을 흐르는 장강을 金沙江이라고 하는데, '麗江'이란 금사강의 별칭이다. 이곳은 전략적 요충지이기도 하여 일찍이 諸葛亮이 南蠻을 정벌할 때와 쿠빌라이가 大理國을 정벌할 때, 그리고 紅軍의 長征 때 賀龍이 第2方面軍을 인솔하여 건넜던 곳이기도 하다.

호도협은 거기서 좀 더 올라간 지점에 있다. 우리는 여강시의 星明에서 다리를 건너 일단 迪慶州에 들어갔다가 다시 다리를 건너 盧南으로 넘어온 다음 금사강을 따라 옥룡설산의 서쪽 바위절벽을 깎아 만든 棧道 2.6km를 걸어서 북상하여 上虎跳 입구에 다다랐다. 호도협은 상·중·하의 3단으로 나뉘어 전체 길이가 17km에 달한다고 한다. 금사강이 해발 5,596m인 玉龍雪山과 5,396m인 哈巴雪山 사이에 이르러 갑자기 협곡 深度 3,900m, 江面 낙차 220m, 최소 폭 20m 정도로까지 흐름이 좁아지게 되는데, 강 속에 거대한 삼각형 바위가 있어 물결이 거기에 부딪혀 거센 파도를 이루게 되는 것이다. 호랑이가 중간의 그 바위를 딛고서 건너편으로 뛰어넘어 갔다는 전설에 따라 이런 이름이 붙은 것이다.

편도 약 30분 정도를 걸어서 왕복하여 호도협을 보고 돌아온 다음, 魯南에서 점심을 들고는 다시 적경주로 들어갔다. 거기서부터 우리는 금사강을 떠나 강폭이 넓지 않은 小中甸河를 따라서 북상하여 中甸市, 즉 지금 명칭으로는 샹그릴라현(香格里拉縣)에 다다랐다. 샹그릴라현에서도 우리의 숙소가 위치한 중심지는 建塘鎭이라고 부르는데, 해발 3,300m의 고지에다 사방이 산으로 둘러싸인 곳으로서, 古城인 獨克宗과 신시가지의 둘로 구분된다. 雲南·四川·티벳의 경계에 위치한 中甸은 1933년에 출판된 영국인 제임스 힐튼의 소설 『잃어버린 지평선(Lost Horizon)』에 등장하는 유토피아인 샹그릴라가 바로 이곳이라는 중국 측의 주장으로 2001년에 공식명칭이 샹그릴라현으로 바뀌었다. 그러나 주민들은 여전히 중전이라는 옛 지명을 사용하고 있다. 적경장족자치주의 총인구는 33만 명이며, 그 중 샹그릴라현의 인구는 12만이다.

중전에 도착한 이후에는 장족 여자 가이드 한 사람이 추가로 우리 버스에 탔다. 和氏 성을 가진 비교적 젊은 여자였다. 장족은 중국어로 아가씨를 뜻하는 小姐라는 호칭을 좋아하지 않고 '줘마'라고 하는 장족 호칭을 선호한다고 한다. 총각에 대해서는 '자식'이라 한다고 들었다. 우리는 중전에서 서북으로 8km 지점에 있는 산간분지 納帕海에 먼저 들렀다. 해발 3,266m의 높이에 총 3,125㎢의 면적을 지니고 있다. 예전에는 거대한 호수였다고 하지만, 지금은 물이 말라 운남성에서 가장 넓은 초원으로 변했고, 겨울에는 다시 늪지로 변해 각종 진귀한 철새들의 보금자리가 된다고 한다. 우리는 이곳에서 말을 탔다. 장족 한 사람이 우리가 탄 말 두 필씩의 고삐를 끌고서 진흙탕 속을 걸어 초원 중간 지점까지 갔다가 돌아오는 코스인데, 돈을 더 내면 더 멀리까지 간다는 것이었지만, 우리는 그렇게 하지 않았다.

중전으로 돌아와 和平路에 있는 迪慶觀光酒店에 들었다. 여강에서 이틀간 머문 여강관광주점과는 체인인 듯하다. 우리 내외는 6층의 6022호실을 배정받았고, 회옥이는 바로 옆방에 들었다. 1층 식당에서 저녁식사를 들고난 후, 나는 혼자서 거리를 한 바퀴 둘러보았다. 가장 번화가인 長征路를 따라서 한참 걸어가다가 다시 和平路를 취해 돌아오는 코스였다. 장정로에는 티베트 의학의 약품이나 티베트 의상을 파는 상점이 많았다. 거리에서는 군용 트럭 두 대에 완전무장을 하고서 부동자세로 서 있는 중국 군인들을 태우고 지나가는 광경도 보았다. 북경 올림픽에 즈음하여 티베트인들의 독립을 요구하는 시위나 테러 행위가 빈발하고 있는 사태에 대비하여 장족에게 위협을 주려는 것이 목적인 듯했다. 네팔의 수도 카트만두에서 만나 지금도 이따금씩 나와 이메일을 주고받는 티베트 불교의 승려 뉴이마 체링도 이곳 적경주 출신의 장족인 것이다.

13 (수) 흐리고 때때로 비

어제까지는 컨디션에 별 문제가 없었는데, 오늘 새벽 일기를 입력하기 시작하자 도중에 어지럼증과 더불어 구역질이 나서 화장실에 가서 약간 토했다. 그러고서는 다시 괜찮은 듯하더니, 오후에 普達措國家公園으로 이동하는 중에 졸음이 와서 차 안에서 좀 졸고난 후부터 어지럽고 설사 기운이 있어 오후 내내 설사를 했다. 어제 중전으로 이동하는 도중부터 혜초여행사에서 미리 마련해 준 고산증 예방약 다이나막스를 복용하기 시작해 오늘까지 다섯 알을 다 복용하였고, 아내가 한국에서 준비해 온 설사약 스멕타도 복용하였다. 어지럼 증세는 그럭저럭 해결된 듯하나 설사는 취침시간까지도 그치지 않고 있다.

오전에 시내에서 멀지않은 곳에 위치한 噶丹 松贊林寺를 방문하였다. 5세 달라이라마에 의해 1679년에 건설되기 시작하여 1681년에 완공된 것인데, 운남성에서 가장 큰 티베트 불교 사원이다. 종카바가 창시한 게룩 파, 즉 黃敎에 속하며, 현재 수행중인 승려가 700명에 달한다. 게룩 파에 속하는 사찰에는 '噶丹(꺼단)'이라는 말을 명칭 앞에 붙이는데, 이는 불교에서 말하는 여섯 단계의 하늘 중 第4天을 의미하는 것으로서 수행하는 장소라고 한다. '松贊' 역시 티베트어의 음역이다. 나지막한 언덕위에 자리 잡고 있는데, 규모로는 비교할 수 없으나 라싸의 포탈라宮을 연상케 한다. 티베트 불교에서 매우 중요한 위치에 있는 사찰의 하나라고 한다. 송찬림사를 나오다가 나는 입구의 상인으로부터 야크 털로 만든 拂子를 하나 샀다.

중전 시로 돌아오는 도중 티베트인들이 중시하는 보석이라고 하는 天珠 판매장에 들렀다.

그 다음으로는 中甸古城에 들렀다. 이 역시 대리고성, 여강고성과 마찬가지로 차마고도 상의 重鎭 중 하나인데, 앞의 두 곳보다 규모는 작았다. 우리는 고성 안쪽에 있는 迪慶(띠칭)장족자치주박물관에도 들러보았다. 박물관 안에 이렇다 할 전시품은 별로 없고, 중국 정부의 선전물이 주를 이루고 있었다.

고성을 떠나 샹그릴라현의 동쪽 22km 지점에 있는 普達措국가공원으로 향하는 도중에 어느 식당에 들렀는데, 나는 설사를 하고 도무지 식욕이 없어 점심을 거의 들지 못했다. 부다쵸는 중국의 국립공원 제1호로서, 三江幷流 세계자연유산의 중심지대에 위치해 있다. '삼강병류'라 함은 운남성의 서북부를 북에서 남으로 나란히 흐르는 세 큰 강을 말하는 것으로서, 그 중 가장 왼편에 위치한 老江은 미얀마로 흘러들어 사르윈 강이되고, 왼쪽에서 두 번째인 瀾滄江은 라오스로 흘러들어 메콩 강이 되며, 가장 오른쪽의 金沙江은 장강제일만에서 크게 방향을 틀어 북상하여 중국 내륙을 흐르는 장강이 되는 것이다. 지도를 보니 대리의 이해에서 흐른 물은 베트남의 紅江 본류를 이루는 듯하다. 普達措 국립공원은 V자로 꺾인 장강의 한가운데에 위치해 있다. '普達措(푸다쵸)'는 산스크리트어의 음역으로서 그 의미는 '舟湖'라고 한다. 총면적이 약 300㎢이며, 최고지점은 해발 4,159m, 최저지점은 3,200m이다. 우리는 환경보호셔틀버스로 바꿔 타고서 총길이 69km에 달하는 8자형 1차선 환경보호차도를 따라 한 바퀴 돌았다. 도중에 북부의 屬都(수두)湖에서 내려 한 시간 정도 호수가를 따라 설치한 나무발판 위를 걸었고, 다시 다른 셔틀버스에 올라 나아가다가 彌爾塘亞高山牧場에서 잠시 하차했으며, 이 국립공원의 중심인 남쪽의 碧塔(삐타)海에서는 또다시 하차하여 屬都湖의 두 배 정도 되는 거리를 걷거나, 그렇지 않으면 배를 타고서 호수를 가로지른 뒤 다시 걷거나 하는 방법이 있었지만, 우리 일행은 결국 그대로 버스를 탄 채 고지대에 올라 벽탑해 호수를 내려다보는 쪽을 택했다. 碧塔 역시 범어의 음역으로서, '普達' '布達' '普陀'와 같으며, '措(초)'는 티베트어로 호수라는 뜻이다. 결국 普達措나 碧塔海나 같은 의미인 셈이다.

국립공원을 떠나 중전으로 돌아오는 도중에 藏族生態文化村에서 하차하여 장족이 거주하는 민가의 내부에 들어가 보고, 기념품점에도 들렀다.

오후 5시 무렵 호텔에 도착하였다.

14 (목) 맑음

8시 20분에 중국 비행기(MU5934)에 탑승해 迪慶香格里拉 공항을 출발하여 한 시간이 채 못 걸려 곤명에 도착하였다. 첫날 만났던 곤명 가이드 송기철 씨가 공항에서 우리를 맞아주었다.

먼저 昆明滇池國家旅游度假區 안에 있는 中國民族村에 들렀다. 이곳은 운남성에 있는 여러 소수민족들의 주거와 생활모습을 소개하며 공연도 하는 민속촌 같은 곳이었다. 다음 목적지인 西山森林公園으로 이동하는 도중 어느 식당에 들러 중식을 들었다.

西山은 민족촌에서 滇池, 즉 昆明湖를 건너 맞은편에 위치해 있는데, 험준한 바위 절벽을 깎아서 길을 내고 동굴을 뚫어 곤명 시내와 전지의 전체 모습을 조망하면서 걸을 수 있도록 만든 곳이었다. 처음에는 어느 가난한 도사가 수십 년 간에 걸쳐 이 작업을 시작했다고 한다. 계단 곳곳에 보이는 동굴들도 대개는 도교와 관련된 것이었다. 우리는 전용버스를 타고서 산 중턱까지 올라간 다음, 리프트로 갈아타고서 울창한 숲 위를 지나 위쪽으로 올라갔고, 龍門 등의 명소들을 거치면서 계단을 따라 걸어내려오다가 다시 전동차를 타고서 버스가 대기하고 있는 지점까지 내려왔다. 곤명호는 끝을 볼 수 없을 정도로 크기는 하지만, 오염되어 시내 쪽에 가까운 부분은 온통 綠藻가 가득하였다.

다음으로는 오늘 일정의 마지막으로 大觀樓公園에 들렀다. 대관루는 곤명호의 가장 안쪽 끄트머리에 위치한 것으로서, 청대의 문인 孫髥翁이라는 사람이 써 붙인 長詩로서 유명하며 黃鶴樓 등과 더불어 중국을 대표하는 누각 중의 하나라고 하지만, 그 규모는 작았고 게다가 수리 중이라 들어가 볼 수도 없었다. 근처의 연못에 연꽃이 활짝 피어 있었고, 분재들을 전시해 놓은 곳도 있었다. 요컨대 시민공원인 것이다.

곤명 시내 관광을 마친 다음, 첫날 묵었던 사쿠라 호텔(昆明櫻花酒店)에 들어 721호실을 배정받았다. 알고 보니 이 호텔은 東風東路 29號에 위치해 있는데, 白塔路와의 교차지점으로서 우리의 시청에 해당하는 시정부도 바로 이웃해 있는 중심가였다. 어제는 설사로 말미암아 샤워를 하지 않았기 때문에 이틀 만에 비로소 몸을 씻을 수 있었다. 오늘도 설사약을 세 가지로 갈아가며 복용해 보았지만 종일 그치지 않으므로, 호텔에 든 이후 팬츠를 여러 번 갈아입었다. 내 생각으로는 고산증이라기보다는 중전에 도착할 때까지 끼니때마다 맥주가 두 병씩 나왔는데, 일행 중에 술을 마시는 사람이 거의 없으므로 나 혼자서 점심 저녁에 한 병 정도씩 마신 까닭에 일상의 신체적 리듬이 깨진 탓이 아닌가 한다.

호텔에서 한 시간 정도 휴식을 취한 다음, 반팔 반바지 차림에 맨발에다 샌들로 갈아 신고서, 가이드를 따라 南二環路와 寶海路의 교차지점 부근에 있는 古奇茶坊이라는 곳에 들러 운남성을 대표하는 특산물인 여러 종류의 普洱茶를 들며 한국에 5년간 유학한 적이 있다고 하는 여성으로부터 보이차에 대한 설명을 들었다. 1층은 식당이고 2층은 전통찻집으로 되어 있는 곳이었다. 그런 다음 그 근처에 있는 커다란 식당에 들러 운남성의 명물 중 하나인 각종 버섯으로 만든 샤브샤브로 석식을 들었다. 자연산 송이버섯 1kg이 중국 돈 300元, 한국 돈으로는 5만 원, 달러로는 $50이라고 하므로, 가이드에게 하나 주문해 두었다.

우리 일행 중 여행 마니아로 보이는 중년 여성들은 알고 보니 모두 교사였다. 그들은 제주도에서 온 3자매 중 큰언니, 서울서 혼자 온 사람, 대구서 혼자 온 사람, 그리고 남편과 어린 아들을 대동한 여성 등 네 명인데, 마지막 여성은 해외여행을 매우 좋아하기는 하지만, 아직 경험이 그다지 많지는 않은 듯하였다.

15 (금) 맑음

이번 여행의 하이라이트인 九鄕洞窟과 石林으로 향했다. 오전 9시 무렵 호텔을 출발하여 동쪽으로 베트남과 통하는 국도를 따라 宜良縣에 도착한 다음, 九鄕 가는 지방도로로 접어들었다. 九鄕은 彝族·回族의 고을로서 곤명에서 동쪽으로 90km 떨어진 곳이므로 이동하는 데 두 시간 반 정도 걸렸다. 구향동굴은 중국을 대표하는 종류석 동굴의 하나이며, 예전에 동굴이었던 곳이 지진으로 말미암아 천정이 무너져 내려 생긴 1km 정도의 협곡 사이로 보트를 저어 600m 정도까지 나아갈 수 있는 小三峽이 있고, 또한 비탈진 동굴 안에 두 줄기 커다란 폭포가 쏟아져 내려 천지를 진동케 할 정도의 굉음이 울리는 점이 특색이었다. 구향동굴을 나와 리프트를 타고서 입구 쪽으로 이동하여 오리구이가 포함된 점심을 들었다. 이틀간 고생했던 설사가 오늘은 멎어 제대로 식사를 즐길 수 있었다.

구향동굴로부터 작년에 개통되었다는 새 도로를 따라 남쪽 방향으로 28km 떨어진 석림을 향해 이동하였다. 중국을 대표하는 관광지 중 하나인 석림은 해저의 석회암 지면이 융기하여 풍화작용 끝에 형성된 카르스트 지형으로서 세계자연유산에 등재되어 있고, 지질학적으로도 주목받는 곳이다. 紅河州에 속한 石林縣은 彝族自治縣으로서, 차를 타고서 석림을 향해 가고 오는 근처 일대에 규모는 보다 작으나 여기저기에 비슷한 형태의 카르스트 지형을 이루고 있었다. 우리는 석림에 도착하여 전동차를 한 대 빌려서 環林路를 따라 外석림과 小석림 그리고 大석림을 두루 둘러보았다.

석림을 보고서 곤명 공항으로 향하는 도중 昆明市 宜良縣 湯池鎭 北街 電信局 부근에 있는 중국인이 한국인을 상대로 경영하는 발마사지 집에 들러 발마사지를 해 받았고, 그 건너편에 있는 名家불고기에 들러 이번 여행 중 처음으로 돼지불고기와 된장찌개로 한식 석식을 든 다음, 다시 식당 옆의 한국인이 경영하는 곤명 라텍스 아울렛에도 들렀다. 이 근처의

陽宗海라는 커다란 호수 가에 아시아에서 유명한 春城골프장이 있어 한국인들이 여기까지 골프 치러 오며, 또한 구향동굴과 석림을 보러 오는 관광객도 적지 않아 골프장 부근에 이런 한국인을 상대로 하는 업소들이 생긴 모양이다.

공항으로 향하는 대절버스 안에서 곤명 가이드인 宋基哲 씨가 우리 일행에게 조선족 출신 중국 여행사 소속 가이드로서의 자기 처지에 대해 허심탄회하게 여러 가지로 말해주었다. 아마도 관광 도중 나와의 대화에서 내 외가가 흑룡강성에 있고 내가 재작년 겨울 그곳에 다녀왔다는 말을 들었기 때문이 아닌가 싶다. 알고 보니 그는 연변 출신이 아니라 외삼촌 가족이 사는 흑룡강성 鷄西市 동북쪽 러시아와의 국경에 가까운 密山市 출신으로서, 대학의 2차 지원에 합격하여 곤명에 정착하게 되었는데, 지금은 흑룡강성에 살던 그의 부모와 가까운 친척들도 대부분 날씨가 좋은 곤명 일대에 와서 살고 있다고 한다. 건축학 전공으로 대학원까지 다닌 모양인데, 지금은 중국인이 경영하는 雲南旅游商務國際旅行社有限公司 한국부에서 가이드로 일하고 있으며, 32세 정도인데도 운남성에는 조선족이 얼마 되지 않아 아직 총각이었다. 중국 여행사 측에서는 가이드들에게 관광객을 데리고 갈 점포들을 지정해 주며 그 점포로 손님을 데리고 가서 도장을 받아 회사에 제출해야 하도록 의무 지워져 있는 모양이다. 공항에 도착하여 탑승 수속을 마친 다음, 탑승구 앞에서 밤 11시 55분에 출발하는 대한항공 886편을 기다리는 동안 오늘 일기를 입력해둔다.

16 (토) 대체로 비

오전 5시 5분에 인천공항에 도착하였다. 공항버스로 서울 강남 터미널로 이동한 후, 터미널 구내에서 국수와 수제비로 조식을 들고서 오전 7시 20분 발 고속버스로 경부·대진고속도로를 경유하여 4시간쯤 후 진주에 도착하였다. 집에서 이틀 만에 샤워를 하고, 중국서 사 온 송이버섯으로 소금구이를 하여 점심을 들었다.

2009년

이집트·그리스·터키
吉林省

이집트·그리스·터키

1월

9 (금) 맑음

아내와 함께 오전 7시발 중앙고속버스를 타고서 서울로 향했다. 평일 오전이기 때문인지 도중에 신탄진휴게소에서 15분을 정거했음에도 불구하고 서울의 강남 터미널까지는 3시간 반 정도 밖에 걸리지 않았다. 강남 터미널 옆의 센트럴시티 빌딩으로 이동하여 거기서 오전 11시 5분발 인천공항 행 직통버스를 탔더니 정오가 채 못 되어 국제공항 3층에 당도하였다.

스케줄상의 미팅 시간은 오후 1시이므로, 휴대용 배낭에 넣어둔 노트북 컴퓨터를 꺼내어 거기에 설치해 둔 전자판 四部叢刊과 四庫全書를 클릭해 보았다. 사부총간은 에러 메시지만 나타나면서 열리지 않았으나, 사고전서에서는 『日知錄』을 비롯한 顧炎武의 저작들 대부분이 수록되어져 있음을 확인하였고, 또한 각 책의 提要를 비롯한 내용도 열람할 수가 있었다.

3층 A카운터 3번 4번 테이블에서 인솔자인 박지영 씨를 만났고, 일행이 모두 도착하기를 기다려 1시 40분쯤에 탁송할 짐을 부치고서 대한항공 카운터로 가서 카이로까지의 왕복 항공편 마일리지를 입력해 받았다. 체크인 한 후 탑승구 근처에 있는 식당에서 가벼운 점심을 들고서, 나는 공항구내의 GS BOOKS에 들러 이연수·조형미 지음『이지 지중해-그리스 터키 이집트-』(서울, travelbooksblue, 2007) 한 권도 구입했다.

15시 50분에 출발하는 대한항공 953편으로 인천공항을 이륙하여 10시간 이상 비행한 끝에 같은 날 21시 20분에 카이로에 도착하였다. 기내의 모니터를 통해 보니, 우리가 탄 비행기는 중국 북부지역을 가로질러 직선 방향으로 서쪽을 향해 날아가고 있었다. 이집트 시각은 한국보다 7시간이 늦다고 한다.

카이로 공항에서 이집트 남자의 영접을 받은 후, 전용버스 안에서 현지 가이드인 한국인 여성과도 만났다. 우리 일행은 인솔자 한 명을 포함하여 모두 18명인데, 우리 내외는 서울의 SK TOURVIS를 통해 신청했었고 아내가 며칠 전 여행사 측과 통화해 보니 신청자가 38명이나 되어 너무 많아서 두 팀으로 나누었다고 하였으나, 현지에서는 세계적인 불황으로 말미암아 여행객 수가 크게 감소하여 여러 여행사를 통해 신청한 사람들을 모아 출혈을 감소하고서 20명도 못되는 인원으로 행사를 진행하는 것인데, 그 중 숫자가 가장 많은 자유투어의 이름으로 이후의 모든 일정을 진행할 것이라고 했다. 대절버스는 벤츠였는데, 팀의 인원이 적으므로 좌석에 여유가 있었다.

우리는 밤중의 카이로 시내를 통과하여 나일 강 서안의 기자 지구에 있는 그랜드 피라미드 호텔에 투숙하였다. 주소는 Grand Piramids Hotel, 53, Studio Misr Road-Mariottia, Pyramids-Giza-Egypt였다. 호텔 부근은 고가도로 공사 중이라 바깥은 온통 공사장을 방불케 하였고, 들어오는 길도 비포장이었다. 호텔의 설비는 보통 정도였다. 우리 내외는 2512호실을 배정받았다. 이집트에서는 프런트가 있는 곳이 G층 즉 0층이므로 한국식으로는 2동 6층 12호실을 의미하는 셈이다. 이집트를 떠날 때까지

이 호텔에서 3박을 할 예정이다. 현지 가이드의 설명에 의하면, 이집트의 국민소득은 $2,000 정도라고 하니, 한국의 1/10 정도인 셈이다.

오늘은 이동하는 날이라 일정에 비교적 여유가 있고, 내일부터 귀국할 때까지는 전체 일정이 매우 **빡빡**하다고 한다. 그래서 현지에서 일기를 계속 써나갈 시간적 여유가 있을지 모르겠다.

오늘 구입한 책자에 의하면, 이집트는 인구 약 7189만 명인데, 그 수도인 카이로는 아프리카 대륙에서 가장 큰 도시이다. 나로서는 아프리카에 첫발을 디딘 셈이며, 이로써 일단 세계의 모든 대륙에 다 가본 셈이 된다. 이집트는 세계 4대 문명의 발상지 중 메소포타미아에 이어 두 번째로 오랜 문명을 지닌 곳이다. 기원전 8,000년경부터 지금까지 만여 년의 역사가 지속되어 왔는데, 파라오가 나라를 다스리던 고대 이집트는 BC 3100~2040의 고왕국 시대, BC 2040~1567의 중왕국시대, 그리고 BC 1567~332의 신왕조 및 후기왕조시대로 나뉜다. 이러한 파라오 시대의 왕조는 시대 순에 따라 총 31개로 구분되기도 하며, 그 이후는 그리스·로마 시대로부터 이슬람 시대, 그리고 근대 이후로 이어진다.

파라오시대의 고유종교는 자취를 감추고, 오늘날 이 나라의 언어는 아랍어이며 종교는 이슬람교(수니파)가 90%, 기독교의 원형인 콥트교 및 기독교가 3%인데, 카이로 시내에 있는 이슬람 사원수가 1,000이 넘는다고 한다. 카이로 근처는 최초의 통일 왕조인 고왕국 시대의 수도가 위치해 있었던 곳이다. 세계에서 가장 긴 하천인 나일 강 주변으로 많은 사람들이 모여들면서 자연스럽게 부족이 형성되고 부족이 연합한 왕국이 만들어진 것이 고대 이집트 왕국의 시작이다. 나일 강 상류에는 상 이집트(아스완부터 멤피스까지)가 들어서고, 나일 강 하류에는 하 이집트(멤피스부터 델타까지) 왕국이 들어섰는데, 비옥한 땅이 적어 농사보다는 상업에 치중했던 상 이집트 사람들이 침략전쟁을 시작하여, BC 3100년경에 상 이집트의 나르메르(메네스와 동일인물) 왕에 의해 상하 이집트가 통일되자, 나르메르 왕이 최초의 파라오가 되고 수도를 기자와 사카라 같은 대표적 피라미드 구역 남쪽 강가의 멤피스로 옮기게 되었던 것이다.

10 (토) 맑음

1층 레스토랑에서 뷔페로 조식을 마친 다음, 오전 9시 30분에 호텔을 출발하여 바로 이웃한 기자 피라미드로 이동했다. 기자는 고왕국 시대인 4왕조의 쿠푸 왕과 그 아들 카프레 왕, 그리고 카프레의 아들인 멘카우레 왕의 3대 파라오 피라미드로써 특히 유명한데, 그 중 가장 높은 쿠푸 왕 무덤의 북쪽 바로 아래에 제2차 세계대전을 종결짓기 위한 저 유명한 카이로 회담이 열렸던 호텔이 유칼리 숲속에 위치해 있었다.

우리는 먼저 최대 규모의 쿠푸 왕 피라미드로 가서, 그 왕비 중 한 사람인 동쪽 가에 위치한 다소 작은 규모의 헤눗첸 왕비 무덤(2511~2528 BC) 안으로 들어가 보았다. 그리고는 주차장이 있는 쿠푸 왕 피라미드의 북쪽으로 도로 돌아와, 도굴을 위해 만들어 놓은 아래쪽 입구의 터널이 있는 곳까지 올라갔다가 내려왔다. 사진으로 보던 바와 같이 모래사막 가운데에 우뚝 피라미드가 솟아 있을 것이라는 예상과는 달리 쿠푸 왕 무덤의 바로 옆까지 도시가 이어져 있었다. 차를 타고서 이동하여 이집트의 피라미드를 대표한다고 할 수 있는 이 세 피라미드의 경치가 가장 그럴듯한 전망대로 올라가 기념사진을 찍고, 거기서 두 사람이 한 마리씩 낙타를 타고서 현지인의 인도에 따라 카프레 왕 피라미드 부근까지 나아갔다가 돌아왔다. 동쪽 편에 위치한 스핑크스에도 가 보았는데, 그 입구의 미라를 만들던 돌로 된 지하 방을 거쳐서 스핑크스 바로 옆으로 접근하였다.

스핑크스를 떠난 후 현지인의 향수 파는 상점에 들른 다음, 기자 구역을 뒤로 하고서 나일 강을 건너 카이로 시내를 관통하여 외국인이 많이 거주하는 고급 주택가 구역으로 가서 한국인이 경영하는 가야 레스토랑에 들러 김치찌개로 점심을 들었다. 이동하는 도중에 바라본 시내의 풍경으로는 서민들은 대부분 흙을 구워 만든 붉은 벽돌집에 살고 있는데, 그 건물들은 거의 모두가 완공 상태가 아니고 위 부분에 철근이 그대로 드러난 모습이었다. 돈이 되는 만큼 지어서 일단 거주하다가 돈이 생기면 더 올려짓는 것이 이곳 풍습이며, 10% 정도 되는 이집트의 부자 계층 중 대부분의 비중을 차지하는 세습적 부자가 아닌 신흥 부자들 중에는 건물 임대로 돈을 번 사람들이 많다고 한다. 시내의 한국 교민은 800명 정도라고 한다.

어제 읽었던 가이드북의 내용과 현지 가이드의 설명은 여러 면에서 차이가 있었다. 가이드의 설명에 의하면, 이집트의 현 인구는 약 8천만 명이고 카이로 시의 주민은 약 2500만이라고 하며, 그 중 콥트 교라고 하는 이집트정교회의 기독교 신자(콥틱)가 15%나 된다는 것이었다. 그들은 우리의 다음 방문지인 시내 남부의 올드 카이로 지구에 주로 거주하고 있다고 한다. 우리는 올드 카이로에서 예수님피난교회 즉 聖세르지우스 교회를 먼저 방문했는데, 이곳은 헤롯왕의 박해를 피하여 예수와 마리아 그리고 요셉의 성 가족이 이 교회 제단 아래의 동굴에서 피난생활을 했다고 알려진 곳이다. 가이드의 설명으로는 AD 303년에 창건된 것이며, 가이드북에는 5세기경에 지어진 것으로서 이 구역 안에서 가장 오래된 건물이라고 되어 있다.

올드 카이로에서 다음 코스로는 유대인 회당인 벤 에즈라 시나고그에 들렀다. 가이드의 설명에 의하면 이곳은 AD 4세기에 聖미카엘교회로서 지어졌는데, 이슬람이 지배하던 시절에 인두세를 피하기 위해 이슬람 정부에 헌납되었다가 12세기에 유대인 랍비가 다시 구입하여 시나고그로 된 곳으로서, 출애굽 당시 모세가 기도했던 곳으로 알려져 있다고 한다. 그러나 가이드북에 의하면 벤 에즈라는 8세기경에 교회로 건설되었다가 약 300년 후 교회는 파괴되었고, 예루살렘의 아브라함 벤 에즈라에 의해 지금의 모습으로 보수되었다고 한다. 19세기에 수리 도중 이 시나고그 안에서 수백 편의 유대인 원고가 발굴되었다.

다음으로는 모던 카이로의 중심가로 가서 이집트 고고학 박물관에 들렀다. 약 20만 점의 유물이 보존되어 있다고 하는데, 그 중에서 특히 유명한 투탕카멘 소년왕의 무덤에서 발굴된 수천 점의 부장품이 거의 모두 이곳에 소장되어져 있다. 1863년에 처음 게자라 섬 서쪽 강변에 박물관이 들어섰으나 이후 잦은 범람으로 인해 1890년에 기자 지구로 옮겨졌다가 1902년 지금의 위치에 완성되었는데, 머지않아 다시 기자 지구에 새

박물관이 건설되면 그리로 옮겨질 것이라고 한다.

박물관 관람을 마친 후, 우리 일행은 일단 호텔로 돌아와 한 시간 정도 휴식을 취한 다음, 나일 강변의 유람선 타는 곳으로 이동하여 3층으로 된 크루즈 선을 타고서 뷔페식 만찬과 함께 나일 강을 상하로 이동하면서 실내의 디너쇼를 관람하였다. 공연은 아랍권의 명물인 미인 여성의 밸리댄스와 청년이 커다란 2중 치마를 돌리며 한없이 돌아가는 수피 춤이 주종을 이루었다. 밤 10시 무렵에 공연이 끝나 다시 호텔로 돌아와서 다음날 오전 2시에 모닝콜이 울릴 때까지 잠시 취침하였다.

11 (일) 맑음

4시 45분발 이집트 항공 MS131 편으로 카이로를 출발하여 중왕국 및 신왕국 시대의 수도였던 룩소르로 향했다. 5시 50분에 도착한 후, 나일 강변의 어느 호텔 로비에 들러 쉬면서 여행사 측이 호텔을 출발하기 전에 나눠준 도시락으로 조식을 들고, 일행으로부터 커피와 소주, 라면도 조금 얻어서 들었다.

당초 나일 강에서 이집트 전통 돛단배인 펠루카를 탑승할 예정이었지만, 바람이 약하여 펠루카가 운항할 수 없다고 하므로, 그 대신 일제 모터로 움직이는 바지여객선을 타고서 나일 강을 건너 서안으로 갔다. 거기서 대절버스로 멤논의 거상을 둘러본 후, 신왕국시대의 제18왕조에서 제20왕조까지 왕들의 묘소로서 만든 일종의 파라오 공동묘지인 왕가의 계곡으로 향했다. 거기에는 가장 마지막인 투탕카멘왕에 이르기까지 62개 묘역이 이미 발굴되어 각각의 발굴 순서에 따라 고유번호가 매겨져 있고, 그 중 열 개 정도는 해마다 교대로 일반 관람객에게 개방하는데, 우리 일행은 그 중에서 KV(Kings' Valley)34호인 제18왕조의 투트모스 3세, KV16인 19왕조의 람세스 1세, KV6인 20왕조의 람세스 9세의 무덤 안으로 들어가 보았다. 람세스 9세의 무덤 바로 앞이 저 유명한 투탕카멘 왕묘이므로 그 지하도 입구까지도 가 보았다.

2009년 1월 11일, 투탕카멘 왕묘

이어서 투트모스 3세의 계모인 합세수트 여왕이 건축한 유일한 신전으로서 여왕의 시아버지 투트모스 1세의 부활과 그녀 자신의 부활을 기원하여 건립된 것이며, 현재까지 남아 있는 가장 거대한 祭殿 중 하나인 합세수트 葬祭殿으로 가 보았다. 그곳은 근자에 대규모로 복원 작업이 이루어져 옛것과 오늘날의 것이 혼재하는 양상을 띠고 있었다.

다시 배를 타고서 나일 강 동쪽으로 건너온 후 카르나크 사원로 68번지에 있는 SONDOS PAPIRUS라고 하는 파피루스 공예품을 파는 상점에 들른 후 현지 식 뷔페로 점심을 들었다.

오후에는 풍요의 신인 아몬에게 바쳐진 이집트 최대의 사원 카르나크 大신전을 둘러보았다. 그런 다음 한국식당에서 된장찌개로 석식을 들었다. 주인의 말에 의하면, 룩소르에 거주하는 교민으로는 자신과 민박집을 경영하는 다른 한 사람을 합해 두 명뿐이라고 한다.

석식 후에 카르나크 사원의 부속 신전으로서 역시 이집트에서 가장 유명한 파라오인 람세스 2세에 의해 건립된 룩소르 신전을 관람하였다. 머지않아 원래의 형태대로 카르낙과 룩소르 두 사원을 연결하는 스핑크스 도로를 복원하는 공사가 진행될 것이라고 한다.

공항으로 이동하여 21시 25분발 MS220 항공기로 룩소르를 떠나 22시 35분에 다시 카이로 국제공항에 도착하였다. 룩소르 공항에서 체크인 할 때 스위스제 맥가이버 칼이 검색에 걸려 압수되었다. 비행기를 타다가 칼을 빼앗긴 것이 이번으로 몇 번째인지 모르겠다. 내 기억으로는 어제 탁송할 트렁크 속에다 넣은 줄로 알았는데, 그것이 휴대용 배낭에서 나온 것은 실로 뜻밖이다. 현지 가이드와는 룩소르 공항에서 작별하였다. 우리 는 어제 카이로 관광 때 사용했던 대절버스를 타고서 호텔로 돌아와 한 시간 남짓 쉬면서 샤워를 하고 나는 오늘 하루의 일기를 입력한 후, 24시 55분에 호텔을 체크아웃 하여 다시 공항으로 이동해 그리스로 떠나게 된다. 오늘은 침대에서 눈을 붙일 시간적 여유가 전혀 없는 셈이니, 실로 강행군이라 하겠다.

12 (월) 흐리고 쌀쌀함

3시 45분 카이로 발 그리스 국적의 올림픽 항공(OA326) 편으로 2시간 비행하여 5시 45분에 아테네 공항에 도착하였다. 이집트와 아테네 간에 는 시차가 없었다. 그리스 현지 가이드 김순자 씨의 영접을 받았는데, 그녀는 아테네에서 30여 년을 생활한 주부로서 유머가 있었다. 하늘에는 커다란 보름달이 떠 있고 아직 어두운 가운데 아테네 시내를 거쳐서 그 외항인 피레우스로 직행하여 에게 해를 가로질러 에기나 섬으로 향하는 유람선을 탔다. 김 여사의 설명에 의하면, 그리스의 전체 인구는 1100만 정도로서 그 중 500만 명 정도가 아테네 시에 거주하고 있으며, 1인당 국민소득은 $28,000이고, 한국 교민은 그리스 전체에 300명 남짓 거주하 고 있다. 피레우스 항에서 에기나 섬까지는 페리로 약 한 시간이 소요되 며, 섬의 인구는 17,000명 정도이다.

에기나는 아테네와 펠레포네소스 반도 사이에 위치한 섬인데, 고대에 는 아테네와 마찬가지로 상업 활동으로 융성한 도시국가였으며, 지금은 아테네 시민의 휴양지로서 유명한 곳이라고 한다. 거기서 마주 바라보이는 곳에 對 페르시아 전쟁에서 아테네의 승리를 결정지운 저 유명한 살라미스(살라미나) 해전의 현장이 있었다. 섬에 내린 후 우리 일행 중 10여 명은 옵션으로서 버스를 한 대 세내어 김순자 씨의 안내로 섬의 정상에 위치한 아페아 신전을 방문하였다. 나는 신전 아래의 외딴 상점에서 피스타치오라고 하는 이 섬의 명물인 견과류를 선물용으로 세 봉투 구입하였다. 항구로 돌아오는 길에는 그리스 정교회의 聖 넥타리우스 교회 및 그 부속 수도원에 들렀다. 성 넥타리우스는 현대 사람인데, 이 섬에 오랫동안 정착하여 여기서 생애를 마친 수도승으로서, 기적적인 치유로 많은 사람들을 구제하였으므로 死後에 성인 칭호를 받은 것이라고 한다. 지구상에는 나라 이름을 붙여 각각 正敎會라고 호칭하는 교단이 다수 존재하고 있는데, 정교회는 국가의 여하를 막론하고 기본적으로 서로 같은 교단이라고 한다. 나의 경험으로도 그리스정교회와 러시아정교회는 여러 면에서 흡사하다는 느낌이었다.

아페아 신은 빛의 여신으로서, 그 신전은 도리아 양식의 열주를 받친 석조 건축물로 건조되어 현재까지도 꽤 잘 보존되어져 있었다. 이 섬의 부두에는 언덕 위에 뾰족한 첨탑 하나만이 바라보이는 아테나 여신에게 바쳐진 신전도 하나 위치해 있었다. 나는 오늘 그리스에 도착한 이후에야 비로소 그리스에서 발달하여 후세의 서양 건축에 결정적인 영향을 준 列柱式 건축물이 어제 카르나크나 룩소르 신전에서 본 바와 같은 이집트 건축양식으로부터 영향 받은 것임을 알게 되었다.

에기나 섬의 항구로 돌아온 후 일행 중 선택 관광에 참여했던 사람들 전원은 포구의 어느 식당에 들러 이 섬 명물인 문어 말린 것에 소금을 쳐서 구운 안주에다 알코올 농도 40도라고 하는 현지의 향기가 강한 술을 두 병 주문하여 들었다. 버스 옵션에 참여하지 않고서 인솔자와 함께 읍내의 포구에 남았던 사람들과도 후에 합류하여 역시 현지 식당에서 중식을 들었다

피레우스에서 아테네 시내로 이동하여 먼저 아크로폴리스가 지척에 바라보이는 지점의 제우스 신전과 하드리아누스 문을 둘러보았다. 그런

다음 걸어서 이동하여 1896년에 제1회 근대마라톤 대회가 개최되었고 2004년 아테네 올림픽에서 한국이 메달을 휩쓴 양궁대회가 열렸던 현장인 파나티나이콘 경기장으로 갔다. 그리고는 다시 이동하여 그 근처의 대통령궁과 국민공원, 그리고 국회의사당과 의사당 벽에 새겨진 한국전쟁을 포함한 세계 각지의 전쟁에서 희생된 그리스 군인들을 추모하는 무명용사의 비를 둘러보았고, 아테네의 중심부인 신타그마에서 지하철도 구경하였다. 그 지하철은 공사 중에 발굴된 유물들을 역 구내의 지하 벽에 설치된 유리창 속에다 전시해 두고 있으므로, 박물관 같은 분위기를 자아내고 있었다. 신타그마 부근의 한식당으로 이동하여 석식을 든 후, 근처의 전라도 출신 한인 내외가 경영하는 올리브 제품과 한국어로 된 관광안내서를 판매하는 기념품점에 들렀다가, 교외지역의 바스 조르지우 B 거리 4번지에 위치한 팔레스 호텔에 투숙하였다. 우리 내외는 4층의 308호실을 배정받았다.

13 (화) 흐리고 저녁부터 부슬비

아침에 밖으로 나가보니, 우리가 머문 호텔은 에게 바닷가에 위치해 있고, 호텔과 바다 사이로 트램이라 불리는 여러 칸으로 된 전차가 운행하고 있었다. 그 일대는 아테네 시 변두리 지역의 고급주택가인 듯했다.

오전 8시 30분에 호텔을 출발하여 아폴로 코스트라고 불리는 해안도로를 따라 수니온 곶으로 향했다. 수니온은 아테네 남부 아티카 지역에 속한 발칸 반도의 남쪽 끝으로서, 파르테논 신전과 같은 시대에 건설된 포세이돈 신전으로 유명한 곳이다. 우리가 머문 호텔에서 그곳까지는 한 시간 정도가 소요된다. 해안선을 따라서 계속 내려갔는데, 그리스 땅이 척박하다는 것은 일찍부터 알고 있었지만, 차창 밖으로 바라보이는 육지 풍경은 온통 석회암 덩어리뿐이어서 큰 나무가 자랄 수 없는 토질이 대부분이었다. 우리는 수니온 곶에서 하차하여 신전까지는 올라가지 않고서 근처의 레스토랑이 있는 언덕 꼭대기에 올라 주변의 바다와 육지 풍경을 바라보는데서 그쳤다.

갔던 길을 경유하여 아테네로 돌아오는 도중 발키자라는 마을에 들러 터키의 양고기 케밥 비슷한 그리스 특색의 음식 수불라키로 점심을 들었다. 식후에 일행을 따라서 그 마을의 슈퍼에 들렀다가 아내와 함께 버스로 돌아오는 도중 우리가 점심을 들었던 식당 앞에서 우연히 20유로짜리 지폐 하나를 주웠다.

아테네 시내로 돌아와서는 먼저 아크로폴리스 언덕에 올라 입구의 포로필레아와 아테나 니케 신전을 거쳐 유네스코 지정 세계문화유산 제1호인 파르테논 신전과 에렉테이온 등을 둘러보았고, 언덕 아래의 디오니소스 극장과 아고라 및 아탈로스 주랑(Stoa of Attalos) 그리고 아테네 시의 주변 풍광을 조망하였다. 원래 파르테논 신전 동남쪽 앞에 있었던 아크로폴리스 박물관은 이제 폐쇄되고서 그 아래편에 바라보이는 새 건물로 옮겨져 있었다.

바울이 그를 재판하고자 모인 수십 명의 사람들 앞에서 연설했던 바위 언덕과 소크라테스가 독배를 마신 감옥 등도 둘러본 다음, 어제 석식을 들었던 한식당 귀빈(VIP'S)에서 다시 석식을 들었다. 그리스인이 경영하는 각종 기념품을 파는 상점에 들렀다가, 아카데메이아 거리로 가서 정면 계단 입구에 소크라테스와 플라톤의 등신대 대리석 조각상이 있는 아카데메이아 건물 및 그 일대의 그리스 최고 명문이라는 아테네대학을 바라본 다음, 다시 피레우스 항으로 이동하여 오후 7시에 히(키)오스 섬으로 가는 페리를 탔다. 현지 가이드인 김순자 씨와는 항구에서 작별했다. 우리 내외는 대구의 함지고등학교 교장인 權忠鉉 박사 내외와 함께 여러 층으로 된 큰 배의 앞머리에 있는 4인 1실 방을 배정받았다.

방에다 짐을 풀고서 선내를 한 바퀴 둘러보고 온 다음, 배 뒤편의 바로 가서 나는 오늘 주운 20유로로 10유로씩 하는 백포도주와 적포도주를 각각 한 병씩 샀고, 서울시 행정부시장을 지내다가 최근에 퇴임한 崔昌植 박사는 점심 때 발키자의 슈퍼에서 사 온 그리스 술 두 병, 그리고 주택은행장을 지내다가 5년 쯤 전에 정년퇴임한 민영우 씨는 한국서 가져온 종이팩 진로 소주를 내놓아, 우석대학교 교양학부에서 서양철학을 가르치고 있는 김선호 교수와 인솔자를 비롯한 여성 등 일행 10여 명이 함께 어울려 밤 10시 무렵까지 대화를 나누다가 각자의 방으로 돌아가 취침하였다.

14 (수) 흐리고 때때로 부슬비

4시에 히오스(Chios, Khios, Hiyos) 섬의 터키 땅이 바로 눈앞에 바라보이는 항구에 도착하였다. 소아시아 반도에 인접한 섬들은 현재 모두 그리스 영토로 되어 있는데, 그 중 가장 큰 섬인 키프로스의 경우에서 보듯이 영토 문제 때문에 지금까지도 두 나라 사이에 분쟁이 끊이지 않는 모양이다. 섬들 중 비교적 큰 것으로는 위에서부터 레스보스·히오스·사모스·로도스 등을 들 수 있는데, 이것들 역시 고대로부터 그리스의 이오니아 식민지에 속해 자연철학의 발상지요 문학과 신화·역사의 무대로서 자주 등장하는 것이다. 레스보스는 여류 시인 사포가 살던 곳으로서 레즈비언이라는 말의 유래가 된 곳이고, 히오스는 프랑스 낭만파 화가 들라크로와의 그림 '키오스 섬의 학살'로서 내가 예전부터 그 이름을 알고 있던 곳이며, 사모스는 피타고라스의 고향이다.

히오스 섬의 콘타리에 있는 대구 출신의 한국인이 경영하는 골든 오디세이 호텔에서 날이 밝아올 무렵까지 대기하다가, 거기서 조식을 들고서 8시 30분에 2층으로 된 작은 페리로 갈아타고서 섬을 출발하여 한 시간 후에 터키의 체스메 항에 도착하였다. 거기서 입국 수속을 한 후, 대기하고 있던 현지 가이드의 안내로 대절버스로 갈아타고서 이즈미르 주의 국도를 따라서 동쪽과 남쪽 방향으로 이른바 '풍요의 반달형'이라고 하는 곡창 지대를 따라 2시간 정도 이동하여 셀주크 군의 고대도시 에페스 즉 그리스어로는 에페소스로 향하였다. 체스메에서 에페스로 향하는 도중에 그리스 세계의 주요 도시인 페르가몬이 위치해 있었다. 그리고 에페스에서 남쪽으로 얼마 간 더 내려간 지점의 바닷가에 BC 2000년대 중반기에 미케네의 식민도시로서 번성하였으며 서양철학사의 첫머리에 그 이름이 등장하는 탈레스가 거주했던 밀레트 즉 그리스어로 밀레투스가 있다.

터키는 남북한을 합한 면적의 약 3배 정도에 인구 7천만 명 남짓으로서, 이슬람교 수니파 신자가 전체 인구의 대부분(99.8%)을 차지하지만 이슬람교가 국교는 아니라고 하며, 언어도 아랍어가 아닌 터키어를 사용하고, 1인당 국민소득은 $9,000 남짓인 모양이다. 이곳 역시 이집트·그리스와 마찬가지로 시차가 없는 동일한 시간대가 적용되고 있었다.

셀주크는 1037년부터 1157년까지 존속했던 셀주크왕조에서 이름을 취한 것으로서, 오스만(터키에서는 주로 오토만이라고 한다)제국(1299~1922)에 의해 멸망된 이른바 셀주크터키가 바로 그것이다. 광대한 영토를 통치하던 셀주크왕조는 내분으로 말미암아 그 본가가 멸망한 이후에도 각지에 분가 정권이 존속해 있었는데, 그 중 최후까지 소아시아 지방에 남아 있던 분가는 1308년에 멸망하였다.

에페스는 로마 시대에 소아시아의 행정 중심지였고 당시 인구가 20만이나 되던 큰 도시인데, 오늘날까지 그 로마시대 도시의 전체 모습이 거의 완전히 남아 있다. 당시에는 해안에 접한 항구도시였으나, 지형의 변화로 바닷물이 점점 퇴조하고 또한 말라리아 같은 전염병의 창궐로 말미암아 이제는 역사의 잔재로서만 남게 된 것이다. 『신약성서』에 실린 바울의 서신 「에베소서」로 널리 알려진 곳으로서, 한국으로부터 성지순례단이 끊임없이 방문하고, 현장에는 삼성그룹이 한글을 포함한 각 나라 말로 적은 안내판이 여러 곳에 세워져 있었다.

사도 바울은 시리아에서 멀지 않은 지중해 부근의 터키 땅 타르수스(한글 성경에서는 다소로 표기) 출신의 로마 시민권을 가진 유대인으로서 3차례에 걸쳐 지금의 터키와 그리스 지방을 전도 여행하였는데, 『신약성서』에 실린 바울 서신의 명칭에 나타나는 에베소·골로새·갈라디아는 에페스에서부터 카파도키아로 가는 도중의 소아시아(아나톨리아) 지방에 차례로 위치해 있고, 빌립보·데살로니가·고린도는 발칸반도의 그리스 땅에 위치해 있다.

우리는 언덕을 따라 형성된 도시를 관통하는 당시의 포장도로를 따라 항구 입구까지 걸으면서 현지 가이드의 설명을 들었다. 2만5천 명의 관객을 수용할 수 있다는 헬레니즘 시대에 만들어진 야외원형극장과 목욕장 및 사창가, 셀수스 도서관과 그 앞쪽의 공동묘지 등을 둘러보았다. 터키의 현지 가이드는 이상현이라는 이름의 젊은 남자인데, 교민이 아니라 한국에서 고등학교를 졸업한 후 영국으로 건너가 있다가 한 때 케냐로 가려고도 했고, 터키에는 2004년 무렵 친구들과 더불어 배낭여행 온 것이 계기가 되어 2006년 무렵부터 이스탄불에 와 머물면서 가이드 생활을 하고 있다. 최근 3개월간 한국에 다녀왔다고 한다.

에페스를 떠나 차로 이동하여 이웃한 셀주크의 아르테미스 신전에 이르러 예수의 12제자 중 한 사람으로서『신약성서』에 실린「요한복음」「요한 1·2·3서」「요한계시록」의 저자로 알려져 온 사도 요한의 무덤이 있다는 성 요한 교회와 이슬람 사원인 이사 베이 모스크, 그리고 이슬람 성채를 바라보았다. 세배대의 아들이며 야고보의 동생으로 갈릴리에서 태어난 요한은 원래 세례 요한의 제자였으나 예수의 부름을 받고서 그를 따르게 되어, 베드로 다음 가는 애제자가 되었다. 예수의 처형에 즈음하여 끝까지 그를 부인하지 않고서 죽음을 지켜보았던 유일한 제자인 요한은 그 후 성모 마리아와 함께 이곳으로 이주해 와 신앙생활을 계속하다가 생을 마감하게 되었다고 한다. 4세기경에 기독교가 공인되고 에페스 지역이 초대 일곱 교회 중 하나로 꼽힐 만큼 중요한 역할을 하게 되자 AD 5세기에 요한의 무덤이 있던 자리에 교회가 지어지게 되었고, 유스티니아누스 황제에 의해 6세기 경 지금은 유적의 상태로 남아 있는 교회당의 형태로 바뀌게 되었는데, 6개의 돔으로 덮인 십자 모양의 건물이었다.

오늘날 학계에서는『신약성서』에 수록된 요한의 이름으로 된 문헌들이 사도요한이 지은 것이라는 데 대해 대체로 부정적이고, 또한 고문서에 의해 그는 40~50년대에 순교하였음이 밝혀졌으므로, 이 무덤이 과연 그의 것인지에 대해서도 의문의 여지가 있을 듯하다. 그러나「요한계시록」은 사도 요한이 80년경에 에페스 부근에서 저술한 것으로 알려져 왔고, 「요한복음」또한 제3의 인물인 장로 요한(Joan)에 의해 100년 전후에 에

페스와 소아시아에서 저술된 것이라고 하며 요한 서한도 장로 요한의 것으로 추정되므로, 초기 기독교사에서 이 지역은 매우 중요한 의의를 지니는 것이다.

에페스에서 3시간 정도를 더 이동하는 도중에 휴게소에 들러 뷔페식 점심을 들었고, 다시 더 가다가 가죽의복을 팔며 패션쇼도 보여주는 곳에 들렀으며, 어두워진 후에 데니즐리 주의 온천마을 파묵칼레에 도착하여 각종 온천 설비가 갖추진 호텔인 빌라 루카스에 들었다. 우리 내외는 1층의 214호실을 배정받았다. 호텔 뷔페로 석식을 마친 다음, 일행 몇 명과 더불어 마을 안을 산책하고 돌아와 호텔 안의 노천온천과 실내 온천장에서 수영복 차림으로 온천욕을 즐겼다. 샤워를 마친 후 바가 있는 로비에서 남자 네 명이 모여 산책에서 사 온 흑맥주 큰 캔을 마셨는데, 직원이 잔소리를 하므로 일찌감치 파하고서 방으로 돌아와 밤 11시 무렵에 취침하였다.

15 (목) 맑음

지중해 여행의 7일차로서 파묵칼레에서 카파도키아까지 이동하는 날이다. 5시에 기상하여 호텔에서 조식을 마친 다음 아직 어두운 6시 30분에 호텔을 출발하여 파묵칼레의 석회층과 히에라폴리스를 보러 갔다. 히에라폴리스라고 불리는 이 고대도시는 BC 190년 페르가몬 왕 에우메네스 3세에 의해 세워진 것인데, AD 17년 로마 제국의 제2대 황제였던 티베리우스 때 일어났던 큰 지진 후에 재건되어 로마 제국의 고위관료들을 위한 여름 휴양지가 된 곳이다. 이집트의 여왕 클레오파트라도 그 애인 안토니우스와 더불어 에페스를 경유하여 이곳까지 놀러 왔었다고 한다. 이곳에도 에페스와 마찬가지로 고대도시의 흔적이 고스란히 남아 있었다. 우리는 그 유적지를 걸어 지나가서 하얀 석회층으로 거대한 진풍경을 빚어내고 있는 장소로 나아가 흘러가는 온천물에다 발을 담갔다. 주위의 산들이 흰 눈을 이고서 장엄하게 펼쳐져 있어 그런대로 장관이었다.

날이 밝아진 후에 히에라폴리스를 떠나, 면화로 유명한 파묵칼레의 면제품 전시장에 들렀다가, 다시 카파도키아를 향해 이동하였다. 디나르라는 곳에서 동북쪽으로 차이를 향해 나아가다가, 타우루스 산맥을 넘어 술탄다기라는 곳에서 모처럼 뷔페가 아닌 정해진 메뉴로 점심을 들었다. 끝없이 펼쳐진 고원지대의 평원을 계속 달렸는데, 곳곳에 흰 눈을 인 산봉우리와 능선들이 바라보이고, 평범한 시골 마을이라 할지라도 대부분 한두 개씩 첨탑을 거느린 이슬람 사원들이 눈에 띄었다. 터키는 그리스와 마찬가지로 대리석이 풍부하게 산출되는지라 건물 진입로의 포석까지도 대리석을 깐 곳들이 눈에 뜨였으며, 차 속에서도 여기저기 대리석을 캐어내는 산중의 현장이나 그것을 다듬는 공장들을 바라볼 수가 있었다. 오후에 해발 1,016m의 코냐라는 도시를 지났는데, 이는 셀죽투르크의 수도가 위치했던 곳으로서, 이스탄불·앙카라·이즈미르·부르사에 이어 터키에서 다섯 번째로 큰 도시라고 한다. 현재 네 번째인 부르사는 오스만투르크의 옛 수도가 있었던 곳인데, 규모 면에서 코냐와 더불어 4·5위를 다투고 있는 상황인 모양이다.

하루 종일 달려서 악사라이라는 도시를 지나 어두워진 후인 오후 6시 무렵에 카파도키아의 우르귑에 있는 오늘의 숙소 부유크 호텔에 도착하였다. 우리 내외는 528호실을 배정받았다. 카파도키아란 지명이 아니고 헬레니즘 시대에 카파도키아 왕국이 있었던 터키 중부의 방대한 지역을 가리키는 명칭이다. 지금은 주로 지형적 특수성을 보이며 삼각형을 이루고 있는 네브시히르·괴레메·우르귑 지역을 가리키고 있는 모양이다.

가이드의 설명에 의하면, 현재 터키에 거주하는 한국인은 모두 합해서 2천 명 정도인데, 그 대부분은 이스탄불에 있는 모양이다.

16 (금) 흐리고 오후에 비

새벽에 일어나 일행 중 어제 열기구 투어를 신청해 둔 열 명은 어두운 가운데 봉고차를 타고서 터키 가이드를 따라 괴레메로 이동하였다. 터키인 관광객 몇 명 및 브라질에서 온 젊은 남녀 한 쌍과 함께 나뭇가지로 만든 바구니를 타고서 카파도키아의 환상적인 지형 위를 떠서 한 시간 가까이 공중을 오르내리며 주위의 풍경을 둘러보았다. 같은 시간대에 띄운 열기구는 우리가 탄 것 외에도 여섯 개가 더 있었다. 아내나 나나 열기구를 타 보기는 난생 처음이다. 요금은 꽤 비싸 1인당 160 유로였는데, 해 보기 어려운 경험이라 기회가 닥쳤을 때 시도해 보기로 작정하고서 아내는 현찰로 지불하고 나는 신용카드로써 결제하였다. 땅으로 내려온 후에는 간단한 샴페인 파티와 함께 무사 비행을 확인하는 증명서도 발급 받았다.

호텔로 돌아온 후 조식을 들고서, 다시 일행과 함께 전용버스를 타고서 젤베 계곡과 네브시히르, 우치사르, 장미계곡, 괴레메, 우르굽 등 카파도키아의 명소들을 두루 둘러보고서 우치사르의 동굴식당에서 항아리 케밥으로 점심을 들었다. 카파도키아의 관광 포인트는 사암과 응회암으로 이루어진 독특한 천연 지형이거나 그러한 지형을 이용하여 지상의 바위 속에 벌집처럼 조성된 집들로 이루어진 것이다.

관광을 마친 다음, 거기서 몇 십km 정도 남쪽으로 내려간 지점에 있는 데린쿠유의 지하도시에도 들어가 보았다. 이 역시 카파도키아의 지상동굴들과 마찬가지로 유네스코의 세계문화유산으로 지정되어져 있는 곳이다. 가장 큰 규모인 데린쿠유에 있는 것 외에도 이 일대에는 이러한 지하동굴이 100군데 이상이나 산재해 있다고 한다.

카파도키아의 땅속 기독교 유적들은 기독교를 국교로 삼았던 동로마제국이 5세기부터 11세기까지에 걸쳐 동쪽으로부터 침공을 받는 과정에서 조성되었던 것이다. 가이드의 설명으로는 카파도키아의 동굴 주택이나 이러한 지하도시는 로마제국의 네로 황제가 기독교를 탄압했던 무렵부터 콘스탄티누스 황제가 밀라노 칙령을 선포하여 기독교를 공인한 이후의 상당 기간까지에 걸쳐 제정 로마의 기독교 박해를 피해 은둔한 사람들이 조성한 것이라고 한다. 그렇다면 네로가 재위했던 1세기 중반 이후 무려 2천년 가까운 세월을 견뎌온 셈이 되는데, 아무리 건조한 지대라 할지라도 넓은 범위에 걸친 다량의 유적들이 그렇게 오랜 기간 동안 이처럼 온전한 형태로 남아 있기는 어려울 것이다.

데린쿠유를 떠난 다음, 다시 악사라이를 거쳐 규모로는 터키에서 두 번째로 크며 염분 농도로는 요르단의 사해를 능가하여 세계 제1이라고 하는 투즈 호수 가를 거쳐서, 인가가 드문 광활한 평원을 계속 달려 어두워진 후인 오후 5시 45분에야 오늘의 목적지인 터키의 수도 앙카라에 있는 숙소 찬카야 호텔에 도착하였다. 주소는 Bayraktar Mah. Bayrakh Sok으로 되어 있다. 우리 내외는 3층(한국식으로는 4층)의 3007호실을 배정 받았다. 1층 레스토랑에서 닭고기 케밥으로 석식을 들었다. 터키에서는 불에 구운 음식이면 뭐든지 케밥이라고 한다는데, 점심 때 든 항아리 케밥은 불고기라기보다는 수프였고, 저녁에 먹은 것은 꼬치였다.

17 (토) 오전에 비와 눈, 오후는 개임

새벽 5시 반에 호텔을 출발하여 앙카라 시내의 대통령궁 앞과 아타튀르크 靈廟를 전용버스를 탄 채 둘러보고서 영묘 근처의 한국공원에 하차하였다. 한국공원은 한국전쟁에 참전하여 전사한 터키 군인들을 추모하기 위해 한국 측이 세운 것으로서, 약 3천 평 정도의 부지 한가운데에 대리석으로써 한국식 탑 모양으로 만든 '한국참전토이기기념탑'이 서 있고, 그 주위로는 전사한 터키 군인들의 이름과 인적사항을 새긴 비석이 둘러져 있었다.

터키 제2의 도시이자 행정수도인 앙카라는 이 나라 영토의 대부분을 차지하고 있는 아나톨리아의 중심에 위치하여 고대 히타이트 문명의 발자취를 비롯하여 로마 시대의 유적 등이 남아 있지만, 1923년에 터키 공화국의 창시자이자 터키의 첫 번째 대통령이었던 무스타파 케말 아타튀르크가 새 나라의 수도로 정하고서부터 발전하기 시작하였다. 수도로 정해지던 당시 앙카라의 인구는 10만 정도였지만, 현재는 400만 정도이며 점점 더 확장되는 추세에 있다고 한다. 아타튀르크는 터키에서 모택동·김일성·호치민 정도로 우상화되어 있는 인물로서, 우리는 학창 시절에 케말 파샤라고 배웠다. '파샤'는 '장군'이란 뜻이며, '아타튀르크'는 '터키의 아버지'라는 뜻이라고 한다.

앙카라를 떠난 다음 5시간 남짓 달려서 오후 1시 무렵에 아시아와 유럽을 경계 짓는 보스포러스 해협의 첫 번째 다리를 통과하여 이스탄불에 도착하였다. 차 속에서 현지 가이드로부터 터키 민요 '나의 서기관(KATIBIM)'을 배웠다. 이 노래는 우리가 어려서부터 익히 들어 아는 곡조로서, 그 첫머리에 나오는 '위스키다라 기데르켄 알드 다 비르 야무르(위스키다르 가는 길에 비가 내리네)' 중의 위스키다르는 우리가 통과한 이스탄불의 보스포러스 다리를 건너기 직전 아시아 쪽에 있는 한 구역을 의미한다.

이스탄불의 주민은 약 1600만 명으로서, 터키 전체 인구의 1/5을 차지하고 있다. 간밤에 내린 비 탓인지 이동하는 도중의 산과 들은 온통 흰 눈으로 뒤덮여 있었고, 볼루 시 부근을 통과할 때는 소나무 숲이 눈꽃을 이루고 있는 모습이 장관이었다. 우리나라와 반대로 터키는 겨울에 비가 많이 온다고 한다. 사판카 호수와 마르마라 해를 경유하여 로마·비잔틴·오스만제국의 수도였던 이스탄불에 도착하여, 술탄 아흐멧 역사지구의 식당에서 닭고기 미트볼로 점심을 들었다. 걸어서 근처에 있는 블루 모스크로 알려진 술탄 아흐멧 사원과 그 일대의 고대 로마 전차경기장이었던 히포드럼을 매립하여 만든 광장에다 이집트 룩소르의 카르나크 신전에서 가져와 세운 오벨리스크와 콘스탄티누스대제에 의해 그리스 델피의 아폴로 신전으로부터 옮겨졌다는 뱀 기둥, 그리고 그 옆의 로마 시대에 세워졌으나 십자군에 의해 비잔티움이 점령되었을 때 표면을 덮은 동판을 모두 떼 내어 동전으로 만드는 바람에 현재는 내부의 대리석만의 다소 흉물스런 형태로 남아 있는 또 하나의 오벨리스크 등을 둘러보고서, 저 유명한 아야 소피아 박물관으로 들어갔다.

터키어로 '신성한 지혜'라는 의미의 아야 소피아는 AD 537년 동로마제국의 황제였던 유스티니아누스황제에 의해 세워져 '위대한 성당(Megale Ekklesia)'라는 이름으로 불렸으나, 1453년에 술탄 메흐메드 2세(Faith Sultan Mehmed)가 이끄는 터키인들이 이 도시를 정복해 이스탄불로 개칭한 이후 사원의 이름도 아야 소피아로 개칭되어 이슬람 사원으로 바뀌어졌다. 이때 그 안의 기독교 성화들은 모두 회칠로 덮이게 되어 원래의 모습이 감춰졌는데, 오토만 제국이 멸망하고서 터키 공화국이 성립된 이후 아타튀르크에 의해 1935년 박물관으로 바뀌면서 시작된 성화 복구 작업으로 모자이크로 된 기독교 성화들이 일부 모습을 드러내게 된 것이다. 바실리카 양식의 목조 건축이었던 첫 번째 교회는 404년 반란 사건에 의해 불타고, 테오도시우스 2세 황제 때 목조와 석조를 혼합한 양식으로 재건되었으나 531년 유스티니아누스 1세가 황제 지위를 물려받는 과정에서 반대세력에 의해 또다시 반란이 일어나 소실되었으며, 현재의 것은 석조로서 세 번째로 건축된 것이라 한다.

아야 소피아를 나온 이후 로마 시대에 물 저장고로 쓰였던 어느 건물의 지하실에 들른 다음, 예전부터 익히 들어온 그랜드 바자르로 가서 1시간 반 동안 자유 시간을 가졌다. 나는 아내와 함께 바자르의 안팎을 둘러보다가, 그랜드 바자르 안에서 면과 비단을 섞어 짠 침대 커버 큰 것 한 장을 흥정하여 $230에 구입하였다. 파묵칼레에서 면제품 전시장에 들렀을 때 망설이다가 사지 못한 것이 내내 아쉬웠는데, 여기서 그것보다 더 비싼 물건으로 산 것이다. 푸른색과 황금색의 앞뒤 이중으로 된 바탕에다 같은 패턴의 꽃무늬를 새긴 화려한 것이었다.

고려정이라는 이름의 한식당에 들러 석식을 들고서 Beyazit. Ordu Cad. Sekbanbasi SK. 10. Eminolu 34490에 위치한 Antik Hotel에 숙소를 정했는데, 우리 내외는 304호실을 배정받았다. 샤워를 마친 후 밤 8시에 여행 도중 술자리를 늘 함께 해 온 남자 다섯 명(민영우·최창식·권충현·김선호·오이환)이 1층 로비에서 만나 산책삼아 근처의 술집으로 가서 이 나라 특산의 에페스 맥주 2잔씩과 쿠르드인이 만든 포도주 두 병을 들며 대화를 나누다가 밤 11시 무렵에 호텔로 돌아왔다.

18 (일) 맑음
호텔 5층 레스토랑에서 조식을 들며 보스포러스 해협에 떠오르는 아침

해를 바라보았다. 8시 30분에 호텔을 체크아웃 하여 해협에서 내륙 쪽으로 물길이 곁가지 쳐 나간 골든 혼(金角灣)의 에미뇌뉘 선착장에서 우리 일행 전용의 2층 유람선을 탔다. 개폐식으로 된 갈라타 다리 아래를 통과하여 보스포러스 해협으로 빠져나온 다음, 유럽 쪽 연안을 따라 북상하여 돌마바흐체 궁전과 제1교라고도 불리는 보스포러스 다리를 지나 제2교인 Faith Sultan Mehmed 다리까지 갔다가 방향을 돌려 아시아 쪽 연안을 따라 내려와 돌마바흐체 사원 옆의 부두에서 하선하였다. 유럽 쪽 바다에는 낚시꾼이 많고, 물에는 해파리와 가마우지도 매우 많았다.

2009년 1월 18일, 보스포러스 해협

상륙한 후 신시가지의 중심 구역인 탁심 광장으로 가서 이스탄불의 명동이라고 할 수 있는 이스티크랄 거리를 따라서 산책하였다. 1km 정도 되며 다소 경사져 있는 보행자 전용도로인데, 우리 내외는 현지 가이드를 따라 그 중 세일 중인 상점 하나에 들어가 나는 반코트 두 벌, 그리고 아내는 털실로 짠 상의 하나를 다 합해 불과 $65에 구입하였다.

탁심을 떠나 전용버스로 어제 점심을 들었던 구시가지의 타마라 레스토랑 근처 K. Ayasofya Mar. 11-13에 있는 도이도이 레스토랑에서 점심을 들었고, 그 옆의 한국인이 경영하는 기념품점에 들렀다가, 걸어서 톱카프 궁전으로 향했다. 유목민족인 오스만투르크 제국이 처음으로 세운 正宮인 이곳은 아야 소피아 사원 바로 뒤쪽에 위치해 있다. 면적은 그다지 넓지 않아서 서울의 경복궁 정도인 듯하다. 지금은 박물관으로 되어 있는 궁전 내부를 두루 둘러본 후 다시 블루 모스크 쪽으로 걸어 나와 술탄 아흐멧 1세 및 그 가족의 묘와 터키 도자기의 제조과정을 보여주는 기념품점에 들렀고, 점심을 든 장소 부근의 술탄 아흐멧 지구 Nakibent Cad. No. 15/A에 있는 Buhara 93 레스토랑에서 석식을 들었다.

공항으로 이동하여 20시 55분에 출발할 대한항공 KE956편을 타기로 예정되어 있었으나, 비행기 사정으로 말미암아 21시 25분에 출발하게 되었으므로, 214탑승구의 의자에서 대기 중에 오늘 일기를 대충 정리해 둔다.

현지 가이드 이상현 씨와는 아타튀르크 공항에서 티케팅 할 때 작별하였다. 그는 여행사의 간부 직원인 아내가 한국에서 출산을 앞두고 있다는데, 젊은 나이에다 학력이 높지 않고 터키에 머문 기간이 그다지 길지 않음에도 불구하고 터키어를 유창하게 구사할 뿐만 아니라 영어나 독일어·일본어 등 다른 여러 외국어를 공부하였으며, 역사에도 해박한 지식을 갖추고 있었다. 우리의 이번 여행에는 17명의 고객이 참가하였으나, 터키에서는 운전기사와 보조 운전사 및 예약 담당자 등 세 명의 터키인과 한국인 현지 가이드 및 인솔자를 포함하여 모두 5명의 여행사 관계 인원이 시종 합승하여 마치 술탄의 행차처럼 여러 수행원을 대동하게 되었다.

터키 여행 도중 곳곳에서 하루 다섯 번씩의 기도시간을 알리는 아잔 소리를 들을 수 있었지만, 우리 차에 동승한 터키인들이나 우리가 만난 현지인들은 대부분 기도 시간에 구애되지 않고서 일상의 업무를 계속하고 있었다. 이스탄불에서는 머리에 히잡을 두르지 않은 여인들이나 길거리에서 애정 표현을 스스럼없이 하는 젊은이들도 흔히 볼 수 있었다.

19 (월) 맑음

인천공항에 도착하여 일행과 작별한 후, 예매해 둔 왕복 차표로 공항 4A 정거장에서 센트럴시티 행 버스를 탔다. 승객은 우리 내외 두 사람뿐이었다. 서울의 강남고속 터미널에서 오후 4시발 진주행 고속버스로 갈아타고서 밤 8시 무렵 집으로 돌아왔다.

吉林省

7월

23 (목) 맑음

성경미 교수의 승용차로 그 댁을 나와서, 새벽 5시 25분 무렵에 수지의 현대아파트 앞 버스 주차장에 도착하여 아내는 택시를 타고 수원 고속 터미널로 떠나고, 나는 인천국제공항으로 출발하였다. 오전 7시 50분 무렵에 L카운터 앞에서 성균관대학교 한국철학전공의 최영진 교수 및 그 제자 다섯 명과 합류하여 체크인 한 후, 9시 40분발 長春 행 아시아나항공 303편을 타고서 중국으로 향하였다.

현지 시각 10시 55분에 장춘공항에 도착하여, 7명이 택시 두 대에 분승하여 장춘 北驛으로 가서 성균관대학교에 유학하고 있는 중국 여학생의 모친을 만나 예매해 둔 오늘밤 침대칸의 열차 표를 전달 받은 후, 역의 보관소에 짐을 맡기고서 그 근처 식당에서 점심을 들었다. 다시 택시를 타고서 만주국 시대의 황궁인 僞滿宮博物院에 들렀다. 장춘은 일제시기에 新京이라 불리던 곳으로서, 만주의 수도였던 것이다. 거기서 2시간가량 내부를 둘러보고서, 다시 택시를 타고 만주국 시대의 정부 청사들이 여기저기 흩어져 있는 八大部로 향하였다. 그러나 우리가 그 중 만주국 시대의 국무원 건물로서 지금은 吉林大學 第1醫院으로 쓰이고 있는 곳에 도착했으나, 뒤따라오던 택시와는 도중에 헤어져 그쪽에서는 우리가 있는 장소를 찾지 못했으므로 한참을 지체하다가 그 근처 문화광장의 기념탑이 있는 장소에서 비로소 뒤차의 일행과 합류하였다. 문화광장은 드넓은 곳이었는데, 사람들이 각종 연을 날리고 있었다.

그들과 함께 다시 택시를 타고 重慶路의 샹그릴라호텔까지 가서 그 부근의 Walmart 백화점 건물 옆 1층에 있는 東方火鍋라는 음식점으로 들어가 양고기와 돼지고기 샤브샤브에다 각종 술로 저녁식사를 포식하였다. 근처의 슈퍼마켓에 들러 각종 술과 안주 감을 구입하여 장춘역으로 이동한 후, 밤 9시 47분 발 圖們 행 기차의 軟臥 침대칸에 타고서 연길을 향해 출발하였다. 최 교수 등은 식당 칸으로 옮겨가서 다시 술을 마시는 모양이었지만, 나는 그들과 합석하지 않고서 먼저 취침하였다.

23 (목) 흐리고 때때로 부슬비

오전 5시 50분 남짓 되어 연변조선족자치주의 중심이자 길림성에서 세 번째로 큰 도시인 延吉市에 도착하였다. 최 교수 등은 밤 3시 무렵에 자러 돌아온 모양이었다. 연길 역을 나서니 연변대학 인문사회과학학원 부원장인 方浩範 교수 등이 마중을 나와 있었다. 부슬비 내리는 가운데 방 교수의 중국제 Buick 승용차를 타고서 우리들의 숙소인 연길시 公園路 62號의 延邊民航大廈 翔宇大飯店에 도착하였다. 연길에는 두 번째로 와 보는데, 그 새 몰라볼 정도로 깨끗해지고 현대도시의 면모를 갖추고 있었다. 나는 서울대 철학과 후배인 김해 仁濟대학교 인간환경미래연구원의 金永友 조교수와 같은 방인 511호실을 배정받았다.

호텔 방에서 샤워를 하고 2층의 레스토랑에서 조식을 든 후, 중국 외삼촌의 큰딸인 하해숙의 차녀 林華麗에게 전화를 걸어보았다. 얼마 후 화려가 한국에 나가 있는 해숙이의 큰딸 華玉의 남편인 지승곤과 함께 호텔로 방문해 와 1층 로비에서 만났다.

그들을 따라서 택시를 타고 樹南路에 있는 화려네 아파트로 이동하였다. 꽤 크고 현대식 설비가 갖춰진 곳이었다. 그 집 창문가에 파라볼라 안테나가 설치되어져 있는데, 그것을 통하여 KBS1, KBS2, MBC, SBS 등 한국의 네 개 TV 채널을 시청할 수 있고, 유선을 통해서는 더 많은 한국

채널들을 시청할 수 있다고 한다. 실제로 내가 있는 동안 초등학생으로서 방학을 맞은 지 서방의 두 아들은 계속 한국 연속극을 시청하고 있었다. 그러므로 이곳 연길 등지에 사는 조선족들은 모든 면에서 한국 문화의 영향을 직접적으로 받고 있는 셈이다. 화려는 2살 된 딸이 하나 있고, 한국에 일하러 나가 있는 남편이 지난번에 다녀간 후 현재 임신 6개월 된 몸이었다. 시어머니가 와서 함께 거주하며 살림과 육아를 도와주고 있었다.

해숙이의 남편인 외삼촌의 맏사위 임석봉은 흑룡강성 鷄西市에 살 때 술에 취해 열차 사고를 당하였다. 신체가 절단된 것은 아니지만 기차에 수십 미터 끌려가는 통에 하체를 쓰지 못하게 되고, 머리에도 상처를 입었다고 한다. 나보다 다섯 살 연하이다. 불구의 몸인지라 현재는 연길에 사는 큰사위인 지 서방네 집에 와서 함께 거주하고 있는데, 그런 몸을 보여주고 싶지 않다면서 오늘 와서 합석하지는 않았다. 인천공항에서 사 간 던힐 담배 두 보루를 임 서방과 그 사위인 지 서방에게 각각 하나씩 선물하였고, 아이들에게는 중국 돈을 조금씩 나눠주었다. 지 서방은 연길이 고향인데, 예전에 광동성의 深圳 특구에서 10년 정도, 그리고 廣州에서 2년 정도 일한 적이 있고, 중국 무역선을 타고서 한국과 일본·러시아 등지로도 2년 정도 돌아다닌 적이 있으며, 요리사 자격증도 있어 현재는 아이들을 돌보면서 식당에서 일하고 있다 한다. 임 서방의 큰딸인 華玉이와는 심천에서 같이 일할 때 만났다고 하는데, 그런 인연으로 장인인 임석봉을 비롯하여 처제들까지 모두 이곳 연길로 와서 살게 된 것이며, 임 서방의 막내딸인 주화는 1년 남짓 전에, 그리고 맏인 화옥이는 금년에 각각 한국으로 들어가 사무직에 일하고 있는 것이다.

그 집에서 마련해 준 푸짐한 음식들로써 다함께 점심을 들었고, 지 서방과 둘이서 高麗村이라는 이름의 연길 산 백주를 한 병 다 마셨다. 오후 5시까지는 자유 시간이므로, 지 서방 및 화려와 함께 연길의 명소라고 하는 帽兒山으로 가서 나무 데커가 설치된 소나무 숲길을 중턱까지 걷다가 내려왔고, 다시 시내의 번화가로 이동하여 백화점들을 둘러보았다. 쌍둥이인 지 서방의 두 아들과 화려의 딸 및 머지않아 태어날 아기에게 각각 옷 한 벌씩을 사 줄 생각이었는데, 우선 화려 딸의 상하의 한 벌을 사 주고서 마스터 신용카드로 결제하려 하였더니 무슨 까닭인지 카드 결제가 되지 않으므로 현금으로 지불하고서 그 정도에서 그칠 수밖에 없었다. 백화점에서부터 반시간쯤 걸어서 호텔까지 와 그들과 작별하였다.

오후 6시부터 호텔 4층에서 연변대학 측이 개교 60주년 기념 국제학술대회에 참가한 학자들을 위해 베푸는 환영 만찬이 있었다. 연변대학 사회과학기초부의 李紅軍 박사, 이번 학술회의를 주관하는 연변대학 인문사회과학학원 동방철학연구소 소장인 金哲洙 박사 등과 처음 인사를 나누었다. 만찬이 끝난 다음, 나는 한국동양철학회장인 계명대의 이동희, 부회장인 연세대 이광호, 유교학회장인 성균관대 최영진, 동양철학 전문출판사인 예문서원의 사장이기도 한 계명대 홍원식 교수와 더불어 연변대 김철수 교수를 따라 호텔에서 차도 건너편인 公園路 58번지의 羅京飯店이라는 호텔 빌딩 3층의 평양장수관으로 가서 2차를 하였다. 곳곳에 북한 국기가 보이고 북한에서 특수 훈련을 받고서 파견되어 와 집단생활을 하면서 2년 정도씩 근무하다 돌아간다는 복무원 아가씨들이 술을 따라주고 노래도 부르며 악기도 연주하였다. 아가씨들은 '아침 이슬' '감격 시대' 등 한국 노래도 곧잘 불렀다. 연길시에는 이처럼 북한 측이 경영하는 식당 겸 술집이 세 곳 있다고 한다. 얼마 후 이번 학술대회의 준비를 총괄하는 연변대학의 方浩範 교수와 상해 復旦대학에서 일본과의 비교철학 연구로 박사학위를 받았다는 人文學院 여교수 潘暢和 씨도 와서 합석하였다.

평양장수관을 나온 다음, 비교적 젊은 홍원식 교수를 제외한 세 명의 한국 교수들은 연길에 별장 삼아 아파트 한 채를 마련해 두고 있는 이광호 교수를 따라 연변 중심가의 옛 버스 터미널(老客運站) 맞은편 益華廣場 빌딩 10층에 있는 益華呼省按摩로 가서 아가씨들로부터 발마사지를 겸한 안마 서비스를 받았다. 그곳은 24시간 영업하는 곳으로서 요금에 따라 여러 가지 안마를 하는데, 우리는 1인당 30元 하는 서비스를 이 교수의 회원권으로 할인하여 25元 씩에 해 받았다. 이광호 교수가 최고라고 자랑

하는 바와 같이 아가씨들의 서비스에 성의가 있었고, 팁은 일체 받지 않도록 되어 있는 모양이었다. 자정 무렵에 호텔로 돌아왔다.

25 (토) 대체로 맑음

조식을 마친 후 같은 방을 쓰는 김영우 교수와 함께 근처에 있는 연변대학 구내를 산책하였다. 중국 내의 유일한 조선족 고등교육기관인 연변대학은 2007년부터 서쪽에 새 캠퍼스를 건설하기 시작하여 현재의 배정도 되는 규모로 확장하는 공사를 진행 중인데, 올해인 2009년까지 완공할 계획인 모양이다. 종합대학인 연변대학은 최근에 연길시의 기타 고등교육기관들을 흡수 통합하여 중국 정부가 선정하는 100대 대학에 들어가게 되었다고 한다. 그러므로 개교 60주년을 맞은 지금은 이 대학의 역사에 있어서 큰 전환기인 셈이며, 철학을 주제로 한 대규모의 국제학술회의를 개최한 것도 이번이 처음이라고 한다. 중국에는 현재 2,000개 정도의 대학이 있는 모양이다.

일단 호텔로 돌아왔다가 곧 다시 연변대학으로 이동하여 오늘 하루 동안에 거행되는 '儒釋道與東亞文化' 국제학술회의에 참석하였다. 먼저 대학본부에 해당하는 綜合樓 앞 계단에서 기념촬영을 한 후, 오전 9시 20분부터 본관 꼭대기인 7층 세미나실에서 열린 대회개막식에 참석하였다. 반창화 씨의 사회로 姜龍範 인문사회과학학원 원장이 개회사를 하고, 연변대학 부교장 朴永浩 씨가 환영사를 한 다음, 중국대표인 北京大學의 劉金才, 한국대표인 연세대학교 이광호, 臺灣 대표인 대만 高雄市 義守大學 方俊吉, 일본대표인 金澤大學의 李慶 교수가 각각 축사를 하였다.

이어서 오전 10시부터 12시까지 나오는 구면인 陝西師範大學 劉學智 교수의 사회로 대회 주제발언을 하였는데, 四川대학의 黃玉順, 한국 계명대학의 李東熙, 인민대학의 張踐, 한국 성균관대학의 최영진, 연변대학의 방호범 교수가 각각 준비한 논문을 발표하였다.

12시부터 오후 1시 30분까지 상우반점 2층 식당에서 점심을 들었다. 나는 구면인 中國人民大學의 葛榮晋, 섬서사범대학의 劉學智 교수와 오랜

만에 만나 서로 반갑게 인사를 나누었고, 국제남명학연구소의 중요 멤버인 섬서사범대학의 林樂昌 교수와도 합석하여 인사를 나누었다. 劉學智 교수로부터 내가 과거에 조사해 보았으나 결국 찾지 못했던 明代의 朱子본적지 출신 학자인 林隱 程復心의 '四書章圖'가 『四書輯釋』이라는 제목으로 영인출판 되어져 있다는 소식을 듣고서 한 부 복사하여 보내줄 것을 부탁하였다.

오후 1시 30분부터 5시까지는 다섯 개의 조로 나뉘어 상우반점 4층회의실에서 분조 발표를 하였다. 나는 제4조에 속하였는데, 연길에서 태어나 연변대학을 졸업하고서 지금은 남편과 더불어 大連大學 교수로 근무하고 있는 韓英 씨의 사회로 오후 3시 10분까지 이어진 제4조의 제1차회의에서는 대련대학의 한영, 한국 계명대학의 홍원식, 중국석유대학 산동 캠퍼스의 張榮華, 한국 청주대학의 宋在國, 山東사회과학원의 李軍 교수가 발표를 하였다. 10분 동안 휴식을 취한 다음 속개된 제2차 회의에서는 나와 산동사회과학원의 張進, 한국 인제대학의 김영우, 北京대학 외국어학원 日本語言文化系의 劉金才, 深圳대학 국학연구소의 王立新 교수가 각각발표를 하였다. 같은 조에 속한 山東사회과학원의 두 교수로부터 나와는예전에 山東省 鄒城에서 열린 韓中국제학술회의 때 만나 이후 약간의 교류가 있었던 劉宗賢 교수 내외가 이미 정년퇴직하여 현재는 자식이 있는미국으로 가 있으며, 조만간에 귀국하면 앞으로는 주로 北京에서 살게될 것이라는 소식을 들었다.

분조발표가 끝난 다음, 오후 5시 10분부터 50분까지 상우반점 5층 대회의실에서 종합토론과 폐회식이 있었다. 김철수 연변대학 동방철학연구소장의 사회로 각조의 조장들이 단상에 나가 분조 회의의 내용을 소개하였고, 시간 관계로 토론은 생략하고서, 중국인민대학 교수이며, 중국실학회 회장인 葛榮晋 교수가 폐회사를 하였다.

오후 6시부터 상우반점 2층 레스토랑에서 폐막 만찬이 있었다. 나는劉學智 교수 및 중국인민대학의 向世陵 교수와 합석하였다.

0511호의 내게 배정된 방으로 돌아와서 변기에 앉아 대변을 보노라니,

연일의 과음과 수면부족 및 겹친 피로 때문인지 항문에서 피가 떨어져 변기의 물이 빨갛게 적셔진 사실을 알았다. 내일도 새벽 4시 30분에 출발하여 백두산으로 향하게 되므로, 샤워를 하고서 오늘 일기를 입력한 후 밤 10시 무렵에 취침하였다.

26 (일) 흐리고 때때로 부슬비

중국과 한국의 학자들이 대절버스 세 대에 분승하여 백두산 여행을 다녀왔다. 오전 8시에 출발하여, 安圖市와 二道白河를 경유하였다. 예전에는 龍井市와 靑山里, 이도백하를 경유했었는데, 길이 달라서 그런지 2차선 도로가 모두 시멘트로 포장되어져 있었다. 고속도로도 있다고 한다. 우리 일행은 1인당 330元의 참가비를 내었는데, 백두산의 입장료 100元과 백두산 구내의 교통비를 포함하여 백두산에서만 모두 246元을 지불하였으니, 매우 비싼 셈이다.

우리 일행은 지난번 내가 가족을 대동하여 처음 왔을 때와 마찬가지로 北坡를 경유하여 天池에 올랐다. 날씨는 안개가 끼어 천지가 가려졌다가 다시 나타났다가 하였으나, 결국 천지의 전체 모습을 다 바라볼 수 있었다. 지금은 남파와 서파 코스도 개방되어져 있다. 가이드의 설명에 의하면, 백두산의 육지는 2/3를 중국이 차지하고 있고, 천지는 2/3를 북한측이 차지하고 있다고 한다. 북한에서는 천지연에 공항이 있어 그곳을 경유하여 백두산에 오르는 모양이다.

천지에서 내려와 長白폭포를 둘러보았다. 폭포 주변에 산사태가 잦은지라 지금은 폭포 가까이까지는 출입할 수 없도록 되어져 있었다. 폭포를 조망할 수 있는 마지막 지점까지 걸어갔다가, 거기서부터는 숲속으로 이어진 나무 데커 길을 밟고서 주차장으로 내려왔다. 도중에 안개에 으슴푸레 가려진 小天池의 모습도 바라볼 수가 있었다. 장백폭포까지의 보행도로도 이제는 확장되고 포장까지 되어져 있었는데, 수년 전 장백산 전체의 관광 수입을 연변조선족자치주가 아닌 길림성이 직접 관리하게 되면서부터인지, 한국의 대우그룹이 세운 호텔은 이제는 폐쇄되어 폐허와 같은 모습을 남기고 있었다.

돌아오는 길에는 東淸에 있는 사슴농장에 들러 우리 속의 꽃사슴들을 구경한 후 그곳에서 생산되는 사슴을 소재로 한 각종 약품전시장을 둘러보았다. 동청으로 가는 길에 安圖縣에 속한 어느 마을에서 우리 한국인 일행이 탄 버스가 고장이 나 그곳 마을에서 한참을 지체하였고, 새 차가 와서 우리를 동청의 鹿園까지 실어다 준 후에도 다시 우리를 연길까지 태우고 갈 버스를 기다리느라고 더 오랜 시간을 지체하였다. 그리하여 깊은 밤에 졸면서 연길시에 도착한 후, 한라산이라는 이름의 한식점에 들어가 불고기로 석식을 들면서 다시 高麗村 술을 마시다가 숙소인 상우대반점으로 돌아오니, 이미 자정 무렵이었다.

27 (월) 맑음

한국 학자들은 오늘 하루 길림성 연변조선족자치주의 圖們·防川, 중국 학자들은 1박 2일 일정으로 북한의 나진·선봉지역을 방문하는 날이다. 오전 8시에 대절버스 한 대로 출발하였는데, 우리 차에는 중국인 학자 네 명도 동승하였다. 臺灣 高雄市의 高雄사범대학을 정년퇴임하고서 현재 高雄市의 義守대학 교수이자 高雄市 孔孟學會 이사장으로 있는 方俊吉 박사, 北京의 外交學院 外交學系 陳奉林 교수, 중국인민대학 歷史系 여교수로서 미국 미시건대학교 앤아버 교의 객원교수로 1년간 체미하였으며 미국 헌법사를 전공하는 宋雲偉 교수, 山東대학 哲學與社會發展學院 원장으로서 시카고의 노드웨스턴대학교에 1년 반 동안 체류하였고 영미철학을 전공하는 劉杰 교수 등이 그들이다. 중국말을 할 줄 아는 나는 이 기회에 그들과 보다 깊이 교류할 수가 있었다.

우리는 먼저 두만강의 지류인 가야강을 따라서 圖們市에 도착하여 북한과의 경계를 이루는 두만강 다리의 中朝 국경선에 서서 북한 땅을 바라보며 기념촬영을 하였고, 두만강에서 뗏목을 타고자 하였으나 근자의 장마로 강물이 불어 대나무 뗏목을 띄울 수 없다고 하므로 그 나루터에 앉아 마른명태를 안주로 막걸리를 마셨다. 그리고는 도문시의 전주비빔

밥 집에서 돌솥비빔밥으로 점심을 들었다.

2009년 7월 27일, 녹도

　이어서 두만강을 따라 연변조선족자치주의 여섯 개 市 중 하나이며, 동해와 두만강을 따라서 국제 무역선이 드나드는 琿春市를 거쳐서, 안중근 의사가 하얼빈에서 의거를 하기 전 두 달 정도 머물렀다는 琿春 근교의 초가집을 지나, 계속 두만강변을 따라 나아가 조·중·러 3국의 경계지점인 防川에 다다랐다. 혼춘 근교에는 발해시대의 도성 유적도 있다고 한다. 방천은 두만강 하구로서 멀리 동해 바다가 바라보이는데, 중국 군대의 초소에 부속된 望海樓에 올라 조선의 豆滿江里와 러시아의 포드카야나야 驛 및 동편의 광활한 늪지대인 瀕海평원의 풍경을 바라보았다. 망해루는 1993년에 양식으로 건축된 3층 건물로서, 높이가 14m, 건평이 650㎡라고 한다. 여기서 바라보이는 평원은 일찍이 조선의 영토로서 이순신이 전라좌수사로 부임하기 전 鹿島萬戶로서 근무한 곳이기도 하다. 녹도라는 명칭이 의미하듯이 당시는 늪지 가운데의 섬이었던 모양인데, 지금은 대체로 육지를 이루고 있었으나 러시아에서 북한으로 연결되는 기차역이 하나 있을 뿐 드넓은 평원에 사람이 살고 있는 것 같지는 않았다.

연길시로 돌아와 진달래 광장 근처의 아파트 단지 안에 있는 어느 짝통 상점에 들렀다가, 시내 중심가의 엊그제 발마사지를 받았던 빌딩 안에 있는 고려정인가 하는 한식점에 들러 연변대학 측이 베푸는 마지막 만찬에 참석하였다. 만찬을 마친 다음 일단 상우호텔로 돌아와 며칠 간 묵었던 511호실에서 이 일기를 쓰고 있다. 며칠 간 나와 같은 방을 썼던 서울대 철학과 후배 김영우 씨는 오늘 밤도 이 방에 머물 예정이며, 나는 올 때와 마찬가지로 밤 11시쯤에 최영진 교수가 이끄는 성균관대학교 유교학회 팀에 합류하여 밤 0시발 기차로 장춘을 향해 출발할 예정이다.

28 (화) 맑음

8시 20분경에 장춘에 도착하여 역 맞은편의 人民大街 238호에 있는 3성급의 長春客運賓館 5016호실에 투숙하였다. 우리 일행은 올 때와 마찬가지로 성균관대학교 최영진 교수 및 그 제자인 이천승(전북대 HK교수)·김경하(고교 교사)·단윤진(성대 박사과정 수료, 주부)·이미림(성대 박사)·김현수(성대 유교문화연구소 연구원) 다섯 명이다. 그 중 이미림 양이 어제 김현수 씨와 더불어 흑룡강성의 鏡泊湖에 다녀온 이후부터 컨디션이 매우 좋지 않아 도중에 길림시에서 내리려고 하던 계획을 변경하여 장춘까지 와서 우선 호텔에다 그녀를 쉬게 한 것이다. 호텔은 시외버스 터미널에 부속된 것인데, 연길에서 미리 예약해 두었던 곳이다.

우리 일행 중 이미림 양을 제외한 여섯 명은 호텔 근처의 식당에서 죽과 만두로 조식을 들었다. 그 동안 우리 B팀의 여행 사무를 총괄해 왔던 김현수 씨는 장춘에서 정오의 비행기 편으로 하루 먼저 귀국하고, 나머지 다섯 명은 근처의 목욕탕을 찾아 사우나를 겸한 목욕을 한 다음, 시외버스를 타고서 길림성에서 두 번째로 큰 도시인 길림으로 이동하였다. 예상보다 시간이 많이 걸려 가는데 2시간 반 정도가 소요되었다.

길림에서 미국 캘리포니아 산 쇠고기를 전문으로 취급하는 국수 연쇄점에 들러 점심을 들었다. 그런 다음 택시 두 대에 분승하여 吉林文廟,

北山公園, 龍潭山공원을 차례로 둘러보았다. 길림문묘는 동북에서 가장 큰 것으로서, 청대 乾隆 元年(1736)에 건립되어 光緒 33년(1907)에 현재의 장소로 移建되었는데, 점유면적은 16,354㎡이고, 건물은 모두 64間이며, 남북의 길이는 221m, 동서의 넓이는 74m라고 한다. 나머지 둘은 나지막한 산으로 된 시민 공원인데, 울창한 숲이 있고, 산 위에 도교와 불교의 寺廟들이 있었다. 용담산 공원에는 판축 방식으로 된 고구려 광개토왕 시절의 土城이 남아 있고, 그 주변을 송화 강이 흘러가고 있었다.

택시를 타고서 만두전문점을 찾아갔다가, 기사가 나와 최영진 교수를 엉뚱한 장소에다 잘못 내려놓은 바람에 또 한 차례 일행과 서로 헤어져 한참을 찾아 헤매었다. 만두로 석식을 마친 다음, 다시 택시를 타고 길림기차역으로 와 역전 광장에서 시민들이 집단으로 청대의 복장을 하고서 펼치는 춤 공연을 참관하였고, 그 근처 조선족 식당에서 맥주를 들며 시간을 보내다가, 밤기차를 타고서 2시간 정도 걸려 11시 무렵에 장춘의 호텔로 돌아왔다.

29 (수) 맑음
호텔 뷔페로 조식을 마치고서 오전 9시 무렵 체크아웃 하여, 택시 두 대에 분승해 장춘의 龍嘉국제공항으로 향했다. 체크인하여 공항 면세점에서 중국 술 두 병(洮南香·國粹)을 샀다.

12시 발 아시아나항공으로 오후 3시 5분에 인천국제공항에 도착하여 일행과 작별했다. 같은 방향으로 가는 이미림 양과 함께 공항 리무진을 타고서 서울의 강남고속 터미널에 도착한 다음, 오후 4시 40분 발 동양고속 우등버스로 밤 8시 반 남짓 되어 진주의 집에 도착하였다.

2010년

스칸디나비아

 스칸디나비아

8월

18 (수) 맑음

북유럽 4국(덴/노/스/핀) 8일 패키지여행에 참가하기 위해 새벽 5시 30분발 서울행 첫 고속버스를 탔다. 대진·경부고속도로를 경유하여 3시간 45분쯤 후에 강남고속 터미널에 도착하였다. 구 센트럴시티 터미널 부근의 새로 옮겨진 공항버스 주차장에서 인천국제공항 행 리무진으로 갈아타고서, 집합시간인 오전 11시보다 반시간쯤 전에 도착하였다. 우리 일행은 인솔자 오준용 씨까지 포함하면 모두 19명이었다. 티케팅을 마친 다음, 28번 게이트에서 구내 셔틀 지하철을 타고서 110번 게이트로 이동한 다음, 13시 15분에 출발하는 네덜란드 국적의 KLM(Royal Dutch Airlines) 866편의 38J석에 타고서 바이칼 호수 부근의 시베리아 상공을 가로질러 17시 55분에 암스테르담의 스키폴 국제공항에 도착하였다. 한국과의 시차는 8시간이라고 한다. 네덜란드·덴마크·노르웨이·스웨덴은 모두 동일한 시간대이고, 마지막 목적지인 핀란드의 시차는 7시간이다.

나는 우리 일행 중 여자로서 유일하게 혼자 온 46세의 수원 사는 주부 강효숙 씨와 울산의 현대정유에서 반 년 동안 근무하다 가족이 있는 스코틀랜드의 에버딘으로 휴가차 돌아가는 40세 된 Gary Gray라는 백인 사이에 앉았는데, 게리와는 영어로 좀 대화를 나누어보았다. 머리를 박박 밀었고 서양인으로서는 작은 편인 그는 해양 석유 시추 관계의 기사로서 벌써 22년 동안 그 일을 해 오고 있다고 하며, 에버딘에 부인과 세 딸이 있는데, 큰 딸은 이미 결혼하여 아기가 있다는 것이었다. 한국에는 예전에 미국 회사로부터 파견되어 거제도의 옥포조선소에 1년간 근무한 적이 있었으며, 아프리카에서 10년 정도, 인도의 뭄바이와 북해에서도 일한 적이 있다고 한다.

20시 55분에 출발하여 22시 15분에 덴마크의 수도 코펜하겐에 도착하는 KL1139로 갈아타기 위해 구내에서 몇 시간 기다리는 동안 공항 내의 서점에서 Lonely Planet 세계여행안내서 시리즈의 2009년도 판 『Scandinavian Europe』한 권을 샀다.

밤중에 코펜하겐에 도착하여 공항에서 멀지 않은 Parkinn Copenhagen Airport로 이동하여 인솔자와 같은 방인 146호실을 배정받았다. 샤워를 마치고서 취침할 무렵에는 벌써 현지 시간으로 자정 무렵이었다. 혼자인 나는 이번 여행 동안 계속 인솔자 오 씨와 같은 방을 쓰게 되었다.

노랑풍선여행사의 상품 가격은 하나투어의 같은 상품에 비해 100만 원이나 싼 239만 원이므로, 다른 여행사에 비해 숙소나 음식 등에서 상당한 차이가 있지 않을까 짐작하고 있었지만, 지난번의 지중해 여행 등 지금까지 경험해 온 다른 패키지에 비해 별로 질이 떨어지는 것 같지는 않았다.

19 (목) 대체로 맑은 가을 날씨

가족이 아닌 타인과 한 방을 사용해서 그런지 간밤에 전혀 잠이 오지 않았다. 게다가 인솔자 오 씨의 휴대폰에 문자 메시지가 와서 정기적으로 신호음도 들리고, 그의 코고는 소리도 내 신경을 자극하여 더욱 잠을 이룰 수가 없었다. 그저 눈만 감고 침대에 누워서 종종 휴대폰을 켜 현지 시간을 확인하기도 하면서 한밤을 꼬박 새운 셈이다.

오전 6시에 모닝콜 소리를 듣고서 기상하여 세수하고, 1층 식당에 내려가 뷔페식 조식을 든 다음, 방으로 올라와 어제 분 일기를 입력하였다. 8시에 호텔을 출발하여 코펜하겐 시내 관광 일정에 들어갔다. 현지 가이드로 나온 사람은 덴마크에 산 지 30년이 되었다는 주부 최영희 씨였고, 기사는 어제부터 스웨덴을 떠나는 날까지 우리 일행의 관광버스를 운전할 예정인 스웨덴 사람 백인 마그너 씨였다. 최 여사는 세 자녀를 두었다고 하는데, 아마도 국제결혼 한 사람인 듯했다. 그런데 그녀는 스웨덴 사람인 마그너 씨와 서로 불편 없이 유창하게 대화를 나누고 있었다. 그녀의 설명에 의하면, 덴마크·노르웨이·스웨덴의 세 스칸디나비아 국가는 종족적·언어적·역사적·문화적으로 서로 관계가 깊어 특별히 외국어로서 배우지 않아도 80% 정도는 서로가 말하는 것을 이해할 수 있다고 한다. 심지어 국기까지도 색깔과 디자인이 조금씩 다를 뿐 다 같이 십자가를 그린 유사한 것이다. 그들의 종교도 루터복음교가 대체로 국교로 정해져 있으며, 정체도 입헌군주제로서 별로 차이가 없다. 그러나 핀란드만은 여러 가지로 이들 나라와 같지 않은 점이 있는 모양이다. 화폐도 상기 세 나라는 각기 크로네라는 자국 통화를 사용하며, 노르웨이는 아직 EU에 가입하지도 않은 상태인데, 핀란드만은 유로를 사용한다.

최 여사는 덴마크가 이들 스칸디나비아 4국뿐만 아니라 세계에서도 사회복지 수준과 삶의 질이 가장 높다고 설명했다. 그러나 내가 어제 암스테르담으로 오는 도중의 비행기에서 읽은 「조선일보」의 A6면 전면기사에 의하면, 미국 시사주간지 「뉴스위크」가 16일 교육·건강·삶의 질·경제 경쟁력·정치적 환경 등 5개 부문을 종합평가한 결과 선정한 세계 '베스트 국가' 순위에서 한국은 15위를 기록했으며, 1위는 핀란드, 2위는 스위스, 3위는 스웨덴이 꼽혔다고 한다. 일본과 미국은 각각 9위와 11위를 기록했고, 프랑스가 16위, 싱가포르가 20위로서 한국보다 낮다. 덴마크는 인구 약 525만 명에다 면적은 자치령 그린란드 및 페로 제도를 제외하고서 한반도의 1/5 정도이며, 노르웨이는 인구 450만 명에 면적은 한반도의 1.7배, 스웨덴은 인구 약 900만 명에 면적은 한반도의 2.4배, 핀란드는 인구 515만 명에 면적은 약 1.5배라고 노랑풍선여행사의 안내 팸플릿에 적혀 있다.

핀란드도 루터복음교(Lutheran) 신자가 93.5%라고 되어 있지만, 이들 나라에서 기독교는 생활관습일 따름이지 신앙으로서의 의미는 별로 없고, 노인들이 노인정에 가듯이 교회에 나가는 외에 교회에 정기적으로 다니면서 신앙생활을 하는 젊은 사람은 별로 없다고 한다. 심지어 목사도 국가로부터 월급을 받는 공무원이며, 교회 재정이 신도들의 헌금에 별로 의지하지 않는다고 하니 한국과는 사정이 매우 다르다고 하겠다.

우리는 현지 가이드의 안내에 따라 코펜하겐 시내의 명소를 대충 둘러보았다. 코펜하겐의 인구는 약 137만 명으로서 스칸디나비아에서는 스톡홀름에 이어 두 번째로 많다. 남쪽으로 독일과 국경을 접한 유틀란트(Judland) 반도와 수도 코펜하겐이 위치한 셀란(Zealand) 섬, 안데르센의 고향 오덴세가 위치한 핀(Fyn) 섬이 국토의 대부분을 차지하고 있으며, 405개의 섬들로 이루어져 있다. 오늘날 국민의 약 5분의 4가 도시에 집중되어 있으며, 낙농의 나라로 알려져 있는 것과는 달리 현재 낙농이 덴마크 경제에서 차지하고 있는 비중은 7% 정도로서 미미한 편이다. 산업 중에서는 공업 디자인 부문 등이 주목을 받고 있다. 덴마크는 유럽에서 가장 오래된 왕국으로서의 전통을 가진 나라임을 오늘 비로소 알았다.

스칸디나비아에서는 북부 지역에서 하지 무렵에 백야 혹은 백야현상을 볼 수 있는데, 지금은 이미 가을이어서 시원하므로, 우리는 제각기 점퍼 등을 걸친 가을 복장을 하고서 돌아다녔다. 현재 덴마크 왕실의 주거지인 아말리엔보(Amalienborg) 궁전, 제1차 세계대전에서 사망한 덴마크 선원들을 추모하기 위해 셀란 섬의 탄생 신화를 소재로 4마리 황소를 몰고 있는 여신의 조각상이 있는 게피온 분수대, 안데르센의 동상이 있는 시청사 광장 등을 둘러보았고, 시청사 부근의 테마파크인 티볼리 공원 근처도 산책하였다. 궁전 광장에서는 위병교대식을 볼 수 있었다. 우리는 구왕궁 부근의 네모 난 광장 가에서 철학자 죄렌 키에르케고르의 동상도 보았는데, 안데르센이나 키에르케고르 이름의 현지 발음은 우리가 말하고 있는 것과 꽤 달랐다. 유명한 코펜하겐 바닷가의 인어공주 동상은 上海 엑스포 행사를 위해 장기 대여 중이라, 우리는 그 현장에서 대형 TV에 비친 동영상으로 그것을 보았을 따름이다. 안데르센이 5년 정도 머물며 작품 활동을 했다는 아파트 부근도 차를 타고서 지나갔다.

2010년 8월 19일, 크론보르그 성

덴마크는 인구가 많지 않을 뿐 아니라 교민의 수도 대사관 직원 등을 포함하여 300여 명 정도에 불과하여 한국음식점은 없다고 한다. 우리는 東園酒樓라는 중국음식점에서 점심을 든 다음, 차를 타고서 한 시간 정도 북상하여 해협을 끼고 스웨덴과 마주보고 있는 국경도시 헬싱괴르(영어로는 Elsinore)에 닿았다. 거기 바닷가에 셰익스피어 비극 『햄릿』의 무대가 된 크론보르그(Kronborg)城이 위치해 있었다. 페리를 타고서 15분쯤 건너니 벌써 스웨덴 쪽의 항구인 헬싱보리에 닿았다.

헬싱보리에서 E6 고속도로를 따라 계속 북상하여 스웨덴에서 두 번째로 큰 도시이며, 북유럽 최대의 항구도시라고 하는 예테보리(Goeteborg)를 지났다. 인구 45만 명이라고 하지만, 한국에 비하면 지방도시 정도의 규모인 셈이다. 거기서 또 한참을 더 북상하여 노르웨이와의 국경에 인접한 스웨덴 땅에서 체인점인 라스트 카페 레스토랑에 들러 저녁식사를 하였고, 제법 긴 다리를 경계로 한 국경을 지나 노르웨이 땅으로 접어들었다. 노르웨이 쪽에 검문소가 하나 있기는 하지만, 아무런 입국절차가 필요치 않고 정거할 필요도 없었다. 우리는 노르웨이의 수도 오슬로로 가는 E6 고속도로 변의 마을 삽스보르그(Sarpsborg)에 있는 Rica Saga 호텔에서 2일차의 투숙을 하였다. 나는 인솔자와 더불어 505호실을 배정받았는데, 주변에 공항이 있는지 실내의 탁자에는 Rica Airport Hotel이라고 인쇄된 종이가 있었다. 리카 호텔 계열의 숙소였다. 오늘도 우리가 든 호텔이나 음식 등은 다른 여행사에 비해 전혀 손색이 없었다. 인솔자의 말에 의하면, 노랑풍선은 저가 여행사이기는 하지만 薄利多賣를 주로 할 뿐 실제로 다른 여행사와 다른 점은 거의 없다고 한다. 이번 여행과 같은 경우는 고객 25인 정도가 손익분기점인데, 이미 예약을 마쳐둔 둔 업소들에 대한 위약금 부담 등을 고려하여 이번처럼 손해를 무릅쓰고서 진행하는 경우도 종종 있다고 한다.

20 (금) 대체로 맑으나 이따금 빗방울

Rica Saga 호텔에서 뷔페식 조식을 마친 후, 다시 3일차 일정을 시작하였다. 먼저 삽스보르그에서 한 시간쯤 더 간 곳에 있는 노르웨이의 수도 오슬로에 도착하였다. 현지 가이드는 한국에서 대학을 마친 후 유학 와서 노르웨이에 정착한 지 27년 되었다는 중년의 노처녀 김유미 씨였다. 그녀는 현지 대학에서 스페인·포르투갈어를 가르치고 있다 하며, 현재는 한국 국적을 버리고서 이곳 시민권자로 되어 있었다. 그녀도 스웨덴인 기사와 아무런 불편 없이 유창하게 대화를 나누고 있었는데, 덴마크·노르웨이·스웨덴 말은 다 같은 北게르만어 계통으로서 한국어로 치자면 방언 정도의 차이밖에 없다고 한다. 그녀의 설명에 의하면, 노르웨이의 현재 1인당 국민소득은 $88,000 정도로서 10만 불 정도인 룩셈부르크에 이어 세계에서 두 번째이다. 그녀는 매우 유머 감각이 있고 위트에 뛰어났다.

노르웨이가 이 정도의 경제적 위치를 차지하는 것은 자국 영토인 북해에서 석유가 발견된 점이 주된 원인이지만, 근면 검소하며 고지식할 정도로 원칙에 충실한 국민성에도 기인하는 모양이다. 전체 국토 가운데서 농토는 불과 3% 정도에 불과하므로, 해산물을 제외한 다른 식료는 대부분 수입에 의존하며, 삼림이 국토의 25% 정도이고, 나머지는 불모지라고 한다. 국민소득이 높은 반면 물가 또한 엄청나게 비싼 모양이다. 숲이 많지만 수종은 단순하여 자작나무, 적송, 참나무 등 시베리아 횡단 철도 여행에서 흔히 보았던 타이가 기후의 수종이 대부분이다.

오슬로는 피오르드의 끝자락에 위치한 도시인데, 바이킹의 나라 노르웨이에서도 역사적으로 바이킹의 수도라고 불러진 곳이다. 1048년에 건설되어 스칸디나비아에서 가장 오래된 수도이며, 12~13세기 무렵의 수도였던 베르겐을 이어 다시 수도가 되었다. 바이킹 시대 이후 노르웨이왕국의 역사는 외래 민족의 지배로 점철된 것으로서, 4세기 동안 덴마크의 지배를 받았고, 나폴레옹 전쟁 직후인 1814년의 킬 조약 이후로는 100년 동안 스웨덴의 지배를 받았으며, 20세기에 들어와 독립한 지 오래되지 않아 다시 제2차 세계대전에 독일 나치군의 침입을 받아 수도 오슬로 시가 공중 폭격으로 대부분이 불탔고, 남자들은 잡히는 대로 학살되는 등 유대민족에 대한 박해에 못지않을 정도로 참혹한 고초를 겪었다고 한다. 그런 까닭에 스웨덴 사람인 알프레드 노벨은 평화상만은 노르웨이에서 행하도록 유언을 했고, 그에 따라 노벨 평화상과 관련된 모든 비용도 현재는 노르웨이 정부에 의해 지출되고 있는 모양이다. 우리는 먼저 그 시상식이 열리는 장소인 시청사로 들어가서 공개되어져 있는 내부를 둘러보았는데, 홀 벽면은 나치 침공 당시의 노르웨이 상황을 다룬 벽화들로써 채워져 있고, 바깥 벽면에도 그런 주제와 관련된 나무 조각들이 새겨져 있었다. 2층 복도에 각국의 선물들이 전시되어 있었는데, 그 중에 김대중 대통령이 평화상을 받으러 왔을 때 기증한 유리함 속에 든 거북선도 있었다. 그러나 다른 전시품들에 비해 너무 작아서 눈에 잘 띄지 않았다. 그 외의 다른 방들에서는 일상적인 시청 업무가 행해지고 있었다.

우리는 오슬로에서 항구의 동쪽 바위 언덕 위에 세워진 견고한 성채인 아케르스후스(Akershus) 요새, 대표적인 번화가 카를 요한 거리, 입센의 동상이 서 있는 국립극장 등을 전용버스를 탄 채 둘러보고서, 구스타프 비겔란의 조각 작품들이 전시된 10만 평 규모의 비겔란트 조각공원(Vigelandpark) 구내를 걸어보는 것을 끝으로 오슬로 관광을 마쳤다. 노르웨이를 대표하는 화가인 뭉크의 '절규' 등은 오슬로의 국립미술관에 소장되어져 있고 입장도 무료라고 하지만, 그런 곳을 둘러볼 시간적 여유는 없었다.

인구 50만인 오슬로에는 두 군데 한국 식당이 있는데, 우리는 그 중에서 남강 수시라는 식당에 들러 점심을 들었다. 일식을 겸한 극동 음식 전문 식당이었다. 김유미 씨의 설명에 의하면, 올해는 유사 이래 한국 관광객이 가장 많은 해로서, 금년에만 이미 1,500 그룹 정도가 이곳을 다녀갔다고 한다. 그렇다면 대충 잡아 4만 명 정도의 한국 관광객이 오슬로를 방문한 셈이 된다.

점심을 든 후 현지 가이드와 작별하고서, 오슬로 시내를 벗어나 E16, 7, 52, E16, 5번 고속도로 혹은 국도를 차례로 경유하여 오늘의 숙소인 송네 피오르드 협곡이 시작되는 지점의 레르달로 이동했다. 도중에 내일의 숙소인 52번 국도변의 햄스달에도 정거하였다. 나는 휴게소에서 노르웨이 全圖를 하나 사서 우리가 나아가는 코스를 체크해 보았다. 우리 일행은 오늘 옵션으로 1인당 70유로씩을 내고서 이 근처의 플롬이라는 곳에서 피오르드 절벽 위까지 꼬불꼬불 올라가는 플롬산악열차라는 것을 타기로 예정되어 있었으나 열차 회사 측 사정으로 예약이 취소되었다.

오슬로 시내를 벗어난 지 반 시간쯤 후부터 웅장한 피오르드의 풍경이 전개되기 시작하였다. 우리는 도중에 해발 2,000m 가까운 산지를 지나기도 했는데, 그런 고산지대에는 나무가 없고 풀만 자라고 있었다. 노르웨이 땅은 원래 네덜란드나 덴마크처럼 평탄한 지형이었으나 빙하의 침식 작용에 의해 약간 비스듬한 국토의 서남부 지방에 거대한 피오르드와 호수 지형을 형성하게 되었다. 우리는 내일 그 중 4대 피오르드 가운데 두 개인 총 길이 205km로서 세계 최장의 송네(Sogne) 피오르드와 두 번째로 큰 하르당게르(Hardanger) 피오르드를 둘러볼 예정이다.

레르달 호텔에 들어가 나는 인솔자와 더불어 212호실을 배정받았는데, 이곳은 산중이라 그런지 호텔 설비가 다른 곳보다는 꽤 떨어졌다. 그러나 구내 레스토랑의 음식은 각종 연어 요리 등이 먹을 만하였다.

21 (토) 대체로 맑으나 때때로 부슬비

4일째로서, 이번 여행의 하이라이트에 해당하는 빙하 및 피오르드 유람선 관광과 인구 21만인 이 나라 제2의 도시 베르겐을 둘러보는 날이다.

새벽에 호텔을 출발하여 뵈이야 빙하를 보러갔다. 5번 도로를 따라서 송네 피오르드 가를 나아가다가 포드네스라는 곳에서 페리를 타고 피오르드를 가로질러 카우팡게르라는 곳까지 갔고, 다시 5번 도로를 따라 송네 피오르드 주변에서 최대의 마을이라고 하는 송달을 지나 목적지인 뫼아란드에 닿았다. 거기서 우리는 먼저 뵈이아 빙하를 보았다. 이 일대의 산들에는 커다란 빙하들이 널려 있는데, 우리는 뵈이아 빙하의 바로 아래 자락에까지 접근하였다. 인솔자 오 씨의 말에 의하면, 예전에는 빙하가 바로 눈앞에까지 뻗어 내려와 있었지만, 올 때마다 자꾸 녹아져 그 끝자락이 점점 더 위쪽으로 올라가고 있는 점이 안타깝다는 것이었다. 바위 절벽 여기저기에 빙하 녹은 물에서 흘러내리는 가늘고 긴 폭포들이 있었다. 우리는 그 근처의 빙하박물관으로 이동하여 5개의 스크린으로 현장감 있게 상영하는 이 일대 빙하들을 소개한 기록영화를 감상하였고, 빙하로 수력발전 하는 원리 등을 설명하는 박물관 내부의 전시물들도 둘러보았다.

5번 도로를 따라서 다시 돌아와 송달 근처에서 크루즈 유람선을 탔다.

세계 최장이라는 송네 피오르드를 둘러보기 위한 것이었다. 우리가 탄 배는 피오르드가 북해와 만나는 지점까지 나아가는 것이 아니고, 송달에서 피오르드의 본류를 가로질러 세계자연유산으로 지정된 협곡을 따라서 구드방겐까지 가는 2시간 정도의 크루즈였다. 우리가 탄 대형 유람선에서는 7개 국어로 안내방송을 하는데, 독일어·영어·불어·일본어에 이어 한국어 설명이 다섯 번째로 방송되고 있었다. 구드방겐 쪽의 협곡은 중국의 三峽을 연상케 하는 것이었다.

우리는 크루즈의 종점인 구드방겐 마을에 도착한 다음, 다시 유람선에 싣고 온 대절버스를 타고서 E16번 국도를 따라 계속 서남쪽 방향으로 진행하여 베르겐으로 향했다. 이 길은 도중에 노르웨이 4대 피오르드 중 다른 하나인 하르당게르 피오르드를 만나 그것을 따라서 계속 나아갔다. 하르당게르 피오르드의 풍경은 방금 본 송네 피오르드에 비해 웅장한 맛은 적었다. 노르웨이의 국도는 대부분 편도 1차선 왕복 2차선으로서, 이 길은 피오르드를 따라 꼬불꼬불 나아가며 크고 작은 무수한 터널을 지나는데, 터널 또한 직선이 아니고 모두 곡선을 이루고 있었다. 개중에는 내부를 잘 다듬지 않고서 거친 암반이 그대로 노출되어져 있는 것도 많았다. 인솔자의 말에 의하면, 우리가 피오르드 지역에서 지나는 터널의 총수는 약 100개 정도 될 것이라고 한다.

우리는 베르겐 출신의 작곡가 그리그가 거주하던 곳으로 향하는 세 갈레 길을 지나서 오후 2시 남짓 되어 베르겐 시내에 닿았다. 먼저 4백년 된 문화재 목조건물을 빌려 여름 3개월의 여행 성수기 동안에만 영업한다는 한식점에 들렀다. 이 일대의 산에서 야생으로 자라는 산나물과 대구구이 등을 반찬으로 늦은 점심을 든 다음, 한자동맹 시절의 독일 상인들이 살던 집인 브뤼겐(Bryggen), 그리고 어시장 등을 한 시간 정도 둘러보았다. 베르겐은 1070년에 도시가 건설되어 14~15세기 무렵 독일 상인들에 의해 설립된 일종의 협동조합인 한자동맹의 주요도시로서 크게 발전하여 번성했던 곳인데, 17세기 초에는 인구 15,000명으로서 스칸디나비아 최대의 도시였다고 한다. 브뤼겐의 건물은 모두 못을 사용하지 않은 목조로 구성되어져 있어 이 구역은 여러 차례 화재를 만났다. 그러다가 1700년대 초에 있었던 대형 화재로 말미암아 시가가 거의 전소된 다음, 오늘에 이르게 된 것이다. 지금의 복원된 브뤼겐 구역은 한자동맹 당시에 비하면 약 4분의 1 정도 규모지만, 그럼에도 불구하고 이미 300년 이상 세월이 지난 것으로서 유네스코 세계문화유산에 지정되어져 있다. 우리는 바닷가의 어시장으로 걸어가서 가이드가 시식해 볼 것을 권하던 연어 샌드위치를 하나씩 사서 맛보고, 껍질을 벗긴 연어도 구입하였다.

베르겐에서부터 다시 E14번 국도를 따라서 왔던 길을 되돌아갔다. 그리그의 '페르귄트 모음곡' 등을 들으며 긴 거리를 이동하여, 이 일대의 비교적 큰 고을인 보스(Voss)와 우리가 크루즈 선을 내렸던 구드방겐, 그리고 어제 관광열차를 탈 예정이었던 플롬과 아우어란드를 지나고 간밤에 숙박했던 레르달을 거쳐서, 어제 지나가다 한 번 정거한 바 있었던 오늘의 숙박지 햄스달에 닿았다. 오는 도중에 보스를 지난 지점의 트윈데라는 곳에서 웅장한 규모로 흘러내리는 쌍둥이폭포를 구경하고, 그곳 수도에서 몸에 좋다는 생수를 수통에 담기도 하였으며, 기나긴 레르달 터널을 지나기도 하였다. 아우어란드를 지난 지 얼마 되지 않아, 나는 여행의 피로가 겹쳤던지 버스 속에서 계속 조느라고 바깥 풍경을 구경할 수 없었다.

덴마크에서 코펜하겐 시내를 벗어났을 때는 갈대지붕을 한 전통 가옥들이 이따금씩 눈에 띄었는데, 노르웨이 여기저기에서는 지붕에다 흙을 올려 잡초가 자라도록 방치해 둔 집들이 보였다. 이곳 사람들은 겨울이 긴 추운 고장임에도 불구하고 별로 대단한 난방을 하지는 않는 모양인데, 흙을 올린 지붕은 주로 동물의 축사나 창고에 설치되는 것으로서, 목조 가옥의 실내 온도를 보존하는데 도움이 된다고 한다. 노르웨이 가옥의 특징은 눈이 많이 오는 추운 고장이라 대체로 지붕의 경사가 급하고, 검은색 지붕에다 나무로 된 바깥 벽면에 붉은 칠을 한 것이 많다. 지금은 가을이라 이미 제법 쌀쌀한데, 9월이면 벌써 겨울이 된다고 한다.

우리는 햄스달에서 Skogstad 호텔에 투숙하였다. 나는 인솔자 오 씨와 함께 201호실을 배정 받았지만, 가이드는 다른 방을 하나 따로 받았다면서 나더러 오늘은 독방을 쓰라고 했다. 뒤이어 도착한 노랑풍선의 다른 러시아·북유럽 여행 팀 하나도 이 호텔에 투숙하게 되었다. 우리는 석식 후 호텔 입구의 의자 딸린 긴 나무 탁자에서 베르겐 어시장에서 사온 연어를 칼로 잘라 초고추장에 찍고, 소주와 맥주 등으로 조촐한 파티를 가졌다. 스웨덴인 기사는 팔기 위해 차에 싣고 다니는 손가락 크기의 작은 병에 담긴 위스키를 10여 개나 꺼내 와 우리 일행에게 나눠주고서 자기도 함께 어울렸다.

22 (일) 대체로 맑음

여행 5일차, 스웨덴까지 이동하는 날이다. 호텔 조식 후 햄스달을 출발하여 엊그제 올 때의 역코스로 먼저 오슬로를 향해 나아갔다. 곳곳에 호수와 숲과 산과 마을이 어울려진 그림 같은 풍경이 펼쳐지고 있었다. 지붕에 흙과 풀을 올린 집들은 사람이 거처하는 주택에서도 볼 수 있었다. 시냇물은 상류의 낙엽이 물속에 쌓여서 부식한 결과 타닌 성분이 유출하여 이루어진 짙은 커피색이었다. 인가 주변 곳곳에는 사료용 목초 재배를 위한 밭들이 펼쳐져 있고, 오슬로 근교에 이르러서야 비로소 밀과 보리 등이 누렇게 익어 있는 밭들을 볼 수 있었다. 노르웨이 영토에 속한 북해에서 유전이 발견되어 오늘날처럼 세계 유수의 부자 나라가 되기 이전까지 노르웨이 사람들은 이러한 산지에서 목축업과 임업을 주된 생계 수단으로 삼고 있었을 터이다.

우리는 마침내 오슬로 시 구역으로 다시 접어들어, 스웨덴의 수도 스톡홀름 방향인 동쪽으로 계속 이어진 E18번 고속도로 가의 Lysaker 지구에 있는 레스토랑과 바를 겸한 Sian Cooking 식당에서 한식으로 점심을 들었다. 덴마크와 마찬가지로 노르웨이에서도 한국음식의 재료를 구하기가 어려워, 무말랭이 무침의 재료로서는 무 대신 파파야를 쓰고 있었다. 오슬로 시내의 인구는 약 50만이지만, 교외 지역을 포함하면 실제로는 100만 정도의 인구가 된다고 한다. 우리는 오늘 시간적 여유가 있으므로, 시내로 들어가 국립미술관에 들러 반시간을 보냈다. 뭉크의 그림을 보기 위해서였다. 국립미술관 2층에 뭉크의 회화 작품들만 전시된 방이 하나 있는데, 거기에 유명한 '절규'와 '마돈나' 그리고 '빈곤(Puberty)' 등이 전시되어져 있었다. 시간이 없어 2층 전시실만 대충 훑어보았는데, 인상파 화가들의 작품이나 엘 그레코, 피카소, 로댕 등의 작품도 제법 눈에 띠었지만, 대부분이 노르웨이 화가들의 작품이었다.

미술관을 떠난 다음, 우리는 E18 고속도로를 따라 스톡홀름을 향해 계속 나아갔다. 이 도로는 오슬로 시내에서는 편도 3차선 왕복 6차선이지만, 시외로 벗어나니 역시 편도 1차선 왕복 2차선으로 되었다. 도중의 호수 가 휴게소에 이르러 쉴 때 인솔자에게 물어보았더니, 우리는 언제인지도 모르게 이미 노르웨이 영토를 벗어난 지 반 시간 남짓 되어 스웨덴 땅에 들어와 있었다.

우리는 오후 5시 반쯤에 오늘의 숙박지인 오슬로와 스톡홀름 사이의 양쪽에서 각각 250km 떨어진 중간 지점에 위치한 크리스틴암(Kristinehamn)에 도착하여, 이 도시의 중앙을 남북으로 관통하는 중심 도로인 Kungsgatan 44번지의 Froeding 호텔에다 여장을 풀었다. E18번 도로가 이 나라 최대의 內陸湖인 베너른(Vaenern) 호수의 동북부에 있는 Varnumsviken 호수와 만나는 지점에 위치한 소도시였다. 나는 인솔자와 함께 306호실을 배정받았으나, 그는 오늘도 딴 방을 하나 배정 받았다면서 나더러 혼자 쓰라고 했다. 이곳은 이제까지 우리 일행이 머물렀던 노르웨이의 다른 지역들과는 판이할 정도로 제법 읍 수준의 도시 분위기가 있는 곳이었다. 오는 도중 스웨덴 땅에서는 산이라 할 만한 것을 보기 어렵고, 대부분 나지막한 구릉 정도가 펼쳐진 평지가 이어지고 있었다. 도로변의 자작나무 숲도 부쩍 많이 눈에 띄었다.

스웨덴에 정착한지 30년이 넘는 우리 교민 아주머니가 경영하는 식당에서 일본식 도시락밥으로 석식을 든 다음 근처를 좀 산책하였고, 호텔로 돌아와서는 일행 중 최고령자인 신강열 씨 내외 및 어머니를 모시고 온 부산 해운대구에 사는 동사무소 직원 청년과 더불어 호텔 3층의 로비에서 근처 슈퍼에서 사 온 덴마크산 캔 맥주를 마셨다. 신 씨는 나보다 몇 살 위인데 왕년에 유명한 타이어 회사의 사장을 지낸 적이 있었고, 나와 동갑인 그 부인은 현직 초등학교 교사로서 최근에 체육학 박사학위를 취득한 모양이다. 우리 일행 중에는 이들 외에 독실한 기독교 신자 내외, 수도권에서 초등학교 교사로 근무하는 등산 친구 사이인 여성 5명, 수원에서 혼자 온 초등학교 교사 강효숙 씨, 가톨릭 교인으로서 JC(구 제일제당)에 근무하는 미혼의 딸 한 명과 역시 직장인인 친구의 미혼 딸 한 명을 대동한 중년의 초등학교 여교사, 원불교의 교무로서 師弟간인 여성 두 명 등이 있다. 일행 중 초등학교 여교사가 8명으로서 거의 절반을 차지하고 있다.

23 (화) 맑음

오전 8시 30분에 크리스틴암을 출발하여 스톡홀름으로 이동하였다. E18번 고속도로를 따라가다가 도중에 E20번으로 접어들었고, Eskilstuna의 맥도날드 휴게소에 잠시 정거한 다음 오후 12시 반이 지나서 스톡홀름에 닿았다. 도시에 가까워지자 길은 점차 편도 2차선으로 바뀌었다. 동쪽으로 가면 갈수록 구릉조차 사라지고 광활한 평야가 이어졌는데, 도로 가의 수목이 높게 자라 시야를 가리므로 별로 경치를 감상할 수는 없었다. 현지 가이드인 이수홍 여사는 스톡홀름에 27년을 거주한 사람이었다.

스톡홀름은 이 나라에서 세 번째로 큰 멜라렌 호수의 물이 발트 해로 흘러드는 긴 수로 가운데에 위치해 있는데, 14개의 섬을 다리로 연결한 물의 도시여서 '북구의 베네치아'로 불리고 있다. 수백 년 동안 전쟁을 겪지 않은 도시이기 때문에 12세기부터의 건축물들이 남아 있어 고풍스런 분위기를 간직하고 있었다. 가이드의 설명에 의하면, 작년 12월의 통계로 스웨덴 인구는 920만이며, 우리 교민은 1,500명 정도로서 스톡홀름을 중심으로 거주하고 있다고 한다. 1인당 국민소득은 약 5만 불 정도이다. 작년도 판 Lonely Planet 시리즈의 가이드북에 나타난 수도의 인구는 802,600 명으로 되어 있어, 노랑풍선이 준비한 안내 팸플릿의 167만 명과는 배 정도의 차이가 있다.

우리는 먼저 노벨상 수상 축하 만찬회가 열리는 장소이기도 한 시청사를 둘러본 다음, Lumaparksvaegen 7번지의 빌딩 1층에 위치한 Luma Park 식당에서 점심을 들었다. 왕궁과 대성당 등이 들어서 있는 구시가(Gamla Stan)를 중심으로 관광하였고, 맨 위층은 해마다 노벨상 수상자를 선정하는 스웨덴 아카데미가 사용하고 있는 노벨박물관에 이르렀다. 이 건물은 1776년에 세워진 증권거래소를 개조한 것인데, 나는 먼저 노벨박물관 1층 전시실을 둘러본 다음, 그 근처 언덕 아래의 기념품점을 산책하며 스웨덴 全圖와 스톡홀름 市街圖를 각각 하나씩 구입하였다. 스웨덴에서 가장 오래된 전함을 원형 그대로 전시한 바사 호 박물관을 끝으로 스톡홀름 관광을 모두 마쳤다. 바사 호는 1628년 8월 10일 30년 전쟁 당시 독일·덴마크·러시아와의 전쟁에 참가하기 위해 폴란드를 향해 출항하다가 10분 만에 침몰한 것으로서, 이후 333년이 지난 1961년에야 인양·복원된 것이다.

우리 일행은 오후 6시에 핀란드 제2의 도시 투르쿠로 향하는 유람선 양식의 총 12층으로 된 대형 페리인 실야 라인(Silja Line)을 타기 위해 그 터미널에 도착하였다. 여기서 7시경에 체크인이 시작될 때까지 한 시간 정도의 시간적 여유를 이용하여 회옥이를 만나기로 약속이 되어져 있었는데, 어찌된 셈인지 회옥이는 나타나지 않았다. 오늘 새벽에 크리스틴암의 호텔 방에서 아내로부터 국제전화를 받았고, 스톡홀름으로 오는 도중에도 또 한 차례 아내의 전화를 받았다. 모두 회옥이의 소식을 궁금해 하였기 때문이다. 회옥이는 20일에 한국을 출발한 다음, 러시아 국적의 비행기를 타고서 모스크바를 경유해 스톡홀름에 도착하여 Kontaktar 호텔에 며칠간 묵은 다음, 이번 주 수요일 무렵에 스톡홀름대학교 기숙사의 한국 학생이 쓰던 방을 두 달간 빌려서 이사하기로 되어 있다. 내가 오전 중 회옥이가 머무는 호텔로 전화해 볼까 몇 차례 망설였으나, 호텔 방 번호도 알지 못하고 그 시각에 호텔에 있을지 없을지도 알 수 없으므로 확인 전화를 해보지는 못하였다. 그 대신 아내가 일러준 회옥이 스폰서 윤상호 교수의 휴대폰으로 전화하여 그와도 오후 6시에 이곳 터미널에서 함께 만나기로 약속해 두었던 것이다.

퇴근길인 윤 교수와는 터미널에 도착하자말자 곧 만났다. 윤 교수는 경남 함안 출신으로서, 본교 간호학과의 우선혜 명예교수와 서로 아는 사이이므로 우 교수를 통해 소개받았던 것이다. 그런 관계로 회옥이가 한국의 집에 머물고 있는 동안에도 여러 차례 집으로 전화를 걸어와 여러 모로 배려해 주었다. 그는 미국에서 공부한 후 왕립스톡홀름공대의 물리학 교수로 부임한지 15년이 되었다. 미국 유학시절에 만난 부인과의 사이에 아직 자녀는 없는데, 부인은 영문학을 전공하였으나 현재는 스톡홀름대학에서 한국어를 가르치고 있다 한다. 윤 교수로부터 회옥이가 러시아 비행기를 타고서 모스크바에 도착한 다음, 원래는 1시간 후에 출발하는 다른 비행기로 갈아탈 예정이었지만, 회옥이의 짐이 다 나오지 않는 바람에 결국 4시간이나 지연되어 다음날에야 스톡홀름에 도착했다는 것, 그리고 호텔의 612호실에 묵고 있다는 것, 내년부터는 스웨덴의 대학도 1년에 만 불 정도의 등록금을 받을 예정이며, 회옥이는 여기서 석사과정을 마친 다음 다시 미국으로 건너가 박사과정을 밟을 계획이라는 등의 정보를 얻었다. 스웨덴에서는 영어로 생활하는데 별로 불편이 없으므로, 윤 교수는 아직도 현지어를 배우지 않고 있다 한다.

회옥이는 결국 체크인이 시작될 때까지 나타나지 않았는데, 배 안에서 우리가 뷔페식 저녁 식사를 시작한 무렵 인솔자 오 씨의 유럽 휴대폰으로 연락해 왔다. 아마도 윤 교수의 연락을 받고서 뒤늦게 공중전화를 이용한 모양이었다. 첫 번째 전화는 내가 받지 못했고, 한참 후에 걸려온 두 번째 전화를 받을 수 있었다. 회옥이 말로는 내가 내일 도착하는 줄로 알고 있었다는 것이다. 오늘부터 새 학기가 시작된다 하니 경황이 없었는지도 모르겠다. 석식을 마친 후, 실야 라인의 선내를 둘러보며 6층 면세점에서 아내에게 선물할 루즈와 콤팩트 화장품도 구입하였다. 신강열 씨 등과 더불어 나이트클럽에 들렀다가 자정이 조금 지난 무렵에 5층 객실로 돌아와 취침하였다.

24 (화) 흐리고 때때로 비

오전 6시에 선상 조식을 들고서 7시에 하선한 다음, 핀란드 현지의 새 대절버스로 갈아타고서 투르쿠로부터 헬싱키로 향하였다. E18번 고속도로 변의 풍경은 스웨덴의 경우와 별로 다름이 없었다.

헬싱키에 도착한 다음, 원로원 광장에서 현지 가이드 김일순 여사와 합류하였다. 그녀는 국제결혼으로 이곳에 이주한 지 14년째였다. 이번 여행에서 우리가 만난 현지 가이드 중에서는 가장 젊은 사람이었다.

가이드의 설명으로는 핀란드의 인구는 530만, 수도인 헬싱키 인구는 57만 명, 1인당 국민소득 $35,000, 실업률은 10% 정도라고 한다. 스칸디나비아의 다른 세 나라가 이른바 바이킹인 북게르만족의 후예가 인구의 대부분을 차지하고 있음에 비해 핀란드만은 그 기원이 뚜렷하지 않은 아시아계 핀족의 후예로서, 종족적 언어적으로 큰 차이가 있다. 또한 핀란드만은 스칸디나비아의 이웃나라들과는 달리 자국 크로네가 아닌 유로를 사용하고 있다.

이 나라는 일찍이 660년 동안 스웨덴의 속국으로 있었고, 그 이후로는 러시아에 속해 있다가 독립하였는데, 그런 까닭에 원로원 광장의 중심에는 러시아 황제 알렉산드르 2세의 동상이 서 있었다. 이런 역사적 관계로 말미암아 지금도 핀란드어와 스웨덴어가 함께 공용어로 지정되어져 있다. 광장 뒤의 언덕 위에 서 있는 헬싱키 대성당은 원래 러시아정교회의 대성당이었던 것인데, 인구의 대부분이 루터파개신교도이므로 현재는 핀란드 루터파의 총본산으로 사용되고 있다. 우리는 비가 내리는 가운데 약 40만 개의 화강석이 깔린 원로원 광장 일대와 바닷가의 간이시장 등을 산책하였다. 나는 간이시장에서 블루베리 한 봉지를 8 유로 주고서 샀고, 털실로 짠 모자도 하나 구입하였다. 항구에는 다른 실야 라인의 배가 정박해 있었다. 지금은 헬싱키와 스톡홀름을 직접 잇는 새 실야 라인도 운행하고 있는 것이다. 핀란드 귀족회관, 양파 형 지붕에다 붉은 벽돌로 된 러시아정교의 예배당인 우스펜스키 사원, 핀란드의 영웅 만네르하임의 기마상이 있는 만네르하임 거리 등을 둘러본 다음, 암벽을 폭파하여 만든 암석교회(템펠리아우키온 교회), 이 나라를 대표하는 작곡가 시벨리우스를 기념하는 시벨리우스 공원을 끝으로 핀란드 관광을 모두 마쳤다.

금년도 『뉴스위크』가 선정한 베스트 국가에 핀란드가 1위로 꼽혔다지만, 가이드인 김 씨는 국제결혼이 후회스럽다고 말하고 있었고, 국민소득도 다른 북유럽 국가들에 비해 오히려 낮은 편이며, 실업률도 꽤 높으므로, 그러한 통계가 과연 정확한 것인지 의문스러웠다. 이번 여행 중에 가이드로부터 들은 바에 의하면, 현재로서는 북유럽 4개국 중에서 덴마크가 사회복지 수준이 가장 높으며, 국민이 느끼는 행복감에 있어서도 방글라데시를 능가하여 세계 1위를 차지한다는 것이었다.

공항으로 이동하여 출국수속을 마친 다음, 공항 구내에서 도시락으로 점심을 때웠고, 14시 20분 발 KL1168편으로 헬싱키를 출발하여 암스테르담으로 향하였다. 스키폴 국제공항에 도착하여 면세점에서 Samsonite 새 여행가방 하나를 구입한 다음, 18시 5분발 KL865편으로 암스테르담을 출발하였다.

25 (수) 비

11시 20분에 인천국제공항에 도착하여 일행과 작별하였다. 버스로 서울의 강남고속 터미널로 이동한 다음, 오후 1시 25분 발 중앙고속 우등을 타고서 저녁 무렵 진주에 도착하였다.

2011년

네팔·인도 문화유적 및 불교성지
동유럽

 네팔·인도 문화유적 및 불교성지

1월

17 (월) 맑음

오늘부터 27일까지 10박 11일간 본교 교수불자회의 인도/네팔 문화탐방 및 5대 불교성지순례 여행을 위해 오전 6시에 집을 나서 승용차를 몰고서 학교로 향했다. 농협은행 부근 주차장에 차를 세워두고서, 6시 30분까지 대학본부 앞에 집결하여 대절버스를 타고서 아직 어두운 가운데 출발하였다. 일행은 사회학과 박재홍 및 통계학과 서의훈 교수 내외, 건축학과 이상정 교수 내외, 화공과 최주홍 교수 내외, 전기공학과 이순영 교수 내외, 국문과 임규홍 교수 내외, 그리고 간호학과 우선혜, 철학과 박선자 명예교수를 비롯해 식품영양학과 김석영, 의류학과 이정숙, 창원대 의류학과 교수로서 이정숙 교수의 서울대 후배인 강인숙, 불문과 김남향 등 여교수들 및 나와 철학과 강사인 안명진 군을 포함해 모두 18명이다. 김남향·강인숙 교수는 인천 공항에서 합류하였다. 인솔자는 이명훈이라는 이름의 37~8세 정도 된 남자인데, 그는 가이드가 아니라 주로 사무실에서 일하는 사람이라고 자신을 소개했다.

대진·경부고속도로를 경유하여 용인에서 인천 방향의 고속도로로 접어든 다음, 오전 10시 40분 무렵 인천국제공항에 도착하였다. 지하 1층의 문구점으로 가서 한국 및 해외의 현지 시간을 함께 볼 수 있는 손목시계의 배터리를 갈고서 3층으로 다시 올라와 보니, 뜻밖에도 우선혜 교수가 왕립스톡홀름공대의 윤상호 교수와 함께 있었다. 윤 교수는 3주 정도의 한국 체재를 마친 후 오늘 다시 스톡홀름으로 돌아가는 모양이다. 그는 진주에서 우리를 만난 후에 병을 앓아 한동안 통원치료를 받기도 한 모양이다. 부모의 고향이 함안이긴 하지만 자신은 거기서 태어나지 않았고, 부산에서 한동안 살다가 서울로 올라와서, 현재 팔순의 부모님들이 안양 근처 산본이라는 곳에 살고 계시다고 한다. 작고한 문학평론가 조연현 씨와는 친척간이라고 했다. 그는 한국에서는 한양공대를 나온 모양인데, 한국의 대학들로부터 세미나 초청을 받아 1년에 두 번 정도씩 귀국하고 있는 모양이며, 금년 2학기에는 2개월 정도 충북 괴산에 있는 중원대학교에서 강의하기로 계약을 맺었다고 한다.

셋이서 함께 공항 구내의 커피숍에서 커피를 사 마시면서 대화를 나눈 다음, 체크인 하는 도중에 헤어졌다. 나는 네팔 비자용 증명사진을 찍고자 했으나, 검색대를 통과한 다음에는 즉석사진을 찍을 수 있는 곳이 없어 그냥 떠날 수밖에 없었다.

14시 15분에 中國南方航空의 CZ336편으로 인천을 출발하여 17시 10분에 중국 廣東省의 省都인 廣州에 도착하였다. 비행기 안에서 나는 줄곧 안명진 군이 준비해 온 자료들과 최주홍 교수가 복사해 온 法頂 스님의 『삶과 죽음의 언저리 인도기행』(서울, 샘터, 1991)을 읽었다. 廣州에서 19시 15분에 출발하는 CZ3067로 갈아타 22시 10분에 네팔의 카트만두 트리부반 국제공항에 도착하기로 예정되어 있었는데, 사전에 아무런 방송이나 통지도 없다가 난데없이 출발시간이 되어서야 오늘 비행기가 취소되었다고 한다. 카트만두 공항에 안개가 짙게 끼어 출항하지 못하는 모양이다.

가지고 있던 탑승권을 취소하고서 내일 오전 9시에 출발하는 새 탑승권으로 바꿔 발급받느라고 공항 안에서 꽤 오래 지체하였다. 일단 예정에도 없던 하루 동안의 중국 비자를 발급받아 공항버스로 廣州市 白雲區 人和鎭 106國道旁(機場高速人和出口)에 있는 人和怡東飯店으로 이동한 다음, 안명진 군과 함께 배정받은 2009호실에 수화물 가방을 두고서, 근처 白雲區 人和鎭 風和村 廣花路 16號에 있는 怡東酒店으로 가서 늦은 석식을 들었다. 어쩔 수 없이 廣州白雲국제공항 측에서 배정해 준 이 숙소에서 一泊하게 되었다. 그러나 숙소는 난방이 되지 않아 춥고, 갈아입을 속옷가지가 든 트렁크도 이미 항공사 측에 맡겨져 있는 터라, 샤워를 하지 않고서 겉옷을 입은 채로 잠자리에 들었다.

廣州에는 예전에 중문과의 권호종 교수와 더불어 揚子江 일대와 중국 남부지방을 한 달 가량 배낭여행 했을 때 들러 명소들을 둘러본 적이 있으므로, 이번은 두 번째로 들른 셈이다. 작년에 이 도시에서 아시안게임이 열린 바 있다.

18 (화) 대체로 흐리고 포카라는 부슬비

새벽 6시에 모닝콜로 기상하여 세수와 면도만 대충 하고서 1층 로비로 내려와 한참을 기다리다가 7시 남짓에 호텔 측으로부터 배부 받은 도시락으로 로비에서 조식을 들었다. 셔틀버스가 소형이라 좌석이 부족하므로, 시간 간격을 두고서 출발하는 두 버스에 나누어 타고서 공항으로 이동했다. 나를 포함해 먼저 공항에 도착한 4명은 뒤차로 오는 사람들을 한참동안 기다렸으나 너무 늦으므로 인솔자에게 전화를 걸어보니 그들은 이미 도착하여 공항 검색대를 통과하고 있다는 것이었다. 부랴부랴 그리로 이동하여 우리도 검색대를 통과한 다음 다시 일행과 합류할 수 있었다. 오전 10시에 CZ3067 편으로 廣州를 이륙하여 5시간 남짓 비행한 다음, 오후 2시 무렵 카트만두 공항에 도착하였다. 나는 비행시간 내내 법정 스님의 여행기 중 관심 있는 부분들을 골라 읽어 이럭저럭 2번 정도 커버하였다. 그 책은 조선일보사가 창간 70주년을 기념하여 기획한 안을 법정스님이 수락하여 1989년 11월부터 3개월 동안 불교성지를 중심으로 하여 인도 및 네팔 지역을 여행한 결과를 정리하여, 1990년 3월부터 11월까지 9개월 동안 매주 한 차례씩 신문에 연재한 글들을 모은 것이다. 초판은 1991년에 나왔고, 내가 읽은 것은 2000년 6월 15일에 간행된 3판 5쇄였다.

몇 년 전 네팔에 트레킹을 왔을 때 안나푸르나에서 우리 팀의 포터 중 한 사람이었던 트리부번 국립대학생 린지 세르파 군을 오늘 우리 일행이 원래 포카라를 향해 떠날 예정이었던 오후 2시 20분 무렵 카트만두 공항에서 만나기로 약속했었으나, 비슷한 시간대에 우리가 카트만두의 트리부번 국제공항에 도착했음에도 불구하고 어제 도착하지 못해 연락이 되지 않았던 까닭인지 그는 공항에 나와 있지 않은 모양이었다. 페이스북에 올린 사진으로 보아 그는 최근에 대학을 졸업한 모양인데, 여러 차례 시도해 보아도 통화가 잘 이루어지지 않을 뿐 아니라, 가까스로 한 번 연결되었던 휴대폰 전화도 음질이 좋지 않아 상대방이 하는 말을 잘 알아들을 수가 없었으므로 결국 끊고 말았다.

공항 구내에서 $5 내고서 즉석 증명사진을 찍어 무사히 네팔 비자를 발급받을 수 있었다. 시간 관계로 카트만두 시내 관광은 모두 포기하고서, 입국 수속을 마치고 짐을 찾은 다음 바로 이웃한 국내선 비행장 쪽으로 이동하여 오후 3시에 출발하는 포카라 행 소형 비행기로 갈아탔다. 카트만두·포카라 간의 항로에서는 평소 히말라야 연봉을 조망할 수 있는데, 오늘은 날씨가 흐려 구름 위로 솟아 있는 연봉의 꼭대기 부분만 보일 따름이었다.

포카라로 다가갈수록 점점 더 날씨가 흐려지더니 착륙하고 보니 부슬비가 조금 내리고 있었다. 비행기에서 내 옆자리에 앉아 영어로 대화를 나누었던 서양인 비구니와도 공항의 짐 찾는 곳에서 작별하였다. 그녀는 크리스틴이라는 속명의 64세 된 중년 여인인데, 삭발하고서 붉은 색으로 된 티베트 불교의 승복을 입고 있었다. 스위스 바젤 출신으로서 결혼하여 두 아들을 두었고, 두 명의 손자와 세 명의 손녀도 있다고 한다. 오스트레일리아의 브리스번에서도 4년 정도 체재한 적이 있었던 모양인데, 6년 전부터 포카라로 와서 계속 거주하고 있으며, 지금은 인도의 사르나트에서 달라이라마를 모시고 닷새 동안에 걸쳐 진행된 법회에 참석했다가 카트만두를 거쳐 포카라로 돌아가는 중이라고 했다. 서로 교환한 명함에 의하면, 그녀의 법명은 LOZANG KHADRO이며, 포카라의 BHANUMARG 323번지에 거주하고 있다. 발 마사지 및 심리치료, 명상상담사 등의 일을 하여 수입을 얻고 있는 모양이다.

착륙한 다음, 인도에서 마중 온 대절버스를 타고서 이동하여 티베트난민촌과 데비 폭포를 둘러보았다. 석양 무렵 페와 호수에서 5인승 보트를 타고서 노를 저어 반시간쯤 후에 건너편 기슭에 도착한 다음, 어두워진 이후까지 그 부근의 레이크사이드 시장을 산책하였다. 나는 우리 일행을 따라 어느 직물상점에 들어가서 아내에게 선물하기 위해 캐시미어 숄 하나를 $150에 구입하였다. 오늘 우리의 숙소는 포카라의 호반에서 좀 떨어진 풀바리 리조트(Fulbari Resort & Spa)인데, 부지가 넓고 시설이 좋았다. 네팔 말로 ful은 '꽃' bari는 '정원'을 의미한다 하니 결국 '꽃의 정원'이라는 뜻인 셈이다. 네팔에서 제일가는 호텔이고, 세계에서도 40대 호텔 안에 든다고 하는데, 안팎의 시설은 모두 훌륭하였으나 이 나라 사정으로 전기와 물이 부족하여 시간제로만 공급하고 있었다. 안명진 군과 나는 2139호실을 배정받았다. 석식은 뷔페인데 먹을 만하였다. 나는 호텔에 도착한 이후, 린지 군에게 주기 위해 한국에서 사 온 선물을 네팔인 현지 가이드에게 맡겨 카트만두로 돌아가거든 그에게 전해 달라고 부탁했다.

19 (수) 흐림

새벽에 일어나 봉고차 두 대에 나눠 타고서 아직 깜깜한 가운데 사랑콧 전망대로 향했다. 포카라 서북쪽 교외의 1,592m 되는 산봉우리인데, 거의 정상까지 차로 올라갈 수 있었다. 여기서 맑은 날이면 다울라기리, 안나푸르나, 마차푸차레, 랑중히말 등 히말라야의 이름난 봉우리들을 조망할 수 있으나, 아쉽게도 오늘은 구름이 끼어 히말라야는 고사하고 일출

조차 볼 수 없었다. 그러나 나는 몇 년 전에 안나푸르나로 트레킹을 와서 푼힐 전망대에 올라 이보다 더 가까운 위치에서 위의 히말라야 연봉들을 조망한 바 있었으니, 우리 일행의 다른 이들보다는 아쉬움이 덜하다고 하겠다.

호텔로 돌아와 어제처럼 뷔페식 조식을 든 다음, 짐을 꾸려 출발하였다. 오늘의 목적지는 네팔의 남쪽 인도와의 접경 근처에 위치한 석가모니의 탄생지 룸비니이다. 포카라에서 그리로 가는 길은 두 가지가 있는데, 그 중 하나는 산악지대를 가로질러 남쪽으로 직진하는 코스이고, 다른 하나는 카트만두로 향하는 간선도로를 따라 동편으로 나아가다가 중간 정도 지점에서 서남쪽 방향으로 꺾어들어 이 나라에서 가장 길다는 나렌드라 고속도로를 따라 서쪽으로 나아가는 코스이다. 우리는 소요시간이 비슷하면서도 보다 도로사정이 좋은 후자를 택하였다.

이 나라에서 가장 중요한 도로라고 할 수 있는 수도 카트만두와 제2의 도시인 포카라를 잇는 2차선 포장도로를 따라 동쪽으로 90km 정도 나아간 다음, 룸비니 방향으로의 갈림길이 있는 무글링에 잠시 정거하여 그 지방 특산인 밀감을 구입해 나눠먹었다. 도중의 도로 가 민가에서는 우리나라의 능소화 비슷한 넝쿨식물의 노란 꽃이 자주 눈에 띄고, 들판에는 유채꽃이 많았다. 치트완국립공원으로 유명한 치트완 주를 통과하여 나라얀가트를 향해 나아갔다. 나라얀가트에는 제법 큰 강과 그 강의 양안을 잇는 긴 콘크리트 다리가 놓여 있는데, 다리로부터 이쪽 편은 나라얀 주이고 건너편은 룸비니 주라고 한다. 포카라에서 나라얀가트까지의 거리는 135km이다. 인도나 네팔의 강변 고을에는 끝에 가트라는 말이 붙은 지명이 제법 있는데, 현지 가이드의 설명에 의하면 가트란 화장터라는 뜻이라고 한다. 지도상으로 보면, 나라얀가트는 오늘의 전체 행정에서 대략 절반 정도에 해당하는 지점인 듯하다.

긴 다리를 지나서 10분 정도 더 나아가다가 마을이 없는 한적한 강가에서 준비해 간 도시락으로 점심을 들었다. 델리로부터 온 인도인 일행이 그 지점의 도로 가에 대절버스를 세워두고서 솥을 걸고 불을 지펴 반죽한 밀가루로 자파티를 구워서 인도에서는 달이라 불리는 카레와 함께 점심을 들고 있었다. 우리 일행은 오늘 이후 종착지인 델리까지 계속 차를 타고서 이동하므로, 오늘 점심은 도시락으로 때우고 이후 며칠간은 이들 인도인들처럼 준비해 간 쌀과 반찬으로 대동할 요리사가 지어주는 점심을 들게 된다고 한다.

나라얀가트를 지나서부터는 대체로 평야지대였다. 네팔의 서쪽 국경 마헨드라나가르까지 이어지는 이 나라에서 가장 길고 잘 닦여져 있다고 하는 마헨드라 고속도로를 따라 부트왈이라는 곳까지 나아간 다음, 인도의 고락푸르 쪽으로 향하는 남쪽 갈림길로 접어드는데, 고속도로라고는 해도 2차선 포장도로에 지나지 않는다. 마헨드라 고속도로의 주변 일대는 이른바 테라이 평원으로서, 이 나라 전체 국토에서 1할 남짓 차지하는 곡창지대이다. 1년에 3모작까지 가능하다고 한다. 이 지역에는 아리안 계통의 인종이 많이 살고 있고, 문화적으로도 인도와 관계가 깊다.

우리들의 네팔 현지 가이드는 몽골계 인종으로서, 과거에 노동자로서 한국에 4년 반 정도 거주한 적이 있었고, 그 후로도 연수 혹은 단기유학 목적으로 두 번 더 한국에 다녀왔다고 한다. 10년 전부터 가이드 일을 하고 있다는데, 한국어가 꽤 유창한 40대 중반의 남자였다. 인품이 정직하고 순수하며 자기 직업에 만족감을 가지고 있는 사람이었다. 일가족의 한 달 총 생활비가 $500 정도인데, 네팔에서는 中上 수준이라고 한다. 그와는 룸비니로의 갈림길이 있는 바이라하와, 즉 정부에서 각료회의를 통해 결정한 공식 지명은 싯다르타나가르라고 하는 곳에서 작별하였다. 그는 이곳에서 경비행기를 타고 카트만두로 돌아갈 예정이었는데, 오늘 우리의 도착시간이 늦어 못 타게 되는 모양이라 다른 관광버스를 타고서 밤새 달려 내일 아침에 카트만두에 도착한 다음, 오후 1시부터는 또 다른 한국 손님을 맞기로 되어 있는 모양이다.

바이라하와로 오는 도중에 석가모니의 모친 마야부인의 친정 나라인 데바다하가 위치했던 지역을 지나왔다. 고타마 싯다르타가 태어난 카필라城 즉 카필라바스투는 오늘날 틸라우라코트라고 하는 곳인데, 룸비니의 서쪽으로서 역시 오늘날 네팔 땅 안에 위치해 있다. 데바다하와 카필라바스투는 모두 이 부근의 인접한 샤카족 계열 부족국가에 속했다. 부처님 사후에 그의 사리는 유언에 의해 여덟 개 나라에 분배되어져 각각 사리탑을 세워 안치되었는데, 그 중 일곱 곳의 것은 아소카 왕의 명에 의해 사리탑이 해체되어져 당시의 세계 각지로 나누어졌고, 오직 여기 데바다하에 있던 것만 원래대로 보존되었다고 한다.

우리는 바이라하와에서 서쪽으로 꺾어드는 비포장도로로 접어들어, 어두워진 후에야 오늘의 숙소인 룸비니에 세워진 한국 사찰 대성석가사에 도착하였다. 3층 콘크리트로 된 두 동의 숙소와 역시 3층으로 된 법당 건물이 있어 예상했던 것보다 큰 규모였다. 8대 성지에 있는 한국 절 가운데서 가장 큰 것이라고 한다. 숙박객은 대부분 한국 사람들이지만, 서양인이나 다른 동양인들도 있었다. 안명진 군과 나는 처음에 3층의 3호실을 배정받았다가, 우리 일행 중 이곳 시설을 불편하게 여기는 사람들이 제법 있어 그들이 근처의 호텔로 옮겨가는 바람에 그들이 비우고 간 1층 13호실로 옮겨졌다. 1층 공양실에서 간소한 채식으로 석식을 들고서, 건너편 숙사의 1층 끄트머리에 있는 목욕실로 가서 더운 물로 대충 머리를 감고 몸을 씻었다. 3층 방에는 좌변기가 있었으나, 1층 방의 화장실은 인도식이어서, 화장지를 사용하지 않고 물과 손가락으로 용변의 뒤처리를 할 수밖에 없었다.

20 (목) 흐림
아침 공양을 마친 후, 날이 밝아지기를 기다려 우리가 묵은 大聖釋迦寺 경내를 둘러보면서 그 앞뒤로 인접해 있는 티베트 절과 중국 절인 中華寺를 바라보았다. 숙소 밖으로 나가 오른쪽 숲속으로 난 길로 산책해 보니, 숲 가운데에 하천처럼 벽돌로 조성한 일직선의 긴 고랑이 있고, 그 위로 여기저기에 무지개다리를 걸치는 공사가 진행되고 있었다. 반시간 정도의 산책을 마치고서 숙소로 돌아와, 호텔로부터 돌아온 우리 일행과 합류하여 한국 절을 떠났다. 오늘부터 인도를 떠나는 날까지는 사담 술탄(애칭은 빈투)이라는 이름의 31세 된 인도인이 현지가이드 역할을 하게 되고, 두 명의 인도인 요리사가 동승하게 되었다. 운전기사도 조수를 포함하여 두 명이다. 빈투는 보드(부다)가야 출신으로서, 델리대학교 한국어학과에서 1년 정도 공부한 바 있었고, 한국의 경희대에 유학 가 있는 동안 교수의 소개로 부산 해운대가 고향인 한국인 여성과 결혼하게 되어두 명의 자녀를 두고 있다. 현재는 델리의 아파트에 살면서 자기 소유의 여행사를 운영하고 있는데, 한 해에 두 달 정도는 한국으로 들어가 지내는 모양이다. 자그마한 체구인 그는 네팔 가이드보다도 한국어가 더 유창하고 위트도 있었다.

숙소에서 멀지 않은 곳에 위치한 석가모니 탄생지 입구에서 대절버스를 내려 자전거가 끄는 2인승 릭샤에 안 군과 더불어 동승하여 석가탄생지 입구 근처까지 이동했다. 빈투의 안내에 따라 룸비니 동산의 석가모니 탄생지에 위치한 마야데비 사원, 아소카 석주, 싯다르타연못(구룡못), 그리고 아난다가 부처님 사후에 보드가야로부터 옮겨 심었다는 오랜 세월을 지낸 보리수와 그 주변의 승원 유적들을 둘러보았다. 아소카 왕 당시부터 사원과 승원 등 건축물은 대부분 붉은 벽돌로 지었고, 석주는 모두사암을 사용하였다. 석주에는 팔리어로 된 글이 새겨져 있었다. 팔리어는고대인도 서북부 지방의 방언으로서 산스크리트와는 글자 모양이 전혀다르다. 오늘날 인도와 네팔에서 공용으로 사용되는 힌디 문자는 산스크리트로부터 다소 변형된 것이다. 상부에 작대기가 그어져 있어 그 아래로줄에 매단 빨래처럼 글자의 획이 늘어져 있으며, 왼쪽에서 오른쪽으로써 나가는데, 작대기가 끊어지는 부분들까지가 하나씩의 단어들이다. 룸비니는 마야부인의 친정어머니 이름을 따서 훗날 이름 지어진 것이다. 마야부인은 출산 후 바로 카필라 성으로 되돌아가 한 주 정도 후에 죽었고, 새로 슛도다나(淨飯) 왕비가 된 그녀의 여동생이 어린 고타마 싯다르타 태자를 출가하기 전까지 길렀다고 한다.

룸비니 동산을 떠나 어제 왔던 코스로 바이라하와까지 되돌아온 다음, 거기서 몇 킬로 더 남쪽으로 내려간 지점의 국경마을 수나울리에서 현지 가이드가 간단한 인도 입국 수속을 대행해 주었다. 인도의 우타르프라데 시州로 들어온 다음, 2차선 국도를 따라 계속 남으로 내려가 인구 300만 정도의 큰 도시 고락푸르에 닿았다. 고락푸르를 통과하는데 교통정체로 말미암아 적지 않은 시간을 소모하였고, 중심가를 벗어나 오른쪽 방향의 쿠시나가르로 가는 28번 도로에 접어든 다음에도 한참동안 교통정체가 계속되었다.

쿠시나가르에 도착한 다음, 먼저 오늘의 숙소인 로터스 닛코 호텔에 들러 늦은 점심을 들었다. 일본계 자본이 1990년대에 쿠시나가르, 슈라 바스티, 보드가야에 각각 건립한 체인 호텔인데, 부처님이 열반한 장소에 세워진 涅槃寺에서 멀지 않은 장소의 韓國寺 맞은편 Buddha Marg에 위치 한 것이었다. 점심을 든 후 먼저 석가모니를 다비한 장소인 라마브하르 스투파를 방문하였고, 다음으로는 열반한 장소로 돌아와 涅槃寺와 그 옆 의 아소카 석주가 들어 있다는 둥근 탑, 그리고 주변의 승원 터와 열반사 근처에 새로 심어둔 사라쌍수를 둘러본 다음, 밖으로 나와 열반사에서 100m 정도 떨어진 길모퉁이에 위치한 마타 쿠아르(죽은 왕자) 사원 등을 둘러보았다. 마타 쿠아르 사원의 감실에 모셔진 불상은 약 10~11세기에 조성된 것이라고 한다.

룸비니동산을 방문하고 나올 때 이미 보리수 열매 등으로 만든 염주 두 개를 샀었는데, 쿠시나가르에서는 사라쌍수 열매로 만들었다는 염주 를 팔기 위해 장사꾼들이 계속 모여들어 끈질기게 구매를 요청하였으나, 망설이다가 결국 사지 않았다. 호텔로 돌아와 안 군과 나는 13호실을 배 정받았다. 샤워를 마치고서 오후 7시에 다시 호텔 식당으로 가서 석식을 들었다. 대동한 요리사가 만든 한국음식이었다.

21 (금) 오전에 짙은 안개

새벽에 1~2미터 앞을 분간하기 어려운 짙은 안개 속으로 길을 떠났다. 다음 목적지는 부처님이 마지막 음식물을 들고서 배탈이 나 결국 열반에 들게 되는 계기를 마련한 춘다의 공양 터이다. 쿠시나가르에서 찻길로는

20km 정도 되는 거리지만, 직선거리로는 10km 정도라고 한다. 안개 속에서 차가 한참을 우왕좌왕 하다가 간신히 찾았는데, 아직 전혀 개발이 되지 않아 지저분한 동네 골목을 한참 지나간 후의 동네가 끝난 끄트머리 지점에 바릿대를 엎어놓은 듯 커다란 벽돌 봉분이 하나 남아 있을 따름이었다. 쿠시나가르의 다비탑도 몇 년 전까지는 이런 모습이었다고 한다.

28번 도로를 따라 더 동쪽으로 나아가다가 우타르프라데시 주를 벗어나 비하르 주 경내로 진입하였다. 갠지스 강의 지류를 하나 지난 다음 28번 국도를 벗어나 남쪽 시골길로 접어들어 한참을 더 나아가니, 거기가 케사리아였다. 80세의 부처님이 바이샬리의 大林精舍에서 마지막 안거를 보낸 후 고국인 카필라바스투를 향하여 입멸의 길을 떠날 때, 바이샬리의 수많은 릿챠비族 사람들이 부처님을 따라 나섰고, 바이샬리 성의 서북쪽 50~60리 되는 이 지점에 이르러 부처님이 그들을 돌려보냈던 것을 기념하여 세워진 탑이다. 벽돌로 지은 사방 20m, 높이 15m에 이르는 대형 스투파인데, 절반은 발굴되고 뒤편의 절반은 아직 발굴되지 않은 채로 남아 있었다. 각 층의 여러 감실마다에 부처님 좌상이 안치되어져 있으나, 모두가 목이 달아나고 파손된 상태였다. 이처럼 불상이 파손된 것은 대부분 우상 숭배를 부정하는 회교도들이 인도 땅으로 침입해 오기 시작한 이후부터라고 한다.

케사리아를 떠나 우리는 부처님 당시의 3대 정사 가운데 하나였던 바이샬리의 대림정사 터에 이르렀다. 거기에는 아난다의 사리탑이라 전하는 발우형의 전탑과 현재 가장 완벽한 상태로 남아 있는 아소카 대왕의 사자 석주, 원숭이 연못, 그리고 부처님이 거주하시던 곳이라고 전해 온다는 집터와 비구니 승원 터 등이 남아 있었다. 이곳은 부처님의 부친 슛도다나 왕이 작고한 후 그 두 번째 부인이었던 부처님의 이모가 고국으로부터 수백 명의 여인들을 대동해 와서 첫 번째 비구니 승단이 형성된 곳이기도 하고, 이곳 바이샬리 지역은 계율 문제를 둘러싸고서 상좌부와 대중부가 대립하여 후일 대승불교와 소승불교가 분립하게 되는 계기를 마련한 제2차 경전 결집이 이루어진 장소여서, 불교의 역사상 매우 중요

한 곳이다. 또한 바이샬리는 자이나교의 창시자인 마하비라의 출신지이
기도 하며, 유마거사가 거주하며 『유마경』을 설한 장소이기도 하다. 대림
정사를 떠난 다음, 부처님의 사리를 처음으로 봉안했던 8개 장소 중 하나
인 바이샬리의 근본사리탑 유적도 둘러본 다음, 그 근처 강가의 방갈로
유원지 같은 곳에서 대동한 요리사가 만들어둔 한국음식으로 늦은 점심
을 들었다.

바이샬리를 떠난 다음, 좀 더 남쪽에 위치한 비하르 주의 州都 파트나
에 이르렀다. 그 곳은 갠지스 강의 여러 지류가 합쳐져 강폭이 매우 넓어
져 있는데, 그 위로 10km가 넘는 마하트마간디大橋가 걸쳐져 있었다. 다
리를 건너기 전에 우리는 그곳 명물이라고 하는 조그만 크기의 원숭이바
나나를 사서 맛보았다.

파트나는 마우리아 왕조의 수도가 되었던 곳이므로, 아소카 왕은 이곳
에서 태어났고 또한 여기서 북인도 전체를 다스렸던 것이다. 마우리아
왕조는 마가다국에서 발전하여 북인도 전체를 최초로 통일했던 왕조로
서, 부처님 당시 마가다국의 수도는 최초의 불교 승원인 竹林精舍가 있었
던 라즈기르(라아자그리하) 즉 王舍城이었다가 얼마 후 지금의 파트나로
천도했던 것이다. 마가다의 영토는 지금의 방글라데시까지를 포괄한 벵
골 만 지역 전체에 이르는 광대한 것이었다. 마가다국의 강력한 경쟁국이
었던 코살라국의 수도는 부처님이 가장 오랫동안 머무른 祇園精舍가 있던
슈라바스티, 즉 舍衛城이었다. 카필라바스투는 인접한 코살라의 부용국
비슷한 지위에 있었는데, 부처님 생시에 이미 코살라의 침공을 받아 멸망
하였다.

라즈기르와 슈라바스티도 각각 8대 성지에 포함되며, 부처님이 생전에
오래 동안 머물며 대부분의 가르침을 베풀었던 곳인데, 이번 여행 코스에
서 빠져 아쉬움이 남는다. 그 외에 불교대학이 있었던 나란다도 라즈기르
의 북쪽으로 멀지 않은 곳에 있고, 가야국 수로왕비인 허황옥의 고국이라
는 아요디아는 우리가 지나온 고락푸르와 슈라바스티의 중간지점에 위
치해 있다. 파트나와 아요디아는 굽타 왕조의 중심 도시이기도 하다. 부

처님 생전의 불교 유적지인 8대 성지 중 룸비니를 빼고서 나머지 7개는 모두 인도의 우타르프라데시 주와 비하르 주에 위치해 있으므로, 우리가 이 며칠간 다니는 코스는 모두 부처님 생전의 주된 활동무대이자 인도 고·중세사의 중심지이기도 하다. 그리고 우리는 지금 부처님의 열반 행로를 거꾸로 더듬어 오고 있는 셈이다.

파트나를 지난 다음 오늘의 종착지인 보드가야에 일찍 도착하게 되면 경치가 가장 아름답다는 석양 무렵의 大塔을 둘러보려 했었는데, 교통 정체로 말미암아 밤 10시 가까운 무렵에야 비로소 당도했다. 오늘도 보드가야의 로터스 닛코 호텔에 들어 안 군과 나는 17호실을 배정받았고, 뷔페식의 늦은 석식을 들었다.

22. (토) 맑음

조식 후, 전용버스를 타고서 먼저 니렌자나 강을 건너 수자타 공양 터를 찾아갔다. 부처님이 6년간의 오랜 고행 끝에 수자타 마을의 처녀로부터 乳米粥 공양을 받고서 건강을 다소 회복하였는데, 그 처녀가 살던 마을 터라고도 하고 공양을 받으신 자리라고도 한다. 그곳을 기념하여 역시 커다란 전탑을 세워두었던 것이 최근에야 발굴되어 현재의 모습을 갖추게 된 것이다. 강가의 공양을 받은 현장이라고 하는 또 하나의 자리에는 현재 힌두교 사원이 들어서 있고, 공양을 받고서 기력을 회복한 후 열반의 길을 구했다는 前正覺山도 멀리 바라보였다. 이 일대는 부처님 당시 많은 수행자들이 모여 들었던 지역이라고 한다.

다시 니렌자나 강을 건너 보드가야 시내로 돌아온 다음, 저 유명한 마하보디 大塔을 보러갔다. 학창시절 교과서 등에서 익히 보아오던 것인데, 오늘 비로소 그 장소에 와 보게 되었다. 신발을 벗고서 양말 차림으로 대탑 안과 그 뒤편 보리수 아래의 석가모니가 깨달음을 이룬 금강좌를 비롯하여 성도 후 49일간 깨달음의 기쁨을 느끼며 머물던 장소들도 두루 둘러보았다. 대탑 경내에는 각국에서 모여든 승려와 신도들이 많았는데, 개중에도 붉은색 승복 차림으로 오체투지를 하는 티베트의 승려들이 유

난히 많았다. 가이드의 사촌동생이 경영한다는 기념품점에 들러서 반시간 정도를 보냈지만, 물건 값이 비싸기도 하고 별로 살 것도 없어서 나는 아무것도 구입하지 않았다.

보드가야를 떠난 다음, 델리에서 캘커타까지 이어지는 2호선 고속도로를 따라 다음 목적지인 사르나트를 향하여 서쪽으로 달리던 도중, 아우랑가바드를 지나 비하르 주를 벗어나기 전의 어느 주유소 식당에서 점심을 들었다. 우리 요리사가 준비한 한국음식이었다. 요리사도 현지 가이드와 마찬가지로 보드가야 출신이라고 한다. 다시 우타르프라데시 주로 돌아와 부처님의 초전법륜지인 사르나트에 도착해서는 먼저 사르나트고고학박물관부터 들렀다. 이곳은 규모는 작지만, 사진으로 익히 보아 왔던 네 마리 사자가 새겨진 아소카 석주의 머리 부분과 세계 4대 불상 중의 하나로 꼽힌다는 砂巖으로 된 부처님 초전법륜상이 보관 전시되고 있었다. 오후 5시 폐관 시간이 가까운 지라 박물관 직원의 재촉을 받으며 서둘러 보고 나온 후, 세계문화유산으로 지정되어져 있는 鹿野苑으로 들어가 그곳의 유적들을 두루 둘러보았다. 대절버스를 타고서 돌아오는 도중 부처님이 사르나트에 도착한 후 보드가야에서 함께 수행하다가 자신을 버리고 떠난 다섯 비구를 다시 만나던 현장에 세워진 迎佛塔에도 들렀다. 이로써 우리들의 이번 불교유적지 순례는 모두 끝난 셈이다. 이번 여행에서는 8대 불교성지 중 5대 성지만을 둘러보았다.

사르나트와 이웃한 바라나시로 이동하여, 짐을 대절버스 안에 둔 채 다시 2인승 자전거 릭샤에 나눠 타고서 갠지스 강가에서 매일 밤 진행되는 힌두교 예배의식인 아르티뿌자를 보러 갔다. 우리가 도착했을 때는 뿌자가 막바지에 접어든 무렵이라, 머지않아 모든 공연이 끝났다. 예전에 가족과 함께 처음 인도에 와서 가르왈 히말라야 지역을 거의 한 달간 여행했을 때, 델리로부터 출발하여 첫 번째 도착지점인 힌두교 성지 하리드와르나 리시케쉬서 보았던 것과 별로 다를 바 없었고, 밤중의 강물 위에 꽃과 촛불이 놓인 작은 종지 배를 띄워 보내는 모습도 오랜만에 다시 보았다.

뿌자가 끝난 후 다시금 올 때와 마찬가지로 자전거 릭샤를 타고서 바라나시의 Maldahiya C21-1번지에 있는 오늘의 숙소 THE HHI(바라나시 힌두스탄 호텔)에 도착하였다. 호텔 식당에서 인도 전통 악기인 시타르와 북의 생음악 공연을 들으면서 뷔페식 석식을 든 다음, 로비에서 좀 시간을 보내다가 안 군과 나는 배정받은 618호실로 올라왔다.

23 (일) 맑음

새벽에 전용버스를 타고서 간밤에 뿌자를 보러 갔었던 바라나시의 메인 가트로 다시 가서 우리 일행 전원이 노 젓는 배 하나를 대절했다. 힌두교 제일의 성지라고 할 수 있는 바라나시의 각종 가트와 일출을 구경하기 위해서였다. 우리가 탄 배를 끈질기게 따라오는 장사치 배 두 척이 있었는데, 나를 포함한 우리 일행 대부분은 그들로부터 갠지스 강의 모래를 담을 수 있는 신주로 만든 항아리를 한두 개씩 구입하였다가, 강 중앙의 사구에 도착한 다음 그것에다 모래를 담았다. 기념으로 한국에 가져가기 위함이었다. 도로 강을 건너오는 도중에 갠지스 강 위에서 일출을 보았다. 화장 가트에서 내려 미로 같은 골목길을 걸어 우리 버스가 대기하고 있는 장소까지 돌아와서 승차한 다음 호텔로 돌아왔다.

호텔 뷔페로 조식을 들고서 바라나시 공항으로 이동하여, 11시 15분에 출발하는 인도의 국내선 비행기를 타고 12시 5분에 마디아프라데시(MP) 주의 북부에 있는 카주라호 공항에 닿았다. 티케팅을 기다리는 동안 공항 매점에서 여름용 인도 전통복 상하 한 벌을 구입하였다. 빈투 이외의 인도인 운전기사 및 요리사들과도 바라나시의 공항에 도착하여 작별하였다.

카주라호 공항에서 가까운 클락스(Clarks) 호텔에 도착하여, 안 군과 나는 141호실을 배정받았다. 호텔에서 점심을 든 다음 방안에서 좀 쉬고 있다가 둘이서 산책을 나섰다. 자전거 릭샤가 계속 따라오며 호객행위를 하는지라 마지못해 에누리를 해 $1을 주고 둘이서 읍내를 한 바퀴 돌아보고자 했으나 미처 반도 두르지 않아서 샛길로 돌아 원위치로 되돌아가는 지라, 도중에 내려 처음에 목적했었던 바대로 산보를 했다. 산보 도중에 기념품점에 들러 캐시미어 숄 하나를 샀는데, 같은 종류의 것을 네팔의 포카라에서는 $150 주고 샀었으나, 여기서는 상인 자신이 $150을 부르므로 과감하게 에누리 하여 $50에 샀다. 인도 여인이 전통복인 사리 위의 상체에 두르는 숄인 것 같았다. 그리고 이런저런 기념품점에 들러보는 동안 계속 우리를 따라오는 상인으로부터 영어판 『KAMA SUTRA』 및 『KHAJURAHO』 그림엽서 책 각 한 권씩도 구입하였다.

호텔로 돌아와 석식을 든 다음, 집에 있는 아내에게 안부 전화를 걸었다. 석식 후 전용버스로 카주라호 서부지역 사원군이 있는 곳으로 다시 가서 사원 경내의 잔디밭에 마련된 의자에 앉아 950년부터 1050년까지 불과 100년 사이에 이곳에다 85개의 사원군을 조성해 놓은 찬델라 왕조의 역사와 당대의 왕 야소바르마나에 관한 이야기를 제재로 한 카주라호 미투나 性愛 사원 라이트 & 사운드 쇼를 한 시간 동안 관람하였다.

호텔로 돌아온 다음, 구내 풀장 옆에서 우리 일행은 밤 8시 30분부터 두 시간 정도에 걸쳐 드럼통을 세로로 잘라 기둥으로 지탱해 둔 두 개의 통에 담은 나무에다 불을 피운 캠파이어를 둘러싸고 앉아서 함께 인도산 럼주와 적포도주 각 두 병씩을 마시고 돌아가며 노래를 부르면서 여흥의 한 때를 가졌다.

24 (월) 맑음

과식과 체력상의 무리 때문인지 며칠 전부터 코감기 기운이 있었으나 종종 있는 알레르기 현상이려니 하고 방치해 두었었는데, 오늘은 상태가 꽤 심해져서 감기약을 복용하기 시작했다. 내가 준비해 온 감기약도 있으나 아내의 간호학과 동료였던 우선혜 교수가 준 종합감기약을 사용하였다.

조식 후 일행과 함께 다시 서부 寺院群으로 들어가서 가이드의 설명에 따라 현재 남아 있는 힌두 사원군의 탄트라 성애 조각상들과 건축물을 감상하였다. 거기를 나오다가 영어판의 사진이 첨부된 안내서 『Khajuraho: Orchha』도 한 권 샀다. 다시 차를 타고서 동부 사원군으로도 가 보았는데, 그곳은 자이나교 사원으로서 건물의 숫자가 현저히 적을 뿐 대체적인 건축 양식과 조각상은 서부 사원군과 별로 다르지 않았으나, 노골적인 성교 장면을 묘사한 조각상은 눈에 띄지 않았다. 나오는 길에 그 경내의 현재 사용되고 있는 자이나교 사원에도 들러 보았다. 현재 인도에서 불교 신도는 전체 인구의 1%에 조금 못 미치는 숫자인데, 자이나교 신자는 그것보다도 한층 더 적은 수준이라고 한다. 여행 안내서에는 남부 사원군도 있다고 되어 있으나, 거기는 방문하지 않았다.

호텔로 돌아와 점심을 든 다음, 전용버스로 잔시를 향해 이동하였다. 도중에 MP주와 UP주의 경계 부근에 위치한 페트라 강을 건넜을 때는 차에서 내려 그곳의 수려한 경치와 더불어 도로 가의 야생 원숭이들을 카메라에 담기도 하였다. UP주의 남쪽 끄트머리에 속한 꽤 큰 도시 잔시에 도착하여 한 시간 정도 플랫폼에서 기다리다가 MP주의 수도 보팔에서 출발하여 델리로 가는, 우리나라로 치자면 KTX에 해당하는 최고급 열차를 타고서 17시 55분부터 20시 20분까지 MP주의 서쪽 끄트머리쯤에 위치한 무굴 제국의 古都 아그라를 향해 달렸다. 우리 팀의 인솔자인

문화탐방 전문여행사 컬처투어의 이명훈 과장과 한 자리에 앉게 되어 함께 대화를 나누면서 왔다. 그는 30대 후반의 독신으로서, 몇 년 전까지는 혜초여행사에 근무하고 있었다는데, 현재 혜초와 비슷한 성격의 이 여행사를 사장과 둘이서 꾸려나가고 있다 한다.

아그라에 도착한 다음, 오늘 내일 이틀간의 숙소가 될 Fatehabad Road에 있는 파크 플라자 호텔로 이동하여 호텔 레스토랑에서 늦은 석식을 들었다. 안 군과 나는 124호에 들었다. 처음에는 3층 방을 배정받았으나, 들어가 보니 앞 손님이 사용한 이후 전혀 정리가 되지 않은 상태로 방치되어 있는지라 방을 바꾼 것이다. 레스토랑에서 나와 1층 로비에서 안 군이 식사를 마치기를 기다리는 동안 1층 기념품점에 들러 나무로 만든 코끼리 神像 가네샤의 가격을 물어보았더니 $7,000라고 했다. 믿기지 않아 '아메리칸 달라'냐고 재차 확인해 보았더니 그렇다고 대답했다. 어제 낮 산책길에 카주라호 서부 사원군 입구 부근의 기념품점에 들러서 신주로 만든 비슷한 크기의 정교한 가네샤 가격을 흥정한 바 있었는데, $35까지 깎아두었으나 결국 사지 않았던 것이다. 그러므로 내가 잘못 들은 것이 아니라면 이 호텔의 매점은 실로 칼 안든 도적이라 하겠다.

25 (화) 맑음

조식 후 세계 8대 불가사의 중의 하나라고 하는 타지마할을 구경하였다. 나로서는 예전에 가족과 함께 한 번 온 적이 있었으므로, 오늘 이후의 아그라·델리 일정은 대부분 2번째인 셈이다. 호텔을 나서다가 길거리 장사치로부터 영문판 『TAJ MAHAL: AGRA & FATENPUR SIKRI』한 권을 샀고, 타지마할을 보고 나온 후 그 입구의 기념품점에서 제법 큰 짙은 커피색의 목제 가네샤 하나를 흥정하여 $40에 구입하였다. 호텔로 돌아와 중식을 든 후에는 타지마할과 더불어 이곳을 대표하는 관광지이자 세계문화유산인 아그라 성으로 갔다. 아그라 성내의 샤자한이 그 아들 아우랑제브에 의해 유폐되어 있었던 구역은 예전에 왔을 때는 관광객이 자유로 출입할 수 있었으나, 이제는 그리로 접근할 수 있는 곳에 금줄이 둘러쳐져 출입을 막고 있었다. 더 이상의 문화재 손상을 막기 위한 것인 듯하다.

아그라 성을 보고 나온 후 일단 호텔로 돌아왔다가, 우리 일행은 오토 릭샤 여러 대에 나누어 타고서 외국인 배낭여행자들이 주로 묵는 거리에 있는 Shanti Lodge라는 곳으로 가서 그 집 옥상에서 맥주를 마시며 석양 의 타지마할 풍경을 감상하였다. 그 집 옥상은 타지마할과 그 부속 건물 들을 정면의 지척에서 바라볼 수 있는 절묘한 위치에 있었다. 맥주 마시 러 나가다가 호텔 입구에서 또다시 손으로 뜬 흰 레이스의 테이블보 하나 를 $5에 구입하였다.

아그라는 무굴 제국의 3대 황제인 아크바르 大帝 때 델리로부터 수도 를 옮겨온 곳이며, 5대 황제인 샤자한 때 다시 수도를 델리로 옮겨 갔지 만, 이곳도 무굴제국이 멸망할 때까지 델리와 더불어 여전히 수도의 구실 을 하고 있었다. 그리고 부왕인 샤자한을 유폐한 6대 황제 아우랑제브가 죽자 그의 회교 이외 타종교에 대한 배타적 정책 때문에 무굴 제국은 드디어 종말을 고하고, 약 100년에 걸친 영국의 식민통치시대가 시작된 것이다.

26 (수) 맑음

호텔에서 조식을 든 후, 8시 무렵에 출발하여 델리로 이동하였다. 사흘 전 보드가야에서 사르나트로 이동할 때와 마찬가지로 다시금 국도 2호선 을 따라서 갔다. 아그라 근교에서 아크바르 대제와 그 가족들의 무덤인 시칸드라바드를 지났고, 지난번에 왔었을 때 아그라에서 델리로 돌아가 는 도중에 들렀었던 크리슈나 신의 고향 마투라로의 갈림길도 지나갔다. 5대 황제 샤자한의 묘는 타지마할 안의 그 아내 뭉타즈 마할 묘 옆에 있다. 무굴제국의 초대 황제 바부르와 2대인 후마윤의 무덤은 델리에 있 다고 한다. 5시간 정도 차를 달렸는데, 길가의 나지막한 밀밭에서 노니는 야생 공작새 두 마리를 보았다. 공작은 이 나라의 國鳥이다. 오늘도 가는 데마다 유채 꽃밭이 널려 있어 여성들은 도중에 그 속으로 들어가 용변을 보기도 하였다. 가로수로는 유칼리가 유독 많았고, 다른 데서 흔히 보았던 사탕수수 밭이 오늘은 전혀 보이지 않았다. 연료로 쓸 소똥을 자파티처럼 둥글게 펴서 말리고 있는 모습은 이 길가에서도 흔히 볼 수 있었다.

국도 2호선은 편도 2차선, 왕복 4차선으로서 우리나라로 치자면 고속도로에 해당하는 간선도로이지만, 소달구지를 포함한 온갖 차량과 자전거·사람까지 통행하고 있고, 심지어는 같은 노선의 반대방향에서 역주행해 오는 차량도 심심찮게 눈에 띄었다. 인도라는 나라 자체와 마찬가지로 교통질서도 혼란과 무질서의 극치이다. 식당 겸 기념품 상점 같은 데 들어가지 않고서는 도중에 공중화장실이 전혀 없으므로, 도로 가에서 적당히 용변을 볼 수밖에 없다.

델리 남쪽 교외의 파리다바드에 이르니 마침내 수도권 전철이 시작되었고, 우리나라의 고속도로 비슷한 것에로 진입하였으나 그것도 잠시일 따름이었다. 뉴델리 시내에 도착한 후 富士屋이라는 일식당에 들러 신선로 요리로 점심을 들었다. 그곳은 우리나라 단체 관광객들을 비롯하여 외국인이 많이 눈에 띄는 그런대로 고급 식당이었는데, 나온 음식은 일식도 중국식도 그렇다고 한국식도 아니었다.

델리 시내의 도로는 대부분 포장되어져 있지만, 건기인 까닭인지 여기도 도로 가의 나무들이 먼지를 푹 뒤집어쓰고 있는 모습은 다른 지방과 다름이 없었고, 식당 앞에서 때에 절은 어린이 두 명이 각각 굴렁쇠와 작은북을 가지고 곡예 흉내를 내면서 적선을 구하는 모습도 다른 데서 익히 보던 대로이다. 인도에는 원래 보시의 문화가 뿌리내려져 있는 터이지만, 가는 곳마다에서 외국인에게 몰려드는 거지들의 구걸 행각은 그 때문만은 아닐 것이다. 내가 20년 쯤 전의 한중 수교 직후에 중국에 처음 갔을 때와 그 이후 상당 기간 동안 중국의 사정도 지금의 인도와 별로 다르지 않았다. 인도 인구 12억과 중국 인구 14억을 합하면 이미 전 세계 인구의 약 절반에 해당하는데, 오늘날도 북한 지역을 포함한 인류의 대부분이 이처럼 거지 수준의 극빈 상태에 처해 있는 것이다. 그럼에도 불구하고 현재 세계 최고의 갑부는 인도인이라고 하니, 이 나라 부의 불균형이 어느 정도인지를 짐작할 수 있다.

가이드의 설명에 의하면, 델리와 뉴델리는 서로 구분되는 딴 도시가 아니고, 그 중심부에 위치한 인디아 게이트를 기준으로 하여 방향에 따라 달리 부르는 것일 뿐이므로 다 같은 델리이니, 서울의 강북·강남 개념과 비슷한 것이라고 한다. 이것들을 합친 현 수도 델리 시의 인구는 약 1400만 정도이다. 올드 델리 지구는 무굴왕조 때 형성된 것으로서 무질서하고 빈민가가 많으며, 뉴델리는 영국 식민지 시절에 당시의 캘커타로부터 수도를 옮겨오기 위해 계획적으로 조성된 것이다. 인디아 게이트는 현재의 대통령궁으로 들어가는 입구에 위치한 것으로서 1931년에 완성되었다. 제1차 세계대전에 참전했다가 전몰한 인도인 장병 전원의 이름을 거기에 새겨두었고, 1972년에는 인도 독립 25주년을 기념하여 그 아래위로 영원히 꺼지지 않는 불이 점화되었다.

우리는 먼저 올드 델리의 야무나 강변에 있는 간디 화장터인 라즈가트에 들렀다. 인도의 국부인 마하트마 간디가 암살당한 뒤 화장된 장소로서, 지금은 넓은 부지에 공원처럼 조성되어져 많은 사람들이 출입하고 있다. 오늘은 8월 15일 독립기념일과 더불어 인도의 양대 국경일 중 하나인 'REPUBLIC DAY' 즉 정부수립일인데, 그 행사의 일환으로 많은 요인들이 여기를 다녀간 모양이다. 라즈가트의 라즈는 왕을 의미하므로 '왕의 화장터'라는 뜻인데, 이 나라에서는 심지어 간디를 신의 화신으로 여기는 관념도 있다고 한다.

라즈가트를 나와 버스 주차장으로 향하다가 그 도중에 간디 관계 서적을 전문적으로 판매하는 서점이 눈에 띄어 거기에 들러서 정장본 간디 자서전 한 권을 구입하였다. M. K. Gandhi, 『An Autobiography: or The Story of My Experiments with Truth』(Rajastan·Rajghat, 2009)로서, 함석헌 선생의 번역본이 있는 책이다. 가격을 물었더니 루피로 답하므로 달러로는 얼마냐고 하니, 계산해 보고서 $7.5라는 것이었다. $5로 흥정하고자 했으나 $7을 고집하므로 돌아 나오니 다시 불렀다. 그러면 그렇지 싶어 되돌아가보았더니, 이번에는 평장본을 가리키면서 $4이니 그것을 사라고 권유하는 것이었다. 나는 정장본을 원한다고 했으나 여전히 더 이상 깎아줄 수 없다면서, 이번에는 델리·자이푸르·아그라 등 이른바 골든 트라이앵글을 소개한 여행사진집을 꺼내어 구입을 권하는 것이었다. 그 가격은 $5이라고 하므로 자서전과 합해서 $10로 하자고 흥정해 보았으나 역시 먹히지 않았으므로, 결국 자서전만을 그가 부른 값으로 구입하고 돌아섰다. 다른 데서는 충분히 가능한 가격으로 흥정을 시도했는데도 전혀 먹히지 않는 것을 보니, 이것이 인도의 자존심이구나 싶었다. 그런데 버스로 돌아와 누런 종이 통투 속에 든 책을 꺼내 보니, 뒤표지의 4면에 끈으로 묶은 흔적이 뚜렷이 패여 있어 어떻게 고쳐볼 방도가 없었으니, 결국 그 상인은 내게 불량품을 제값 받고서 판매한 셈이다.

지난번에 왔을 때 바라보기만 하고 들어가지 못했던 라즈가트 근처의 간디기념관에 들렀으나 오늘은 폐관 중이었다. 올드 델리의 예전에 안으로 들어가 구경했었던 레드포트 앞에서 자전거 릭샤를 타고서 챤드니쵸크 재래시장 안의 보석상 골목을 거쳐 인도 최대의 회교 사원인 자미 마스지드에 들렀는데, 역시 국경일이라 시장 안의 상점들은 대부분 문을 닫았고, 자미 마스지드도 때마침 기도시간이라 안에까지 들어갈 수는 없었다. 마스지드란 만디르가 힌두교 사원을 가리키는 바와 같이 회교 사원을 의미하는 말이며, 자미는 많은 사람이 모인다는 뜻이라고 한다.

전용버스를 타고서 뉴델리 쪽으로 이동하여, 인디아 게이트 부근에 있는 간디가 저격당했던 저택으로 가 보았으나 역시 문이 닫혀 있었다. 빈투의 설명에 의하면, 간디를 권총으로 쏜 사람은 불가촉천민 출신으로서, 평소에 그를 가까이서 모시며 존경했던 사람이라고 한다. 인도인 대부분은 간디를 국부로 받들어 모시지만 개중에는 비판하는 사람도 많은데, 그것은 그가 힌두교도와 회교도의 거주구역 분할을 인정하여 영국 식민지 시대까지는 하나였던 인도가 오늘날처럼 인도, 파키스탄, 방글라데시로 분열되는데 원인을 제공했던 것이 가장 큰 이유라고 한다. 지난번에 들렀었던 네루 기념관 앞을 다시 지나 인디아 게이트에 들렀더니, 전에는 사람이 별로 없었으나 오늘은 휴일을 맞아 놀러 나온 인파로 인산인해를 이루고 있었다. 네루의 친딸인 인디라 간디는 간디가 생전에 자신의 딸같이 여겼던 사람이므로 성까지 간디로 같았는데, 오늘날에 이르기까지 그 간디 일족이 국민회의파의 중심세력을 이루어 이 나라를 이끌어 가고 있다.

이로써 델리 및 인도 관광을 모두 마치고서, 공항으로 향하는 길에 뉴델리의 말라이 만디르 근처에 있는 Vasant Place Shopping Complex 17번지의 PEKOE TIPS TEA라는 상점에 들러 최고급 다질링産 인도 홍차 한 통과 카레 가루 두 통을 구입하였고, 전날 빈투에게 주문해 두었던 피우는 향, 라벤다·파와카 에센셜 오일도 여기에 도착한 다음 버스 안에서 배부 받았다.

마지막으로 어느 중국 식당에 들러 무굴식 인도 전통음식인 탄두리로 석식을 들었고, 최근에 새로 지은 델리공항에 도착하여 그 입구에서 룸비니 이후로 우리 일행의 현지 가이드를 맡아 온 빈투와도 작별하였다. 빈투는 머지않아 한국으로 이주할 계획을 세우고서 델리에 있는 소유물을 나누어서 한국인 인솔자에게 당부해 한국으로 조금씩 옮기고 있는데, 그가 맡긴 짐 때문에 우리 인솔자의 짐이 중량초과로 체크인에 걸려 꽤 시간을 끌었다. 며칠 전 모스크바 공항에서 발생한 체첸인 자살폭탄 테러 사건의 영향인지 델리 국제공항에서의 검문검색은 꽤 삼엄하고 복잡하였다.

우리 팀이 예약한 CZ360은 원래 22시 40분에 델리를 출발하여 다음날 6시 30분에 중국 廣州에 도착할 예정이었으나, 무슨 까닭인지 23시 55분에야 출발하여 다음날 6시 40분에 廣州에 닿았다.

27 (목) 맑음

廣州에 도착할 때까지 기내식도 들지 않고서 계속 눈을 붙이고 있었다. 공항 구내에서 환승 수속을 밟은 다음 또 비행기가 딜레이 되어 9시 10분에 출발하여 13시 15분에 인천에 도착할 예정이던 CZ337이 10시에야 움직이기 시작하여 14시 5분에 도착하였다. 廣州 공항 검색대의 젊은 남녀

직원들도 꽤 고압적으로 보였고, 중국남방항공의 남녀 승무원은 모두 무뚝뚝하며 미소가 없었는데, 우리나라에 도착해 보니 공항 직원들의 표정이 밝고 친절하며, 입국절차도 매우 간단하였다. 인천국제공항의 서비스가 여러 해 동안 세계제일로 평가되고 있는 까닭이 여기에 있는 듯했다.

인도에서는 봄날 같은 매일이었는데, 한국은 떠날 때의 한파가 아직 물러가지 않아 온통 눈밭이었다. 진주 출신인 창원대의 강인숙 교수는 짐을 찾은 후 혼자서 먼저 창원으로 떠났고, 나머지 일행은 인솔자와 작별한 다음 공항 앞에 모여 대기하다가, 예약해 둔 대절버스를 타고서 진주를 향해 출발하였다. 인천대교롤 거쳐 용인에서 경부고속도로에 진입한 다음, 대전에서 다시 대진고속도로에 진입하여 깜깜해진 후 진주에 도착하였다. 도중에 금산인삼랜드에서 잠시 정거하였고, 산청군 단성면 성내리 80-3번지 산청농협 단성지점 앞의 木花식당에 들러 그곳 별미인 추어탕과 맥주로 석식을 든 후, 본교의 출발지점으로 돌아와서 작별하였다.

동유럽

6월

28 (화) 맑음

새벽 4시 30분경에 집을 나서, 개양의 정촌초등학교 건너편 정류장에서 새벽 5시 10분발 경북고속버스를 타고서 인천공항으로 향했다. 이 회사는 전국에서 인천공항까지 승객을 운송하고 있는데, 창원·마산에서 공항까지는 하루에 8편이 운항되나 그 중 2대가 진주를 경유하는 것이다. 대진·경부고속도로를 따라 북상하여 안산에서 인천방향으로 접어들어, 인천대교를 지나 공항으로 접근했다. 도착 시간은 오전 9시 40분경이었다.

3층 출국장 M 카운터 노랑풍선 만남의 장소에서 인솔자 이지현 씨와 만났다. 우리 일행은 이 씨를 제외하고서 모두 27명이며, 이지현 씨는 30대의 독신여성이다. 티케팅을 한 후 게이트 부근의 서점에서 『세계를 간다』 시리즈의 동유럽 편(서울, 랜덤하우스코리아, 2007 초판, 2010 1판 3쇄) 한 권을 구입했다. 12시 30분발 아시아나항공 541편으로 인천을 출발하여 17시에 독일의 프랑크푸르트 공항에 도착하였다. 인천에서 프랑크푸르트까지는 약 10시간이 소요된다. 현지의 운전기사는 리처드라는 이름(아마도 별명인 듯)의 폴란드 사람인데, EUROLINES라는 글자가 바깥에 새겨진 대절버스도 폴란드 것인 듯했다.

5번 고속도로를 따라 북상하여, 도중에 4번 고속도로로 접어든 후 아이제나하에서 잠시 휴게하는 중에 매점에서 독일 전도를 하나 구입하였다. 아이제나하는 바하의 출생지로 알고 있다. 마르틴 루터와 인연이 깊은 에어푸르트를 지나 바이마르 입구의 멜링겐이라는 곳에서 1박하였다. 프랑크푸르트에서 멜링겐까지는 약 3시간 30분이 소요되었다. 헤겔이 가르친 예나도 여기서 멀지 않다. 독일의 고속도로는 도시 부근의 꽤 떨어진 지점을 통과하고 있으므로, 평소에 이름 정도는 들어서 아는 곳이라 할지라도 근처를 통과해도 도시를 구경할 수는 없다.

오늘의 숙소는 ILMTAL 호텔이라는 곳인데, 3층 정도의 조그만 것이다. 나는 대구에서 아홉 명의 일행이 함께 온 김종률 이라는 사람과 더불어 1층의 18호실을 쓰게 되었다. 이번 여행 중에는 계속 그와 한 방을 쓰게 될 듯하다. 그는 경산에서 뚤레주르 제과점을 경영하면서 건물 임대업도 하는 51세 된 사람이다. 그의 일행은 누나 네 명과 그 자형 두 명이며, 자형의 친구 내외도 한 쌍이 있다고 한다.

29 (수) 맑음

호텔에서 콘티넨털 조식을 든 다음, 베를린을 향해 이동하였다. 멜링겐에서 베를린까지는 약 3시간이 소요된다. 예나를 지날 때는 모처럼 도시 풍경을 바라볼 수 있었다. 중소도시의 모습이었고, 전쟁 중에 폭격을 입었는지 고풍스런 분위기는 없었다. 예나를 지난 후, 9번 고속도로에 접어들어 一路 북상했다. 독일은 국토가 대체로 평탄하여 알프스 근처의 남부를 제외하고서는 어디를 가나 구릉 정도가 펼쳐져 있을 따름이다. 그러므로 고속도로의 양쪽은 대부분 울창한 삼림으로 뒤덮이고, 들판 곳곳에 풍력발전기가 돌아가는 단조로운 풍경이다.

도중에 구동독의 주요 도시인 라이프치히와 헨델의 고향 할레(자알레) 사이를 지나고, 루터의 도시 비텐베르크와 데사우 사이를 지났으며, 포츠담을 거쳐 베를린 시내로 들어갔다. 베를린은 제2차 세계대전으로 말미암아 철저히 파괴된 후 재건된 새로운 도시의 모습이었다. 우리는 먼저 카이저 빌헬름 교회에 들렀다. 독일 통일의 위업을 이룬 빌헬름 1세를 기념하는 네오고딕 양식의 교회인데, 공습으로 말미암아 파괴된 후 남아 있는 일부 건물을 외벽으로 감싸 복구공사가 진행 중이고, 그 앞뒤로는 새 교회 건물이 들어서 있었다. 그곳에서 훔볼트대학 박사과정에 재학 중이라는 남성 현지 가이드를 만나 그의 설명을 들으면서 베를린 관광을 했다. 구 교회의 내부에는 빌헬름 1세의 생애를 묘사한 벽면 조각들과 천정의 모자이크, 폭격으로 한쪽 팔이 떨어진 그리스도 상, 공습으로 파괴되고 남은 쇠를 수습하여 못 모양으로 녹여서 만들어 화해의 뜻으로 영국으로부터 기증되어 온 철십자가 등을 구경하였다. 그 앞의 새 교회 내부는 네모난 무수한 작은 격자 안쪽에 새겨진 수만 조각의 스테인드글라스가 특색이 있었고, 제단의 예수상도 승천하는 모습이었다. 그 교회의 바깥 일대는 쿠담 거리로서 選帝侯를 의미하는 Kurfuerstendamm을 줄인 말인데, 베를린 서부의 메인스트리트라고 한다.

우리는 괴벤 거리 16-17의 호도리식당으로 이동하여 육개장으로 점심을 든 다음, 오후에는 브란덴부르크 문을 보러 갔다. 그곳에 이르는 길이 3km, 폭 1km의 공원은 숲으로 뒤덮여 있는데, 위통을 벗고 있는 사람들의 모습이 숲 사이 여기저기로 바라보였다. 숲 끝 쪽의 로터리 중앙에는 꼭대기에 황금빛 승리의 여신을 세운 높은 탑이 있고, 로터리 가에 비스마르크의 동상이 있으며, 거기서 죽 뻗은 거리의 끝에 브란덴부르크 문이 있었다. 구동독 쪽으로 이동해 가는 도중에 베를린필하모니의 홀도 지나쳤다. 홀로코스트로 사망한 유대인들을 추모하는 관 모양의 크고 작은 직사각형 조형물을 무수히 배치한 공원 귀퉁이에다 차를 세우고, 걸어서 브란덴부르크 문 쪽으로 이동하였다. 이 문은 프로이센 제국 시절 베를린 성으로 들어가는 십여 개의 성문 중 현재까지 완전한 형태로 보존된 유일한 것이라고 한다. 그 문을 관통하는 거리가 유명한 Unter den Linden이다. 포츠담 광장을 지나서, 베를린 장벽의 일부가 아직 보존되어 있는 지역으로도 가 보았다.

베를린을 떠난 후, 오늘의 숙박지인 체코의 우스티를 향해 13번 고속도로를 따라 남쪽으로 계속 내려가는 도중에 옵션으로 드레스덴에 들렀다. 엘베 강가에 위치한 작센 주의 주도로서 문화와 예술의 도시로 이름 높던 곳인데, 제2차 세계대전으로 말미암아 하룻밤 사이에 공습으로 철저히 파괴된 후 옛 모습대로 복원된 곳이다. 부근에 자기공예로 유명한 마이센이 있다. 우리는 독일 바로크 양식의 건물들로 이루어진 츠빙거 궁전을 중심으로 하여, 그 부근의 오페라하우스와 가톨릭교회, 작센 영주들의 행렬로 이루어진 마이센 자기조각 벽화 등을 둘러보았다. 나는 홀로 개신교회 부근 광장의 마르틴 루터 상 앞으로도 가보았다.

드레스덴에서부터는 17번 고속도로를 따라 체코 경내의 첫 도시인 우스티로 들어가서, 베스트 웨스턴 계열의 블라디미르 호텔에 숙박하였다. 708호실을 배정받았다. 호텔은 좀 낡았지만, 창문 바깥으로 야트막한 산들에 둘러싸인 분지 속의 도시 풍경이 펼쳐져 조망이 아주 좋았다. 체코에 들어서니 산들이 보이기 시작하는 것이 독일과는 다른 분위기이다. 1층 식당에서 석식을 들며 김종률 씨와 더불어 생맥주를 한 잔씩 마셨다.

베를린에서 우스티까지는 약 3시간 20분이 소요되었다. 이번 우리의 10박 12일 일정은 동유럽 여행이라고는 하지만, 중부 유럽에 속한 독일이 4일, 오스트리아가 2일 포함되어 전체의 약 절반을 차지한다.

30 (목) 맑음

우스티에서 체코의 수도인 프라하까지 이동하는 데는 약 2시간 30분이 소요되었다. 처음 한참 동안은 블타바(독일어로는 몰다우) 강을 따라서 2차선 국도를 경유하여 남쪽으로 내려가다가 체코의 8번 고속도로에 접어들었다.

프라하에 도착해서는 교통 정체로 말미암아 체코 다리에서 내려 걸어서 까를 교까지 이동하여 남성 현지 가이드와 만났다. 나는 카프카가 살던 집에 가 보고 싶어 현지 가이드에게 물어 보았지만, 그의 말로는 카프카의 집이란 그의 누님 집이라 하며, 인솔자는 모른다고 했다. 지난번에 조규태 교수 일행이 프라하에 왔을 때는 카프카의 집에 들렀다고 했는데, 지도를 보니 구시가지 광장 북서쪽의 성 미쿨라스 교회 바로 뒤편 유태인 구역에 카프카의 생가가 있었다. 카프카가 살던 도시가 이제는 해마다 이 나라 전체 인구의 두 배가 넘는 관광객이 몰려드는 장소로 되어 있었다.

까를 교를 한 번 끝까지 걸어서 다녀온 후, 가이드의 안내에 따라서 구시가지 광장을 가로질러 태극 마크 선명한 한식집으로 가서 비빔밥으로 점심을 들었다. 가는 도중에 화약탑이라는 첨탑과 그 옆에 위치한 '프라하의 봄' 음악회장인 스메타나 홀이 있는 시민회관도 보았다. 점심을 든 후 도로 광장으로 나와 구시청사 건물에서 천문시계가 작동하는 것을 구경하였다. 매 시간 정각에 작동하는 것인데, 각종 인형들이 정연하게 동작하는 것이었다. 광장 한가운데에는 종교개혁가인 얀 후스 상이 있고, 틴 교회 등 유명한 건물들이 광장을 둘러싸고 있었다.

다음으로는 블타바 강 다리 건너편 언덕의 프라하 성을 둘러보았다. 그 안에 있는 고딕식의 성 비트 대성당 안팎도 둘러보았다. 왕궁 즉 현재의 대통령집무실이 성당 바로 앞에 있는데, 그 마당에까지 관광객이 자유로 출입할 수 있었다. 성에서 바라보이는 프라하 시의 조망이 일품이었다. 대통령궁 입구의 위병교대식도 보았다.

도로 신시가지로 내려와서 바츨라프 광장을 둘러보았다. 광장이라기보다는 체코의 건국자인 성 바츨라프의 기마상이 있는 드넓은 거리인데,

프라하의 봄 등 체코 현대사의 주 무대가 된 곳이다. 날씨가 꽤 추워 나는 집결장소로 되어 있는 곳으로 먼저 돌아와서 電車를 개조한 커피숍 안으로 들어가 핫 와인을 한 잔 시켜 들었다. 독일이나 체코에는 여러 대의 차량을 연결한 전차 즉 트램이 거리를 누비고 다니며, 어제 우스티에서는 무궤도 전차인 트롤리버스도 보았다.

저녁식사는 현지식으로 들고서, 일단 교외지역에 있는 숙소인 프라하 클럽 호텔로 가서 303호실을 배정받았다. 샤워를 마치고 긴팔 옷으로 갈아입은 뒤, 밤에 다시 인솔자를 따라 구시가지 광장까지 나가서 프라하의 야경을 구경하였다. 자유 시간에 나는 홀로 바츨라프 광장까지 걸어가 보았다. 구시가지 광장에서 별로 멀리 떨어지지 않은 위치에 있었다. 돌아오는 길에는 다시 시민회관과 화약탑을 거쳐 집결지인 구시청사 앞까지 왔다. 밤 11시 무렵에 호텔로 돌아왔다.

7월

1 (금) 대체로 맑으나 낮 한 때 비

프라하를 떠나 다음 목적지인 체스키 크롬로프까지 이동하였다. 가는 데 약 3시간 30분이 소요되었다. 3번 고속도로와 2차선 일반 국도를 이용하여 보헤미아 남부의 제법 큰 도시인 체스케 부데요비체까지 이동한 후, 거기서 얼마 동안 휴식하고서 다시 체스키 크롬로프로 이동하였다. 체스케 부데요비체는 오스트리아의 공업도시 린츠와 연결되는 교통의 요지이다. 도시 이름을 붙인 맥주 부데요비츠키 부드바르(별명 부드바이저 부드바르)가 전국적으로 유명하여, 미국 맥주 버드와이저의 원조가 되었다. 체코인은 인구 당 맥주 소비량이 세계 제1로서, 이 맥주 외에도 세계적으로 유명한 플제니(독일식 이름은 필젠) 맥주의 도시 플제니가 프라하에서 서쪽으로 좀 떨어진 위치에 있다.

프라하와 더불어 유네스코 세계유산에 등록된 체스키 크롬로프는 내가 일본 TV를 통해 접해본 곳이다. 13세기에 남 보헤미아의 유력 귀족인 비트코프家가 성을 건설한 이래, 그 후 여러 번 주인이 바뀌면서 오늘에 이르렀다. 크게 굴곡져 흐르는 커피 빛의 블타바 강에 안겨 있다. 우리는 조그만 스보르니스티 광장에 들렀다가 인솔자의 안내에 따라 다리를 건너 강 건너편 언덕 위의 성으로 올라가 보았다. 도중에 여기저기서 그림 같은 중세 풍경의 마을을 굽어볼 수 있고, 성의 꼭대기에는 좌우 대칭으로 조성된 널찍한 바로크식 정원이 있었다. 한 시간의 자유 시간 동안에 나는 성을 천천히 걸어 내려와 스보르니스티 광장 건너편의 성 비트 대성당 안으로 들어가 보았고, 마을 안의 여기저기를 둘러보았다. 화가인 에곤 쉴레 문화 센터도 있고, 강에는 래프팅하는 사람들이 많았다. 거기에 있는 동안 두 차례 비가 쏟아져 우산을 하나 샀다.

체스키 크롬로프를 떠나 체스케 부데요비체까지 되돌아온 후, 동쪽 길로 접어들어 오늘의 숙박지인 체코 제2의 도시 브르노로 향했다. 도중의 휴게소에서 중부 유럽 지도를 하나 샀다. 오스트리아의 빈에서 출판된 이 지도에 의하면 우리가 이번에 여행하는 지역 전체가 중부 유럽에 포함되어 있다. 체스키 크롬로프에서 브루노까지는 일반국도와 고속도로를 이용하여 약 2시간이 소요된다. 그림 같은 이국의 풍경이 펼쳐지는 시골길이다. 체코에 들어와서는 독일처럼 도로 주변에 숲이 조성되어 있지 않아 풍경을 좀 멀리까지 조망할 수 있었는데, 이 길은 도중에 숲으로 둘러싸인 곳도 있었다. 대체로 나지막한 구릉에 조성된 밀밭 등이 이어지는 풍경이다.

체코 공화국은 보헤미아와 모라비아의 두 개 지역으로 나눌 수 있는데, 이것들은 모두 옛 왕국의 이름이다. 프라하가 보헤미아 왕국의 수도라면 브루노는 모라비아 왕국의 수도로서 번영했던 곳이다. 유전학의 멘델이 사제로서 생활하며 완두콩 교배실험을 실시했던 곳도 부르노 구시가지 서쪽 교외에 있는 수도원이었다. 인솔자의 설명에 의하면, 방랑자를 일컬어 보헤미안이라고 하는 것은 프랑스인들이 집시를 그렇게 부른 것으로서, 이곳 보헤미아와는 무관하다고 한다.

브루노에서는 미슬리브나 호텔에 들어 213호실을 배정받았다. 교외 지역의 숲속에 위치한 것으로서 창문 밖은 온통 숲이고, 실외 바에서는 도시의 조망이 멋졌다. 저녁 식사 후 실외 바에서 같은 방을 쓰는 김종률 씨 및 그 작은 자형과 더불어 셋이서 맥주를 마셨다.

2 (토) 맑으나 쌀쌀함

약 6시간 정도 걸려 폴란드의 크라쿠프(독일어로 크라카우)까지 이동하였다. 폴란드에 입국할 때 우리가 탄 버스는 자유롭게 통과하였으나, 화물차는 길게 줄을 지어 대기하고 있는 것으로 보아 무슨 수속이 있는 모양이었다. 도중에 고속도로를 벗어나 시골길로 한참 가다가 오시비엥침(독일어로 아우슈비츠)에 도착하여 현지 가이드 심산 씨를 만났다. 오시비엥침은 크라쿠프에서 서쪽으로 54km 떨어진 지점에 위치해 있다. 심산 씨는 마른 체격의 조금 나이 들어 보이는 남자인데, 오늘 내일 이틀 동안의 폴란드 일정에 동행할 모양이다.

그의 안내에 따라 두 시간 정도 아우슈비츠 수용소 일대를 둘러보았다. 현재는 박물관으로 개조되어 있었다. 폴란드 군이 쓰던 시설을 독일군이 접수하여 절멸 수용소로 개조한 것이라고 한다. 유대인뿐만이 아니라 폴란드인·정치범·집시·동성애자 등 다양한 사람들이 수용되어 있었음을 알았다. 여기서 죽어간 사람들은 28개 민족으로서 그 수가 무려 150만 명이 넘는다고 한다. 여기서 약 2km 떨어진 지점에 비르케나우라고 하는 300동 이상 규모의 훨씬 더 큰 수용소가 있는데, 종전 무렵 독일군에 의해 철저히 파괴되었던 것을 복원해 놓았다고 한다. 이러한 절멸 수용소는 이곳 외에도 여러 곳에 산재해 있었다.

다시 2차선 도로를 따라 가다가 고속도로를 만나 크라쿠프까지 왔다. RUCZAJ 호텔 111호실에 투숙하였다. 평소보다 조금 시간적 여유가 있어, 석식 후 일행 중 여러 명이 함께 근처의 대형 쇼핑몰 TESCO까지 산책을 나갔다. 폴란드 산 보드카와 맥주 및 안주를 사 와 방안에서 어제의 팀 세 명이 함께 들었다. 나는 전혀 기억에 없지만, 사 온 술이 끝난 후 그들과 함께 호텔 1층의 바로 내려가 맥주를 한 잔씩 더 들고서 방으로 돌아왔으며, 같은 방을 쓰는 김종률 씨의 요청에 따라 그들에게 내 명함을 나눠주기도 했다고 한다. 김 씨는 대구에 사는데, 작년에 고향인 경산시 진량읍 신상리 180-1에다 지상 4층에 층당 190평 규모의 CITY 1이라는 꽤 큰 빌딩을 지어서 임대업을 하고 있다. 그 건물 1층에서 하는 뚤레쥬르 빵집은 주로 그 부인이 경영하는 모양이다.

3 (일) 비

조식 후 크라쿠프에서 남동쪽으로 약 15km 떨어진 곳에 있는 작은 도시 비엘리츠카로 이동하였다. 도시 지하에 세계에서 손꼽히는 규모의 암염채굴장이 있어 1250년 무렵부터 1950년대까지 가동했는데, 1978년에 유네스코 세계유산으로 등록되었다. 지하 64~325m에 걸쳐 복잡하게 얽힌 채굴장의 일부인 2.5km 정도를 관광객에게 공개하고 있다. 가이드의 인솔에 따라 지하통로를 가다보면, 채굴 터에 암염으로 만든 갖가지 조각이 늘어서 있다. 개중에는 성당이나 화려한 샹들리에가 설치된 공간이 마련되어져 있기도 한데, 이것들도 모두 소금으로 만든 것이다.

비엘리츠카를 떠나 크라쿠프 시내 관광으로 들어갔다. 크라쿠프는 폴란드의 고도로서, 이 도시가 번영했던 시기는 왕국의 최전성기인 1386년부터 1572년까지 이어지는 야기에우어 왕조 시기이다. 당시의 크라쿠프는 신성로마제국의 일부인 보헤미아의 프라하, 오스트리아의 빈과 함께 중앙 유럽의 문화 중심지였다. 폴란드의 다른 도시가 제2차 세계대전으로 말미암아 괴멸적인 타격을 입었음에도 불구하고 크라쿠프가 전화에서 벗어날 수 있었던 것은 이곳의 왕궁인 바벨성에 독일군 사령부가 설치되었기 때문이라고 한다. 크라쿠프의 역사적인 거리는 1978년에 유네스코 세계유산으로 등록되었다.

우리는 먼저 유럽 최대의 광장으로서 중세부터의 모습이 그대로 남아 있다고 하는 중앙시장 광장으로 갔다. 광장 중앙에 서 있는 르네상스 양식의 건물이 직물회관인데, 길이가 100m로서 14세기에 지어진 것이라고 한다. 지금은 중앙의 넓은 복도를 끼고서 1층 양옆에 기념품상점들이 즐비하게 들어서 있었다. 광장 안쪽의 성 마리아 성당에도 들어가 보았다. 1222년에 지어진 고딕 양식의 대형 건물로서 그 성단은 국보로 지정되어져 있다고 한다. 처음 들어가 보았을 때는 미사가 진행되고 있었는데, 두 번째로 들어갔을 때는 제단까지 접근할 수가 있었다. 왕궁인 바벨성에는 가보지 못하고 차를 타고 지나치면서 두어 차례 바라보기만 했다.

중앙시장 광장에서 일행을 놓쳐 큰 곤욕을 치렀다. 자유 시간 후에 다시 만나기로 한 장소를 착각했던 것이다. 나는 직물회관의 중앙을 가로지르는 통로인 줄로 알고 있었는데, 나중에 알고 보니 그 건물 한쪽 끄트머리였다. 다시 모이기로 한 시각에 모일 장소로 가 보았으나 일행은 한 사람도 보이지 않는지라, 그 근처를 찾아다니며 헤매다가 결국 못 찾았고 별 수 없이 처음 차에서 내린 장소를 가까스로 찾아오니, 버스는 그 장소에 여전히 있으나 아무도 돌아와 있지 않은 것이었다. 그래서 도로 약속한 장소로 돌아가 보아도 역시 아무도 보이지 않는지라 할 수 없이 버스로 되돌아오는 도중에 나를 찾아오고 있는 현지 가이드와 젊은 학생 한 명을 만났고, 얼마 후 광장에서 버스 쪽으로 돌아오고 있는 사람들과도 만날 수 있었다.

점심을 든 후 현지 가이드로부터 아내에게 줄 선물로서 나이트크림 한 통과 아이크림 한 통을 각각 30유로씩에 구입하였다. 운전기사인 리처드도 이곳에서 몇 십 분 정도 떨어진 곳에 집이 있는 모양인데, 우리가 중앙시장 광장에 도착한 이후부터 점심 식사를 마친 이후까지 그의 아내가 우리 차에 타서 한동안 함께 움직였다. 식당을 나온 후 현지 가이드 심산 씨와 작별하여, 비가 주룩주룩 내리는 가운데 약 4시간 정도를 이동하여 슬로바키아 중부의 중심 도시 반스카 비스트리차로 향하였다. 도중에 폴란드 경내의 휴게소에서 유럽 전체의 1:1,000,000 도로지도 책을 한 권 구입하였다. 2011년에 슬로바키아에서 출판된 것이었다. 폴란드와의 국경 지대에서부터 타트라 산맥이 이어졌고, 슬로바키아 경내는 온통 산지였다. LUX 호텔 1156호실에 여장을 푼 후, 비가 내리는 가운데 김 씨와 더불어 근처의 밤길을 산책해 보았다. 호텔 근처의 술집에 들러 맥주 한 잔씩을 들었다. 그곳은 영업을 마치는 시간이 오후 9시라고 하므로, 서둘러 마시고 나와 매점에서 캔 맥주를 사서 어제 김 씨가 산 프렌치 브랜디와 함께 방에서 들었다.

4 (월) 대체로 맑으나 때때로 빗방울

오전 아홉 시에 반스카 비스트리차를 출발하여 세 시간 정도 걸려 '동유럽의 파리'로 통하는 부다페스트로 이동하였다. 헝가리 경내로 들어서니 비로소 평지가 나타나기 시작했다. 유로 도로 77번을 따라서 내려왔는데, 도중에 슬로바키아 경내의 스키장이 있는 곳에서 부슬비가 내리는 가운데 잠시 휴식을 취하기도 했다. 이동하는 차 안에서 부다페스트를 배경으로 한 독일 영화 〈글루미 선데이(Ein Lied von Liebe und Tod)〉를 방영하였으나, 나는 바깥 풍경을 바라보느라고 영화는 보는 둥 마는 둥 했다. 부다페스트 시내에 도착하여 먼저 페스트 구역의 한식당에 들러 비빔밥으로 점심을 든 후, 현지 가이드의 안내에 따라 시내관광에 들어갔다.

먼저 영웅광장과 그 부근의 안드라시 거리를 찾아갔다. 영웅광장은 헝가리 건국 1000주년을 기념하여 1896년에 조성한 부다페스트 최대의 광장으로서, 안드라시 거리의 북쪽 끝에 위치해 있다. 널찍한 광장의 중앙에는 대천사 가브리엘을 떠받치는 높이 35m의 건국 1000년 기념비가 서 있다. 기념비 받침에는 헝가리 땅에 처음으로 들어온 마자르 족의 수장 아르파드를 한가운데에 세우고, 전부 7명의 부족장의 기마상이 빙 둘러싸듯 서 있다. 기념비 좌우에 부채 모양으로 늘어서 있는 것은 역대 국왕과 장군, 예술가 등 14명의 헝가리 영웅들이다. 영웅광장 뒤편은 1km²의 대형공원이고, 전면으로 똑바로 뻗은 대로가 안드라시 거리로서, 그 길가에 한국 대사관을 포함한 각국 대사관저와 작곡가 코다이의 저택, 오페라 하우스 등도 있었다.

도나우(다뉴브) 강을 건너 부다 쪽으로 가서 겔레르트 언덕에 올라 시내를 조망하였다. 그곳에는 치타델라(요새)가 있고, 그 끝 부분에 종려나무 잎을 높이 들고 서 있는 여신상은 1945년에 나치 독일로부터 이 도시를 해방시킨 소련군의 위령비로서 세운 것이다.

다음으로는 왕궁의 언덕으로 가서 마차슈 교회와 어부의 요새를 둘러본 다음, 그 주변을 산책하며 부다 지역의 풍경을 둘러보았다. 그 후 걸어서 왕궁 쪽으로 이동하여 베토벤이 5년 정도 머물렀다는 왕궁극장 건물과 대통령궁, 그리고 지금은 국립미술관, 부다페스트 역사박물관, 세체니 도서관, 루드빅 미술관(현대미술관)으로 개조되어 있는 왕궁 일대를 둘러보았고, 그곳 카페에서 맥주를 한 잔 시켜 들기도 하였다. 헝가리를 비롯한 체코·폴란드 등지에서는 아직도 유로화가 아닌 자국 화폐를 사용하고 있는데, 헝가리는 물가가 꽤 비싼 듯하였다.

부다페스트의 상징이라고도 할 수 있는 세체니 다리(일명 사슬다리)를 건너 도나우 강 이쪽의 페스트 지역으로 다시 건너와서 성 이슈트반 대성당을 구경하였다. 부다페스트에서 가장 큰 성당으로서 높이 96m에 이른다. 1851년부터 시작하여 약 50년 걸려 건설하였는데, 아쉽게도 건물 안에서는 오르간 연주회가 있어 들어가 보지 못했다.

칠면조 고기로 저녁식사를 든 후, 일단 교외지역에 있는 호텔 베를린으로 이동하여 209호실을 배정받았다. 샤워를 마친 다음, 다시 시내로 나와 세체니 다리를 걸어서 왕복하였다. 간밤에 카메라를 충전했었는데, 무슨 까닭인지 모두 방전이 되어 버려 낮 동안은 사용할 수 없었다가, 잠깐 호텔에 들른 사이에 새로 충전하여 사용하였다. 밤 9시 30분부터 약 한 시간 동안 옵션으로 각자 40유로씩을 추가로 내고서 도나우 강 유람선을 탔다. 세계문화유산으로 지정된 구역을 오르내리며 야간 조명을 받은 부다페스트의 명소 풍광을 감상한 것이다.

5 (화) 흐리고 때때로 부슬비

부다페스트에서 오스트리아의 수도 빈(비엔나)으로 이동하는데 약 3시간 30분이 소요되었다. 고속도로를 따라 일로 서쪽으로 향하였다. 중간지점의 죄르라는 곳에서 잠시 고속도로를 빠져 나와 기념품 판매장에 들렀다. 한국에서 작년에 부다페스트공대로 유학 왔다는 대구 출신의 남학생이 상품 설명을 했는데, 나는 그 매장에서 헝가리산 적포도주를 한 병 구입하였다. 헝가리 영토 안과 오스트리아 땅으로 진입한 이후에도 광활한 평야에 밀·옥수수·해바라기 밭이 계속 이어지고 있었다.

빈에 도착한 이후에는 먼저 김치찌개가 나오는 중국식당에서 퓨전 음식으로 점심을 들었다. 그 식당에서 현지 가이드와 합류하였다. 그런 다음 쇤부른 궁전으로 향했다. 도착한 다음 궁전 뒤편의 널따란 바로크 정원을 걸어 평지가 끝나는 곳에 위치한 냅튠의 샘까지 간 다음, 다시 뒤쪽 언덕에 있는 1775년에 세운 석조의 글로리에테까지 걸어 올라가 보았다. 궁전으로 돌아와서는 일반에게 공개되어져 있는 궁전 안의 방들을 둘러보았다.

다음으로는 구시가로 이동하여 링이라 불리는 환상도로를 따라가며 국립 오페라 하우스·시청사·국회의사당·호프부르크 왕궁 등을 둘러본 후, 구시가의 중심에 위치한 빈의 상징 성 슈테판 성당으로 가보았다. TV 등으로 보고서 생각했던 것보다는 훨씬 큰 규모였다. 이 사원이 착공된 것은 12세기 중엽, 당초의 양식은 로마네스크였으나 화재로 붕괴된 후 현재와 같은 오스트리아 최대의 고딕 교회로 다시 태어났다. 현재도 수리 중이라 바깥 일부는 가려두고 있었다. 성당 내부에도 들어가 보았다. 이 성당은 모차르트의 결혼식과 장례식이 행해진 곳으로도 유명하다.

오후 5시까지 한국 기념품점에 집결하여 45분에 거기를 떠나기로 예정되어 있었는데, 오늘도 혼자서 다니다 보니 기념품점이 있는 장소를 찾지 못하고서 그 반대쪽 길들을 헤매고 다니다가 6시 무렵에야 간신히 일행과 합류할 수가 있었다. 폴란드 크라쿠프의 중앙광장에서 그런 일이 있고 난 이후 두 번째이다. 자동으로 국제 로밍이 되는 휴대폰이 있지만 가방 속에 두고 내린 지라 소용이 없었다.

일행과 합류한 이후 베토벤이 살았던 집이 있는 변두리 마을로 이동하여 호일리게라는 비엔나 정통 음식을 들었다. 그 식당은 유명한 모양인지 각국의 원수들과 유명 인사들이 다녀간 사진들이 벽면을 장식하고 있었다.

저녁식사를 마친 후 교외지역으로 이동하여 ARION 호텔 356호실에 들었다. 그 호텔에는 엘리베이터가 없어서 트렁크를 들고 3층까지 이동해야 했다. 밤중에 예의 그 세 명이 우리 방에 다시 모여 내가 낮에 산 적포도주 한 병과 김종률 씨가 산 프렌치 브랜디 남은 것, 그리고 그 작은 자형이 한국에서 가져 온 휴대용 소형 소주 세 병을 모두 비웠다.

6 (수) 맑음
조식 후 잘츠부르크로 이동하는데 약 4시간이 소요되었다. 도중에 움베르트 에코의 추리소설『장미의 이름』에 나오는 멜크 수도원을 지났고, 린츠 근처도 지났으나 고속도로가 도시 근교를 통과한지라 린츠 시는 바라보지도 못했다. 독일처럼 고속도로 주변에 숲이 그다지 들어서 있지 않아 멀리까지 바라보이는 풍광이 아름다웠다. 스위스 같은 느낌이었다. 오스트리아는 현재의 국토가 남한 면적보다도 좀 작고, 제2차 세계대전 이후 오랜 동안 사회주의 진영에 속해 있었던 국가이지만, 1인당 국민소득이 한국의 두 배인 4만 달러 정도 된다고 한다. 도중의 휴게소에서 서양 여자 두어 명이 다가와 우리에게 책자를 나눠주었는데, 놀랍게도 한글로 된 여호와의 증인 것이었다. 몬트 호수를 지나 인구 약 15만의 잘츠부르크 시에 도착한 후, 신시가지의 중국집에 들러 퓨전 음식으로 점심을 들었는데, 김치도 나왔다.

점심을 마친 후, 곧바로 잘츠부르크 근교의 잘츠캄머굿으로 향했다. 잘츠는 소금이라는 뜻이고, 캄머굿은 '왕의 영지'라는 뜻인데, 이 일대는 중세 때부터 암염의 산지로서 유명하였다. 영화 〈사운드 오브 뮤직〉의 촬영지가 된 곳이기도 하다. 알프스의 빙하가 녹아 형성된 76개의 호수와 산들이 어우러져 있는데다가 500~800m 높이의 구릉지대에 자리한 까닭에 여름에는 피서지로서 유명한 곳이다. 우리는 그곳 호수들 가운데서 푸슬 호를 지나 볼프강 호수로 가서 놀았다. 옵션으로 1인당 70유로씩을 더 내고서 호수 가장 안쪽의 장트(聖) 볼프강에서 배를 대절하여 호수의 주변지역들을 지나 반대쪽 끄트머리의 장트 길겐으로 왔다. 장트 길겐에는 독일 총리 헬무트 콜의 여름별장이 있고, 모차르트의 어머니와 이모가 태어난 집이 보존되어 있었다. 장트 길겐에서 4인승 곤돌라를 타고서 츠뷜프호른(12개의 뿔, 1,522m) 산 정상에 올라 사방의 경관을 조망하였다. 실로 절경이었다. 오스트리아에서는 산꼭대기에 십자가가 서 있는 모습들을 여러 차례 보아 왔지만, 여기서도 그러하였다.

곤돌라를 타고 도로 내려온 다음 다시 대절버스에 올라 잘츠부르크 시내 관광으로 들어갔다. 먼저 모차르트가 영세를 받았다는 잘츠부르크 대성당에 들렀다. 대성당은 744년에 바실리카 양식으로 창건되었는데, 그 후 화재로 한 번 소실된 후 1181~1200년에 후기 로마네스크 양식으로 개축하였고, 제2차 세계대전에서 독일군의 공습을 받아 파괴된 후 세 번째로 중건된 것이었다. 이 대성당 안에는 6,000개의 파이프로 만든 파이프 오르간이 있고, 모차르트가 여기서 연주한 적도 있었다고 한다. 대성당 바깥의 정면에는 1771년에 세워진 야외음악당이 있는데, 지금도 잘츠부르크음악제의 개막 행사로서 음악제의 시초를 이룬 곡인 마리아 호프만스탈의 'Jedermann'을 매년 공연하고 있다. 대성당의 안과 밖을 두루 구경한 다음, 야외음악당 옆의 빈 벤치에 앉으려고 하는데, 이미 그 자리에 앉아 있던 안동에서 온 전직 공무원으로 보이는 내외가 나더러 왜 자기네를 자꾸 따라 다니느냐면서 싫은 소리를 하는 것이었다. 나는 처음 다른 사람에게 한 말로 의심하였으나, 그런 것이 아니었다. 나는 그들을 따라 다닌 적이 없었고, 식사 때 같은 테이블에 앉은 적도 별로 없었다. 다만 그 의자의 일부가 비어 있으므로 앉아서 잠시 쉬려고 했던 것뿐이었다. 아마도 내가 두 번이나 길을 잃어 일행에게 폐를 끼친 점을 고깝게 생각했던 것이 아닌가 싶다. 그러니 참는 수밖에 없었다.

그런 다음 잘츠부르크 구시가의 번화가인 게트라이데 거리를 걸으며, 그 거리 9번지에 있는 모차르트의 생가 앞에도 가 보았다. 그는 이 집 3층에서 태어나 17세까지 살았다고 한다. 잘차크 강의 다리를 건너 신시가로 막 넘어온 지점에 지휘자 헤르베르트 폰 카라얀의 생가가 있었고, 거기서 좀 더 나아간 지점의 마카르트 광장에는 모차르트가 이탈리아 여행 뒤에 머물렀던 집이 있었다. 당시 모차르트는 잘츠부르크의 궁정음악가로 재직 중이었는데, 4년 반 동안에 무려 120곡이나 작곡을 했다고 한다. 미라벨 정원을 끝으로 잘츠부르크 관광도 마쳤다. 미라벨 정원은 에를라흐가 1690년에 완성한 바로크 양식의 것인데, 이 정원에서 바라보이는 호엔잘츠부르크 성의 풍광이 특히 멋있고, 대주교 디트리히가 사랑하는 여자 살로메 알트를 위해 세웠다는 미라벨 궁전 뒤편에는 「사운드 오브 뮤직」에서 마리아가 아이들과 함께 '도레미 송'을 불렀던 장소인 돌계단이 있다.

에버하르트-푸거 거리 11번지에 있는 일식집 후지야에서 도시락밥과 김치로 저녁식사를 든 다음, 오늘 오전에 통과했었던 고속도로를 역방향으로 50분 정도 달려서 뵈클라브룩의 A-4840번지에 있는 아우어한 호텔 201호실에 투숙하였다.

밤에 김종률 씨와 더불어 호텔 부근의 카페로 나가서 맥주 큰 것 두 잔씩을 마시고서 자정 무렵에 돌아왔다. 거기서 김 씨로부터 한국 평창으로 동계올림픽의 개최지가 결정되었다는 소식을 들었다. 그 일대의 거리는 온통 카페들이 널려 있고, 우리가 머문 호텔의 1층 전체도 맥주 집으로 되어 있었다.

7 (목) 맑으나 밤에 비

어제 왔던 길을 경유하여 다시 한 번 잘츠부르크 쪽으로 이동한 후, 그 근처에서 독일로 들어가 뮌헨 행 고속도로를 따라 서쪽으로 향하였다. 로젠하임을 지나 이어쉔베르크에서부터 2차선 국도로 접어들었다. 미이스바흐, 바트 퇼츠, 무어나우를 지나, 스타인가든에서부터 로맨틱 가도 (Romantische Strasse)에 올라 남쪽으로 오늘의 목적지 퓌센을 향하였다. 로맨틱 가도는 독일에서 가장 오래된 가도인데, 이탈리아로 가는 주요 통로였다. 퓌센에 도착해서는 먼저 중국집에 들러 김치가 딸린 점심을 들었다.

점심을 든 후, 차에 타고서 호엔슈반가우 성 밑 주차장까지 이동하였다. 노이슈반슈타인 성에서 골짜기 하나를 건너 나지막한 언덕 위에 서 있는 성인데, 1836년에 바이에른 국왕 막시밀리안 2세가 세운 네오고딕 양식의 건물이다. 주차장에서부터 반시간 정도 걸어서 저 유명한 노이슈반스타인 성으로 올라갔다. 막시밀리안 2세의 아들인 루트비히 2세가 바그너의 오페라 〈로엔그린〉에 나오는 기사의 성을 생각하고 세운 것이다. 알프 호수가 내려다보이는 산 위에 위치해 있다.

루트비히 2세가 그 모친의 이름을 붙인 마리엔 다리로 가서 노이슈반스타인 성의 전모를 바라본 후, 내려오는 도중 혼자서 숲속 지름길로 빠져 주차장까지 왔다. 그 근처의 알트 호수 가 숲속 길을 좀 걷다가 호엔슈반가우 성에도 올라가 보았다.

퓌센을 떠나 다시 2차선 국도로 마르크트 오버도르프를 거쳐 북상하여, 부흐로스에서 고속도로에 올랐고, 란츠베르크 부근에서 아우크스부르크 행 고속도로로 접어들어 북상하였다. 아우크스부르크 시에 도착해서는 식당에 들러 닭고기로 현지식 석식을 들고, 그 동쪽 근교의 다징에 있는 베스트 웨스턴 호텔 206호실에 들었다. 주소는 로베르트-보쉬 거리

1번지로서, 고속도로 바로 옆에 위치해 있다. 아우크스부르크 시는 인구 29만으로 독일로서는 대도시에 속한다. 원래는 로마인들이 세운 도시로서, 그 이름도 로마의 초대 황제 아우구스투스에서 비롯한다. 희곡 작가 베르톨트 브레히트의 고향이기도 하다. 잘츠부르크에서 퓌센까지 약 3시간, 퓌센에서 아우크스부르크를 경유하여 다징까지 약 2시간 정도 소요된 듯하다.

8 (금) 밤새 비 온 후 개임

오전 7시 30분부터 두 시간 정도 이동하여 로텐부르크로 향했다. 또다시 10유로 옵션으로 간 것이다. 8번 고속도로를 따라 울름 부근까지 서쪽으로 향한 다음, 7번 고속도로에 접어들어 계속 북상하였다. 로텐부르크의 정확한 이름은 Rotenburg ob der Tauber 즉 '타우버 강 위의 로텐부르크'이다. 로맨틱 가도 중에서도 가장 매력 있는 도시로서, '중세의 보석'이라고 불린다. 인구 12,000명밖에 안 되는 도시지만, 연간 100만 명 이상의 관광객이 모여드는 곳이다. 구시가는 남북 1km, 동서 700m 정도 밖에 되지 않는 작은 도시인데, 1204년, 1280년, 1399년 세 차례에 걸쳐 축조된 성벽이 고스란히 남아 있고, 거리 남쪽의 타우버 리비에라 산책로에서는 아름다운 타우버 계곡을 조망할 수 있다.

우리는 주차장에서 성문을 통과한 후, 양 옆으로 기념품점이 줄 지어 늘어선 주도로를 거쳐 13세기의 고딕 양식과 16세기 르네상스 양식을 절충한 시청사 광장까지 걸어 들어간 후 자유 시간을 가졌다. 나는 먼저 시청사 옆의 성 야곱 교회로 들어가 보았다. 1300년부터 190년이나 걸려서 완성한 로텐부르크를 상징하는 교회다. 그런 다음 전망대까지 걸어가 타우버 계곡의 모습과 로텐부르크 성곽의 모습을 둘러보았다. 프란시스코 교회 안으로도 들어가 보았다.

로텐부르크를 떠난 다음, 7번 고속도로를 따라 도로 내려온 후, 6번 고속도로에 접어들어 서쪽으로 향하였고, 다시 5번 고속도로에 올라 북상하여 네카 강변에 위치한 대학도시 하이델베르크에 도착하였다. 구시가에 있는 충청도 사람 내외가 경영하는 한식당에 들러 다소 늦은 점심을 든 후, 하일리히카이츠 교회 주변의 시장 광장과 '옛날 다리(Alte Bruecke)'라고 불리는 칼 테오도르 다리, 그리고 구시가 쪽의 하이델베르크대학 광장을 둘러보았다. 옛날 다리는 원래 나무로 만들었는데, 홍수와 화재로 유실되자 지금의 다리를 새로 놓았다고 한다. 다리 위에는 공사를 주도한 선제후 칼 테오도르의 상과 미네르바 여신상이 서 있다. 하이델베르크에는 두 번째로 왔는데, 지난번에 가족과 함께 서유럽 관광차 들렀을 때는 古城에까지 올라갔었지만, 이번에는 입장료가 드는 고성에는 가지 않았다. 아래에서 바라본 고성은 수리 중이었다. 네카 강 건너편의 옛 만하임 땅 산중턱에는 '철학자의 길(Philosophenweg)'이 있다. 교토에 있는 '철학의 길'은 이것을 본뜬 것인지도 모르겠다. 하일리히카이츠 교회 옆의 고건물에 자리한 한국 기념품점에 들러 한동안 시간을 보냈는데, 나는 거기서 도자기로 된 독일 전통의 맥주잔을 하나 샀다.

하이델베르크를 떠난 다음, 다시 5번 고속도로에 올라 프랑크푸르트로 향했다. 도중에 다름슈타트를 지났지만, 도시의 모습을 구경할 수는 없었다. 로텐부르크에서 하이델베르크까지와 하이델베르크에서 프랑크푸르트까지는 각각 1시간 반 정도가 소요된 듯하다. 일행 중 파리로부터 와서 프랑크푸르트 공항에서 합류했던 소르본느대학생 모녀와는 하이델베르크에서 작별하였고, 기사인 리처드와는 프랑크푸르트 공항에서 작별하였다.

우리는 오후 7시에 출발하는 아시아나항공 542기 편으로 인천을 향해 출발하게 된다. 나는 지금 티케팅을 마치고서 B46 게이트 앞에서 이 일기를 쓰고 있다.

9 (토) 맑으나 영남 지역은 호우

9시간 45분을 비행하여 12시 20분에 인천공항에 도착하였다. 짐을 찾아 나오는데, 잘츠부르크 대성당 앞 야외공연장에서 내게 싫은 소리를 했었던 내외 중 부인이 다가와 내게 할 말이 있다고 했다. 그 여인의 설명에 의하면, 내가 프라하에서도 자기네 뒤를 따라다녀 신경이 예민한 남편이 자기더러 꼬리를 친 것이 아니냐는 소리를 하기도 했다는 것이었다. 알고 보니 내가 길을 잃어 일행의 시간을 뺏은 것이 문제가 아니라, 내가 그 여인에게 관심을 가지고서 따라다닌 것으로 오해한 것이었다. 그 부인은 늙어빠져 전혀 매력을 느낄만한 구석이 없었는데, 그렇게 생각했다니 꿈도 크다고 하겠다.

13시 10분에 인천공항을 출발하여 마산·창원으로 향하는 경북고속의 공항버스에 타고서 진주의 정촌초등학교 앞 택시 승차장에서 내려, 오후 6시 무렵 집에 도착했다. 서울을 비롯한 북부 지역은 맑았으나, 도중에 영남으로 접어들면서부터 비가 내리고 있었다.

2012년

포르투갈·스페인·모로코
우루무치에서 파미르고원까지

 포르투갈·스페인·모로코

1월

27 (금) 흐림

아침 6시 30분에 제자인 철학과 강사 안명진 군과 함께 동양고속 우등 버스를 타고서 서울로 출발하였다. 강남의 남부고속 터미널에 도착하여 공항리무진으로 갈아타고는 오전 11시 30분 무렵 인천국제공항에 도착했다. 12시에 3층 카운터 A에서 노랑풍선여행사의 인솔자 이기복 씨 및 함께 떠날 일행 16명과 만났다.

그리하여 14시 55분에 KLM(Royal Dutch Airline) 866호로 인천공항을 출발하여 네덜란드의 수도 암스테르담으로 향하였다. 내 좌석은 43A였다. 안명진 군이 10박 12일간의 스페인/포르투갈/모로코 여행에서 우리가 들를 곳에 대한 정보를 검색하여 한 권의 책자로 만들어 주었으므로, 비행기 안에서는 주로 그것을 읽었다. 우리가 탄 비행기는 중국의 北京 근처와 몽골 및 시베리아를 거쳐서 발트 해를 건너 18시 35분에 암스테르담의 스키폴 국제공항에 도착하였다. 인천서 암스테르담까지는 약 11시간 40분이 소요되었다.

21시에 KL1697의 17D 좌석에 탑승해 암스테르담을 출발하여 약 3시간을 비행한 뒤 23시에 포르투갈의 수도 리스본에 도착하였다. 짐을 찾는데 컨베이어 벨트가 도중에 작동을 중단하여 한참 동안 시간을 허비한 끝에 12시 10분경 공항을 출발하여 약 반 시간을 이동한 후 Av. Fausto de Figueiredo, 279에 있는 Hotel Londres Estoril에 도착하여 131호실을 배정받았다. 포르투갈에서는 리스본을 Lisboa라고 호칭하고 있었다. 암스테르담에 도착한 이후부터는 내가 준비해 간 책자 『지금 우리는 유럽으로 간다』(서울, 민서출판사, 1993) 및 Lonely Planet의 한국어판 『유럽(Western Europe)』(서울, 안그라픽스, 2003) 중 스페인·포르투갈 부분을 훑어보았다.

28 (토) 맑음

6시 반에 기상하여 7시 반에 조반을 들기 전 안명진 군과 함께 잠시 호텔 근처를 산책해 보았다. 우리가 묵은 에스토릴은 리스본의 서쪽 대서양에 면한 항구도시로서 주변 환경이 아담한 곳이었다. 소나무와 소철이 많고, 바닷가로는 철로가 지나고 있었다.

8시 반에 호텔을 출발하여 바닷가 길을 따라 약 반 시간 정도 북상하여 까보 다 로카(Cabo da Roca, 바위 곶)에 닿았다. 유라시아 대륙의 서쪽 끝에 위치한 바위절벽으로서 대서양에 면해 있는데, 바람이 세었다. 등대가 있고, 바위절벽에 면한 곳은 목책을 쳐서 너무 절벽에 가까이 접근하지 못하도록 막고 있었다. 그런데 목책이 설치된 것은 수년 전에 한국의 해군이 와서 그 중 한 명이 폭풍에 휩쓸려 바위절벽 아래로 떨어진 사건이 있은 다음부터라고 한다. 절벽 근처에 꼭대기에 십자가상이 있는 비석이 우뚝 서 있는데, 그 비석에는 포르투갈의 유명한 시인 카몽이스의 시구 "이곳에서 땅이 끝나고 바다가 시작된다."라는 문구가 새겨져 있었다. 그야말로 대륙의 땅끝인 셈이다.

우리가 탄 대절버스는 스페인 차로서 바깥에 MOLINERO라는 글자가 씌어 있는데, 50인승 정도 되는 꽤 고급 차였다. MAN이라는 독일 회사의 제품으로서, 실제로는 스페인에서 조립된 후 IRIZAR라는 이름으로 통용되고 있었다. 스페인의 관광버스는 대부분 이 회사의 제품인 모양이다. 기사는 호세라는 이름의 스페인 사람이고, 포르투갈 현지 가이드는 김현주라는 이름의 여성인데, 각각 스페인어와 포르투갈어로 말하고 있지만 서로 잘 알아듣는다고 한다.

까보 다 로카를 떠나 다시 반시간 정도 내륙의 산길로 들어가서 신트라에 도착하였다. 해발 500미터 정도 되는 산의 중턱에 위치한 고장이다. 수도 리스본에서 북서쪽으로 20km 지점에 위치해 있으며, 영국의 시인 바이런이 이혼한 후 이곳에 와서 상당 기간을 머물며 '위대한 에덴(the glorious Eden)'이라 표현한 곳으로도 유명하다. 그곳까지 가는 도중도 온통 숲길이었다. 포르투갈은 도처에 소철이 많고, 소나무, 오렌지, 유칼리, 올리브 등이 주종이었다. 현지 날씨는 지중해성 기후 탓으로 겨울임에도 불구하고 늦가을 정도이므로 아열대성 식물들이 자랄 수 있는 것이다. 신트라는 지대가 높아 여름철에도 비교적 시원한 곳인지라 구 포르투갈 왕실의 별궁이 위치해 있었다. 원래는 무어인들의 성곽이었던 것을 오랜 기간에 걸쳐 별궁으로 개조한 것이어서, 창문의 양식이 지은 시기에 따라 제각각 달랐다. 1995년에 UNESCO의 세계문화유산으로 지정되었다고 한다. 궁전 앞의 기념품점 등이 널려 있는 언덕 일대를 한 바퀴 산책하였고, 산책을 마친 후 기념품점에서 2005년산 포르토 와인 한 병을 30유로에 구입하였다.

신트라에서 1시간 정도 나아가 리스본에 도착하였다. 제일 먼저 벨렘탑을 구경하였는데, 리스본을 끼고 흐르는 바다 같이 넓은 테주 강이 바다와 만나는 지점에 위치한 것이다. 벨렘이란 베들레헴의 뜻이라고 한다. 1515~1521년에 건설되었는데, 마누엘 양식의 3층 석탑이다. 당초에는 물속에 세워졌으나, 테주 강의 흐름이 바뀌면서 물가에 위치하게 된 것이라 한다. 1층은 스페인이 지배하던 시절부터 19세기 초까지 정치범의 감옥으로 사용되었는데, 만조 때에는 물이 들어오고 간조 때에는 빠지는 이 감옥에서 고통스러운 옥살이를 했다고 한다.

다음으로는 발견기념비와 그 곁의 4월 25일 다리를 둘러보았다. 발견기념비는 벨렘지구의 테주 강변에 위치해 있다. 대항해시대를 열었던 포르투갈의 용감한 선원들과 그들의 후원자들을 기리는 기념비로서, TV를 통해 여러 번 보았던 것이다. 엔리케 항해왕의 사후 500주년을 기념하여 1960년에 세워졌는데, 항해 중의 범선 모양을 하고 있으며, 위에는 제일 선두의 엔리케 왕을 비롯하여 바스코 다 가마, 마젤란 등 여러 인물들의 석상이 새겨져 있다. 4월 25일 다리는 1966년에 완공된 것으로서 테주 강을 가로지르는 것이다. 원래는 이 다리를 세운 당시의 독재자 이름을 붙여 살라자르 다리라고 했던 것을 1974년 4월 25일의 포르투갈 혁명을 기념하여 이런 이름으로 고쳤다. 샌프란시스코의 금문교와 비슷하게 생겼는데, 다리의 시공을 미국의 건설회사가 담당했다고 한다.

발견기념탑에서 지하도를 건너 제로니무스 수도원으로 갔다. 이 수도원은 마누엘 1세(1469~1521)가 바스코 다 가마의 해외원정에서 벌어온 막대한 부를 이용하여 건설했다. 성서를 라틴어로 번역한 히에로니무스를 기념하기 위해 그의 이름을 사용한 것이다. 성당 안에는 희망봉을 돌아 인도항로를 발견한 바스코 다 가마, 대항해시대 포르투갈의 활약상을 서사시로 읊은 국민시인 루이스 데 카몽이스, 마누엘 1세 등의 관이 안치되어 있다. 나는 홀 입구의 양쪽에 위치한 두 개의 관 중 뚜껑에 칼을 찬 모습으로 누운 사람이 새겨진 쪽이 바스코 다 가마일 것이라고 생각하여 그쪽을 열심히 사진에 담았지만, 사실은 그 반대로서 그것은 카몽이스의 관이라고 한다. 제로니무스 수도원과 벨렘 탑은 모두 마누엘 1세 시대에 전성기를 맞은 마누엘 양식의 건물로서 둘 다 유네스코 세계유산에 등록되었다.

마라카냐라는 이름의 식당에서 현지인들이 즐겨 먹는다는 대구튀김인 바칼라우로 늦은 점심을 들었다. 식후에는 먼저 신시가지의 중심거리인 리베르다드(자유) 대로의 북쪽 끝에 있는 에두아르두 7세 공원에 들렀다.

1902년에 포르투갈의 동맹국인 영국 왕 에드워드 7세가 리스본을 방문한 것을 기념해 만들었다고 한다. 중앙에 기하학적 무늬의 프랑스식 정원이 있고, 공원 꼭대기 부근의 기념탑 두 개가 서 있는 곳에서 리스본 시내와 테주 강이 한눈에 들어왔다.

다음으로는 로시우 광장(동 페드로 광장)에 들렀다. 에두아르두 7세 공원에서 테주 강 방향으로 직선으로 내려온 중간 지점에 위치하는데, 광장 중앙에 솟아 있는 원기둥의 정상에 서 있는 인물이 포르투갈의 왕으로서 나폴레옹 전쟁 때 식민지 브라질로 망명 갔다가 후일 독립 브라질의 첫 번째 왕이 된 동 페드로 4세이다. 이 광장은 13세기부터 리스본의 중심지로서 모든 공식행사가 열려왔던 곳이다. 광장에서 일직선으로 뻗은 은의 거리를 따라서 걸어 내려와 테주 강가에까지 이르렀다가 금의 거리를 따라서 되돌아왔다.

리스본을 떠난 다음 A1번 고속도로를 이용해 1시간 반 쯤 북상하여 세계 3대 성모 발현지 중 하나인 파티마에 닿았다. 이동하는 도중에는 현지 가이드가 포르투갈의 애절한 노래 파두를 틀어주었다. 먼저 숙소인 HOTEL CRUZ ALTA 101호실에 짐을 갖다 둔 다음, 걸어서 바로 이웃한 파티마 대성당 광장으로 갔다. 1917년 5월부터 10월까지 매달 13일이 되면 왕관을 쓴 성모 마리아가 세 명의 어린 목동 앞에 나타나고 또한 예언을 했다는 곳이다. 발현 현장에는 현재 기도 장소가 설치되어져 있고, 광장의 북쪽에는 신고전주의 양식의 성모마리아 발현 대성당이 서 있으며, 그 반대편의 광장을 가로지른 곳에는 홀 벽면의 중앙에 십자가에 매달린 특이한 모습의 예수상이 있는 또 다른 최신형 대형 성당이 세워져 있었다. 파티마란 원래 이슬람교의 창시자인 모하메드의 딸 이름으로서, 병을 치유하는 등 여러 가지 초자연적인 능력을 지닌 존재로서 숭배되어 오고 있는 인물이다. 그러므로 한국에도 파티마병원이 있는데, 이 지역이 무어인들의 통치하에 있었을 무렵 이런 지명이 붙은 모양이다. 포르투갈 현지 가이드와는 파티마 대성당의 광장에서 작별하였다.

저녁식사는 7시 반에 숙소에서 조금 떨어진 다른 호텔의 식당을 이용했다.

29 (일) 맑은 봄 날씨

새벽에 서양식 도시락을 들고서 5시 반에 출발했다. 우리 차에는 새 가이드로서 김진희라는 51세의 중년 여성이 탔다. 그녀는 클래식 기타를 공부하러 스페인에 와서 23년째 거주하고 있는 사람으로서 가이드 생활을 한 지도 16년째라고 한다. 그녀는 모로코를 거쳐 마드리드까지 우리 여행의 대부분을 동행할 스루가이드이다. 어제의 가이드는 15년 정도 포르투갈에 체재하고 있다고 자신을 소개했다.

우리 차는 어둠을 뚫고서 어제 온 A1번 고속도로를 따라 남하하다가 도중에 A13, A2, A22번 고속도로를 차례로 거쳐 포르투갈 국토의 남단인 대서양까지 와서 서쪽으로 방향을 틀었다. 국경을 지나 스페인 땅으로 접어들어 A49번 고속도로를 따라 오후 2시 남짓에 스페인 안달루시아주의 주도 세비야에 도착하였다. 스페인에 접어들어서부터는 시차로 한 시간이 더해졌다.

우리는 포르투갈 중남부 지방의 주요 간선도로를 거의 경유한 셈이다. 오는 도중의 날씨는 어제에 비해 한층 더 온화하고, 대부분이 평지인데, 비가 별로 오지 않는 까닭인지 키 큰 나무들이 없고 대체로 잎이 가늘고 얇으며, 더러는 야생의 선인장도 눈에 띄었다. 포르투갈이 세계 생산량의 대부분을 차지한다는 코르크나무가 많았고, 바다가 바라보이는 남부 지방에서는 매화처럼 생긴 꽃들이 핀 과일나무도 많았다. 스페인 땅으로 들어서자 이번에는 올리브 나무가 주종이었다.

도중에 멈춘 포르투갈의 휴게소에서 파두의 CD를 석 장 샀다. 한국에서도 그 이름을 들어서 알고 있는 아말리아 로드리게스, 판매원이 추천하는 아나 무라, 그리고 여러 사람의 노래가 섞인 곡들이었다. 파두라는 말은 숙명·운명을 의미한다고 한다. 오는 도중에 중국 CCTV가 제작한 「大國崛起」 제1회 '포르투갈·스페인 해양시대를 열다', 제랄 드파르듀가 콜럼버스 역을 분한 「1492, Conquest of Paradise」의 일부를 시청하였다.

스페인에서 네 번째로 큰 도시 세비야에 도착하여 北京城이라는 중국집에 들러 점심을 들었다. 시내에는 오렌지나무를 가로수로 한 곳이 많았다. 노랗게 익은 열매들이 주렁주렁 달려 있고 더러는 떨어져 있기도 하였으나, 먹지는 못하는 것이라고 한다. 세비야는 오페라 「세빌리아의 이발사」 「피가로의 결혼」 「카르멘」 등의 무대가 되고, 화가 벨라스케스의 출생지이기도 하며, 픽션인 『돈환』에서도 주인공의 출생지로 되어 있는 곳이다. 카사노바 역시 스페인 사람으로서 신부가 지은 『돈환』의 영향을 받아 만들어진 인물인데, 거기에도 이 도시에서의 장면이 나온다고 한다.

우리는 먼저 과달키비르 강가의 황금의 탑을 지나갔다. 이곳은 콜럼버스·마젤란이 항해를 떠난 장소이기도 하다. 건물 자체는 1220년에 이슬람교도가 과달키비르 강을 통과하는 배를 검문하기 위해 세운 것이라고 하는데, 꼭대기가 뾰족한 것이 아랍 풍이었다. 현재의 건물은 지진으로 파손된 후에 원래 모습대로 다시 세운 것이다. 강에서 좀 떨어진 세비야 대성당 부근에 은의 탑도 있는데, 은의 탑은 지진으로 파손된 이후 방치되어 있었다. 세비야는 과달키비르 강의 하구에서 87km 상류 연안에 위치해 있어 큰 배가 드나들 수 있다. 현재는 그 강어귀 부근의 대서양 가에 카디스라는 좋은 항구가 있어 국제무역항으로서의 기능은 그쪽으로 물려준 모양이다. 카디스 부근이 저 유명한 트라팔가르 해전이 벌어진 장소라고 한다.

우리는 걸어서 유네스코 세계유산으로 지정되어져 있는 세비야 대성당을 찾아갔다. 로마의 산 피에트로 대성당, 런던의 세인트 폴 대성당에 이어 세계에서 세 번째로 크다고 하는데, 내부 면적으로는 세계에서 제일 넓은 것으로 기네스북에 올라 있다. 12세기 후반에 이슬람사원이 있었던 곳으로서, 1402년부터 약 1세기에 걸쳐 건축된 것이다. 이곳에는 세비야를 이슬람교도로부터 되찾은 산 페르난도 왕을 비롯하여 스페인 중세기 왕들의 유해가 안치되어 있고, 콜럼버스의 유골분이라고 전해 오는 것도 있는데, 통일 전 스페인의 옛 왕국들인 레온·카스티야·나바라·아라곤을 상징하는 조각상이 콜럼버스의 관을 메고 있었다. 성당 한 쪽에 히랄다 탑이 있다. 12세기 말 이슬람교도가 만든 것으로서, 그 꼭대기에는 16세기에 기독교인들이 플라테스코 양식의 종루를 설치해 놓았다. 그 종루에 설치된 여신상이 풍향계의 역할을 했으므로, 탑의 이름 히랄다는 풍향계를 의미한다. 탑의 내부에는 계단이 없고 걸어서 오를 수 있는 슬로프가 설치되어 있어 한 단계를 오를 때마다 그 끄트머리 벽면에 번호가 적혀 있는데, 모두 34번까지 있었다.

세비야 대성당 바로 옆에 콜럼버스의 둘째 아들 페르난도가 그 아버지와 관련된 모든 자료를 기증했다고 하는 도서관이 있고, 왕궁인 알카사르도 멀지 않은 곳에 있으며, 그 왕궁 바로 옆에 유대인 거주 구역인 게토가 있었다. 또한 「세빌리아의 이발사」를 작곡한 롯시니가 거주했다는 집 옆으로도 지나갔다. 세비야 대성당은 유료였는데, 이 나라 사람인 여성 현지 가이드가 나와 아무 하는 일 없이 우리 일행을 따라다니다가 대성당 관광이 끝나자 헤어져 돌아갔다.

우리는 걸어서 이동하여 마리아 루이사 공원과 그 공원에 부속되어 1929년에 열린 에스파냐·아메리카 박람회장으로서 건축되었다는 스페인광장을 둘러보았다. 국내의 여러 도시는 물론이고 과거 스페인의 식민지였던 세계 각지의 나라들에도 스페인광장이라는 것이 있는데, 이곳의 것이 가장 아름답다고 하며, 그 건축적 구성은 스페인 각 주와 국가의 성립을 상징하는 것이었다.

시내 관광을 마친 다음, 오후 7시부터 8시 반까지 EL PALACIO ANDALUZ라고 하는 전용극장에서 공연되는 플라멩코 춤을 보았다. 스루가이드의 말로는 플라멩코의 본고장인 세비야에서도 가장 오래된 공연장이며, 출연하는 댄서들은 인간문화재 급이라고 한다. 그것을 위해 지불한 비용이 1인당 70유로로서 우리 돈 10만 원쯤 된다. 공연을 본 다음, Sanlucar la Mayor에 있는 GRAN HOTEL SOLUCAR로 이동하여 늦은 석식을 들고서 101호실에 투숙하였다.

30 (월) 맑음
아침 9시에 호텔을 출발하여 투우의 도시 론다로 향하였다. A92 고속도로를 따라 얼마간 나아간 후, 376, 375번 지방도를 따라 남하하여 산악지대로 접어들었다. 가는 도중에 밀밭도 많이 보였지만 겨울이라 밀이 심어져 있지는 않았다. 밀밭 지대를 지나니 다시 올리브 밭이 이어졌다. 스페인은 아직 자국 브랜드의 자동차가 없는 농업국가로서 1년 농사 지어 4년을 먹고 산다는 말이 있다고 한다. 가는 도중에 어제 보다가 만 콜럼버스의 생애에 관한 영화를 계속해 보았다.

론다 산맥 속에 자리 잡은 론다는 인구 3만이 좀 넘는 작은 도시인데, 유네스코의 풍경문화재로 지정되어 있는 곳이다. 과달레빈 강이 흘러 '타호'라 불리는 깊은 협곡을 이루고, 협곡을 사이에 두고서 구시가지와 신시가지로 나뉜다. 두 시가지를 연결하는 누에보 다리 아래는 100m나 되는 낭떠러지이다. 사암으로 절벽을 이룬 협곡에서는 선인장과 비둘기 떼를 많이 볼 수 있었다. 이 다리에서 헤밍웨이의 소설 『누구를 위하여 종을 울리나』를 영화화한 것의 마지막 전투 장면이 촬영되었다고 한다. 게리 쿠퍼와 젊은 날의 잉그리드 버그만이 주연을 맡은 그 영화의 마지막 장면은 지금도 내 눈에 선하다. 누에보는 영어의 'new'에 해당하는 말이니 새 다리라는 의미인데, 실제로는 이 다리는 1793년에 건설된 것으로서, 그 건축물의 중간 일부가 과거에 감옥으로 사용된 적도 있었다. 실제로 론다에는 헤밍웨이·릴케·조지 오웰 등 해외의 저명 문인들이 방문한 바 있었고, 구시가지의 낭떠러지 절벽 위에는 헤밍웨이가 집필활동을 하던 노란 집도 남아 있는데, 지금은 식당 겸 다방으로 사용되고 있었다.

뭐니 뭐니 해도 론다에서 가장 유명한 곳은 투우장으로서, 1785년에 건설된 바로크 양식의 투우장은 근대 투우의 발상지로서 알려져 있다. 그 이전의 투우는 귀족들의 놀이였다고 한다. 입장료를 내고서 들어가면 투우장 안에 투우 박물관도 있는데, 나는 그곳을 둘러보고 나오다가 기념품점에 들러 플라멩코 노래 및 라몬 지메네스의 기타 앨범 등 CD 두 장을 또 구입하였다. 이 도시는 해발 800m 정도의 산지에 위치해 있으며, 주변도 온통 산들에 둘러싸여 있다.

Calle Nueva 18에 있는 Virgen del Rocio 식당에서 돼지고기 스테이크로 점심을 든 후 론다를 떠나 2차선 산길을 따라서 남쪽으로 계속 내려와

2012년 1월 30일, 헤밍웨이가 거처한 집

지중해에 면한 Marbella에 이르렀고, 거기서 AP7, A7 고속도로를 따라 지중해를 끼고서 서남쪽 방향으로 한참 달려서 지브랄타 해협에 면한 작은 아랍식 성채가 있는 마을 타니파에 닿았다. 거기서 스페인 출국수속을 마친 다음, 페리에 타고서 해협을 건너는 동안 배 안에서 모로코 입국수속을 하였다. 페리는 약 1시간 10분 후에 모로코 북단의 인구 100만 도시 탕헤르에 닿았다.

오후 6시 무렵 숙소인 Chella Hotel & Beach Club에 들어 115호실을 배정받았고, 저녁 7시에 소고기 찜으로 석식을 들었다. 지금까지보다는 꽤 큰 호텔이었다. 모로코에 도착하자 또 한 명의 현지인 남자 가이드가 붙고 시차로 또 한 시간이 바뀌었다. 암스테르담에 도착한 이래 나라가 바뀔 때마다 한 시간의 시차가 발생하였는데, 결국 포르투갈과 모로코의 시간은 그리니치 천문대 표준시로서 같고, 네덜란드와 스페인의 시간이 또한 같은 셈이다.

31 (화) 맑음
새벽 4시 30분에 기상하여 5시에 조식을 들고 6시에 출발하였다. 약

5시간을 이동하여 9세기 초에 모로코의 첫 수도가 된 페스로 향했다. 예상과는 달리 한국 영토의 일곱 배 이상 넓이를 가진 모로코의 북부 지방 풍경은 이베리아 반도의 그것과 큰 차이가 없고, 인종도 베르베르족이 대부분인 아랍인으로서 흑인은 찾아보기 어려웠다. 다만 선인장과 용설란이 포르투갈이나 스페인보다 훨씬 더 많은 것으로 보아 더욱 건조한 것은 사실인 듯했다. 도중의 풍경은 대체로 끝없는 평원인데, 호밀밭이 계속 이어지기도 하고, 가로수로 심은 유칼리의 가지를 베어내어 키가 높게 자라지 못하도록 한 것도 이 나라에서만 본 특이한 풍경이었다. 농사는 2모작을 하는 모양이다. 국토의 대부분이 사하라 사막이라고 하는데, 사막은 훨씬 더 아래쪽의 도시 마라케시 이하로부터 시작된다. 이동하는 도중에 「이슬람 문화기행」 제9편 '중세 이슬람의 향기 페스'와 「지중해 대탐험」 제2편 '지중해의 꽃 모로코, 남부 스페인'을 시청하였다.

페스는 인구 150만 정도 되는 이 나라 제3의 도시로서, 역사상 두 번 수도가 되었던 곳이다. 세계 최대의 미로로서 잘 알려진 중세도시로서, 유네스코 세계문화유산으로 지정되었다. 우리는 시장 지대인 메디나(페즈 알 바리)에 이르러 높은 곳에서부터 아래 방향으로 가장 큰 길을 따라 내려가며 카라윈 모스크와 딴너리라고 불리는 무두질한 가죽을 염색하는 작업장 등을 둘러보았다. 딴너리도 TV를 통해 익히 보던 곳인데, 그곳 매점에서 나와 아내용의 슬리퍼를 각각 하나씩 구입하였다.

식당으로 이동하여 닭고기 꾸스꾸스로 점심을 든 다음, 페스를 떠나 인구 450만 남짓 되는 이 나라 최대의 상업도시 카사블랑카로 이동하였다. 또 약 다섯 시간을 이동하여 그 도시에 닿은 다음, 사우디아라비아의 메카 및 메디나에 있는 모스크에 이어 세계에서 세 번째로 크다는 하산 2세 모스크를 둘러보았다. 현 국왕인 모함메드 6세의 부친이 1987년부터 1993년까지 7년에 걸쳐 완성한 것으로서, 대서양에 면한 위치에 세워졌으며, 그 탑은 200m 높이로서 모스크 중 세계에서 가장 높다고 한다. 탑의 원형 지붕은 개폐식으로 되어 있는 모양이다. 우리가 도착했을 때는 마침 저녁 예배가 시작되는 시각이어서 입구에 멈춰 서서 예배하는 모습을 지켜볼 수 있었고, 탑의 꼭대기에서 메카 방향으로 전자 빔이 30km에 걸쳐 비추어지고 있는 모습도 바라볼 수 있었다.

카사블랑카란 포르투갈어나 스페인어로 하얀 집을 뜻하는데, 아랍어로는 같은 뜻으로 다르 엘 베이다(Dar el-Beida)라고 한다. 1468년 파괴된 고대도시 안파의 자리에다 포르투갈인에 의해 건설되었는데, 프랑스 식민지 시대에 이 옛 이름을 다시 사용하기 시작하여 지금은 도로 표지에도 대부분 이 이름이 적혀 있다.

어두워진 이후인 오후 7시 20분 무렵에 숙소인 카사블랑카 호텔에 도착하여 석식을 든 다음 404호실을 배정받았다. 호텔 식당에서 아내에게 선물하기 위해 인솔자로부터 이 나라의 특산품인 아르간 오일 한 병을 30유로에 구입하였다.

스루가이드의 설명에 의하면, 포르투갈의 인구는 1천만, 모로코는 3천만, 스페인은 3천 600만 정도라고 한다. 모로코의 국민소득은 $3,230, 두 번째의 대도시는 인구 200만 정도인 수도 라바트이다. 모로코와 이베리아 반도는 역사상 떼려야 뗄 수 없는 밀접한 관계가 있다. 이베리아 반도와 마찬가지로 모로코도 일찍이 페니키아인과 카르타고인이 해안에 거점을 만들고, 로마인도 한 때 모리타니 부근의 해안지대를 지배하였다. 아라비아에서 진출해 온 이슬람교의 군대가 모로코를 정복한 685년 이후 원주민인 베르베르족도 이슬람화 하였고, 이들이 711년에 에스파냐를 공격하여 이후 전성기에는 에스파냐에서 세네갈 강에 이르는 광대한 제국을 건설하였다. 8세기 동안에 걸친 이베리아반도의 지배가 끝난 이후 그들이 철수한 곳도 바로 이곳 모로코였던 것이다.

2월

1 (수) 맑음

6시 30분에 호텔을 출발하여 모로코의 수도 라바트로 향했다. 오늘은 도중의 버스 안에서 어제 보던 영화 〈카사블랑카〉의 나머지 부분과 〈지중해 대탐험〉 '모로코·스페인-인간극장 마라케쉬', '카사블랑카-험프리 보가트는 없다', 12세기의 십자군 전쟁을 다룬 영화 〈Kingdom of Heaven〉을 시청하였다.

카사블랑카를 떠나기 전 먼저 모하메드 5세 광장에 들렀다. 현 국왕의 조부로서 모로코의 독립을 성취한 왕을 기려 그 아들인 하산 2세가 조성한 것이다. 카사블랑카 시내의 중심부에 위치해 있다고 한다. 어제 올 때는 탕헤르에서 고속도로를 따라 좀 내려오다가 2차선 국도로 접어들어 페스로 향했었는데, 오늘은 대서양을 따라 난 고속도로를 이용하여 곧바로 북상했으므로, 상대적으로 시간이 단축되었다. 라바트까지는 1시간 반, 라바트에서 탕헤르까지는 3시간 정도가 소요되었다. 올라가는 도중의 고속도로변에는 유칼리나무가 지천이었는데, 이쪽에서는 가로수로 쓰인 것도 가지를 쳐 내지 않고서 자연 상태 그대로 방치해 두고 있었다.

라바트에 도착해서는 먼저 왕궁과 행정청사가 모여 있는 곳에 들렀다가, 모하메드 5세 및 하산 2세와 그 동생이 안장된 왕릉 및 그 바로 곁의 하산 탑을 둘러보았다. 왕과 관련된 장소에는 모두 그 입구에 근위병들이 지키고 있었고, 특히 왕릉으로 들어가는 양측의 성문에는 두 명씩의 기마병이 지키고 있었다. 라바트의 인구 200만 중 50만 명가량이 군인이라고 한다. 하산 탑은 세비야의 히랄다 탑 모양의 사각형으로 생긴 것으로서 짓다가 도중에 그만둔 것이다. 그 앞의 뜰에는 출토된 로마 시대의 圓柱들이 많이 늘어서 있었다. 라바트 시내를 벗어나 북상하다가 광대한 면적으로 된 왕의 별궁 앞을 지나쳤다. 궁전 건물은 보이지 않았으나, 고속도로 가에 위치한 긴 담의 입구마다 근위병들이 지키고 있었다. 라바트가 행정수도로 된 것은 프랑스 식민지 시대부터라고 한다.

탕헤르에 가까운 지점의 휴게소에서 한식도시락으로 점심을 들었다. 카사블랑카에서 마련해 온 것인데, 반찬 가지 수도 많고 밥도 아직 따뜻하였다. 탕헤르는 대여행가 이븐바투타의 출신지라고 한다. 1월 30일 오후 5시의 페리 Alheciras Jet 편으로 스페인의 타리파를 떠나 모로코의 탕헤르로 들어갔다가, 2월 1일 오후 2시에 탕헤르를 떠나는 같은 배를 타고서 타리파로 돌아왔다. 모로코의 현지 가이드 마시드와는 탕헤르 항에서 작별하였다. 작별할 즈음 모로코에 들어가던 날 부탁해 두었던 모로코 전도를 비로소 입수할 수 있었다. 프랑스어로 된 것이었는데, 막상 지도를 펼쳐보니 사막의 넓이가 전체 국토의 2/3를 차지하고 우리는 나머지 1/3 쯤 되는 그 북부에서도 일부 지역을 여행했던 것임을 알았다. 아틀라스 산맥이 세 갈래로 이 북부 지역을 둘러싸고 있는데, 엊그제 페스 부근에서 멀리 동쪽으로 바라보이던 눈 덮인 산도 그 일부임을 비로소 알았다.

타리파 항의 인근에 있어 예전에 모로코 행 페리가 출항했던 알헤시라스 항으로부터 지중해 연안을 따라 태양의 해변(Costa del Sol)이 펼쳐져 있다. 우리는 그 해안선을 따라 난 고속도로를 경유하여 태양의 해변의 중심도시 말라가를 향해 나아갔다. 알헤시라스의 앞에는 영국령 지브랄타가 있고, 우리가 1월 30일에 론다로부터 내려온 마르베야 항을 지나 좀 더 나아간 지점의 해발 800미터 정도 되는 산중턱에 위치한 미하스 마을에 들렀다. 태양의 해변 일대는 일 년에 한 달 정도 밖에는 비가 오거나 흐린 날이 없고 계속 맑으므로, 유럽 각지에서 치료 및 휴양 차 이곳에 와 집을 구해 거주하는 사람이 많은데, 미하스 마을에는 영국인들이 많이 산다고 한다. 그리스의 지중해에 있는 산토리니 마을을 연상케 할 정도로 흰색으로 칠한 집들이 많아 마을 자체가 그림 같은 풍경이고, 거기서 내려다보이는 지중해의 풍경도 일품이었다.

미하스를 떠나 오늘의 숙박지인 말라가에 닿았다. 말라가는 화가 피카소의 출생지로서 인구 150만 정도 되는 해안 휴양지이다. 우리는 말라가 인근의 토레몰리노스라는 곳의 Marujita Diaz, 14에 위치한 Marina Sur 호텔에 도착하여 안 군과 나는 10층의 1007호실을 배정받았다.

호텔에서 저녁식사를 마친 다음, 일행 중 경기도 일산에 사는 우리은행의 본부장을 하다가 작년에 명예퇴직 한 하영식 씨 부부와 함께 바닷가로

나가 밤의 말라가 해변을 산책하였다. 해운대와 비슷한 풍경인데, 모래사장이 풍부한 해안선의 반원형을 이룬 해수욕장은 해운대보다도 더 긴 듯하였다. 도중에 술집에 들어가 네 명이서 맥주 한 잔씩을 마시고 호텔로 돌아왔다.

2 (목) 오전에 비 온 후 개임

8시 30분에 호텔을 출발하여 A45번 고속도로를 따라 2시간 정도 북상하여 코르도바로 향했다. 강우량이 매우 적은 이곳에서는 겨울에만 비가 온다는데, 오늘 마침 오전 중에 제법 많은 비가 내렸다. 따라서 기온도 꽤 내려가 제법 겨울을 느끼게 하였다.

코르도바는 무어인(스페인어로는 모로인)들이 이베리아 반도를 지배하던 시절 그 수도였던 곳으로서, 그들의 선진 문명으로 말미암아 중세 유럽 문화의 발전에 막대한 영향을 끼쳤던 곳이다. 스페인 사람인 금발머리를 한 여성 현지 가이드가 우리의 버스가 정차하는 지점에 나와 기다리고 있었으므로, 그녀와 합류한 후 우리는 먼저 메스키타에 들렀다. 세비야를 흐르던 과달키비르 강의 중류 강변에 위치한 것인데, 메스키타란 스페인어로 모스크를 의미한다. 원래 이슬람 사원으로서 지어진 것인데, 페르난도가 코르도바를 점령했을 때 그 일부를 허물었고, 카를로스 5세 때는 그 중앙에 르네상스 양식의 예배당을 지었기 때문에 그리스도교와 이슬람교의 사원 형태가 공존하는 모양새로 되었다. 원래는 1,000여개의 돌기둥이 있었는데, 지금은 850개에 이르는 둥근 아치형 돌기둥이 남아 있다. 이곳 역시 TV를 통해 익히 보던 풍경이다.

메스키타 외에도 우리는 이곳에서 세르반테스가 코르도바에 거주하는 그 부친을 방문할 때 들르던 장소인 '망아지 광장(Plaza dol Potro)', 발렌시아 유대인 거리(La Juderia de Valencia)를 둘러보았다. 꼬불꼬불한 골목길을 돌아다니는 도중에 들른 기념품점에서 나온 지 1주일 밖에 되지 않았다는 한국어판 『안달루시아』와 검은 색 캐스터네츠 한 쌍을 구입하였다. 메스키타 주변의 골목길을 돌아다니던 도중에 가장 유명한 학자였던 아베로에스의 이름이 입구에 보이는 모스크, 의사이자 철학자·신학자이기도 했던 벤 마이모니데스와 이곳 출신인 네로의 스승 세네카의 동상도 둘러보았다.

中國城이라는 중국집에서 점심을 든 후, 432번 지방도를 따라 동남쪽 방향으로 그라나다를 향해 이동하였다. 오전에 코르도바를 향해 갈 때도 그러했지만, 특히 그라나다로 이동할 때는 주변에 보이는 풍경이 온통 올리브 밭이었다. 스페인은 올리브 생산에서 세계 1위이며, 이탈리아가 2위, 그리스가 3위인데, 올리브는 척박한 토지에서도 잘 자라는 식물로서 첫 수확을 하기까지 30년 정도의 시일을 요한다고 한다. 이동하는 도중에 네 명의 가수들의 공연 실황을 수록한 「Il Divo in Merida」와 「피블로 피카소」를 시청하였고, 이 지역과 관련된 음악도 들었다.

그라나다는 '석류'를 의미하는 말인데, 그라나다 주의 州都이다. 스페인어로 눈 덮인 산맥을 의미하는 해발 3,400m의 설산인 시에라네바다 산맥의 기슭 738m의 고지대에 위치하며, 그 중에서도 저 유명한 알람브라 궁전은 780m 지점에 있다. 그래서 제법 추웠다. 이곳은 이베리아 반도 최후의 이슬람 왕조인 나스르 왕조의 왕궁이었던 것을 그 후 기독교도들이 내부를 꽤 개조한 곳이다.

여기서도 검은색 중절모를 쓴 중년의 남자 현지 가이드를 만났다. 우리는 먼저 성채인 알 카사바에 올라가 이슬람 지배 당시의 그라나다 모습이 많이 남아 있다는 알바이신 지역과 그라나다 시내의 풍경을 굽어본 후, 16세기에 지어진 카를로스 5세 궁전을 둘러보았고, 예약해 둔 오후 4시 30분 무렵에 알람브라 궁전에 들어갔다. 이 궁전은 워싱턴 어빙이 『알람브라 이야기』로 그 아름다움과 역사적 가치를 재발굴 하고, 프란시스코 타레가가 애절한 선율의 트레몰로로 작곡한 기타 곡 '알람브라의 추억'으로 우리들 마음에 남아 있는 곳이다. 14세기 초에 정비된 왕의 여름별장으로서 '천국의 정원'이라 불리는 헤네랄리페까지 둘러보고서 그라나다 관광을 모두 마쳤다. 알람브라 궁전을 나와 입구에서 대절버스를 기다리는 동안 근처의 잡화점에 들러서 스페인 풍의 검은색 중절모를 하나 샀다.

약 20분 정도 이동하여 Albolote의 Autovia A-29 Km 238에 있는 Torreon 호텔에 도착하여 112호실에 들었다.

3 (금) 맑음

여행 8일차. 8시에 호텔을 출발하여 4시간 정도 이동해 돈키호테의 고장 콘수에그라로 향하였다. 그라나다에서 A44고속도로를 따라 북상하여 중간지점에서 수도 마드리드 방향의 A4고속도로로 접어든 후, 다시 톨레도 방향의 CM-42고속도로로 접어든 지 얼마 되지 않아 라만차 지방의 길가에 위치한 콘수에그라 마을로 접어들었다. 오는 도중의 남부 지방에서는 계속 올리브 밭만 보이더니, 중부 지방에 진입하니 비로소 여기저기에 포도밭도 제법 많이 보이는 등 樹種이 비교적 다양해졌다. 스페인은 가는 곳마다에 가로수로서 오렌지나무가 심어져 있을 뿐 아니라, 식사 때마다 후식으로 오렌지가 풍성하게 나왔는데, 이 나라는 오렌지 생산에 있어서도 세계에서 두 번째라고 한다. 오늘은 버스 안에서 「역사 미스터리 탐사」 '지구 종말 2012년', 조지 워싱턴 등이 참가한 프리메이슨의 前身이라고도 하는 중세의 십자군 특별조직을 다룬 다큐멘터리 「템플 기사단」을 시청하였다.

라만차 지방에는 『돈키호테』의 주 무대가 된 지역을 중심으로 돈키호테 루트를 정해 놓았는데, 콘수에그라는 그 코스의 마지막 도달점으로서 언덕 위에 13개의 풍차가 서 있는 마을이다. 유명한 풍차와의 대결 무대였다고 하는 곳이다. 풍차는 製粉用으로서, 현재는 그 중 한 대만 사용한다고 한다. 풍차가 있는 언덕 위에는 바람이 장난이 아니었다. 이 고장은 현재 사프란 향료의 생산지로서 이름이 있는 모양이다.

라만차 지방이 속해 있는 톨레도 주의 주도 톨레도에 다다랐다. 펠리페 2세 때 마드리드로 천도하기까지 천 년 고도였다고 하는데, 생각보다 규모가 작았다. 포르투갈의 리스본 앞을 흐르는 테주 강의 상류에 해당하는 타호 강가의 알 칸타라 다리 옆에 있는 La Cubana식당에서 점심을 든 후, 우리는 톨레도대성당과 엘 그레코의 걸작 '오르가스 백작의 매장'이 있는 산토 토메 성당을 둘러보았다. 톨레도대성당 안에도 엘 그레코의 그림들이 여러 개 걸려 있는 방이 있었다. 그리스의 크레타 섬 출신인 엘 그레코는 이탈리아를 거쳐 스페인에 온 후 이 도시에서 여생을 보냈던 것이다. 산마르틴 다리 쪽으로 내려와 전용버스를 타고서, 톨레도를 떠나 A42고속도로를 따라 1시간 정도 동북 방향으로 이동하여 스페인의 수도 마드리드에 닿았다. 마드리드는 이 나라 최대의 도시로서 인구 637만이라고 한다.

마드리드에서는 Atocha, 94에 있는 한강이라는 한식점에서 저녁식사를 들었다. 이번 여행에서는 처음으로 먹어 보는 한식이다. 이 도시에 한식당은 세 군데 있다고 한다. 식사를 마친 후 30분 쯤 이동하여 Holiday Inn Madrid-Rivas로 이동하여 339호실에 들었다. 밤에 호텔에서 한국에 있는 아내와 통화하였다. 최근에 스웨덴의 회옥이와 화상통화를 하였는데, 회옥이는 석사과정을 마친 후 에티오피아 등지의 NGO 활동에 참가하여 반 년 정도를 보낸 후 박사과정 진학 여부를 결정할 생각이라고 한다.

오늘 톨레도 관광을 마치고서 산마르틴 다리 쪽으로 걸어 내려오다가 길 가 바로 가까이에 서 있는 사이프러스 나무들을 보고서 비로소 사이프러스가 향나무가 아니라 측백나무의 일종임을 알았다. 우리 일행의 현지 가이드 김진희 씨는 창원 출신이라고 한다. 마드리드에 거주하는 그녀와는 내일 작별하게 되는데, 유머도 있을 뿐 아니라 가이드를 하기에는 아까울 정도로 아는 것이 많고 유럽 역사에 대해 해박한 지식을 가지고 있었다.

마드리드의 연 평균 우량은 500밀리 정도라고 하니 서울의 절반에도 미치지 못하는 셈이다. 그러니 남부 지방은 더욱 건조할 것이며, 남부에 올리브 밭 밖에 없는 것도 그런 이유에서일 것이다.

4 (토) 맑으나 쌀쌀하고 바람이 강함

9시에 호텔을 출발하여 마드리드 시내 관광에 나섰다. 마드리드의 명동이라고 할 수 있는 그란비아 거리를 지나, 간밤에 자택에 가서 자고 온 스루가이드 김진희 씨와 스페인 광장에서 다시 만났다. 톨레도에서도 그러했거니와 마드리드에서도 70대의 스페인 남자가 현지 가이드로서 우리와 동행하였다.

스페인 광장에서는 세르반테스 서거 300주년을 기념하여 세운 로시난테를 타고 있는 돈키호테와 산초 판자의 동상을 둘러보았다. 그 앞의 연못물은 겨울 추위로 얼어붙어 있었다. 마드리드의 겨울은 한국의 그것과 별로 다를 바 없었다. 마드리드는 이베리아 반도의 중앙부, 해발 635m의 고원지대에 위치한 탓으로 날씨가 남부지방과는 현격하게 다른 것이다.

우리는 헤밍웨이가 마드리드에 머물 때 종종 들렀다는 술집과 왕궁 앞을 지나 광장 중앙에 카를로스 3세의 기마상이 있는 태양의 문(Puerta del Sol), 펠리페 3세의 기마상이 있는 큰 광장(Plaza Mayor)을 둘러보았다. 우리가 그 근처인 Plaza de Ramales, 2에 있는 가죽제품 상점 Galerias Lepanto에 들렀을 때, 나는 216 유로(한국 돈 32만4천 원)의 할인가격에 양가죽으로 만든 갈색 윗도리 하나를 구입하였다.

그런 다음 프라도 미술관(Museo del Prado)에 들러 스페인을 대표하는 화가인 엘 그레코·벨라스케스·고야의 전시실을 둘러보았다. 이리하여 나는 이럭저럭 세계 3대 미술관이라고 하는 파리의 루블, 상트페테르부르크의 에르미타주, 마드리드의 프라도미술관을 모두 둘러본 셈이 된다. 프라도는 목장 혹은 초원이라는 뜻인데, 미술관이 들어서기 전 옛날에는 이 일대가 초원이었던 모양이다. 미술관의 입장료는 1인당 12유로였다. Virgen de la Fuencisla N-2에 있는 한국음식점 가야금(Tulipan)에 들러 점심을 든 다음, 거기서 스루 가이드 김진희 씨와 작별하였다.

점심식사를 마치고서, A2번 고속도로를 따라 4시간 정도 동쪽으로 이동하여 고야의 고장 사라고사에 이르렀다. 가는 도중의 풍경은 겨울이라 그런 탓도 있겠지만, 다른 지방보다도 한층 더 황량하여 반쯤 사막이라는 느낌이 들었다. 자연환경이 이러하므로 한여름의 낮에는 기온이 40℃ 정도나 되어 도저히 밖에 나가 활동할 수가 없으므로, 자연히 시에스타라는 낮잠 자는 시간이 생겨난 것이다.

도중의 휴게소에서 3유로에 포도주 한 병을 구입하였다. 마드리드의 시장 건물 안에서는 포도주 한 잔에 3유로를 주고서 마셨는데, 휴게소의 진열대에 놓인 포도주는 대부분 한 병에 3유로나 5유로짜리였다. 우리 일행 중 한 사람으로부터 잡화점에서 이런 가격에 포도주를 팔므로 사 마셔보았더니 맛이 그런대로 좋더라는 말을 들은 바 있었는데, 실제로 그런 가격에 팔고 있었던 것이다.

사라고사에서는 필라르 성모 성당과 필라르 광장을 둘러보았다. 사라고사의 날씨도 마드리드와 별로 다를 바 없었고, 게다가 바람이 강했다. 이리로 오는 도중에 잠시 눈이 조금 내리는 장면도 있었다. 사라고사의 인구는 4년 전에 64만 명이었다고 한다. 이 성당은 성모 마리아로부터 받은 기둥을 보관하기 위해 지어진 것이므로 Pilar 즉 기둥이라는 이름이 붙여진 것이다. 성당 내부에는 전쟁 중 포탄 두 개가 이 성당에 떨어졌으나 모두 불발탄이었으므로 기적에 의해 성당이 보존될 수 있었다 하여 그 포탄을 벽에다 걸어 두고 있었다. 지방도시 치고는 엄청나게 큰 규모의 성당이었다. 천정에 고야가 그린 프레스코화도 있었다. 고야는 사라고사로부터 30km 정도 떨어진 시골에서 태어났으나 일반적으로는 이 도시 사람으로 알려져 있고, 여기저기에 고야의 동상도 눈에 띄었다.

성당을 보고서 한 시간 정도 자유 시간을 가지는 동안 필라르 광장 근처의 상가를 여기저기 기웃거리면서 산책하다가 광장 바로 옆의 Alfonso I 40에 있는 El Real이라는 술집에 들러 일행 몇 명과 함께 맥주를 마셨고, 역시 그 근처의 중국집에서 석식을 들었다. 석식 후 30분 정도 이동하여 사라고사의 NEXH 호텔에 들어 218호실을 배정받았다.

5 (일) 흐리고 간혹 가벼운 눈발과 가랑비

아침 8시 10분에 호텔을 출발하여 4시간 정도 이동해 카탈루냐 주의 주도 바르셀로나로 향했다. 우리가 잔 사라고사는 옛날 스페인이 통일되기 전 아라곤 왕국의 수도였던 곳이며, 바르셀로나는 지중해 연안의 항구도시로서 도시 규모로는 수도인 마드리드에 이어 전국에서 두 번째이지만, 항만 규모와 상공업 활동에 있어서는 제1의 도시이다. AP2, A2 고속도로를 경유했는데, 도중의 풍경은 어제와 마찬가지로 황량하였다. 스페인에서는 도로 변에 세워진 투우 소의 조형물을 곳곳에서 볼 수 있는데, 이 길에서도 마찬가지였다. 버스 안에서 오늘은 젊었을 때 본 찰튼 헤스톤·소피아 로렌 주연의 「엘 시드」를 다시 한 번 시청하였다.

정오 무렵 바르셀로나에 도착하여 중년의 현지 가이드 이안나 씨와 합류하여 올림픽 항으로 이동하여 요트 정박장 옆의 천막을 친 식당에서 이곳 특산음식인 빠에야로 점심을 들었다. 빠에야는 원래 바르셀로나보다 아래쪽에 있는 세 번째로 많은 인구를 가진 항구도시 발렌시아의 음식으로서 해산물과 함께 삶은 밥인 일종의 해물잡탕밥이라고 할 수 있는 것인데, 지금은 세계적으로 유명한 음식이 되어 있다고 한다. 이 구역은 바르셀로나 올림픽을 전후하여 크게 개발된 곳으로서 해안에 물고기 모양의 커다란 조형물이 있고, 요트장의 좌우로는 백사장이 펼쳐져 있었다. 부근에서 조깅을 하는 사람들도 제법 많이 볼 수 있었다.

얼마 후 현지의 스페인 가이드인 마리벨 여사와도 합류하여 먼저 귀엘공원(Park Güell)에 들렀다. 에우세비오 귀엘이라는 부호가 땅을 구입하여 바르셀로나를 대표하는 건축가인 가우디에게 설계를 의뢰한 것이다. 산꼭대기 부근이었는데, 공원 안에서는 가우디의 작품들을 도처에서 만날 수 있었고, 바르셀로나 시가지의 전경도 조망할 수 있었다. 그런 다음 가우디 필생의 대작이라고 할 수 있는 성가족 성당((Sagrada Famillia)에 들렀다. 1882년부터 공사가 시작되어 가우디가 1926년에 사망한 이후로도 현재까지 공사가 진행되고 있는데, 외부만을 볼 수 있었다가 최근에 내부로도 들어가 볼 수 있게 되었다. 지하 1층에는 가우디의 무덤이 있었다.

그런 다음 바르셀로나 시가지를 가로질러 스페인광장과 만국박람회가 열렸던 장소인 카탈루냐미술관 앞을 지나서, 옛날 유대인의 공동묘지가 있었으므로 유대인의 산이라는 의미의 몬주익으로 불리는 언덕으로 올라가 보았다. 거기서 바르셀로나 올림픽의 주경기장과 그 입구 맞은편에 위치하여 당시의 마라톤 우승자인 한국의 황영조 선수를 기념하는 돌

장식물들을 둘러보았다. 이곳의 황영조 기념 시설물은 한국의 경기도가 제작해 바르셀로나 시에다 기증한 것이었다. 그리로 가는 도중에 우리는 미로 공원을 지나쳤고, 올림픽 주경기장 근처에서는 미로 미술관을 지나갔다. 이 미술관은 바르셀로나가 자랑하는 화가인 후안 미로가 사재를 털어 건립하여 시에 기증한 것이라고 한다.

마지막으로 이 도시의 명물인 람블라 거리(Las Ramblas)로 갔다. 람블라는 물이 흐른다는 의미의 아랍어에서 유래한 말이다. 바르셀로나 북쪽의 카탈루냐 광장에서 남쪽 항구에 접한 평화의 광장까지 약 1km에 걸친 보행자 거리이다. 우리 일행은 카탈루냐 광장에서 버스를 내려 자유 시간을 가졌는데, 나는 안명진 군과 함께 그 산책로의 끝인 콜럼버스의 동상이 서 있는 평화의 광장까지 걸어가 보았다. 돌아오는 길에 거리의 가판대에서 영문판 『Gaudi: The Entire Works』(Sant Lluis: Triangle Postals, 2010)를 한 권 구입하였다. 식당으로 이동하는 도중에 가우디의 대표작에 속하는 바티요 저택(Casa Batllo)과 밀라 저택(Casa Mila)도 지나갔다.

San Gabriel, 2에 있는 한식당 가야금에서 닭볶음 요리로 석식을 든 후, 현지 가이드 이안나 씨와도 작별하였다. 30~40분 정도 이동하여 Camino de Can Prats s/n, 08635 Sant Esteve Sesrovires, Barcelona에 있는 Les Torres 호텔에 도착하여 110호실을 배정받았다.

바르셀로나는 서울의 1/6 정도 규모로서, 시내 인구는 160만이지만 외곽을 포함하면 350만 정도라고 한다. 교민은 유학생을 포함하여 400명 정도인데, 대부분 태권도 사범으로 들어온 사람들로서, 현재는 침술을 업으로 삼고 있다. 시내에는 두 군데 투우장이 있었으나 현재 이 도시에서는 투우를 폐지하였으므로 쇼핑센터 같은 것으로 전용하고 있다. 그래도 투우장의 외관은 그런대로 유지하고 있었다.

6 (월) 맑음

오전 5시에 호텔을 출발하여 30분 정도 이동해 바르셀로나 공항에 도착하였다. 공항에서 우리들의 기사 호세 및 현지 가이드 이안나 씨와 작별하였다. 8시 10분발 KL1644편으로 바르셀로나를 이륙하여 10시 35분에 암스테르담에 도착하였다.

원래의 일정표 상으로는 암스테르담에서 자유관광을 하기로 되어 있으나, 우리 일행은 1인당 70유로의 옵션 비용을 지불하고서 18명 전원이 다 함께 암스테르담 관광을 하기로 예약되어 있다. 공항에서 비교적 젊어 보이는 현지 가이드 김안수라는 여성과 대형버스의 영접을 받아, 먼저 Karel Doormanweg 4에 위치한 가야라는 이름의 한국음식점에 들러 부대찌개로 점심을 들었다. 나는 예전에 가족과 함께 서유럽 여행을 왔을 때 암스테르담에도 들렀었기 때문에 오늘 우리 일행이 방문할 장소는 이미 모두 가본 적이 있다. 그러나 혼자 남아 오후까지 시간을 보낼 뾰족한 방법도 없기 때문에 일행과 행동을 같이 하기로 한 것이다.

현지 가이드 김 씨는 네덜란드에 17년간 거주해 온 사람이라고 한다. 암스테르담의 기온은 겨울에도 영하로 내려가는 일이 별로 없는데, 오늘 현재의 기온은 영하 8℃로서 이 도시로서는 과거에 이렇게 추운 날씨가 없었다고 한다. 한 주 전에 내린 눈이 아직도 녹지 않고 있었다. 이 나라에서는 1년에 250일 정도 비가 오는데, 오늘과 같은 맑은 날씨는 축복받은 것이라고 한다.

가이드의 설명에 의하면, 네덜란드의 면적은 경상남북도를 합친 정도이며 인구는 1600만, 국민소득은 $44,000 정도이다. 면적은 좁지만 산이 전혀 없고 온통 평지이기 때문에 한국보다 이용 가능한 국토가 적지는 않은 셈이다. 교민은 외교관을 포함하여 1,700명 정도이며, 외교관 등을 뺀 순수한 교민은 700명 정도라고 한다. 이에 비해 한국으로부터의 입양아는 5,000명 정도가 있다. 이웃한 벨기에로의 입양아는 3,000명, 스칸디나비아에는 10만 명 정도가 있다. 이들이 입양될 때 현지의 새 부모들은 아이 1인당 천만 원 정도의 돈을 지불한다는데, 그 돈이 친부모에게는 전혀 전달되지 않고 중간에 어디론가 흘러나가고 있다고 한다. 그나마 현지에서는 세계 각 나라 중 한국 어린이의 입양을 가장 선호하지만, 지금으로서는 입양의 길 자체가 차단되어져 있는 상태인 모양이다. 이 나라 국민의 평균 신장은 남자가 185cm, 여자는 182cm로서 세계에서 가장 큰데, 100년 전까지만 해도 그렇지 않았으므로 신장의 변화에는 후천적 요인이 크게 작용하는 모양이다.

우리는 먼저 산스 스칸스(Saanse Schans)라고 하는 풍차마을에 들렀다. 거기서 나막신 만드는 법과 치즈 만드는 법에 관한 설명 및 시연을 경험하였다. 나는 치즈 세 통 한 세트를 구입했다. 예전에 왔을 때는 여름이었는데, 이번에는 겨울에 온 점이 다를 뿐이다. 이 마을은 우리 식으로 말하자면 민속촌에 해당하는 셈이다. 우리나라의 민속촌과 다른 점은 예전부터의 주민이 그대로 그 마을에 거주하고 있는 점이다.

다음으로는 시내로 들어와서 담 광장을 둘러보았다. 영빈관 등 주요 건물들이 밀집해 있는 암스테르담의 중심지이다. 나는 자유 시간에 이 나라의 명동이라고 하는 상가 거리 및 사창가 거리라는 곳을 걸어보았다. 창녀촌이라고는 하지만 낮이어서 그런지 중국인 상점이 좀 많을 뿐 별로 특이한 점을 발견하지는 못했다.

다시 담 광장으로 돌아와 집결한 후, 함께 중앙역 쪽으로 걸어 나와 대절버스에 올랐다. 중앙역 일대는 제2차 세계대전 중 안네 프랑크 일가가 숨어 지내던 집이 있는 곳이라고 한다. 예전에도 와 본 기억이 났다.

오후 4시에 스키폴 국제공항으로 돌아와, 17시 45분에 출발하는 KL865호를 탔다. 한국까지는 9시간 40분이 소요된다고 한다.

7 (화) 맑음

12시 10분 인천국제공항에 도착했다. 어제 오후 5시에 오랫동안 병상에 있던 미화의 시아버지가 별세하셨기 때문에, 외국에 있는 동안 아내로부터 문자 메시지가 와 서울대병원 영안실로 가 문상하고 오라 하므로 그렇게 하겠노라고 대답했었는데, 얼마 후 다시 현 서방이 올 필요가 없다고 한다면서 곧바로 돌아오라는 것이었다. 그래서 안명진 군과 함께 진주로 직행하는 오후 1시 20분발 공항버스 표를 구입했는데, 그 직후에 아내로부터 문자가 와 또다시 서울대학병원으로 가서 큰누나와 함께 문상하고 오라는 것이었다. 그래서 내 트렁크는 안 군에게 맡겨 우리 집으로 운반해 주도록 부탁해 두고서, 표를 바꾸어 서울 시내로 들어가는 6011 성북 월계 방향의 공항리무진 표를 구입하였다.

 우루무치에서 파미르고원까지

8월

11 (토) 맑음
고속 터미널에서 철학과 강사 안명진 군을 만나 정오에 출발하는 동양고속 우등버스를 타고서 서울로 출발했다. 강남고속 터미널에 내려 공항리무진으로 갈아타고서 혜초여행사의 '타클라마칸을 가로지르는 천산남로 9일' 코스의 집합시간인 오후 5시 무렵에 집결장소인 인천공항 3층 A 카운터에 도착하였다. 우리 일행의 출발인원은 인솔자를 포함하여 18명, 인솔자는 민정희라는 이름의 젊은 여성이었다.

티케팅을 한 후, 나는 공항의 롯데면세점에서 운동화 비슷한 캐주얼 신발 하나를 202,710원에 구입하였다. 미국에서 마이크로부터 얻은 운동화를 파출부로 하여금 씻게 하여 오랜만에 신고 왔는데, 올라오는 고속버스 안에서 보니 왼쪽 발의 밑창이 상해 있었던 것이다. 너무 오랫동안 신지 않고서 신발장 안에 방치해 두었기 때문인 듯하다.

9번 게이트에서 오후 7시 40분에 출발하는 대한항공 KE8883편을 타고서 우루무치를 향하여 날아가는 비행기 속에서 오늘 일기를 쓴다. 비행시간은 약 5시간 반이며, 0시 10분에 목적지에 도착하게 된다고 한다.

12 (일) 맑음
新疆위구르自治區의 중심도시인 우루무치 공항에서 현지 가이드 송광

수 씨의 영접을 받았다. 대형버스를 타고서 이동하여 우리가 투숙한 곳은 經濟開發區 衛星路 475號에 있는 紫金大廈 호텔이었다. 안 군과 나는 601호실을 배정받았는데, 그런대로 깨끗하고 현대적 설비가 잘 갖추어진 곳이었다. 우루무치는 天山산맥의 북쪽, 알타이산맥과 그 아래 준가르 분지의 남쪽에 위치한 곳으로서, 신강위구르자치구에서는 가장 우량이 풍부한 곳이라고 한다.

아침에 출발할 때 밖으로 나와 보니 우리 호텔 주변의 건물들은 모두 건설 중인 것이었다. 우루무치시의 북서쪽에 위치한 경제개발구라는 지역은 아마도 근자에 새로 개발된 곳인 모양인데, 주변의 이러한 정황으로 보아 우리 호텔 역시 지은 지 얼마 되지 않은 것임을 알 수 있었다.

어제 고속버스를 타고서 상경하는 도중에 물어본 바, 안 군은 보통나이로 45세라고 한다. 같은 원불교 신자인 세 살 아래의 여성과 결혼하였는데, 처는 소아성 당뇨로 신장투석을 받기 때문에 2급 장애인이라고 한다. 그러므로 슬하에 자녀도 없다. 그러나 내가 안 군과 더불어 해외여행을 같이 하는 것이 작년 여름의 네팔·인도 불교유적지 순례와 지난겨울의 포르투갈·스페인·모로코 여행에 이어 이번이 세 번째인데, 안 군은 도착하는 곳마다에서 매일 아내에게 국제전화를 걸 정도로 부부간의 애정은 돈독한 모양이다. 안 군은 이성환 교수의 지도로 현상학 분야의 박사학위 논문을 쓸 계획으로 있는 서양철학 전공자이며, 다음 학기에도 본교 철학과에서 교양과목인 비판적사고를 두 강좌 맡게 되고, 현상학은 이미 3년째 강의해 오고 있다.

아침 7시 반에 기상하여, 8시 반부터 조식을 들고서 9시 반에 쿠얼러로 향해 출발하게 되었다. 우루무치는 몽고어로 '아름다운 목장'이라는 뜻이라고 한다. 바다에서 가장 멀리 떨어진 도시로서, 인구는 350만이지만 호적이 없는 자를 포함하면 약 400만 정도 되는 모양이다. 漢族이 전체 인구의 약 75%를 차지한다고 한다. 신강위구르자치구는 廣西·雲南省에 이어 중국에서 민족 구성이 그 다음으로 많은 지역이라고 한다. 우리 대절버스의 기사는 회족이다.

우리는 투르판으로 가는 312번 국도를 따라서 동남쪽으로 나아가는 도중에 수백 기의 풍력발전소가 서 있는 다반성이라는 곳에서 잠시 주차하였다. 그곳 휴게소의 매점에서 최신판 신강자치구의 지도책(新疆維吾爾自治區對外文化交流協會 編, 『新疆維吾爾自治區旅游交通地圖冊(最新版)』, 山東省地圖出版社, 2012년 4월 제1판)을 한 권 샀다. 이어서 세 군데의 소금 호수를 바라보면서 나아갔다. 천산산맥의 동쪽 구역에서 가장 높다는 버거다 산(5,445m)이 정상 부근에 흰 눈을 이고 있는 모습을 바라볼 수 있었다. 천산산맥을 넘어갔다. 이 산맥은 대부분 나무는 물론이고 풀도 거의 자라지 않는 사막과 같은 모습을 지니고 있었다. 지나오는 도중에 자갈이 잔뜩 깔린 사막들을 많이 보았다. 이런 곳을 고비라고 하는 모양이다. 그러니까 고비사막이란 특정한 지명이 아니고 이러한 지형을 이르는 보통명사인 것이다.

투르판 지구로 접어든 다음, 314호 국도를 취하여 남쪽으로 향하였다. 오아시스에서는 느릅나무와 목화밭을 볼 수 있었다. 신강은 중국 전체에서 목화 생산량의 약 절반을 차지하는 모양이다. 투르판 지구의 투오크손縣에 이르러 길 가의 19번 淸眞特色 拌面館이라는 곳에서 양고기가 든 국수로 점심을 들었다. 이와 같은 도로변의 음식점에는 각각 번호가 붙여져 있는 모양이다.

쿠미스鎭을 지나서 빠인꿔룽蒙古자치주에 접어들었다. 이 지역은 청나라 건륭제 시절에 러시아의 볼가 강 유역으로부터 이주해 온 몽고족이 많이 산다고 한다. 허소(和碩)·옌지(焉耆)를 지나 타스디엔鎭으로부터 중국에서 제일 큰 내륙담수호라고 하는 보스텅호수로 접어들었다. 이 호수는 지금은 사라지고 없는 역사상의 사막 호수 로프노르와 마찬가지로 천산산맥의 눈 녹은 물이 지하로 흘러와 형성된 것인데, 로프노르처럼 지금 점차로 그 면적이 줄어들고 있고 호수의 염분은 증가하는 추세라고 한다. 그러나 아직도 물고기가 많이 서식하고 있었다. 우리는 그중에서 蓮花湖라고 불리는 남쪽의 갈대밭 속에 있는 작은 호수 지역을 모터보트를 타고서 둘러보았다. 연화호란 호수에 수련의 일종인 흰색

연꽃이 피기 때문에 붙여진 이름인 모양인데, 우리는 그러한 꽃을 단 한 군데에서 몇 송이 볼 수 있었을 따름이다. 돌아오는 도중에 모터보트의 기름이 떨어져 전화 연락을 통해 기름을 공급받고서야 비로소 출발지에 도착할 수 있었다. 연화호에 도착한 후 본인에게 물어보고서 비로소 알았는데, 우리 일행의 가이드인 송광수 씨는 흑룡강성 鷄西市가 고향인 조선족이라고 한다. 계서는 외삼촌이 사셨고, 우리 외가가 한 때 이주해 있었던 곳이다.

오늘의 숙소는 보스텅 호수에서 얼마 떨어지지 않은 신강에서 두 번째로 큰 도시 쿠얼러이다. 인구 약 100만이며, 타클라마칸사막에서 나는 석유의 집산지라고 한다. 天山東路 22號에 있는 天鴻酒店이라는 식당에서 白酒와 맥주를 곁들인 저녁식사를 들었다. 孔雀河라고 하는 강가 공원에 면한 濱河路 20호의 梨城花園酒店이라는 곳에 들어 507호실을 배정받았다. 역시 현대식 설비를 갖춘 20층짜리 새 호텔이지만 화장실의 세면대 배수시설을 발견할 수 없었고, 세수 타월도 없어 불편하였다. 세면대의 배수시설은 있었으나 좀 신형이어서 우리가 그 사용법을 몰랐던 것이지만, 다른 방에 모두 있었다는 타월은 결국 우리 방 아무데도 없었다.

13 (월) 맑으나 오후는 흐림

9시에 호텔을 출발하여 쿠차로 향했다. 어제에 이어 314호 국도를 계속 달렸다. 천산산맥의 지맥으로 보이는 霍拉山脈이 국도를 따라서 오른편으로 한참동안 멀리 이어지고 있었다. 도중의 비교적 큰 읍인 룬타이 (輪台)를 지나고부터는 그 산맥이 사라지고, 고비사막이 계속 나타났다.

버스 안에서 KBS가 일본 NHK 및 중국의 CCTV와 국제공동으로 제작하여 1채널에서 방영했던 「新 실크로드」의 제4편 '서역의 모나리자' 및 제5편 '동으로 간 푸른 눈의 승려'를 시청했다. 제4편은 호탄을, 제5편은 쿠차를 다룬 것이었다. 제5편에서는 쿠차 왕국의 왕자 출신인 譯經僧 쿠마라지바(鳩摩羅什)의 생애를 집중적으로 조명하였다. 쿠마라지바는 쿠차 왕국의 왕녀인 백인계 어머니와 인도의 망명귀족인 아버지 사이에서 태어나 어려서부터 간다라 지방의 카슈가르로 유학하여 산스크리트어 등을 공부하였고, 30대 중반에 쿠차 왕국이 前秦의 공격을 받아 점령당하자 장군 呂光의 포로가 되어 중국으로 압송되는 도중에 점령군의 강제에 의해 여자와 교접하여 파계승이 되고, 장안으로 옮겨진 후 거기서 죽을 때까지 역경 사업에 종사했던 것이었다. 쿠차(龜玆)는 당시까지는 불교 왕국으로서 아리안계 백인이 많이 거주하던 곳이었는데, 후에 이슬람의 지배를 받게 되면서 지금은 인구의 약 87%가 이슬람교를 신봉하는 위구르족으로 구성되어 있다. 또한 이곳은 서역 음악의 중심지로서도 알려져 있다.

신강성에는 신강 시간이라는 것이 있어 북경 시간보다 두 시간이 늦으므로 한국시간에 비해서는 세 시간이 늦는 셈이다. 그러나 공식적으로는 모두 북경 시간을 쓰고 있고, 우리들의 여행 일정도 역시 그러했다.

좀 일찍 쿠차에 도착한 후 숙소인 쿠차縣 天山東路 337호의 쿠차국제호텔(庫車國際酒店)에 들러 1층 식당에서 점심을 들었고, 909호실을 배정받았다. 일정을 바꾸어 내일 스케줄에 들어 있는 수바시 고성과 쿠차대사원(庫車大寺)을 먼저 들르기로 했기 때문에, 호텔 방에서 오후 3시 반까지 자유 시간을 가지게 되었다. 우리는 이 호텔에서 이틀을 묵게 되는데, 도시 규모가 작아서인지 호텔도 우리가 지난 이틀 머문 곳들보다는 수준이 꽤 떨어졌다. 현재 쿠차는 아크수 지구에 속한 하나의 縣으로 되어 있다. 현의 인구는 약 50만이고, 시내 인구는 25만 정도라고 한다. 쿠차국 시절의 인구는 약 8만이었으며, 서역의 주요 오아시스 도시이자 철광석의 생산지로서 유명했다고 한다. 현재의 시내는 다시 위구르족이 많이 사는 구시가와 한족의 비중이 절반 정도 되는 신시가로 나뉘는데, 우리가 묵게 되는 국제호텔이 있는 곳은 신시가의 중심지에 속한다.

역사상의 쿠차는 당나라 安西都護府의 治所로서, 혜초의 「往五天竺國傳」에도 유일하게 이곳에 도착한 날짜가 기록되어 있고, 고구려 유민의 후예인 高仙芝 장군이 출정하고 귀환하던 곳이며, 현장의 『大唐西域記』에도 그 기록이 자세하다. 오늘날의 쿠차는 석유화학공업도시로 변모해 가고 있는 모양이다.

휴식을 마친 후, 서역 지방의 특색인 白楊木 가로수 길을 한참 지나 쿠차의 북쪽 교외에 있는 수바시古城으로 갔다. 성채라기보다는 고대의 불교사원 유적지이다. 가운데로 흐르는 쿠차河를 사이에 두고서 동서 양쪽에 약 20만 평 규모의 불교 사원 유적이 펼쳐져 있다. 강폭은 매우 넓었으나 홍수 때 일시적으로 흐르는 많은 물로 말미암은 것이며, 현재의 강폭은 개울 수준이지만 流速은 매우 빨랐다. 뒤편 가까운 곳으로 바라보이는 산맥 쪽에서 흘러오는 물인 것이다. 현장법사가 인도로부터의 귀로에 이곳에서 두 달 남짓 머물렀으며, 당시는 소승불교가 주축을 이루었다고 기록하고 있다. 사원의 건축물들은 대부분 흙벽돌로 지은 것인데, 일본의 大谷 탐험대와 프랑스의 펠리오가 여기서 각각 사리함을 발굴하여 본국으로 가져갔으며, 근자에는 서쪽 탑 부근에서 귀족 여성의 유해가 발굴되기도 했다고 한다.

구시가로 돌아와, 청나라 때 쌓은 흙으로 된 성벽이 남아 있는 곳 부근에 위치한 쿠차大寺에 들렀다. 서역에서 두 번째로 크다는 이슬람 사원인데, 3천 명 정도를 수용할 수 있는 예배당을 갖춘 곳이라고 한다. 일반적으로 이슬람 사원은 신자가 아닌 사람은 내부에 들어갈 수 없는 것으로 알려져 있는데, 이곳은 입장료를 받고서 아무나 입장시키고 있었다. 생각했던 것보다는 규모가 크지 않았다. 예배당의 앞마당에는 열매가 주렁주렁 달린 백포도 넝쿨이 그늘을 이룬 쉼터가 있고, 그 근처에 기념품 상점도 있었다. 나는 그 기념품 상점에서 59元을 주고 裴孝曾 主編『龜玆史料輯錄』(新疆人民出版社, 2010년 6월 제1판)을 구입하였다. 사원을 나온 후, 거기서 500미터 정도 떨어진 곳에 있는 바자르 즉 재래시장에 들러보았다. 거기서 나는 서역식의 위구르족 모자 세 종류를 모두 58元 주고서 구입하였다.

호텔로 돌아온 후 저녁식사를 들고서 일행 중 여덟 명이 걸어서 시내 구경을 나섰다. 신시가의 주도로를 한 시간 이상 걸어서 번화가의 시장까지 갔다가, 돌아올 때는 택시를 탔다. 도중에 골목의 구 시장 두 군데에 들르기도 했는데, 그 중 두 번째 시장에서 내가 양고기 꼬치구이를 10元어치 사서 일행과 나눠먹기도 했다. 가는 곳마다의 간판에 위구르어와 중국어가 함께 씌어져 있으며, 위구르어를 적은 문자는 아랍 글자였다. 우리가 탄 택시의 기사는 回族인데, 자기는 그런 글자의 뜻을 전혀 모른다고 했다.

14 (화) 대체로 비

이 지역의 연간 강수량은 50mm 이하라고 하는데, 오늘 마침 비가 내렸다. 부슬비였다.

오전에는 천산과 타클라마칸 사막의 지층이 서로 접촉하여 뒤틀리면서 형성된 해발 1,600m~2,048m, 길이 약 5.5km의 협곡이 오랜 기간 동안의 풍화 침식 작용을 거치면서 형성된 붉은 사암으로 된 천산신비대협곡을 구경하였다. 국도 314호선을 따라 서쪽으로 나아가다가 쿠차 시가지가 거의 끝난 지점에서 국도 217호선을 따라 북상하였다. 어제 갔던 수바시 고성보다도 두어 배가 더 긴 거리였다. 도중에 쿠차 현의 왼쪽으로 이웃한 拜城縣을 경유하여 鹽水溝 터널 부근에서 하차하여 포탈라 궁이라는 바위산의 풍경을 감상하기도 하였다. 217호 국도를 따라서는 메마른 천산산맥이 기이한 지형을 이루면서 뒤틀리거나 특이한 풍경을 자아내고 있는 모습이 계속 이어지고 있었다.

우리 일행은 부부가 두 쌍, 포항에서 온 여자 친구 일행 한 쌍, 그리고 제자와 함께 온 나를 포함하여 짝을 이룬 팀이 모두 여덟 명이고 나머지는 모두 혼자였다. 그러니까 과반수가 혼자서 온 셈이다. 그러나 혼자 온 사람 두 팀 네 명도 같은 방을 쓰고, 나머지 다섯 명은 각각 독방을 쓰고 있었다. 대부분이 해외여행의 고수들이었다. 나는 지금까지 혼자서 패키지여행에 참가하는 데 대해 부담감을 가지고 있었으나, 이번 여행에서 어느 정도 자신감을 얻게 되었다. 쿠차 지역에서는 어제부터 현지의 중국인 젊은 여성 가이드가 또 한 명 추가되었다.

천산대협곡은 중국의 10대 대협곡에 든다고 한다. 오늘 조금 내린 부슬비로 말미암아 협곡의 바닥에는 물이 불어나 흐르고 있었고, 곳곳에 물이 많이 불어난 경우를 대비하여 조금 높은 위치에 安全島라고 하는 피난처가 마련되어 있었다. 우리는 협곡이 마지막에 두 갈래로 갈라져서 각각 그 끝이 막힌 곳까지 걸어갔다가 원점으로 되돌아왔다.

쿠차로 돌아오는 도중에 다시 拜城縣의 鹽水溝에서 지방도로로 접어들어 키질鄕으로 향하였다. 거기서 돈황·용문·운강과 더불어 중국의 4대 불교석굴 중 하나로 꼽히는 키질千佛洞을 구경하였다. 쿠차의 주변에는 이곳 외에도 여러 천불동들이 있는데, 그 중 키질이 대표적인 것이어서 유일하게 관광객들에게 개방되어져 있다. 쿠차에서 서쪽으로 72km 떨어진 지점에 위치하며, 사암으로 형성된 절벽의 중간에 339개의 동굴이 벌집처럼 뚫려져 있다. 이 석굴군은 중국의 석굴사원 중에서도 가장 오래된 것으로서, 3세기부터 시작하여 9세기까지 약 600여 년 동안 여러 왕조에 걸쳐 조성된 것이다. 승려의 수행을 위한 승방굴과 다양한 벽화가 그려져 있는 예배굴로 나뉜다. 그 중 벽화가 있는 석굴은 75개라고 하는데, 중국인들의 무지와 외국인의 약탈로 말미암아 보존상태가 매우 좋지 못하였다. 우리는 제10호 승방굴에서 1946~47년 동안 수많은 키질 석굴들을 조사하고 많은 벽화 모사도를 그린 연변 출신의 한국인 韓樂然 씨를 추모하는 글과 사진들을 볼 수 있었다.

일행의 대부분은 1인당 200元의 추가 요금을 지불하고서 벽화의 보존상태가 보다 좋은 38호굴을 보러갔다. 그러나 나는 따라가지 않고서 1994년에 세운 쿠마라지바의 청동좌상이 있는 입구 쪽으로 내려와 기념품점에서 320元을 주고 新疆龜玆石窟硏究所 편, 『中國新疆壁畵·龜玆』(新疆美術撮影出版社, 2008년 6월 제1판)를 한 권 샀다.

다시 鹽水溝를 경유하여 쿠차로 돌아와서는 구시가에 남아 있는 龜玆故城의 흙으로 된 성벽과 그 옆에 있는 공원인 杏花園을 둘러보았고, 石化大道 塔北路 東19號에 있는 龜玆綠洲生態園에서 백주를 곁들인 저녁식사를 들었다. 식사 후의 귀로에는 내일의 사막 여행에 대비하여 거리에서 배·포도·蟠桃 등 세 종류의 과일들을 산 후 숙소로 돌아왔다.

15 (수) 오후는 흐림

오전 9시 무렵에 쿠차의 호텔을 출발하여 종일 호탄을 향해 이동하였다. 2009년도에 개통된 국도 210번 和阿公路를 따라 쿠차의 서부에서 서남쪽으로 내려가 사야(沙雅)현을 거치고 사야대교를 통과해 중국 내륙에서 가장 크다고 하는 타림 강을 건넌 다음, 타림 강 아래편을 따라 왼쪽으로 사막 길을 계속 나아가다가, 다시 타림 강을 건너 북상하여 같은 아크수 지구에 속하는 알라얼 시에 이르러 四川式 음식점에서 점심을 들었다. 알라얼은 '녹색 섬'이라는 뜻이라고 한다. 사막 속의 오아시스처럼 타림 강과 호탄 강의 교차지점에 위치해 있다. 나는 그 음식점 건물의 1층에 있는 서점에서 圖强 편저 『新編新疆維吾爾自治區公路里程地圖冊』(中國地圖出版社, 2006년 초판, 2011년 修訂河北第8次印刷)을 한 권 샀다. 기왕에 샀던 지도책은 최신판임에도 불구하고 사막종단도로가 표시되어 있지 않기 때문이었다.

세계에서 두 번째로 크다는 타클라마칸사막을 종단하는 도로는 얼마 전에 룬타이(輪台)와 민풍(民豊)을 연결하는 沙漠公路가 개설되어 있었는데, 근년에 북부의 아크수(阿克蘇) 지구와 남부의 호탄(和田)을 연결하는 새 도로(和阿公路)가 개통되었으므로, 우리는 오늘 그 길을 통해 이 사막을 종단하게 된 것이다. 그런데 이 도로는 타림 강을 따라서 서쪽으로 나아가다가 다시 알라얼 시에서부터는 호탄 강을 따라 남쪽으로 계속 내려가므로 사막을 종단한다고는 하지만, 국도 가에 시종 胡楊木을 비롯한 나무들이 꽤 보였다. 사막 속을 떠돌아다니는 야생 낙타의 무리도 보았다.

사막의 모래가 도로를 뒤덮는 것을 방지하기 위해 아스팔트 포장이 된 2차선 도로의 양쪽 가로는 십 미터 정도 넓이로 갈대 등을 꽂아서 만든 井字 모양의 防沙帶가 계속 설치되어 있었다. 쿠차에서 호탄까지는 645km, 점심을 든 알라얼 시까지는 280km라고 한다. 신강은 중국 전체 영토의 1/6을 차지하는 면적이니, 수명이 유한한 그 방사대의 설치와 교체에 드는 인력을 생각하면 실로 중국과 같은 나라여야 엄두를 낼 수 있는 것이라고 하겠다.

호탄으로 가는 도중에 EBS에서 제작한 「혜초의 루트를 복원한다-죽음의 사막 타클라마칸 도정기」시리즈 및 KBS 1채널에서 방영한 「고선지 루트」제1편 '고구려인 실크로드를 제패하다', 제2편 '사상 최고의 작전, 와칸 계곡의 혈투', 제3편 '중국 산맥의 제왕, 탈라스에 서다'를 시청하였다.

2012년 8월 15일, 타클라마칸 사막

도로는 호탄 강에서 흘러든 강물로 말미암아 물에 잠긴 구간도 있었다. 우리는 도중에 버스에서 내려 사막 속을 1~2km 정도 걸어보기도 하였다. 사막은 제법 단단한 곳도 있지만, 약한 부분이 많아 모래가 흘러내려 구두 속으로 들어오므로 걷기가 매우 힘들었다. 호탄에 거의 다 와서는 사막 속의 전망대에 올라 주변의 경관을 조망하였다.

밤 9시가 넘어서야 호탄(和田)에 도착하였으니, 이동하는데 12시간 이상을 소비한 셈이다. 호탄은 쿠차보다는 꽤 큰 도시로 보였다. 迎賓路 22호에 있는 玉洲世紀大酒店에 들어 935호실을 배정받았다. 2층 식당에서 늦은 저녁식사를 들고서 방으로 올라오니 벌써 밤 11시가 넘어 있었다.

16 (목) 대체로 맑음

아침부터 종일 설사가 났다. 간밤에 마셨던 白酒와 피로가 원인이 아닌가 한다. 아침식사를 거르고 점심도 걸렀다. 正露丸을 복용해 보았지만, 금방 낫지는 않았다. 가이드 민 씨의 말로는 이 지역에서는 정로환이 잘 듣지 않는다고 한다. 그녀가 압봉을 붙여주었고, 저녁부터는 집에서 아내가 챙겨준 다른 설사약을 복용하기 시작했다.

아침 9시 반에 출발하여 종일 중국의 서쪽 끝에 있는 도시 카슈가르로 이동했다. 오늘도 500km를 이동한 셈이다. 옥의 도시 호탄까지 와서 잠만 자고서 그냥 떠난다는 것이 아쉽다는 말들이 있어, 아침에 특별히 예정에 없었던 호탄 강을 방문했다. 쿤룬산맥에서 흘러내린 물이 호탄시의 동쪽과 서쪽을 흐르는 두 줄기의 강물을 이루다가 좀 하류에서 합류하여 비로소 호탄 강을 이루게 되는데, 우리가 방문한 곳은 그 중 동쪽을 흐르는 白玉江(玉龍喀什河)이었다. 물살이 세고 탁했다. 콘크리트 다리가 있고, 그 옆에 옥을 파는 바자르도 있는데, 아침 이른 시각이라 바자르는 아직 시작하지 않았다. 우리 일행은 여기저기에 똥이 널려있는 강가의 자갈밭을 뒤지며 옥돌을 찾았는데, 나는 거기서 줍지 않고 위구르인의 끈질긴 권유에 따라 50元을 주고서 옥돌 두 개를 구입하였다.

이동하는 도중에 힘이 없어 계속 버스 의자의 등 받침에 상체와 머리를 기대고 있었다. 오늘도 사막에서 야생 낙타의 무리를 보았고, 사막 여기저기에 회오리바람이 불고 있는 모습도 보았다. 도중에 성균관대 동양철학과의 신정근 교수로부터 전화를 받았다. 한국철학회의 추계학술대회에서 「동양의 학문관」이라는 제목으로 발표를 해 달라는 용건이었다. 이메일로 그것에 대한 설명을 보내주면 귀국한 후 검토하여 회답하겠노라고 했다.

도중에 카슈가르 지구의 葉城縣에서 점심을 들었다. 회족 식당에서 삼선짬뽕 비슷한 국수 음식이 나왔는데, 나는 식욕이 없어서 먹지 않고 식당 밖으로 나와 일행이 다 나올 때까지 기다렸다. 회교를 믿는 위구르족의 라마단 기간이라 적당한 식당을 찾기가 어려웠다고 한다. 거기서

10km 정도 이동하여 沙車縣에 이르러 이 지역에 존재했던 야르칸트 왕국의 왕릉과 귀족들의 무덤을 둘러보았다. 야르칸트 왕국은 칭기즈칸의 손자가 세운 것이며, 그 2대 왕의 부인은 시인이자 음악가로서 저명한 사람이라고 했다. 별도로 세워진 그녀의 묘실도 둘러보았다.

沙車에서부터 한참 동안은 도로 사정이 좋지 못해 차가 많이 흔들렸다. 그러나 포장은 되어 있으니 예전보다는 많이 나아진 편이라고 한다. 국도 315호선을 따라갔는데, 도중에 葉和公路라는 표지판을 보았다. 우리는 거기서 더 나아가 英吉沙縣에 들러 중국에서 제일로 꼽히는 수제 칼을 만드는 공장을 견학할 예정이었는데, 대절버스가 英吉沙 남쪽 진입로를 그만 지나쳐 버린 때문에 할 수 없이 포기하였다.

20시 40분 무렵에 오늘의 목적지인 카슈가르에 도착하였다. 깡마르고 키가 큰 위구르인 청년 현지 가이드가 또 우리 차에 동승하였다. 그의 말에 의하면 카슈가르의 현재 인구는 170만 정도라고 한다. 그렇다면 신강 제2의 도시라고 하던 쿠얼러보다도 많은 셈인데, 어느 쪽이 진실인지는 지금의 나로서는 알 수 없다. 안명진 군이 준비한 실크로드 답사자료집에는 카슈가르의 인구가 20만 정도로 되어 있으나, 그 정도는 아닌 듯하다. 어쨌든 중국 정부가 카슈가르를 경제특구로서 개발하여 제2의 深圳으로 만들려고 한다는 말을 들었다.

解放北路 北大橋의 開源시장 맞은편에 있는 西部明珠飯店에서 늦은 저녁을 든 후, 人民東路 8호에 있는 天緣國際酒店 6020호실에 들었다.

17 (금) 대체로 맑음

아침에 밖으로 나가보니 우리 호텔은 바로 毛澤東 동상이 서 있는 인민광장에 접해 있었다.

오늘 기력은 제법 회복되었으나 점심때까지 설사가 계속되다가 저녁이 되어서야 멎었다.

오늘은 파미르 고원에 있는 해발 3,600m의 카라쿨 호수까지 올라가는 날이다. 이른바 카라코룸 하이웨이로 통하는 314번 국도를 따라서, 카슈가르의 위성도시라고 할 수 있는 수푸(疏附)현 소재지를 통과하여 우파르鄕에서 잠시 정거하여 이 지방의 주식인 난 등의 물건을 샀다.

이동하는 도중에 「新 실크로드」 시리즈의 제9편 '제국의 개척자들'을 시청하였다. 카슈가르를 다룬 부분이었다. 카슈가르는 실크로드 중 천산남로와 서역북로의 교차점에 위치하여 예로부터 교통의 요지였고, 서역 36국의 하나인 수르(疏勒)국의 수도였으며, 후대의 카라한 왕조 때는 주변의 여러 나라들을 이슬람교로 개종시키는 데 큰 영향을 미치기도 했었다. 카슈가르에서는 서양인을 닮은 얼굴들을 자주 만날 수 있었다. 남자들은 내가 쿠차에서 산 것들과 같은 위구르족 특유의 모자를 쓴 이가 많고, 여자들은 대체로 머리에 스카프를 두르고 있다. 위구르족은 여러 민족이 혼합되어 하나의 새로운 민족을 이룬 것으로서, 당나라 때 안록산의 난을 진압하는 데도 큰 힘이 되었을 정도로 한동안 그들 자신의 독자적인 왕조들을 이루기도 하였다. 그러나 후대에 그들의 나라가 멸망하자 안주의 땅을 찾아 사막지대인 이곳으로 이주해 온 것이었다. 몽고의 파스파 문자나 여진 문자는 모두 위구르 문자의 영향을 받아 만들어진 것인데, 이제 그들은 자기네 고유의 문자를 버리고서 아랍 문자를 차용해 쓰고 있다.

수푸현을 벗어나 카잘스카르카자크自治州로 들어가서 오이타크鎭의 紅山口에 있는 郵政식당에서 점심을 들었다. 그 마을은 우체국 건물에 이 지역 특산의 각종 약초를 파는 상점이 붙어 있고, 그 가장 안쪽에 식당이 있었다. 紅山口라는 이름은 그 주변의 벌거벗은 산들이 모두 붉은 빛깔을 주조로 하는 총천연색의 암석으로 되어 있어 붙여진 것인 듯했다. 다들 사진 찍는 데 열심이었지만, 이번 여행 중 나는 디지털카메라를 소지하고 있음에도 불구하고 사진은 한 장도 찍지 않았다. 안명진 군이 열심히 찍어서 나중에 내 컴퓨터에도 복사해 줄 것이기 때문이었다.

꺼즈(盖孜)村이라는 곳에서 다들 차로부터 내려 마치 다른 나라로 들어가는 듯이 군인들로부터 여권검사를 받았다. 邊境出入의 자격을 검사하기 위한 것이었다.

우리는 카라쿨호수에 도착하기 전에 白沙湖라는 또 하나의 호수를 보았다. 그 호수 건너편의 산들 중에 온통 모래로 뒤덮여 있는 것들이 많기 때문에 이런 이름이 붙은 모양이었다. 도로가에는 각종 옥돌을 파는 간이 상점들이 줄지어 있어 사람이 그 앞을 지나갈 때마다 들어와 구경하라고 손님을 부르고 있었다. 백사호로부터 아래쪽의 꺼즈河 일대에는 수력발전소 건설 공사가 진행 중이었다. 공사 현장의 거리가 꽤 긴 것으로 보아 멀지않은 장래에 대규모의 수력발전소가 들어설 모양이었다.

카라쿨호수는 백사호에서 얼마간 더 올라간 지점에 위치해 있었다. 규모와 水量은 백사호보다도 작아보였으나, 해발 3,600m의 고지대에 위치해 있어 아마도 파미르고원에서는 가장 높은 위치에 있는 산정호수인 까닭에 유명한 듯했다. 무스타거산(7,564m)과 궁거얼산(7,719m)의 사이에 있는데, 이 눈 덮인 산들은 그 중턱까지 구름으로 덮여 있어 전모를 구경할 수는 없었다. 무스타거산은 타스쿠르간타지크자치주와의 경계 지점에 위치해 있다. 그리고 이 국도를 따라서 우리가 오늘 지나온 거리만큼 더 나아가면 타스쿠르간타지크자치주는 카슈미르의 파키스탄 통제구와 만나서 중국과 파키스탄의 국경인 쿤즈랍 고개에 도달하게 되는 것이다.

타스쿠르간타지크자치주의 왼편으로는 카라코룸산맥이, 그리고 오른편으로는 쿤룬산맥이 지나가고 있다. 카라코룸의 코룸도 한자로는 昆侖이라 적고 있듯이 세계에서 두 번째로 높은 K2가 있는 카라코룸산맥은 쿤룬산맥의 한 지맥인 듯하다.

카라쿨호수 주변에는 몽고식 파오나 파오 같은 모양의 흰색 콘크리트 가옥들이 산재해 있었다. 그 주변에서는 또한 고산지역의 동물인 야크도 볼 수 있었다. 백사호의 경우와 마찬가지로 옥돌 등을 파는 간이매점들도 있었다. 나는 20元을 주고서 말을 타고 호수 주변을 잠시 돌아다녔고, 매점에서는 또한 20元을 주고서 키르기스 족의 높다란 모자를 하나 샀다.

3시 40분경에 카라쿨호수를 출발하여 카슈가르로 돌아온 다음, 시간이 좀 남았으므로 내일 일정에 들어 있는 香妃墓를 보러 갔다. 청대에 乾隆帝

의 후궁이 된 위구르족 출신의 여인 무덤이다. 카슈가르市 교외에 있는데, 현지에는 香妃故園이라고 적힌 곳이 많았다. 그녀의 출신지인 모양이다. 이 묘소는 이슬람교 백산파의 수장 아바크 호자(호자는 聖人의 후예라는 뜻)와 그의 가족들이 묻혀 있는 묘이다. 5대에 걸친 72명이 잠들어 있었는데, 도중에 지진으로 파괴되었다가 새로 지어졌기 때문에 현재는 무덤이 58개뿐이라고 한다. 왕가의 陵園인 셈인데, 신강에서는 규모가 가장 큰 것이라고 한다. 그 한쪽 구석에 造花로 장식된 향비의 무덤이 있었다. 남자들의 무덤은 크고 여자 무덤은 작다. 그 무덤 아래쪽에 관도 없이 시신을 안치하는 것이라고 한다. 그리고 위구르 풍속으로는 지위 고하를 막론하고 무덤 속에 옷 한 벌 밖에는 아무것도 넣지 않기 때문에 도굴당하는 일이 없다고 한다.

향비는 27세에 청 황실로 시집가서 51세 때까지 생존하였는데, 실제로는 북경 근처의 河北省에 묻혔고, 이곳에는 1680년에 그녀의 유품들을 가져와 묻은 것이라고 한다. 27세의 나이는 위구르 풍속으로는 여자가 결혼하여 10년 정도 지난 경우가 일반적이기 때문에 향비는 건륭제에게 시집가기 전에 이미 다른 사람과 결혼해 있었을 것이라는 설도 있는 모양이다. 그곳에는 왕가의 무덤만 있는 것이 아니고 그 바로 옆에 일반인의 공동묘지가 위치해 있었다. 그리고 故園의 경내에는 敎經堂과 수리 중인 淸眞寺院이 있고, 입구에도 또 하나의 이슬람교 사원이 있어 마침 사람들이 이맘의 설교를 듣고 있는 중이었다.

나는 능원 앞의 기념품점에서 50元을 주고서 줄피카르 상표의 英吉沙에서 만든 手工小刀를 하나 샀다. 시내로 돌아와 團結路 278호 農三師醫院 왼편에 있는 新海식당에서 늦은 저녁을 들고서 간밤에 잔 호텔로 돌아왔다.

18 (토) 대체로 흐림

우리가 신강에 있는 동안 날씨는 거의 매일 흐린 듯 갠 듯하고 대부분의 시간은 버스를 타고서 이동하게 되는지라, 염려했던 바와는 달리 전혀

더위를 느끼지 않았다.

아침에 호텔을 떠날 때 지난 이틀 동안 신었던 운동화는 방 안에 두고 나왔다. 혹시 필요한 사람이 있으면 가져가라는 뜻이었다. 먼저 호텔에서 가까운 위치에 있는 解放路의 이드크하(Idkha) 모스크를 방문했다. 사원 경내의 안내판에는 이렇게 적혀 있는데, 이 사원을 에이티가르 청진사라고도 부르는 것은 아마도 중국식 발음인 듯하다. 이는 신강성에서 가장 큰 것이며, 세계에서도 그 점유 면적이 네 번째로 넓은 것이라고 한다. 4,000명이 함께 예배를 볼 수 있다고 한다. 그러나 내가 모로코의 카사블랑카에서 본 것에 비하면 비교도 되지 않을 정도로 작아보였다. 신강의 경우 모스크의 바깥 벽면이나 1층을 장사꾼들에게 점포로 세를 놓는 경우가 많다고 하는데, 이 사원도 바깥 면에 그러한 점포들이 이어져 있었다. 예배 시간이 아닌 경우에는 입장료를 받고서 관광객의 출입을 허용하지만, 쿠차대사의 경우와 다른 점은 예배당 내부를 관광객이 함부로 돌아다닐 수 있게 하지는 않고, 다른 색깔의 카펫을 깔고서 그 테두리를 흰 줄로 묶어 기둥에다 연결하여 경계를 표시해 놓은 부분 내에서만 둘러볼 수 있게 하였다.

다른 모스크들에서도 그러하듯이 예배당 내부의 한가운데에는 메카의 방향을 가리키는 부분의 벽이 움푹 들어가 있다. 거기에 이맘을 위한 자리가 마련되어져 있고, 또한 윗부분에 커다란 시계 하나와 아랫부분에 여섯 개의 작은 시계들이 배치된 입간판이 세워져 있었다. 윗부분의 큰 시계는 신강 시간을 가리키고(나는 여기서 신강 시간을 처음으로 보았다), 그 아래의 작은 시계들은 하루 다섯 번의 예배 시간과 금요일의 예배 시간을 가리키는 것이라고 한다. 이슬람교도의 의무인 성지 순례의 목표를 달성하지 못하고서 죽은 어느 부자의 땅을 헌정 받아 1442년 이 자리에 처음으로 모스크가 지어진 이래로 여러 차례의 증축과 개보수를 통해 오늘에 이르렀다고 한다. 이맘은 메카와 신도들 사이에 위치한 그 자리에서 양자 중 어느 쪽으로도 등을 돌리지 않도록 비스듬히 옆을 향한 자세를 취한다고 한다.

그 다음으로는 老城이라고 불리는 민속마을을 방문하였다. 카슈가르 시내 한복판에 다 허물어져 가는 흙집들이 밀집해 있는 언덕이 그것이다. 우리는 여러 차례 그 근처를 지나갈 때마다 빈민가인 줄로 알고서 사진기의 셔터를 눌러대었지만, 알고 보니 그곳은 10세기에 최초로 터키계 이슬람인 카라한 왕조의 세력이 파미르고원을 넘어 카슈가르로 들어왔을 때 그 王城이 위치했던 곳이었다. 그래서 지금까지도 위구르족의 생활 풍속이 잘 보존될 수 있도록 원형 보존에 각별히 신경을 쓰고 있는 것이다. 대부분의 가옥들은 벽돌로 지어졌는데, 공개되는 집의 내부는 대부분 관광 상품을 파는 상점으로 되어 있었다. 단체관광객들에게는 1인당 30元씩의 입장료를 받고서 전통복장을 한 현지인 젊은 여성이 미로처럼 얽힌 골목들로 길 안내를 해준다. 추가 비용을 받고서 음악이나 춤 공연을 보여주는 곳도 있었다. 이 비좁은 언덕에 만 명 이상의 주민들이 밀집해 살고 있으니, 길 위의 천정에다 집을 지은 곳들도 있었다.

점심은 人民東路에 있는 歐日大라는 간판이 걸린 청진식당의 마당에서 양고기 볶음밥과 요구르트 및 양고기꼬치구이로써 위구르 식으로 들었다.

점심 후에는 中西亞國際大바자르라는 대형 전통시장으로 가서 구경과 쇼핑을 했다. 나는 시장 안을 혼자 걸어 다니면서 대추야자와 금속제 꽃병 두 개, 아랍식의 굽어진 칼, 그리고 雪菊이라는 이름의 이 지방 특산차를 한 통 샀다.

그리고는 공항으로 이동하여, 16시 50분에 中國東方航空의 MU5634호를 타고서 카슈가르를 출발하여 18시 40분에 우루무치에 도착하였다. 카슈가르 공항에서 검사를 받은 후 검색대의 상자에 놓아둔 지갑을 깜박 잊어버리고서 챙기지 못하였는데, 어느 중국인이 집어가려고 할 무렵에 일행인 변호사 박종욱 씨가 그의 손으로부터 내 지갑을 빼어내어 가까스로 도난을 면할 수 있었다. 그 안에는 두 종류의 신용카드와 상당량의 인민폐 및 한화가 들어 있었으니 실로 위험천만한 순간이었다.

카슈가르 공항에서 그 동안의 회족 운전기사 및 위구르족 현지인 청년 가이드와 작별하였다. 우루무치 공항에서는 새 기사가 우리를 맞았는데,

그는 서양인의 얼굴을 하고 있었다. 먼저 공항에서 20분쯤 떨어진 寶山路 365호의 A家酒店 옆에 있는 王山樓美食城으로 가서 다소 이른 저녁식사를 들었다. 거기서 내가 답례조로 138元을 주고 白酒 한 병을 사서 일행에게 권하였다. 우루무치의 연간강수량은 234mm라고 하며, 거리를 달리는 승용차는 독일의 폴크스바겐과 한국의 현대차가 가장 많은 듯하였다.

식사를 마친 다음, 알타이路 701호의 德商會館 비스듬히 맞은편에 있는 水晶足道라는 곳에 들러 젊은 중국 아가씨로부터 마사지를 받았다. 원래 한 시간 동안의 발마사지는 우리의 오늘 일정에 들어 있는 것인데, 60元을 추가하면 30분을 더하여 전신마사지를 받을 수 있다고 하므로 나도 한 번 받아보았고, 팁 10元이 또한 추가되었다. 그러나 늘 그렇듯이 별로 좋은 줄은 몰랐다.

다시 우루무치 공항으로 이동하여 처음부터 다시 체크인 수속을 받았는데, 오늘 있은 두 번의 검사에서는 내 트렁크 안에 기념품으로 산 칼이 두 개나 들어 있었음에도 불구하고 별 탈 없이 통과하였다.

대한항공의 체크인 과정과 3번 게이트에서 대기하는 중에 인도 및 파키스탄을 거쳐 신강으로 들어와 28일 만에 귀국하는 59세의 아주머니를 우연히 만나 좀 대화를 나눠보았다. 그녀는 7월 21일에 인천을 출발하여 22일부터 25일까지 나흘간을 북인도에서 보내고, 26일에 파키스탄으로 건너가서, 8월 10일 오후 6시에 쿤즈랍을 거쳐 중국으로 들어온 것인데, 인도에서는 100불로써 쓰고 남았고, 파키스탄에서는 200불로 15일간을 여행했다고 한다. 처음에는 대여섯 명이 함께 다니다가 도중에 일행이 모두 설사를 만나 먼저 카라코룸 하이웨이의 중국 땅 타슈구르간을 거처 귀로에 올랐으므로, 신강으로 들어와서는 시종 혼자서 배낭여행을 한 것이었다.

19 (일) 서울은 한 때 부슬비 진주는 개임

대한항공 KE8884편으로 1시 20분에 우루무치를 출발하여 7시에 인천에 도착하였다. 기내에서 103,500원을 지불하고서 중국 백주 水井坊을 한

통 샀다. 元代로부터 이어져 오는 전통 있는 술이라고 한다.

공항 짐 찾는 곳에서 내 짐이 제일 늦게 나오는 바람에 일행이 다들 기다려 주었는데, 알고 보니 내 짐 속에 든 칼이 검색에 걸려 그 때문에 지연된 것이었다. 그러나 안전요원을 따라가 트렁크를 개봉한 후, 기념품으로 산 것일 따름임을 확인하자 그냥 통과시켜 주었다.

안명진 군과 함께 공항 리무진을 타고서 강남 터미널로 이동하여, 9시 40분에 출발하는 동양고속버스를 타고서 오후 1시 40분쯤에 진주의 집에 도착하였다.

2013년

인도네시아
기독교성지순례–이집트·요르단·이스라엘
라오스·미얀마

인도네시아

1월

14 (월) 맑음

회옥이와 더불어 창원을 출발하여 마산을 거쳐서 오는 인천국제공항 행 버스를 오전 3시 20분쯤에 개양의 정촌초등학교 앞 주차장에서 타고 진주를 떠났다. 4시간 20분이 소요된다는 것이었지만, 예정보다도 훨씬 빠른 7시 남짓에 인천국제공항에 도착하여 약속 시간인 8시 30분보다 이른 시각에 3층 E카운터 앞에서 혜초여행사로부터 나온 인솔자 신현정 씨 및 참가자 일행과 합류하였다. 인도네시아 문화탐방 8일 패키지여행을 신청한 우리 일행은 13명인데 인솔자를 포함하여 총 14명이었다.

티케팅을 한 후 공항 면세점에서 인도네시아 여행 가이드북을 한 권 사고자 했지만, 발리 여행 책자는 몇 종류가 있었으나 인도네시아 전체를 다룬 책자는 눈에 띄지 않아 포기하였다. 가루다 인도네시아 GA879편 비행기에 올라 제일 끝 좌석인 33C에 앉았다. 10시 35분에 인천을 출발하여 6시간 50분 정도 소요되어 현지 시간 15시 50분에 자카르타의 수카르노하타 공항에 도착하였다. 이 국제공항은 인도네시아의 초대 대통령 및 부통령의 이름이 함께 붙은 것이라고 한다. 자카르타는 인도네시아의 중심지인 자바 섬의 서북쪽에 위치한 항구도시였다. 인도네시아 현지 시간은 3종류가 있는데, 자카르타를 비롯한 서부지방은 한국보다 2시간이 늦고, 중부인 발리는 한 시간이 늦으며, 동부인 뉴기니 섬은 한국과 같다고 한다. 기내에서 경찰복 같은 것을 입은 사람으로부터 비자를 발급받고 입국신고서도 제출했기 때문에 공항에서는 별도의 입국 수속이 필요치 않았다.

공항에서 현지인 가이드인 슬라맷 프리얀토(프리얀) 씨의 영접을 받았다. 그는 한국어가 꽤 유창한 편이었으나, 발음이나 표현이 이상하여 알아듣기 어려운 구석이 제법 있었다. 그의 인도로 중형 관광버스 한 대에 올라타고서, 자카르타 시내 쪽으로 이동하였다. 공항에서 대절버스를 기다리는 동안 나는 입고 갔던 겨울옷들 중 바지를 제외한 나머지 것은 대충 모두 여름옷으로 갈아입었다. 시내로 이동하는 도중에 프리얀 씨로부터 들은 바로는 인도네시아의 인구는 약 2억6천만 정도로서 세계 4위라고 한다.

자카르타는 네덜란드 식민지 시대(1949년까지)에는 바타비아라고 불렀는데, 동남아시아 제1의 대도시라고 한다. 그러나 시내에는 아직도 지하철이 없고, 그래서 그런지 출퇴근 시간의 교통 혼잡은 대단한 모양이다. 승용차는 3인 이상이 동승하지 않으면 러시아워에 시내로 진입할 수 없다고 한다. 그러나 아무리 도로가 혼잡해도 시내버스가 다니는 가장 안쪽의 노선 하나는 벽돌 같은 것으로써 다른 노선과 경계가 구분되어져 있어 일반 차량이 일체 들어갈 수 없으므로 텅 비어 있었다. 자카르타 시내를 달리는 승용차는 90% 이상이 일제였고, 그 중에서도 토요타의 비중이 압도적이었다. 한국 차도 가끔 보이기는 했으나 가뭄에 콩 나기였다. 해발고도는 매우 낮아 도심에 있는 기상대 자리가 해발 8m이므로 홍수의 피해가 잦다. 실제로 우리가 자카르타를 떠난 다음날에도 이곳은 홍수가 덮쳐 도시 기능이 마비상태에 **빠졌다**고 한다.

우리는 자카르타 시내의 중심가를 거쳐 수라바야 골동품 거리라는 곳을 한 군데 둘러보았다. 그러나 현지 시간으로 업무마감인 오후 5시가 좀 지난 무렵이라 이미 문을 닫은 점포도 제법 있었다. 거리는 어디에나 오토바이의 통행이 많아 그 일대도 어수선하였다. 동남아시아의 여러 나라들이 그러하듯이 이 나라도 오토바이가 국민의 주된 교통수단이다. 골동품 거리를 떠난 다음 서울의 강남 같은 곳이라고 하는 최고급 주택가를 지나갔다. 한국 대사의 관저나 이 나라의 두 번째 대통령이었던 수하르토의 저택도 거기에 있고, 현재의 미국 대통령인 오바마도 인도네시아인과 재혼한 어머니를 따라와 어린 시절을 거기서 보냈다고 한다.

호텔 근처의 현지인 식당에서 저녁식사를 든 후, Jl. Gatot Subroto에 있는 술탄호텔에 들었다. 회옥이와 내가 배정받은 방은 402호였다.

15 (화) 때때로 부슬비 내리고 흐림

아침 8시에 호텔을 체크아웃 하여 어제의 중형버스를 타고서 이동하였다. 먼저 자카르타 시내 중심부에서 남동쪽으로 20km 정도 떨어진 위치의 교외지역에 있는 따만 미니 인도네시아 인다(따만 미니 민속촌)를 방문하였다. 이곳은 수하르토의 부인인 티엔의 제안에 의해 만들어진 레저 지역으로서 흔히 '따만 미니'라고 알려져 있으나, 정식 명칭의 의미는 '아름다운 인도네시아의 작은 정원'이다. 총 45만 평의 부지에 인도네시아 27개 지방의 전통적인 민가, 사원 등을 복원해 두고 있으며, 각지의 다양한 문화와 풍속을 알 수 있게 되어 있어 문자 그대로 민속촌이었다. 우리는 수마트라·파푸아·발리 등의 가옥들을 둘러보고, 자바 산의 티크 목재 고목들을 전시한 곳에도 가 보았으며, 케이블카를 타고 공중에서 원내를 한 번 둘러보기도 하였다. 한가운데에는 인도네시아 전체 국토의 모양을 본뜬 드넓은 정원도 있었다.

호텔에서 민속촌으로 갈 때는 별로 시간이 많이 걸리지 않았는데, 구경을 마치고서 다시 시내로 돌아오는 데는 편도에 두 시간 이상의 시간이 소요되어 자카르타 시내의 교통체증이 어느 정도인지를 실감할 수 있었다. 자카르타는 현재 인구가 1천1백만 정도 된다고 한다. 이러한 교통지옥을 해소하는 데는 지하철이 제격일 것 같은데, 그것을 설치하지 못하는 이유에 대해 인솔자는 지반이 될 토지가 물기를 많이 머금고 있어 취약한 점과 이 지역이 환태평양 화산대에 위치해 있어 지진의 위험이 큰 점을 들고 있었다. 인도네시아의 GDP는 2009년 기준으로 세계 18위이며, 1인당 GDP(PPP)는 2008년 기준으로 $4,458이라고 한다.

우리는 정오 무렵에 자카르타 시내의 Jl. Teluk Betung No.34에 있는 The Koreana라는 한국음식점에 도착하여 점심을 들었다. 그곳의 음식 맛은 훌륭하여 한국과 전혀 다르지 않았다. 점심을 든 다음 거기서 멀지 않은 곳에 위치한 국립중앙박물관에 들렀는데, 오늘부터 무슨 공사가 시작되었다고 하므로 관람을 못하는 줄로 알고서 그 근처의 모나스 탑에 먼저 들렀다. 널따란 공원의 한가운데에 인도네시아의 독립을 기념하여 세운 높이 137m의 탑이 서 있는데, 그 정상의 화염 부분은 35kg의 순금으로써 도금한 것이라고 한다.

그런데 모나스 탑에 도착할 무렵 현지 가이드가 전화로 연락해 본 결과 국립중앙박물관은 관람이 가능하다는 것이므로 도로 그리로 갔다. 시간 관계로 몇 개의 전시실만 둘러보았다. 우리 일행은 특히 직립원인, 즉 자바원인의 뼈가 전시되어져 있는 방에서 상당한 시간을 보냈다. 북경원인과 더불어 교과서를 통해 익히 알고 있는 猿人인데, 현재 유리 곽 속에 전시되어져 있는 두개골의 윗부분과 발 뼈로 보이는 것 하나가 과연 진품인지 모조품인지는 확인하지 못했다.

박물관을 나온 다음, 다시 시내의 교통정체를 뚫고서 어제 내린 공항으로 이동하였다. 거기서 현지 가이드 및 기사와 작별하였다. 공항으로 향하는 버스 속에서 프리얀 씨로부터 동남아시아 지역 특산인 커피 루왁 한 통을 $50에 샀다. 루왁이라는 이름의 사향고양이가 커피 열매를 먹고 난 후 똥으로 싼 것을 받아서 만든 커피인데, 매우 고급이라고 한다.

티케팅을 한 후, 나는 공항 안의 면세점에서 다시 『Indonesia Travel

Atlas』(싱가포르, Tuttle Publishing Com., 2012년 3차 개정판)를 한 권 샀다. F5 게이트에서 대기하다가 16시 50분에 출발하는 GA258편으로 자카르타를 출발하여 25D석에 앉아서 18시에 다음 목적지인 족자카르타에 도착하였다. 공항에서 다시 현지 가이드인 무한데스 씨의 영접을 받았다. 자카르타 가이드는 금융위기가 올 때까지 한국 각지의 여기저기에서 6년 정도 생활했었다고 하나, 말귀를 알아듣기 어려운 경우가 자주 있었는데 비해, 올해 42세인 무한데스 씨 역시 15년 전 20대의 나이로 한국에 가서 6년 정도 살았다고 했으나, 한국어가 한층 더 유창해 보였다.

이 고장의 정식 명칭은 욕야카르타이나 발음의 편의상 족자카르타(Djokjakarta)로 불릴 경우가 많으며, 한국에서도 주로 족자카르타로 알려져 있다. 줄여서 '욕야' 혹은 '족자'라고 부른다. 족자카르타는 250년 정도의 역사를 지닌 왕국으로서, 지금도 술탄이라는 이름의 국왕이 존재하고 있다. 그런 만큼 행정구역상으로도 특별구(Special Region of Yogyakarta)로서 구분되어져 있는데, 주의 인구는 347만 명, 시의 인구는 90만 명 정도라고 한다. 족자카르타는 네덜란드가 약 350년 정도에 걸쳐 현재의 인도네시아 영토를 통치하던 시기에도 독립국의 지위를 유지하고 있었다.

우리는 Jl. Magelang No. 9에 있는 SINTAWANG이라는 식당에 들러 중국 음식으로 석식을 든 다음, Jalan Palagan Tentara Pelajar에 있는 Hyatt Regency Yogyakarta로 이동하여 투숙하였고, 회옥이와 나는 360호실을 배정받았다. 우리는 이 호텔에서 이틀을 숙박하게 된다. 호텔에 도착하였을 때 종업원이 하얀 재스민 꽃으로 된 향기로운 목걸이를 걸어주었다. 이 호텔은 9홀의 골프장과 넓은 정원도 딸린 고급스런 것이었다.

16 (수) 맑으나 오전과 오후 한 때 비

여행 3일째, 아침 식사를 마친 후 호텔 구내의 골프장과 정원 일대를 산책해 보았다. 오늘은 인도네시아 문명의 발상지라고 할 수 있는 족자카르타 일대를 관광하는 날이다. 활화산으로서 5년 정도 주기로 한 번씩 분출하는 메라피 화산(2,923m)의 남쪽에 위치하여 전통적 자바 문화가 가장 잘 보존되어 있는 곳이므로 시는 자바인의 민족정신의 고향으로 여겨지고 있다고 한다. 족자카르타 일대에 고층건물은 거의 전혀 없었다.

오늘 아침에는 먼저 족자카르타의 북동쪽 교외에 위치한 힌두교 사원인 프람바난에 들렀다. 자바 건축양식의 보고로서 1991년에 유네스코 세계문화유산으로 등재된 곳이다. 그곳에서는 북쪽으로 메라피 화산의 봉우리가 바라보였다. 시바 신앙이 자바의 국교로 되었던 시기의 遺構로서 보로부두르와 더불어 세계적으로 널리 알려져 있는 곳이다. 프람바난 사원은 9세기 무렵에 건설되어 11세기에 지진으로 파괴되었는데, 그 중에서도 10세기 무렵에 건설된 것으로 추정되는 시바 신의 부인 로로존그란 사원, 즉 시바당이 대표적인 것이다. 프람바난 사원은 한 변이 222m인 정사각형 모양의 단이 中苑을 이루고, 그 위에 사방 110m인 內苑의 단이 올려져있으며, 내원에는 8개의 堂이 설치되어 있다. 사원의 중심은 높이 47m의 첨탑이 있는 시바당이며, 양 옆으로 높이 23m인 브라마당과 비슈누당이 자리 잡고 있다. 당의 바깥쪽을 둘러싼 벽면에는 인도의 대서사시 『라마야나』의 42 장면이 부조로 새겨져 있다. 이 당들도 지진으로 말미암아 대부분 파괴된 것을 복원해 놓은 것이며, 그 주변으로는 아직도 복원되지 않은 유구들이 여기저기에 널려 있다. 우리는 구내를 순환하는 트램카를 타고서 프람바난 사원에서 동북쪽으로 조금 떨어진 지점에 위치한 불교유적인 세우 사원까지도 가보았다. 나오는 길에 대나무로 만들어져 휘파람 같은 각종 소리를 내는 도구를 한 세트 샀다.

족자 시내로 돌아와서는 술탄 왕궁을 둘러보았다. 왕궁 안에 들어서자 사방 벽이 트인 강당 같은 넓은 건물 안에서 타악기를 위주로 구성된 합주단이 전통음악인 가믈란을 연주하고 있었다. 왕궁의 면적은 꽤 넓어 14㎢인데, 그 중 왕실 정원이었던 물의 궁전 부분은 지진으로 파괴된 후 대부분 복구되지 못하고서 그 구역 안에 일반 민가가 많이 들어서 있었다. 왕궁 내부의 건물들은 그다지 화려하거나 웅장하지는 않고 비교적 소박하였다. 현재는 제10대 술탄이 거주하고 있는데, 그는 족자카르타

특별지구의 지사이기도 하다.

술탄왕궁을 나온 이후 Jl. Tentara Rakyat Mataram No. 8에 있는 Pesta Perak이란 음식점에서 현지식으로 점심을 들었다. 식사를 마친 다음 다시 대절버스를 타고서 북쪽으로 1시간 10분 정도 달린 곳에 위치한 인도네시아의 대표적 문화유산 보로부두르 사원을 구경하였다. 8~9세기 경 사일렌드라 왕조 때 건설된 것으로서, 대승불교 사상을 기반으로 한 대형 석조건축물이며, 캄보디아의 앙코르와트보다도 몇 세기 앞선 시대의 것이다. 한 때 동남아시아 불교 신앙의 중심이었던 보로부두르는 알 수 없는 이유로 12세기에 버려진 후 주기적으로 분출하는 메라피 화산의 화산재에 뒤덮여 있다가 1814년에 영국인 자바 지사인 스탬포드 래플스 경에 의해 다시 발견된 것이다. 10개의 단과 아래로부터 욕계·색계·무색계를 차례로 상징하는 삼차원의 구조로 이루어져 있는데, 개중에는 석가모니의 일대기나 『화엄경』의 선재동자 이야기, 미륵불 사상 등 대승불교의 설화들이 벽면에 부조로서 새겨져 있다. 재료가 된 바위는 화산활동으로 말미암은 현무암이며, 거기서 건너편으로 활화산인 메라피와 그 뒤편의 사화산인 메르바부 산(3,150m)도 바라보였다. 사방으로 구릉 같은 산들로 둘러싸여 있으며, 보로부두르 자체도 나지막한 언덕 위에 위치해 있는데, 주변의 풍경이 아름다웠다.

보로부두르 사원을 보고서 돌아 나오는 길에 입구의 기념품 가게에서 중부 자바 지방의 전통 모자를 하나 샀다. 귀로에 그 근처에 있는 다른 불교 사원인 파원 사원과 믄둣 사원에도 들러보았다. 보로부두르와는 비교가 되지 않을 정도로 규모가 작지만, 파원사원은 외벽에 부조된 장식이 아름답고, 믄둣사원은 내부의 삼존불이 규모가 웅장하고 예술적 가치도 높은 것이었다.

족자카르타로 돌아와 Jl. Palagan Tentara Pelajar KM. 8, 5에 있는 '大長今'이라는 이름의 널찍한 한식당에서 저녁식사를 들고서 간밤에 잤던 하이야트 호텔로 돌아왔다.

돌아오는 대절버스 속에서 인솔자가 『Lonely Planet』에 적힌 내용을 위주로 인도네시아의 역사를 개관해 주었다. 그것에 의하면, 5세기에 바다의 실크로드를 오가는 무역 상인들을 통해 수마트라에서부터 힌두교와 불교가 거의 동시에 전래되기 시작하여 8~9세기에 자바 섬 중부의 족자카르타 일대에 힌두교의 산자야 왕조와 불교의 사일렌드라 왕조가 형성되고, 13세기의 마자파힛 왕조 때가 되면 힌두교와 불교가 융합된 힌두불교의 전성기를 이루어 현재의 인도네시아 영토 대부분과 인도차이나 반도의 상당 부분까지를 장악하였다. 13~15세기에 아랍 상인들이 진출하여 수마트라 지역부터 서서히 이슬람화하기 시작하였고, 16~17세기에는 이슬람 왕국의 세력이 자바 섬까지 진출하였다. 그러나 이 이슬람교는 종래의 힌두불교와도 융합하여 점차 인도네시아에 토착화하였다.

1505년에 포르투갈의 선박 한 척이 수마트라에 정박한 이래로 서양세력의 진출이 이어졌다. 1595년에는 네덜란드가 진출하여 1602년에 자야카르타(승리의 도시), 즉 지금의 자카르타 지역에 네덜란드 동인도회사의 본부(VOC)를 두게 됨으로서 현재의 인도네시아 거의 전역을 네덜란드 세력이 장악하게 되었다. 그러나 나폴레옹 전쟁 시기 무렵에는 영국이 진출하여 약 반 세기 정도 수마트라와 자바 지역을 지배하기도 하였으나 후에 다시 네덜란드에 의해 탈환되었다. 제2차 세계대전 시기에는 일본군이 진출하여 몇 년간 지배하기도 하였다. 오늘날의 인도네시아·동티모르·서북부보르네오(보르네오는 이 지역에서 많이 생산되는 나무 이름에서 유래한 별명이고, 본명은 칼리만탄) 지역을 식민지시기에 각각 네덜란드·포르투갈·영국이 장악하고 있었으므로, 그것이 독립 이후에 인도네시아·동티모르·말레이시아 영토로 분리되는 계기가 되었다.

17 (목) 맑으나 때때로 부슬비

중부 자바의 족자카르타로부터 동부 자바의 중심도시인 수라바야를 거쳐 브로모 화산지대로까지 이동하는 날이다. 새벽 4시 반에 기상하여 5시 반에 조식을 들고서 기차역으로 이동하여 7시 30분에 족자카르타를 출발하였다. 현지 가이드인 무한데스 씨가 오늘도 브로모까지 우리 일행과 동행하였다.

기차는 네덜란드가 진출할 무렵 족자카르타에 수도를 두었던 마타람 왕국과 더불어 또 하나의 정권인 수라카르타 왕국의 수도였던 솔로를 거쳐 동부 자바의 마두인을 지나서 동부 자바 동북부 지방의 바닷가에 위치한 인도네시아 제2의 도시 수라바야로 향하였다. 솔로는 그 북부의 시골인 산기란에서 저 유명한 직립원인, 즉 자바원인이 발굴된 곳이기도 하다. 지금도 그 일대에서는 고생물의 유골 등이 종종 발굴되는 모양이다.

자바의 중부 지역인 족자카르타 일대에는 고대로부터 인도네시아를 지배한 역대 왕조들이 도읍을 두었고, 지금도 인도네시아 인구의 절반 이상이 그다지 크다고 할 수 없는 자바 섬에 집중되어 있다. 그 원인이 무엇인지 외국인인 나로서는 정확히 알기 어렵지만, 오늘 족자카르타로부터 수라바야로 가는 도중에 산은 전혀 보이지 않고 가도 가도 끝없는 들판이었다. 들이 넓을 뿐 아니라 화산도 자바 섬 일대에 집중되어 있어서 화산성 토양이라 그런지 토질이 비옥하기로도 으뜸가는 모양이다. 여기서는 1년에 3모작이 보통이라고 한다.

기차 안에서 무한데스 씨로부터 들었는데, 그 역시 중부 자바 출신으로서 이 지역 출신자들은 표준어인 인도네시아어 외에 자바어와 이슬람 신도의 필수인 아랍어 및 영어 등 4개 국어를 학교에서 기본적으로 공부한다고 한다. 자바어는 인도의 산스크리트어에 뿌리를 둔 언어이고, 인도네시아어는 수도인 자카르타의 언어가 아니라 말레이시아, 브루나이, 태국 남부 및 필리핀 남부 지역과 같은 언어로서 자바어와는 전혀 다른 것이며, 문자도 서로 다르다고 한다. 고대에는 지금의 발리 섬 일대까지가 동남아시아 지역과 하나의 대륙으로서 연결되어 있었기 때문에 오늘날 이 지역의 인도네시아인은 기본적으로 말레이 인종에 속하며, 수라바야 부근에 수도를 두었던 마자파힛 왕국 시대에는 이 지역들이 하나의 통치권에 속했던 까닭도 있을 것이다. 무한데스 씨는 일상생활에서 자바어를 사용하고 있으나 자바 문자는 배우기는 했어도 자주 쓰지 않아 대부분 잊어버렸으며, 자바어도 산스크리트 비슷한 원래의 문자 대신 이즈음은 주로 알파벳을 사용하여 표기하는 모양이다.

오후 1시 20분경에 종착역인 수라바야의 구벵 역에 도착하였다. 수라바야는 인구 500만 정도의 대도시이며, 해발고도가 6m 정도에 지나지 않는 항구여서 물로 인한 재해가 종종 있는 모양이다. 우리는 수라바야 역에서 다시 대절버스를 타고서 Jl. H. R. Muhammad No.181에 있는 한국음식점 '名家'로 이동하여 점심을 들었다. 나는 육개장, 회옥이는 돌솥밥을 들었다.

점심을 든 후 고속도로에 올라 남쪽으로 한동안 내려다가다 도중에 고속도로가 끝나고 일반국도로 접어들었다. 일반국도에 접어들 무렵에는 해발 1,653m의 활화산인 페낭궁간 산을 중심으로 하여 그 뒤편으로 3,400m의 활화산인 아르주노 화산군의 일부도 바라보였다. 이 고속도로는 원래 수라바야에서 남쪽의 겜폴까지 이어져 있었는데, 겜폴에 도달하기 직전인 포롱에서 얼마 전부터 땅속에서 뜨거운 진흙이 계속 솟아나와 고속도로를 포함한 그 일대의 민가들을 뒤덮어 버렸으므로, 지금은 포롱에 도착하기 전에 고속도로가 끝나고 새로 마련된 국도 가에는 진흙이 넘어오지 못하도록 제방을 쌓아두고 있었다.

우리는 오른쪽 길로 꺾어들어 얼마 후 마두라 해협에 면한 파수루안 시에 도착하였고, 거기서 다시 남쪽으로 방향을 돌려 내려가다가 마침내 산길을 오르기 시작하였다. 이미 깜깜해진 후에 푸스포라는 곳에 도착하여 대절버스를 내린 다음 호텔에서 마중 나와 있는 봉고차 모양의 소형버스로 옮겨 탔다. 여기서부터는 길이 한층 더 좁아져 중형버스로는 더 이상 올라갈 수 없기 때문이라고 한다. 그리고서 또 꼬불꼬불한 산길을 45분가량 더 올라가더니 오후 7시 무렵에 해발 1,700m 정도의 고지대에 위치한 토사리라는 마을 가운데에 있는 브로모 코티지 호텔에 도착하였다. 그것은 높다란 언덕 꼭대기에 위치한 커다란 건물의 식당 및 홀과 그 아래 기슭에 산재한 보다 작은 규모로 된 10여 채의 숙소들로 이루어져 있었다. 그러므로 Bromo Cottages라 하여 복수 명사를 사용하고 있었다. 회옥이와 나는 206호실을 배정받았다. 대충 간단한 샤워를 마친 다음, 밤 8시 무렵에 석식을 들고서 내일 브로모 산의 일출을 보기 위해 다소 일찍 취침하였다.

18 (금) 대체로 맑으나 새벽 한 때 빗방울 듣고, 발리는 스콜

새벽 3시 15분에 기상하여 숙소 앞에 대기한 세 대의 지프차에 분승하여 인도네시아 전국에서 제일이라는 소문이 있는 일출을 보기 위해 해발 2,775m에 위치한 파난자칸의 전망대로 올라갔다. 그곳은 지대가 높은 데다 아직 밤중이라 꽤 쌀쌀하므로 옷을 다소 두텁게 입고 갔다. 그러나 빗방울이 듣다가 별빛이 보이다가 하기를 반복하다가, 결국 일출 시간인 오전 5시 남짓이 되어도 사방은 구름에 뒤덮여 있어 일출은 보지 못하고 말았다. 타고 간 지프차로 가파른 경사 길을 한참 동안 내려와 브로모 화산 주변의 거대한 칼데라 안에 이루어진 회색 모래사막에 도착하였다. 그곳에는 해발 2,997m의 활화산인 브로모 외에도 2,440m의 사화산(?)인 바톡 등이 있었다. 이 산 일대에는 힌두교 신자들이 많이 살고 있어 브로모 화산 아래의 등산로 입구에도 돌로 지은 텐거라는 이름의 힌두사원이 있었다.

우리는 그 힌두사원 부근에서 각각 조랑말 한 마리씩을 타고서 브로모 화구 아래의 콘크리트 계단이 시작되는 지점까지 검은 모래로 된 언덕 위를 한참동안 올라갔다. 브로모 화산은 거대한 원추형인데 정상에 올라서면 흰 가스를 내뿜는 분화구가 까마득히 아래로 굽어보였다. 유황 냄새도 바람을 따라 조금씩 올라왔다. 구경을 마친 다음 다시 조랑말을 타고서 힌두사원 아래까지 내려와 대기하고 있던 지프차를 타고서 토사리 마을의 호텔로 돌아와서 조식을 들었다.

오전 여덟 시 쯤에 호텔을 떠나, 어제 타고 왔던 중형버스가 세워져 있는 푸스포 마을까지 내려왔다. 간밤에는 깜깜한 길을 달려서 올라갔기 때문에 주변 풍광을 바라볼 수 없었지만, 오늘 내려가면서 바라보니 양쪽으로 깎아지른 절벽이 있는 가파른 산 능선 길의 여기저기에 마을이 점재해 있는 풍광이 마치 히말라야의 산속 같은 느낌이었다. 다시 평지로 내

려와 어제 통과했었던 파수루안을 지나 예전에 수라바야로 가는 고속도로의 시작점이었던 겜폴 마을에서 점심을 들었다. 그러고는 탄굴 부근에서 다시 고속도로에 올라 수라바야 남쪽 교외의 주안다 국제공항에 도착하였다. 수라바야 공항은 근년에 새로 지은 모양이라 수도인 자카르타 공항보다도 오히려 나아보였다. 무한데스 씨와는 공항에서 작별하였다.

거기서 15시에 출발하는 GA346편을 타고서 발리로 출발하기 전에 다시 공항 안의 서점에서 Collin Brown, 『A Short History of Indonesia: The Unlikely Nation?』, Singapore: Talisman Publishing Pte Ltd, 2011과 Nigel Barley, 『In The Footsteps of Stamford Raffles』, Singapore: Monsoon Books, 2009를 각각 한 권씩 샀다.

자바와는 한 시간의 시차가 있는 17시에 발리 섬 남부의 덴파사르에 있는 국제공항에 도착하여 새 현지가이드인 뿌뚜 씨의 영접을 받았다. 그리하여 호텔로 이동하는 도중에 '불고기 사마사마'라는 이름의 어느 일식당에서 무한 리필이 가능한 샤브샤브로 저녁식사를 들었고, 슈퍼에 들러 쌀로 빚은 발리 전통주도 한 병 샀다. 앞으로 이틀간 머물 우리의 숙소는 공항에서 멀지 않은 위치의 발리 남쪽 끝 누사 두아 해변 Kawasan Pariwisata Nusa Dua, Lot North 4에 위치한 누사 두아 비치 호텔 & 스파이고 회옥이와 내가 배정받은 룸은 3118호였다. 꽤 고급스럽고 커다란 호텔이어서 마치 신혼여행 온 것 같은 기분이었다.

19 (토) 종일 비가 왔다가 그쳤다가

인도네시아는 지금이 우기라 그런지 비가 올 때가 제법 있었는데, 오늘 발리의 날씨는 온종일 소나기와 부슬비가 내렸다가 개었다가 하기를 반복하였다. 아침 식사 후 회옥이와 더불어 호텔 구내의 수영장과 해변을 산책해 보았다. 그런 다음 방으로 돌아왔다가 회옥이는 9시 무렵부터 옵션으로 행해지는 스노클링과 플라이피시 등 해양 스포츠에 참가하러 나가고, 나는 방에 남아서 인도네시아 여행이 시작된 이래의 일기를 퇴고하고, 어제 사 온 책 『A Short History of Indonesia: The Unlikely Nation?』

을 읽었다.

현지 가이드 뿌뚜 씨의 설명에 의하면, 발리 섬의 면적은 제주도의 세 배, 인구는 350만 명 정도이며, 차로 섬을 한 바퀴 도는데 12시간이 소요되고, 주민의 70% 이상이 관광 수입으로 먹고 산다고 한다. 따라서 물가는 인도네시아의 다른 섬들보다 대체로 비싸며, 일반적으로 달러도 통용된다. 힌두교 사원은 동네마다 있고, 개인 소유의 것들도 있는데, 전체를 합하면 4,600여 개나 된다. 신들의 섬이라고 불리는 까닭이다.

인도네시아 국민의 85% 이상이 이슬람교를 믿는 것과 달리 발리는 이 나라에서 유일하게 힌두교를 믿는다. 발리 주민의 약 88%가 힌두교를 믿는 만큼, 힌두교는 지역의 토착 신앙과 조화를 이루어 생활 깊숙이 파고들어 통과의례, 관습, 예술 등에 모두 큰 영향을 미쳤다. 인도네시아는 세계 최대의 이슬람교 국가이지만, 그것이 국교는 아니며 종교의 자유가 보장되어 있다고 한다.

발리 섬은 자바 섬의 동쪽에 인접해 있는 지리적 위치로 말미암아 일찍부터 개화되었는데, 중세에는 동부 자바에 수도를 둔 마자파힛 왕조의 영토였다. 그 후 마자파힛이 이슬람에게 멸망되자 힌두교도는 발리로 피신하여, 이곳만이 유독 힌두문화를 남기게 된 것이다. 우리 일행은 9시 무렵 호텔 1층 로비에 집결하여 발리 섬 최남단의 부킷 반도 관광에 나섰다. 먼저 가루다와 비슈누 신의 동상이 서 있는 게와까(GWK: Garuda Wisnu Kencana) 파크로 갔다. 그곳 구내식당에서 간단한 뷔페식 점심을 든 다음, 언덕의 돌을 깎아서 만든 커다란 절벽들 사이를 걸어 언덕 위에 있는 가루다와 비슈누 신의 거대한 동상을 둘러보았다. 가루다는 비슈누 신이 타고서 나는 새인데, 지금은 그것들 신체의 얼굴 부분만이 만들어져 근처에 따로 세워져 있지만, 장차는 비슈누 신이 가루다를 타고 있는 全身像의 모습으로 합쳐져 150m 이상 되는 높이의 발리에서 가장 큰 건축물이 될 것이라고 한다. 나는 그곳 기념품점에서 다시 발리 특유의 위쪽이 트인 모자를 하나 산 다음, 그 테마파크의 공연장에서 오후 2시부터 공연되는 세계적으로 유명한 발리 댄스 케차를 관람하였다. 춤에 맞추어 연주되는 합주단의 음악은 모두 타악기로만 구성되어 있었다.

그곳으로 가는 도중에 어느 대학 옆을 지나갔는데, 그 캠퍼스의 규모는 버스로 통과하는데 5분 정도가 걸릴 정도로 꽤 큰 것이었지만, 건물은 모두 2층 이하의 기와집 형태로만 이루어져 있었다. 발리에서는 바나나 나무의 키보다도 더 높은 건물은 짓지 못하도록 규제되어져 있다고 한다.

게와까 파크를 나온 다음, 부킷 반도의 서남쪽 끝으로서 인도양에 면해 있는 울루와뚜 절벽사원으로 갔다. 해발 75m의 바위 절벽 위에 세워진 힌두사원으로서, 바다의 여신 데위 다누에게 제사를 드리는 장소인데, 드라마 〈발리에서 생긴 일〉의 촬영지이기도 했던 곳이라고 한다. 관광지라 해도 성스러운 곳이므로 입장하려면 허리에 천으로 된 띠를 둘러야 하며, 반바지를 입었을 경우에는 싸룽이라는 천을 치마처럼 허리에 둘러야 한다. 또 하나의 특징은 원숭이 사원이라고 불릴 정도로 원숭이들이 많으며, 특히 느닷없이 선글라스, 귀걸이나 목걸이, 손에 들고 있는 간식 등을 순식간에 낚아채기도 한다. 우리 일행 중에도 남자 한 사람이 선글라스를 두 번이나 낚아 채여 도로 찾아준 사람에게 각각 $1씩을 지불하기도 하였다.

다음으로는 울루와뚜 사원보다 조금 더 북쪽에 있는 빠당빠당 비치에 들렀다. 이곳은 사람 하나가 간신히 통과할 만한 바위 통로를 지난 곳의 바위 절벽 아래에 좁다란 모래사장이 펼쳐진 해변인데, 소설을 소재로 하여 미국 女優 줄리아 로버츠가 출연한 최근 영화 〈먹고 기도하고 사랑하라〉의 촬영지가 되기도 했던 곳이다. 회옥이는 그 영화를 보았다고 하는데, 이탈리아에서 먹고, 인도에서 기도하고, 발리에서 사랑함을 주제로 한 것이라 한다.

누사두아 비치 호텔로 돌아오는 대절버스 속에서 뿌뚜 씨가 40년대에 한국에서 유행했다고 하는 인도네시아 노래 '브가완 솔로'를 불러주었다. '솔로 강'이라는 의미의 노래인데, 자바 섬 중부의 古都 솔로를 흘러 지나가는 강을 노래한 것으로서, 나도 그 멜로디는 기억하고 있다. 돌아오는 도중에 Jl. By Pass Ngurah Rai No. 7 Kuta-Bali에 있는 호텔에 딸린 식당

라벤더에서 역시 간단한 뷔페로 석식을 들었다. 그 식당은 한국인이 경영하는지 손님 중에 한국인 단체관광객이 많고, 한글도 눈에 띄었으며, '강남 스타일'을 비롯하여 한류 붐을 일으킨 K-Pop 음악들을 대형 TV 화면에 비친 동영상과 더불어 틀어주고 있었다.

우리 호텔에 도착하기 전에 일행 중 여자들 대부분과 남자 한 명은 전통마사지를 받으러 버스에서 내리고, 나는 호텔 구내에서 사우나를 하고 사우나에 딸린 자그마한 실외 수영장에서 수영도 좀 하였다.

20 (일) 쾌청 그러나 낮에 스콜

아침 식사 후 오늘도 회옥이와 함께 호텔 주변의 바닷가를 산책하였다. 오전 9시에 아융 강 래프팅을 신청한 다섯 명은 2층 로비에 모여 봉고차 한 대에 동승하여 한 시간 반쯤 북상하여 바투르 화산(1,412m) 부근에 있는 래프팅 장소에 도착하였다. 그곳은 발리 섬의 북쪽 끝 부근으로서 주변에 화산 호수인 바투르 호가 있고 피서지 낀따마니도 가까운 곳에 있다.

발리의 현지 가이드 뿌뚜 씨는 지금까지의 두 가이드보다도 한국어가 더 유창해 보였는데, 그는 한국에 1년 밖에 거주하지 않았다고 한다. 기사도 한국어가 능통한데, 그는 3개월간 학원에서 배운 다음 한국에 가서 2년간 생활한 적이 있었다고 한다. 이들이 상대적으로 짧은 기간 동안에 이처럼 한국어를 유창하게 구사할 수 있는 것은 발리 섬에 한국인의 왕래가 그만큼 많기 때문이라는 것이 인솔자 신현정 씨의 설명이었다.

뿌뚜 씨의 설명에 의하면 발리어는 또한 자바어와 전혀 다르다고 한다. 18,108개의 섬으로 이루어져 세계 최대의 도서국가인 인도네시아에는 583종의 지방어 및 사투리가 있다.

발리 섬의 북부는 화산대가 관통하고 토질이 불량하지만, 남쪽 비탈면에는 많은 강이 흘러내려 덴파사르에 이르는 비옥한 평야를 형성한다. 발리 섬 인구의 대부분은 이 비탈면에서 논농사에 종사하고 있다. 따라서 南半이 섬의 중심이 되며, 북쪽과 남쪽은 개화라는 면에서 상당한 차이가 있다. 나는 이 섬의 남쪽 끝에서 거의 북쪽 끝까지를 관통한 셈인데, 북쪽으로 올라가면 갈수록 전통적 농촌 사회의 분위기가 고스란히 남아 있었다. 올라가는 도중에 오른편 먼 곳으로 발리의 최고봉 아궁 화산(2,567m)의 상반부가 구름에 덮여 있는 모습도 바라볼 수 있었다.

우리는 국도에서 옆길로 접어 들어가다가 종착점에 도착하자 차에서 내려 아융 강 래프팅이 시작되는 지점의 폭포까지 계단 길을 따라서 계속 내려갔다. 보트 하나에 손님 네 명과 사공 한 명을 합한 다섯 명이 타게 되어 있는데, 회옥이와 나는 수원에서 2박 3일 일정으로 발리 섬에만 온 팀과 한 짝이 되어 같은 보트에 탔다. 밀림 속 바위 절벽 사이의 좁다란 강물을 따라 내려가는데, 강바닥에는 바위가 많고 비탈진 곳도 많아 제대로 된 래프팅을 즐길 수 있었다. 바위 절벽 사이에는 박쥐들이 떼 지어 서식하고 있는 지점들이 있고, 곳곳에서 크고 작은 폭포들이 흘러내리고 대나무, 키 큰 고사리나무 등이 우거져 있어 이국적인 분위기를 자아내었다. 래프팅을 마치고서 또다시 계단 길을 한참 동안 걸어 올라가 휴게소 겸 식당에 닿아서 샤워를 하고 점심을 들었다. 그곳 식당에는 고객이 한국 사람들뿐이었다. 우리 기사의 말에 의하면 이 섬에 래프팅 장소는 많이 있지만 이곳이 최고이며, 이곳 래프팅 장소의 권리자는 한국인이라는 것이었다.

거기서 점심을 든 다음, 다시 차를 타고서 한 시간 정도 내려와 남부 지방의 우붓이라는 고장에 도착하였다. 북부에서 이곳까지 가고 오는 도중에 발리의 시골 풍경을 많이 보았다. 동네마다가 아니라 거의 집집마다 사원이 있다고 할 수 있을 정도로 神堂이 많았다. 그리고 결혼식이 있는 집 앞에 대나무를 깎아서 장식한 것이나, 장례 행렬의 모습도 볼 수가 있었다.

우붓에 도착한 이후에 비로소 알았는데, 이곳은 14세기 이래로 현대의 독립에 이르기까지 발리의 왕이 거주한 수도였고, 지금도 왕은 없지만 왕궁이 남아 있으며, 왕궁 안에는 일반인의 출입이 허용된 구역보다 더 안쪽에 아직도 왕족들이 살고 있다고 한다. 나는 거기서 가장 번화한 상

2013년 1월 20일, 따만구능까위

가 거리를 따라 한 시간 정도 산책해 보았고, 20분 전 쯤에 도착하여 있다
가 우리와 다시 합류한 일행과 더불어 11세기경에 건립된 석굴 사원 따
만구능까위, 아이안바로우 미술관을 둘러보았다. 석굴사원의 석굴 안에
는 한쪽 끝에 브라마·비슈누·시바 신의 상징물을, 다른 쪽 끝에는 재물의
신인 가네샤의 석상을 모셔두고 있었다. 바깥 계곡에는 한동안 불교 사원
의 석상이 있었다가 지금은 대부분 파괴되고 남은 잔해와 힌두교로 화해
가는 불교 사찰의 모습도 볼 수 있었다. 미술관은 수많은 현대 작품들을
전시해 두고서 관광객들에게 그림을 판매하는 곳이었다.

　우붓을 떠난 다음 다시 덴파사르로 돌아와 독립기념관과 같은 성격의
뿌뿌딴 광장사원을 둘러보았다. 래프팅에 참가하지 않은 사람들이 점심
을 들었다는 장소에 다시 들러 젊은 한국인 남자 종업원(?)으로부터 인도
네시아에서 생산되는 각종 커피에 대한 설명을 들으며 시음해 보기도

하였다. 석식은 몸이 불편해 보이는 어느 할머니가 운영하는 한국 식당에 들러 돼지고기 삼겹살에다 일행이 가져온 소주를 들었다.

21 (월) 비

0시 30분에 GA870편으로 발리의 덴파사르 공항을 출발하여 25J석에 앉아 8시 25분에 인천공항에 닿았다. 짐을 찾고 난 후 일행과 작별하여 회옥이와 나는 공항 안에서 대기하다가 10시 반에 출발하는 경북고속 공항버스를 타고서 오후 3시 25분에 진주의 개양에 도착하여 택시로 바꿔 타고서 집으로 돌아왔다. 떠날 때 남아 있던 눈이 아직도 다 녹지 않고 있었다.

이즈음 해외여행 때마다 느끼는 것이지만, 뛰는 놈 위에 나는 놈이 있다고, 나도 방학 때마다 거의 빼지 않고 해외여행을 해 온지 오래되었지만, 우리 일행 중에는 내가 명함도 내밀지 못할 정도로 해외여행의 경험이 많은 사람들이 있었다. 그 중 어떤 사람은 1년 중 90일 정도를 해외에서 보내고, 한 주에 4·5일 정도는 산에서 보낸다고 했고, 일행 중 가장 나이가 많아 보이는 부산 사람은 1년에 몇 번 정도 해외여행을 한다고 했다. 그러나 그런 사람들이 각자 나름대로의 가치관에 따라 살아가듯이 나는 또한 내가 만족할 수 있는 방식으로 살면 될 것이다.

 기독교성지순례-이집트·요르단·이스라엘

7월

1 (월) 맑음

기독교 성지순례 전문여행사인 두루투어의 이집트·요르단·이스라엘 12일 패키지여행의 출발 날이다. 아침 8시부터 출발 준비를 시작하여 9시에 서울행 중앙고속버스를 탔다. 12시 30분에 강남고속 터미널에 도착하여 터미널 구내의 한양식당이라는 곳에서 소머리국밥으로 점심을 든 다음, 인천공항 행 리무진버스로 갈아타서 오후 2시에 도착했다. 2시 30분에 공항 3층 C19번 카운터 앞에서 집결하게 되어 있으므로, 적당한 시간이라고 할 수 있다.

이번 여행은 총신대(총회신학대학)의 성지언어연구소가 주관하는 대학원생들의 졸업여행인 셈인데, 총 34명의 참가자 대부분이 총신대와 관계되는 사람들이다. 그러므로 여행사 측보다는 이 대학 관계자들이 여행을 이끌어 가는 듯한 인상인 점이 지금까지 경험해 본 다른 패키지여행과는 좀 달랐다. 총신대는 예수교장로회 합동파 계열로서 서울 사당동에 있는데, 통합파인 장신대(장로회신학대학)와 더불어 한국의 보수 계열 신학교를 대표하는 것이며, 국내에서는 규모가 가장 큰 것이라고 한다. 이 두 대학이 현재 도합 2만 명 정도의 해외선교사를 세계 200여개 나라에 파송해 있는 모양이다. 두 대학이 모두 1902년 평양에서 설립된 평양신학교를 모체로 삼고 있으며, 1905년에 첫 졸업생을 배출한 이래 총신대는 이번이 107회 졸업생에 해당하는 모양인데, 신사참배 문제 등과 관련하여 일제시기에는 한동안 폐교가 되어 졸업생을 배출하지 못한 기간도 있었다고 한다. 최근 20년 정도의 기간 동안 1년 중 여름과 겨울 두 차례 성지순례를 하고 있는데, 우리 팀은 구약 2차이고 신약 코스는 또 따로 있는 모양이다. 정현진 전도사라는 학생이 리더로서 인솔자의 역할을 하고, 부산대 출신으로서 구약학 전공인 김정우라는 이름의 총신대 교수도 한 명 동행하였다.

대한항공 KE001편의 35C석에 앉아 17시 40분에 인천을 출발하여 20시에 일본 나리타(成田)공항에 도착한 다음, 이집트항공 MS965편의 51H석으로 21시에 나리타를 출발하여 13시간을 비행하여 다음 날 3시 40분에 이집트의 수도 카이로에 도착할 예정이다. 나리타로 향하는 대한항공 안에서 기내식으로 저녁식사를 들었고, 이병헌·김명곤이 출연하는 〈광해, 왕이 된 남자〉라는 영화도 한 편 시청하였다. 이집트항공 안에서도 석식인 듯한 식사가 나왔다. 그러나 대한항공과는 달리 술 종류는 제공되지 않고 콜라·사이다 같은 음료수뿐이었다. 아마도 그들이 신봉하는 이슬람교의 계율 때문인 모양이다.

이집트항공은 비행 중에 기체가 심하게 흔들리는 경우가 많았다. 저녁식사 때는 수저를 들기 어려울 정도였고, 그 때가 아니더라도 일찍이 경험해 본 적이 없었을 정도로 기체의 진동이 오래 가고 또 심했다. 기류 때문인 듯도 하지만, 비행기 자체도 각 좌석에 비치된 모니터가 없는 점이 대한항공보다는 구식이고, 아무래도 기체가 낡은 것이 아닌가 싶었다.

2 (화) 맑음

카이로에 도착하여 공항에서 이집트 가이드인 이상묵 전도사와 기사를 제외한 두 명의 이집트인으로부터 영접을 받았다. 대절버스는 스페인 여행 때 탔던 것인 듯한 IRIZAR 회사의 50인승 정도 되는 대형차였다. 이상묵 전도사도 알고 보니 총신대 출신이었다. 그러고 보면, 이번 여행의 경우는 인솔자에 해당하는 사람도 정현진 전도사이고 보니, 두루투어에서 파견된 사람은 없는 셈이다. 기독교 성지순례전문여행사는 두루투어 말고도 댓 개 정도가 더 있으나, 총신대 측은 근자에 주로 두루투어를 이용하는 모양이다. 지난주에 왔던 총신대의 구약 1차 팀은 주로 20대의 젊은 층이었는데, 이번은 연령대가 좀 올라갔다고 한다. 우리 일행 중에는 젊은 목사들과 젊은 부부 세 쌍이 있고, 중년의 부부 한 쌍 및 중년 부인 두 명도 있었다. 젊은 사람들 중에는 총신대가 아닌 사람도 몇 명 섞여 있는 모양이다. 그러나 기독교인이 아닌 사람은 나뿐인 모양이다.

이상묵 전도사의 안내에 따라 기자 지구의 ElHaraneya, Sakkara Road에 있는 Cataract Pyramids Resort라는 이름의 호텔로 이동하여 나는 창녕·대구의 경계지점에 있는 월포은평교회의 이종길 목사와 함께 209호실을 배정받았다. 이 호텔은 겉보기에는 다소 허름해 보이지만 안으로 들어가 보니 5성급으로서, 구내는 넓은 부지 안에 여러 채의 객실 건물들과 식당이 산재해 있고, 널따란 풀장도 있어 공원 같은 느낌을 주는 곳이었다.

이종길 목사는 52세인 모양인데, 성주에서 태어나 주로 대구에서 생활했으며, 총신대 신학대학원 출신이었다. 부인은 여상 출신으로서 이 목사의 권유에 따라 33세의 늦은 나이로 대학에 입학하여, 신학으로 총신대 석사과정을 마친 다음 사회복지로 전공을 바꾸어 다른 대학에서 다시 석사·박사 과정까지를 밟았으며, 현재는 50대 초반의 나이로 총신대 등에서 시간강사 생활을 하고 있다. 이 목사가 목회 활동을 하고 있는 곳은 노인 신도 10명 정도가 있을 따름인 조그만 시골교회인 모양이다.

이집트는 한국에서 지구의 반대쪽에 해당하는 셈인데, 시차로 한국보다 6시간이 늦으나 현재는 서머타임으로 7시간이 늦다. 나로서는 두 번째 방문인데, 작년에 있었던 재스민혁명으로 말미암아 무바라크 대통령이 퇴진하고 이슬람 율법학자 출신인 무슬림형제단의 무르시 대통령이 취임한지 1년째 되지만, 정정이 불안하여 오늘 현재까지도 대규모의 데모가 전개되고 있는 상황이다.

우리가 공항을 떠나 호텔로 향했을 때는 새벽 동이 터올 무렵이었다. 5시 10분 무렵에 호텔에 도착하여 6시부터 조식을 들고서 샤워를 하고, 룸메이트와 더불어 근처를 좀 산책한 후 8시에 호텔을 떠나 신시가지에 있는 이집트박물관으로 향했다. 그곳은 일정표 상 오늘의 첫 번째 순서가 아니지만, 그 앞쪽이 한국으로 말하자면 서울의 시청 앞 광장 정도에 해당하는 곳으로서 카이로의 민중들이 모여 정치적인 데모를 하는 타흐리르 광장이 위치해 있는 곳인지라, 어제까지는 박물관 관람이 어렵다는 소문이 있었다. 그러나 오늘 오전까지는 괜찮을 듯하다는 정보가 새로 입수되었으므로 먼저 그곳부터 가본 것이다.

그리로 가는 도중에 십자군전쟁 당시 이슬람권의 수도였던 헬리오폴리스를 지나갔다. 당시 이슬람의 영웅 살라딘의 거성이 거기에 있었다고 한다. 단층 건물로 된 폐허 같은 무덤군도 많이 지나쳐갔다. 박물관은 다행히 개관을 기다려 입장할 수 있었으나, 그 바로 옆에 위치한 정부여당청사 빌딩은 이슬람혁명 당시의 방화로 말미암아 1년이 지난 지금까지도 불탄 상태로 폐허처럼 방치되어 있었다. 우리는 리시버로 현지가이드의 설명을 들으며 1층부터 시작하여 2층의 투탕카멘 왕묘의 발굴 유물 전시실까지 1시간 25분 정도를 둘러보았다.

이집트박물관의 소장품은 12만 점 정도라고 한다. 이는 대영박물관의 소장품 100만 점에 비하면 별로 대수롭지 않은 수준이지만, 대영박물관의 주요 소장품은 대체로 그리스, 로마, 이집트의 것이라고 한다. 그리고 프톨레마이오스 왕조 시대에 이집트의 수도였던 알렉산드리아 도서관의 장서는 80만 권으로서 당시 세계 최대였으며, 그러한 바탕 위에서 히브리어로 쓰인 구약성경을 그리스어로 번역한 셉투아진트, 즉 70인 역 성서도 그곳에서 만들어질 수 있었던 것이다.

그 다음으로는 구시가지인 올드 카이로의 바빌론 지구에 있는 콥트기독교 구역을 방문하였다. 먼저 Benezra Synagogue라고 하는 모세기념교회를 방문하였다. 이곳은 모세가 기도한 곳이자, 출애굽 당시 이집트 각지에서 이스라엘 사람들이 모여 온 곳이며, 출생 직후의 모세가 나일 강에 버려졌다가 파라오의 공주로부터 건짐을 받은 장소라고도 전해오는 곳이라고 한다. 다음으로는 그 부근의 현재 St. Sargius Church라고 불리는 아기예수피난교회를 방문하였다. 아기 예수가 그 가족과 함께 헤롯대왕의 박해를 피해 당나귀를 타고서 이집트로 건너와 1~3개월간 거주했던 곳이라고 한다.

콥트교회는 동방정교회의 하나로서 로마가톨릭보다도 유서 깊은 기독교이다. 예수의 12제자 중 한 사람인 마가로부터 이어져 오는 독자적인 교황을 두고 있으며, 현재 9천만에서 1억 정도로 추산되는 이집트 인구 가운데서 10% 정도에 해당하는 신도를 보유하고 있는 모양이다. 지하에 위치한 그 교회의 천정은 노아의 방주 모양을 본떴고, 실내의 12개 대리석 기둥은 예수의 12제자를 상징한 것이라고 하며, 한 층 더 아래에는 예수의 가족이 거처하던 공간이라고 하는 것도 마련되어져 있었으나, 그리로 내려가는 계단은 차단되어져 있었다. 우리는 그 일대의 로마 시대에 세워진 바빌론 성의 유허와 콥틱박물관 앞, 그리스정교회에 속하는 세인트 조지 교회, 그리고 교황이 머물었던 공중교회(Hanging Church) 앞까지도 둘러보았다. 나일 강가에 위치한 Betak Restaurant & Coffee라는 곳에서 닭고기 구이로 점심을 든 다음, 피라미드와 스핑크스를 보기 위해 다시 기자 지구로 이동하였다.

오늘 보니 인구 2천만 명 정도에 차가 800만 대라고 하는 카이로 시내에 한국의 현대·기아·대우차가 많이 눈에 띄었다. 가이드의 말로는 이집트에서 한국 차의 점유율은 30~40% 정도라고 한다.

돌 230만 개를 쌓아 만들었다고 하는 쿠푸왕의 피라미드 입구에서 아랍식의 터번과 그 위에 얹은 검은 색 고리모양의 테두리를 하나 구입하였다. 기자의 피라미드와 스핑크스를 둘러본 다음, 기자의 38 Pyramids St. 에 있는 Sondos Papyrus라는 상점에 들러 파피루스로 종이 만드는 방법 시연과 그곳의 진열품들을 구경하였고, Family Land, Kornish El Maadi 의 1층에 있는 김가네라는 한국식당에 들러 한식뷔페로 석식을 들었다.

여기까지는 지난번에 처음 카이로를 방문했을 때 대충 둘러보았던 관광코스이지만, 석식을 든 후 마지막으로 나일 강에서 삼각형의 돛을 단 펠루카를 타보았다. 지난번 룩소르에서 타려다가 바람이 거의 없어 못타고 만 것이다. 펠루카 위에서는 건너편 대안의 둥근 지붕들에 십자가 두 개가 세워져 있는 마리아교회가 바라보였다. 그곳도 일설에 의하면 모세가 건짐을 받은 장소라고도 하고, 예수 가족이 살던 곳이라고도 하며, 예수 가족이 나일 강 훨씬 아래쪽의 룩소르로 가는 중간지점에 있는 아시우트까지 배를 타고서 떠난 장소라고도 한다는 것이었다.

이집트의 역사나 문화는 나일 강을 빼고는 말할 수 없는 것이지만, 특히 그 하류의 삼각주 평야인 고센이 시작되는 지점에 위치한 카이로는 시내 도처에서 나일 강을 만나고 또 건너게 된다. 과거에는 범람기에 강폭이 2km 정도에 달한 적도 있었다고 하지만, 상류에 아스완 하이댐이 건설된 이후로 지금은 정기적인 범람이 없어졌다고 한다. 그래도 강폭이 대체로 한강 정도는 되었다.

거리에는 군부에서 반정부 시위를 지지하기 위해 몰고나온 탱크들이 보였고, 오후에는 데모가 심해져서 민중들이 이집트 국기들을 들고서 시내의 고속도로 가를 행진하고 있는 모습도 볼 수 있었다. 그래서 정정불안으로 말미암아 차량 통행이 대폭 줄어 평소 교통지옥으로 이름 높은 카이로 시내의 통행이 오늘은 무척 순조로웠다. 데모 군중들은 국기와 더불어 무르시 대통령의 대형 사진이 붙은 간판들도 들고 있었는데, 그것은 무슨 뜻인지 모르겠다. 현지인 가이드 중 한 명은 오늘 일정을 마치고서 호텔로 돌아가는 도중에 작별인사를 하고서 하차하여 귀가했다.

3 (수) 맑음

호텔에서 조식을 든 후, 카이로를 출발하여 모세의 출애굽 루트를 따라서 수에즈운하로 향해 나아갔다. 실제로는 모세는 2백만 명에 이르는 이스라엘 백성을 데리고서 나일 강 삼각주, 즉 고센의 동북부에 있는 국고성인 라암셋, 곧 후일의 소안 혹은 타니스를 출발하여 비스듬하게 지금의 수에즈 운하 지역을 가로질러 내려와 시나이반도로 진입했던 것이지만, 우리는 카이로에서 국도를 따라 바로 동쪽인 수에즈운하 방향으로 나아갔다. 운하로 나아가는 국도에서 두 차례 검문을 받은 외에, 시나이반도로 진입한 이후로도 도로 도처에 군인 초소가 있어 지나가는 차량을 세우고서 검문을 했다. 검문을 하는 군인들의 제복 어깨에는 별들이 붙어 있는 경우가 많았는데, 그 별은 장군을 의미하는 것이 아니라고 한다. 오늘의 우리 대절 버스에는 어제 오후에 작별인사를 한 사람이 아니고 그보다 더 나이가 든 중년남자 한 사람이 올랐다. 그는 보조운전사라고 한다. 수에즈운하에 도착하여서도 운하의 모습은 보지 못하고, 170m 정도 되는 Ahmad Handi 터널을 지나 해저의 지하로 운하를 건넜다.

시나이반도에 들어서서는 우리가 원하는 방향으로 길을 갈 수 없고, 그 때 그 때 군대가 허락한 도로를 취하지 않으면 안 되었다. 오늘의 목적지가 시나이반도의 남부에 있는 해발 2,285m의 시내 산(시나이 산)이니 그리로 가기 위해서는 수에즈만을 따라 내려가 시내 산 부근에 있는 르비딤을 통과하는 것이 최단거리인데, 지금은 거기에 거주하는 베두인족이 마약을 제조하고 범죄·납치사건을 자주 일으킨다 하여 바로 시나이반도 중부의 평야지대를 가로질러 동부의 타바에 도착한 다음, 누웨이바를 경유하여 남하하는 코스를 취하는 모양이다. 그러나 어제부터는 그 길도 허락되지 않아 부득이 수에즈만을 따라서 시나이반도의 서부 해안선을 따라 내려가 반도의 끝에 위치한 국제적인 해양휴양도시 샴 엘 쉐이크(Sharm El Sheikh)에 다다른 다음, 아카바 만을 따라서 반도의 동부해안선을 북상하여 다합을 거쳐 시내 산으로 향할 수밖에 없었다. 그러면 결국 시나이반도를 한 바퀴 완전히 두르게 된다.

운하를 건넌 다음 수에즈만을 따라서 30km쯤 남하하여 성경에 나오는 마라, 즉 오늘날은 '모세의 샘'이라는 뜻인 아윤 무사(Ayun Musa)로 불리는 곳에 들렀다. 마라의 뜻은 쓰다, 쓴맛, 슬픔 등을 나타내는데, 이곳은 성경에서 출애굽 한 이스라엘 백성들이 물이 써 마시지 못해 원망을 하자 모세가 여호와께 기도드리고 계시를 받아 한 나뭇가지를 물에 던졌더니 물맛이 변하여 달게 되었다는 곳이다. 현재 이곳에는 모세의 우물로 불리는 베두인족이 만든 두 개의 우물이 있으며, 모래벌판에 수십 그루의 대추야자와 성경에서 아브라함 및 사울과 관련하여 등장하는 에셀 나무 고목이 있었다. 에셀 나무는 잎이 짠맛을 지니고 있다.

수에즈만을 따라 내려오는 길에서는 수에즈운하의 통과 차례를 대기하고 있는 배들을 많이 볼 수 있었다. 지나치는 오아시스 중에 Mousa Coast, 즉 모세 해안이라는 의미로 짐작되는 이름의 마을도 있었다. 우리는 만나와 메추리알의 기적이 일어났던 신 광야를 지나 계속 아래로 내려갔다. 오아시스 중에서 제법 큰 곳인 아부 제니마(아부 자니마)에 다다라 카이로에서 준비해 온 한식도시락으로 점심을 들었는데, 그곳에는 우리 외에도 같은 성지답사의 목적으로 온 성서대와 서울신학대 등 다른 한국의 신학대학 대절버스도 정차하였다.

도처에서 검문검색이 있었다. 점심을 들고서 투르 시나이로 향하는 도중의 검문소에서는 무려 1시간 반 정도나 지체하였다. 검문소에서는 외국인 관광객이 탄 차량에 대해서는 콘보이라는 경호 차량을 붙여서 다음 검문소까지 호위를 해주는데, 검문소의 경비대장이 콘보이를 붙여주지 않고서 무한정 대기하게 만든 것이었다. 마침내 우리 일행 중 여성들 스무 명 정도가 화장실에 간다는 명목으로 검문소에 들렀더니, 검문소장은 자고 있다가 깨어나 그제야 콘보이를 붙여서 우리가 출발할 수 있도록 허락하였다.

우리는 내려오는 도중 사막 속에서 시틴나무(조광목) 및 로뎀나무(시궁창이라는 의미의 싸리나무) 등 성경에 나오는 나무들도 실제로 볼 수 있었다. 도중에 현지가이드로부터 오늘 오후 4시에 이집트 대통령의 하야가 발표되었다는 뉴스도 들었다.

밤 9시 15분 무렵에 시내 산 밑에 있는 Morganland라는 이름의 호텔에 도착하여 214호실을 배정받았다. 어제부터 호흡에 좀 지장이 있고, 등쪽 심장 부위 부근에 결림 현상이 있어 잠잘 때는 몸을 뒤척이려 할 때 심한 통증이 있다. 또한 카이로의 호텔을 떠날 무렵 내 트렁크를 차의 짐칸에다 실을 때 난폭하게 다루어 심한 충격이 있었던 모양인지 트렁크의 비밀번호를 맞추어도 열리지 않으므로, 마침내 식당에서 가져온 포크를 그곳에 삽입하여 억지로 열었더니 열쇠가 망가졌다. 트렁크의 아래쪽 바퀴 한 편에 달려 있던 플라스틱 지지대도 망가져 트렁크를 바로 세울 수가 없었다. 일행 중 아들이 목사이며 자신은 교회의 집사라고 하는 부부로 온 중년 남자도 트렁크의 비밀번호 열쇠가 망가져 나처럼 포크를 삽입하여 억지로 열 수 밖에 없었다.

4 (목) 맑음

밤 12시 반에 기상하여 1시에 호텔을 출발하였다. 그러므로 간밤에 수면은 두 시간 정도밖에 취하지 못한 셈이다. 일행 중 다수는 시내 산 중턱의 성 캐더린수도원 부근에서부터 베두인족이 모는 낙타를 타고서 정상 아래쪽의 상점 있는 곳까지 해발고도 700m 정도를 올랐다. 낙타를 내리고서도 또 한참을 더 걸어 올라가 마침내 모세가 여호와로부터 십계명을 받았다는 시내 산 정상에 이르렀다. 거기서 일출을 본 다음, 총신대 김정우 교수의 인도로 예배를 보았다. 어제 호텔에 도착할 무렵까지는 도중에 시내 산으로 가는 사람이라고는 한국인 밖에 보지 못했었지만, 오늘 산에 올라보니 어디서 모였는지 세계 각국에서 온 다양한 사람들이 눈에 띄었다. 개중에도 특히 러시아인, 프랑스인, 한국인이 많은 듯하였다. 시내 산은 거대한 바위로 이루어져 나무가 한 그루도 눈에 띄지 않았지만, 가까이서 보면 풀은 듬성듬성 더러 보였다.

올랐던 코스를 따라서 걸어 내려와 8시경에 하산을 완료하였다. 일단 호텔로 돌아와 조식을 든 다음, 다시 대절버스를 타고서 성 캐더린수도원으로 올라갔다. 이 수도원은 유서 깊은 곳으로서 봉쇄수도원인데, 지금은 그리스정교회 소속으로 되어 있다. 이 수도원에서 발견된 시나이문서는 성서 연구에 있어 중요한 자료이지만, 지금은 대영박물관과 그리스정교회로 옮겨져 분산 소장되어 있다고 한다.

김정우 교수의 말에 의하면, 성 캐더린수도원은 예전에 비해 바깥 부분이 많이 확장되었다고 한다. 우리는 한 주에 금·토·일요일을 제외한 나흘 동안만 공개되는 이 수도원 안으로 들어가 하나님이 불붙은 떨기나무의 모습으로 모세에게 나타났다는 그 떨기나무와 지금은 폐쇄된 오랜 우물 및 성당 내부 등을 둘러보았다. 이집트는 수도원의 효시를 이룬 곳이기도 하다.

시내 산을 떠난 후, 아카바 만을 따라서 북상하여 누웨이바에 이르러 '한국식당'이라는 곳에서 한식 뷔페로 중식을 들었다. 이곳 역시 해양휴양도시로서, 과거에는 요르단 땅의 아카바 항까지 이어지는 페리가 있었고, 지금도 아프리카 지역에서 아라비아로 성지순례를 떠나는 순례객들의 출항지로서 이름이 있다고 한다. 점심식사 때 우리 팀의 가이드로부터 들었는데, 그는 지금까지 3년 정도 밖에 이집트에 체재하지 않았다고 한다. 그럼에도 불구하고 이곳의 성서와 관련된 지식에 있어서는 전문가 수준으로 보였다. 타바 가까운 곳의 해변에서 살라딘의 성채라고 하는 것도 보았다.

타바에 이르러 이집트 출국수속을 마치고서 이스라엘 입국심사를 받왔고, 곧 이스라엘 지경을 가로질러 아카바 만의 북쪽 끝에 위치한 에일 랏으로 이동하여 요르단 입국수속을 밟았다. 에일랏은 이스라엘에서 가 장 유명한 피서휴양지이다. 입국수속을 모두 마치고서 그 건물 안에 있는 전망대에서 아카바 만의 질푸른 바다색깔을 바라보았다. 건너편이 바로 요르단의 유일한 항구인 아카바인 것이다.

2박 3일 간에 걸친 우리들의 요르단 방문을 인도해 줄 새 현지가이드 인 이세봉 집사가 우리들의 새 대절버스에 타고서 대기하고 있었다. 그녀 는 총신대 출신이 아니며, 2004년에 요르단에 와 2010년에 KOIKA 단원 으로서 온 한국인과 결혼하였다.

우리는 모세가 이끄는 이스라엘 백성들이 북상했다는 아라바 광야와 요르단의 유명한 관광지인 와디 럼을 바라보면서 왕의 길을 따라 북상하 여 오후 7시 30분쯤에 오늘의 숙박지인 페트라 부근의 Kings' Way Hotel 에 도착하였고, 나는 320호실을 배정받았다. 해발 1,500m의 고원지대에 위치해 있다고 한다. 이집트의 호텔들보다 아담하고 깨끗하였으며, 별채 의 옥상에 있는 풀장도 쓸 만 하였다.

도중에 이세봉 여사로부터 들은 바에 의하면, 요르단의 GDP는 현재 $5,900이며, 인구는 650만 명, 중동에 있으면서도 비산유국이며, 심각한 물 부족 국가로서, 인구의 93%가 이슬람교를 신봉한다. 그러나 현재는 요르단 국민이 전체 주민의 30%에 불과할 정도로 팔레스타인 및 시리아 등지로부터 유입된 수많은 난민을 끌어안고서 고민하고 있는 상황이라 고 한다. 요르단 시간은 이집트보다도 한 시간이 늦다.

석식 후 룸메이트인 이종길 목사와 더불어 호텔 맞은편에 위치한 모세 의 샘을 둘러보고 왔다. 성서에 모세가 신의 명령을 받아 지팡이로 바위 를 쳐서 물이 나오게 만들었으나, 그 과정에서 하나님의 뜻을 순종하지 않은 점이 있었던 까닭으로 모세와 그 형 아론에게는 가나안 땅 진입이 허용되지 않은 원인이 된 샘이라고 한다.

일행 중 총신대 신학대학원생인 조영옥 씨는 진주 출신으로서, 내 지도 학생이었던 정병표 목사가 담임하고 있는 새금산교회의 신자였다.

5 (금) 맑음

아침에 호텔 로비에서 샌드글래스 기술자를 만나 $15에 그가 만든 낙타 무늬의 병을 하나 샀다. 색깔이 있는 사암을 갈아서 만든 모래가루를 병에 부어넣어 각종 문양을 만든 다음 뚜껑을 막아 그림 모양이 변하지 않도록 한 것이다. 그 기술자는 이 분야에서 저명한 인물로서, 한국의 TV에도 방영된 적이 있는 사람이라고 한다.

우리 일행 중 목사는 김정우 교수까지 포함하여 모두 5명인 모양이다. 오전 7시에 호텔을 출발한 후 페트라로 향하는 도중 먼저 호텔 근처의 도로변에서 하차하여 모세의 샘에서 흘러내린 물로서 숲을 이룬 도로 아래쪽 '모세의 계곡'(Wadi Musa)과 그 건너편의 산 정상에 흰색으로 표시된 아론의 묘소가 있는 '아론의 산'(Jebel Haroun)을 바라보았다.

그런 다음, 세계 7대 불가사의 중 하나라고 하는 페트라에 도착하였다. 우리는 가이드의 선도에 따라 왕복 8km 정도의 사암으로 이루어진 협곡 길을 걸어 들어갔다. 그 끄트머리 부분에 TV 등을 통해 익히 보았던 바위 절벽을 깎아 1층에는 코린트 양식의 석주가 나열되어 있는 2층 건물 구조가 위치해 있었다. 이곳은 중동 지역 향로 길의 중심지로 번성했던 곳으로서, 에돔 사람과 아라비아 사람의 혼혈 족속인 나바테아 인이 이룬 왕국시대에 만들어진 것이다. 페트라는 베드로와 마찬가지로 '바위'라는 뜻이라고 한다. 협곡을 두루 둘러보고 바위 언덕에 올라 좀 더 먼 곳까지를 조망한 후, 들어갔던 길을 따라서 출발지점으로 되돌아왔다. 주차장 부근의 상점에서 요르단과 팔레스타인 식의 터번과 그것에 올려 두는 검은 색 테두리를 각각 하나씩, 모두 $20에 구입하였다. 이집트의 쿠푸 왕 피라미드 앞에서 구입한 것과 기본적으로는 같은 것인데, 검은 테의 모양이 조금 달랐다.

페트라를 떠난 다음, 에돔의 왕의 대로를 따라서 북상하여 에돔의 수도였던 보스라 지역에 이르러 주거 구역의 폐허들과 에돔 지역을 넓게 조망할 수 있는 지점인 다나자연보호구역 전망대에서 하차하였다. 그곳 건너편으로 모세가 인도하는 이스라엘 백성들이 통과했던 아라바 계곡과 모세가 신의 지시에 따라 놋 뱀을 만들었던 지점이 바라보였다. 에돔은 이삭의 장자인 에서의 후손이 만든 나라로서, 이삭의 차남 야곱의 후손인 이스라엘 백성과는 가까운 혈족 사이임에도 불구하고 에돔 왕은 왕의 대로를 통과할 수 있도록 허용해 달라는 모세의 정중한 요청을 거절했으므로, 이스라엘 백성들은 무더위를 무릅쓰고서 저 계곡 길로 나아갈 수밖에 없었던 것이다. 에돔은 에서의 별명으로서, '붉다'는 의미이다.

왕의 대로를 따라 더욱 북상하는 도중에 오스만터키 시대에 성지순례를 위해 사우디아라비아의 메디나까지 건설했다는 철로를 보았다. 그리고 그 근처의 물이 없는 세렛 강을 건넌 지점부터는 구약성서 시대의 모압 지역이었다. 우리는 Midway Cattle이라는 이름의 휴게소에 들러 중동의 부호들이 피서를 위해 레바논에 와서 사 간다는 고급 제품들을 파는 상점도 둘러보았다. 또한 거기서 좀 더 나아간 지점의 부락 가에서 집시들이 쳐 놓은 울긋불긋한 색깔의 천막촌도 바라보았다.

레바논은 한국 중고차의 수입국 중 1위를 차지한다고 하는데, 그래서인지 거리에서 각종 한국 차와 심지어는 삼성차까지도 볼 수 있었다. 유아원의 아동 수송용 차량임을 표시하는 한글이 유리창에 쓰인 차도 보았다. 이 나라에서 한국 차의 점유율이 이다지도 높을 줄은 미처 몰랐다.

모압의 왕의 대로를 따라 올라가던 도중에 카락이라는 도시에 이르러 점심을 들었다. 점심때는 뷔페 음식 중 양고기와 양젖으로 만든 것을 포식하였다. 점심을 든 다음, 모압과 구약 시대의 이스라엘 땅 아모리의 경계를 이루는 아르논 강을 건넜다. 미국의 그랜드 캐니언과 비슷한 장대한 계곡 풍경이었는데, 골짜기의 바닥에는 무집 댐이 조성되어져 있었다. 이곳은 다윗왕의 증조모인 모압 출신의 여인 룻과 그 시어머니 나오미가 힘들게 건넜던 곳이기도 하다. 건너편 아모리 땅의 언덕 전망대에서는 이 지역의 바위절벽에서 채취된 조개 등의 화석 하나를 $5에 구입하였다. 가이드는 그 화석을 노아의 홍수 당시에 이루어진 것이라고 설명했다. 우리가 이번에 여행하는 세 나라는 모두 자국 화폐가 있으나, 관광객은 달러로써도 물건을 구입하는데 아무런 지장이 없다.

아모리 땅으로 들어가 당시의 모압 수도로서 모압 왕 메샤가 이스라엘과의 전쟁에서 승리한 것을 기념하기 위해 세운 석비가 발견된 디본을 지났다. 그리고는 좀 더 나아가 1,500년 전 비잔틴 제국 시절의 교회 유적인 모자이크 지도가 있는 마다바에 들렀다. 그 장소는 지금 聖조지그리스정교회로 되어 있었고, 그 교회의 제단 앞바닥에서 지금까지도 남아 있는 그 모자이크 지도를 볼 수가 있었다. 요르단에서 가장 물가가 싸다는 마다바에서는 다시 베두인 식 검은 색깔의 터번 하나를 $7에 새로 구입했다.

요르단의 수도 암만에 이르러, 먼저 다윗 왕 시절에 왕이 우리아 장군을 파견하여 전사케 하고서 그 아내를 취했다고 하는 구약성서 기록의 현장인 암몬성에 이르렀다. 암만이란 이름은 이 암몬 성에서 유래하는 것인 듯했다. 암만의 인구는 외국인 난민들을 포함하여 현재 400만 정도라고 한다. 암만 시의 슈메이사니에 있는 Cham Palace 호텔에 도착하여 516호실을 배정받았다. 이 호텔은 간밤에 머문 곳보다도 더 고급인 듯했다.

오늘의 우리 일정표에는 이 밖에도 소알의 소돔과 고모라, 헤롯의 선착장, 소금 기둥으로 변한 롯의 아내, 헤스본 성 등이 들어 있으나, 김정우 교수의 의견에 따라 모두 생략하였다. 호텔에 도착한 후 역시 김 교수의 의견에 따라 시리아 난민들을 돕기 위한 헌금을 하였다. 저녁식사 때 맥주 작은 잔 하나를 시켰더니, 그 가격이 무려 $11이나 되었다.

6 (토) 맑음

아침 7시에 호텔을 출발하여 느보산으로 향했다. 모세가 신이 이스라엘 백성에게 약속한 땅 가나안으로 들어가지 못하고 120세의 나이로 이 산에 올라 약속의 땅을 바라보기만 하고서 생을 마쳤다는 곳이다. 그리로 향하는 도중에 먼저 아모리의 수도 헤스본에 이르러 그곳에 남아 있는 유적들을 둘러보았다. 외부에 철망이 쳐진 유적지의 입구에는 미국의 앤드류대학교 고고학과가 발굴했다는 표지가 있고, 그 안의 언덕 꼭대기에서부터 이슬람·비잔틴·로마 시대의 유적들이 차례로 아래를 향해 펼쳐져 있었다. 이곳은 모세가 르우벤 지파의 요청에 따라 그들에게 분배한 땅으로서, 비교적 농업에 적합하고 교통의 요지인데다 외적을 방어하기에 유리한 고지에 위치해 있어서, 도시를 형성하기에 적합한 요소들을 두루 갖추고 있었다. 죄인들이 피난한 이른바 도피성도 거기서부터 멀지 않은 곳에 위치해 있었다고 한다.

요르단의 북쪽 지역에서는 나무들이 대부분 한쪽 방향으로 기울어져 있는데, 그것은 1년에 60일 정도 거칠게 불어대는 사막바람으로 말미암은 것이라고 한다. 해발 820m인 느보산은 그 바로 아래쪽에 이스라엘 백성이 정복한 최초의 가나안 도시인 여리고와 세계에서 가장 낮은 지형에 위치한 사해와 요단 강, 그리고 그 건너편으로 가나안 땅의 경계를 이루는 유다산맥을 한 눈에 바라볼 수 있는 위치에 있고, 그 전망대에는 놋쇠 뱀의 조각도 세워져 있었다.

알렌비 국경에서 요르단을 빠져나와 다시 이스라엘로 입국하였다. 다리에서 바라보이는 요단강은 현재는 시내 정도의 강폭이었고, 그 근처의 저지대에 여리고도 바라보였다. 여리고에서 예루살렘까지는 80km로서, 차로 약 30분이 걸린다고 한다. 지금의 이스라엘은 우리나라의 경상남북도를 합한 정도의 면적인데, 우리는 앞으로 4박 5일 동안 이 작은 나라를 두루 여행할 것이니, 가볼 만한 곳은 거의 다 볼 수 있을 것이다.

입국수속을 마친 후 총신대에서 대학원 과정을 마친 곽훈 목사의 영접을 받았다. 그는 선교사로서 파송된 지 5년째 된다고 한다. 작별한 요르단 현지 가이드는 충청도 출신으로서, 가정 사정으로 말미암아 대학을 마치지 못했다고 하지만, 요르단 지역의 기독교 유적이나 그것과 관련한 성경의 내용에 대해서는 전문가 수준의 지식을 지니고 있었다.

우리는 먼저 유대광야 안의 여리고전망대에 이르러, 예루살렘과 여리고 사이를 잇는 최단거리이기 때문에 예수가 여러 번 지나 다녔을 언덕길 위에서 그가 40일 동안 금식 기도하였던 현장과 헤롯대왕이 그 골짜기의 물을 여리고 별궁으로 끌어들였던 계곡을 바라보았다. 예수가 악마로부터 시험을 받았던 현장이었을 것이라고 하는 언덕 위에는 송신탑이서 있는 것이 바라보였다. 그리고 유대광야 안의 다소 숲이 있는 가장 낮은 계곡은 강도 만난 사람을 구해준 선한 사마리아인 사건이 있었던 현장이기도 하다.

우리는 예수의 발에 향유를 부은 마리아와 마르다, 그리고 나사로의 고향인 베다니와 예수가 마지막으로 예수살렘에 입성하러 출발할 때 사람들이 종려나무 가지를 들고서 호산나를 외쳤던 빈민들의 거리 벳바게, 그리고 선지자 예레미아의 고향인 아나돗을 바라보면서 감람산의 뒷자락으로 올라 그 세 개의 봉우리 중 히브리대학교 위의 능선에 있는 전망대에 올라 현지가이드가 준비해 온 한식도시락으로 올리브나무 그늘에 앉아 유대광야를 바라보면서 늦은 점심을 들었다. 그곳은 로마 장군 티투스가 예루살렘을 정복하러 와서 이 도시의 형세를 전망한 곳이므로 전망산이라고 부르기도 한다. 오늘 낮 예루살렘의 평균 기온은 섭씨 34도라고 한다.

점심을 든 후, 우리는 먼저 감람산에서 가장 높은 봉우리이자 예수가 승천한 장소에 세워졌으나 현재는 이슬람의 모스크로 변해 있는 승천당, 각 종족의 언어로 쓰인 주기도문이 담벼락이나 벽면 등에 적힌 프랑스 성당 소유의 주기도문기념교회를 둘러보았다. 한글로 된 주기도문은 구교의 것과 신교의 것이 각각 따로 두 개가 있었다. 그런 다음, 예수가 예루살렘의 멸망을 예언하면서 울었다고 하는 눈물기념교회와 마지막 기도를 올리고서 체포된 장소에 세워진 겟세마네기념교회, 즉 여러 나라가 힘을 합해 세웠다고 하여 만국교회라고도 불리는 장소를 둘러보았다. 눈물교회의 앞뜰에서는 가시면류관을 만들 때 쓰였을 것으로 추정되는 긴 가시가 있는 종류의 시틴나무도 보았다.

예수가 마지막으로 예수살렘에 입성할 때 걸었을 가파른 비탈길을 따라 내려와, 대절버스를 타고서 예루살렘 성 아래쪽의 기드론(혹은 여호사밧) 골짜기를 지나 성전과 예루살렘성이 있는 쪽의 시온 산으로 건너갔다. 거기서는 성문 중 시온문과 시체와 오물들이 성 밖으로 나오는 덩문을 지나서, 먼저 최후의 만찬과 사후에 제자들이 모인 자리에 성령이

임하여 각자가 방언을 행한 장소인 마가의 다락방(마가는 12제자의 한 사람으로서 「마가복음」의 저자로 알려져 있다), 그 건물 1층에 위치한 다윗왕의 假墓를 둘러보았다. 마가의 다락방 안에도 메카의 방향을 가리키는 이슬람 사원의 실내 구조물이 있고, 현재는 그 아래에 예쉬바라는 유대신학교가 들어서 있다.

다음으로는 대제사장 가야파의 저택 지하에 있는 고문실로서, 예수가 그곳으로 끌려와 고문을 당할 때 베드로가 세 번 예수를 부인하는 말을 하고 나서 그것을 예고했던 예수의 말이 생각나 통곡했다고 하는 베드로 통곡교회의 내부로 들어가 보았다. 또한 성 뒤편의 힌놈골짜기에 면하여 배반한 제자 가룟 유다가 자살한 장소인 아낄다마에 그가 예수를 판돈으로 조성한 나그네의 공동묘지 자리에다 세워졌다는 그리스정교회 수도원 등을 내려다보았다. 시온 산을 떠나기 전에 거리의 노점상으로부터 유대인이 머리에 얹고 다니는 조그만 둥근 모자인 키파 여섯 개를 $24에 구입하였다.

마지막으로 현재는 분리장벽으로 둘러쳐져 팔레스타인 사람들의 거주지로 지정되어져 있는 베들레헴으로 이동하여 예수탄생기념교회를 둘러보았고, 베들레헴 시내에 있는 Intercontinental 호텔에 들어 나는 521호실을 배정받았다. 예수탄생기념교회의 지하실에서 교부인 성 제롬(제로니무스)에 의해 처음으로 성경이 라틴어로 번역되었기 때문에(불가타 역) 교회 입구에 그의 동상이 서 있었다. 제롬은 베들레헴에 18년간 거주했다고 한다. 그러나 그의 무덤이 있는 지하실로 내려가는 계단 입구에는 금줄이 쳐져 있었다.

오늘 비로소 등 결림 현상이 거의 나아진 듯하다.

7 (일) 맑음
아침에 식당을 찾느라고 호텔 안을 한참 돌아다녔다. 호텔 구내가 넓고 우리는 어제 저녁에 정문이 아니라 후문으로 들어왔기 때문에 더욱 헷갈렸던 것이다. 조식 때 현지 가이드인 곽훈 목사에게 현지에서 전도활동도 하느냐고 물어보았더니, 이스라엘에서는 중국과 마찬가지로 사실상 기독교의 전도활동을 금하고 있으며, 전도하다 발각될 경우에는 비자 연장을 거부당한다는 대답이었다.

7시 10분쯤에 호텔을 출발하여 예루살렘으로 돌아온 후, 먼저 聖殿山에 들렀다. 이스라엘의 차도에는 긴 트롤리버스가 많고, 도로 한가운데에 버스 전용차선이 마련되어 있는 곳도 많았다. 성전산이란 원래 솔로몬 왕 때 만든 유대교의 성전이 있었다가 현재는 이슬람교의 성전으로 변모되어 있는 곳이다. 그곳에서 곽훈 목사가 가지고 온 그림들을 꺼내어 성전의 변천과정을 설명하고 있는 도중에 관리인 중 한 사람인 듯한 남자가 다가와 여기는 자기네 성전이니 그런 것은 집어넣으라고 강압하는 바람에 그 지시를 따를 수밖에 없었다. 구내에서는 메카를 향하여 절하고 있는 사람들을 다수 볼 수 있었다.

성전산을 나온 다음, 시온 산의 사자문 근처에 있는 베데스타 연못에 들렀다. 성경에 예수가 연못물에 처음 뛰어들어 병을 고치지 못해 한탄하는 노인을 치유한 기적을 이룬 곳이다. 물 없는 연못은 지금 발굴되어져 있는 것만 해도 꽤 큰 것이었으나, 예수 당시에는 현재의 것보다 몇 배나 더 컸었다고 한다. 연못가 성모 마리아의 친정이 있었던 곳으로서 그 모친을 기념하는 곳인 聖안나기념성당에 들러, 공명이 좋은 그곳 내부의 제단 앞에 나란히 서서 찬송가를 몇 곡 불렀다.

현재의 예루살렘성은 오스만터키의 술레이만대제 때 건축된 것이라고 한다. 술레이만대제의 꿈 해석과 관련이 있는 사자문, 즉 스테판이 사울에 의해 돌에 맞아 순교한 장소이기 때문에 스테판 문이라고도 불리는 성문이 베데스타 연못의 바로 근처에 있고, 스테판 기념성당도 그 부근에 있었다. 스테판은 예수 사후에 정해진 일곱 집사 중 한 사람이었는데, 그의 순교를 주도했던 사울이 후일 다마스카스로 향하는 도상에서 하나님을 만나 회개하여 바울로 이름을 바꾸고, 12제자 외에 또 한 사람의 사도로서 기독교 역사상 매우 중요한 활동을 하게 되었던 것이다. 사울은 '큰 자'라는 뜻이고 바울은 '작은 자'라는 뜻이라고 한다.

베데스타 연못을 나온 다음, 다윗 왕 당시의 예루살렘 성터를 찾아가 보았다. 그곳은 1948년에 있었던 이스라엘의 독립 이후에 이루어진 고고학적 발굴 성과에 의해 확정된 것으로서, 건물 안의 유리로 깔아둔 바닥 아래로 다윗 왕 때 건설된 성의 유적 일부를 볼 수 있었다. 다윗 성 지하에서는 「열왕기」에 나오는 히스기아 왕이 시리아 왕 산해립과의 전투에 대비하여 파 둔 지하수로에도 들어가 보았다. 지하터널에는 물이 콸콸 소리를 내면서 흘러나오는 기혼 샘에서부터 실로암 연못에 이르기까지 硬석회석을 파서 500여 미터에 걸쳐 만든 폭이 좁고 높이가 낮은 수로가 있었으므로, 우리 일행은 바짓가랑이를 걷어 올리고서 그 터널로 들어가 전체 코스를 모두 걸어보았다. 현재의 실로암 연못은 비잔틴 시대에 건설된 것이고, 예수가 소경의 눈을 뜨게 만든 같은 이름의 연못은 그 바깥쪽에 위치해 있어서 현재도 발굴 작업이 진행되고 있었다.

예수 당시에 유대 등의 지역을 다스렸던 헤롯대왕은 유대인이 아니고 이두메, 즉 에돔 사람이었음도 오늘 비로소 알았다.

다윗 성을 떠난 다음, 예루살렘의 북쪽 교외 지역에 있는 믹마스, 실로, 벧엘 지역을 둘러보았다. 이 지역은 모두 중앙산악지대에 속해 있으며, 구약 시대에는 베냐민 지파의 관할구역에 속했던 곳이다. 이삭의 둘째 아들인 야곱의 아들들 이름에서 이스라엘 12지파가 나왔는데, 베냐민도 그 중 하나이다. 오늘날의 이스라엘이란 명칭은 야곱이 하나님의 사자와 씨름하여 싸운 이후 개명한 데서 유래한 것이라고 한다.

믹마스는 사울 왕의 통치 시대에 이스라엘 백성들이 블레셋 족속과 싸웠을 때, 사울의 아들이자 다윗의 친우인 요나단이 이끄는 이스라엘 군사가 적이 전혀 예상치 못한 곳으로 진입하여 기습작전으로 블레셋을 크게 패하게 만든 현장이다. 그 당시 군사작전의 중심 무대였던 물 없는 골짜기인 와디 수웨인도 전망대 바로 앞으로 바라보였다.

'Ancient Shiloh'라는 표지가 있는 실로에 이르러 어제와 같은 한식도시락으로 점심을 든 다음, 식사를 한 조그만 야외공원에서 김정우 교수의 주재 하에 주일예배를 드렸다. 실로는 여호수아 때 이스라엘의 12지파에게 각자의 땅을 분배한 곳이며, 이스라엘백성이 가나안 땅으로 들어간 후 400년 가까운 세월동안 천막을 쳐서 법궤를 보존한 장소이기도 하다.

벧엘은 믹마스와 힐로의 중간 지점에 위치해 있는데, 아브라함이 처음으로 하나님의 이름을 부른 곳이기도 하고, 야곱이 돌베개를 베고 자다가 꿈을 꾸어 하늘로 올라가는 사닥다리를 본 장소이기도 하다. 야곱의 돌베개가 있었던 장소에는 지금 흰 천막으로 된 덮개가 쳐져 있었다.

벧엘에서 돌아온 후, 다시 사자문을 경유하여 예루살렘성 안으로 들어가, 예수의 십자가 행진이 이루어진 장소 곳곳마다에 표시된 14개의 포인트 지점들, 즉 '십자가의 길'을 따라 걸어가는 이른바 '비아 돌로로사'에 참여하였다. 예수가 십자가를 지고서 로마총독 관저에서부터 골고다의 언덕까지 죽음의 행진을 한 현장들이다. 그러나 지금은 좁은 도로의 양옆으로 상점들이 빼곡히 들어차 있었다. 우리는 제2 지점에서 돈을 주고 빌린 사람 키 정도 크기의 작은 나무십자가를 앞세우고 찬송가를 부르며 그 길을 걸었다. 순례를 마치고서 대절버스를 타러 가는 도중에 길가의 상점들 중 하나에서 터키식의 챙이 없는 둥글고 높다란 모자 두 개를 샀다.

오늘의 일정을 마친 이후, 비교적 이른 시간에 숙소인 Grand Court 호텔에 들러 룸메이트인 이종길 목사와 나는 241호실을 배정받았다. 이번 여행에서는 이 목사로부터 각 장소와 관련하여 성서의 내용에 관한 설명을 들으며 많은 도움을 받고 있다. 그는 대구신학교를 나와 총신대 대학원으로 진학하였으며, 그 부인은 영남신학교에서 학사, 총신 신학대학원에서 석사 학위를 받았고, 사회복지 전공으로 전환하여 총신대에서 다시 석사학위를 받은 이후 기독교 계열인 백석대학에서 박사학위를 받았다고 한다.

이스라엘의 GNP는 $28,000 정도 되며, 유대인이면서 이스라엘 시민권을 가진 인구는 약 600만 명, 유대인 이외의 다른 종족들까지 포함하면 1천만 명 정도 된다. 1967년의 6일 전쟁 이후 시리아로부터 골란고원, 요르단으로부터 웨스트뱅크, 이집트로부터는 가자지구와 시나이반도를 빼앗아 차지하였다. 그러나 캠프데이비드 회담 이후 이집트에 시나이반도를 반환하였고, 다른 점령지는 아직도 보유하고 있는데, 현재까지 보유하고 있는 점령지를 모두 포함하면 영토가 경상남북도를 합한 정도의 크기이며, 그것을 빼면 강원도 정도의 넓이가 된다고 한다. 어제가 유대교의 안식일이라 거리는 무척 한산하였다. 이스라엘의 거리에서 보이는 차량은 세계 각국의 것들이 골고루 있으나, 그 중 한국 차의 비중도 만만치 않은 실정이다.

8 (월) 맑음

7시에 출발하여 예루살렘 성벽투어에 나섰다. 아침 8시 성벽 문을 여는 시간보다 반시간쯤 앞서 골고다 바로 곁에 있는 성문 옆에 도착하였는데, 오늘따라 9시에 문을 연다고 하므로 그 시간에 맞추기 위해 한참을 기다렸다. 성벽 위의 좁다란 길을 따라 성을 반 바퀴쯤 돈 후 내려왔다. 내려온 장소는 통곡의 벽 바로 옆이었다. 통곡의 벽을 둘러보았는데, 이것은 성의 외벽이 아니라 성전 바로 옆에 위치하여 성전을 방위하기 위해 세워진 것인 듯했다. 제일 아래 단에 쌓인 커다란 돌들은 예수 시대의 것이고, 그 위의 중간 크기의 돌들은 비잔틴 시대, 제일 위의 비교적 작은 돌들은 오스만터키 시대에 쌓은 것이라고 한다. 통곡의 벽에는 남녀가 예배하는 부분이 나뉘어져 있었는데, 남자가 출입할 수 있는 곳은 전체의 2/3정도, 여자의 것은 1/3 정도이다. 1년 365일 24시간 내내 개방되어져 있으며, 그곳에서 예배하는 모습을 실시간으로 방영하는 TV 채널도 있는 모양이다. 유대인들은 이것을 통곡의 벽이라고 하지 않고 西壁으로 부른다고 한다.

통곡의 벽 근처에서 유대인의 성인식을 여러 건 보았다. 성인식은 남자 13세, 여자 12세 때 치르는 것으로서, 음악을 연주하면서 성인식을 치르는 당자를 천막 같은 하늘을 가린 흰 휘장 아래에다 세우고서 가족이 함께 거리를 행진하는 모습이었다.

오늘 아침 호텔을 나올 때, 방문 옆에 붙인 쇠로 된 길쭉하고 얇은 상자를 보았는데, 그 속에는 「신명기」 6장 5절에 있는 "우리 하나님 여호와는 오직 하나인 여호와시니 너는 마음을 다하고 성품을 다하고 힘을 다하여 네 하나님 여호와를 사랑하라"는 내용의 구절이 들어 있으며, 유대인들이 통곡의 벽 앞에서 기도할 때 이마에 붙인 검정색의 네모난 통에도 「출애굽기」 13장 9절 등에서 하나님이 명한 그와 같은 구절이 들어 있다고 한다. 키파를 정수리에 얹는 것은 네 위에 하나님이 계심을 기억하라는 뜻이며, 양쪽 허리춤으로부터 흰 술을 늘어뜨리는 것도 율법에 그 기록이 있고, 정통파 유대인들이 깃지트라고 하는 검정색 정장을 늘 입는 것은 성전이 무너진 사실을 잊지 않고 애통해 하는 뜻을 표시하는 것인 모양이다.

예루살렘을 떠난 다음, 오늘은 남쪽의 네게브 사막 입구에 있는 텔 브엘세바로 내려가는 도중에 먼저 예루살렘 서쪽 교외의 나비사무엘에 들렀다. 해발 850m로서 이 일대의 중앙산악지대 가운데서는 가장 높은 곳인데, 기브온이라 불리기도 한다. 나비사무엘이란 '선지자 사무엘'이란 뜻으로서, 이곳은 사사이자 선지자이며 제사장으로서 사울과 다윗에게 기름 부었던 사무엘의 고향 나마에 이웃한 곳인데, 나마는 현재 이슬람 부락으로 되어 있기 때문에 이곳에다 그의 假墓를 세운 것이다. 가묘가 있는 곳은 십자군 전쟁 당시에 건설된 성채 건물의 실내였다. 또한 이곳은 솔로몬 왕이 하나님께 一千燔祭를 올린 기브온 山堂이 위치했던 장소로 알려져 왔으나, 오늘날은 바로 이웃한 좀 더 낮으나 물이 있는 산이 기브온이라는 것이 거의 정설로 되어 있는 모양이다. 우리는 나비사무엘에서 어제 및 그제와 마찬가지로 한식도시락으로 점심을 들었다.

다음으로는 1번 국도인 아얄론 도로를 따라가다가 38번 국도로 접어들어 좀 더 내려간 지점에 위치한 벧세메스와 소렉 골짜기에 들렀다. 이곳은 사사인 삼손의 출신지로서 지금도 삼손과 그 부친의 무덤이 있는 소라가 건너편으로 바라보이고, 삼손의 첫째 부인의 고향과도 가까운 곳이다. 벧세메스 바로 뒤에 펼쳐진 소렉 골짜기는 삼손이 블레셋 족속과 싸운 주무대이다. 중앙산악지대와 지중해안 사이에 위치한 네 개의 이러한 골짜기들 일대는 쉐펠라라고 불리는 평지(평원)인데, 이스라엘과 블레셋 족속이 사투를 벌였던 군사적 요충지이다. 벧세메스는 힐로에 모셔져 있었던 법궤를 블레셋 족에게 빼앗긴 이후, 그것이 현재의 예루살렘으로 옮겨져 가는 과정에 한동안 머물렀던 곳이기도 하다. 우리는 벧세메스에서 장신 측의 한국 목사 6쌍을 만나기도 했다. 오늘의 기온은 38도라고 한다.

다음으로는 블레셋 군영이 있었던 아세가를 지나 엘라 골짜기에 들렀다. 이곳은 베들레헴으로 통하는 위치로서, 베들레헴 사람인 다윗이 블레셋 족의 장군인 골리앗을 돌팔매로 쳐 죽인 저 유명한 전투가 벌어졌던 현장이다. 다윗이 돌을 집었던 마른 시내 가에는 현재 파프리카 농원이 펼쳐져 있었다. 이스라엘에서는 비닐하우스를 사용하지 않고 그물망 같은 것으로써 그늘을 지워 그 안에다 농작물을 재배하고 있었다. 그물망에는 작은 구멍들이 있으므로 뜨거운 기온의 발산을 돕고 그늘을 지울 뿐 아니라, 새들이 열매를 쪼아 상품성을 떨어뜨리는 것을 방지하고, 스프링클러로 물을 줄 때 물이 골고루 퍼지도록 하는 데도 도움이 된다고 한다.

다음으로는 벤구브린국립공원에 들렀다. 이스라엘의 국립공원이란 경치가 빼어난 곳이라기보다는 역사적 유물유적이 있는 곳들을 의미하는 것인데, 우리가 이 며칠간 거쳐 온 장소들은 대부분 국립공원으로 지정되어져 있다. 벤구브린에서는 콜롬바리움, 즉 고대의 비둘기사육장 유허, 올리브기름을 짜는 오일 프레스 유허, 그리고 비잔틴 시대로부터 이슬람 초기 시대까지에 걸쳐 軟석회석을 채취하여 건축의 미장공사에 사용했던 유허인 Bell Cave, 즉 종 모양의 동굴들에 들러보았다. 그리고 그곳에는 성경에서 탕자가 집을 나가 주린 배를 채우느라고 뜯어먹었다는 열매가 잔뜩 달린 쥐엄나무도 많았다. 또한 이 지역에는 시돈 사람이나 이두메 사람 등이 거주하던 지하도시도 널려 있는 모양이다. 로마 시대에 쉐펠라 지역의 행정중심은 벤구브린에 있었다고 한다.

마지막으로 아브라함과 이삭과 야곱이 한동안 살았던 곳으로서, 이스라엘에서는 사람이 거주할 수 있는 지역 중 가장 남단에 속하는 텔 브엘세바, 특히 그 중에서도 텔 세바 구역에 가보았다. 브엘세바는 '일곱 개의 샘'이라는 뜻이라고 한다. 아브라함이 아들인 이삭을 번제로 바치기 위해 모리아 산을 향해 사흘 동안의 길을 떠났던 곳도 바로 여기이며, 이삭이 신의 축복을 받아 100배의 수확을 얻었던 곳도 이곳이다. 지금은 브엘세바의 구 도시에는 베두인족이 거주하고 있고, 그것과 반대방향에 유대인이 이룩한 신시가지가 조성되어져 있다. 오늘날 성서학자들은 모리아 산을 예수가 못 박힌 갈보리 산, 즉 골고다와 같은 곳으로 해석하고 있다. 텔 세바에서는 바로 옆을 흐르는 헤브론 강의 역류현상을 이용하여 식수를 비축한 군영의 지하우물 터와 성터를 둘러보았다.

브엘세바를 떠난 다음, 오늘의 숙소인 사막 속 베두인 족의 마을 크팔 하노크림을 향해 출발하였다. 아라드 시를 지나, 내일의 첫 목적지인 마사다를 향해 가는 도중의 광야에 위치한 오아시스였다. 도착한 다음, 우리 일행은 두 명씩이 탄 낙타 다섯 마리가 한 조씩으로 행렬을 지어 사막 속을 조금 돌아다녀보았다. 처음에 텐트에서 잔다고 들었던 것과는 달리, 우리 일행은 여러 개의 방에 여섯 명 정도씩이 나뉘어 들었으며, 나는 총신대의 김정우 교수와 함께 일반 호텔의 설비가 대부분 갖추어진 28호동에 들었다.

9 (화) 맑음

오전 5시 30분에 숙소를 출발하여 마사다 산성에 올랐다. 유대인들이 로마의 공격에 대항하여 3년을 버틴 성터이다. 헤롯대왕 때 크게 보수하여 별궁처럼 만든 것인데, 마침내 함락 당하게 되자 전투원과 그 가족 대부분이 자결로서 생을 마감한 곳이다. 2시간 남짓 성안을 두루 둘러보았다. 새벽부터 서양인 관광객이 꽤 많은 듯하였다. 그러나 룸메이트인 이 목사의 말에 의하면 그 중 절반 정도는 유대인으로서, 청소년을 교육하여 민족의식을 고취시키기 위해 데려온 것이라고 한다.

마사다 구경을 마치고서 일단 숙소로 돌아와 조식을 든 다음, 오늘 일정의 최종 목적지인 갈릴리 호수를 향해 출발하였다. 크팔 하노크림의 베두인 부락은 오늘날 거의 관광지화해 있었다. 중동과 북아프리카 지역의 여러 나라에 걸쳐 존재하고 있는 베두인족은 정착민이 점차 많아지고 있으나, 주된 경제원은 여전히 목축이라고 한다. 우리는 31번 국도를 따라서 어제 거쳤던 아라드 시를 지나 소돔과 고모라의 현장인 소알(Neve Zohar), 즉 소돔 산(Mt. Sodom) 근방까지 내려온 다음, 다시 사해를 따라 북상하여 마사다를 반대편 방향에서 바라보며 지나쳤고, 사울이 사위인 다윗을 추적하여 쫓아온 엔 게디도 지나, 사해 북서쪽 끄트머리에 가까운 쿰란에 이르러 점심을 들었다. 성경에서는 사해를 주로 염해, 동해, 아라바해 등으로 호칭하고 있으며, 오늘날 사해는 빠른 속도로 물이 줄어 수심이 낮아지고 있다고 한다. 현재는 해발고도가 −421m, 둘레는 200km에 달한다.

쿰란은 현존 최고의 성경 사본인 사해문서가 발견된 곳으로서 유명한데, 그것을 필사한 에세네파가 거주했던 공간은 우리가 점심을 든 식당 및 기념품점의 바로 옆에 위치해 있었다. 그리고 대부분의 사해문서가 출토된 4번 동굴도 그 바로 근처에 있었다. 나보다 한 살 적은 김정우 교수가 처음 이곳을 방문했던 30대 시절에는 전망대의 위치가 현재처럼 높지 않아, 제4 동굴 안으로 직접 들어가 볼 수 있었다고 한다. 우리 일행은 쿰란의 기념품점에서 여러 가지 선물 종류를 구입하였다. 나는 사해의 진흙비누 10개 한 세트와 아내와 회옥이에게 각각 선물할 핸드크림 두 개 들이 두 세트, 그리고 William Whiston이 번역한 『The New Complete Works of Josephus』(Grand Rapids: Kregel Publications, 1999)를 한 권 샀다.

쿰란을 떠나 조금 더 북상하여 깔리아라는 곳에 이르러 사해에 들어가 반시간 정도 해수욕을 하였다. 바다 밑은 온통 진흙이었는데 머드팩 효과가 있어 피부에 좋다고 하며, 바닷물이 눈에 조금만 들어가도 매우 따가웠다.

깔리아를 지난 다음 여리고에 이르러, 예수를 따른 세리 삭개오가 올라가 있다가 예수와 대화했다는 뽕(실제로는 돌무화과)나무, 구약의 「열왕

기 상」에 나오는 선지자 엘리사의 샘, 예수가 악마로부터 시험을 받았다
는 시험산 등에 들렀다. 여리고에서 나는 종려나무 열매 한 상자와 무화
과 한 케이스, 그리고 이 지방 특유의 모자 하나를 샀다. 여리고는 BC
7,000년으로 소급되는 세계에서 가장 오래된 성읍이며, 가장 저지대에
위치한 성읍이기도 한데, 오늘날은 팔레스타인 자치도시로서, 종려나무
열매의 생산지로서 유명하다고 한다.

2013년 7월 9일, 갈릴리 호수

갈릴리로 향하는 도중의 베산 검문소에서 총을 든 남녀 군인으로부터
검문을 받았다. 베산은 사울이 패전하여 목이 잘린 곳이라고 한다. 갈릴
리 호수에 이르기 전에 요단 강을 두 번 더 건넜다. 갈릴리에 도착한 다
음, 먼저 바다 같은 호수의 서안에 위치한 이 지역 최대의 도시 티베리아
스에 들러 뱃놀이를 하였다. 티베리아스는 분봉왕 헤롯 안티바스가 로마
황제 티베리우스에게 헌정했기 때문에 이러한 이름이 붙은 것이다. 갈릴
리 호수 역시 해저 200여 미터에 달하지만, 사해와는 달리 담수호이다.
사방의 끝이 바라보이기는 하지만 바다처럼 큰 호수였다. 티베리아스에

서 호수 건너편으로 바라보이는 산맥 같은 것이 바로 골란 고원이라고 한다. 1967년 5월 5일부터 10일까지에 걸쳐 있었던 6일 전쟁으로 이스라엘이 시리아로부터 빼앗아 지금까지 보유하고 있는 곳이다. 뱃놀이를 하면서 김정우 교수의 주재 하에 선상 예배를 올렸다. 하선하여 호수 반대편의 골란고원 아래에 위치한 엔 게브의 키부츠가 운영하는 En Gev Holiday Resort에 들어 석식을 들고서, 나와 이 목사는 516호실을 배정받았다. 우리는 이 숙소에서 이틀을 머물게 된다.

10 (수) 맑음

8시에 호텔을 출발하여 먼저 갈릴리 호수의 서북부이자 티베리아스의 북쪽에 위치한 아르벨 산에 올랐다. 이곳은 김정우 교수가 별도로 $250을 지불하여 우리 일행을 데리고 간 곳이다. 산 위에서 바라보이는 갈릴리 호수의 전망이 아름다운 곳이었다. 그곳은 또 추락산이라고도 불리는데, 헤롯대왕 때 그 정적들을 산꼭대기의 바위 절벽에서 밀어내어 추락시켜 죽였기 때문이라고 한다. 또한 그 바로 아래에는 막달라 마리아의 고향인 막달라(Migdal) 마을도 위치해 있었다. 갈릴리 호수는 남북 22km, 동서 10~11km, 둘레는 55km, 최대수심 44m, 평균수심 20여m로서, 해발 고도는 −210m이고, 이스라엘 식수의 45% 이상을 공급하므로, 이스라엘의 심장에 해당하는 곳이다. 20여 종의 물고기가 서식하고 있는데, 그 중에서도 베드로 물고기라고 불리는 베스의 일종이 대표적인 것이다.

아르벨 산을 내려온 이후 87번 도로를 따라 좀 더 북상하여 타브가 산 근처에 있는 팔복산 기념교회에 들렀다. 축복산이라고도 불리는 이곳은 예수의 산상수훈에 나오는 八福의 가르침이 행해진 곳으로서, 지금은 그곳에 프란체스카파의 가톨릭 수도원이 있다.

그곳을 나온 다음, 예수가 밤 새워 기도한 곳이라는 바위 근처를 지나 아래로 계속 걸어 내려와 갈릴리 호수의 북쪽 가에 위치한 베드로수위권 기념교회에 들렀다. 부활한 예수가 세 번째로 제자들 앞에 나타나 베드로에게 세 번이나 내 양을 치라고 명한 곳이다. 소박한 교회 옆의 집회장에는 아프리카의 탄자니아에서 온 가톨릭 신자들이 미사를 드리고 있었고, 그 옆에 베드로와 예수의 동상이 세워져 있었다.

다음으로는 그 근처에 위치한 五餅二魚기념교회에 들렀다. 예수가 빵 다섯 개와 물고기 두 마리로 군중을 먹이고도 남은 기적을 행한 곳이다. 원래 이 사건은 갈릴리 북동쪽에 위치한 벳세다에서 일어난 것이지만, 그곳은 현재 아랍인 마을로 되어 있으므로, 이곳으로 장소를 옮겨 성당을 세운 것이다. 놀랍게도 건축 당시에 오병이어의 모자이크가 이곳에서 발견되었다고 한다. 지금 그 모자이크는 성당의 제단 앞바닥에 위치해 있었다. 이스라엘에 와 보니 오기 전에 짐작했던 것과는 달리 회교도인 팔레스타인인들은 어느 한 곳에 집중하여 거주하는 것이 아니고 전국 여기저기에 도시나 마을을 정하여 집단적으로 거주하고 있으며, 그런 곳들은 콘크리트 울타리로 둘러쳐져 외부와 격리되어 있는 경우가 많았다.

가버나움 근처의 아랍식당에서 김정우 교수 및 곽훈 목사와 한 테이블에 앉아 점심을 들었는데, 나는 베드로물고기 튀긴 것을 들었다. 오늘부터 한 달간 이슬람의 라마단 기간이 시작되는지라, 우리 대절버스의 기사는 점심 때 식당에 나타나지 않았다.

예수의 사역 활동의 2/3가 갈릴리 지방에서 이루어졌고, 그 중에서도 2/3 정도는 이곳 갈릴리 북부의 가버나움에서 행해졌으므로, 베드로 장모의 집으로 들어가는 입구 문에는 'Capernaum, The Town of Jesus' 라고 쓰여 있었다. 베드로의 고향은 벳세다이지만, 그는 이곳 장모의 집에 거주하면서 주로 생활했던 모양이다. 또한 그 구내에는 로마식 석주의 유적이 꽤 많이 남아 있었다.

가버나움을 떠난 다음, 90번 국도를 따라 50여 분 정도 북상하여 99번 국도에 접어든 다음, 이스라엘의 북쪽 끝인 텔 단에 이르렀다. 이스라엘의 주거지역을 말할 때 이곳 텔 단에서 남쪽의 브엘세바까지를 언급할 경우가 많다. 텔 단은 현재 자연보호구역으로 지정되어져 있고, 숲이 울창하며, 갈릴리 호수를 채우는 물이 폭포를 이루며 힘차게 쏟아져 내리고 있었다.

요단 강이란 지명은 '단에서 흘러내려간다'는 뜻을 지니고 있다.

「열왕기 상」에 의하면, 솔로몬 왕의 사후에 그 아들 르호보암에 대항하여 여로보암에 의해 북이스라엘이 건국되고, 르호보암의 남유다에 있는 예루살렘의 신전에 대항하여 북이스라엘에서는 자국 영토의 북쪽 끝인 이곳 텔 단과 남쪽 끝인 벧엘에다 우상을 숭배하는 제단을 건설하여 결국 멸망에 이르게 된다. 우리는 그 신전의 유허에도 들렀다. 이 제단에 세워진 석비가 1993년에 발견됨으로서 다윗 왕의 존재가 좀 더 뚜렷해졌다고 한다.

텔 단을 떠난 다음, 그 오른쪽에 위치한 가이사랴빌립보에 들러 바니아스 폭포를 구경하고, 그곳 시내를 흘러내리는 물로써 거의 빈 내 식수통에 새 물을 채웠다. 예수 당시의 지명인 가이사랴빌립보는 그 후 몇 차례 다른 이름을 거쳐 현재는 바니아스로 변했다. 그것은 로마의 牧神인 판을 모신 사당이 여기에 위치했기 때문으로서, 판의 발음이 이슬람 지배 시대에는 반으로 변해 오늘날의 지명이 된 것이다. 우리는 그 판 신전이 있는 바위절벽에도 가보았다. 그 신전으로 나아가는 도중의 숲은 무화과나무가 군락을 이루고 있었다. 예수는 이 가이사랴빌립보의 모임에서 베드로를 자신의 후계자로 분명히 인정하는 발언을 하고 있다.

바니아스를 떠난 다음, 골란고원에 올라 98번 도로를 따라 남하하여 골란고원을 완전히 종주하였다. 골란고원으로 올라가는 도중에 이집트의 맘루크 왕조시대에 건설되었으나 십자군 양식을 모방한 건너편 산 중턱의 님루르(구약에는 니무르)성채를 바라보면서 지나쳤고, 베두인·사마리아인에 이어 이스라엘의 또 하나의 소수민족인 드루즈 족 마을도 지났다. 엔 지반에 좀 못 미친 지점에 위치한 해발 1,010m의 쿠네이트라 전망대에 이르러 이 일대에서 최고의 높이를 가지고 또한 요단 강의 원류를 이루는 헤르몬 산(2,814m)을 조망하고, 건너편의 시리아 영토와 UN 주둔지를 바라보았다. 갈릴리와 골란고원 일대는 연평균강우량이 1,200mm 정도 되어 중동 치고는 물과 수목이 꽤 풍부한 편이다.

골란고원은 성경에 바산이란 이름으로 나타나며, 평평한 땅이라는 의

미이다. 성경에는 바산의 암소에 관한 이야기가 나오며, 또한 이곳은 골란 와인과 고랭지채소의 재배로도 유명하다. 곳곳에 이스라엘 최정예부대의 영지와 탱크 등이 보이며, 구약에는 전국에 설치한 6곳의 도피성중 하나가 이곳에 위치했던 것으로 나타나 있다. 유칼리나무 가로수가유난히 많았다. 이 가로수와 관련하여서는 이스라엘 모사드의 전설적인간첩으로서 6일 전쟁 중 시리아 군을 패퇴시키는데 결정적 역할을 했던헨리 코엔의 이야기가 특히 유명하다. 6일 전쟁 당시에 파괴된 시리아군의 진지와 무기들이 아직까지 그대로 방치되어져 있어 '유령의 도시'로불리기도 한다.

우리는 갈릴리호수의 동남쪽 하온 근처에 있는 샬롬전망대에 다다라갈릴리 호수의 전경을 바라보고, 요르단과의 경계를 이루는 야르묵 강을따라서 하산하여, Hamat Gader에 있는 이스라엘의 유명한 온천지를 지나, 엔 게브에 있는 우리들의 숙소인 키부츠에 도착하였다. 해발 350m인샬롬전망대에서 내려다보니, 우리가 묵는 숙소 근처의 엔 게브 마을에농장이 조성되어져 있었다.

석식 시간인 8시 이전에 숙소 가에 있는 갈릴리 호수에 들어가 수영을하였다. 석식을 든 다음엔 식당 건물 지하의 세미나실에서 현지 가이드곽훈 목사로부터 우리들의 여행지와 이스라엘의 역사 지리에 관한 강의를 듣고 관계되는 자료도 좀 얻어서 돌아왔다.

11 (목) 맑음

오전 8시 반에 리조트를 체크아웃 하였다. 먼저 가나 혼인잔치의 무대인 가나(Kfar Kana)로 향했다. 갈릴리 호수를 남쪽으로 돌아 어제 올랐던아르벨 산 방향으로 가다가 77번 도로를 따라 서쪽으로 향했다. 가나는해발 230m로서, 현장에는 천주교 프란체스카파가 세운 가나혼인잔치기념교회가 있었다. 예수가 물과 성령으로 거듭나야 함을 가르친 바돌로메나다니엘도 이 마을 사람으로서, 혼인잔치기념교회로 들어가는 길 가에그를 기념하는 자그마한 교회가 서 있었다. 이 길 주변에는 여러 가지

기념품점들이 늘어서 있었는데, 나는 그 중 하나에서 검은색 카우보이모자 하나를 단돈 $3에 구입하였다.

가나는 예수의 고향인 나사렛에서 그다지 멀지 않은 곳에 있었다. 가나에서 60번 도로를 따라 좀 더 내려가면 동쪽으로 예수의 모습이 변화했던 다볼 산(Mt. Tavor)이 보이고, 좀 더 내려간 곳에 나사렛이 있다. 나사렛은 '가지(枝)'라는 뜻으로서, 예수 당시에는 보잘것없는 작은 시골 마을이었지만, 지금은 꽤 큰 규모의 도시로 변모해 있었다. 예수의 집은 하부 나사렛에 위치해 있는데, 그곳은 지금 자연적으로 형성된 아랍마을로 되어 있다. 상부 나사렛에는 주로 유대인이 산다고 한다. 대부분의 팔레스타인 사람들은 이스라엘 정부로부터 어떤 구역을 할당받아 거주하는 것이 아니고, 이처럼 자연적으로 이루어진 그들의 부락에 살고 있으며, 이런 곳은 벽이 둘러쳐져 있지도 않다.

예수 당시에 서민들은 대부분 동굴에 살고 있었다고 하는데, 지금은 그 동굴 위에 가톨릭이 세운 마리아수태고지기념교회가 커다랗게 서 있고, 그 위쪽에는 상대적으로 작은 요셉교회도 있다. 수태고지기념교회의 벽에는 한국을 비롯한 세계 각국의 천주교회가 자기나라 고유의상을 차려입은 성모자 상을 그리거나 조각해 두고 있었다.

우리는 나사렛에서 60번과 65번 도로를 따라 서남쪽으로 한참 내려간 곳에 있는 므깃도에 이르러 현지식으로 점심을 들었다. 므깃도는 고대로부터 중동지방의 교통의 요지로서 그 때문에 온갖 국제 전쟁이 빈발했는데, 그리스어로 적힌 「요한계시록」의 원문에는 인류가 멸망할 최후의 전쟁이 므깃도 산에서 벌어진다고 쓰여 있다. 그것이 영어 성경에는 '아마겟돈'으로 기록되었고, 한글 성경에도 그렇게 적혔다. 므깃도 산에는 군사요새의 유허가 있고, 기다란 지하수로도 이어져 있었으므로 우리는 그 마른 수로를 통과해 보았다.

다음으로는 갈멜산에 이르렀다. 지도상으로는 갈멜산(Mt. Carmel)이 현재의 갈멜산 즉 무흐라카(Muthraka)보다 위쪽에 따로 보이지만, 그것은 갈멜산이 산맥을 이루고 있기 때문에 가장 높은 봉우리를 지칭한 것이다. 그러나 「열왕기 상」 18장에 나오는 갈멜산은 이스르엘 평야에 면해 있고 그 바로 앞으로 기손 시내를 접해 있는 현재의 위치를 가리킨 것이다. 선지자 엘리아는 북이스라엘 왕 아합의 우상숭배를 비판하며 불과 물의 기적을 일으키고, 아합 왕의 주위에 모여 그를 이단으로 인도하고 있었던 선지자 850명을 기손 시내 가에서 모두 죽였던 것이다. 갈멜산 정상에도 역시 가톨릭이 세운 성당이 있고, 그 앞에 선지자 엘리아의 상도 있었다. 나는 그곳 기념품점에서 영문으로 된 성서지도(Yohanan Aharoni, *The Carta Bible Atlas*, Jerusalem, Carta books, 2011 5th ed.) 한 권과 동물의 구부러진 뿔로 만든 나팔 하나를 또 샀다.

갈멜산을 떠나 남쪽으로 한참 달려 지중해에 면한 항구도시 가이사랴 (Caesarea)에 닿았다. 헤롯대왕이 로마 최초의 황제 아우구스투스에게 헌정한 항구도시이다. 당시로서는 유대 최대의 항구였을 터이다. 우리는 여기서 로마식의 반원형계단극장과 전차경기장, 당시의 항만시설, 그리고 반원형극장에서 발견된 예수를 처형한 로마 총독 본디오 빌라도의 이름이 새겨진 비석의 모조품, 水道橋의 유허 등을 보았다. 사도 바울은 세 번의 전도여행 중 두 번이나 이 항구를 거쳤으며, 마지막으로 로마 황제에게 청원하러 떠날 때도 역시 이 항구를 거쳤던 것이다. 우리는 반원 형극장의 무대에 올라서 찬송가를 불렀는데, 그 때 객석에 앉아 있던 중국 廈門에서 온 기독교도 일행도 우리를 뒤이어 무대에 올라가 찬송가를 불렀다. 가이사랴에서 15분 정도 자유 시간을 가졌다. 나는 룸메이트인 이종길 목사와 함께 카페에서 각각 오렌지주스와 생맥주를 마셨다.

가이사랴를 끝으로 이번 여행의 성지순례 일정을 모두 마치고서, 우리는 일로 남쪽으로 나아가 이스라엘의 수도 텔아비브로 향했다. 텔아비브는 지중해 연안에 위치하며 해안선을 따라 긴 해수욕장이 조성되어져 있다. 그 도시는 남쪽으로 성서에 나오는 항구 욥바(Jaffa)와 이어져 있기 때문에 오늘날은 대체로 텔아비브-욥바라고 두 도시를 붙여서 부른다. 욥바는 베드로가 백부장 고넬료의 초대에 응해 가서 그를 성도로서 받아들여 세례를 베풀고 예배를 한 곳이다. 욥바에는 베드로환상교회가 있다고 한다.

우리는 텔아비브에서 바깥 간판에 '東海'라고 적힌 중국집에 들러 석식을 든 후 공항으로 향하여 체크인을 마쳤다. 지금 C8 게이트 앞의 의자에 앉아 오늘의 일기를 쓴다. 우리 일행은 대한항공 KE958편으로 23시에 텔아비브를 출발하여 내일 15시 10분에 인천공항에 도착하기로 되어 있다.

오늘 현지가이드인 곽훈 목사로부터 들은 바에 의하면, 갈멜산 부근에도 소수민족인 드루즈 족이 살고 있는데, 그들은 유대교, 기독교, 이슬람교를 혼합한 종교를 신봉하고 있으며, 이스라엘에 우호적인 아랍 족이므로, 이스라엘 군대에서 그들을 군인으로 받아들인다고 한다. 그리고 현재 이스라엘에는 키부츠가 270여개, 모샤브가 350여개 정도 있는데, 그 둘 사이의 차이는 사유재산의 인정 여부에 있으며, 오늘날에는 키부츠 중에서도 사유재산을 인정하는 것의 숫자가 늘어가는 추세라고 한다. 우리가 머물었던 엔 게브 키부츠와 같이 키부츠 중에는 호텔, 낙농, 목축, 유람선 등의 시설도 갖추고 있는 경우가 많은 모양이다.

12 (금) 서울은 비, 진주는 흐림

한국으로 오는 비행기 안에서는 내 양쪽으로 서양 사람이 앉았는데, 내리기 전에 그 중 왼편의 창가에 앉은 친절한 할머니와 좀 대화를 나누어 보았다. 작은 키에다 등이 좀 굽은 그녀는 호주 브리즈번에 살고 있는데, 혼자서 한 달 간 터키와 이스라엘을 각각 두 주씩 여행하고 나서 인천을 경유하여 돌아가는 중이라고 한다. 때로는 그룹에 어울려 다녔다고 하지만, 할머니가 혼자서 한 달 간이나 해외여행을 한다는 건 우리로서는 생각하기 어려운 일이다.

15시 10분에 인천국제공항에 도착하여 공항리무진을 타고서 강남고속터미널로 이동한 후, 오후 5시 40분에 출발하는 중앙고속버스를 타고서 밤 9시 50분쯤에 집에 도착했다.

밀린 신문들을 읽은 후, 다음날 12시 20분쯤에 취침했다.

회옥이는 학원의 영어교사로 취직하여 지난주부터 강의하고 있는 모

양이다. 거실 유리창에 "두 팔 벌려 환영합니다 아빠 보고싶었어용"이라
는 내용의 종이 10장을 붙여두었다.

라오스·미얀마

12월

12월 13일 (금) 맑음

라오스·미얀마 문화탐방 9일 여행의 첫째 날이다. 창원을 출발하여 마
산과 진주의 개양을 경유하는 인천공항 행 경북고속버스를 오전 3시 20
분에 타고서 북상하여 7시 5분경에 도착하였다. 3층 J 카운터 19번 앞
테이블에서 혜초여행사의 박은휴 사원과 만나 전체 일정의 항공권 등을
전해 받고서 체크인 하였다.

타이항공의 TG659편을 타고서 9시 35분에 출발하여 13시 30분에 태
국 수도 방콕의 수바르나부미 국제공항에 도착하였다. 태국 시간은 한국
보다 두 시간이 느린데, 약 5시간 40분 비행하였다. 내 좌석 곁에는 어린
이 둘을 거느리고 영어를 사용하는 젊은 백인 여자가 타있고, 앞좌석에도
역시 어린 자식을 거느린 그 일행인 다른 백인 여성이 탔는데, 그녀들이
자녀에게 하는 행위를 가끔씩 곁눈질로 지켜보니, 한국의 어머니들과 아
무 다를 것이 없었다.

우리 일행은 인솔자 없이 총 9명이며, 서울에서 7명, 부산에서 2명이
출발하였다. 그러나 도중에는 서로 전혀 연락이 없었고, 방콕을 거쳐 라
오스의 수도 비엔티안 공항에 도착하여 비로소 합류하였다. 세 쌍은 부부
인 듯하고, 혼자 온 남자 두 명, 여자 한 명이었다. 대부분 중년에서 노년
에 걸친 정도의 나이로 보였다. 방콕에서 비엔티안 행으로 갈아타는 타이
항공의 비행기는 19시 45분에 출발하여 20시 55분에 도착하는데, 나는
이토록 오랫동안 공항 안에서 대기해 본 적이 별로 없었던 듯하다. 그

비행기의 게이트도 내 항공권에는 미리 지정되어져 있지 않으므로, 방콕 공항 안의 안내 데스크에 물어 E1A라는 것을 확인한 후, 그 게이트 앞으로 가서 대기하며 『해외견문록』 파일을 처음부터 다시 한 번 읽기 시작하여 첫 중국 여행의 거의 끝부분까지 나아갔다.

그러나 도중에 일어나 산책 삼아 다시 공항 건물 안을 걷기 시작하다 보니, 얼마 전에 구내의 대형 모니터에서도 비엔티안 행 타이항공의 게이트가 E1A라는 것을 다시 확인한 바 있었으나, 그새 D6 게이트로 변경되어져 있었다. 그러므로 그냥 계속 거기서 대기하고 있었다가는 낭패 볼 번 하였다.

공항의 직원에게 물어 서점을 찾아가서 2,610바트를 지불하고서 론리 플래닛 시리즈의 『Laos』(1994 초판, 2010 제7판) 『Myanmar(Burma)』(1979 초판, 2011 제11판)과 Periplus Travel Maps 시리즈의 라오스·미얀마 지도를 각각 하나씩 구입하였다. 그리고는 D6 게이트 앞으로 가서 게이트의 문이 열릴 때까지 그 입구의 의자에 앉아 방금 산 책과 지도들의 내용을 훑어보았다.

비엔티안 공항에서는 현지 가이드인 김정규 부장의 영접을 받았다. 그는 중년 정도의 나이로 보였는데, 현지인 여성 한 명을 대동하고 있었다. 라오스의 정식 명칭은 라오인민민주공화국(Lao People's Democratic Republic)이다. 이는 다민족 국가인 그 나라의 인구 중 절반 이상의 비율을 차지하는 라오 족의 이름을 택한 것으로서, 미얀마의 과거 이름이 버마였던 것과 마찬가지 이치이며, 그 국명이 시사하는 바와 같이 공산주의 국가이다. 전체 국민의 약 90%가 소승불교를 신봉하며, 또한 국민의 90%가 농업에 종사한다. 수교한 이후 처음으로 금년 11월 22일에 그 수반이 한국을 방문했었다고 한다.

라오스나 비엔티안은 모두 프랑스의 식민 지배 시절에 프랑스인들이 붙인 명칭이며, 현지에서는 비엔티안 또한 비앙짠(Viang Chan)이라고 부른다. 이 나라는 미얀마·태국·프랑스·일본의 식민 지배를 차례로 경험하였다. 그 중에서도 태국의 지배를 받은 기간은 114년으로서, 언어도 서로 비슷하고 문자도 같은 것을 쓴다. 원래 이 문자는 896년에 만들어진 크메르 글자에서 유래한 것이라고 한다. 그러므로 캄보디아·태국 말과는 서로 비슷한데, 태국 말에는 5성(聲調)이 있고, 라오스 말은 6성이 있다. 현지 가이드 김 씨는 태국 말을 쓰는데, 라오스 말과는 90%가 같아서 의사소통에 전혀 지장이 없고, 캄보디아 말과는 60% 정도 유사하다고 한다. 스칸디나비아의 덴마크·노르웨이·스웨덴 세 나라의 사정과 유사하다고 하겠다. 그러고 보면 동남아에서 인도네시아는 말레이시아·베트남 중부·필리핀 남부와 공통된 역사·문화적 배경을 가지고 있고, 캄보디아·태국·라오스·베트남 남부가 또한 서로 비슷하며, 베트남 북부와 미얀마는 각각 이들과 비교적 다른 문화를 가진 듯하다.

라오스의 면적은 236,800㎢로서 한반도 전체의 약 1.1배에 달하는 크기이지만, 인구는 2010년 기준으로 680만 명에 불과하고, 국토의 대부분이 산지로서(가이드는 90% 이상이라고 했다) 75%가 푸른 숲으로 뒤덮여 있으므로 동남아의 허파로 불린다. 열대몬순기후로서 일반적으로 세 계절이 있는데, 현재는 건기로서 여행하기에 가장 적합한 시기이다. 국민소득은 $1,200(론리 플래닛은 구매력 기준으로 2008년 GDP가 $2,110이라 했다.)로서 매우 못 사는 나라에 속하지만, 동남아에서는 베트남의 $1,300보다 조금 낮으나 캄보디아·미얀마보다는 오히려 높으며, 국민들의 만족도가 높아 세계의 살기 좋은 나라 순위로는 근래 여러 해 동안 계속 10위권에 든다. 일본의 원조를 많이 받아온 모양이어서 여기저기에서 일본 국기가 눈에 띄지만, 아직도 이 나라에는 대중교통수단이 거의 없다. 바다가 없는 내륙 국가인데, 메콩 강물 등을 이용한 수력발전으로 전기는 남아돈다. 여기도 다른 동남아 국가들과 마찬가지로 한류 붐이 불고 있으며, 한국 차의 시장 점유율은 60% 정도라고 한다.

수도인 비엔티안의 인구는 15만인데, 사업상 와 있는 한국 교민이 많아 현재 2,000명 정도이다. 이 나라에서 두 번째 가는 기업인 코라오(코리아+라오스)는 한국인이 그 주인이다. 우리는 '한국식당'이라는 이름의 커다란 식당에 들러 김치찌개로 늦은 석식을 들었다. 비엔티안에서 가장 높은 건물이며 또한 가장 고급이라고 하는 14층의 돈찬팔레스(Don Chan Palace) 호텔에 들어, 나는 광주에서 온 48세의 한석현이라는 사람과 함께 1307호실을 배정받았다. 그는 기아자동차에 근무하며 아직도 독신이다. 라오스 시간은 태국과 같은데, 현지 시간으로 밤 11시가 넘어서 취침하였다. 더운 나라임에도 불구하고 프런트가 있는 1층에는 제법 큰 트리 등 크리스마스 장식물들로 치장되어 있었다.

14 (토) 맑음

오늘은 비엔티안(Vientiane) 시내 관광을 하고서, 다음 목적지인 북쪽으로 140km 정도 떨어진 위치의 방비엥(Vang Vieng)까지 이동하는 날이다. 제일 먼저 에메랄드 붓다가 모셔졌던 왕실사원 호파깨오(Haw Pha Kaeo)로 갔다. 란상 왕국의 수도를 루앙프라방에서 비엔티안으로 옮긴 세타티랏 왕에 의해 1565년에 왕궁의 수호 사원으로서 건설된 것이다. 법당 바깥의 계단과 벽면에 중국의 용에 해당하는 힌두교 신화 상의 짐승인 나가와 춤추는 선녀 압살라, 원숭이 신인 하누만의 조각 등이 있었다. 압살라 춤은 나가의 움직임을 흉내 낸 것이라고 한다. 이곳에 모셔졌던 에메랄드 불상(절 이름 중 파깨오는 '보석 불상'을 의미한다)은 1779년 태국(샴)의 침공 때 약탈당하여, 현재는 방콕을 대표하는 불교사원인 에메랄드 사원에 안치되어져 있다. 그 후 1828년에 있었던 태국과의 전쟁에서 이 사원은 파괴되었는데, 1936년과 1942년에 프랑스의 도움으로 재건되었다.

그 바로 옆에 현재의 행정 중심인 주석궁이 있고, 길 건너편에는 잦은 외국의 침략에도 불구하고 파괴되지 않았다는 시사켓 사원(Wat Si Saket)이 위치해 있다. 1819년부터 1824년까지에 걸쳐 건립된 것으로서, 시사켓이란 선녀가 하강하여 목욕하는 곳을 의미한다고 한다. 이 절에는 모두 합해서 6,400개의 불상이 보존되어 있다고 하는데, 그래서인지 현재는 박물관으로 되어 있다.

이 나라의 불교 유적지들은 대부분 규모가 작고, 시멘트 구조물로 되어 있는 것이 많다. 그리고 승려들은 조식과 중식으로 하루 두 차례 식사를 하는데, 그 대신 담배는 피운다고 한다.

다음으로는 그 꼭대기에 올라가면 비엔티안 시내를 한눈에 둘러볼 수 있는 파리의 개선문을 본 따 만든 건축물 빠뚜사이(Patou Xai, 승리의 문)에 들렀다. 힌두교와 불교, 프랑스 문화의 흔적이 함께 나타나 있는 7층 높이의 사각형으로 된 독립기념탑이다. 1960년대에 프랑스로부터의 독립을 기념하고 희생자를 기리기 위해 세워진 것으로서, 우리가 간밤에 내렸던 왓따이(Wattai) 국제공항의 건설을 위해 미국으로부터 도입한 시멘트로써 지은 것이라고 한다. 그 앞에는 중국이 기증한 대형 분수가 있었다.

그리고는 라오스의 상징으로 되어 있는 최고의 성지 탓 루앙(Pha That Luang, 위대한 불탑)에 들렀다. 1566년부터 건설되었고 1935년에 복원된 탑으로서, 전설에 의하면 기원전 3세기에 인도의 아소카 왕이 파견한 사절이 가져온 석가의 가슴뼈 일부를 소장하기 위해 이곳에다 탑을 세웠다고 한다. 이곳은 불교사원으로서는 규모가 가장 큰 듯하지만, 내부로 들어갈 수가 없어 바깥에서 둘러보기만 했다.

우리의 현지 가이드인 김 씨는 한국을 떠나 동남아로 온 것이 1989년인데, 라오스에는 작년부터 와 있다고 한다. 그의 가족은 자녀의 학비가 무료인 싱가포르에 거주하고 있다. 그를 도우는 현지 가이드의 이름은 레몬인데, 제주도에 2년간 가 있은 적이 있어 한국어가 꽤 유창하며 올해 23세이다. 45~46세 된 한국인 남성과 결혼하여 그 시댁이 의정부시에 있고, 남편은 현재 라오스에 거주하고 있으며, 슬하에 세 살 된 자식이 있다고 한다.

라오스는 원래 크메르 영토에 속했다가 샴 족이 수코타이 왕국을 세운 것보다 다소 늦은 시기인 1353년에 란상홈카오(Lan Xang Hom Khao, '백만 마리의 코끼리와 흰 양산'이란 뜻)라는 왕국을 건설하였다. 란상 왕조의 창시자인 파응(Fa Ngum)은 도시국가의 왕자였던 그의 아버지가 할아버지의 첩 중 한 명과 간음하여 샹동샹통(Xiang Dong Xiang Thong,

'황금의 도시', 즉 후일의 루앙프라방)으로부터 쫓겨날 수밖에 없었으므로 결국 파옴이 할아버지 지위의 계승자가 되었다. 그는 앙코르에서 교육을 받았고, 크메르 공주와 결혼하였으며, 크메르 군의 지원을 얻어 귀국해 당시 크메르제국을 위협하고 있었던 수코타이 세력을 물리치고서 1353년에 란상 왕조를 창시했던 것이다. 그 때의 수도는 루앙프라방이었는데, 그 후 18세기 초까지 란상 왕조는 동남아에서 샴, 베트남, 버마와 더불어 중요한 정치세력으로서 존재하였다. 1560년에 비엔티안으로 천도하였고, 그 후 일시 지금의 미얀마에 있었던 바간 왕국에 복속하였다. 그리고 1695년 이후 3개 나라로 분립하였다가 샴에게 점령되어 1779년에 거의 완전히 나라를 잃게 되었다. 그 후 프랑스의 식민지가 되어 코친차이나에 속했다가, 월남전 때는 미군의 폭격으로 35만 명이 목숨을 잃기도 하였다.

한국과는 1974년에 처음 수교하였는데, 75년에 공산화되면서 단교하였다가, 1995년에 다시 수교하였다. 이 나라에는 아직 철도가 없고, 동전이나 공중전화도 없다. 평균수명은 남녀 모두 50대라고 한다. 그러나 공산화된 오늘날 국민이 대체로 평등하여 나라 안에 거지도 없다. 현재 중국이 이 나라를 남북으로 관통하여 방콕까지 이르는 고속철도를 건설할 계획을 세워두고 있다 하며, 한국과는 직항 항공편이 2개 있다.

방비엥으로 이동하는 도중에 비엔티안 교외에 속한 佛像공원(Buddha Park, Xieng Khuan)과 염전 마을인 콕 사앗(Khok Saath)에 들렀다. 콕 사앗은 내륙 최대의 염전으로서 여기서 생산되는 소금은 암염이며, 지하 200m에서 끌어올린 물을 염전에 가두어 증발시키고 증발된 소금물을 철가마 속에서 장작불로 가열해 소금을 만든다. 불상공원은 태국과의 국경을 이루는 메콩 강가에 위치해 있었는데, 1958년에 요기이자 승려이며 샤먼인 한 사람에 의해 조성된 것이다. 불교와 힌두교가 혼합된 모습이 잘 나타나 있고, 인도의 대서사시 『라마야나』 등에 근거한 그러한 神像들은 모두 시멘트로 제작되어져 있다. 메콩 강은 중국을 지날 때는 瀾滄江이었다가 이 나라에 들어와 비로소 메콩 강이 되고, 베트남 등지에서는 또

다른 이름으로 불리고 있다. 이 부근은 북한을 이탈한 탈북자들이 라오스를 경유하여 태국으로 건너가는 주요 거점이기도 하다.

우리는 중국까지 연결되는 이 나라의 대표적 간선도로인 13N을 따라서 계속 북상하였다. 한동안 평야지대를 통과하다가 화장실에 들르기 위해 새로 지어진 어느 주유소에 한번 정거한 후, 마침내 산악지대로 접어들었다. 가이드의 설명에 의하면 이 나라는 46개(론리 플래닛은 49~134개 종족이라고 했다)의 부족으로 이루어진 다민족국가인데, 그 중에서도 산악지대에 거주하는 주된 종족은 몽 족이다. 몽 족은 13~15세 정도에 결혼하여 모계사회를 이루며, 가난하여 아편을 재배해 팔기도 한다. 베트남 전쟁 때는 미군이 용병으로서 고용하여 라오 족과의 전쟁에 동원한 바도 있었다.

13N 도로는 이 나라에서는 이를테면 고속도로에 해당하는 셈이지만, 포장이 되어 있기는 하나 차선이 없고, 차 두 대가 겨우 서로 비켜갈 수 있을 정도의 꼬불꼬불한 산길이다. 우리는 이 길을 4시간 정도 달렸는데, 방비엥까지 30분 정도 남겨둔 지점에 위치한 젓갈마을에 잠시 정거하기도 하였다. 도로 가에 생선 건어물 및 각종 생선 식료품과 동남아 사람들이 즐겨 먹는 魚醬을 파는 상점들이 즐비하게 늘어서 있었다. 근처에 댐이 있어 거기서 나는 생선들로 만든 것이라고 한다. 라오스에서는 음식물을 만들 때 대부분 숯을 사용하는데, 도로 가에는 숯이나 그것을 만들기 위한 참나무 등 목재를 집 앞에 내다 놓고서 파는 집이 많았다.

방비엥은 카르스트 지형으로 되어 있는 관광지라 인구 21,000명 정도이지만 小桂林이라 불릴 정도로 경치가 수려한 곳이다. 그래서 서양 사람들이 무척 많았다. 우리는 그 입구에서 중국 측이 세워둔 대형 시멘트 공장 근처를 지나갔고, 시내에는 제2차 베트남 전쟁 때 미군이 만든 활주로의 흔적도 아직 남아 있었다. 우리는 이 고장에서 가장 고급이라고 하는 실버나가(Silver Naga) 호텔에 들어, 나와 한 씨는 409호실을 배정받았다. 먼저 $20 옵션으로 나무로 만든 긴 2인승 모터보트를 타고서 호텔 바로 옆에 있는 쏭(Xong) 강을 50분 정도 유람하였다. 강물에는 노란 고무 튜브에 드러누워 떠있는 서양 젊은이들이 많았다.

호텔로 돌아온 다음 뚝뚝이라 불리는 소형 대절트럭을 타고서 시내에 있는 한국식당(Mr. Chicken House)로 가서 돼지삼겹살구이를 안주로 막걸리·소주·라오맥주(Beerlao)를 든 다음 걸어서 돌아왔다. 라오스에 온 이후 아직 한 번도 환전을 하지 않았는데, 이 나라에서는 달러나 태국 돈도 통용되므로, $1에 8,000킵이라고 하는 라오스 화폐는 화장실을 사용할 때 필요한 정도라고 한다. 그러나 남자는 꼭 화장실을 사용하지 않더라도 옥외의 적당한 곳 아무데나 방뇨할 수 있는 것이다.

15 (일) 맑았다가 오후 늦게부터 짙은 안개와 비

조식 후 뚝뚝이를 타고서 호텔을 출발하여 25km 정도의 거리를 반시간 정도 이동하여 탐남 동굴(Tham Nam, 물 동굴)로 향했다. 뚝뚝이라 함은 동남아 지방 사람들이 'Tuk Tuk'이라 부르는 것을 한국식으로 이른 말인데, 이 소형 트럭이 달릴 때 내는 엔진 소리를 형용한 의성어라고 한다. 이 트럭은 뒤편 짐칸의 천정에 덮개가 있고, 그 아래 양옆으로 고객이 앉을 수 있는 나무 좌석이 만들어져 있으며, 오르내릴 때 밟을 쇠로 된 디딤대도 달려 있다. 가고 올 때의 주변 산 풍경은 기가 막힐 정도로 수려하였다.

탐남 동굴에서는 수영복과 헤드랜턴 차림으로 검은색 튜브를 타고서 냇물로 들어가 바위벽에 잇달아 설치되어져 있는 끈을 잡고서 종류동굴 아래를 서서히 이동하며 구경하였다. 튜브가 통과하는 지점의 종류동굴 높이가 매우 낮아 바위에 머리를 부딪치지 않도록 조심해야 할 정도였다. 500m 쯤 되는 동굴의 안쪽 끄트머리까지 다다른 다음, 튜브를 내려서 허리를 구부리고 얼마간 걸어, 다시 튜브 있는 곳에 다다라 그것을 타고서 돌아 나왔다.

입구의 마을까지 돌아와서 탐쌍 동굴도 둘러보았다. 탐쌍(Tham Xang)이란 명칭 중 Tham은 동굴, Xang은 코끼리를 의미하는데, 현재 법당으로 되어 있는 이 굴의 안쪽에 코끼리 머리 부분의 형상을 한 종유석이 있어 이런 이름이 붙었다. 다시 뚝뚝이를 타고서 돌아오는 도중에 기아자동차 판매점이 있는 곳에서 다시 쏭 강 쪽으로 접근하여 뚝뚝이 덮개 위에다 싣고 간 카약을 타고서, 뱃사공을 포함한 3인이 1조씩 되어 노를 저으면서 호텔까지 내려왔다. 어제 모터보트를 타고 두른 바로 그 코스였다.

짐 정리를 한 후 오전 10시 25분에 호텔을 출발하여, 7시간 반 정도에 걸쳐 어제의 그 13N 국도를 따라서 북상하였다. 도중에 해발 2,000m 정도 되는 고지에 위치한 부비앙파라는 마을에 들러 점심 식사를 들었다. 거기까지 이르는 도중은 계속 카르스트 지형이라 산세가 방비엥처럼 아름다웠다. 다만 방비엥은 쏭 강을 끼고 있는지라, 다채로운 오락거리가 있어 관광지로 개발된 듯하다.

우리 일행은 모두가 여행 마니아인 듯하다. 개중에는 중남미를 네 번 다녀오고, 태국을 열 번 이상 다녀왔으며, 서부 아프리카 외에는 아프리카 대륙도 다 둘러보았다는 1946년생의 장명희 여사가 있는가 하면, 올해로 9번째 모두해서 300번 정도 해외를 나돌아 다녔다는 부산의 최영길 씨도 있다. 가장 연장자는 1940년생인 전직 공무원 김성일 씨 내외이다. 최영길 씨는 제주도 출신으로서 부산에 30년 정도 살았다는데, 근자에는 사업의 일선에서 물러나 제주도의 함덕 바닷가에다 별장을 마련해 두고서 자주 거기에 가 있는 모양이다.

이동 중에 북한 권력의 제2인자였던 장성택이 우리가 떠나올 무렵 처형당했다는 소식을 들었다. 이동하는 도중은 계속 산지였지만, 대나무 등이 많고 게다가 화전민이 일구어놓은 밭도 여기저기 눈에 띄어 한국보다 숲이 울창하다는 느낌은 들지 않았다. 화전민은 3년에 한 번씩 새로운 장소를 찾아 옮겨 다닌다고 한다. 오늘이 무슨 명절인지 전통 복장을 한 청춘 남녀들이 열댓 명 정도 모여 두 줄로 늘어서서 공놀이하고 있는 산골 마을에서 잠시 차를 내리기도 하였다.

고산지대의 겨울이라 그런지 제법 쌀쌀하였다. 나는 카디건을 꺼내어 반팔 셔츠 위에 계속 덮쳐 입었다. 오후에는 빗방울이 듣고 헤드라이트를 켜고서 운전해야 할 정도로 안개가 자욱하더니, 마침내 주룩주룩 비가 내리기 시작하였다. 도중에 베트남 방향으로 향하는 7번 국도와의 갈림 길을 지났다. 루앙프라방에 도착하기 반시간 전쯤부터 비탈진 산길이 끝나고서 평지로 바뀌었다.

루앙프라방(Luang Prabang)은 『뉴욕 타임스』가 선정한 세계의 여행자들이 가보고 싶어 하는 장소로서 첫 번째로 꼽히는 곳이며, 가장 살기 좋은 고장으로도 꼽히는 곳이다. 라오스에서 가장 큰 도시는 수도인 비엔티안이 아니고 남부의 사반나켓(Savannakhet)이며, 비엔티안에 이어 루앙프라방은 이 나라에서 세 번째 규모의 도시이다. 루앙프라방의 시내인구는 63,000명, 주변 지역을 포함하면 총 인구는 41만 명 정도이다. 시내에는 메콩 강과 칸 강(Nam Khan)의 두 개 하천이 흐르고 있고, 프랑스 식민지배 시절에도 분열된 세 나라 중 참파삭(Champasak)과 비앙짠(Viang Chan)은 식민지로서 완전히 흡수된 반면 루앙프라방만은 보호령인 왕국으로 남아 있었다. 최후의 왕인 시사방봉(Sisavangvong)은 라오스가 공산화된 1975년에 교육캠프로 끌려간 후 소리 소문도 없이 처형되어 사라져버렸다고 한다. 이 나라는 공산화된 이후 지금까지 다른 종교는 포교가 금지되어져 있으나, 역사적 뿌리가 깊은 불교만은 공인되어 더이상의 확장은 안 되어도 종래의 형태를 유지할 수 있을 정도의 종교 자유가 허락되어져 있다. 현재 모든 남자는 3개월 이상의 승려생활과 2년간의 병역 의무를 지고 있다.

도시는 유네스코 세계문화유산에 지정되어져 있는데, 그래서 그런지 시내에서는 버스 규모의 차량 통행이 허용되어져 있지 않다. 우리는 Ban Na Xang, Lao-Thai Friendship Rd.에 있는 앙통(Ang Thong)호텔에 들어나는 109호실을 배정받았다. 여기서 이틀을 머물게 되는데, 창 밖에 실외 풀장과 일광욕을 할 수 있는 긴 의자가 있고 아담하였다. 오후 6시 15분에 봉고 형의 차량을 타고서 이동하여 현지식으로 석식을 들었다. 오늘은 내가 술을 샀다.

16 (월) 흐림

새벽 6시 무렵부터 시작되는 불교 승려들의 탁발행렬을 참관하러 갔다. 루앙프라방 시내에만 해도 삼천 개 정도의 사원이 있다는데, 각 절의 승려들이 이 시간에 나와서 샤프론 꽃 색의 승복을 입고서 신도들로부터 아침 식사 보시를 받는 것이다. 보시하는 물품은 대나무를 잘게 쪼개어 만든 작은 통에 든 찹쌀밥과 각종 과일 및 과자 등이었는데, 현지에서 상인들이 팔고 있었다. 우리가 본 승려들은 대부분이 아직 나이 어린 동자승으로 보였다.

그런 다음 재래시장에 들러 이른 아침의 시장 모습을 둘러보았다. 거리의 양쪽으로 식료품을 위주로 한 각종 물품들을 파는 상인들이 죽 늘어서, 그 거리가 끝나는 지점까지 이어져 있었다. 개중에는 바게트 빵을 파는 상점도 있어 이곳이 과거에 프랑스의 식민지였음을 연상케 하였다. 루앙프라방을 비롯한 라오스의 거리와 사람들은 대체로 깨끗한 느낌을 주었다.

호텔로 귀환하여 조식을 든 후, 8시 반 무렵에 출발하여 메콩 강 크루즈에 나섰다. 누런 황토 빛의 넓은 강물을 거슬러 약 1시간 40분 정도 올라간 다음, 팍오우(Pak Ou) 동굴이라는 곳에 들렀다. 날씨가 흐린 데다 기온이 낮아서 한국의 초겨울처럼 추운지라 나처럼 반바지에다 슬리퍼 차림으로 배를 타기는 좀 무리였다.

가는 도중에 일행 중 최영길 씨와 나란히 앉아 계속 대화를 나누었다. 최 씨는 좀 수다스러울 정도여서 그가 주로 말을 하고 나는 듣고 있다가 가끔씩 질문을 던지는 정도였다. 제주도에 태어나 고등학교까지를 마친 그는 1973년부터 일본의 東大阪에 있는 近畿대학에 9년 정도 유학하여 商科를 나왔다고 하니, 내 유학 시기와도 일부 겹치는 부분이 있다. 그가 고등학교까지를 한국에서 마친 후 일본으로 유학하게 된 배경에는 해방 전까지 일본에서 살다가 귀국했던 그의 부모들이 그가 네 살 때 밀항하여 다시 일본으로 들어가 있었던 사정이 있다. 장성한 후 한국으로 돌아와 장인의 소개로 선박의 조타 장치를 생산하는 회사를 경영하게 되어 현재 그 회장으로 있는데, 우리나라의 해군 함정은 모두 자기 회사 제품을 사용하고 있다고 한다. 그가 300회 정도나 해외에 나돌아 다닌 것은 주로 사업상의 출장 때문이었던 모양이다. 제주에 있는 그의 별장은 대지가 아니라 건평만 240평 정도에 이르는 3층 건물로서, 육지와는 다리로 연결된 조그만 섬에 위치해 있는데, 실내에 수영장과 스크린 골프, 가라오케 시설 등을 갖추고 있고, 지은 지 6년에 이미 천 명 정도의 손님이 다녀 갔다고 한다.

팍오우 동굴은 4,000여 개의 불상이 모셔져 있다고 하는데, 16세기에 처음으로 발견되었을 때 승려들이 거주하고 있었고, 그 때 이미 300년 정도의 역사를 가지고 있었다고 한다. 그 입구에 있는 싱아자야(싱가풀라, 싱가풀이라고도 함)라는 개 모양의 동물은 힌두교의 문지기 신이라고 하는데, 오늘날 싱가포르의 국명이나 태국의 싱아맥주는 모두 이 신의 이름에서 유래한 것이라고 한다. 그러고 보면 다른 사원들의 법당 입구 등에서도 이 상을 볼 수가 있었다.

어제 우리를 태워다 주고서 돌아간 버스는 방비엥까지 거의 다 간 도중에 대형 트럭과 충돌하여 버스가 반파되고, 기사 부부는 병원에 입원하였다는 소식을 접했다. 기사가 졸까봐 대화를 나누기 위해 부인을 대동했던 것이다. 그 차는 한국제로서 거의 첫 운행에 가까울 정도로 새것이라고 하는데, 차주는 사람이 다친 것보다 오히려 차가 상한 것을 더 안타까워 할 것이라고 현지가이드 김 씨가 말했다.

루앙프라방으로 돌아온 다음, 먼저 '황금 도시의 사원'이라는 뜻인 왓 시엥통(Wat Xieng Thong)에 들렀다. 1560년에 전통적인 라오스 건축기법으로 지어진 것으로서 루앙프라방에서 가장 아름다운 불교사원이라고 하는데, 건물들 벽면에 보리수나무 등 여러 종류의 디자인을 색유리와 금으로 모자이크 처리한 장식을 볼 수 있었다. 거기서 이어진 큰 도로를 따라 좀 올라온 곳에 오늘의 주된 관광지들이 모여 있었다. 우리는 먼저 328개의 계단을 따라서 왕궁 앞에 위치한 100m 정도 높이의 푸씨(Phu Si) 산에 올라 천년 고도 루앙프라방의 전경을 조망하였다. 이 도시는 동남아시아 전통 건축과 19~20세기 프랑스 식민지 시대의 건축이 잘 결합

2013년 12월 16일, 왓 시엥통

되어 있는 곳으로서, 1995년도에 시 전체가 유네스코 세계문화유산으로 지정되었다.

왕궁(Ho Kham)에 들러서는 정문 오른편에 위치한 시사방봉 왕 (1905~1959)이 작고했을 때의 운구차를 안치해 둔 전통 양식의 건물 내부를 바라보았다. 이 궁은 1904년에 지어진 것으로서, 라오스 전통 양식과 프랑스 현대 양식으로 지어진 건물들이 구내에 서로 떨어져 같이 존재하고 있다. 시사방봉 왕의 저택과 왕실 자동차를 보관해 둔 집 등이 아직도 남아 있으나, 구내가 그다지 넓어 보이지는 않았다. 오늘날은 왕궁박물관(The Royal Palace Museum)으로 사용되고 있다.

다음으로는 왕궁 바로 곁에 위치한 왓 마이(Wat Mai, 새 절) 사원에 들렀다. 1796년의 원형을 대체하여 1821년에 새로 건축된 데서 유래한 이름으로서, 법당 입구의 바깥 벽면 전체에 금빛 양각 벽화가 상세하게 조각된 것이 특색이다. 1894년 이래로 이 절은 라오스 불교의 최고지도자가 거처하는 곳이 되었다.

무게 50kg에 83cm 높이의 라오스 불교에서 가장 소중하게 여겨지는 작은 금불상 파방(Pha Bang)은 1894년부터 1947년까지 이곳에 보관되어져 있었다. 이 파방은 1세기 무렵 스리랑카에서 제작된 것이라는 전설이 있으나, 14세기 이후의 앙코르 양식을 반영한 것으로서, 1512년에 란상의 왕 비소운(Visoun)이 크메르로부터 선물로 받은 것이다. 오늘날의 루앙프라방이라는 지명은 그것을 기념하기 위하여 개명한 것인데, 루앙은 '위대한'이라는 뜻이라고 하므로 결국 전체적으로는 '위대한 불상'이라는 의미가 된다. 파방은 오늘날에도 왕궁박물관 안에 안치되어져 있고, 새해 행사인 삐 마이(Phi Mai) 기간이 되면 왕궁박물관으로부터 나와 가마에 태워 시가행진을 한 뒤 이곳으로 옮겨져 물로 씻으며 소원을 빈다. 1779년과 1827년 두 차례에 걸쳐 샴에 강탈당했다가 1867년에 반환된 바 있었는데, 진품은 혁명 후에 소련으로 선물하고 지금 있는 것은 모조품이라는 설도 있는 모양이다.

이로써 시내관광을 대충 마치고서 네덜란드인과 결혼한 한국 여성이 경영하는 한국음식점에 들러 중식을 들었다. 막걸리와 소주도 주문하여 마시고, 남은 것은 한 군의 배낭에 넣어 그곳을 나왔다. 그녀는 현지인 종업원들에게 유창한 라오스 말로 무어라고 지시를 하고 있었다.

점심을 든 후, 라오깡 고산족 마을을 방문하였다. 각자 $10씩 추렴하여 시내에서 아이들에게 줄 과자나 라면 등의 선물을 산 후, 초등학교를 방문하여 운동장에 놀고 있는 아이들을 불러 모아서 줄을 지어 늘어선 아이들에게 나누어주고 남은 것은 선생들에게 선물하였다. 이 나라 아이들은 선물은 고맙게 받지만, 외국인에게로 다가와 무언가 달라고 구걸 같은 짓은 하지 않는 것이 특징이다. 라오깡이란 현지어로 산지의 중턱쯤을 가리키는 말로서, 이곳 주민들은 대부분 몽족이라고 한다.

다시 왕궁 근처로 돌아온 다음, 오후 6시 무렵 그 거리 일대에 야시장이 들어설 때까지 두 시간 반 정도에 걸쳐 각자 자유 시간을 가졌다. 나는 왕궁에서 이어지는 대로를 따라 왓 시엥통 사원 쪽으로 걸어 메콩 강과 칸 강의 합류지점에 다다른 다음, 메콩 강을 따라 난 길을 좀 걷다가 왓 시엥통 사원을 가로질러서 칸 강가의 도로를 산책하여 왕궁 쪽으로 돌아왔고, 다시 메콩 강변을 따라 반대쪽으로 걸어 거리가 거의 끝나는 지점까지 갔다가 야시장이 열리기 시작하는 시각쯤에 왕궁 쪽으로 다시 돌아왔다. 왓 시엥통 근처의 다른 사원에서는 우리나라 절의 저녁시간에 그러한 것처럼 승려 두 명이 북과 꽹가리 같은 악기를 꽤 오랜 동안에 걸쳐 서로 장단 맞추어 두드리는 모습을 지켜보았다. 새벽 네 시 쯤 잠결에 무언가 계속 울려대는 소리를 들은 바 있었는데, 바로 이처럼 절에서 스님들이 행하는 의식이었던 것이다.

거리의 여기저기에 라오스 국기와 티베트나 네팔, 인도 등지에서 더러 본 불교 기가 내걸려 있고, 더러는 낫과 망치를 그린 공산당기도 눈에 띄었다. 라오스 국기는 한가운데 흰 동그라미가 있고, 그 바탕에 푸른색의 가운데 줄과 붉은 색 두 개의 바깥 줄로 이루어져 있다. 동그라미는 달을, 푸른 줄은 국토를, 붉은 줄은 공산 혁명을 위해 바친 선열들의 피를 상징한다고 한다. 거리에 보이는 차들은 한국제와 일제가 주종으로서 대부분 새 차들이었다. 이 나라에서 두 번째 가는 코라오 그룹을 이룬 한국인은 한국 중고차의 수입으로 사업 기반을 잡았다고 하는데, 현재는 당국에서 중고차의 수입을 금지하고 있는 모양이다.

왕궁 근처의 식당에서 포도주 두 병과 스테이크 요리로 석식을 들고, 점심 때 들다 남은 막걸리와 소주도 든 후, 주당 다섯 명은 야시장 입구의 먹자골목으로 들어가 라오맥주 몇 병과 불고기 안주를 시켜 놓고서 마지막으로 남은 막걸리 3통과 소주 2병도 다 비운 후, 뚝뚝이를 타고서 호텔로 돌아왔다. 이곳의 뚝뚝이는 소형 세 바퀴 모터차로서 인도의 오토릭셔와 거의 다를 것이 없었다. 먹자골목의 손님들은 대부분 외국인이었는데, 우리 다섯 명의 오늘 밤 술값 및 안주 값을 합해 지불한 금액이 $13에 불과했다고 하니, 외국인이 이처럼 많은 것은 싼 물가 탓도 있는 듯하다. 뚝뚝이 값은 $5이었는데, 내가 지불하였다. 전체적으로 보아 루앙프라방은 인도네시아의 발리와 유사한 분위기를 지니고 있다.

17 (화) 맑음

9시 30분에 출발하여 공항으로 향했다. 루앙프라방 공항은 근자에 중국 측이 지어준 것으로서, 시설이 수도인 비엔티안 공항보다 낫다고 한다. 공항에서 티케팅을 하기 직전 내가 미얀마 출입국 서류를 찾느라고 트렁크를 다시 여닫는 동안 현지 가이드들은 벌써 작별하고서 떠나버렸다. 그들은 13시간 동안 회사 버스를 타고서 오늘 중 비엔티안으로 돌아간다고 한다.

방콕항공의 PG942호를 타고서 12시 20분에 루앙프라방을 출발하여 14시 20분에 며칠 전 출발했던 방콕의 수바르나부미 국제공항에 도착하였고, C1A 게이트에서 대기하다가 PG703호를 타고서 16시 45분에 방콕을 출발하여 17시 35분에 미얀마 양곤의 밍글라든 국제공항에 도착하였다. 미얀마는 한국과 2시간 반의 시차가 있다. 루앙프라방 공항에서는 기념품으로 라오스 전통음악 CD 석 장과 「Discovering Laos & Luang Prabang」 DVD 한 장을 모두 $63에 구입하였다. 비행기를 타고 이동하는 도중에 『Myanmar(Burma)』의 역사 부분을 좀 읽어보았다. 우리가 탄 비행기는 거의 텅 비어 있었다.

양곤 공항에서 우리를 맞아준 현지 가이드는 제주도 성산포 출신으로서 어머니가 해녀였으며, 올해 50세로서, 제주대 법학과를 졸업하고 서울에서 일하다가 11년 전에 미얀마로 왔다는 고경식 이사였다. 우리 일행 중 제주도 우도 출신인 崔英吉 씨와는 동향이라 서로 각별한 친밀감을 느끼는 모양이었다. 고 씨는 이 나라에 거주한 지 11년이지만 오고가며 인연을 맺은 지는 16년 정도 되는데, 1남 1녀 중 장남은 홍콩시립대학에 유학하여 현재 그 부인이 아들을 따라가 돌봐주고 있고, 고등학생인 딸은 미얀마에 남아 함께 거주하고 있는 모양이다. 현지의 한국 가이드들은 대체로 자신의 여행사를 꾸리고 있으며, 한국 측 여행사로부터 손님을 넘겨받아 현지에서의 모든 일들을 처리하는 모양이다.

미얀마는 인구 6200만이며, 국토 면적은 남한의 7배, 한반도 전체의 3배 반으로서, 동남아 최대의 영토를 보유하고 있다. 약 2,500년의 불교 역사를 간직한 세계 최대의 불교국가이다. 과거의 버마라는 국명은 야다

나곤으로부터 바뀐 것인데, 그 이름은 134개 민족 중 86%를 차지하는 버마족의 이름을 취한 것이었다. 1962년에 있었던 네윈(Ne Win) 장군의 쿠데타 이래 군부통치가 약 50년간 지속되어 쇄국정치가 실시되었으므로, 국민소득은 10여 년째 이 나라 정부가 발표하고 있지는 않지만 태국에서 발표한 바로는 $500 미만이라고 한다. 그래서 인구 500만의 거대도시인 양곤도 전기 사정이 매우 좋지 않아 보통 하루에 너덧 번씩 정전이 있다. 미얀마에는 2013년 현재 약 2,500명의 교민이 있으며, 한국과는 1980년대 이래 대사급 외교관계를 맺고 있다.

그러나 1988년에 대규모 민주항쟁이 있었고, 그 해에 쇄신정책의 일환으로 국호를 버마에서 미얀마로, 도시 이름도 영국인이 정한 랑군에서 그 이전 1755년부터의 이름인 양곤으로 바꾸었다. 미얀마의 미얀은 '빠르다', 마는 '강하다'는 뜻으로서, 결국 '빠르고 강하다'는 의미이며, 양곤은 '분쟁이 끝났다'는 의미라고 한다. 그러나 89년도에 무혈쿠데타로 우딴쉐(Than Shwe) 장군의 군부통치가 다시 부활되었고, 2010년도 말에야 비로소 명목상으로는 군부통치가 종식되고 문민정부가 수립되었는데, 그 수반인 대통령은 군부정권 시절의 총리였던 4성 장군 출신의 우 떼인 센(Thein Sein)이며, 국회의원의 2/3도 군부가 지명하는 실정이라(가이드로부터 그렇게 들은 듯하다) 아직도 완전한 문민정부라고 할 수는 없다. 미얀마에서 우는 남자의 이름 앞에 붙이는 존칭으로서 이를테면 Mr. 정도의 의미이며, 여자에게는 돈이라는 호칭을 붙인다고 한다.

2년 남짓한 문호개방 기간 동안에 혼란이 가중되어 다국적기업들이 들어서고 물가폭등과 인플레가 심각한 상태이다. 그러나 군부통치의 영향으로 치안은 대체로 좋은 편이라고 한다. 개방 정책과 더불어 중고 차량의 수입이 개방되어, 현재 양곤 시내의 교통체증은 심각한 지경이다. 차량은 일제가 주종을 이루고 있고, 한국 차는 수입하기 시작한지 2년 정도에 불과하여 아직 미미한 정도이다. 거리가 어두우므로 시멘트 덮개로 되어 있는 하수도의 뚜껑이 사라져 버린 경우가 있어 밤중에 맨홀에 빠져 사람이 다치는 사태가 종종 빚어지는데, 그런 까닭에 최근의 人道는 대체로 시멘트로 통 포장 되어 있다. 미얀마의 화폐 단위는 잣인데, 현재 $1에 980잣이라고 한다.

미얀마는 남방불교의 종주국이라고 할 수 있다. 우리는 오늘 밤중에 우선 미얀마 인의 자부심이자 세계적인 불교 성지인 쉐다곤(Shwedagon) 파고다를 방문하였다. 이는 미얀마의 3대 불교 성지 중에서도 첫 번째로 꼽히는 곳이다. 원래는 8.2m 높이였으나, 안내 팸플릿에 의하면 미얀마 왕조들의 1453년과 1774년 두 차례에 걸친 증축으로 현재는 그 높이가 99.36m에 이른다. 우리가 진입한 그 입구에는 1926년에 심어진 거대한 보리수나무가 서 있었고, 그 외에도 경내에 보리수나무들이 모두 다섯 그루 있다. 둥치의 두께가 엄청난 이 나무는 인도 보드가야의 보리수로부터 접붙이기를 하여 옮겨온 것이라고 한다. 쉐는 '황금', 다곤은 '언덕'이라는 의미로서, 합하면 '황금 언덕의 사원'이라는 의미라고 한다. 쉐다곤은 석가모니 부처의 머리카락 8줄과 석가 이전 부처 세 명의 유물을 포함하여 모두 네 명의 聖物을 보존하였다고 전해 온다. 이곳의 지명은 660년 전까지 다공 짜이띠오였고, 그 의미는 '황금의 도시, 혹은 언덕'이었다. 이 탑은 2,500년 전 불타생존 시에 생긴 것이라는 전설이 전해져 내려오고 있으나, 실제로는 원래의 탑은 6세기에서 10세기 사이 몬족에 의해 세워졌을 것으로 추정되고 있으며, 지진이 잦은 나라인지라 이후 여러 차례 중수된 것이라고 한다.

중앙 대탑은 그 소재가 벽돌인데, 하부의 계단 부분은 蓋金을 하고, 그 위의 둥근 부분은 금판을 씌웠으며, 약 7톤의 황금이 소요되었고, 2년에 한 번씩 金佛事를 한다. 경내면적만 해도 2,480평으로서 대탑 주위에는 수많은 불상과 탑들이 세워져 있다. 전력난에도 불구하고 대탑을 비롯한 절 경내는 전기 불빛이 대낮처럼 찬란하였다. 불상들의 뒷면에도 네온으로 된 광배가 있고, 표면이 도자기처럼 말끔한 부처들은 시멘트로 만들어진 것이라고 한다. 경내에 보이는 승려들이 입은 승복은 라오스의 경우가 짙은 노란 색이었는데 반해 진한 밤색이었다. 경내에서는 灌佛하는 사람들도 볼 수 있었다.

쉐다곤 파고다의 관람을 마친 후 석식을 하러 코카수끼 전문 식당으로 갔다. 코카수끼란 이를테면 한국의 샤브샤브에 해당하는 음식이었다. 거기서 맥주 몇 병에다 최영길 씨가 방콕 공항에서 사 온 브랜디를 섞어 폭탄주를 마셨다.

No.205, Corner Of Wadan Street & Min Ye Kyaw Swa Road, Lanmadaw Township, Yangon에 있는 판다(Panda) 호텔이라는 곳의 704 호실에 들었다. 호텔의 수준은 라오스의 경우에 비해 꽤 떨어졌다.

18 (수) 맑음

호텔에서 도시락을 수령하여 오전 5시 30분에 출발하여 국내선 공항으로 향했다. KBZ항공의 K7-242편 4C석에 타고서 양곤을 출발하여 1시간 15분을 비행하여 미얀마 중부의 도시 바간에 도착했다. 소련제 프로펠러 비행기라고 한다.

바간은 미얀마 역사상 최초로 통일왕조의 수도가 된 곳이다. 미얀마 땅에는 기원전 75,000년경부터 인간이 거주해 왔으며, 현재 135개 종족 중 86%가 버마(Bamar, Burma)족이라고 한다. 이들은 8세기 혹은 9세기에 히말라야 동부 지역으로부터 이주해 온 羌족으로서, 1044년에 즉위한 아노라타(Anawrahta) 왕이 1047년에 이곳 바간에다 수도를 정하였다. 당시 이 지역에는 힌두 및 대승불교가 전파되어 있었고, 남부의 몬족에게는 소승불교가 전파되어 있었다. 전설에 의하면, 몬족의 왕 마누하는 신(Shin Arahan)이라는 승려를 파견하여 아노라타 왕을 개종시켰다. 그러나 개종 후 아노라타 왕은 마누하 왕에게 많은 불경과 불교 유물을 요구하였는데, 마누하 왕이 이를 거절하자 마침내 아노라타 왕은 전쟁을 일으켜 자기가 원하는 모든 것을 빼앗고 마누하 왕까지 바간으로 끌고 와 남북을 통합한 최초의 국가를 수립했다. 바간 왕조는 1287년 칭기즈칸의 손자인 쿠빌라이에 의해 멸망하였으므로 240년을 지속한 셈이다.

가이드의 설명에 의하면, 버마 족이 오늘날의 미얀마 땅으로 이주해 오기 이전에 이미 이 땅 북부에는 삐우(Pyu)족, 남부에는 몬(Mon)족이 세운 국가가 존재하고 있었다고 한다. 그러나 론리 플래닛『미얀마』편의 설명에 의하면, 삐우 족은 1세기 무렵에 이주해 와 미얀마 중부 지역에 최초의 왕국을 세웠지만, 10세기 무렵 중국 雲南省 지역으로부터 침입해 온 종족에 의해 정복되어 점차 사라지고 말았고, 버마족은 이주해 온 이래 여러 세기에 걸쳐 몬족과 싸워 마침내 주도적인 위치에 이르렀으나, 결과적으로 두 문화는 서로 융합되었다고 한다. 바간에는 옛날 5천여 개의 불교 사원이 있었다고 하나, 현재는 2,500개 정도가 남아 있다.

우리는 바간에 도착하여, 먼저 냥우(Nyaung U) 재래시장을 둘러보았다. 시장에서는 미얀마 여인들을 비롯한 남녀노소가 미용 상의 이유로 얼굴에 바르고 다니는 다나까 나무 등을 보았다. 그 나무의 껍질을 갈아서 얼굴 등에 바르면 자외선 차단, 보습효과, 美白효과 등이 있다고 한다. 그러나 동남아의 여러 나라 중 왜 유독 이 나라만이 그런 화장법을 쓰는지 나로서는 아직 이해할 수 없다.

그 다음 아름다운 황금대탑이 있는 쉐지곤 파고다(Shwezigon Phaya)에 들렀다. 쉐는 '황금', 지곤은 '모래'이니, 결국 '황금모래사원'이라는 의미가 된다. 이는 바간 왕조가 세운 최초의 사원으로서, 아노라타 왕이 남쪽의 몬족을 정벌하고서 그 전리품을 흰 코끼리에 싣고 와 그것을 안치할 장소를 물색할 때 왕의 고문인 아라한의 의견에 따라 白象으로 하여금 절터를 물색케 하였더니, 그 코끼리들이 머물러 앉았던 자리에 황금빛 모래가 있어 이곳에다 사원을 건설하게 되었던 것이라고 한다. 중앙에 위치한 황금빛 큰 탑에는 부처님의 치아 사리가 보관되어져 있다고 전해 온다. 이 탑에는 금박이 벗겨진 흔적이 많이 보였는데, 매년 4월에 蓋金佛事를 하는 모양이다. 이 절의 경내에서 본 비구니의 복장은 비구들의 그것과는 꽤 달랐다. 아노라타 왕의 아들인 캰지타 왕 때 37개 精靈을 부처의 보좌위로서 정했다고 하는데, 오늘날도 절 경내에는 그러한 정령을 경배하는 법당이 남아 있다.

영어의 파고다는 미얀마어로 파야(Phaya)라고 하는데, 그 의미는 '부처님이 있는 곳'이므로 결국 사찰이라는 뜻이 된다. 라오스 등지에서도 대체로는 그러하지만, 미얀마에서는 모든 사찰에 출입할 때 신발은 물론 양말까지 반드시 벗어야 한다. 절에 들어갈 때 신발을 벗는 것은 下心의 표시라고 한다.

미얀마에는 또한 이 나라 고유의 문자가 있다. 이 문자는 1천 년 정도 의 역사를 가진 것으로서, 불경에 쓰인 팔리어와 삐우 족의 문자를 합성 하여 만든 것이라고 한다. 그러고 보면 인도의 룸비니에 갔을 때 보았던 아소카왕 석주에 새겨진 팔리어도 이 글자와 흡사한 면이 있었다.

다음으로는 흰 우산의 전설이 전해 오는 틸로민로 사원(Htilominlo Pahto)에 들렀다. 티는 '우산', 로밀로는 '생각대로'라는 뜻으로서, 결국 '우산의 뜻대로'라는 의미라고 한다. Nantaungmya 왕이 다섯 형제들 가 운데서 기울어진 우산이 가리키는 신탁에 의해 황태자로 선정된 장소를 기념하여 1218년에 건립된 것이다. 미얀마의 불교사원은 기본적으로 벽 돌로 되어 있고, 그 외부에 회칠을 한 후 그 위에다 프레스코 기법으로 문양을 새겨 넣는다. 사찰의 건축에는 페아쭌이라고 불리는 노예에 가까 운 노동자들이 참여하였다고 한다.

이 절을 탐방하던 도중 인솔자가 가족을 대동한 다른 한국인과 한참동 안 대화하는 것을 보았다. 양곤에는 기독교 선교사가 80여 명 와 있는데, 그 중 한 사람이라고 했다. 최근에 교민이 급격히 늘어 현재 미얀마에 거주하는 한국 교민은 2,500명 정도에 달한다고 한다.

우리는 이라와디(아예야와디) 강가에 위치한 Sunset Garden Restaurant 이라는 식당으로 가서 중국식에 가까운 음식으로 점심을 들었다. 멀리까 지 툭 터인 강변 풍경이 아름다웠다. 이 강은 총 길이가 2,200km로서, 티베트 쪽 히말라야의 미치나라는 곳에서 발원하여 양곤 근처의 삼각주 하구로까지 흘러가는데, 그 발원지는 미얀마 영토에 속한다고 한다.

점심을 든 후 12시 반부터 오후 2시 반 무렵까지 No.(10), Na Ra Theinga Quater, Anawrahtar Ward, Myat Lay Street, New Bagan, Nyaung Oo Town에 있는 숙소 보가떼띠(Bawga Theiddhi)호텔 108호실에서 휴식 을 취했다. 양곤의 호텔보다 시설이 좋았다. 바간에서 호텔은 파고다보다

높아서는 안 되므로, 대개 2층 이내이다.

한숨 잔 후, 오후에는 먼저 천 년의 역사를 이어온 전통칠기 공예공방을 방문하였다. 대나무를 잘게 쪼개어 각종 도구를 만든 다음, 그 위에다 옻칠을 입힌 제품이다. 나는 여기서 찻잔 받침대 한 세트를 $20에 구입하였다.

다음으로는 마누하 왕의 이야기가 깃든 마누하 및 난파야 사원을 방문하였다. Manuha Phaya는 1059년에 건립된 것으로서, 그 이름은 몬족의 왕 마누하 부부가 전쟁에 져서 잡혀와 이곳에 머물렀던 데서 유래한 것이다. 그 바로 곁 남쪽에 위치한 Nan Phaya는 그들 부부가 유폐되었던 장소라고 전해 온다. 힌두교와 불교의 융합을 보여주는 神像들의 모습이었다. 바간에는 바간 왕조 시대의 건축물이 많이 남아 있어 도시 전체가 박물관이라 할 수 있으므로 유네스코의 인류문화유산으로 지정되어져 있는데, 지진으로 파괴된 사원과 새로 신축 중인 사원이 혼재하고 있다.

다음으로는 부 파고다(Bu Phaya)에 들렀다. 부는 호리병박(조롱박)을 의미한다. 이라와디 강가에 위치한 것으로서 쀼우 족 양식의 원통형으로 생긴 황금 빛 탑이 마당 가운데에 서 있는데, 3세기에 건립된 것이라고 전해오므로 그렇다면 바간에서는 가장 오래된 절이다. 그러나 실제로는 850년경에 세워진 것으로 간주되며, 오늘날 보는 탑은 1975년의 지진으로 파괴된 후 재건된 것이다. 이 탑은 과거에는 강위를 지나는 선박들에 대해 이정표와 등대의 구실도 겸했다고 한다. 파간에서는 유적들 사이로 자전거나 오토바이를 타고서 오가는 서양인들을 많이 볼 수 있다.

바간 건축양식의 보고인 아난다 사원(Ananda Patho)과 탑 위에 올라 바간의 전경을 감상할 수 있는 쉐산도 파고다(Shwesandaw Phaya)를 끝으로 오늘 관광을 모두 마쳤다. 아난다 사원은 1090년과 1105년 사이에 캰지타 왕에 의해 건립된 것으로 간주되는데, 완전하게 균형 잡힌 구조를 갖추고 있고, 바간 전체에서 보존 상태가 가장 좋은 사원이며, 또한 규모가 꽤 큰 사원이기도 하다. 그 내부에는 사방에 커다란 부처의 입상이 있는데, 그 부처의 표정이 보는 위치에 따라 각각 달라진다. 좀 멀찍한 곳에서는 활짝 웃는 얼굴, 중간 정도의 위치에서는 약간 미소 띤 표정이 되고, 발아래에서는 미소가 전혀 없는 근엄한 표정으로 되었다.

쉐산도는 '황금빛 聖髮'이라는 의미인데, 아노라타 왕이 다른 나라 (Ussa Bago, 즉 오늘날 양곤 북쪽에 위치한 Pegu)가 크메르의 침입을 물리치는 것을 도와준 데 대한 감사의 표시로서 보내온 부처의 머리카락을 보관했다는 데서 유래한 이름이다. 꼭대기에 둥근 탑이 있는 사각형 5층으로 된 피라미드 모양의 쉐산도 사원은 석양의 경치로 유명한 곳인데, 우리가 갔을 때도 석양 무렵에 가까워 서양인을 비롯한 관광객들로 무척 붐비고 있었다. 거기서는 사방의 경치를 둘러보면서 가장 꼭대기 층으로부터 차례로 아래층을 돌면서 경사가 급한 계단을 내려왔고, 그곳을 떠날 무렵 $5를 주고서 상인으로부터 미얀마인 남녀가 하체에다 두르는 치마인 론지를 하나 구입하기도 하였다.

두 사람이 한 대씩 마차를 타고서 약 30분 정도 이동하여 아마타 레스토랑으로 가서 마린바와 닮은 현지의 전통 악기 연주와 인형극 공연을 보면서 석식을 들었다.

19 (목) 맑음

7시 20분에 호텔을 출발하여 KBZ항공의 K7-242호기를 타고서 45~50분 정도 비행하여 바간의 동쪽이며, 미얀마 마지막 왕조의 수도였던 만달레이(Mandalay)로부터는 남쪽인 샨(Shan) 주의 헤호(Heho) 공항에 도착하였다. 거기서 차로 한 시간 정도 이동하여 해발 1,328m의 인레(Inle) 호수 북쪽 Nyaungshwe 마을에 도착한 다음, 거기서 다시 길쭉한 동력선 두 대에 분승해 20분 정도 이동하여 우리들의 숙소인 Paradise Inle Resort에 닿았다. 인레 호수는 남북으로 약 100km, 동서로 최대 폭 22km 정도인데, 숙소는 그 중 북부의 넓은 호수 속에 지어진 꽤 넓은 목조 수상가옥 리조트였다. 나와 한 씨는 212호실을 배정받았다. 리조트 안에는 바와 레스토랑도 있고, 청년들이 발로 공처럼 생긴 플라스틱 통을 차서 네트의 반대편으로 넘기는 놀이를 하고 있었다.

미얀마의 14개 주 중에서 이곳 샨 주는 오지 중의 오지인 산악 지대로서, 독립을 요구하는 반군들 중 가장 강력한 세력의 근거지이다. 샨 족 또한 중국으로부터 이주해 온 민족이라고 한다. 마약 재배는 이들 반군의 주요 자금원이 되고 있다. 샨 주 중에서도 이 인레 호수 일대에는 인따('호수의 아들'이라는 뜻) 족이라고 하는 소수민족이 주로 거주하는데, 이곳에는 500년 전부터 사람이 거주하기 시작하여 200년 전쯤에 마을이 활성화되었다고 한다. 인따 족은 카누처럼 생긴 작고 날렵한 배를 타고 외발로 노를 저으며 꼿꼿이 서서 통발 같은 모양의 고정식 그물로 물고기를 잡거나 수초를 채취하는가 하면, 여러 개의 대나무를 평평하게 엮어 밭고랑처럼 만든 후 이를 물에 띄우고서 대나무 기둥으로 고정시키고, 그 위에다 흙을 쌓아 꽃·토마토·고추 등 수경재배에 알맞은 각종 식물을 재배하는 쭌묘라고 하는 밭을 조성하는 등 이색적인 생활방식을 취하고 있다. 인레 호수에서는 갈매기들도 제법 많이 볼 수 있었다.

우리는 다시 동력선을 타고서 25분 정도 서남쪽으로 이동하여 Twa Ma(Ywama?)라는 곳에 있는 수상시장으로 가보았다. 그곳의 Le Monde라는 레스토랑에서 점심을 든 후, 그 부근 일대의 여기저기를 동력선을 타고 돌아다니면서 토산품 가게, 은세공 공방, 샨 주에서 가장 유명하다고 하는 팡도우 파고다(Phaung Daw Oo Phaya), 蓮絲직물(인박공) 공방, 대장간(바삑) 등을 차례로 방문하였다. 그 중 첫 번째로 들른 토산품 가게에서는 목에다 금빛 쇠로 된 링을 차례로 채워 목을 길게 뽑아 올린 빠다웅(Padaung) 족 여인 세 명을 만나 기념촬영을 하기도 했다. 이 족속은 일찍이 책을 통해 여러 번 본 적이 있었는데, 미얀마·태국·라오스의 국경 지대로서 마약 재배로 유명한 샨 주 골든트라이앵글 산지의 Tachilek에 주로 거주하는 족속이다. 오늘 본 사람들은 관광용으로 이리로 데려온 것이며, 이제는 전국적으로 800여 명 정도만이 잔존해 있다고 한다.

팡도우(꽃 계단, 즉 열반의 계단이라는 뜻) 파고다에서는 반군의 최고 지도자와 군부 정권의 실세들 및 현 대통령 사진 등이 벽에 나란히 붙여져 있는 모습도 보았다. 미얀마 정부와 반군은 때때로 서로 협력하기도 하는 모양이다. 나는 연 줄기에서 뽑아낸 섬유로 짠 직물들을 파는 곳에서 다시 미얀마 식의 치마와 저고리 하나씩을 각각 $15과 $12에 구입하였고, 대장간에서는 금속제 雲版 하나를 $40 주고서 구입하였다.

오후 3시 남짓에 일찌감치 숙소로 돌아와 바에서 일행 중 최 회장, 한 씨, 수원의 농업 관계 연구소인가에 근무하다 은퇴하여 지금은 주로 강원도에 거주한다는 이남종 씨(1950년생)와 함께 와인을 마셨고, 저녁 식사 때도 와인이 나왔으나 식사 후에 다시 바에 들러 이남종 씨 대신 장명희 여사가 끼어 밤 9시 무렵까지 와인을 마셨다. 지금까지 술은 주로 최 회장이 샀으나, 석식 후의 와인은 내가 샀다.

일정표 상으로 우리는 오늘 호수 서북쪽 Khaung Daing 마을의 호반에 있는 후핀 리조트라는 곳에 머물 예정이었는데, 사실인지 아닌지는 알 수 없으나 가이드의 설명에 의하면 그곳이 어제 화재로 전소되어 버려 숙소를 바꾼 것이라고 한다. 후핀 리조트는 꽤 큰 업소인 모양이어서 우리가 탄 동력선들에는 모두 Hupin Hotel이라고 쓰여 있었고, 그 외에도 이 호텔 소속의 보트가 많이 눈에 띄었다. 인레 호수에서는 오염 방지를 위해 동력선은 후미에다 프로펠러를 달아 추진하는 것만이 허용되는 모양이다.

20 (금) 맑음

어제 왔던 코스를 경유하여 오전 8시 20분에 헤호 공항에 도착하였다. 돌아오는 도중에 곳에 따라 짙은 안개가 끼었는데. 아침 안개는 인레 호수의 명물인 모양이다. KBZ항공의 K7-242기를 타고서 9시 15분에 출발하여 도중에 라카인(Rakhine) 주의 해변에 있는 이 나라 최대의 휴양지로서 미얀마의 나폴리라고 불리는 딴붸(Thandwe)에 기착하였다가, 11시 30분에 양곤 공항에 도착하였다.

양곤이 수도로 된 것은 영국의 식민통치가 시작되기 전 해인 1885년으로서, 2005년에 미얀마 중부의 새로 건설된 도시 Nay Pyu Taw로 천도가 발표될 때까지 120년의 역사를 가졌을 따름이다. 그러나 천도한 이후로도 양곤은 이 나라 최대의 도시로서 중심적 역할을 하고 있다. 양곤은 영국이 1886년에 식민통치를 시작할 때 종전의 수도인 만달레이가 나라의 중앙이기는 해도 내륙에 위치하여 해상으로부터 접근하기 어려우므로, 통치의 편리를 위해 양곤 강의 끝자락에 위치한 어촌이었던 이곳에 계획도시를 건설하여 새 수도로 정한 것이다. 그러므로 양곤은 정사각형의 방사형 구조를 이루고 있다. 그 후 약 4년간 일본의 식민통치를 거쳐, 1948년 해방된 이후에도 계속하여 이곳을 수도로 정하게 되었다.

우리는 시내의 중심부로 들어와 독립 영웅 아웅산 장군의 동상이 있는 곳 근처인 깐도지(Kandawgyi) 호수 가 Natmauk Road, Near Bogyoke Aung San Bronze Statue, Bahan Township에 위치한 로열 가든 레스토랑에 도착하여 중국 廣東식의 딤섬으로 점심을 들었다. 깐도지 호수는 '왕실의 호수'(Dawgyi Kan)라는 의미의 인공호수로서 현재 유료 시민공원으로 되어 있다. 부근의 쉐다곤 파고다는 사방에서 바라볼 수 있도록 언덕에 위치해 있는데, 그 언덕을 조성한 흙은 이곳에 호수를 파서 얻은 것이라고 한다.

노벨평화상 수상자인 아웅산 수치 여사는 아웅산 장군의 2남 3녀 중 막내로 태어났다. 아웅산 장군은 1946년에 영국으로 가서 독립을 약속받았고, 회의 도중에 저격을 받아 동료 몇 명과 함께 사망하였다. 아버지가 죽었을 때 그녀는 5세였다고 한다. 1988년도에 이 나라에 대대적인 민주화 시위가 일어났을 때 영국으로부터 귀국하여 그 운동을 지도해 큰 지지를 받았는데, 89년도에 처음으로 가택연금을 당하기 시작하여 2010년 12월에 해제될 때까지 무려 16번이나 연금과 해제가 되풀이되었고, 그녀는 이미 70대의 고령에 이르러 있다. 현재는 보궐선거로 국회의원의 신분을 지니고 있지만, 헌법이 바뀌지 않는 한 직계가족(아들)의 영국 국적으로 말미암아 2015년의 대통령선거에 출마할 자격이 없고, 현 대통령이 국민들로부터 지지를 받고 있어 재선될 가능성도 크므로, 그녀의 정치적 장래는 현재로서는 예측할 수 없는 상태이다. 그녀의 모친이 인도 대사로 재임한 적이 있었는데, 그녀는 영국인 남편과 인도에서 알게 되었다고 한다.

이 나라 장기 군부독재의 단서를 연 네윈 장군도 아웅산의 동료로서, 30인으로 구성된 독립운동 단체의 주요 멤버였다고 한다. 그는 1962년에 쿠데타로 집권한 이래 30여 년간에 걸쳐 쇄국적인 철권통치를 하면서 이 나라 경제를 오늘날과 같은 지구상 최빈국의 수준으로까지 추락시키는 결과를 가져왔고, 2002년에 사망하였다.

양곤의 차 넘버는 대부분 이 나라 문자로 적혀 있어 외국인은 전혀 읽을 수 없으나, 올해부터는 아라비아 숫자로 바뀌게 되어 현재 신구의 번호판이 혼재해 있다. 그리고 택시 요금은 미터제가 아니고 기사와 흥정해서 결정하는데, 한번 결정된 요금은 도중에 시간이 얼마나 걸리더라도 그대로 적용된다고 한다. 양곤 시내에 지하철이 없는 까닭인지 오늘도 역시 교통체증이 심각하였다. 3차선 이상의 도로에는 오토바이의 통행이 금지되어 있다.

도로변에 가톨릭 성당도 보였다. 불교국가인 이 나라에서도 법적으로는 종교자유가 허용되어져 있는 모양이다. 또한 이 나라 젊은이들은 우리에게 한국어로 인사를 건네 오거나 '오빠' 등 간단한 한국어를 말하는 경우가 많은데, 그것은 한국의 TV드라마와 DVD 등이 널리 보급되었기 때문이다.

오후에는 먼저 아웅산 거리(Bogyoke Aung San Road)에 있는 아웅산보족마켓(Bogyoke Aung San Market)을 보러 갔다. 보족이란 '장군'의 뜻이다. 70년쯤 전 영국인 스콧 총독에 의해 개설되었으므로, 원래는 스콧마켓(Scott Market)이라고 불렸던 것인데, 해방 후 독립 영웅 아웅산 장군의 이름으로 바뀌었다. 거기서 한 시간 동안 자유 시간을 가졌고, 나는 그 동안 시장 안을 구석구석 돌아다니면서 미얀마식의 목제 병따개 세 개를 $5에, 그리고 대나무로 만든 황금빛 칠기 차 도구 한 세트를 $35에 구입하였다. 이 나라 남자들이 착용한 치마는 모두 끈이 없고 양쪽의 배를 끌어당겨 배꼽쯤에서 불룩하게 묶고 있다. 그러나 내가 산 치마 두 개는 모두 허리에 둘러서 묶는 끈이 달려 있으므로 오늘 가이드 고 씨에게 물어 비로소 알았는데, 그것은 여자용이라고 한다.

다음으로는 차욱탓지(Chaukhtatgyi Phaya) 臥佛을 보러 갔다. 50년 전에는 立佛이었는데, 그것이 무너져 내렸으므로 그 자리에다 와불로 다시 세운 것이라고 한다. 차욱은 '6', 탓지는 '계단'을 의미하므로 그 이름은 '여섯 단계의 세상'을 의미한다. 만달레이에서 서쪽으로 차로 5~6시간 이동해야 하는 거리의 몽유와(Monywa)라는 곳과 그 북부에 세계 최대인 300m의 와불과 입불이 2~3년 전에 완성되었으므로, 가로 67 세로 18m의 이 부처는 현재 이 나라에서 그 다음 가는 크기이다. 만달레이는 석가모니 부처가 재세 시에 제자인 아난다와 함께 그곳으로 와서 장차 거기에 커다란 불교국가가 출현할 것을 예언한 바 있다는 설화가 전해오고 있다. 와불은 휴식상과 열반상의 두 종류가 있는데, 이것은 휴식상이다. 이것처럼 쉐달랴옹이라고 부르는 와불이 전국 여러 곳에 있는데, 쉐는 '금' 달랴옹은 '와불'이라는 의미라고 한다. 여성적인 아름다움을 지닌 시멘트로 만든 부처로서, 특히 그 눈동자가 아름다웠다. 우리는 그 발치에 있는 Ma Thay라는 유명한 성인의 상도 둘러보았는데, 그는 비를 그치게 하고 선원들에게 항해의 안전을 보장해 주는 능력을 가졌다고 한다.

마지막 순서로서, 1983년 1월에 전두환 당시 대통령을 수행했던 우리나라 정부 각료와 여러 요인들이 북한 공작원이 설치한 클레모어 폭탄에 의해 죽거나 크게 다쳤던 현장인 아웅산 국립묘지로 가보았다. 현재는 당시 폭파된 건물 대신 붉은색 콘크리트로 지은 참배용의 새 건물이 들어서 있었다. 당시 미얀마 정부는 양곤 강에서 탈출하려는 북한 공작원 세 명을 찾아내어 한 명은 현장에서 사살하고, 두 명은 생포하여 그 중 한 명에게 사형을 집행했고 나머지 한 명인 강민철 대위는 사형선고를 받은 채 인생이라는 곳에 있는 정치범수용소에 수감되어 있다가 3년 전 옥중에서 병사하였다고 한다. 당시 미얀마는 북한과 단교하였다가 3년 전에 다시 수교하였고, 현재 한국인 관광객에 대해 유료로 이곳 입장을 허락하고 있다. 그러나 우리는 안으로 들어가지 않고 철제 정문 밖에서 바라보기만 했다. 당시 버마는 사회주의를 표방하고 있었고, 북한과 군사적 목적에서 교류가 있었으므로, 1주에 두 번씩 북한 공작선이 왕래하고 있었다.

김현희 등 북한공작원 두 명에 의해 KAL기가 폭파되어 떨어졌던 안다만 해상도 미얀마의 영해에 속한다. 이 나라에서는 현재 북한 음식점도 영업을 하고 있는데, 가격은 비싸지만 미인들이 한복을 입고 나와 서비스를 하고 노래도 부르므로 꽤 인기가 있는 모양이다.

양곤을 비롯한 미얀마의 관광지에서는 현지인 여성이 나타나 얼마 동안 우리와 함께 있다가 사라져버리는 경우가 많으므로, 오늘 그 여성들의 신분에 대해 고 씨에게 물어보았다. 그녀들은 자격증을 가진 현지 가이드이고, 고 씨는 외국인이므로 이 나라의 가이드 자격증을 받을 수가 없는데, 그녀들은 사실상 거의 하는 일이 없으면서도 이 나라의 규정에 의해 얼마 동안 나와 있으면서 하루에 $30씩의 가이드 비를 받는다고 한다. 고 씨는 가이드 자격증이 없기 때문인지 그가 설명한 내용을 론리 플래닛의 그것과 대조해 보면 틀리지 않은 경우가 드물다.

우리는 33 B-1, Ayeyeiknyein, Parami Rd, Mayangone Tsp.에 있는 許榮順 씨가 경영하는 Her's Korea Food라는 이름의 한식점에 들러 꽤 이른 석식을 든 다음, 양곤대학과 이 도시의 대표적 데이트 명소인 인야(Inya)라는 이름의 자연적으로 형성된 호수 곁을 지나 공항으로 향했다. 생전의 네윈 장군과 그 정적인 아웅산 수치 여사의 저택도 이 호수가의 서로 반대편에 위치해 있었다고 한다. 공항에서 TG306기를 타고서 19시 40분에 양곤을 출발하여 21시 35분에 방콕에 도착한 다음, 다시 TG656기로 갈아타고서 23시 30분에 방콕을 출발하여 인천공항으로 향했다.

우리 일행 중 이남종 씨 내외는 2주 후에 다시 북아프리카 여행을 떠난다는 말을 들었다. 그리고 가장 고령인 김성일 씨 내외도 1년에 3번에서 5번 정도 해외여행을 한다고 하므로, 가장 젊은 한석현 씨 정도를 제외하고는 모두들 나보다 훨씬 더 해외여행이 잦은 셈이다. 그러나 한 씨도 아직 나이가 젊어 전체 횟수로는 나보다 적을지 몰라도, 한 해에 떠나는 횟수로는 두 번뿐인 나보다 더 많을지도 모르겠다.

21 (토) 맑음

오전 6시 55분에 인천공항에 도착했다. 타이항공과 제휴되어 있는 아시아나항공의 프런트로 찾아가 마일리지 적립을 신청한 후, 공항버스를 타고서 서울의 강남 터미널로 이동하여 오전 9시에 출발하는 중앙고속 우등버스로 갈아타고서 점심 무렵에 진주에 도착했다. 어제 방콕 공항에서와 오늘 진주로 내려오는 버스 속에서 어제의 일기 입력을 계속하여 일단 마쳤다. 내려오는 버스 속에서 바라보니 창밖은 온통 눈 천지였다.

트렁크를 끌고서 집으로 걸어오는 도중 길에서 아내를 만났다. 내일 오전 11시에 있을 간호학과 정면숙 교수의 딸 결혼식에 참석하기 위해 상경하려는 것이었다. 얼마 후 아내가 고속버스 터미널에서 집으로 전화를 걸어와 내일 새벽 5시 무렵에 자기를 터미널까지 데려다 줄 수 있으면 내일 상경해도 좋겠다는 것이었다. 아내는 겁이 많아 밤에는 거리에서 치한을 만날 우려가 있다면서 자신은 물론이고 회옥이에게도 출입을 삼가도록 권유하고 있다. 나는 터미널까지 데려주거나 마중 나와 달라는 아내의 요청을 받아들인 적이 한 번도 없었으나, 이번에는 일단 돌아오라고 말하여 얼마 후 아내는 귀가하였다. 휴대폰은 몇 년 전에 안명진 군과 함께 출국할 때 인천공항의 KT 사무소에 들러 자동 로밍 차단을 신청해 두었었는데, 그 이후 지난 번 여행에서 돌아올 때는 진주에 거의 도착한 후에야 통화가 풀리더니, 이번에는 하루가 지나도 여전히 통화가 안 되는 상태이다.

여행 짐을 정리하고 밀린 신문을 본 다음, 미얀마에서 구입한 치마와 저고리로 갈아입고서 루앙프라방 공항에서 구입한 DVD 〈Discovering Laos & Luang Prabang〉를 세 차례 시청하였고, 취침 때까지 여행 중의 일기를 일부 수정 보완하였다. 내가 미얀마에서 구입한 운판과 칠기 다기 세트에 대해서는 아내와 회옥이가 만족해하였다.